Dès l'âge [illegible] es, des scénarios, des [illegible] nologie et de journalisme, il devient journaliste scientifique. A 30 ans, il rencontre un énorme succès avec son premier roman, *Les Fourmis*. Bernard Werber propose un nouveau genre littéraire qu'il nomme « philosophie fiction », mêlant science-fiction, philosophie et spiritualité. À travers différents regards exotiques, extérieurs, celui des animaux, mais aussi des arbres, des divinités antiques ou de potentiels extraterrestres, il nous invite à nous interroger sur la place de l'homme dans l'univers.

Paru au Livre de Poche :

CYCLE DES AVENTURIERS DE LA SCIENCE

Le Père de nos pères
L'Ultime Secret
Le Rire du Cyclope

CYCLE DES CHATS

Demain les chats
Sa Majesté des chats
La Planète des chats

CYCLE DES FOURMIS

Les Fourmis
Le Jour des fourmis
La Révolution des fourmis
Trilogie des fourmis (*Intégrale*)
Le Livre secret des fourmis

CYCLE TROISIÈME HUMANITÉ

Troisième Humanité
Les Micro-Humains
La Voix de la Terre

Pentalogie du Ciel

CYCLE DES ANGES

Les Thanatonautes
L'Empire des anges

CYCLE DES DIEUX

Nous, les dieux
Le Souffle des dieux
Le Mystère des dieux

Autres livres

L'Arbre des possibles
La Boîte de Pandore
Depuis l'au-delà
La Diagonale des reines
Le Livre du voyage
Mémoires d'une fourmi
Nos amis les humains
Nouvelle encyclopédie du Savoir Relatif et Absolu
Le Miroir de Cassandre
Le Papillon des étoiles
Paradis sur mesure
La Prophétie des abeilles
Le Sixième Sommeil
Le Temps des chimères

BERNARD WERBER

La Valse des âmes

ROMAN

ALBIN MICHEL

ISBN : 978-2-253-90992-7 – 1re publication LGF

Je dédie ce livre à tous ceux qui se battent pour défendre la cause des livres, des librairies, et des bibliothèques.

Ce combat semble évident, mais l'est de moins en moins face au brouhaha des autres médias et de tous les accapareurs de sens qui vont vite et ne demandent aucun effort.

Tant qu'il y aura des gens capables de fabriquer à leur rythme des images, des sensations tactiles, des musiques, des odeurs et des goûts, en utilisant leur imagination rien qu'en regardant des lignes composées de lettres, il restera une mémoire du monde passé et une possibilité de penser sans limites à un meilleur monde futur.

Dès notre naissance, notre vie est influencée :
— à 25 % par notre hérédité ;
— à 25 % par notre karma ;
— à 50 % par notre libre arbitre.

Grâce à ce libre arbitre majoritaire, nous pouvons décider du reste de notre existence.

Nous pouvons suivre notre hérédité en reprenant le métier et le mode de vie de nos parents.

Nous pouvons suivre notre karma en poursuivant la mission d'âme qui nous est révélée par notre inconscient, notamment à travers les rêves et les intuitions.

Nous pouvons suivre notre libre arbitre en nous libérant de l'influence des deux premiers facteurs, en accomplissant ce que nous voulons quand nous le voulons, comme nous le voulons, et en assumer les conséquences.

Edmond Wells,
Encyclopédie du Savoir Relatif et Absolu.

Pré-histoire

Il y a très longtemps.

Quelque part sur Terre.

Alors que la nuit a tout envahi, un éclair de lumière fend l'obscurité.

Le ciel semble se fracasser.

Le sol tremble.

Quelques secondes plus tard, un énorme vacarme résonne en écho.

Hommes, femmes et enfants frissonnent de frayeur et se serrent les uns contre les autres pour tenter de se rassurer. Plus les coups de tonnerre se rapprochent, plus ils sont épouvantés.

C'est alors que jaillit d'un nuage sombre un rai de foudre qui vient frapper la cime d'un arbre isolé. Celui-ci s'embrase d'un coup, terrifiant plus encore les membres de la tribu.

Au comble de l'effroi, tous reculent. Sauf une femme.

Chez elle, la curiosité est plus forte que la peur. Surmontant ses appréhensions, elle s'avance alors prudemment puis s'arrête. Elle reste debout face à l'arbre qui éclaire les alentours de ses branches flamboyantes levées vers le ciel et observe le phénomène pour tenter de le comprendre.

Aux coups de tonnerre s'ajoutent les craquements du bois qui brûle.

Soudain, une branche en feu se détache du tronc et chute au sol tout en continuant de flamber.

La femme s'approche et tend la main. Elle sent désormais la chaleur sur sa paume ouverte. Elle saisit malgré tout la branche, par le côté qui n'est pas encore enflammé, et la lève lentement vers son visage. Elle examine avec attention cette substance étrange, immatérielle et éthérée qui se tord et danse en prenant des teintes jaunes, orange et rouges.

Tout son visage est illuminé par ce feu qui fabrique sa propre lumière.

Les narines de la femme frémissent en percevant les relents de fumée de l'écorce qui se consume. Elle entend le grésillement de la sève qui bout.

Pourtant, elle ne lâche pas la branche lumineuse.

Elle a l'impression que quelque chose d'important vient de se produire, un événement qui changera le monde à jamais.

Elle éclate alors d'un rire énorme qui surprend les autres, restés derrière, et résonne à l'infini dans le temps et dans l'espace.

Elle vient de découvrir le feu.

ACTE I

Dimanche 8

Jour J – 5 avant l'Apocalypse

1.

De nos jours.

L'extrémité de la cigarette rougit sous la flamme du briquet.

Eugénie Toledano, vingt-trois ans, les yeux bleus, les cheveux longs et roux, aspire une bouffée de tabac. Elle est avec son père, René Toledano, dans une cour de l'hôpital de l'Institut Curie, situé au 26, rue d'Ulm, à Paris.

Lui a cinquante-sept ans, des yeux bruns, les cheveux poivre et sel et quelques rides autour des yeux.

— Que s'est-il passé exactement ? demande-t-elle en soufflant la fumée.

— Les pompiers m'ont dit que Mélissa était en train de marcher dans la rue quand elle a eu un malaise et s'est effondrée sur le trottoir. Des passants les ont prévenus. Ils l'ont ensuite transportée ici parce que c'était l'hôpital le plus proche et ils m'ont averti. Je t'ai tout de suite appelée pour que tu me rejoignes.

Enfin une infirmière vient les chercher.

— Mme Toledano vient de se réveiller, vous allez pouvoir lui parler.

Mélissa est dans une grande chambre blanc et bleu. Malgré sa chute, elle semble avoir gardé sa force et son énergie. Ses yeux sont vifs. Son visage est beau mais exprime l'inquiétude.

Autour d'elle, plusieurs appareils clignotent. Des fils la relient à un moniteur cardiaque. Une perfusion est installée au creux de son bras.

Elle sourit en les voyant, mais c'est visiblement un effort pour elle.

— Ah, René… Eugénie… Vous êtes là…

— Maman…

Les deux femmes s'étreignent.

— Comment te sens-tu ? demande René.

— La Bibliothèque akashique…

Mélissa se redresse. Elle a du mal à articuler. Sa fille lui tend le verre d'eau posé sur la table de chevet. Mélissa boit par à-coups.

— Écoutez-moi bien… J'ai pu… j'ai pu aller à la Grande Bibliothèque akashique. Et là-bas… j'ai vu… j'ai vu… un avenir possible.

Son regard se fait plus dur.

— Les… les forces de l'obscurantisme… elles vont tenter de…

— Calme-toi, dit René en lui prenant la main.

Mais elle ne l'écoute pas. Elle semble vouloir poursuivre à tout prix son récit.

— Les forces de l'obscurantisme ont déjà essayé de dominer le monde par le passé et de faire de nous des esclaves. Elles ont échoué. Mais aujourd'hui elles peuvent réussir… Si elles gagnent, leur ombre s'étendra plus vite, plus fort, plus loin.

— Mélissa…

Concentrée, elle continue son monologue.

— Les cinq doigts de la Main d'ombre… S'ils arrivent à se réunir, ils seront un poing fermé…

Mélissa avale une nouvelle gorgée d'eau pour humidifier ses cordes vocales.

— Je l'ai vu dans la Grande Bibliothèque akashique… Le vendredi 13, ce poing va frapper… Ils créeront le chaos et profiteront du désordre pour s'imposer. En se faisant passer pour le contraire de ce qu'ils sont. Ils commenceront ici, en France, à Paris… Comme pour la Révolution en 1789.

— Je t'en prie, maman, tu…

La mère interrompt sa fille d'un geste de la main.

— … Ou comme à la Sorbonne en 1968. Ils joueront sur les divisions. Ce sera… l'embrasement. Le petit feu deviendra un incendie, qui s'étendra partout… Même dans les pays voisins… Des guerres civiles localisées qui seront impossibles à éteindre. La peur, les mensonges et l'ignorance orchestrés par la Main d'ombre alimenteront cette combustion des âmes. Ce sera le début de la… guerre civile… puis de l'Apocalypse.

Soudain, Mélissa se redresse et saisit le bras d'Eugénie.

— Mais on peut les arrêter !

Elle a presque crié.

— Maman…

— Il faut que vous formiez vous aussi les cinq doigts d'une main. Pas une Main d'ombre, mais une Main de… lumière. Cette main devra aussi être un poing, et ce poing devra être aussi fort que le leur… Contre les tyrans des ténèbres, il faut opposer les guerriers de la lumière… Contre l'oubli et la propagande, il faut rappeler les vérités fondamentales ! Sinon, leurs mensonges, répétés et relayés par les imbéciles, l'emporteront. Comme ils l'ont déjà si souvent fait…

Elle serre plus fort le bras de sa fille. Eugénie sent les doigts de sa mère qui se crispent, ses ongles qui s'enfoncent dans sa chair.

— Eugénie, c'est toi qui dois agir ! Tu as déjà montré tes talents dans le passé. Même sans aide, tu es déjà allée loin… Très loin. Tu as déjà rayonné… Mais ce ne sera peut-être pas suffisant cette fois-ci. Il est temps d'exprimer toute la puissance de ton âme. Avant la date fatidique du vendredi 13 octobre…

Eugénie cherche le regard de son père, qui semble l'éviter, mal à l'aise.

— Ne perdons plus de temps. René, il faut que tu révèles à notre fille notre enseignement secret. Elle est prête. Il faut qu'elle sache ce qu'est la V.I.E.

— La V.I. quoi ? demande Eugénie.

Mélissa se tourne alors vers son mari.

— René, dis-lui tout. Apprends-lui. Ainsi, elle pourra découvrir par elle-même comment les forces obscurantistes ont agi autrefois. Et en déduire comment les vaincre maintenant.

De nouveau, sa respiration se fait plus haletante. Eugénie l'aide à reposer sa tête sur son oreiller. Mélissa prend alors une grande inspiration et dit :

— Retiens bien ceci, ma fille : il faut comprendre le passé pour trouver les clefs qui permettent d'agir efficacement dans le présent. Il faut arrêter le premier incendie qui lancera l'Apocalypse. C'est possible. C'est… encore possible… si l'on comprend pourquoi tout a commencé et… pourquoi cela se reproduit…

Elle paraît si exaltée, si sûre d'elle, que René et Eugénie n'osent plus l'interrompre.

— Et puis… Il faut que tu saches une dernière chose, ma chérie. Tu auras besoin de l'amour. Du vrai amour. Pas l'amour banal, pas l'amour pour ne pas être seule, pas l'amour pour se rassurer. Je te parle de l'amour que tu portes à l'être auquel tu es destinée : lui seul t'est complémentaire.

Elle se tait un court instant, comme pour reprendre son souffle.

— N'en doute jamais : tu as ce qu'on appelle une âme sœur. Dès que vous vous serez retrouvées, tu seras complète. Alors ta capacité d'action sera décuplée. Cette âme sœur… tu la reconnaîtras très facilement, il te suffira de…

Mélissa Toledano s'arrête net. Puis ses yeux se ferment et sa tête bascule.

— Maman !

Sur l'écran du moniteur, une ligne rouge continue s'affiche. Une sonnerie stridente retentit.

Aussitôt des soignants accourent. Ils ordonnent à Eugénie et à René de quitter la chambre. Depuis le couloir, père et fille entendent les voix des médecins et des infirmiers qui tentent ensemble de relancer le cœur de Mélissa.

Soudain, le bip de la surveillance cardiaque reprend, et Mélissa est emportée sur un brancard sous les yeux affolés de René et d'Eugénie.

Ils réintègrent la chambre en silence. Au bout d'un certain temps, un médecin arrive. Un écusson sur sa blouse signale son nom : c'est le professeur Ganesh Kapoor. Et sa spécialité : l'oncologie. Il semble très calme. Après les présentations d'usage, il explique :

— J'ai examiné Mme Toledano à son arrivée. Nous procédons encore à des examens complémentaires. Malheureusement, je crains que son état ne soit plus grave que ce que je pensais. Nous l'avons placée en coma artificiel, le temps de trouver la thérapie la plus efficace pour son cas.

René s'assoit lourdement dans le fauteuil d'invité, sonné. Eugénie tente de faire bonne figure.

— Et qu'avez-vous trouvé ?

— Une tumeur.

« Tu meurs. » C'est à cette phrase qu'Eugénie pense immédiatement en entendant la réponse du médecin. Son père lui a appris que, dans l'étymologie des mots ou dans leur sonorité, on pouvait trouver des indices pour comprendre le sens caché des choses.

— Elle souffre ? demande René.

— Pour l'instant, elle est sous morphine.

Ce dernier mot évoque à Eugénie une autre formule : « mort fine ». *C'est encore de mauvais augure*, se dit-elle.

— Dans quelle zone se situe la tumeur ? poursuit René.

— Le cœur. Nous allons trouver la bonne stratégie pour la soigner, mais je ne veux pas me précipiter. Nous les médecins ne sommes pas des sorciers. Nous devons d'abord examiner beaucoup de paramètres puis réfléchir avant de prendre des décisions dont les conséquences peuvent être déterminantes pour la vie de nos patients. Pour l'instant, il est donc urgent d'attendre.

Le professeur Kapoor repositionne son masque chirurgical sur son nez et sort de la chambre, peut-être pour rejoindre le bloc opératoire.

2.

Des masques sont accrochés aux murs du salon de l'appartement de ses parents, alignés comme des visages qui la regardent. Eugénie Toledano sait différencier les japonais des vénitiens ou des africains. Certains sourient et semblent se moquer d'elle. D'autres froncent les sourcils, comme s'ils voulaient la gronder. Certains ont l'air tristes, en colère ou joyeux, d'autres sourient poliment.

L'appartement, quai Saint-Michel, est magnifique avec ses moulures et sa hauteur sous plafond impressionnante, son parquet en point de Hongrie et ses trois pièces de réception. Les fenêtres donnent sur la Seine. La jeune femme aime cet endroit, même si elle n'y a pas grandi. Ses parents l'ont acquis il y a quelques années seulement, peu de temps après qu'elle a pris son indépendance. Depuis, chaque fois qu'elle vient leur rendre visite, elle guette les nouveaux objets insolites que Mélissa et René accumulent au fil de leurs voyages, notamment les masques qu'affectionne tant son père.

— C'est quoi, cet enseignement secret dont parlait maman ? demande-t-elle sans cesser d'observer les masques.

René vient de raccrocher, après avoir commandé des pizzas.

— Je ne voulais pas t'en parler, parce que je pensais que tu n'étais pas prête.

— Tu n'as plus vraiment le choix maintenant, note Eugénie.

Elle s'assoit dans un fauteuil. Son père s'installe non loin d'elle et inspire profondément avant de se lancer.

— Jadis, j'ai été formé à une technique psychologique connue sous le nom d'« hypnose régressive », dont le but est d'explorer notre passé lointain. Celle qui m'a initié à cette méthode était une hypnotiseuse de spectacle, Opale Etchegoyen. Son enseignement m'a permis de visiter, ou d'avoir l'illusion de visiter, plusieurs de mes… vies antérieures.

René a lâché comme à regret ces derniers mots. Surprise, Eugénie lève un sourcil.

— Oui, je sais, cela peut paraître un peu bizarre. Surtout de ma part. Au début, j'étais sceptique, moi aussi. Mais peu à peu l'expérimentation m'a convaincu et j'ai mis au point mon propre numéro dans sa péniche-salle de spectacle La Boîte de Pandore.

— Pourquoi ne voulais-tu pas m'en parler ?

— C'est ce que nous avions décidé avec ta mère. Garder le secret là-dessus. Pour ma part, je craignais que tu me prennes pour un illuminé. Le sujet est assez… irrationnel. Je dois reconnaître que cette expérience souvent merveilleuse m'a aussi attiré beaucoup d'ennuis. Pourtant j'ai continué de me perfectionner afin de mieux maîtriser cette sorte de méditation guidée.

— Tu l'as apprise à maman ?

— Oui, et à ton grand-père Alexandre aussi. Parce que, à l'époque, j'ignorais les conséquences que cette pratique pouvait entraîner…

Eugénie ne s'attendait pas à de telles révélations. Un peu déboussolée, elle se lève et se plante devant les masques. Elle les examine tour à tour en silence, en effleurant parfois un de la main.

En fait, elle a toujours eu l'impression d'avoir des parents un peu bizarres. Qu'ils soient tous deux professeurs d'histoire à la Sorbonne n'explique pas tout. Certes, leurs conversations étaient sans cesse nourries de leur passion commune pour le passé. Ils évoquaient souvent leurs voyages et des sites inconnus qu'ils avaient visités et qu'ils considéraient comme déterminants. Le grand-père maternel d'Eugénie, Alexandre Langevin, ancien président de la Sorbonne et lui aussi professeur d'histoire, avait – et a encore – le même goût pour l'exploration historique. Cependant, en écoutant leurs échanges truffés de détails extraordinairement vivants sur le Moyen Âge ou la Renaissance, Eugénie avait parfois eu le sentiment qu'ils parlaient de ces périodes anciennes comme s'ils y étaient partis en promenade ou pour le week-end…

Dans un premier temps, cela l'avait intriguée, puis elle s'était dit que ses parents et son grand-père étaient obsédés par leur métier et que cet enthousiasme déteignait sur leur vie. Elle en avait pris son parti, d'autant que cette frénésie agrémentait les vacances, qu'ils passaient dans des lieux historiques, châteaux, forteresses ou sites de grandes batailles. Mais ils arpentaient aussi avec ferveur les musées, ce qui ne la réjouissait pas toujours. Dans son souvenir, lorsqu'elle n'était pas à l'école, une grande part du temps passé avec ses parents était consacrée à la visite de lieux poussiéreux, sentant la naphtaline.

À la vérité, son père, sa mère et son grand-père lui semblaient souvent mystérieux. Parfois, quand elle déboulait dans la pièce où ils discutaient, elle se rendait bien compte qu'ils changeaient brusquement de sujet. Elle avait pensé au début que c'était parce qu'ils avaient des conversations d'adultes, qu'ils parlaient de sexe, de sujets graves ou de politique, mais il y avait probablement autre chose.

Et maintenant, outre le choc de la nouvelle du cancer de sa mère, surgit cette histoire de technique secrète, et puis de vies antérieures. Eugénie est complètement décontenancée.

Son père croise et décroise les doigts nerveusement, visiblement très embarrassé.

— Je dois reconnaître que, si je ne l'avais pas expérimenté moi-même, tout ça me semblerait un peu… excentrique. Pour être honnête avec toi, je ne suis même pas complètement certain que la méthode fonctionne… Le seul élément qui me conforte dans l'idée qu'il s'agit bien d'une véritable visite dans le passé est le nombre de détails présents à chaque régression. Parfois, on a l'impression d'être dans un film : tout a l'air réel.

— Et tu pratiques encore ces régressions dans tes vies antérieures ?

— Depuis que j'ai eu mon AVC l'année dernière, je n'y arrive plus. Je sais que ton grand-père a arrêté d'en faire, lui aussi. Il est tombé sur une vie antérieure qui lui a fait très peur et il n'a plus souhaité poursuivre. C'est aussi pour cette raison que c'est un savoir secret. Mal utilisée, l'hypnose régressive peut s'avérer dommageable. Mais Mélissa, elle, a continué.

La jeune femme retourne s'asseoir près de son père.

Elle le dévisage.

— Donc toi, tu y crois ? Sérieusement ? Qui dit vie antérieure dit réincarnation, non ? C'est limite-limite, non ?

René soupire.

— Je savais que cela allait te sembler fou. C'est pour ça que ta mère et moi n'avons pas voulu t'en parler jusqu'ici. Cela m'a surpris qu'elle décide de le faire maintenant.

— Reconnais que ce n'est pas très scientifique, tout ça. Nous sommes plutôt dans le domaine de la croyance. Tu ne penses pas que ce qu'elle a dit tout à l'heure puisse être un délire lié à sa maladie ?

— Oui, c'est possible. Quoi qu'il en soit, elle a émis le souhait que je t'initie.

— Eh bien, moi, je préfère te le dire tout de suite : je n'y crois pas. Et j'ajoute que je suis très étonnée de découvrir que toi, maman et même papi Alexandre qui êtes des universitaires sérieux, reconnus par vos pairs, vous vous adonniez à ce genre de… trucs bizarres. Ces techniques new age m'ont toujours semblé destinées aux femmes désœuvrées qui passent leur temps dans les écoles de yoga, chez le psy ou l'astrologue, entre le coiffeur, du shopping et un lifting.

René ne relève pas la raillerie.

— J'étais moi-même sceptique, répète-t-il, mais avec le recul je dirai ceci : c'est seulement en expérimentant qu'on peut se faire une idée. Le jour où j'ai fait ma première régression, j'ai complètement changé d'avis.

Eugénie ferme les yeux. Elle revoit sa mère couchée dans son lit d'hôpital en train de lui saisir le bras et d'insister avec force.

Elle pense : *Maman avait toute sa tête malgré sa fatigue. Elle n'avait pas du tout l'air de délirer. Elle semblait même parfaitement maîtriser son discours, si étrange soit-il.*

— Elle a aussi parlé d'une Bibliothèque akashique… Tu sais de quoi il s'agit ? questionne-t-elle.

— Selon la tradition bouddhiste, c'est là où se trouvent inscrits tous les destins.

— Et puisqu'on nage en plein délire, dis-moi : en dehors de tes régressions, tu es déjà allé dans cette « bibliothèque des destins », papa ?

— Non, et je ne savais même pas que c'était possible. Mais je dois reconnaître que ta mère a toujours été une pionnière, la meilleure des exploratrices des nouveaux territoires de l'esprit.

— Donc, si j'ai bien compris, maman aurait visité cette bibliothèque « imaginaire » et y aurait vu un futur où les « forces de l'obscurantisme » domineraient l'humanité ? C'est bien ça ?

— Je le découvre comme toi.

— Et elle aurait aussi repéré dans cette « bibliothèque des destins » que le moment où l'Apocalypse se déclenchera serait le vendredi 13 de ce mois. Donc, dans cinq jours…

Eugénie bascule la tête en arrière quelques secondes puis ajoute :

— Les « forces de l'obscurantisme »... La formule est un peu grandiloquente, non ? Tu en penses quoi, papa ?

— Tout comme toi, j'envisage que le cancer de ta maman puisse influer sur sa perception de la situation. Les cellules noires sont en train d'envahir son propre corps, et elle croit peut-être qu'il se passe la même chose au niveau de l'humanité...

— Parce qu'elle est envahie de cellules malignes, elle veut que nous luttions contre les forces du mal ?

— La résonance entre ce que dit ta mère et ce qu'elle vit dans son corps ne peut pas être un simple hasard, il me semble.

Eugénie se lève une nouvelle fois, passe la main dans ses cheveux, comme pour caresser ses longues mèches rousses, et observe encore les masques qui ornent le salon.

— Elle a appelé ce fameux enseignement secret la V.E.I.

— V.I.E., rectifie René.

— Que signifient ces trois lettres ?

— C'est le nom que Mélissa a donné à l'hypnose régressive. Elle n'aimait pas ces termes, alors elle a rebaptisé notre rituel « Voyage Intérieur Expérimental ». Dont les initiales donnent V.I.E.

— Un Voyage Intérieur Expérimental ? répète Eugénie comme pour s'imprégner du sens de chacun de ces mots.

— Ta mère aime renommer les choses pour leur donner un sens moins technique et plus poétique. Par exemple, elle m'a dit que, pour elle, la V.I.E. était – cela t'amusera peut-être – du… « tourisme spirituel ».

Eugénie sourit.

— Elle utilisait cette terminologie pour bien faire comprendre que cette pratique n'avait rien de thérapeutique, qu'elle était simplement un moyen d'assouvir sa curiosité ou son besoin d'évasion.

Quittant un instant des yeux les masques qui semblent vouloir lui parler, Eugénie prend dans son sac son paquet de cigarettes et en allume une. Dans son cerveau, mille pensées se croisent et convergent. Elle se rassoit et regarde s'envoler vers le plafond les volutes de fumée grise.

— Désolée, papa. Je ne peux pas me résoudre à croire à ce genre de « conneries ».

— Je comprends tes doutes.

— J'aurais l'impression d'insulter mon intelligence.

— Pour ma part, je ne te pousse pas à tenter l'expérience.

— Alors pourquoi maman me demande-t-elle ça ?

— Je l'ignore.

— Tu t'imagines si mes amis apprennent que je crois à la réincarnation, aux vies antérieures, à une bibliothèque magique où se trouvent inscrits tous les destins, ils me prendront pour une folle !

— Assurément.

— Et puis cette date de vendredi 13, à quoi ça rime ? C'est juste le titre d'un film d'horreur !

— Non, pas seulement, ma chérie. C'est une référence au vendredi 13 octobre 1307, date à laquelle tous les templiers ont été arrêtés et massacrés. Un jour sombre dans l'histoire de l'humanité.

— Soit. Mais maman a dû faire une sorte de cauchemar durant son évanouissement. Je ne vois que ça comme explication plausible.

— C'est probable.

— Et du coup elle a déliré. Et quand elle nous a vus... elle a eu envie d'en parler.

— Forcément.

— Et puis... Cette histoire d'âme sœur ! Pour qui me prend-elle ? Une gamine naïve qui croit encore aux contes de fées ?

— Ce serait mal te connaître.

— De toute façon, j'ai déjà un fiancé. On s'aime. On va probablement rester longtemps ensemble. Je n'ai pas besoin de trouver une autre personne.

— C'est ta vie, approuve-t-il.

Eugénie lâche un long soupir puis reste silencieuse, traversée par mille pensées contradictoires.

Elle aspire et souffle amplement la fumée de sa cigarette, dont la cendre est sur le point de tomber.

René va chercher un cendrier et le pose sur la table basse en bois exotique tout en se rasseyant. Le cendrier est original : c'est un crâne. Eugénie écrase son mégot dedans d'un geste vif, s'avance vers le rebord du siège et regarde son père droit dans les yeux. Elle lui déclare sur un ton déterminé :

— OK. Je suis prête à recevoir cet enseignement secret. Maintenant. Tout de suite. Ne perdons plus de temps.

René, tout à son étonnement, acquiesce d'un signe de tête, mais préfère ne rien ajouter. Il se dirige vers la cuisine et revient avec deux verres et une carafe d'eau. Après avoir rempli les verres, il boit le sien d'une traite, puis dit :

— Un premier conseil : si cela fonctionne, essaie d'utiliser tes cinq sens pour bien sentir tout ce qu'il se passe. La vue, l'ouïe, l'odorat, le toucher, le goût.

Il propose ensuite à sa fille de s'allonger sur le canapé tandis que lui prend place dans un fauteuil qu'il approche au plus près.

— Installe-toi confortablement. Défais ta ceinture, enlève tes chaussures. Trouve une position qui te convient.

Assise en tailleur, Eugénie se masse un peu les pieds, défait le premier bouton de son jean, puis s'allonge.

— Lorsque tu te sens bien détendue, ferme les yeux.

Eugénie, malgré la tension qu'elle ressent dans tous ses muscles, obtempère.

— Bien. Prends une grande inspiration. Expire lentement… Voilà… encore une fois… Parfait. Reprends une respiration naturelle… Bien. Maintenant, prépare-toi à vivre un grand voyage dans le temps et peut-être dans l'espace.

Eugénie se détend en écoutant la voix calme de son père.

— Visualise un escalier en spirale qui descend. Il possède dix marches. Chacune t'emmène à un état de détente un peu plus poussé, jusqu'à la porte de ton inconscient. Dis-moi quand tu as atteint la première marche.

— … J'y suis.

— Parfait. Descends-la. Tu te sens déjà un peu plus relaxée. La deuxième, la sensation de détente augmente… La troisième, tu te sens encore plus décontractée… La quatrième, tu lâches encore… La cinquième marche, te voilà bien relâchée… La sixième, plus encore… La septième, la sensation s'approfondit… La huitième, toujours plus… La neuvième, tu te sens complètement détendue… Et enfin la dixième.

René Toledano fait une pause puis reprend :

— Tu es désormais face à la porte de ton propre inconscient. Tu la vois ?

Après un long moment, Eugénie répond :

— … Il me semble la voir.

— Peux-tu me la décrire ?

Les yeux de la jeune femme bougent sous la peau fine de ses paupières.

— … Eh bien… C'est une porte de grande taille. En forme d'ogive. En bois.

— Il y a une serrure. Tu la vois ?

— … Elle est argentée avec des motifs sculptés.

— Très bien. Je te donne la clef. Enfonce-la et tourne. Si le mécanisme résiste, c'est que ce n'est pas le moment. S'il cède, presse la poignée.

Eugénie ne sent aucune résistance dans la serrure. Son cœur bat soudain plus fort.

— … La clef tourne… Je presse la poignée… La porte s'ouvre.

— Bien. Garde ton calme, respire calmement. Voilà. Franchis le seuil.

— … C'est fait, annonce-t-elle après quelques secondes.

— Maintenant, tu as devant toi un couloir avec des portes numérotées. Ce sont les portes de tes vies antérieures. Les plus proches sont tes vies récentes, les plus éloignées tes vies les plus anciennes. Est-ce que tu les repères ?

De nouveau, les yeux fermés d'Eugénie s'agitent. Elle hoche la tête.

— Quel est le numéro de la porte la plus proche ? demande alors René.

— … 108.

— Tu as donc déjà eu cent huit vies et tu vis actuellement la cent neuvième. Tu n'as plus qu'à énoncer à haute voix la vie que tu veux visiter aujourd'hui et l'une de ces portes va s'éclairer.

Eugénie réfléchit un long moment puis dit d'une voix grave et en articulant posément :

— … Je veux découvrir la vie qui me permettra de comprendre le message de maman.

Une lueur apparaît au fond du couloir. Eugénie parcourt ce qui lui paraît être quelques dizaines de mètres. Après un virage à quarante-cinq degrés, elle repère enfin une porte illuminée.

— … J'y suis, s'exclame-t-elle.

— OK. Quel chiffre est inscrit sur la porte ? demande René.

— … – 1.

— Vraiment ? Tu veux dire que c'est un chiffre négatif ?

— Oui.

— Tu es sûre ?

— … C'est ce que je vois.

— Alors ouvre la porte et passe le seuil de cette porte – 1. Eugénie obéit. La porte s'ouvre sur un épais nuage.

— … C'est fait.

— Maintenant tu es dans ton ancien corps. Il y a comme du brouillard autour de toi. Regarde tes mains et réponds à mes questions. Tout d'abord, es-tu un homme ou une femme ?

La jeune femme baisse les yeux pour voir à quoi elle ressemble.

— … Une femme.

— Quelle est la couleur de ta peau ?

— … Elle est blanche, très claire même.

— Es-tu plutôt jeune, adulte, ou nettement âgée ?

— … Jeune.

— Examine mieux tes mains. Comment sont-elles ? Et tes ongles, sont-ils propres ou sales ? Portes-tu des bagues ? De quelle couleur sont les poils sur tes phalanges ?

— Mes ongles sont rongés, et… les poils de mes phalanges sont bruns. J'ai aussi plein de petites cicatrices partout sur les doigts. Aucune bague.

— OK. Maintenant, regarde tes pieds : sont-ils nus ? Ou portes-tu des sandales ? des sabots ? des bottes ? des escarpins ?

Eugénie entreprend de décrire précisément ce qu'elle voit.

— Mes pieds sont nus, très larges. Mes orteils sont bien détachés, recouverts eux aussi de petites blessures.

Mes poils sont bruns, comme sur mes mains et… je me ronge les ongles de pied.

— Bien. Quels vêtements portes-tu, si tu es habillée ?

— J'ai… une peau de bête de couleur beige clair, avec des coutures grossières très visibles, qui remonte jusqu'à ma poitrine… qui est assez proéminente et comprimée par mon vêtement.

— Connais-tu ton nom ?

— Non.

Elle réfléchit quelques secondes et ajoute :

— Quand je pense à moi, je dis intérieurement « je » ou « moi ».

— Maintenant, disperse le brouillard qui t'entoure.

Peu à peu les vapeurs se disloquent, l'air devient moins opaque, et Eugénie découvre le décor autour d'elle comme si elle venait de débarquer en plein milieu du tournage d'un film.

Elle entend la voix de son père de plus en plus lointaine.

— Fait-il jour ou nuit ?

— C'est le soir.

— Es-tu à l'intérieur ou à l'extérieur ?

— À l'extérieur.

— Es-tu seule ?

— Non, il y a d'autres personnes.

C'est une sensation nouvelle et pour tout dire vertigineuse. L'esprit d'Eugénie est dans le corps de la jeune femme. Elle voit par ses propres yeux, elle perçoit à travers ses autres sens comme si elle était en même temps elle aujourd'hui et l'autre dans le passé. Elle est spectatrice *et* actrice.

C'est comme si elle était entrée dans une marionnette de chair qui vit sa propre vie. Elle se trouve dans une scène dont elle perçoit chaque détail grâce à ses cinq sens.

Elle commence à s'habituer à cette double perception. Elle précise :

— … Il y a même beaucoup de personnes et… ce que je vois est vraiment surprenant.

3.

Il fait nuit. Dans le ciel étoilé on ne distingue qu'un croissant de lune argenté. Un grand feu brûle au milieu d'une clairière devant une caverne dont l'entrée forme un triangle.

Autour du foyer, une centaine de personnes vêtues de peaux de bêtes similaires à la sienne forment un cercle. Il fait chaud et l'air est saturé de l'odeur du bois qui se consume, mêlée à celle, poivrée, de la sueur des participants.

Eugénie est consciente qu'elle est dans la peau de cette jeune fille assise sur le sol. Les autres ne lui prêtent aucune attention particulière. Tous écoutent en silence un homme à longue barbe blanche, vêtu lui aussi d'une peau de bête beige et arborant des colliers de pierres translucides et bleutées.

Elle devine que cet homme est son père et qu'il est le sorcier. Et c'est en tant que tel qu'il raconte ce soir une histoire à toute sa tribu. Il parle dans sa langue, qu'elle comprend comme s'il s'agissait du français.

Le sorcier explique que, jadis, leurs ancêtres n'avaient aucun moyen de connaître le passé et n'osaient pas imaginer le futur. Ils vivaient dans le présent, comme des bêtes, mangeant quand ils avaient faim, dormant quand ils étaient fatigués. Et, la plupart du temps, ils avaient peur. Peur de mourir de faim. Peur d'être dévorés par des bêtes.

Eugénie en profite pour s'examiner plus en détail. La peau de ses bras est claire, assez épaisse. Ses avant-bras sont couverts de tatouages et de poils bruns. Elle a des bracelets aux poignets. Ses longs cheveux sont bruns, épais, et lui tombent en fines tresses sur les épaules.

Elle regarde ensuite ses cuisses, couvertes de cicatrices, ses pieds nus et larges aux ongles épais noircis par la terre.

Elle sent que plusieurs endroits de son corps la grattent ou la démangent, mais s'en préoccupe peu, comme des nombreux moustiques et des grosses mouches qui tournoient bruyamment autour du groupe.

Eugénie est subjuguée par l'expérience qu'elle est en train de vivre : elle a toujours conscience d'être Eugénie Toledano mais elle est aussi cette jeune fille aux cheveux bruns tressés qui fait partie de cette tribu. Elle voit par ses yeux, elle sent par ses narines, elle entend par ses oreilles…

Elle se souvient de la phrase de son père : « Essaie d'utiliser tes cinq sens pour bien ressentir ce qu'il se passe. » Elle décide donc de s'oublier en tant qu'Eugénie pour vivre la scène à fond dans ce corps qui a peut-être été le sien il y a très longtemps.

Elle remarque que le père sorcier de la jeune femme dans laquelle son esprit se trouve use de mimiques intrigantes pour être sûr de garder l'attention de son auditoire. L'homme poursuit son récit : il raconte qu'un jour il est arrivé quelque chose d'extraordinaire. La foudre a frappé un arbre et celui-ci s'est enflammé.

Pour illustrer son propos, il imite le bruit du tonnerre avec la bouche. Les enfants, impressionnés, poussent des cris.

Le sorcier explique que tous ceux de la tribu ont reculé parce qu'ils avaient peur. Tous sauf une personne. Une femme. Elle a ramassé une branche en feu et a compris que ce nouveau phénomène pourrait leur être utile. Il avoue ensuite à l'assistance médusée qu'il tient cette histoire de sa propre mère qui était précisément cette femme courageuse ayant apprivoisé le feu.

Eugénie comprend alors que la femme dans laquelle elle se trouve est la descendante directe de celle qui a découvert le feu.

Sans cesser d'écouter le récit de son père sorcier, elle repère à sa droite une femme plus âgée, avec des cheveux gris et un maquillage prononcé à base de traits blancs et noirs sur les joues et le front. Tout comme elle, sa coiffure est composée de fines tresses réunies par des perles de bois.

La femme prépare la nourriture en coupant des racines et des fruits. Eugénie sent tout de suite qu'il s'agit de sa mère, du moins celle de la jeune femme dont elle habite le corps, et donc qu'elle est la femme du sorcier. Autour du cou, elle porte un collier avec un pendentif spécial : une pierre translucide orange contenant une libellule aux ailes déployées.

Eugénie songe que cette femme et son collier sont très beaux. À ce moment, sa mère lui sourit et lui tend une feuille dans laquelle sont enveloppés un morceau de viande cuite et un quartier de figue.

La jeune fille aux cheveux bruns la saisit et la porte à sa bouche. Eugénie apprécie le goût salé de la viande cuite associé à celui du fruit cru sucré et du mentholé de la feuille.

Un homme s'approche du sorcier et se met à jouer d'un instrument, une sorte d'arc à cinq cordes. En les faisant vibrer, il obtient une mélodie qui ajoute une dimension sonore au récit du sorcier.

Eugénie s'oublie complètement pour vivre la suite uniquement dans les sens et les pensées de la jeune fille dans laquelle elle se trouve.

Celle-ci tourne la tête. Un détail attire son attention : un escargot qui laisse des traces de bave sur une large feuille, formant des lignes et des courbes.

Elle a une idée : elle se dit qu'il serait possible de représenter l'histoire de son père sorcier par des dessins sur une peau de lapin tannée. Elle en récupère une, large et fine, l'étale sur une pierre plate qui lui sert de table. Avec un poignard elle se fait une entaille à la main qui laisse couler un filet de sang. Elle ramasse un morceau de bois pointu, le trempe dans son propre sang et commence à dessiner.

Mais au lieu de faire un grand dessin qui représenterait la scène la plus importante du récit, comme certains membres de la tribu le font parfois sur les parois des grottes, elle enchaîne une vingtaine de tout petits dessins, dans l'ordre chronologique des événements que raconte son père, avec un début, un milieu et une fin. Les premiers motifs se succèdent sur une ligne. Après une hésitation, la jeune fille à tresses brunes décide qu'elle dessinera de gauche à droite et du haut vers le bas. Ainsi, lorsqu'elle arrive au bord droit du support, elle commence une nouvelle ligne juste en dessous. Au total, une dizaine de lignes comprenant chacune vingt dessins recouvrent la peau de lapin.

De son côté, son père sorcier continue de développer son récit. Après avoir expliqué comment sa mère a convaincu les siens de l'intérêt du feu, il prend lui-même une branche, la plonge dans les flammes du foyer central et la brandit comme une torche.

Il explique ensuite que, grâce au feu, les membres de la tribu possèdent un énorme avantage sur les autres êtres qu'ils rencontrent. Puis il conclut en demandant à ceux qui l'écoutent de raconter à leur tour l'histoire de cette découverte à leurs propres enfants pour qu'on ne l'oublie jamais. Il insiste sur le fait que les générations futures doivent se souvenir du moyen qu'ils ont trouvé pour sortir de l'obscurité, du froid, de la peur, et tout faire pour ne jamais y retourner. Il leur rappelle qu'il est de leur devoir de préserver la vérité du passé comme on doit veiller sur un feu qui risque de s'éteindre s'il n'est pas défendu et entretenu.

De l'assemblée monte une rumeur d'approbation. Puis, lorsque le sorcier annonce que son histoire est terminée, chacun pousse des cris pour manifester sa joie et sa gratitude.

En s'éloignant du feu, l'homme à la barbe blanche voit sa fille un peu à l'écart et s'approche d'elle. Celle-ci lui montre les lignes de petits dessins qu'elle a réalisés. Le père constate que les motifs se suivent d'après la chronologie du récit qu'il a délivré et qu'ainsi on comprend ce qu'il a raconté. Il est très impressionné. Il lui demande comment elle a eu cette idée.

La jeune fille lui répond que c'est en observant un escargot qui laissait une longue trace avec son « jus » qu'elle a décidé de laisser sa propre trace avec son jus à elle.

Tout en continuant à regarder avec attention les dessins de sa fille, son père lui caresse les cheveux de sa grande main ridée.

Un jeune homme de la tribu, brun aux yeux verts, les rejoint. Il porte autour de la taille une petite bourse en cuir remplie d'objets. Elle remarque tout de suite la grande cicatrice qui lui barre la joue gauche. Elle sait qu'elle lui vient d'une blessure au cours d'une chasse au rhinocéros qui a mal tourné et dont il a mis beaucoup de temps à se remettre. Elle sait aussi que ce jeune homme balafré a un talent particulier pour fabriquer des objets, du plus simple au plus complexe : des peignes, des pinces, des aiguilles qui permettent d'assembler les peaux pour en faire des vêtements, des cure-dents, des cuillères, des grattoirs, des sarbacanes, des barrettes à chignon… Récemment, il a aussi mis au point un abri transportable, une immense toile composée de peaux tannées et cousues qu'il tend sur trois perches plantées dans le sol. Il obtient ainsi une sorte de caverne légère et mobile qui peut protéger de la pluie et du vent. Au sein du groupe, c'est l'inventeur.

La jeune fille lui montre ce qu'elle a dessiné. Il trouve formidable ce qu'il voit et le lui fait savoir. Son visage s'éclaire soudain. Il ramasse au sol quatre branchettes qu'il choisit droites, lie leurs extrémités avec des lanières qu'il prend dans la bourse à sa ceinture pour constituer un cadre, prend la peau de lapin tannée et la tend dessus. Il fouille de nouveau dans sa bourse, en extrait une aiguille en os et fait des points de couture aux quatre coins avec des tendons d'animaux. Puis il encourage la jeune fille à continuer ses dessins. Elle s'aperçoit vite qu'il est plus facile de dessiner sur une peau tendue que posée sur une pierre plate. Elle le remercie pour cette amélioration.

Le jeune homme examine plus attentivement les dessins, tout particulièrement celui représentant le sorcier parlant près du feu. Il fait signe à la jeune fille qu'il faudrait le nommer pour le reconnaître. Elle est d'accord, mais elle ne voit pas comment procéder. Le jeune homme à la cicatrice réfléchit un moment, puis trouve une idée : nommer les gens en les associant aux doigts de la main !

La jeune fille propose que le sorcier soit associé à l'auriculaire en agitant celui de sa propre main. Puis elle désigne son annulaire en montrant l'homme qui joue de la harpe. Ensemble, ils décident que le chef de tribu, qu'on peut reconnaître à ses nombreux et lourds colliers, sera associé au majeur. La jeune fille pointe ensuite le jeune homme aux yeux verts de l'index et lui montre ce même doigt. Il sera Index. Alors le jeune homme balafré la pointe à son tour du pouce. Elle comprend qu'elle est Pouce.

À cet instant, Eugénie découvre enfin son nom de l'époque.

Pouce...

Avec les noms, leur conversation devient plus fluide. Index sent l'admiration que sa trouvaille provoque chez Pouce. Il lui fait signe de le suivre : il a quelque chose à lui montrer. Pouce est intriguée, mais elle est curieuse et adore apprendre. Elle se lève et accompagne Index jusqu'au feu central. Le jeune homme prend une torche qu'il allume et pénètre dans la caverne à l'entrée triangulaire toute proche. Sur les parois il y a des empreintes de mains faites au pochoir. Plus loin sont stockés des branches pour le feu, des outils, des fruits et des légumes.

Au fond de la cavité, Index montre une zone où se trouve un rocher. Il l'attrape à pleines mains et, en s'arc-boutant, parvient à le faire rouler.

Pouce est impressionnée par la force qui se dégage d'Index. Le jeune homme, flatté, tend la torche devant lui : l'entrée d'un tunnel apparaît. Tous deux s'y enfoncent l'un derrière l'autre à quatre pattes, éclairés par la torche qu'Index tient entre ses dents. Après plusieurs dizaines de mètres à ramper, ils débouchent dans une immense caverne où ils peuvent de nouveau se tenir debout.

Index éclaire ce nouvel espace, qui dévoile son ampleur : des stalactites et des stalagmites forment de longues protubérances minérales semblables à des dents géantes et pointues. En son centre miroite dans l'éclat de la flamme un lac d'une eau particulièrement claire.

Pouce s'approche du bord et se penche au-dessus de la surface. Eugénie découvre son visage en même temps que la jeune fille : ses grands yeux bruns sont surmontés d'épaisses arcades sourcilières. Sa peau est couverte d'un maquillage blanc et noir. Elle a un front étroit incliné vers l'arrière. Son nez est large et épaté, sa mâchoire carrée ; ses lèvres sont pulpeuses et ses pommettes hautes.

C'est alors qu'une sonnerie aiguë retentit.

4.

Eugénie Toledano ouvre les yeux d'un seul coup, éjectée brusquement d'un espace-temps pour en rejoindre un autre.

Elle reste sidérée.

La sonnerie retentit de nouveau.

La bouche béante, les yeux fixes perdus dans le lointain, elle ne bouge toujours pas. Elle entend son père ouvrir la porte d'entrée et perçoit de loin qu'il parle avec le livreur de pizzas. Revenu près du canapé, il dépose les deux boîtes à pizza sur la table basse.

— Je l'avais oublié, celui-là… Comment te sens-tu ? Il ne faut pas sortir d'une régression comme ça, si vite. C'est comme si on te réveillait en plein sommeil. Ou comme si tu remontais d'une plongée sous-marine sans respecter les paliers de décompression.

Eugénie, le regard dans le vide, reste silencieuse. Elle entend et voit parfaitement mais est incapable d'émettre le moindre son ni d'effectuer le plus petit mouvement.

— Ma chérie… Tu m'entends ? Ça va ?

Figée sur le canapé, la jeune femme tente de parler, en vain.

— Comment te sens-tu ? insiste son père, inquiet.

Soudain, Eugénie est parcourue d'un irrépressible frisson qui lui permet de bouger un peu. Enfin elle articule :

— C'était… c'était…

Elle cherche le mot qui pourrait définir ce qu'elle a ressenti.

— C'était… DINGUE ! s'exclame-t-elle en reprenant sa respiration comme si elle venait de sortir d'une apnée.

Elle se caresse les joues et les pommettes pour être sûre d'avoir retrouvé son visage. Elle se palpe les arcades sourcilières, le nez, la bouche.

— Tout va bien, ma chérie ?

— C'était… complètement fou ! Je n'en reviens pas…

Elle se donne de petites claques sur les joues pour se réveiller. Puis elle se lève et va dans la salle de bains s'asperger le visage d'eau froide. En s'essuyant, elle croise son reflet dans le miroir au-dessus du lavabo. Elle sourit en constatant que c'est bien elle qu'elle voit dans la glace.

Soulagée, Eugénie revient jusqu'au salon et s'assoit sur le fauteuil face à son père.

— Où es-tu arrivée ?

Elle se souvient que, dès qu'elle a basculé complètement dans la scène, elle a cessé d'informer son père de ce qu'elle voyait.

Elle secoue la tête pour tenter de s'éclaircir les idées. Puis elle allume nerveusement une cigarette. Après avoir aspiré une longue bouffée de nicotine, elle se lance :

— Lorsque le brouillard s'est dissipé, je me suis retrouvée… assise en cercle avec des hommes et des femmes autour d'un grand feu. Vu que nous étions tous vêtus de peaux de bêtes, je pense que j'ai atterri à l'époque préhistorique. Il y avait une sorte de chamane ou de sorcier avec une grande barbe blanche qui s'exprimait et… je comprenais ce qu'il disait.

Au fur et à mesure qu'elle expire la fumée de sa cigarette, Eugénie retrouve un peu plus la maîtrise d'elle-même.

— Il s'exprimait dans sa langue pourtant, reprend-elle, mais mon esprit traduisait dans la nôtre… Enfin, je ne vois que ça comme explication… Et ce n'étaient pas des borborygmes, non, c'était un langage avec des nuances et un vocabulaire riche et varié. Je n'aurais jamais pensé à associer cette langue subtile à une tribu préhistorique.

D'une pichenette, la jeune femme fait tomber la cendre de sa cigarette dans le crâne creux puis tire de nouveau dessus, semblant y trouver un soulagement. D'un signe de tête, son père l'invite à continuer son récit.

— Pendant que ce sorcier parlait, j'ai… enfin, la jeune fille que j'étais, a eu une intuition. Elle s'est dit qu'elle allait transcrire l'histoire qu'il racontait sur une peau de lapin tannée, à l'aide de petits dessins alignés. Elle a trouvé une peau et a tracé des caractères sur dix lignes parallèles. Et j'ai… enfin… elle a utilisé un bâton pointu comme plume, et son propre sang comme encre. Tu imagines ? C'est peut-être moi qui ai inventé… l'écriture !

René se rend compte que sa fille a du mal à se dissocier du personnage qu'elle était. Elle pense simultanément « je » et « elle » pour parler de son expérience.

— L'écriture ? On sait aujourd'hui que ce procédé a été découvert en même temps dans plusieurs endroits de la planète…, tempère-t-il.

Mais Eugénie ne l'écoute pas. Elle est encore excitée par l'expérience qu'elle a vécue quelques instants plus tôt. Soudain, elle pose sa cigarette en équilibre sur le rebord du crâne, se lève d'un bond et se dirige d'un pas rapide vers l'entrée. Elle prend son sac à dos, puis vient se rasseoir face à son père. Elle sort un cahier à dessin ainsi que des crayons de couleur et commence à griffonner à toute vitesse un visage.

— Je… enfin… à un moment, elle s'est penchée au-dessus de l'eau d'un lac souterrain et j'ai vu son visage.

René la regarde, admiratif : sur la page, les traits d'une jeune fille apparaissent peu à peu.

— Elle avait les yeux marron, la peau claire maquillée de traits blancs et noirs, comme ça…, explique Eugénie tandis qu'elle poursuit son esquisse. Ses cheveux étaient bruns, avec plein de fines tresses terminées par des perles en bois ou en os. Et puis…

Elle reprend sa cigarette et continue de dessiner. Elle représente maintenant la jeune fille en entier, des pieds à la tête.

— Elle avait des pieds larges. J'ai repéré aussi beaucoup d'égratignures et des cicatrices. Mais tout le monde là-bas en avait. Certains avaient même des orteils ou des doigts en moins. En revanche, ils avaient tous de belles dents blanches. Et elle, elle avait une belle poitrine.

Eugénie peaufine la silhouette et le visage maquillé : avec ses crayons de couleur, elle s'applique à reproduire le plus fidèlement possible le brun des cheveux, le marron des yeux, le rose de la peau avec le maquillage blanc et noir, et le beige de la tunique. Elle ajoute même des effets d'ombre qui donnent à sa représentation encore plus de réalisme.

René est impressionné par la finesse des détails.

— Ton talent pour le dessin la rend presque vivante…

Eugénie lui adresse un sourire satisfait puis se remet immédiatement au travail. Elle dessine maintenant les visages et les corps des autres personnages. Elle commence par les hommes. Puis elle inscrit sous chaque silhouette :

1. Auriculaire = ~~mon~~ son père, sorcier et conteur.
2. Annulaire = l'artiste harpiste.
3. Majeur = le chef de la tribu.
4. Index = l'inventeur à la cicatrice sur la joue.
5. Pouce = elle, l'écrivaine sur peau de lapin.

— D'où sortent ces noms ? C'est toi qui les as inventés ?

— Non, c'est Index l'inventeur.

Elle montre une des silhouettes masculines.

— Il a eu l'idée de baptiser les gens. Il a été inspiré par mes dessins et s'est dit qu'il fallait trouver un moyen de désigner chaque personne représentée. Et il a proposé qu'on se nomme, enfin… les cinq que j'avais représentés et qu'il connaissait bien, en utilisant nos doigts.

— Ingénieux.

Elle continue de dessiner avec application et remplit une dizaine de pages. Elle ajoute des indications pour expliquer ce qu'a accompli chaque personnage. Elle dessine le décor avec le feu, les arbres, les herbes, la caverne à l'entrée triangulaire.

René laisse sa fille œuvrer un moment puis, lorsqu'il sent qu'elle marque une pause, il l'interroge encore.

— Mais quel serait, d'après toi, le rapport avec le message de ta mère ?

— C'est précisément pour cette raison que je dois y retourner…, répond Eugénie.

René secoue la tête.

— Hors de question. Je suis ravi que l'expérience ait fonctionné, mais l'hypnose régressive peut avoir un effet addictif.

Eugénie lève un sourcil étonné.

— Addictif ? Je ne vois pas comment.

— On peut se sentir davantage attiré par le passé que par le présent. Moi-même, à certaines époques de mon existence, j'étais plus intéressé par mes vies antérieures que par mon présent.

Déterminée, Eugénie tient tête à son père.

— Je dois y retourner, papa ! Fais-moi confiance. Et si tu ne veux pas me suivre, je pourrai y aller seule, je crois avoir compris comment ça marche…

Le ton de sa voix la surprend elle-même : on dirait la supplication d'une toxicomane. Elle se reprend immédiatement.

René Toledano hausse les épaules.

— Tu vois…

— Je suis désolée, papa. Je ne sais pas ce qui m'a pris. Mais… j'ai quand même très envie d'y retourner. Pour savoir.

Il regarde sa fille d'un air pénétré.

— Très bien. J'accepte de te guider encore une fois, mais pas tout de suite. Je pense qu'il faut que tu retrouves ton ancrage ici et maintenant. Je te propose de dîner d'abord. Manger un morceau te remettra dans ton corps et dans ton époque.

Eugénie est tentée d'insister, mais elle renonce.

— Tu as raison. Les pizzas sont en train de refroidir.

La jeune femme aux cheveux roux sourit à son père. Il prend les boîtes à pizza, et Eugénie l'entraîne par le bras jusqu'à la cuisine. René met le couvert, Eugénie sort une pizza de sa boîte et les sert tous deux avec ses doigts. Ils dînent en silence, puis, à la fin du repas, Eugénie reprend le fil de leur conversation.

— Depuis ton AVC, tu n'arrives plus à pratiquer, c'est ça, papa ?

— Crois bien que cela me manque. C'est comme si on m'avait confisqué mon passeport et que je ne pouvais plus voyager.

— Et pourtant, tu me l'enseignes ! Ce sont toujours les aveugles qui veulent apprendre aux autres à voir, note-t-elle avec philosophie.

— Beethoven était sourd vers la fin de sa vie, cela ne l'empêchait pas de diriger les musiciens de son orchestre.

— Et comment expliques-tu le lien entre ton AVC et cette impossibilité de pratiquer l'hypnose régressive ?

René secoue la tête.

— L'AVC a entraîné ce que les médecins appellent une « aphantasie ». C'est un trouble neurologique qui n'est connu et répertorié que depuis 2015. Lorsqu'on en est atteint, on ne peut pas visualiser ce à quoi on pense. Par exemple, si tu me dis « citron », je pense au mot, à sa prononciation, à l'idée, mais je ne vois pas le fruit dans ma tête. De même, je ne visualise plus les visages des gens quand j'entends leur nom.

— Ce doit être très perturbant, non ?

— Le problème est que ça touche aussi la mémoire. Elle fonctionne par images. Or, avec l'aphantasie, je ne vois plus ce dont je dois me souvenir.

À la fin de sa vie, le père de René a été atteint de la maladie d'Alzheimer et Eugénie sait que perdre la mémoire est la hantise de son père.

— Ne plus réussir à se souvenir… Un comble pour un professeur d'histoire, dit-elle.

— J'ai l'impression que mon cerveau m'abandonne, soupire René. J'oublie où j'ai rangé mes affaires. Je cherche parfois pendant plusieurs dizaines de minutes où j'ai garé ma voiture. Je ne reconnais plus les rues, donc je me perds parfois dans mon propre quartier…

— Ça m'arrive aussi, tu sais…, dit-elle pour le rassurer.

Son père lui lance un regard attendri.

— Pour l'instant, c'est supportable, mais cela s'aggrave un peu chaque jour. Il m'arrive d'entrer dans une pièce et de ne pas savoir ce que je suis venu chercher. Parfois, je suis au téléphone et je ne me rappelle plus à qui je parle. J'ai du mal à me souvenir du code de ma carte de crédit. Le fait que je ne puisse plus accéder à mes vies antérieures fait peut-être partie de ce processus de disparition du passé.

— Il faut te battre, papa, comme tu l'as toujours fait.

René sort alors son smartphone de sa poche, l'allume et le tend à Eugénie : la fonction « Notes » est remplie de textes et de photos.

— Je ne dessine pas aussi bien que toi, mais j'ai pris l'habitude de tout consigner là-dedans.

Pour éviter que son père voie son inquiétude, Eugénie se lève de table.

— Je vais chercher une cigarette, lui dit-elle.

— Je débarrasserai plus tard, je te rejoins avec le café.

Une fois dans le salon et sa cigarette allumée, Eugénie tente de retrouver son calme. Son père dépose un plateau avec deux tasses fumantes sur la table basse.

— Ne te méprends pas : t'initier à ce « tourisme spirituel » qui a longtemps été notre passion, à ta mère et à moi, me fait plaisir. Je suis très content de voir que tu retiens tout. En fait, en ce moment, tu es en quelque sorte mon contraire… Tu es hypermnésique.

— Je ne peux pas mesurer moi-même la qualité de ma mémoire…

— Moi, je peux, parce que je t'observe depuis longtemps. Tu as toujours eu une mémoire visuelle extraordinaire. Petite, déjà, tu réussissais à reproduire avec précision des paysages que tu n'avais vus que très peu de temps. Grâce à tes talents en dessin, la visite de vies antérieures a une plus grande résonance encore.

Il examine de nouveau les croquis dans le cahier resté sur la table, l'air pensif.

— Je suis obligé d'abandonner, mais tu pourras peut-être prendre la relève de la V.I.E.

Il regarde une fois de plus avec émerveillement le portrait qu'elle a dessiné de la jeune fille préhistorique aux longues tresses brunes et au maquillage blanc et noir.

— S'il te plaît, papa, recommençons tout de suite ! Tu me l'as promis.

Cette fois, René Toledano se résigne à accepter la demande de sa fille.

— Je veux bien te guider une deuxième fois dans la même journée, mais vraiment à titre exceptionnel. De ton côté, sois bien attentive pour pouvoir noter un maximum de détails à ton retour. Nous pourrons ainsi retrouver l'époque et le lieu. Observe les plus infimes détails de ton environnement : arbres, herbes, oiseaux, papillons, collines alentour. Examine le ciel aussi, et, si tu peux, souviens-toi de l'emplacement des étoiles si c'est encore la nuit.

Eugénie ne se fait pas prier et s'apprête à s'allonger sur le canapé quand son père lui conseille plutôt de s'asseoir en tailleur, avec un coussin sous les fesses.

— La posture a son importance. Dans cette position, colonne vertébrale droite, tu as moins de chances de t'endormir et tu seras plus attentive.

Puis René Toledano guide de nouveau sa fille. Maintenant qu'elle connaît le rituel, tout va plus vite.

C'est comme si elle savait où aller et comment s'y rendre : descendre les marches, ouvrir la porte de son inconscient avec la clef, aller directement au fond du premier couloir aux portes numérotées, tourner et se placer face à la porte – 1.

Cette fois, elle l'ouvre sans la moindre appréhension, en franchit le seuil, referme derrière elle, disperse plus vite le brouillard, se retrouve dans le corps de Pouce et reprend conscience avec les cinq sens de la jeune fille préhistorique.

5.

ENCYCLOPÉDIE : COMMENT LE FEU A FAIT ÉVOLUER L'HUMANITÉ.

Avec le feu, nos ancêtres ont commencé à sortir de la peur. Ils pouvaient désormais repousser les animaux dangereux, avoir chaud quand il faisait froid et durcir les pointes de silex ou de bois de leurs armes.
Avant la découverte du feu, les chasseurs devaient accomplir toutes leurs activités quand il faisait jour, soit en groupe, soit seuls. Ils regagnaient ensuite leur campement à la tombée de la nuit, fatigués, pour manger et dormir. Avec l'arrivée du feu, tout a changé : on pouvait voir malgré l'obscurité de la nuit. C'est alors qu'est apparu un moment nouveau dans le déroulement de la journée : la soirée.
Ils disposaient désormais de temps pour s'intéresser à autre chose qu'à leur survie : les humains se

rassemblaient autour du foyer pour manger non plus seuls mais ensemble. Chacun pouvait observer l'autre et discuter avec lui.
Le langage, « notre » langage, est alors devenu de plus en plus précis, construit, complexe. Les humains se sont mis à exprimer des idées abstraites. Le nombre de mots qu'ils pouvaient utiliser a augmenté. Et plus il y avait de mots, plus la pensée devenait subtile.
Le feu a également modifié l'alimentation : les hommes ont eu l'idée de cuire les aliments. Ainsi, ils ont pu faire disparaître un grand nombre de parasites, d'agents pathogènes et de toxines qui se trouvent parfois dans les végétaux crus. Les fibres musculaires du gibier, dégradées par la combustion, étaient plus faciles à assimiler : la digestion était plus rapide, demandait moins d'énergie. Le processus nécessitait moins d'afflux de sang vers l'estomac et l'intestin ; le cerveau, disposant de plus de ressources, était mieux irrigué. Les humains qui mangeaient de la viande cuite avaient donc moins besoin de se reposer et développaient davantage de capacités de réflexion.

Edmond Wells,
Encyclopédie du Savoir Relatif et Absolu.

6.

Le soleil brille. Il fait jour. Le feu central brûle toujours. Pouce est assise sur un rocher rond. Autour d'elle, un groupe d'une dizaine d'enfants attentifs l'écoutent expliquer comment elle s'y prend pour rédiger des histoires sur les peaux de lapin tannées tendues.

Elle leur distribue des morceaux de peau et leur montre comment fabriquer des cadres de tension. Puis tous se piquent le doigt avec les bâtons pointus ; avec le sang qui perle, chacun effectue ses propres dessins.

Pouce prend énormément de plaisir à enseigner. Elle explique aux enfants que ces petits dessins alignés sur des lignes parallèles, en plus d'être jolis, permettent de raconter des histoires avec un début, un milieu et une fin. Elle affirme que c'est indispensable pour préserver la mémoire de la tribu. Elle leur montre un rouleau sur lequel est dessinée l'explication que lui a donnée Index sur la manière de construire des huttes pour s'abriter du vent et de la pluie quand on ne dispose pas d'une caverne, puis un rouleau qui décrit les gibiers comestibles et ceux qui ne le sont pas, un autre sur les plantes, racines et fleurs toxiques. Pouce possède déjà une cinquantaine de rouleaux remplis d'informations dessinées et d'histoires concernant sa tribu, que les enfants recopient avec application.

Autour d'elle, les autres membres de la tribu se livrent à leurs tâches habituelles. La mère de Pouce discute avec une amie de la manière de cuisiner ce nouveau gibier étrange que les chasseurs ont rapporté : il ressemble à un crapaud, mais elles ne savent pas s'il est comestible.

Pouce aperçoit Annulaire, le musicien, qui ajoute une corde à son instrument qui en comporte déjà cinq, pour former une harpe avec plus de possibilités de sons, aigus comme graves.

Quant à son père, le sorcier Auriculaire, il discute avec le chef, Majeur.

Index la rejoint et lui apprend qu'il a mis au point une nouvelle invention : un morceau de bois en forme de Y auquel il a accroché un boyau assoupli dans de la graisse. Le jeune homme à la cicatrice sur la joue lui montre ensuite comment l'utiliser : il place un caillou au centre du boyau, le tend au maximum et le lâche d'un coup sec. La petite pierre est projetée à plusieurs dizaines de mètres avec beaucoup de précision.

Elle demande à Index de lui apprendre à utiliser ce lance-pierre. Au début, son tir est imprécis mais après plusieurs essais, elle parvient à contrôler la trajectoire.

Index lui propose alors de l'accompagner pour voir comment ils pourraient s'en servir pour chasser. Elle abandonne pour un temps ses élèves et s'éloigne du campement avec Index. Ils foudroient plusieurs oiseaux, quand soudain Pouce repère au loin deux lapins qui s'accouplent. Index place un projectile et les vise. Mais la jeune fille brune l'arrête ; elle ne veut pas troubler cet acte d'amour.

Puis elle fait signe à Index qu'elle souhaite regagner le camp : elle a envie de transcrire sur son rouleau comment fabriquer et utiliser cette nouvelle arme. Ils retrouvent les enfants, encore en train d'écrire. Ces derniers, fiers de leurs productions, lui montrent avec empressement les lignes qu'ils ont effectuées pendant son absence.

Une fois seule, elle prend une peau de lapin tannée, la place sur son cadre, et se met à dessiner le lance-pierre puis la silhouette d'Index en train de viser un oiseau.

Le jeune homme semble particulièrement amusé par les dessins que vient de faire Pouce. Il a une nouvelle idée.

Il prend une torche qu'il enflamme dans le foyer, puis dit à Pouce d'emporter tous les rouleaux et de le suivre dans la grotte. Une fois au fond, il dégage le rocher qui obstrue le tunnel menant à la salle souterraine. Quand ils ont atteint le lac d'eau claire, Index indique à Pouce un renfoncement dans la paroi qui pourrait servir de lieu où déposer les précieux rouleaux. Son idée est de les protéger.

Pouce trouve l'idée excellente. Ensemble, ils aménagent la cavité afin qu'elle devienne un parfait réceptacle pour la cinquantaine de rouleaux déjà rédigés. Puis Index bloque la torche dans une des anfractuosités de la paroi de façon que celle-ci éclaire l'ensemble de la salle.

Une fois leur tâche accomplie, ils s'assoient au bord du lac. Index récupère un peu d'eau dans le creux de sa main et la tend à Pouce pour qu'elle boive. Elle fait de même. Chacun aspire l'eau pure du lac souterrain dans la main de l'autre.

Les deux jeunes gens se regardent longuement en silence, éclairés par les lueurs dansantes de la flamme de la torche. Index prend doucement la main de Pouce et l'embrasse. Elle se laisse faire, lui sourit et commence à lui caresser le visage. Index lui rend ses caresses et entreprend de la déshabiller.

Ils sont maintenant complètement nus, face à face.

Pouce caresse le torse d'Index. Il lui caresse les seins. Ils sont presque l'un contre l'autre, leurs lèvres sont sur le point de se toucher.

Pouce ferme les yeux et attend le contact avec impatience. Mais c'est à ce moment que retentit la corne de bélier d'alerte. Pouce rouvre les yeux.

Ils se rhabillent en vitesse et ressortent précipitamment de la salle souterraine. Arrivés au seuil de la grotte, les deux jeunes gens s'arrêtent net, sidérés par l'affreux spectacle qui s'offre à eux.

Les corps ensanglantés de deux femmes sont étendus sur le sol, immobiles. Le responsable de ce carnage est là aussi : c'est une panthère noire d'une taille phénoménale. Plusieurs hommes autour du fauve brandissent des torches et des lances pour le faire reculer mais celui-ci ne semble pas impressionné et donne de fulgurants coups de patte. Son rugissement fait vibrer les cages thoraciques.

Soudain, Pouce se rend compte qu'une des deux victimes est sa propre mère. Elle gît dans une grande flaque de sang. Les deux femmes devaient probablement préparer la nourriture lorsque l'animal a surgi et les a frappées avant que qui que ce soit ait pu réagir.

Index l'attaque au lance-pierre mais le monstre, d'un coup de patte réflexe extrêmement rapide, dévie le projectile. Auriculaire, le père sorcier de Pouce, ramasse du sable avec sa main gauche et s'avance vers le fauve à fourrure noire qui le fixe de ses grands yeux jaunes en grognant.

Le vieil homme tient dans sa main droite son poignard en silex. Lorsque le fauve s'approche de lui, le sorcier lui jette du sable dans les yeux. L'animal se débat sans comprendre ce qui lui arrive. Auriculaire s'élance. Il s'agrippe au dos de la panthère qui se cabre, et plante plusieurs fois son poignard dans la gorge du fauve. Le sang gicle. L'animal pousse un ultime rugissement, ploie sur ses pattes avant, puis bascule sur le flanc, soudain inerte.

Les membres de la tribu qui sont présents poussent une clameur de victoire. Seule Pouce reste silencieuse. En larmes, elle se précipite vers son père et lui demande en hurlant pourquoi il est intervenu si tard. Elle lui reproche de ne pas avoir réussi à sauver sa mère. Elle va même jusqu'à dire qu'elle aurait préféré que ce soit lui qui meure plutôt qu'elle.

Le sorcier ne réagit pas à la colère de sa fille. Lentement, il se dirige vers les deux cadavres et prend celui de sa compagne dans ses bras pour le porter à l'intérieur de la caverne. Intriguée, Pouce le suit avec une torche.

Le sorcier dépose le corps sur le sol de la grotte, puis utilise une pierre plate pour creuser un trou. Pouce lui demande ce qu'il fait. Tout en continuant, son père lui explique qu'il a vu des éléphants quelques jours auparavant accomplir ce rituel. L'un de leurs petits était mort. La mère l'a alors porté jusqu'à un arbre, accompagnée de tous les éléphants du troupeau. Tous ont aidé à faire un trou près de l'arbre, dans lequel la mère a poussé son enfant. Avec leurs trompes, ils ont ensuite recouvert le corps de l'éléphanteau de terre, formant une sorte de motte. Puis tous les éléphants se sont mis en cercle et ont barri de toutes leurs forces. Le sorcier pense qu'il faut procéder de même pour la mère de Pouce. Ainsi, ni les chacals, ni les corbeaux, ni les mouches ne pourront la manger. Son corps restera intact.

Pouce est stupéfaite. Jusqu'ici, les cadavres des membres de la tribu étaient abandonnés comme des déchets. Elle se souvient même d'avoir vu des enfants récupérer les omoplates de leurs parents morts pour s'en servir d'outils de tannage, ou d'autres qui jouaient aux osselets avec les vertèbres de frères et sœurs défunts ; sa tante a même utilisé le tibia de son compagnon disparu pour en faire une flûte en y perçant des petits trous.

Malgré sa peine, Pouce se dit que l'idée de son père de préserver le corps de sa mère en l'enterrant est bonne, même si elle lui en veut toujours de ne pas avoir réussi à la protéger. Elle prend une pierre et creuse à côté de lui. Index entre dans la grotte une torche à la main, et, après avoir compris ce qui se jouait sous ses yeux, rejoint Pouce et son père. Annulaire, le harpiste, et Majeur, le chef, arrivent en renfort peu après.

Puis, lorsque le sorcier estime que la cavité est suffisamment profonde, il y dépose le cadavre en position fœtale. Après un bref instant de réflexion, il ôte délicatement du cou de la défunte le collier à la pierre orange translucide et le tend à sa fille.

Pouce hésite. Elle se tient un petit moment en silence devant sa mère morte recroquevillée dans le trou, et finalement accepte de prendre le collier pour le nouer autour de son cou.

Tous les cinq, ils entreprennent de recouvrir le cadavre de terre. Index, toujours inventif, propose de poser un gros rocher par-dessus la tombe, pour s'assurer qu'aucun animal ne puisse le déterrer. Ensemble, ils parviennent à déplacer une grosse pierre.

Une fois cette tâche accomplie, Pouce ressent une émotion incontrôlable monter en elle et se met à hurler, imitée par les quatre autres. Leur cri forme bientôt une onde puissante.

Puis le silence s'installe.

Pouce lâche encore un ultime sanglot. Elle sent qu'elle a besoin d'être seule et s'enfuit, en pleurs, jusqu'au sommet de la colline la plus proche. Là, elle s'allonge sur le dos pour tenter de se calmer. Tandis que sa respiration devient plus régulière, elle essuie les dernières larmes qui embuent ses yeux et regarde le ciel nocturne.

Les étoiles brillent dans l'obscurité. Hébétée, Pouce les scrute une par une. Elle se dit que toutes ces lumières sont peut-être les esprits des morts. Alors elle regarde avec plus d'attention chaque scintillement, à la recherche de l'esprit de sa mère.

Eugénie aussi fixe avec intensité les étoiles innombrables, quand soudain elle entend une voix extérieure qui résonne directement dans sa tête :

Maintenant, prépare-toi à revenir.

Tu franchis la porte de cette vie en sens inverse.

Tu la refermes.

Tu remontes le couloir.

Tu passes la porte de l'inconscient, tu la refermes à clef.

Et tu gardes la clef.

Tu remontes les dix marches de l'escalier en colimaçon, et lorsque je prononcerai les mots « Zéro, et top », tu seras revenue dans mon espace-temps.

Je commence le décompte des marches.

Dix… Neuf… Huit…

7.

— … Trois… Deux… Un… Zéro, et top…

Eugénie Toledano ouvre les yeux, en pleine possession de ses moyens cette fois.

— Pourquoi m'as-tu fait revenir ? demande-t-elle, agacée, à son père.

— Tu y es depuis une heure déjà. Et je voulais te montrer comment on revient correctement dans sa vie actuelle.

Eugénie déplie les jambes pour poser les pieds au sol et voit une goutte d'eau qui tombe sur son jean. Surprise, elle se touche les joues : elles sont inondées de larmes.

Eugénie comprend qu'elle a pleuré durant la séance, qu'elle a vécu la scène exactement comme Pouce l'a vécue.

— Tu viens d'expérimenter un des aspects les plus perturbants de la V.I.E., explique René. Pour une raison que j'ai encore du mal à expliquer, ce qui se passe dans cette sorte de rêve éveillé qu'est l'hypnose régressive peut avoir un effet réel sur notre vie actuelle.

Sans perdre un instant, la jeune femme ouvre son cahier et se met à dessiner avec ses crayons de couleur. Elle commence par le ciel pour essayer de retrouver l'emplacement précis de chaque étoile. Puis elle poursuit avec l'enterrement de sa mère, et, à part, en gros plan, fait figurer le collier avec son pendentif translucide orange, probablement en pierre d'ambre, et sa libellule figée dans la matière.

— Tu peux me raconter ce qui s'est passé ? demande son père, intrigué.

Sans le regarder et tout en continuant de dessiner avec dextérité, la jeune femme aux longs cheveux roux raconte comment elle a enseigné l'écriture aux enfants, et comment elle a créé la première bibliothèque sur une idée d'Index. En revanche, il y a une scène dont elle ne lui parle pas, qu'elle ne dessine pas non plus : celle du baiser interrompu. Mais elle détaille l'attaque de la panthère noire, comment le sorcier l'a tuée, et l'enterrement de sa mère au fond de la caverne.

René est estomaqué par la qualité et la finesse des dessins qu'il ne quitte pas des yeux. Il regarde par-dessus l'épaule de sa fille les illustrations très réalistes de son récit.

— Je crois que mon père – enfin l'autre, le sorcier Auriculaire – a pour la première fois décidé d'enterrer un mort, dit-elle. Il a aussi créé la cérémonie funéraire qui accompagne cette façon de faire…

René hoche la tête en silence, de peur de perturber l'extrême concentration avec laquelle elle retranscrit les informations qu'elle a en mémoire.

— Voilà…, dit-elle, satisfaite, en contemplant son cahier.

Puis elle relève la tête et s'adresse à son père d'un ton décidé :

— Je sais que tu m'as dit qu'il ne fallait pas le faire plus d'une fois par jour et j'en suis déjà à deux, mais…

il faut que je reparte. Je n'ai toujours pas la réponse à la question de maman.

René regarde sa montre.

— Il est tard. Et tes deux plongées de V.I.E. ont duré chacune pratiquement une heure, c'est déjà trop.

— Qu'est-ce que je risque à recommencer ?

— L'incapacité à dissocier. Plus on est dans le passé, plus on a des difficultés à vivre le présent, répond-il d'un ton ferme.

Eugénie comprend que René n'accédera pas à sa demande. Elle se lève et déambule quelques instants dans le salon, passant de nouveau en revue les masques. Puis son regard s'attarde sur le visage de son père.

— Mais dis-moi, papa, puisque tu pratiques depuis longtemps, tu dois avoir des histoires extraordinaires à raconter…

— Je préfère ne pas t'en parler pour l'instant.

— Ce n'est pas très fair-play ! Je t'ai tout raconté, moi ! Dis-moi juste dans quelles époques tu es arrivé…

— Cela restera mon secret, tranche-t-il. Nous avons eu beaucoup d'émotions aujourd'hui. Il est tard maintenant, rentre chez toi. Je t'appelle demain matin.

Déjà il se lève pour aller faire la vaisselle. Elle n'ose pas insister, prend ses affaires et quitte l'appartement après lui avoir dit au revoir gentiment.

8.

Quand Eugénie franchit le seuil de son petit appartement, un fauve noir aux yeux jaunes lui saute dessus.

Ce n'est que Nostradamus, son chat. Il ne décolle pas de ses mollets, manquant de la faire tomber. En lui donnant les caresses qu'il aime, Eugénie songe que le petit félin a beaucoup de traits communs avec celui qui a tué la mère de Pouce, mais dans une version moderne de taille réduite et presque inoffensive. Lui ne se nourrit pas de chair humaine ou animale mais de croquettes multivitaminées artificiellement parfumées au goût de langouste, dont la formule chimique a spécialement été étudiée pour entretenir le soyeux de son poil et lui éviter des problèmes de transit ou de cholestérol. Pour calmer les miaulements plaintifs de son compagnon à quatre pattes, elle remplit la gamelle des fameuses croquettes et déclenche la fontaine à eau, car Nostradamus n'aime pas l'eau stagnante et n'accepte de boire que de l'eau en mouvement.

L'appartement d'Eugénie, quarante mètres carrés sous les toits au septième étage sans ascenseur, ressemble à une petite bibliothèque. Tous les murs sont pourvus d'étagères recouvertes de livres. Un divan, un fauteuil, une table et une chaise occupent le centre de la pièce principale. Sur la table, un cendrier déborde de mégots.

La jeune femme sort son paquet de cigarettes de son sac à dos et en allume une. Elle compte sur le tabac pour la détendre après toutes les émotions de cette journée particulière.

Elle frissonne en repensant à la demande pressante de sa maman le matin même : malgré la maladie, Mélissa a mobilisé un sursaut d'énergie pour lui agripper le bras et lui intimer de stopper l'obscurantisme, de voyager dans le temps et de trouver son âme sœur… En même temps se superpose dans l'esprit d'Eugénie la mort de la mère de Pouce tuée par une panthère noire. Elle ne peut s'empêcher de faire le parallèle avec sa propre mère attaquée par la maladie.

Eugénie repense aussi à Index et à son idée d'abriter ses rouleaux dans une sorte de bibliothèque. Elle sourit.

Tristesse et fierté se mêlent dans son esprit. Un peu de culpabilité aussi, d'avoir accusé si vite son père Auriculaire d'être responsable du décès de sa mère. Et une émotion intense d'avoir hurlé à la mort avec les autres, comme les éléphants, devant la tombe.

Inspirée par ce rêve éveillé, la jeune femme lance sur son enceinte portative un titre d'un vieux groupe de rock australien qu'elle a découvert depuis peu : Dead Can Dance, c'est-à-dire « Les morts peuvent danser »…

Elle choisit le morceau « Orbis de Ignis » (« Feu dans le monde »). La voix extraordinaire de la chanteuse Lisa Gerrard, aussi belle que celle des meilleures chanteuses d'opéra, la bouleverse.

Eugénie s'installe sur la seule chaise de la pièce et souffle longuement la fumée pour s'apaiser. Elle reprend son cahier dans son sac et se remet à dessiner. Elle ferme un instant les yeux pour se remémorer avec exactitude l'image de la nuit étoilée et placer chaque constellation repérée le plus précisément possible. Elle sait que ses indications pourront servir à déterminer la latitude de l'endroit où elle a atterri.

La voix de Lisa Gerrard monte encore et Eugénie sourit, impressionnée par sa propre capacité à rendre le moindre détail de ses visites dans le passé. Même Nostradamus, qui d'habitude la fuit quand elle fume, a grimpé sur la table et pose avec délicatesse ses coussinets sur le cahier à dessin.

Elle le laisse passer et reprend son activité graphique, la cigarette à la bouche.

J'en suis donc à ma cent neuvième vie. Et comme ni papa, ni maman, ni papi n'y arrivent plus, c'est à moi de prolonger leurs expériences de V.I.E. Il est urgent d'agir puisque l'Apocalypse est pour vendredi prochain, que nous sommes le 8 et que je n 'ai pas encore trouvé le lien entre ma vie de femme préhistorique et la menace dont parle maman.

Elle regarde l'heure. Il est déjà tard mais elle sent qu'elle est trop excitée pour dormir.

— Tant pis pour les recommandations de papa, j'ai trop envie, dit-elle à Nostradamus.

Elle écrase sa cigarette, se déplace jusqu'au divan et s'y assoit en tailleur.

Elle ferme les yeux.

Elle visualise l'escalier en colimaçon, descend les dix marches, voit la porte de l'inconscient, l'ouvre avec sa clef, franchit le seuil, marche le long du couloir aux portes numérotées et rejoint directement la porte – 1…

9.

Une larme se mêle au sang.

Sur le cuir tendu, Pouce guide la pointe de bois trempée dans cette encre pour tracer des arabesques.

Elle est assise sur un rocher plat et entame une série de dessins pour raconter l'enterrement de sa mère.

Assis autour d'elle, les enfants la regardent écrire avec un intérêt visible.

La jeune fille brune aux yeux marron s'interrompt un instant et caresse la pierre translucide de son collier. Annulaire, le harpiste, s'est mêlé aux enfants. Il a étudié un de ses rouleaux pendant qu'elle travaillait et a pris l'initiative de composer une mélodie pour accompagner son récit.

Il lui fait écouter sa musique que Pouce trouve très belle. Annulaire se met à chanter. Cette voix ajoute beaucoup d'émotion au son de la harpe.

La jeune fille est bouleversée.

Le musicien, troublé lui aussi, s'approche de Pouce et, tout en s'accompagnant de sa harpe, lui déclare en chantant qu'il l'aime.

Pouce est touchée. Elle hésite pourtant. Elle sait bien qu'elle a ressenti une forte attirance pour Index lorsqu'ils étaient près du lac souterrain. Elle demande à Annulaire du temps pour réfléchir. Il lui répond, toujours en chantant, qu'il est prêt à attendre, qu'il aimerait passer tout le reste de sa vie avec elle, qu'elle est la femme la plus merveilleuse du monde et qu'il veut avoir des enfants avec elle. Il chante son amour et le futur de bonheur qu'il entrevoit lorsqu'ils seront ensemble. Puis, respectant son indécision, il s'en va.

Pouce regarde le musicien s'éloigner d'un pas élégant et se dit qu'elle aime vraiment les deux hommes. Si Index l'impressionne par ses inventions et ses idées, Annulaire, quant à lui, la touche par sa musique et ses attentions à son égard, et elle se sent aussi très attirée par lui. Elle a autant envie de faire l'amour avec l'un qu'avec l'autre.

Elle les trouve tous les deux très beaux et apprécie leur odeur. Pourtant elle sait qu'il lui faudra choisir, résoudre ce dilemme sentimental, et cette échéance lui déchire le cœur.

Soudain, la corne d'alerte retentit.

Est-ce encore l'attaque d'une bête sauvage ?

Elle court vers le campement.

Mais c'est un autre danger qui s'annonce : quelqu'un a signalé qu'un groupe d'étrangers approchait.

Aussitôt c'est le branle-bas de combat. Tous les membres de la tribu s'équipent de leurs armes. Pouce va chercher sa lance, Annulaire fait de même et Index s'empare de son lance-pierre.

Une centaine d'individus se regroupe pour former une ligne de défense compacte. Le chef Majeur est posté à l'avant. Avec sa grosse hache et sa carrure impressionnante, il espère décourager les nouveaux venus. Derrière lui, tous brandissent des armes constituées de silex taillé fixés sur un manche en bois.

Les étrangers s'approchent. Malgré la distance, les membres de la tribu de Pouce peuvent constater qu'ils sont beaucoup plus nombreux qu'eux. Arrivé à portée de lance, le groupe d'étrangers s'arrête et les deux tribus s'observent. Pouce est surprise de voir qu'ils ont une physionomie très différente de la leur. Vêtus de peaux de loup gris foncé, dépourvus de maquillage et les cheveux libres, ils sont plus grands et ont de toutes petites têtes. Leurs nez sont étroits, et leurs fronts sont grands et droits au lieu d'être étroits et inclinés vers l'arrière. Leurs arcades sourcilières sont plates, leurs mentons plus pointus et leurs pommettes sont proéminentes.

Ils sont aussi moins larges d'épaule ; leurs mains et leurs pieds sont plus petits, leurs bras moins musclés. Pouce se dit qu'en cas de corps à corps les siens devraient avoir facilement le dessus.

Un autre détail la surprend : alors que la plupart des siens sont couverts de cicatrices, et que beaucoup d'entre eux ont perdu un membre ou un œil, les étrangers semblent tous intacts.

Les deux chefs s'avancent pour se retrouver face à face. Majeur tient sa hache dans une main et de l'autre il tambourine sur sa poitrine en faisant des grimaces. La tête rentrée dans les épaules, les jambes à demi fléchies, il roule des yeux comme un dément et souffle aussi fort qu'il peut. Pouce connaît cette attitude : il s'agit d'intimider. Souvent, elle suffit pour effrayer les étrangers et les faire fuir. Parfois, non, et alors il faut se battre.

Le chef de la tribu étrangère, avec sa grande taille et sa petite tête, ne semble pas du tout impressionné par les gestes et les mimiques de Majeur. Lui aussi se met en position d'intimidation : la tête rentrée dans les épaules, il renifle bruyamment et crache par terre. Puis il empoigne son sexe et urine dans la direction de Majeur, lui éclaboussant les pieds. En réponse, le chef fait de même et parvient à mouiller les mollets de son adversaire.

Mais aucun des hommes ne cherche pour l'instant la confrontation directe. Ils se regardent dans le blanc des yeux sans ciller.

Autour d'eux, les membres de leurs tribus respectives savent qu'ils ne doivent pas montrer le moindre signe de peur ou de faiblesse et ils patientent, immobiles. Certains exhibent leurs dents, d'autres respirent fort ou serrent les poings, pour signifier qu'ils sont prêts à se battre si nécessaire.

Pouce sait ceci, pour en avoir déjà fait l'expérience : la rencontre entre deux tribus étrangères peut se dérouler de trois façons :

– l'alliance, la non-violence : les tribus s'entendent et peuvent coopérer ;

– la domination : la confrontation aboutit à la victoire d'un groupe qui domine l'autre et en général pille tout ce qu'il possède ;

– la neutralité : les deux groupes ne s'approchent pas, s'évitent même, et poursuivent leur chemin, comme si la rencontre n'avait pas eu lieu.

Si les deux chefs optent pour le combat, Pouce sait qu'elle risque de mourir.

Mais pour l'instant, les deux groupes continuent de s'observer. Au-dessus d'eux tournoient des vautours, intéressés eux aussi par ce qu'il se passe. Plus haut encore, les nuages sombres, poussés par le vent, créent, en passant devant le soleil, des ombres mouvantes inquiétantes.

Soudain, un chien qui accompagne la tribu étrangère vient se placer entre les deux chefs de tribu. Il s'arrête et lâche un pet sonore qui se prolonge en deux petites flatulences plus aiguës.

Les deux chefs marquent simultanément leur surprise, ce qui les oblige à renoncer à leurs rictus d'intimidation. Et à peu près en même temps, ils éclatent de rire, presque malgré eux. En quelques secondes, les membres des deux tribus rient tous aux éclats.

L'intervention de l'animal a désamorcé la tension. C'est Majeur qui, le premier, dépose sa grosse hache et avance main ouverte en signe de paix. Le chef de ceux que Pouce désigne désormais dans son esprit par le sobriquet de « Petites Têtes » fait de même.

Les deux mains ouvertes se touchent.

Les deux hommes s'étreignent à pleins bras.

Le chien lâche un nouveau chapelet de pets sonores, mais cette fois plus personne ne fait attention à lui.

Quelque chose de nouveau et d'intéressant s'est joué dans cette rencontre, Pouce le sent : elle sait maintenant que le rire est un antidote à la guerre. Elle songe qu'il faudra noter cette information sur un rouleau spécial.

Comme après chaque rencontre qui aboutit à une entente, les opérations de troc sont rapidement lancées. Les individus des deux tribus s'installent deux par deux pour procéder à des échanges.

Pouce sélectionne comme partenaire un de ceux des Petites Têtes qu'elle trouve très beau. Elle l'a repéré pendant la phase d'observation. C'est un homme plus grand que les autres, avec un nez fin, des yeux et des cheveux noirs, une barbe noire et un très joli os qui lui transperce la cloison nasale. La jeune fille trouve ce détail particulièrement esthétique.

En outre, il porte un collier de dents de loup auquel est accroché un crâne d'aigle en guise de pendantif.

Pouce et l'étranger choisissent un endroit un peu à l'écart pour procéder aux échanges. Il pose un sac près de lui ; elle fait de même. Maintenant qu'il est proche d'elle, la jeune fille renifle son odeur et perçoit des relents poivrés très différents des sueurs d'homme qu'elle connaît.

Comme ils ne parlent pas la même langue, ils communiquent par gestes, en désignant les objets ou les personnes. L'étranger commence par lui proposer un couteau fait d'une dent de fauve. Il montre que c'est une arme tranchante qui coupe et qui tue facilement. Elle l'accepte.

En retour, elle lui propose le lance-pierre que lui a offert Index. Elle lui montre comment l'utiliser. L'homme est très intéressé. Il le teste en tirant sur un arbre et semble très satisfait.

Il lui propose ensuite un arc avec des flèches ; en échange, elle lui montre un rouleau couvert de ses dessins, en essayant de lui expliquer que c'est la mémoire de sa tribu. Il reste dubitatif, l'examine sous tous les angles, mordille même le bord de la peau de lapin tannée, arrive à arracher un morceau avec ses molaires, mâche puis recrache. Il fait signe qu'il n'est pas intéressé.

Pour tenter de mieux lui faire comprendre de quoi il s'agit et le convaincre, elle lui tend un rouleau spécial où est décrit le processus de fabrication d'un lance-pierre. Là encore, il arrache un morceau qu'il mâche puis recrache.

Pouce n'a plus rien à échanger. Le troc va s'arrêter. Mais elle a quand même envie de continuer à parler avec lui. Elle lui propose, comme l'a fait Index, de se nommer.

Elle explique par gestes qu'elle a déjà baptisé ceux de sa tribu avec les doigts de sa main gauche. Elle suggère de nommer les nouveaux venus avec les doigts de sa main droite.

Elle-même s'étant nommée Pouce, elle précise qu'elle est « Pouce de la main gauche ». Et elle lui montre le doigt.

Puis elle désigne Index, qui est en train de montrer à un étranger Petite Tête sa hutte démontable. Elle prononce le nom « Index Gauche » et précise que c'est l'inventeur du lance-pierre. Elle indique de la même manière le chef de sa tribu, signale qu'elle le nomme dans sa langue « Majeur Gauche » et qu'il est très fort. Pour que l'homme en face d'elle comprenne, elle mime l'attitude guerrière de son chef.

C'est ensuite au tour de l'homme qui fait une démonstration de harpe, qu'elle nomme « Annulaire Gauche ». Enfin elle montre le sorcier et explique que c'est son père et qu'elle l'a nommé « Auriculaire Gauche ».

Le beau guerrier Petite Tête écoute avec attention, plissant son grand front et déployant visiblement d'énormes efforts pour tenter de saisir de quoi il retourne, touchant ses propres doigts pour confirmer les noms.

Pouce le désigne et le baptise « Index Droit ». Il reproduit ses gestes pour lui faire savoir qu'il a compris le principe. Il répète même les mots que la jeune fille a prononcés.

Pouce se rend compte à quel point elle est ravie d'enseigner aux autres des choses qu'ils ignorent.

À son tour, l'homme montre son pouce droit pour désigner une femme et signifie par gestes qu'un lien fort les unit. Pouce en déduit qu'il s'agit de sa mère. Elle fait un geste pouvant évoquer cette idée. Il approuve d'un hochement de tête.

Il désigne ensuite le chef de sa tribu et montre son majeur droit. Il précise en reproduisant un signe similaire à celui qu'il avait effectué pour sa mère et Pouce comprend que le chef est le père d'Index Droit.

Ce dernier montre un autre guerrier qui lui ressemble, mais qui est de plus petite taille et porte des vêtements plus soignés. Il est en train de taper sur une souche en cadence, produisant une musique rythmée. Le beau guerrier Index Droit fait ensuite un geste qui signifie que les deux hommes sont proches, et la jeune fille en déduit qu'Index Droit vient de lui présenter son frère. Elle se dit qu'il doit être l'artiste musicien de leur tribu : il sera donc Annulaire Droit.

Enfin Index Droit désigne le sorcier de leur tribu, reconnaissable au casque qu'il porte, composé d'un crâne de loup évidé, et lève son auriculaire droit.

Puis le guerrier Petite Tête s'en va. Pouce, un peu dépitée, se dit qu'il a probablement cessé de s'intéresser à elle. Mais il revient avec un bouquet de fleurs qu'il lui tend. Toujours en utilisant le langage des mains, elle lui demande si ce sont des fleurs à manger. Il comprend, lui répond par la négative et lui explique par gestes que chez eux c'est une tradition : lorsqu'un homme a envie de faire l'amour avec une femme, il lui offre des fleurs. Elle se dit que cette coutume typiquement Petite Tête est charmante. Elle lui fait comprendre qu'elle n'a pas envie de faire l'amour tout de suite, mais que ce n'est pas un refus définitif, qu'elle souhaite seulement réfléchir.

Une fois les échanges réalisés, le chef Majeur Gauche propose que tous partagent le même repas.

Le sorcier Auriculaire Gauche réunit des feuilles sèches, puis frappe des silex l'un contre l'autre pour obtenir une étincelle. Tous ceux de la tribu des Petites Têtes observent avec étonnement cette étrange pratique qui fait apparaître des points de lumière.

Après plusieurs tentatives, les feuilles s'enflamment. Aussitôt, Auriculaire souffle pour entretenir la combustion. Le feu est transmis à un amoncellement de petit bois, puis à des bûches. Enfin l'ensemble flambe avec une belle lumière jaune qui répand sa chaleur.

Ceux de la tribu des Petites Têtes reculent, effrayés par ce phénomène inconnu. Certains sont fascinés, d'autres sont épouvantés.

Pouce comprend que les Petites Têtes ne connaissaient pas le feu et se sent fière d'appartenir à la tribu qui sait le maîtriser.

Une fois les Petites Têtes rassurées, les deux tribus se regroupent autour du feu et mangent. À la surprise de Pouce, les Petites Têtes ne mangent que de la viande crue : ni fruits, ni légumes, ni racines, ni champignons. Comme s'ils n'avaient jamais eu l'idée de goûter autre chose. Comme s'il n'y avait que la saveur salée du sang qui leur convenait. D'ailleurs, lorsqu'elle lui propose des végétaux, Index Droit manifeste son scepticisme et refuse. En revanche, il accepte un peu de viande cuite. Il mâche un morceau, semble d'abord surpris mais, après une hésitation, recrache avec dégoût.

Les autres membres de sa tribu sont partagés, mais la plupart finissent par émettre des rots satisfaits, signe qu'ils ont apprécié cette nourriture inhabituelle.

Auriculaire Gauche rejoint Index Droit et Pouce Gauche et demande à sa fille de le suivre.

Tous deux entrent dans la caverne et s'assoient sur la pierre tombale placée au-dessus du cadavre de sa mère. Auriculaire dit à sa fille que cette rencontre avec ces étrangers est peut-être une opportunité d'union intéressante. Il a vu qu'elle sympathisait avec Index Droit et il lui demande si elle voudrait se mettre en couple avec lui.

Pouce est étonnée par cette proposition et répond qu'elle a déjà deux prétendants : Index Gauche, l'inventeur, et Annulaire Gauche, le musicien, et qu'elle se verrait bien avoir des enfants avec l'un ou l'autre. Alors son père lui explique qu'il vaut mieux aller avec des hommes étrangers à sa tribu, que les enfants nés de ces unions sont en meilleure santé. Il y a moins de risques qu'ils naissent morts ou malformés.

L'argument la déstabilise. Son père en profite pour pousser son raisonnement : si Pouce se met avec Index Droit, leurs deux tribus seraient de fait unies ; ainsi, forts de trois cents individus, ils deviendraient une grande tribu quasi invincible. Le sorcier ajoute que plus le nombre de membres d'une tribu est important, plus il y a d'inventions, de découvertes. Ensemble, ils seraient plus forts dans tous les domaines.

Là encore, l'argument la touche.

Enfin son père lui dit que si elle a des enfants avec cet homme, ils auront probablement la grande taille des Petites Têtes, ce qui leur permettra de voir plus loin, et l'intelligence des Grosses Têtes, grâce à laquelle ils pourront résoudre les problèmes du futur.

Cependant, Pouce a quand même des sentiments pour Index Gauche et Annulaire Gauche. Elle interroge son père : est-il possible qu'elle soit avec trois hommes en même temps ? Le sorcier réfléchit, puis secoue la tête : selon lui, la paternité des enfants serait constamment mise en doute et cette incertitude serait source de nombreux confits.

La jeune fille n'y avait pas songé. Elle soupire et dit à son père qu'elle accepte de se mettre en couple avec cet étranger au physique particulier, qui ne parle pas leur langue, qui ne connaît pas le feu, qui mordille ses rouleaux d'écriture et qui n'aime même pas la viande cuite.

Comme cette union est importante, Auriculaire souhaite organiser une cérémonie en présence des membres des deux tribus. Ainsi, leur couple sera connu de tous et, quand elle aura un enfant, l'étranger ne pourra pas remettre en question sa paternité.

Une fois hors de la caverne, Auriculaire Gauche va voir le sorcier Petite Tête pour le prévenir et mettre au point la cérémonie d'union. Pouce, quant à elle, rejoint Index Droit et lui apprend par des gestes sans équivoque qu'elle accepte de se mettre en couple avec lui.

Il semble ravi, contrairement à Index Gauche et à Annulaire Gauche qui ruminent leur déception dans leur coin.

C'est à cet instant qu'une sonnerie retentit.

10.

Eugénie ouvre les yeux, encore engourdie par son retour trop rapide. Sur son smartphone, elle lit : « PAPA ».

Elle a besoin d'un peu de temps. Elle laisse sonner plusieurs fois puis enfin décroche.

— Je me faisais du souci… Tu es bien rentrée ?

— Oui, papa, ne t'inquiète pas, je suis chez moi.

— Et j'espère que tu n'as pas été tentée de faire une nouvelle régression, ajoute son père.

— Je suis trop fatiguée de toute façon. D'ailleurs, je vais me coucher. Bonne nuit.

Elle raccroche.

Il me connaît vraiment bien, se dit-elle tandis qu'elle se dirige vers la salle de bains. Face au miroir, elle a l'impression que se superpose à son visage actuel celui de la jeune fille préhistorique.

Qui suis-je ? Qui ai-je été ? Pourquoi ai-je accédé à la connaissance de ce passé si lointain ? À quoi est-il censé me servir ?

Elle s'asperge d'eau, comme pour chasser l'ancienne image, puis retourne s'installer à la table du salon pour de nouveau dessiner ce qu'elle a vu.

Sur une page elle note aussi :

1. Auriculaire Droit = le sorcier Petite Tête.
2. Annulaire Droit = l'artiste, fils du chef Petite Tête, joueur de percussions.

3. Majeur Droit = le chef des Petites Têtes.
4. Index Droit = le fils du chef et… mon mari.
5. Pouce Droit = femme du chef et… ma belle-mère.

Elle regarde tour à tour les portraits qu'elle a faits d'Index Gauche, avec sa cicatrice, et d'Index Droit, avec sa petite tête et son os en travers du nez.

Je comprends que mon « père » ait le souci de l'exogamie. L'endogamie devait entraîner des maladies dues à la consanguinité. Mais de là à me pousser vers quelqu'un d'aussi différent… Quoique. Reconnaissons qu'Index Droit est quand même beau gosse dans son genre.

Et galant, qui plus est.

Nostradamus saute sur les genoux d'Eugénie. Elle pose sa main sur son épaisse fourrure noire.

— Et toi, le chat, tu crois aux vies antérieures ?

L'animal lui répond par un miaulement.

— Ah oui, bien sûr, vous les chats, vous avez neuf vies… Alors es-tu la réincarnation de cette panthère noire qui a tué mon ancienne mère ?

Deux miaulements font cette fois office de réponse.

— Je m'en doutais, toi aussi tu considères que ce qui est passé est passé et qu'on ne peut pas tenir grief aux gens de notre époque pour ce qui est arrivé dans nos vies antérieures.

Cependant, malgré ses dessins et son ressenti, elle n'est pas complètement convaincue que ce qu'elle a vécu à trois reprises aujourd'hui puisse être « réel ».

C'est peut-être juste le fruit de mon imagination stimulée par mon père puis par moi-même. Je n'ai aucune preuve tangible que tout cela n'est pas qu'un rêve…

Un bâillement puissant la stoppe dans ses réflexions.

— Allez, Nostradamus, il est grand temps d'aller se coucher.

Elle va dans sa chambre, suivie de son chat. Là encore, la pièce est remplie de livres du sol au plafond, il y a un petit lit, une table de chevet avec dessus une lampe en forme de harpe.

Eugénie se déshabille et se glisse nue sous la couette rose. Le chat vient se poser sur son ventre et se met à ronronner.

Elle sent la vibration agréable qui se répand dans tout son corps.

Son vétérinaire lui a signalé que Nostradamus, comme tous les chats, ronronnait à 20 hertz. En tout cas, elle constate que cette basse fréquence l'apaise immédiatement. Ce ronronnement lui a permis plusieurs fois de mieux supporter le stress généré par la fréquentation de ses congénères humains.

Elle caresse le chat, puis s'arrête.

Malgré la fatigue, elle garde les yeux ouverts et repense à ce qu'a dit sa mère.

Maman a parlé de :

1. stopper les forces de l'obscurantisme ;

2. apprendre la pratique de la V.I.E. ;

3. trouver l'âme sœur.

Les trois étant liés selon elle.

Mais quand même, une âme sœur…

Est-il possible que cela existe vraiment ?

D'un bond, elle se relève et ouvre l'une de ses encyclopédies préférées, l'*ESRA*, *Encyclopédie du Savoir Relatif et Absolu*, du professeur Edmond Wells. Elle feuillette le sommaire pour trouver l'article qui l'intéresse. Elle le lit, sourit, referme l'énorme volume et le pose à côté d'elle.

Puis elle tend le bras pour éteindre sa lampe de chevet et sombre aussitôt dans un profond sommeil.

11.

ENCYCLOPÉDIE : L'ÂME SŒUR.

L'idée d'âme sœur est présentée dans *Le Banquet*, écrit par Platon au IVe siècle avant notre ère. Aristophane, un des convives du fameux banquet, invité comme les autres à faire l'éloge de l'amour, propose le récit suivant : à l'origine, les êtres humains possédaient quatre bras, quatre jambes, deux têtes et une seule âme. Les paires étaient formées suivant trois combinaisons possibles : homme-femme, homme-homme et femme-femme.

Ces êtres humains étaient très forts, très rapides et très intelligents. Ils rivalisaient avec des gazelles à la course, étaient capables de combattre des lions. Et ils n'étaient jamais seuls puisqu'ils avaient en permanence quelqu'un avec qui discuter : leur alter ego, ou « autre moi ».

La vie de ces humains était donc très agréable et avec le temps ils finirent par se sentir invincibles, et même comme les égaux des dieux de l'Olympe. Ils

cessèrent donc d'aller dans les temples et de déposer des offrandes.
Ils décidèrent d'envahir l'Olympe pour en chasser les dieux et prendre leur place.
Par dizaines de milliers, ils entreprirent de grimper la montagne telle une horde agressive.
C'en fut trop pour Zeus, qui entra dans une colère spectaculaire. Mais il ne voulait pas les tuer, car ils étaient ses créatures et il les considérait comme ses enfants. Pour atténuer leur pouvoir de nuisance, il décida de couper les humains en deux, afin de les rendre deux fois moins forts, deux fois moins rapides et deux fois moins intelligents. Chaque humain se retrouva alors avec une seule tête, deux bras et deux jambes. Et seulement une demi-âme.
Et en punition de leur arrogance, les humains partagés en deux furent condamnés à chercher leur âme sœur le restant de leurs jours, pour être à nouveau complets.

Edmond Wells,
Encyclopédie du Savoir Relatif et Absolu.

ACTE II

Lundi 9

Jour J – 4 avant l'Apocalypse

12.

La langue râpeuse de Nostradamus lèche la moitié du visage d'Eugénie Toledano en remontant de bas en haut sur la joue droite. Le chat noir enfonce même la pointe de sa langue dans l'orifice de l'oreille, produisant des sons assourdissants.

Eugénie ouvre un œil et voit l'extrémité rose du museau de Nostradamus qui frétille devant elle.

— Bonjour, toi…

La jeune femme s'étire, bâille et se lève sans se presser.

Elle s'approche de la fenêtre, ouvre le rideau puis recule sous le choc de la lumière d'un soleil resplendissant.

Des réminiscences de la journée précédente affluent d'un coup.

Selon maman, ce lundi 9 octobre, nous serions à quatre jours de l'Apocalypse…

Le compte à rebours est lancé. J – 4.

Dans la cuisine, elle remplit la gamelle du chat de croquettes au goût de caviar, pour changer un peu, tout en continuant de s'étirer et de bâiller. Il lui semble que tout ce qu'elle a vécu la veille n'était qu'un songe, jusqu'à ce qu'elle voie sur la table son cahier à dessin.

Franchement, si je ne n'avais pas fait ces dessins, je ne pourrais pas y croire. Papa a ouvert une porte dans mon cerveau. Comme les portes de la conscience évoquées par Aldous Huxley.

Elle reste longtemps sous une douche tiède, termine par un jet d'eau froide pour se revitaliser, puis enfile un peignoir et sèche ses longs cheveux roux.

Elle s'observe en détail dans le miroir en pied. Elle a une tête de souris avec son petit nez pointu. Elle mesure un mètre soixante et a de petits seins.

Beaucoup plus petits que ceux de Pouce, se surprend-elle à penser. *Je suis un petit modèle d'humain moderne.*

Puis elle ôte son peignoir, sort de la salle de bains et se dirige vers sa penderie.

Elle enfile des dessous de dentelle noire, un jean, un tee-shirt et un pull mauve, avant d'aller dans la cuisine se préparer un café noir qu'elle accompagne de délicieuses gaufres au chocolat.

Je crois que si je devais vivre comme Pouce, avec mes connaissances du monde actuel, mon café du matin me manquerait terriblement pour démarrer la journée. Une bonne douche également. Et aussi l'eau courante. Et le savon…

Pour se reconnecter à son époque, elle sort son smartphone, lance une application d'information en continu et écoute la radio en prenant son petit déjeuner. Les actualités sont égrenées par le présentateur :

– Sport. L'émir du Qatar, propriétaire de l'équipe de football de Paris, vient d'annoncer l'achat du joueur brésilien star, Ronaldissimo, considéré comme le meilleur du monde. Le salaire annuel du footballeur sera de 500 millions d'euros. C'est à ce jour le plus haut salaire jamais payé à un joueur. Cependant, l'émir a signalé que ce transfert serait rapidement rentabilisé avec les ventes de vêtements et d'objets divers à son nom et à son effigie. Ronaldissimo doit arriver demain dans la capitale et devrait jouer dès jeudi soir pour la rencontre tant attendue Paris-Marseille.

– Politique. Le ministre de l'Éducation nationale Pierre Lestourgue a été retrouvé pendu chez lui. Selon son entourage, il était depuis peu dans un état dépressif grave, après les menaces dont il était l'objet depuis qu'il avait dénoncé la recrudescence des agressions de parents d'élèves sur des professeurs. Les députés d'extrême gauche et d'extrême droite réclamaient depuis longtemps sa démission. La présidente de la République Élisabeth Rivol a déploré la perte d'un « homme de convictions, acharné au travail et dévoué à sa mission, qui a succombé sous la pression d'associations hostiles, de médias avides d'articles à sensation et de politiciens d'opposition qui, au nom de leur intérêt personnel, oublient que, derrière le titre de ministre, il y a un être humain avec un cœur ».

– Intelligence. Selon une récente étude, en France, le QI moyen a baissé de 20 points entre l'an 2000 et aujourd'hui. De 110, il est désormais descendu sous la barre des 100, pour atteindre 90. Des scientifiques pointent plusieurs facteurs pour expliquer cette baisse, notamment les perturbateurs endocriniens présents dans les pesticides, qui agiraient sur le cerveau des fœtus. Des psychologues pensent plutôt que les causes sont à chercher dans l'utilisation excessive des ordinateurs dès l'enfance, qui rend fainéant le cerveau des jeunes. « Plus personne ne sait faire de calcul mental et beaucoup attendent que les ordinateurs corrigent leurs fautes d'orthographe », signale l'auteur de cette étude. Il constate que de moins en moins de jeunes sont suffisamment concentrés pour lire un livre en entier. Or la lecture et l'observation sont des éléments importants pour le développement de l'intelligence.

– People. Le célèbre rappeur la Hyène a annoncé son mariage avec la non moins célèbre influenceuse Zora. Rappelons que la Hyène est actuellement numéro 1 des streams avec son dernier album au titre provocateur *Tuons-les tous*, dont les paroles incitent à la violence envers la police et ceux que le rappeur nomme les « laïcards ». L'album a déjà été téléchargé plus de sept cent mille fois et devrait rapidement atteindre le million. Zora et la Hyène ont annoncé qu'après leur mariage ils s'installeraient à Dubaï. Le chanteur a précisé que la raison de ce choix était sa volonté de ne pas payer d'impôts pour un gouvernement qu'il considère comme illégitime.

– Espace. Après la Nasa, les Russes, les Chinois et Space X, c'est maintenant Netflix qui lance son propre programme spatial. Avec une nouveauté de taille : il s'agit d'un voyage sans retour à bord d'une fusée. À l'intérieur, les douze astronautes, six hommes et six femmes, tous mannequins, acteurs ou danseurs, et tous célibataires, participeront au premier programme de téléréalité entièrement tourné durant le voyage et après l'installation sur la planète Mars. Pour ce projet, Netflix a fait appel à ses abonnés, qui ont été invités à sponsoriser l'émission baptisée Mars torride. Ce financement participatif a été couronné de succès et Netflix bénéficie désormais du plus gros budget jamais envisagé pour une émission de téléréalité.

– Iran. Le cadavre de Salimeh, l'étudiante de vingt et un ans dont les cheveux dépassaient de son voile et qui a été arrêtée par la police des mœurs il y a deux jours, vient juste d'être retrouvé dans une décharge publique. Un hacker a pu récupérer les images des caméras de vidéosurveillance internes du commissariat où elle avait été transférée et les a diffusées. On y voit la jeune femme violée puis torturée à mort par des fonctionnaires de la police des mœurs. Sa famille et ses amis appellent à une manifestation pacifique pour demander au Conseil des mollahs qui dirige le pays de dissoudre cette milice religieuse très controversée.

– Société. Les platistes, ces individus qui pensent que la Terre est plate et qu'un complot mondial vise à faire croire qu'elle est sphérique, sont de plus en plus nombreux. Ils demandent, au nom de la liberté d'opinion, d'avoir des représentants à l'Académie des sciences. Ils réclament par ailleurs une révision des programmes scolaires, lesquels devraient selon eux présenter les deux hypothèses, laissant ainsi aux écoliers la possibilité de choisir. Selon les chiffres du ministère de l'Intérieur, ils représenteraient environ 3 % de la population française, contre 5 % aux États-Unis.

– Météo. Les températures devraient encore monter dans les jours qui viennent, allant jusqu'à 34 degrés dans le Sud. Pas de pluie ni de vent prévus.

Eugénie regarde l'heure sur son smartphone. Huit heures trente. Elle termine son café, éteint la radio et prépare ses affaires.

Elle embrasse Nostradamus sur le sommet du crâne, quitte son petit appartement, ferme la porte à clef puis rejoint à grands pas la station de métro Strasbourg-Saint-Denis.

13.

Vacarme. Secousses. Vibrations. Lumière des néons.

À cette heure, il y a déjà beaucoup de monde dans la rame de la ligne 4. Comme la plupart des voyageurs, Eugénie a mis ses écouteurs pour ne plus entendre le bruit extérieur.

Son regard passe d'une personne à l'autre. Tout lui semble terne.

Dans la clairière où vivait Pouce, tout était coloré : les fleurs, les couchers de soleil, les rochers, les flammes jaune et rouge du foyer.

Les gens sont tous habillés en noir ou en gris. Comme les rats et les pigeons.

Elle constate aussi à quel point l'odeur est âcre, désagréable. Le wagon sent le plastique chaud, la sueur aigre et un mélange de parfums mal assortis.

Alors que la caverne sentait le bois brûlé, les herbes et la sueur poivrée.

Et que dire des visages de ses contemporains, si différents de ceux de l'époque préhistorique !

Ils ne sourient pas. On dirait qu'ils sont tous tristes.

La rame prend un virage serré qui entraîne un frottement des roues d'acier sur les rails et produit une sorte de hurlement aigu semblable à un cri d'animal. Ce son se superpose dans le cerveau d'Eugénie au feulement rauque de la panthère noire qui a tué sa mère.

Puis elle pense à sa mère, au cancer, cette autre force noire qui s'attaque à sa famille. Et les paroles de Mélissa lui reviennent une fois de plus à l'esprit.

« Les forces de l'obscurantisme ont déjà tenté de dominer le monde par le passé… Le vendredi 13, ce poing va frapper… Ils créeront le chaos et profiteront du désordre pour s'imposer. »

La jeune femme lance un morceau de Dead Can Dance dont le titre lui semble adapté à ses préoccupations : « Mother Tongue ». La langue de maman.

Elle ferme les yeux et, bercée par les mouvements du métro, repense à son passé. Elle se revoit toute petite, dans sa chambre : sa mère venait d'éternuer et cet éternuement avait provoqué un fou rire chez Eugénie. Alors Mélissa avait fait exprès d'éternuer de nouveau, déclenchant à chaque fois un éclat de rire chez sa fille. Elle se revoit aussi à cinq ans, avec son père qui lui lisait des histoires. C'étaient toujours des récits de la mythologie grecque. Ce qu'elle préférait, c'étaient les héroïnes féminines : Aphrodite, la plus belle des déesses. Athéna, la plus sage. Artémis, celle qui vit dans la forêt et qui chasse grâce à son arc.

Très tôt dans sa scolarité, les enseignants avaient été surpris par ses talents de dessinatrice et l'avaient encouragée. Mais ce don, associé à une beauté hors norme, lui avait valu la jalousie des autres élèves, surtout des filles. Alors qu'elle n'avait que onze ans, durant un cours de biologie, une élève avait utilisé un bec Bunsen pour enflammer sa longue tresse rousse, prétendant que c'était un accident. Non seulement cette élève n'avait pas été sanctionnée, mais elle avait fait des émules. Ses camarades de classe s'étaient liguées contre Eugénie, afin, disaient-elles, de la rendre « moins prétentieuse » et lui volaient régulièrement ses cahiers. D'autres la bousculaient durant les cours de sport pour la faire tomber. Des rumeurs avaient couru sur elle sur Internet. Certaines filles, parfois, l'agressaient sans raison.

Pour se protéger, Eugénie avait développé une hypervigilance, à la limite de la paranoïa. Mais, comme disait sa mère : « La paranoïa, c'est quand on a peur de dangers imaginaires. Quand on a peur de dangers réels, ne serait-ce pas de la lucidité ? »

Quand elle était arrivée au lycée, certains professeurs aussi l'avaient prise en grippe. L'un d'entre eux lui avait même dit : « Arrêtez avec votre arrogance. Et ne vous étonnez pas si vous agacez tout le monde. Le clou qui dépasse attire le marteau. » Eugénie avait alors pris conscience qu'on demandait aux élèves d'avoir de bonnes notes mais que, dès qu'ils en obtenaient, ils énervaient les mauvais élèves et les professeurs. Elle en avait conclu que, dans une société où l'on nivelle par le bas, il était logique qu'on empêche qui que ce soit d'atteindre les sommets. Mais elle n'avait pas eu le courage d'exprimer cette idée.

Aller au lycée était devenu pénible. Chaque agression rendait la jeune fille plus vigilante encore. Un peu à la manière d'une proie qui tend l'oreille ou guette pour entendre ou voir venir les prédateurs, Eugénie voyait tout, sentait tout, percevait les sons les plus infimes, était constamment sur le qui-vive.

Elle était attentive aux détails, qu'elle interprétait comme des signaux faibles pouvant entraîner des conséquences fortes.

Ce don d'observation et d'écoute lui avait par ailleurs permis d'être encore plus attentive en cours. C'était comme si son hypervigilance lui procurait un nouvel avantage sur les autres.

Élève solitaire, elle passait son temps libre à lire, et sa chambre s'était peu à peu transformée en bibliothèque bien remplie. Après le bac, qu'elle avait obtenu avec la mention très bien à seize ans, elle s'était inscrite à la faculté d'histoire de la Sorbonne, prestigieux établissement où enseignaient justement son père, sa mère et son grand-père. Elle aurait pu intégrer une classe préparatoire aux grandes écoles, mais elle voulait plus que tout quitter l'univers confiné des salles de classe pour démarrer la vie d'une étudiante lambda noyée parmi les autres dans un amphi bondé. Elle pourrait enfin aménager son temps et choisir ses fréquentations, s'était-elle dit. Elle avait loué son premier appartement, dont elle payait le loyer en donnant des cours dans une école privée.

Eugénie sourit en repensant à ce que son père avait nommé sa « sortie d'Égypte » et son « entrée en Terre promise », se référant à l'Exode de la Bible.

Avec le temps, les choses se sont arrangées.

Retour au présent, au métro. Elle change à Odéon. Les portes s'ouvrent, laissant sortir puis entrer des grappes de passagers. Elle trouve une place assise. Un couple d'une trentaine d'années s'installe en face d'elle. Les deux tourtereaux se tiennent par une main et utilisent l'autre pour garder sous leurs yeux l'écran de leur smartphone, qu'ils tapotent et caressent avec passion. Malgré leurs doigts unis, ils semblent complètement se désintéresser l'un de l'autre.

Un couple moderne.

Elle ferme les yeux et se remémore les mots de sa mère.

« Tu as ce qu'on appelle une âme sœur. Dès que vous vous serez retrouvées, tu seras complète. Alors ta capacité d'action sera décuplée. »

Cette idée d'âme sœur n'est toujours pas très claire pour elle. L'amour lui a depuis longtemps semblé être une source de problèmes. Elle voyait dans la cour de la Sorbonne des couples qui se « roulaient des pelles ». D'autres se cachaient dans les coins, riaient ensemble. Puis soudain, un beau jour, ils s'engueulaient. La fille pleurait et disait à ses amies que le garçon était un salaud; lui ricanait et expliquait à ses copains qu'elle était folle. Les seules filles qui évitaient cette fin lamentable étaient celles qui étaient très dures avec leurs fiancés. Du coup, les rôles s'inversaient : elles quittaient les garçons et ricanaient avec les autres filles, tandis que leurs ex-petits amis se morfondaient.

Même si Eugénie était très investie dans ses études, elle s'était dit qu'il fallait « franchir le pas », ne serait-ce que pour savoir si elle faisait partie du camp de celles qui pleurent ou de celles qui ricanent. D'autant qu'à dix-sept ans, elle s'était aperçue qu'elle attirait les regards des garçons sans avoir à faire le moindre effort.

Alors, surmontant ses préjugés, elle avait accepté une invitation à une fête d'anniversaire en boîte de nuit. Là, elle avait enfin compris le processus de la « parade amoureuse » dont parlaient certains chapitres de son livre de biologie au lycée. Tout d'abord, le lieu était sombre. *Comme ça, ceux qui ne sont pas très beaux ont leur chance*, s'était-elle dit. Ensuite, la musique, très rythmée, était assourdissante. *Pour qu'on ne repère pas ceux qui n'ont pas de conversation, vu qu'aucune conversation n'est possible.* Enfin, l'alcool ou la drogue faisaient le reste. *Lorsque plus aucun sens ne fonctionne, même les plus laids, les plus crétins peuvent séduire…*

Cette première incursion dans le monde des jeunes de son temps l'avait un peu refroidie, mais elle n'avait pas voulu rester en retrait pour autant. Elle avait accepté les avances d'un certain Romuald. Il était comme elle passionné par les cours, pratiquait le golf – un sport chic, selon les critères d'Eugénie – et jouait du saxophone – ce qu'elle trouvait sensuel.

Après plusieurs baisers, elle s'était retrouvée, un dimanche après-midi, nue avec lui dans un lit. Ils avaient d'abord mis beaucoup de temps à régler les problèmes de préservatif et dû s'y reprendre à plusieurs fois avant de pouvoir unir leurs corps. Ensuite, Romuald s'était avéré un amant maladroit et trop pressé. Ayant lu beaucoup de livres théoriques sur le sujet, Eugénie avait essayé de lui expliquer comment s'y prendre, mais il s'était vexé. Ils avaient fait un nouvel essai, et peu à peu ils étaient arrivés à un rapport qu'elle avait jugé « satisfaisant ».

C'est à cette époque qu'elle avait commencé à fumer. Elle s'était rendu compte que ce qu'elle préférait dans l'amour physique, c'était… la cigarette qu'on fumait « après ».

En revanche, Romuald, lui, était tombé très amoureux d'elle. Il voulait s'engager, lui parlait de mariage, d'enfant.

À dix-sept ans !… Pourquoi pas aussi de retraite et de l'Ehpad où nous finirions par regarder les mêmes séries dans le réfectoire…

Elle avait progressivement pris ses distances. Mais plus elle essayait de lui faire comprendre qu'ils n'étaient pas sur la même longueur d'onde, plus il s'accrochait. Elle avait donc dû mettre les points sur les *i.* Il l'avait très mal pris. Après les supplications et les menaces, il s'était saoulé. Et dans un accès de rage et de frustration, il avait tenté de lui sauter dessus. Elle n'avait dû son salut qu'à l'intervention de personnes présentes à ce moment-là.

Choquée, elle s'était inscrite dans un club de boxe française où elle avait appris l'art de se battre avec les mains, mais aussi avec une canne ou un bâton. Si bien qu'à la deuxième tentative d'agression de Romuald, c'est elle qui l'avait mis par terre avec un coup dans l'entrejambe. Mais leur histoire ne s'était pas arrêtée là. Il avait ensuite voulu mettre fin à ses jours, faisant savoir à qui voulait l'entendre que la responsable de son malheur était Eugénie.

C'est alors qu'elle avait commencé à se dire que l'amour était une source de problèmes.

Elle a par la suite connu d'autres aventures, mais elle s'est méfiée de ses propres sentiments et s'est peu investie. Jusqu'à ce qu'elle rencontre Nicolas Ortega à son cours de boxe. C'est lui qui lui a donné le goût de la compétition. Ensemble, ils ont remporté de nombreuses coupes pour leur club dans leurs catégories respectives. Ces victoires les ont rapprochés. Enfin un homme qui l'encourageait à réussir.

Mais Nicolas n'était pas seulement un excellent sportif. Il était aussi le leader d'un groupe de hard rock : les Enragés. Il arborait un look de révolutionnaire romantique à la manière de son idole : Che Guevara. Et il chantait en criant sa colère contre la société capitaliste. Eugénie le trouvait très touchant quand il montait dans les octaves et crachait sa haine des bourgeois.

Elle appréciait surtout chez lui l'homme d'action et d'initiatives. Il ne subissait pas le monde, il voulait le forger.

Ils ont donc commencé à se fréquenter. Au lit, il était beaucoup plus fougueux que ses précédents amants. Mais le plus impressionnant pour elle était son engagement politique : Nicolas ne se contentait pas de se déguiser en Che Guevara et d'exprimer en musique sa rage contre la société, il voulait vraiment faire la révolution. Il s'était mis à militer dans un nouveau parti d'ultragauche qui commençait à faire parler de lui dans les universités : le PNS, pour Parti néostalinien.

Un jour, il lui a proposé d'assister à une réunion. Elle a refusé : elle n'était pas intéressée par la politique. De plus, Eugénie trouvait étrange cette dérive récente qui faisait que les partis extrêmes, de gauche comme de droite, ou encore religieux, avaient choisi, pour exister, de se radicaliser, c'est-à-dire d'assumer de manière totalement décomplexée les figures anciennes les plus clivantes : Staline pour l'ultragauche – les rouges –, Hitler pour l'ultradroite – les noirs –, et Khomeini pour les ultrareligieux – les verts.

Même les anciens partis d'extrême gauche, d'extrême droite ou religieux avaient été surpris de cette surenchère et en comparaison passaient pour des modérés.

Mais Nicolas a insisté, demandant à Eugénie de ne pas juger les néostaliniens sans les connaître. Alors elle a cédé. Elle est allée voir. Ils se réunissaient toujours au même endroit, au café Robespierre, près de la Sorbonne, dans une arrière-salle où ils étaient autorisés à boire et à fumer. Sur le mur principal était accroché le portrait de Staline, qu'ils nommaient, comme à l'époque du stalinisme triomphant, « le petit père des peuples ».

Eugénie s'y est rendue comme on va au zoo voir des animaux menacés d'extinction. À son grand étonnement, elle y a trouvé un groupe de jeunes étudiants plutôt sympathiques, avec des figures attachantes comme Gros Louis, toujours à sortir des blagues et à manger des bonbons, la zélée Morgane, une blonde décolorée vêtue en style révolutionnaire avec ses jeans troués et ses vestes cloutées, qui ne savait pas quoi faire pour plaire à Nicolas, ou la petite Lola, qui faisait beaucoup plus jeune que son âge. Au Robespierre, ils buvaient des bières, fumaient des substances plus ou moins licites, et refaisaient le monde.

Eugénie a trouvé cette première réunion très cool. Elle n'avait aucune affinité politique avec les participants, et c'était plus Nicolas que le PNS qui l'intéressait, mais à force de l'entendre se présenter comme le défenseur de la cause du peuple et des opprimés, elle a fini par adhérer au PNS comme on participerait à une œuvre de charité. Pour aider les pauvres, réparer les injustices. Et de surcroît passer du temps avec une bande de copains intéressants.

Elle s'est dit que l'engagement politique lui permettrait de découvrir un monde dont elle ignorait tout. Et, comme le répétait Nicolas, tant qu'on n'est pas monté sur un ring de compétition, on ne peut pas savoir quelles sensations ça procure.

En somme, cette relation « rock'n'roll révolutionnaire » lui convenait. Elle lui semblait d'autant plus adaptée que Nicolas était comme elle passionné par tout ce qui se passait dans son époque.

Nicolas vivait encore chez son père. Par conséquent, ils ne faisaient l'amour que chez elle, en écoutant AC/DC, Iron Maiden, Aerosmith ou Metallica. Nostradamus a d'abord montré une grande hostilité envers cet intrus mâle. Puis, n'ayant pas d'autre choix, il a fini par l'accepter comme une sorte de gêne supportable à condition qu'Eugénie double sa ration de croquettes. Elle s'est résolue à acheter régulièrement des croquettes plus chères au goût de langouste, de caviar, de foie gras.

Elle sort de sa rêverie. Son métro entre en station.

Est-ce Nicolas, mon âme sœur ?

Par la vitre du wagon, elle remarque une affiche publicitaire pour un site de rencontre qui s'engage justement à trouver l'âme sœur grâce à un nouveau logiciel d'intelligence artificielle qui ne se trompe jamais.

Crissement des freins. La rame s'immobilise.

Cardinal-Lemoine. Elle descend là, c'est la station de métro la plus proche de l'hôpital de l'Institut Curie.

14.

Mélissa ressemble à la Belle au bois dormant. Son visage est complètement détendu. Et s'il n'y avait pas les perfusions et les fils électriques des différents capteurs, elle semblerait dormir paisiblement.

— Elle est belle, ta mère, dit René qui est déjà arrivé.

Mélissa a les jambes posées sur des coussins pneumatiques qui se gonflent et se dégonflent à un rythme régulier. Eugénie interroge son père du regard.

— C'est lié à son coma artificiel. Il faut faire circuler le sang dans les jambes même si elle est immobile.

La porte de la chambre s'ouvre. Apparaissent le professeur Ganesh Kapoor et son sourire poli duquel on ne peut rien déduire.

— Bonjour, madame, bonjour, monsieur. Les infirmières m'ont dit que vous étiez là.

— Comment va-t-elle ?

— L'état de Mme Toledano est stationnaire. J'attends encore quelques résultats complémentaires pour demain matin. J'ai planifié la réunion de concertation pluridisciplinaire – la RCP dans notre jargon – pour dix heures trente afin que nous décidions de la meilleure stratégie à adopter concernant le cancer de Mme Toledano.

— Quelles sont les options ? demande René.

— Pour ce type de cancer, quatre possibilités s'offrent à nous : la chirurgie, la radiothérapie, la chimiothérapie et l'immunothérapie. Asseyons-nous un instant.

Eugénie prend place dans le fauteuil, tandis que le professeur Kapoor s'appuie contre la table posée le long du mur, face au lit.

— La chirurgie consiste à réséquer la tumeur et le tissu support, c'est-à-dire à couper au scalpel la partie du cœur de votre maman qui est déjà touchée par le cancer. Une telle chirurgie n'est cependant pas sans risques. Avec la radiothérapie, les rayonnements X irradiants vont brûler les cellules, saines comme tumorales, même si nous avons fait des progrès considérables en matière de ciblage ces dernières années. Avec la chimiothérapie, on donnera par voie orale ou intraveineuse des médicaments qui vont attaquer les cellules cancéreuses. Ce sont des traitements lourds avec des effets secondaires comme des nausées, la perte des cheveux, l'assèchement des muqueuses, une diminution de sensibilité des extrémités et des diarrhées importantes. Reste l'immunothérapie : on prélève des cellules cancéreuses du patient et on les injecte à un lapin. Ce dernier fabrique des globules blancs spécialement programmés pour lutter contre les cellules noires du cancer. Nous réinjectons ensuite au malade ces globules blancs spécifiques pour qu'ils s'attaquent à la tumeur. C'est la technique la plus efficace et qui a l'avantage de cibler les cellules cancéreuses. Mais c'est aussi la plus récente et nous n'en connaissons encore ni l'efficacité à plus long terme ni les effets secondaires.

Eugénie et René écoutent ces doctes paroles.

— Quoi qu'il en soit, maintenant que Mme Toledano est en coma artificiel, la tumeur ne progresse plus. Je vous laisse passer du temps avec elle et vous contacte dès que la RCP a donné son avis, déclare le professeur Ganesh Kapoor avant de quitter la chambre.

— Ma chérie, tu devrais y aller, dit René en regardant sa montre. C'est ce matin qu'intervient le nouveau prof d'intelligence artificielle appliquée à l'histoire, n'est-ce pas ? Moi, je vais rester encore un peu. Je pense que ta mère perçoit les présences.

Eugénie prend la main de Mélissa sans parler, l'embrasse et laisse son père pour aller au cours qu'il vient de mentionner.

15.

À l'entrée de l'université, deux vigiles avec des brassards « SÉCURITÉ » lui demandent sa carte d'étudiante avant de la laisser passer.

Eugénie traverse la cour et rejoint l'amphithéâtre Richelieu plein à craquer. Presque tous les étudiants ont apporté leur ordinateur portable ou leur tablette.

Elle repère Nicolas, la barbe et les yeux noirs, vêtu d'un tee-shirt rouge orné d'une étoile noire sur le torse, et se glisse à côté de lui. Elle dépose sur sa bouche un baiser auquel il semble à peine faire attention.

— Comment s'appelle le nouveau prof ? demande-t-elle nonchalamment en s'asseyant.

— Hertz, Raphaël Hertz. Comme les voitures de location.

À l'heure exacte du début du cours, la porte de l'amphi s'ouvre. Entre un jeune homme qui court presque pour rejoindre l'estrade. Sans lever la tête et tout en sortant son ordinateur de sa sacoche avec des gestes méthodiques pour le poser sur le lutrin, il déclare :

— Bonjour à toutes et à tous. Je me présente : mon nom est Raphaël Hertz. Et je viens pour vous enseigner une nouvelle matière.

Il note au tableau :

L'INTELLIGENCE ARTIFICIELLE
APPLIQUÉE À L'HISTOIRE

Alors qu'il se tourne vers son auditoire, Eugénie l'observe avec attention.

Il a l'air très jeune. Tout au plus trente ans.

L'homme est de taille moyenne, a des cheveux bruns et porte des lunettes à monture bleue. Il prend quelques secondes pour examiner l'assistance face à lui puis se lance d'une voix assurée :

— Comment savoir ce qu'ont vraiment vécu nos ancêtres ? Au fur et à mesure des avancées scientifiques, ce que nous considérions comme des certitudes hier est aujourd'hui contesté. Tout simplement parce que nous avons de meilleurs outils de connaissance. Prenons l'exemple de l'astronomie : celle d'hier fondée sur les observations au télescope terrestre est contredite par celles des nouveaux appareils mis en orbite autour de notre planète. D'ailleurs, plus nous voyons loin dans l'espace, plus nous pouvons voir loin dans le temps, c'est-à-dire tôt. Concernant l'histoire, c'est pour regrouper toutes les informations du passé et estimer leur niveau de véracité de manière non plus « intuitive » mais scientifique que j'ai mis au point un logiciel que j'ai baptisé « 5W » qui permet de recouper toutes les sources, même les plus infimes, même celles qui remettent en question les données qu'on croyait certaines. Les cinq W correspondent en anglais aux questions « WHAT WHERE WHEN WHO WHY », c'est-à-dire : quoi, où, quand, qui, pourquoi. J'ai programmé ce logiciel en utilisant l'algorithme de Chat GPT produit par la société OpenAI. Je l'ai amélioré afin qu'il réponde à mon projet d'expertise historique. J'y ai intégré tous les domaines de recherche susceptibles d'aider à comprendre le passé, que ce soit l'archéologie, les documents écrits, mais aussi l'astronomie, la météorologie, l'entomologie, la botanique, l'anthropologie, la médecine, l'étude des vêtements, des armes, la géologie, et j'en oublie, bien entendu... Tous ces sujets peuvent sembler périphériques mais, à mon avis, ils font partie intégrante de l'histoire. La dentisterie, par exemple, peut apporter sa contribution. Quand on étudie le tartre sur les dents des hommes préhistoriques, on peut découvrir ce qu'ils mangeaient ;

c'est ainsi que j'ai déduit que certains peuples d'Europe étaient cannibales et d'autres végétariens, ce qu'on ignorait jusque-là. Mon programme 5W est l'outil moderne qui va permettre aux historiens d'être plus précis.

Une rumeur monte de l'amphi. Les étudiants se demandent qui est ce professeur qui fait la promotion de son logiciel comme un vulgaire commercial. Quant à Eugénie, plus elle l'observe, plus elle ressent une étrange impression, comme si elle le connaissait déjà. Elle a éprouvé la même sensation la première fois qu'elle a vu Nicolas. Si ce n'est qu'avec lui, l'attirance a été immédiate. Là, le sentiment est plus nuancé.

Raphaël Hertz poursuit sa démonstration sans se soucier du bruit ambiant.

— J'ai démontré qu'on avait tort de prétendre que les Carthaginois pratiquaient les sacrifices d'enfants au dieu Baal. C'est une médisance des historiens à la solde de Rome pour légitimer le massacre de la population carthaginoise. Mais ce mensonge était difficile à démonter car les Romains ont systématiquement détruit les preuves en incendiant toutes les bibliothèques carthaginoises. De même, j'ai pu montrer… Vous allez dire que c'est une obsession…

Il rit de sa propre tentative de connivence avec son auditoire avant de reprendre :

— J'ai pu montrer, disais-je, que les Mayas ne s'adonnaient pas non plus aux sacrifices humains. C'est là encore une médisance, des conquistadors espagnols cette fois. Chaque fois qu'un peuple en écrase un autre, il ne se contente pas de le massacrer, il invente des mensonges pour légitimer son crime.

Raphaël Hertz se penche alors vers sa sacoche en cuir, en sort une gourde dont il boit une gorgée avant de rajuster ses lunettes. Puis il poursuit :

— Nous ne serons pas informés par la politique ou la religion. Nous serons informés par la science. Et notamment les nouveaux logiciels d'intelligence artificielle appliqués à l'histoire. Le problème est que les gens préfèrent croire que savoir. Croire en Dieu. Ou croire dans les partis politiques. Ou même, ce qui est de plus en plus rare, croire dans les promesses du gouvernement. Répéter les phrases et les idées des autres est plus facile que d'expérimenter par soi-même avec les outils les plus modernes et faire de nouvelles découvertes qui remettraient en question nos traditions ou nos croyances passées. Les foules aussi sont manipulables. Il suffit de trouver un slogan. De parler fort. De faire des promesses impossibles à tenir. Et on plaît à la majorité. Plus je connais la vraie histoire, plus je pense que s'applique la règle bien connue : ce n'est pas parce qu'ils sont nombreux à avoir tort qu'ils ont raison. 5W remet peut-être les pendules à l'heure en rappelant qui a fait quoi, quand, comment, avec qui et quelles conséquences précises cela a eues par la suite. Bref, le contraire de la propagande qui, elle, vise à caricaturer l'histoire ou à la réécrire pour faire passer les gouvernants pour des héros. Avez-vous des questions ?

Nicolas lève la main.

Le professeur lui fait un signe pour qu'il s'exprime.

— En fait, ce n'est pas une question, c'est une remarque. Pardonnez-moi, mais je pense, monsieur, que vous ne dites que des absurdités. Ici, on n'est pas dans un cours d'informatique. On est dans l'une des plus prestigieuses et des plus anciennes universités où l'on enseigne l'histoire et où l'on fait de la recherche.

Une rumeur d'approbation parcourt l'amphi.

— Ne vous en déplaise, monsieur, l'histoire ne se fera jamais avec l'aide de programmes d'intelligence artificielle même si c'est actuellement à la mode. Elle nécessite une pensée humaine. Vous dénigrez la politique et la religion, que vous décrivez comme étant de simples outils de manipulation des foules, pourtant ce sont eux, les politiciens et les religieux, acteurs de l'Histoire, que les historiens doivent étudier.

Nouvelle rumeur de soutien à Nicolas.

Le professeur ne semble pas déstabilisé.

— Bien sûr, je m'attendais à cette réaction, répond-il. Mais il faut savoir, par moments, changer ses méthodes d'analyse pour faire le choix de la technologie la plus à la pointe, celle qui nous permet de…

On entend soudain retentir l'alarme incendie. Chacun sait ce qu'il doit faire, dans le calme.

Hertz n'a pas le temps de terminer sa phrase que déjà les étudiants se lèvent et quittent l'amphi, de manière plutôt disciplinée.

Ce n'est pas la première fois que ce genre d'alerte se produit et Eugénie présume que c'est encore un exercice de sécurité ou l'œuvre d'un plaisantin qui a voulu créer un instant de panique en approchant sa cigarette d'un détecteur de fumée.

Les autres étudiants doivent partager son point de vue car eux non plus ne s'affolent pas. D'ailleurs on entend les trois coups qui signalent que c'était seulement une fausse alerte.

Comme beaucoup d'étudiants ont déjà quitté l'amphi, le cours ne peut pas reprendre.

Raphaël Hertz regarde la salle finir de se vider et, résigné, commence à ranger lui aussi son ordinateur portable.

Eugénie rassemble ses affaires dans son sac à dos mais elle reste immobile à sa place, l'observant de loin.

— On n'a pas de temps à perdre avec ce bouffon, dit dédaigneusement Nicolas en lançant sa sacoche sur son épaule. Tu viens ?

Elle ne bouge pas.

— OK… Je t'attends au Robespierre. Ne traîne pas, il y a la réunion hebdo du PNS dans une demi-heure. Nous avons des choses importantes à voir aujourd'hui.

Mais la jeune femme ne l'écoute déjà plus. Elle ne quitte pas des yeux ce nouveau professeur.

16.

— J'aimerais tester votre logiciel 5W, dit Eugénie sans même se présenter. Est-ce possible ?

Raphaël Hertz lève la tête pour voir qui lui adresse la parole.

— Sur quel sujet ?

— Il s'agit de dessins évoquant une période historique dont j'aimerais affiner la localisation et la datation, dit-elle. Je me demandais s'ils ne correspondraient pas à un événement important qui s'est réellement passé.

Hertz ne la quitte pas des yeux et semble hébété, autant par la présence d'Eugénie que par sa question.

— Des dessins, dites-vous ?

— Je les ai faits aux crayons de couleur et ils sont très précis... Mais le plus simple est de vous les montrer.

Eugénie ouvre son sac à dos et en sort son cahier à dessin pour le tendre à Raphaël. Il ajuste ses lunettes à monture bleue, ouvre le cahier et regarde les croquis. Au fur et à mesure qu'il tourne les pages, il est de plus en plus intrigué. Il s'arrête sur la représentation du ciel étoilé.

— Qu'est-ce que c'est, ça ?

— Le ciel que je voyais.

— Vous savez donc où se trouve le lieu ?

— Eh bien, non... C'était dans mon... dans mon rêve, élude la jeune femme... Il avait l'air si... réel que... Je me suis dit que peut-être...

Raphaël Hertz continue d'examiner les images, l'air mi-dubitatif, mi-curieux.

— Qui êtes-vous ?

— Eugénie Toledano, étudiante en histoire.

— Êtes-vous parente du professeur René Toledano ?

— C'est mon père.

Il réfléchit, referme le cahier et le lui rend.

— Je suis désolé mais mon programme n'analyse pas les images issues de rêves.

— Vous ne les avez peut-être pas assez bien examinées. Celles-ci sont vraiment très détaillées. Regardez-les bien.

— Quoi qu'il en soit, elles n'entrent pas dans le champ d'application de mon logiciel, madame. 5W analyse les textes historiques, les fossiles, les sites archéologiques, les squelettes, les pièces anciennes, les armes, les bijoux, les costumes.

— Il y a pourtant un peu de tout ça dans ce que je veux vous montrer.

Eugénie rouvre son cahier et s'arrête sur la page où elle a dessiné le ciel étoilé. Elle fait pivoter le cahier sous les yeux de Hertz.

— Avez-vous un moyen de me dire si cette cartographie du ciel correspond à quelque chose ?

Hertz consent à réexaminer le cahier. Il s'attarde pour observer plus attentivement le dessin. Il fronce les sourcils. Puis il tourne quelques pages pour revoir les autres dessins.

— Étonnant… D'où sortez-vous tout ça ?

— De ma tête.

— Difficile à croire…

— J'ai besoin de votre aide pour estimer la valeur de ces « visions ».

Raphaël Hertz s'arrête sur certaines images.

— Vous êtes médium ?

— Non ! Quelle idée !

Il étudie cette fois-ci très lentement chaque image, puis semble se décider.

— OK, suivez-moi.

Raphaël guide Eugénie à travers les couloirs. Ils entrent dans une petite pièce étroite. Une fois assis à son bureau, Raphaël ouvre son ordinateur portable et lance le logiciel qui s'affiche. On peut lire sur l'écran : « 5W copyright Raphaël Hertz ».

Il photographie avec son smartphone toutes les pages du cahier à dessin d'Eugénie et les intègre au programme. Il fait ensuite défiler les images jusqu'au ciel étoile.

— C'est tout à fait surprenant… D'où m'avez-vous dit que venait cette cartographie du ciel ?

— D'un rêve. Mais un rêve très précis. C'est pourquoi je voulais avoir votre expertise.

Raphaël Hertz transforme les points noirs sur fond blanc du dessin en points blancs sur fond noir, puis fait subir différents traitements à l'image jusqu'à ce qu'enfin le ciel apparaisse.

— L'emplacement des constellations, des étoiles, des planètes tel qu'il est sur votre dessin nous fournit des indications sur le lieu et l'époque, commente-t-il à voix haute.

Eugénie remarque que plus le ciel se précise, plus Raphaël montre des signes d'intérêt.

— Alors ? le presse-t-elle.

L'enseignant ne répond pas de tout de suite, continue ses calculs, puis annonce :

— Je peux d'ores et déjà apporter un début de réponse à la question WHERE. J'ai trouvé la latitude et la longitude.

Il introduit les données dans Google Earth et zoome jusqu'à un territoire précis.

— Où est-ce ? demande Eugénie, fébrile.

— En Israël.

Il zoome encore.

— Au sud de la ville de Haïfa.

Tout en continuant à zoomer, il utilise la vision en relief à hauteur d'homme pour s'approcher plus précisément encore de la zone, une sorte de falaise proche de champs cultivés.

— Là ! C'est là ! s'écrie soudain la jeune femme, comme si elle reconnaissait le lieu.

— Ce sont les grottes de Nahal Me'arot. Elles sont situées sur le mont Carmel.

— Zoomez encore, s'il vous plaît !

Il fait apparaître une paroi rocheuse percée de plusieurs orifices.

— C'était exactement là ! s'exclame-t-elle en désignant une entrée de grotte triangulaire sur l'écran.

Raphaël lit ce qu'affiche le logiciel 5W.

— Cette grotte se nomme El Tabun, signale-t-il. Cela signifie en hébreu « la caverne du four ».

Raphaël continue de faire apparaître les images des alentours. Certaines ressemblent aux scènes qu'Eugénie a dessinées, notamment les collines.

— Cette caverne n'est pas un lieu ordinaire…, commence à expliquer Raphaël.

Il ouvre plusieurs pages sur Internet.

— Elle est classée au patrimoine mondial de l'humanité de l'Unesco. C'est là que des fouilles archéologiques ont mis au jour, dans un trou recouvert d'un rocher, des restes humains. On estime que c'est l'un des plus anciens sites, voire le premier, où l'on peut observer les traces d'un enterrement.

Eugénie ne peut quitter des yeux la photo sur l'écran : un petit tas d'ossements disposés comme un corps recroquevillé à même le sol.

La maman de Pouce.

Une émotion très forte lui noue la gorge. À ses côtés, Raphaël lit les commentaires de la photo :

— Le squelette de cette femme a été examiné au carbone 14. Il date de cent vingt mille ans avant notre ère.

— Cent vingt mille ans !…, répète dans un murmure la jeune femme, comme hypnotisée par l'écran.

Bon sang… Personne ne sait ce qu'il a bien pu se passer à une période aussi lointaine. Comment est-il possible qu'une simple méditation guidée m'ait permis de voir… ça ? Mais pas seulement de le voir, de le vivre ! Je me souviens du goût de la feuille de figuier contenant la viande cuite que m'a tendue maman au dîner la veille de son décès. Je me souviens de l'odeur du bois brûlé et de la sueur des autres. Je me souviens même du bourdonnement des moustiques et des mouches, des démangeaisons dans mes cheveux et des sensations de picotement dues à mes blessures aux pieds…

— Nous avons donc la réponse au deuxième W : WHEN, déclare l'enseignant.

Puis il continue de lire la légende qui accompagne l'image, et commente :

— La grotte d'El Tabun, il y a cent vingt mille ans, n'était pas fréquentée par des *Homo sapiens.* Et cette femme que vous avez représentée avec ses arcades sourcilières proéminentes, son front incliné, sa tête volumineuse, sa mâchoire carrée sans menton, ses pommettes hautes, ses grandes mains avec un pouce légèrement surdéveloppé, et ses grands pieds était une… *Homo neanderthalensis.*

Raphaël Hertz fait apparaître une frise munie de repères chronologiques.

Apparition de la vie sur Terre : 4 milliards d'années.
Apparition des animaux : 500 millions d'années.
Apparition des hominidés : 8 millions d'années.
Apparition du genre humain : 2,5 millions d'années.
Apparition des *Homo neanderthalensis* : 500 000 ans.
Apparition des *Homo sapiens* : 300 000 ans.

Il redresse la tête et dit :

— On l'oublie souvent, mais la plus ancienne tombe jamais retrouvée est une sépulture non pas d'*Homo sapiens*, mais d'*Homo neanderthalensis.*

L'homme à lunettes bleues fait défiler les photos de la grotte d'El Tabun. Eugénie, quant à elle, est perdue dans ses pensées.

*C'est peut-être la raison pour laquelle le numéro dans le couloir de mes vies antérieures était négatif : les numéros positifs correspondraient à des vies d'*Homo sapiens*, et dans celui du fond, les numéros négatifs seraient ceux de mes premières vies, celles où je n'étais même pas une Sapiens…*

— Le premier enterrement, ce n'est pas rien…, poursuit Raphaël sans quitter des yeux la photo du squelette de la femme néandertalienne. C'est le début de la spiritualité.

S'il savait que le père sorcier de Pouce a trouvé l'idée en observant des éléphants… Peut-être ces pachydermes sont-ils beaucoup plus sensibles et intelligents qu'on le croit.

Et puis, il n'y a pas que ça : Auriculaire a aussi fait le récit de la façon dont sa propre mère, donc « ma » grand-mère, avait découvert le feu en ramassant une branche enflammée par la foudre.

Le comble, c'est qu'il a raconté cette histoire… au coin du feu !

Ce n'est pas rien, ce à quoi j'ai assisté, c'est le début de l'histoire de l'humanité, le début du récit. Ce n'est plus de la préhistoire, mais de l'histoire…

Quand même, une chose m'étonne : mes congénères néandertaliens, s'ils communiquaient le plus souvent par gestes, parlaient également un langage articulé que j'ai parfaitement compris. Est-ce parce que, lorsqu'on fait une régression, on parle la langue de l'être dans lequel on s'incarne et qu'on comprend automatiquement ce qui se dit, comme une communication d'esprit à esprit ?

— Comment avez-vous eu l'inspiration de ces dessins, m'avez-vous dit ? demande de nouveau Raphaël, sur un ton plus insistant cette fois.

Eugénie hésite puis répond :

— Je vous l'ai dit, c'était un rêve… Un rêve éveillé particulièrement précis et détaillé. Vraiment très détaillé.

L'enseignant se lève et arpente l'étroit bureau.

— C'est impossible. Impossible qu'un rêve, si réel soit-il, vous ait dévoilé autant de détails sur un lieu à une époque aussi reculée dont on ignore tout ! Cent vingt mille ans. On n'a que des fossiles !

Eugénie sent que la situation lui échappe. Elle s'apprête à partir pour ne pas avoir à s'expliquer davantage. Elle range le cahier dans son sac à dos mais Raphaël lui attrape le bras.

— Non. Attendez !

D'un geste brusque elle se dégage et quitte le bureau de Hertz en courant.

17.

Lorsque Eugénie pénètre dans Le Robespierre, Nicolas est seul, il joue au flipper dans un coin. Elle le rejoint.

— Alors, tu as parlé avec Hertz ? lui demande-t-il.

— Tu as été dur avec lui, je trouve, lui dit-elle sans répondre.

Nicolas l'embrasse et lâche un long soupir désabusé.

— Je crois qu'au contraire j'ai dit ce que tout le monde pensait. Nous ne sommes pas des informaticiens, nous sommes des historiens, des politiques.

Sur le flipper figurent de riches ornementations surmontées des mots : « LE JEU DE LA VIE ».

— Ça te dit, une petite partie ? propose le jeune homme.

— Avec plaisir.

Il introduit une pièce dans l'appareil, qui émet aussitôt des sons joyeux.

— Vas-y. Commence, Eugénie.

Elle lâche la tirette et la bille argentée est propulsée sur le plateau incliné. Elle presse avec frénésie les boutons rouges latéraux qui activent les deux leviers censés frapper la bille et l'envoyer contre les cibles colorées illuminées. Le plateau est divisé en deux parties : l'Enfer et le Paradis. La bille manque de peu la tête de diable en plastique, qui pousse un ricanement strident pour la narguer, puis elle repart, touchant des cibles dans la zone du Paradis, déclenchant des chœurs d'angelots métalliques.

Eugénie vise les bumpers, ces champignons lumineux sur lesquels rebondit la bille, qui monte sur une rampe, fait tourner des portes, tombe dans des trous gobeurs puis arrive sur les deux battants censés la faire repartir vers la zone Paradis.

Mais Eugénie rate de peu la bille argentée qui file dans le trou central sans qu'elle puisse l'atteindre. Un message s'affiche tandis que le visage du diable s'allume et que son rire moqueur résonne :

« GAME OVER. »

Puis apparaît un second message, accompagné cette fois d'une musique joyeuse :

« SAME PLAYER, TRY AGAIN. »

La jeune femme lance une nouvelle bille, mais celle-ci se retrouve, dès le premier jet, bloquée en équilibre sur un plot.

Nicolas donne alors un grand coup de pied dans le flipper. La bille, qui était sur le point de tomber du mauvais côté, bascule finalement du bon.

— Quand tout semble foutu, on ne perd rien à essayer avec de la violence. Ou même en trichant, dit-il en lui lançant un clin d'œil.

Elle gagne encore quelques points mais la bille finit de nouveau dans le trou central.

« GAME OVER. SAME PLAYER, TRY AGAIN. »

La troisième et dernière bille monte dans le lanceur. Eugénie se concentre, serre les mâchoires. Elle tire le ressort, le lâche d'un coup et envoie la bille d'acier en haut du plateau. De nouveau, la bille se retrouve en équilibre sur un plot. Elle frappe le flipper du pied, mais cette fois la bille file directement dans le trou noir central.

« GAME OVER. END OF THE GAME. »

— Ça ne marche pas à tous les coups, reconnaît Nicolas avant de regarder sa montre. Bon, c'est l'heure, on va pouvoir commencer la réunion.

Un groupe d'étudiants les attend dans l'arrière-salle, sur laquelle veille le portrait de Staline en uniforme militaire.

Nicolas allume un cigare, puis s'adresse à Louis :

— Tu es prêt à prendre des notes ?

Il se lance, l'air inspiré :

— Il nous faut communiquer sur le fait que nous sommes les derniers combattants pour la défense des pauvres, des opprimés, des laissés-pour-compte de la société bourgeoise capitaliste. Nous, membres de la cellule PNS de la Sorbonne, nous sommes pour la défense des ouvriers exploités, des femmes sous-payées, des émigrés mis au ban de la société. Ce dernier point est important, nous devons axer notre recrutement dans les banlieues. Ce sont eux, les nouveaux esclaves modernes. Il faut parler des livreurs à vélo, à scooter, des chauffeurs Uber, des infirmiers dans les hôpitaux et les Ehpads, des agents de sécurité et d'entretien, de toutes les petites mains qui travaillent pour des salaires de misère. Bref, de tous ceux qui bossent cachés, en coulisses, parfois sans papiers, qui subissent le racisme au quotidien et sans qui le pays ne fonctionnerait pas. Ceux que la société considère comme des citoyens de seconde zone s'abstiennent souvent alors qu'ils ont le droit de vote. À nous de leur faire comprendre que nous sommes les seuls à les défendre et que nous permettre d'accéder au pouvoir est leur unique moyen de devenir des citoyens à part entière. En plus ils sont nombreux. L'évolution de l'histoire politique de ce pays va forcément dans leur sens. Ce sont eux notre avenir.

Tous approuvent.

— Louis, tu as bien noté tout ce que je viens de dire ?

— Dans les moindres détails, Nico.

Nicolas souffle un gros nuage de fumée. Lola tousse. L'odeur du tabac envahit la pièce et, pour s'en protéger ou par solidarité, certains allument une cigarette.

— Bien, passons à la suite. J'ai reçu des directives de notre élue à l'Assemblée nationale Violaine Garaudy.

Il sort une lettre de sa sacoche et la lit à haute voix :

— « Nous allons bientôt recevoir le soutien officiel de la Hyène. La présence à nos côtés de cet artiste surdoué et très populaire va nous permettre d'élargir notre audience auprès des jeunes, notamment des banlieues. Ce sera notre mascotte officielle. »

Tous applaudissent et manifestent leur enthousiasme en apprenant l'adhésion de cette célébrité à leur cause.

— J'adore ses chansons ! s'écrie Morgane.

Elle fredonne le succès du rappeur : « Tuez-les tous ».

— Moi aussi, dit Louis.

Nicolas sourit et continue :

— « Je compte sur vous, chers membres du Parti néostalinien, pour virer les mous, les tièdes, ceux qui vont bientôt nous trahir. Débarrassez-vous de ceux qui pourraient avoir des tendances sociales-démocrates. Que ce mot est laid. Il est hors de question de nous embourgeoiser, comme les anciens partis de gauche et notamment les socialistes, qui ont renoncé à tout combat. La révolution ne se fait pas dans des salons avec des gens qui discutent autour d'une tasse de thé… »

Nicolas sourit, content de l'effet produit par les mots de la députée PNS, et ajoute :

— Lola, tu irais nous chercher des bières ?

Il donne un billet à la jeune fille, qui sort pour commander des pintes de bière au bar, qu'elle rapporte en plusieurs allers-retours successifs.

Tous trinquent, puis Nicolas reprend la lecture du message de Violaine Garaudy :

— « La ligne du parti est unique et ne supporte aucun compromis. Ceux qui tergiversent nous trahiront lorsque nous devrons passer à l'action et a fortiori lorsque nous serons au pouvoir. »

Il pose la feuille sur la table et sort une seconde lettre :

— Violaine Garaudy m'a transmis une liste de ceux qu'elle considère comme déviants de la ligne du parti. Nous allons donc procéder à un vote à main levée pour ou contre leur exclusion. Évidemment, les incriminés ignorent tous qu'ils sont dans le viseur du parti.

— Et si on les virait sans voter ? propose Morgane.

— Violaine tient à ce qu'on mette les formes. Nous allons donc procéder par ordre alphabétique. Il y en a huit.

— On les connaît tous ? questionne Lola.

— Oui, et aucun n'est parmi nous aujourd'hui. C'est dire leur degré d'implication… Louis, je te laisse lire les noms, on procédera au vote ensuite.

— Alors, les cocos, on prépare la révolution ? hurle soudain une voix surgie de nulle part.

Eugénie se retourne.

Une dizaine d'hommes en tenue militaire noire bloquent l'accès à l'arrière-salle. Ils portent des cagoules, des casques, des matraques, des boucliers siglés d'une croix gammée noire.

La jeune femme reconnaît à sa taille et à sa corpulence hors du commun celui qui a parlé.

Yann Muller, le chef des fachos de la faculté de droit d'Assas.

Ceux du Parti néostalinien ont déjà connu divers accrochages avec cet individu et ses sbires du PNN, le Parti néonazi.

Nicolas se lève d'un bond et attrape sa chaise, qu'il brandit comme un dresseur de cirque voulant faire reculer des lions. Les autres l'imitent. Certains s'emparent même de bouteilles qu'ils cassent pour en faire des armes tranchantes.

Eugénie saisit un balai qui traîne dans un coin, retire la tête, et agite le manche devant elle pour tenir les fachos à distance.

Ils entendent du raffut dans la salle principale : clients et serveurs prennent la fuite en comprenant que la bagarre va éclater. Les coups se mettent à pleuvoir. Les agresseurs, avec leurs boucliers et leurs matraques, sont plus efficaces que ceux qui utilisent des armes de fortune. Les deux chefs, Nicolas Ortega et Yann Muller, s'affrontent.

Eugénie, elle, est enragée. Avec son manche à balai, elle frappe fort dans les tibias, les côtes et les tempes des hommes en noir. Non loin d'elle, deux encagoulés renversent Lola au sol et lui dénudent l'épaule, un rasoir à la main. Alors que Lola hurle, l'un des deux lui entaille l'épaule avec la lame. Subjuguée par la scène, Eugénie ne voit pas arriver derrière elle les trois hommes en noir qui la jettent elle aussi par terre pour lui faire subir le même sort.

C'est alors que Nicolas, qui vient d'assommer Yann Muller, apparaît et parvient à la libérer avant qu'ils aient réussi à la mutiler à son tour.

Ensemble, Eugénie et Nicolas tiennent tête à leurs assaillants. Le combat continue. Eugénie frappe avec encore plus de détermination. Mais un coup de sifflet strident retentit.

Louis hurle :

— Les flics !

Avec matraques et boucliers, un groupe de policiers en uniforme bleu marine envahit Le Robespierre. Eugénie a à peine le temps de comprendre ce qui se passe que des bras puissants la désarment et la ceinturent. Elle a beau se débattre, elle est emmenée par un policier qui lui passe les menottes et la jette sans ménagement dans une camionnette.

Rapidement, Nicolas et Yann Muller la rejoignent. Une fois le fourgon plein à craquer d'assaillants des deux bords, il démarre, gyrophare allumé, direction le commissariat du Ve arrondissement.

18.

— Je veux sortir ! Ça fait plus de quatre heures que vous nous gardez enfermés ! Vous n'avez pas le droit ! C'est nous, les victimes ! C'est nous qui avons été attaqués ! beugle Nicolas en passant son poing fermé à travers les barreaux de la cellule de garde à vue.

Un policier arrive.

— Tenez-vous tranquille, monsieur. N'aggravez pas votre cas.

Depuis la cellule voisine, Eugénie lui dit :

— Calme-toi.

— Non, mais c'est quand même dingue ! Ils nous traitent comme si nous étions coupables ! Qu'est-ce qu'on fait là ? On attend quoi ?

— Ça ne sert à rien de s'énerver…, tente de nouveau Eugénie.

Nicolas soupire bruyamment, puis, après avoir tourné comme un fauve en cage, finit par s'asseoir.

— Je déteste attendre.

Après un moment, Eugénie crie :

— J'ai besoin d'aller aux toilettes !

Une policière vient ouvrir sa cellule, puis la guide vers des sanitaires hors d'âge aux murs couverts de graffitis. Elle s'assoit en tailleur sur le couvercle fermé et essaie de faire abstraction de ce décor sinistre. Elle prend une grande inspiration pour tenter de s'apaiser.

On va voir si j'y arrive dans un environnement moins favorable que l'appartement de papa ou le mien.

Un peu plus loin dans le commissariat, des gens en état d'ébriété hurlent et insultent les policiers. Pour ne plus les entendre, Eugénie roule deux boules de papier-toilette qu'elle s'enfonce dans les oreilles. Puis elle ferme les yeux.

Eugénie apaise son souffle, visualise l'escalier et descend lentement les marches pour ouvrir la porte de son inconscient. Au bout du long couloir principal, elle tourne et, arrivée devant la porte – 1, tourne la poignée.

Elle franchit le seuil, le brouillard se dissipe peu à peu et elle réintègre le corps de Pouce, comme si elle enfilait un vêtement confortable.

Elle voit par les yeux de la jeune fille au pendentif d'ambre. Elle entend par ses oreilles. Elle sent par tout ce corps qui n'est pas le sien mais qu'elle commence à mieux connaître.

19.

C'est l'instant tant attendu.

Pouce Gauche et Index Droit vont s'unir devant les deux tribus réunies.

Pour l'occasion un grand feu a été allumé.

Le déroulement de la cérémonie a entièrement été mis au point par les sorciers des deux communautés. Ils font s'aligner d'un côté les cent de la tribu des Grosses Têtes et de l'autre les deux cents de la tribu des Petites Têtes.

Le sorcier Auriculaire Droit commence par saigner un pigeon dont il récupère le sang dans un bol de bois puis en badigeonne les joues des nouveaux époux de trois traits en diagonale. Il dépose ensuite des couronnes de fleurs sur la tête des deux jeunes gens.

Puis Auriculaire Gauche s'approche à son tour du couple et ajoute un maquillage blanc et noir qui vient compléter les trois traits rouges. Il leur offre deux bracelets ornés d'une dent de la panthère noire qui a tué la mère de Pouce.

Enfin, chacun des sorciers prononce un court discours dans sa langue, au terme duquel tous les participants poussent une clameur d'approbation.

Désormais, même si leurs membres ne se ressemblent pas, les deux communautés sont réunies pour n'en former qu'une seule, de trois cents individus.

Pouce Gauche et Index Droit sont restés silencieux durant toute la cérémonie. Elle porte une peau de bête cousue pour l'occasion par les femmes de sa tribu. Index Droit est quant à lui revêtu d'une peau de loup qui met en valeur sa musculature. Pouce est émue. Elle tient la main de son nouveau compagnon. Il la serre contre lui et l'embrasse sous les encouragements de tous les gens présents.

Les deux sorciers se retirent ensuite à l'écart de la foule. Le sorcier Grosse Tête enseigne au sorcier Petite Tête comment produire du feu en frappant deux silex l'un contre l'autre près de feuilles sèches et comment ensuite le transmettre à du petit bois.

Le harpiste Annulaire Gauche discute avec le percussionniste Annulaire Droit. Entre musiciens, ils se comprennent sans parler la même langue. De leur côté, Index Gauche, l'inventeur, discute avec Index Droit pour lui montrer comment utiliser encore mieux le lance-pierre. Les deux hommes s'entraînent en visant des arbres et le Petite Tête arrive à obtenir des tirs de plus en plus précis.

Pouce Gauche discute avec sa belle-mère Pouce Droit. Elle lui montre comment faire cuire la viande sur des pierres brûlantes. Celle-ci la remercie et semble apprécier cette nourriture nouvelle, contrairement à son fils. En retour, elle offre à Pouce Gauche un os nasal qu'elle pourra elle aussi se mettre dans le nez si elle le souhaite.

Pouce veut le mettre tout de suite, mais sa belle-mère lui conseille d'attendre d'avoir appris comment faire, sinon elle risque de beaucoup saigner.

Alors que tous échangent des connaissances techniques, des bijoux ou des armes, en communiquant comme ils peuvent entre eux, le sorcier Auriculaire Droit souffle dans une corne pour obtenir l'attention de la foule. Il parle dans sa langue et traduit ce qu'il dit par gestes. Pouce et les autres tentent de comprendre ce qu'il explique : si les Grosses Têtes ont découvert la maîtrise du feu extérieur, les Petites Têtes, elles, ont celle du feu intérieur. Il tire d'une des besaces en peau posées au sol une gourde, elle aussi en peau. Il fait mine de boire une gorgée du contenu, puis se masse le ventre, montre le chien, fait un bruit de bouche et éclate de rire. La jeune fille aux tresses brunes se dit que la boisson contenue dans cette outre, si on la boit, va déclencher les rires comme l'avaient fait les pets du chien.

Le sorcier Petite Tête propose au père de Pouce d'être le premier à goûter de cet élixir de joie.

Celui-ci, ne voulant pas passer pour un peureux, accepte.

Il boit directement à l'outre. Il déglutit, fait une mimique de surprise, sourit puis se met à pouffer.

Le sorcier Auriculaire Droit semble ravi de l'effet produit.

Puis ce sont les deux jeunes gens qui ont le droit de goûter à cette substance qui semble si drôle. Pouce Gauche s'humecte un peu les lèvres avec le liquide puis en boit une gorgée. L'effet est immédiat : le liquide lui brûle la gorge, avant de lui picoter le crâne, et à son tour Pouce se met à rire sans raison. Index Droit, qui a bu lui aussi, rit de même.

Alors que tout le monde se précipite pour goûter cette boisson surprenante, Annulaire Droit commence à frapper en rythme une souche avec deux bâtons. Ceux de sa tribu s'agitent alors autour du feu et dansent en rythme, bientôt rejoints par les autres, tandis qu'Annulaire Gauche prend sa harpe et joue sur le même tempo.

Pouce apprécie beaucoup cette danse improvisée. Index Droit s'approche d'elle, l'enlace et bouge son corps en cadence. C'est irrésistible. Au début Pouce est gênée, mais après avoir bu une nouvelle gorgée de la boisson qui fait rire, elle se laisse aller à danser avec de plus en plus de plaisir et de moins en moins de retenue.

Index Droit l'encourage, la prenant parfois dans ses bras pour la diriger. Elle apprécie toutes ces nouvelles sensations.

Il se serre contre elle, et elle s'aperçoit que l'odeur de la sueur du jeune homme qu'elle trouvait dans un premier temps désagréable lui semble désormais excitante. Elle se demande si ce n'est pas l'effet de la boisson magique. Jamais elle ne s'est sentie aussi bien.

De loin, son père la surveille et lui adresse un signe d'approbation. Le sorcier Auriculaire Droit, de son côté, propose à tout le monde de boire à son outre. La liesse est générale.

Durant les instants qui suivent, tout le monde boit, rit, danse autour du feu et se mélange.

Pouce Gauche se retrouve côte à côte avec Index Gauche, qui lui adresse un large sourire avant de s'éloigner en dansant collé à une ravissante Petite Tête. La jeune fille brune est soulagée de cette réaction.

Dans un moment très tendre, Index Droit attrape doucement la tête de Pouce à deux mains et lui fait un baiser spécial. Au lieu de se contenter du contact des lèvres, il lui enfonce profondément sa langue dans la bouche. Surprise, la jeune fille se laisse faire mais a l'étrange impression qu'il lui compte les dents avec la pointe de sa langue. Puis elle se dit qu'elle se doit de respecter cette coutume Petite Tête et essaie à son tour de suivre le mouvement avec sa langue.

Il lui fait ensuite comprendre qu'il a envie de s'éloigner pour être seul avec elle. Pouce, une torche à la main, lui fait signe de la suivre jusqu'à la caverne. Là, elle lui montre la tombe de sa mère et tente de lui raconter par gestes ce qu'ils ont fait et pourquoi ils l'ont fait. Mais Index Droit ne semble pas du tout intéressé par ces explications. Pouce conduit son compagnon jusqu'au fond de la grotte et fait basculer la pierre qui cache l'entrée du tunnel. Ils y pénètrent à quatre pattes et, après un moment à ramper, débouchent dans la salle du lac souterrain.

Pouce montre avec fierté l'endroit où elle a stocké les rouleaux avec ses petits dessins alignés et explique qu'ils représentent la mémoire de son peuple. Mais là non plus Index Droit ne semble pas très intéressé. Il lui fait signe qu'il veut faire l'amour.

Pouce est déçue mais n'insiste pas et, résignée, elle coince sa torche dans une anfractuosité de la paroi.

Index Droit se jette alors sur elle et la fait basculer sans ménagement au sol. Il a des gestes brutaux, il grogne comme un animal. Pouce se laisse faire mais ne reconnaît pas le jeune homme sensuel et attentionné qui lui avait offert des fleurs. Il est si déchaîné qu'au summum de son excitation, il lui arrache son collier avec la pierre orange translucide. Le bijou tombe dans le lac.

Affolée, Pouce repousse le jeune homme avec force et plonge. Mais le lourd pendentif descend inexorablement sous la surface. Pouce s'agite de son mieux mais ses mouvements sont brouillons car elle ne sait pas nager. À bout de souffle, elle s'y reprend à plusieurs fois, fouillant de la main le plus profondément possible, sans résultat.

Alors qu'Index Droit l'aide à sortir de l'eau, il lui montre qu'il a encore envie d'elle. Pouce se résigne à reprendre leurs ébats, mais elle est déçue par l'attitude d'Index Droit, qui n'a pas un geste d'excuse ou de compassion pour la perte de cet objet auquel elle tenait tant. Elle tente de s'accorder aux assauts fougueux de ce Petite Tête, mais le doute s'insinue dans son esprit : dans quelle situation s'est-elle mise ?

Au bout d'un moment, il lui semble qu'elle commence à éprouver du plaisir et cette sensation agréable la sort de ses pensées. Mais Index Droit s'arrête net, pousse un râle bestial libératoire puis s'effondre et se tourne sur le côté. Allongée sur le dos, Pouce attend quelques secondes et se penche vers son compagnon. Index Droit s'est déjà endormi. La jeune fille soupire profondément et reste longtemps immobile, les yeux ouverts, l'esprit rempli de pensées contradictoires. Puis elle se lève, abandonne son homme qui ronfle désormais et ressort de la salle souterraine puis de la grotte.

À l'extérieur, le quart de lune éclaire la prairie d'une lueur argentée. Le feu central s'est transformé en un tas de braises fumantes. Tous les participants de la fête sont assoupis, certains le sourire aux lèvres.

Pouce s'assoit et regarde les étoiles. Elle songe à ses futurs enfants qui auront les caractéristiques des deux tribus, quand soudain elle détecte un bruit de pas. Elle dégaine son poignard par réflexe, mais reconnaît une silhouette humaine. Quelqu'un s'avance dans sa direction.

La jeune fille, rassurée, range son arme. C'est sa belle-mère, Pouce Droit. Elle s'avance pour la saluer mais Pouce Droit dégaine son propre poignard, se précipite sur Pouce et vise son thorax. La jeune fille l'évite de justesse. Mais Pouce Droit n'en reste pas là et se jette encore sur elle.

Tandis que les deux femmes roulent au sol, la jeune fille appelle à l'aide.

Pouce Droit ne renonce pas. La rage décuple ses forces. Tout son visage n'est plus qu'un rictus de haine. Elle se dresse comme une furie, prend son élan et abat sa main armée sur Pouce Gauche encore au sol. Une main lui saisit alors le poignet, le tord et lui fait lâcher son poignard.

Pouce Gauche, à terre, reconnaît son sauveur : Index Gauche. Le jeune homme attrape Pouce Droit par les épaules et la fait tomber sur le côté pour que Pouce ait le temps de se relever. Là-dessus, le chef Majeur Droit intervient et se rue sur Index Gauche.

En peu de temps, la bagarre est générale. Mais les Grosses Têtes, peut-être parce qu'ils ont consommé la boisson qui fait rire, même s'ils sont plus musclés, ont des réflexes anormalement ralentis. Les Petites Têtes, en supériorité numérique, en profitent pour prendre leurs arcs et criblent de flèches les Grosses Têtes, qui ne peuvent se protéger.

Pouce Gauche combat toujours au corps à corps avec sa belle-mère. Près d'elle, Index Gauche succombe sous les coups du chef ennemi. Dans un sursaut de colère, elle bloque les bras de Pouce Droit avec ses genoux.

Elle lève haut son poignard et s'apprête à l'abattre sur le torse de sa belle-mère. Mais une pointe de flèche la touche dans le dos.

Le souffle coupé, elle réussit cependant à tourner la tête et constate que son meurtrier n'est autre qu'Index Droit, avec qui quelques instants auparavant elle faisait l'amour.

Elle tombe sur le dos, brisant la flèche qui l'a transpercée.

La jeune fille aux tresses brunes veut se relever mais le sang coule de son sternum. Elle a encore les yeux ouverts. Index Droit relève sa mère et la prend dans ses bras. Il a choisi sa mère plutôt que sa femme.

La jeune fille essaie encore de bouger, mais en vain. Même si son cerveau reste actif, qu'elle voit, sent, entend, elle ne peut plus faire le moindre mouvement. Elle respire doucement.

Tout autour d'elle, les combats continuent. Les Petites Têtes ont désormais un net avantage sur les Grosses Têtes, dont la plupart se font tuer. Quelques-uns sont ligotés.

Pouce Gauche a soudain froid.

Elle sent des picotements à l'extrémité de ses doigts et de ses orteils. Cette sensation se transforme en un engourdissement qui se diffuse des extrémités vers le reste de son corps. Sa respiration se fait plus difficile. Son cœur ralentit, ralentit encore, puis s'arrête complètement de battre.

Elle entend alors des coups frappés contre une porte, une poignée qu'on secoue. Une voix tonne :

— Tout va bien, madame ? MADAME ! OUVREZ !

20.

La poignée est secouée de plus en plus fort par une main de plus en plus inquiète.

— Répondez, s'il vous plaît ! Quelque chose ne va pas ?

Eugénie déploie ses jambes ankylosées. Elle se frotte le visage pour reprendre ses esprits le plus vite possible, tire la chasse d'eau, libère la targette et ouvre la porte.

— Ça va ? questionne la policière.

La jeune femme aux cheveux roux ne répond pas et s'asperge la figure d'eau fraîche au petit lavabo des toilettes du commissariat.

— Vous avez un problème ? demande encore la femme.

Je viens juste d'être assassinée, par mon propre conjoint de surcroît… Et ça fait quand même une sacrée sensation. Pas sûre que je me remarie un jour…

— Non, non, tout va bien, élude Eugénie.

Elle boit un peu d'eau froide au creux de ses mains et sort, suivie par la policière, qui lui annonce :

— Il y a quelqu'un pour vous dans le bureau du commissaire, c'est par là.

Elle la guide vers une pièce dont les murs sont couverts d'affiches avec les visages et les noms de personnes recherchées. Son père est assis devant un bureau où se trouve un jeune officier qui arbore des galons de capitaine.

— Merci d'avoir tout arrangé, dit René Toledano en terminant de signer des papiers.

— Le hasard fait parfois bien les choses, lui répond le policier, puis il ajoute pour Eugénie : J'ai été étudiant à la Sorbonne et j'ai eu votre père comme professeur.

— Et je vous remercie de m'avoir aidé à régler les formalités nécessaires à la libération de ma fille. Grâce à ce monsieur, dit René à sa fille, j'ai même pu obtenir qu'il n'y ait aucune mention de ce « petit incident » dans ton casier judiciaire.

— Merci, répond machinalement Eugénie, encore ailleurs.

— Tout va bien, madame ? s'enquiert le capitaine. Vous êtes très pâle…

— Ça va, je vous remercie.

— On m'a dit pourtant que vous êtes restée longtemps enfermée aux toilettes.

— Des petits soucis féminins, ment-elle.

Le jeune policier se lève et propose de les raccompagner vers la sortie.

— Euh… Je ne voudrais pas abuser, dit Eugénie, mais serait-il possible de libérer mon ami Nicolas Ortega ?

— Son père est déjà venu le chercher, répond le capitaine.

Père et fille sortent du commissariat et, à quelques rues de là, montent dans la vieille Renault Twingo de René.

À peine Eugénie est-elle assise dans la voiture qu'elle sort son cahier et se met à dessiner.

— Ce serait sympa de m'expliquer un peu ce qui se passe…, dit son père tout en jetant un petit coup d'œil sur le cahier.

Elle hausse les épaules et, sans cesser de représenter des scènes de bagarre, raconte :

— Nous avons été attaqués par des hommes cagoulés du PNN de la fac de droit d'Assas. Plus précisément la bande à Yann Muller.

— Le PNN ? Le Parti néonazi ! Ils sont encore plus fachos que les fachos, s'énerve René. Mais bon, comme le PNS est maintenant encore plus à gauche que l'extrême gauche… Finalement, PNS ou PNN, vous vous enfoncez tous dans la haine, encore plus que vos prédécesseurs d'extrême gauche ou d'extrême droite !

Eugénie lève la tête, surprise de la virulence de ses propos.

— En l'occurrence, aujourd'hui, ce sont eux qui nous ont agressés. Nous ne faisions que nous défendre, je te rappelle.

René soupire.

— Heureusement que la police est arrivée pour vous séparer, sinon cela aurait pu être bien pire. Tu n'es pas blessée ?

— Juste quelques contusions, rien de grave.

Eugénie n'a qu'une envie : rentrer chez elle pour prendre une bonne douche, mais la circulation dans Paris est difficile en cette fin de matinée.

— J'ai discuté avec le capitaine de police, dit son père. Il y a quand même des blessés dans votre groupe. Une fille qui se prénomme Lola a eu l'épaule tailladée au rasoir. Ils lui ont gravé une croix gammée.

— Ils ont essayé de me faire la même chose, mais Nicolas m'a sauvée.

— Nicolas, c'est Nicolas Ortega ? Le chef de la cellule PNS, ce nigaud qui se prend pour Che Guevara ?

Eugénie n'apprécie pas le ton de son père quand il parle de son amoureux, mais elle se contente de se taire.

— Tu couches avec lui ? demande-t-il encore.

Elle ne répond pas.

René pile et klaxonne pour éviter un cycliste.

— Je sais pourquoi tu es restée si longtemps dans les toilettes, lance-t-il. Moi aussi, quand j'arrivais encore à pratiquer des régressions, je m'y réfugiais parfois, car il n'y a que là où l'on est autorisé à s'enfermer sans avoir à donner d'explication ni être dérangé.

Ravie de changer de sujet, Eugénie décide de ne pas faire de cachotteries :

— Grâce au nouveau professeur d'IA appliquée à l'histoire, j'ai découvert où et quand précisément se passe ma régression préhistorique.

Son père l'interroge du regard.

— Il a scanné mon dessin du ciel étoilé, l'a inséré dans le programme qu'il a créé et a trouvé les coordonnées. Ensuite il a scanné les dessins des collines alentour, saisi toutes les informations que j'ai pu lui donner concernant les plantes, les animaux, les visages… Son programme a analysé toutes les données et a conclu que nous étions des Néandertaliens et que nous vivions en Israël, plus précisément au sud du mont Carmel. Le lieu se nomme El Tabun.

— Tu plaisantes ?

— Pas le moins du monde. C'est aussi là qu'a été trouvée la plus ancienne tombe de l'histoire de l'humanité. Il se trouve que c'était celle de ma maman – de ma mère de l'époque, je veux dire –, et que mon père et moi l'avons creusée et recouverte d'une pierre plate il y a cent vingt mille ans.

Ils continuent de rouler au pas dans les embouteillages.

— C'est l'un des éléments surprenants trouvés grâce au logiciel 5W, que Raphaël Hertz a créé. J'étais là-bas quand ma tribu néandertalienne a rencontré une tribu de Sapiens. Au début tout allait bien. Et puis mon père – enfin le père de Pouce Gauche – a voulu me marier avec Index Droit, le fils du chef Sapiens. Pendant la fête qui a suivi la cérémonie, les Sapiens en ont profité pour nous faire boire de l'alcool et nous ont attaqués par surprise.

Elle lui raconte dans le détail ce qu'elle a vu et senti durant sa dernière régression. Elle a un frisson en se remémorant le moment où la flèche l'a transpercée. Elle évoque la sensation de brûlure fulgurante puis de douleur intense qui a suivi. Elle se souvient aussi de cet instant précis où elle s'est retournée et a reconnu son assassin.

Elle ferme le poing de colère. Une colère ancienne qui ne lui appartient pas à elle, Eugénie Toledano, mais qui l'habite tout entière.

— Et comment tout ça s'est terminé ? demande son père.

— Mal. Je suis morte.

— Non, tu n'es pas morte…

— Comment ça, je ne suis pas morte ? J'y étais !

— La mort du corps n'est pas la mort de l'esprit, l'interrompt René. Si tu le souhaites, je peux te guider pour voir ce qui arrive « après ».

C'est à ce moment qu'un violent coup de klaxon leur vrille les tympans.

Le feu est passé au vert. René regarde dans son rétroviseur pour déterminer d'où proviennent ces coups de klaxon.

Eugénie se retourne et distingue un volumineux 4 × 4 couleur camouflage équipé d'un pare-buffle chromé, d'un alignement de cônes de klaxons sur le toit et d'une tête de hyène empaillée fixée sur le capot.

— Hé ! T'avances, connard ? crie une voix grave.

René veut démarrer, mais au lieu d'avancer sa vieille voiture cale.

Le conducteur du 4 × 4 descend de son véhicule.

Il a le torse couvert de colliers dorés avec des médaillons en forme de symbole du dollar. Ses bras sont nus et pleins de tatouages, ses cheveux sont frisés et décolorés en blond.

René baisse sa vitre.

— Je suis désolé, c'est un problème de moteur et…

— DÉGAGE TOUT DE SUITE, OU JE TE DÉFONCE ! ESPÈCE DE SALE CONNARD ! hurle l'homme.

— Cher monsieur, dit René, je ne vais pas vous insulter en retour mais j'ai l'impression que la bougie de votre intelligence n'éclairera votre vie que le jour où vous arrêterez de souffler vous-même dessus.

L'homme crache sur la portière puis remonte dans son véhicule, démarre et passe la première dans un rugissement du puissant moteur.

Un choc violent projette René et Eugénie contre le tableau de bord.

Cette fois, René ouvre sa portière et sort la tête.

— Hé, ça va pas, non ? Qu'est-ce qui vous prend ?

Sans se démonter, il ouvre la boîte à gants, prend deux exemplaires de constat à l'amiable et un stylo.

Mais au moment où René descend de sa voiture, l'homme le double en klaxonnant et en lui adressant un doigt d'honneur par la vitre passager ouverte.

— CONNARD ! aboie-t-il encore comme si c'était le seul mot qu'il connaissait.

— Qu'est-ce que c'est que cet énergumène ? s'exclame René en regardant, dépité, l'impact du pare-buffle chromé sur son pare-chocs en plastique.

— Je l'ai reconnu, dit Eugénie en tapant sur son smartphone.

— C'est qui ?

Elle tend son portable à son père.

— C'est lui, là, sur la photo. La Hyène. C'est un rappeur célèbre.

— J'ai noté le numéro de sa plaque d'immatriculation. Je vais porter plainte. Célèbre ou non, il ne s'en tirera pas comme ça.

— Laisse tomber, soupire Eugénie. Il a déjà eu des histoires similaires et pour des actes encore plus violents, et même graves. Il s'en sort toujours. Son avocat est un as du barreau. Les juges viennent même lui demander des autographes… Si tu portes plainte, tu passeras pour un vieux réac qui râle contre les jeunes, désolée.

— Mais enfin ! Il a volontairement percuté notre voiture !

— Peut-être, mais chaque procès le conforte dans son rôle de star « anti-système ». La Hyène en fait ensuite des chansons dans lesquelles il se moque de ses victimes. Tous les politiciens le courtisent car il est un exemple d'intégration réussie. Il est devenu millionnaire, alors qu'il est né dans une famille défavorisée de banlieue. Il a arrêté très tôt sa scolarité, a été dealer, il a été condamné pour viol en réunion. Il a fait de la prison et il a même expliqué que c'était là qu'il avait eu la révélation de son talent de « poète rappeur », comme il dit. À sa libération, il a déclaré que l'art lui apportait la véritable rédemption, mais qu'il restait un révolté. Et ça marche. C'est un exemple pour les jeunes : il a montré que tout le monde pouvait s'en sortir, notamment grâce à la musique.

— Poète rappeur ! ? Qu'est-ce que tu me racontes ?

— Franchement, laisse tomber, papa. Les petites rayures sur ton pare-chocs risquent de nous causer de gros ennuis. Sans parler de ses milliers de followers qui pourraient avoir l'idée de nous harceler avec ferveur.

René ferme les yeux pour retenir sa colère. Eugénie en profite.

— Tu m'as proposé de me guider pour aller explorer ce qu'il y a après « ma » mort, ça tient toujours ? On pourrait faire ça chez toi. Je suis curieuse de voir ça…

21.

ENCYCLOPÉDIE : L'HOMME DE NÉANDERTAL.

Le premier squelette d'homme de Néandertal *(Homo Neanderthalensis)* a été découvert en Allemagne en août 1856.

Longtemps, l'homme de Néandertal a été sous-estimé. Parce qu'il était plus petit que la moyenne des *Homo sapiens* (1,50 mètre en moyenne), qu'il avait un front fuyant, des arcades sourcilières proéminentes, des mâchoires saillantes, des cavités nasales plus larges, des ongles et des cheveux plus épais, les archéologues de l'époque l'ont considéré comme un demi-singe, le chaînon manquant entre primate et hominidé, un cousin dégénéré.
Un élément a remis en question cette vision : son cerveau était plus volumineux que celui des *Homo sapiens*. Il avait en effet un crâne d'un volume de 1 500 centimètres cubes contre 1 350 pour l'*Homo sapiens*.
Son cerveau étant plus important, il était plus performant mais consommait aussi plus d'énergie : en effet, le cerveau d'un *Homo sapiens* a besoin pour fonctionner de 3 000 kilocalories par jour, et les archéologues ont calculé que le cerveau d'un homme néandertalien avait besoin de 5 000 kilocalories.
Enfin, la zone du néocortex, celle de l'imagination et du langage, était proportionnellement beaucoup plus développée que celle de l'*Homo sapiens*. On peut donc estimer que le Néandertalien possédait une machine à penser plus puissante et capable de plus d'abstraction.
Des progrès considérables ont été accomplis en 2000 avec le séquençage du génome de l'*Homo sapiens*, et en 2010 quand le paléogénéticien suédois Svante Pääbo a achevé de séquencer le génome de l'*Homo neanderthalensis*. Ce scientifique a découvert qu'il

y avait une part de Néandertalien dans notre ADN d'*Homo sapiens*. Il a reçu le prix Nobel de médecine en 2022 pour ses travaux.

On sait désormais que nous, les *Homo sapiens* modernes, avons entre 1 % et 4 % de gènes de Néandertalien. Ce qui signifie que les Néandertaliens ont eu des relations sexuelles avec des Sapiens primitifs et ont eu des enfants métis. Nous sommes donc tous des hybrides issus d'accouplements entre des Néandertaliens et des Sapiens. Les archéologues ont alors commencé à considérer les Néandertaliens comme des ancêtres plus évolués, et ils ont même envisagé la possibilité qu'ils aient été plus intelligents que les Sapiens d'origine. Ils ont découvert que les hommes de Néandertal possédaient davantage d'outils : des percuteurs, des racloirs, des ciseaux, des lissoirs. Ils savaient fabriquer des cordes, créer des bijoux : des parures, des colliers, des bracelets, des bagues. Ils utilisaient des résines pour faire des collages. Ils avaient adopté des comportements altruistes, comme la solidarité avec les plus faibles, les malades, les blessés, les personnes âgées. Ils éduquaient leurs enfants et enterraient leurs morts. En Espagne a même été retrouvé un groupe d'hommes de Néandertal dont l'analyse du tartre des dents a permis de conclure qu'ils étaient exclusivement végétariens. Cette caractéristique est probablement due au fait qu'ils connaissaient des rudiments d'agriculture, contrairement aux *Homo sapiens* primitifs, dont l'alimentation était essentiellement basée sur la chasse et la cueillette.

Les hommes de Néandertal ont été les premiers humains à quitter l'Afrique il y a cinq cent mille ans. Ils sont passés par l'étroit goulet que forme Israël entre l'Afrique et l'Asie, puis se sont répandus en Europe de l'Ouest, en Scandinavie et en Asie jusqu'à atteindre la Chine. Et puis, bien plus tard, il y a trois cent mille ans, ce sont les *Homo sapiens* qui à leur tour sont sortis d'Afrique en passant eux aussi par le goulet d'Israël.

Il semble d'ailleurs que c'est en Israël que les deux groupes se soient le plus souvent croisés et accouplés, entraînant la naissance d'enfants métis. L'homme de Néandertal a disparu il y a quarante mille ans et sa brusque extinction demeure encore aujourd'hui une énigme.

Edmond Wells,
Encyclopédie du Savoir Relatif et Absolu.

22.

Quand Eugénie revient sur la scène de crime, Pouce Gauche est toujours immobile. Elle a toujours les yeux grands ouverts et la flèche ensanglantée qui se dresse entre ses seins.

C'est une étrange sensation de se réveiller dans le corps d'une personne qui vient d'être assassinée et qui ne bouge pas.

Elle s'oublie en tant qu'Eugénie et se glisse dans la peau de Pouce.

Elle prend le temps d'examiner quels organes de la Néandertalienne fonctionnent encore. Ses yeux ?

Allongée sur le dos, par ses paupières ouvertes, elle distingue la flèche qui sort de son cœur comme une fleur pointue.

Au-dessus d'elle, Pouce aperçoit un nuage qui passe dans le ciel et des vautours qui décrivent de grands cercles de plus en plus bas.

Ses oreilles ?

Elle entend des cris, mais n'arrive pas à tourner la tête pour voir leur origine.

Son nez ?

Elle sent l'odeur de sueur des combattants.

Sa peau ?

Elle ressent les vibrations que le sol lui envoie.

Sa langue ?

Elle reconnaît le goût métallique du sang qui lui coule dans la gorge. Et cette sensation est d'autant plus étrange que son cœur ne bat plus.

Pouce repère une mouche qui approche et qui se pose sur sa cornée. Elle sent le contact des petites pattes qui marchent sur la surface humide de son œil.

Pouce aurait aimé battre des paupières pour la faire partir. Mais elle en est incapable. Elle tente de bouger la main pour chasser l'insecte, mais elle non plus ne répond pas aux ordres de son cerveau. Ses deux bras sont posés sur la terre comme des objets inertes qui ne lui appartiennent plus.

Une autre mouche vient d'atterrir sur ses dents. Pouce prend alors conscience qu'elle a la bouche grande ouverte. L'insecte s'aventure à l'intérieur de la cavité ainsi révélée, avance sur sa langue pour descendre dans le tunnel humide de son œsophage.

Pouce sent les pattes de l'insecte qui parcourent la paroi, puis ses sens s'éteignent l'un après l'autre : d'abord l'odorat, le toucher, le goût, et enfin l'ouïe. C'est peut-être mieux ainsi.

Un silence complet s'installe. Elle ne peut plus bouger les yeux mais elle voit toujours la mouche posée sur son œil.

Et puis l'image devient floue et tout devient obscur.

Là, je crois que c'est fini, songe la jeune fille.

Un phénomène inattendu se produit alors : une silhouette transparente, comme une enveloppe ayant la même forme que son corps, se détache progressivement de son cadavre. Cette sorte de double s'extrait par le sommet de son crâne, un peu à la manière d'un papillon qui se dégagerait de sa chrysalide pour accomplir sa métamorphose.

Pouce Gauche était un être lourd et terrestre. Elle devient un être léger et aérien.

L'enveloppe récupère un premier sens : la vue. L'esprit de la jeune fille est capable de voir son bras transparent, son ventre transparent et ses jambes transparentes.

Alors, ce n'est pas encore complètement fini… On dirait qu'il y a autre chose après, se dit-elle.

Un deuxième sens se remet lui aussi à fonctionner : c'est l'ouïe. En effet, Pouce Gauche discerne les mêmes sons qu'avant sa mort : cris de rage, d'agonie ou piaillements de corbeaux, grognements de vautours et même le vent dans les feuillages.

Elle essaie de se toucher le coude, mais son doigt transparent traverse son bras. Elle a envie de respirer à pleins poumons ; mais elle n'y parvient pas. Elle ne peut pas non plus déglutir. Ni se gratter.

Elle n'en a d'ailleurs aucune envie, ce qui la surprend. Elle se rend soudain compte qu'elle ne sent plus ni le vent, ni la chaleur, ni le froid, aucune sensation sur sa peau. Elle constate aussi qu'elle ne perçoit aucune odeur : elle tente de humer l'air, en vain. Même son propre sang dans sa gorge n'a plus de goût.

J'ai perdu le toucher, l'odorat, le goût. Il ne me reste plus que la vue et l'ouïe.

Elle monte alors en lévitation de quelques dizaines de centimètres au-dessus de son désormais « ancien » corps qui gît au sol. Elle se retourne et voit son « ancien » visage juste en dessous. Aucun doute : c'est bien elle, avec ses yeux ouverts sur lesquels s'accumulent déjà une escouade de mouches et quelques moustiques. Sa bouche béante est elle aussi visitée par les insectes. Son trou dans la poitrine continue de laisser couler du sang autour de la flèche, comme un petit cratère débordant de lave. Désormais, le liquide pourpre s'étend en flaque autour d'elle.

Pouce reste quelques secondes à s'observer comme s'il s'agissait de son reflet dans l'eau, puis décide d'évaluer ses nouvelles possibilités de mouvement. Elle change de position, étend les jambes, lève la tête. Elle peut voler comme un oiseau, même sans agiter ses bras. Elle monte haut au-dessus de la scène et bientôt les combattants des deux tribus ressemblent à des fourmis qui grouillent en bas. Puis elle revient plus près du sol, vole en rase-mottes, fonce délibérément dans un arbre et découvre qu'elle peut passer au travers. De même que les rochers, le sol et l'eau.

Pouce est fascinée par sa nouvelle condition.

Après avoir expérimenté ses nouveaux pouvoirs, elle s'intéresse à ce qu'il se passe autour de son cadavre. La bataille tourne au massacre des siens. Celui qui fut son conjoint puis son assassin s'avère le plus féroce des combattants.

— Si c'est pas malheureux de voir ça !!...

Il lui a semblé avoir entendu une voix lui parler.

Elle se retourne et tombe nez à nez avec la copie conforme translucide d'Index Gauche qui la regarde.

— Ah, tu es mort, toi aussi, Index ?

— Nous ne pouvons pas les laisser faire, Pouce !

— Qu'est-ce que tu veux faire ?

— Les arrêter !

Joignant le geste à la parole, Index Gauche tente de donner des coups à Index Droit, mais sa main traverse le visage de son adversaire, qui ne s'aperçoit pas le moins du monde de sa présence.

— Nous sommes devenus immatériels, dit-elle. On ne peut plus agir sur les autres.

— Dans ce cas, nous ne pouvons plus combattre nos ennemis, déplore le jeune homme transparent.

— Ni manger et probablement pas dormir non plus, ajoute Pouce.

— Alors on fait quoi ? demande Index, dépité.

— Pour l'instant je crois que le mieux est d'arrêter de s'agiter. On regarde, on cherche à comprendre.

Ils se tournent de concert vers la terre ferme. En bas, les Petites Têtes, larges vainqueurs, regroupent les Grosses Têtes survivants, leur attachent les mains dans le dos avec des lianes et les forcent à se mettre à genoux.

Le chef Majeur Droit ordonne qu'on ajoute du bois dans le foyer central, comme les Grosses Têtes le leur ont appris. Le musicien Annulaire Droit joue du tam-tam, suivi par d'autres, tandis que l'outre contenant la boisson qui détend circule de main en main.

Index Droit se lève, entre dans la caverne et en ressort les bras chargés des rouleaux de Pouce Gauche.

— Oh non… Pas ça !

Le guerrier Petite Tête les jette un par un dans le feu.

— Il fait disparaître toute la mémoire de notre peuple !

Pouce Gauche ressent une émotion nouvelle en voyant brûler les peaux de lapin tannées contenant l'histoire de son peuple et leurs connaissances dans tous les domaines.

— Qui saura ce que nous savions, qui nous étions ?

Le sorcier Petite Tête Auriculaire Droit passe en revue les prisonniers puis désigne le sorcier Auriculaire Gauche. La jeune fille ne peut détourner son attention de la scène malgré le terrible pressentiment qui l'envahit. Le Petite Tête saisit un grand poignard en silex et, alors que des hommes maintiennent Auriculaire Gauche pour qu'il reste immobile, se lance dans une courte incantation, reprise en chœur par les autres.

Puis le silence se fait, les tam-tams s'arrêtent de résonner.

Le sorcier approche son poignard d'Auriculaire Gauche et lui ouvre le thorax pour extraire son cœur. Il le brandit ensuite encore palpitant devant la foule qui pousse une clameur de victoire. D'un coup de mâchoire, le sorcier mord dans l'organe et en avale une bouchée sous les encouragements des siens.

Pouce Gauche, bouleversée, voit l'esprit de son père quitter son corps et les rejoindre.

— Ma fille !..., s'exclame le père.

— Papa...

Il tente de l'étreindre et s'étonne de ne pouvoir y parvenir.

— Nous sommes désormais de purs esprits libérés de leur enveloppe de chair. Tu avais raison, papa. Tu m'as dit qu'en regardant l'enterrement de l'éléphant, tu avais eu l'intuition que nous n'étions pas seulement des corps de chair. Nous le vivons maintenant.

Le sorcier repère aussi Index Gauche.

— Tiens, tu es là, toi aussi ?

— Oui, et j'ai assisté à ton sacrifice. Félicitations. Tu es resté digne jusqu'au bout.

Cependant, alors qu'ils sont tous les trois en lévitation à une dizaine de mètres au-dessus du sol, sous leurs pieds la cérémonie des Petites Têtes se poursuit.

Auriculaire Droit fait maintenant venir à lui le chef Majeur Gauche, qui a lui aussi les mains liées dans le dos. Majeur ne se débat même pas. Il sait le sort que lui réserve le sorcier Petite Tête et garde le menton haut en signe de défi.

Les tam-tams grondent de nouveau.

Cette fois, c'est le chef Majeur Droit qui procède à l'exécution de son ennemi. Ce dernier lui crache au visage. Furieux, Majeur Droit exige qu'il soit mis à genoux.

Les tam-tams s'arrêtent.

D'un coup sec, le chef des Petites Têtes tente de décapiter celui des Grosses Têtes avec sa hache. Il doit s'y reprendre à plusieurs fois avant de parvenir à trancher le cou. Il brandit ensuite haut la tête de Majeur Gauche. Son peuple pousse une clameur de joie.

Puis, toujours en utilisant sa hache, Majeur Droit fracasse la tête comme s'il s'agissait d'une grosse noix, en extrait le cerveau, et devant sa tribu de plus en plus déchaînée, croque à pleines dents dans la matière gélatineuse rose.

L'esprit de Majeur Gauche se libère de son cadavre et, en état de sidération, reste un moment à observer cet homme qui mange son cerveau. Puis il remarque les trois autres esprits qui s'approchent.

— Non, mais vous avez vu ça ! Ce sont des cannibales ! Ils ont mangé mon cerveau !

— Qu'est-ce que je devrais dire ? Ils ont mangé mon cœur ! s'exclame le sorcier.

Majeur Gauche se tait et palpe son corps devenu transparent. Il le traverse de la main, agite ses membres et tournoie dans le ciel pour tester sa capacité de mobilité. Puis il rejoint les autres.

Les Petites Têtes procèdent à l'exécution systématique de tous les hommes prisonniers.

Les esprits des morts quittent leurs corps. Et il y a un peu partout autour d'eux des silhouettes transparentes en lévitation, des esprits pour la plupart hébétés lorsqu'ils comprennent progressivement ce qui leur arrive. Certains se regroupent pour discuter. D'autres partent au loin.

Dans le monde vivant qui continue de s'agiter sous eux, Annulaire Gauche parvient, en rongeant ses liens, à s'échapper, mais il est stoppé dans sa fuite par une flèche tirée par Index Droit qui le frappe en plein dos.

À son tour, l'esprit du harpiste libéré de sa gangue de chair s'élève au-dessus de la mêlée, et retrouve ses quatre congénères en lévitation. À peine a-t-il pris conscience qu'il existe encore sous une autre forme qu'il fonce donner des coups de poing, mais ceux-ci ne font que traverser ses adversaires.

— Pas la peine de t'énerver : dans notre nouvel état, nous ne pouvons plus agir sur la matière, l'informe Index Gauche.

Annulaire Gauche reprend de la hauteur, dépité, et tous les cinq continuent d'observer les événements.

En dessous d'eux, les Petites Têtes dépècent les corps Grosses Têtes pour les manger. Les cinq esprits sont sous le choc ; non seulement leur tribu tout entière a été décimée, mais leurs adversaires les considèrent comme un vulgaire gibier. Ils ne consomment pas tout. Ils ne dévorent que les parties qu'ils estiment nobles : cœur, cerveau, foie, oreilles, yeux, lèvres, langue, nez. Ils délaissent le gras et les muscles.

— Pourquoi font-ils... ça ? demande Index Gauche.

C'est le sorcier Auriculaire Gauche qui lui répond :

— Ils pensent peut-être devenir plus forts en mangeant notre cœur, plus intelligents en mangeant notre cerveau, mieux entendre en mangeant nos oreilles, mieux voir en mangeant nos yeux… Intégrer en eux le meilleur de nous en quelque sorte en nous avalant.

Le chef Majeur Gauche l'interrompt :

— L'interdit du cannibalisme était établi depuis bien longtemps dans notre tribu. Ceux-là sont vraiment comme des… animaux.

Index Gauche se tourne vers le sorcier.

— Tu n'as pas l'air étonné d'être devenu une âme errante…

— Je ne peux m'expliquer ce qui nous arrive que par mes propres rêves. J'ai déjà vu en songe que le corps et l'esprit étaient deux entités qui pouvaient se détacher. C'est pour cette raison que j'ai tenu à enterrer le corps de ma femme et que je ne suis pas étonné de nous voir dans ce nouvel état si différent.

— Selon toi, que sommes-nous ? demande Index Gauche.

— Des êtres immatériels qui ne mangent pas, ne dorment pas, ne vieillissent pas, traversent la matière et peuvent dialoguer avec tous les autres esprits sans nécessité de traduction, résume le sorcier.

Tout à leurs pensées, les cinq esprits regardent, consternés, les hommes Petites Têtes violer les femmes et les filles Grosses Têtes prisonnières.

— On ne peut pas rester là sans rien faire ! s'écrie Pouce.

— Que veux-tu que nous fassions ? rétorque Index Gauche. Nous ne sommes plus dans la matière.

— Il y a forcément un moyen, insiste Pouce.

— J'ai peut-être une idée, dit le sorcier.

Tous se tournent vers Auriculaire Gauche.

— Les rêves. Plusieurs de mes idées me sont venues en dormant. Il m'a semblé parfois que ma propre mère me parlait. Ou d'autres, parmi mes ancêtres. J'ai aussi cru que des esprits étrangers communiquaient avec moi. Ils me donnaient des conseils, ils m'offraient des visions, parfois des cauchemars pour m'avertir de dangers. Je pense qu'en tant que purs esprits nous pouvons influencer les humains durant leur sommeil par les rêves.

Cette perspective ravit les quatre autres. Sur les indications du sorcier, chacun sélectionne un Petite Tête pour l'influencer. Pouce Gauche choisit Index Droit. Elle attend qu'il s'endorme, repu de chair humaine. Lorsque celui-ci est enfin assoupi, Pouce s'approche, se concentre et lui envoie des messages.

C'est toi qui as été le meilleur guerrier. C'est toi qui as permis la victoire de ta tribu grâce à ta force. Ta mère t'aime et te préfère à ton père.

Tu es jeune. C'est toi, l'avenir.

C'est toi qui devrais être chef. C'est toi qui devrais diriger la tribu parce que toi seul peux garantir que, quel que soit l'adversaire, il sera vaincu. Tu l'as prouvé aujourd'hui.

Index Droit commence à s'agiter. Alors qu'il continue de dormir, il serre le poing, fronce les sourcils.

— On dirait qu'il m'entend vraiment, s'enthousiasme Pouce Gauche.

Index Droit est secoué de spasmes et soudain ouvre les yeux. Il se lève sans bruit et avance, déterminé, vers son père qui dort encore. Il dégaine son poignard et le plante dans le cœur de son géniteur.

Celui-ci ouvre de grands yeux, comprenant trop tard que son propre fils vient de l'assassiner.

Tandis que l'esprit du chef Petite Tête se détache de son corps, Pouce Gauche s'exclame :

— Ça marche ! On peut les influencer par leurs rêves !

Les quatre autres Grosses Têtes profitent de la surprise de Majeur Droit sur son nouvel état de fantôme pour foncer sur lui et l'épouvanter au point de le faire fuir.

Encouragés par cette réussite, les esprits Petites Têtes agissent dans l'ombre des rêves. Dans le monde de la matière, la tension monte.

Le percussionniste Petite Tête Annulaire Droit, le propre frère d'Index Droit, lui saute dessus pour venger leur père et pour prendre sa place de chef. Les deux hommes se battent, sous le regard inquiet de ceux de leur tribu qui comprennent que l'issue du combat déterminera qui sera leur futur chef.

Annulaire Droit est facilement dominé et plaqué au sol. Mais il a le réflexe de saisir une grosse pierre et de frapper son frère à la tempe. Une fois celui-ci assommé, Annulaire Droit s'acharne avec cette même pierre et lui fracasse le crâne. Cependant, alors qu'il frappe encore et encore, il est traversé par une lance. C'est sa mère, Pouce Droit. Annulaire Droit a à peine le temps de s'apercevoir de la trahison de sa propre mère qu'il tombe en avant.

Les deux esprits des guerriers Annulaire Droit et Index Droit se dégagent, et une fois en lévitation tentent de s'empoigner pour continuer à se battre. C'est alors que surgissent les cinq esprits Grosses Têtes. Ils font des grimaces effrayantes et parviennent à épouvanter leurs bourreaux ramenés à l'état d'ectoplasmes. L'effet de surprise s'ajoute à la terreur et les Petites Têtes s'enfuient.

Pouce Gauche se sent portée par un sentiment de victoire qu'elle ne connaissait pas.

Voilà déjà trois Petites Têtes dont le sort est réglé.

Puis c'est le sorcier Auriculaire Droit dont l'esprit a été hanté par des rêves de toute-puissance qui décide d'agir. Il parle et les cinq Grosses Têtes le comprennent parfaitement, comme s'il s'exprimait dans leur langue.

Il déclare qu'on ne peut pas avoir pour chef une femme, surtout si elle a tué son propre fils.

Tous les regards se tournent vers Pouce Droit et les plus valeureux l'immobilisent tandis que le sorcier marche sur elle avec son grand poignard. Avant qu'elle ait pu se défendre, Pouce Droit peut contempler un instant son propre cœur extrait de sa poitrine alors que ceux de sa tribu poussent une clameur de joie.

L'esprit de la belle-mère quitte son corps et se retrouve face aux cinq esprits Grosses Têtes qui ont mis au point des grimaces terribles. Elle a l'impression de voir des démons menaçants. Elle déguerpit sans attendre.

Il ne reste désormais que le sorcier Auriculaire Droit comme figure de pouvoir. Ce dernier se lance alors dans un discours pour impressionner son peuple :

— Cette nuit, mes frères, mes sœurs, j'ai fait un rêve. Et j'ai eu la révélation de mon pouvoir, encore plus grand que je ne le pensais. Je peux faire beaucoup plus de choses que vous ne l'imaginez. L'ancien chef et sa famille étaient des faibles. Ils devaient mourir. Maintenant notre tribu va enfin pouvoir dominer le monde. Elle doit vaincre toutes les autres ! Nous devons tuer les hommes et réduire leurs femmes en esclavage. Prosternez-vous devant moi !

Aucune Petite Tête ne bouge.

Alors le sorcier répète d'une voix plus grave pour imposer son autorité :

— PROSTERNEZ-VOUS TOUT DE SUITE DEVANT MOI !

Finalement, les membres de la tribu victorieuse consentent à se mettre à genoux en signe de soumission, de même que les femmes Grosses Têtes prisonnières.

— Je suis votre grand sorcier ! Et je vais régner sur cette tribu pour qu'elle devienne celle qui soumet toutes les autres !

Tous ont les yeux braqués sur lui, fascinés par cette arrogance assumée.

Pouce Gauche est inquiète.

Il est vraiment fort…

Elle lance un regard interrogatif à son père. Celui-ci lui retourne un signe de connivence montrant qu'il reste confiant. Le sorcier continue son monologue :

— Prenez conscience de la chance que vous avez de m'avoir pour sorcier et pour chef !

Il s'arrête un instant avant de reprendre :

— Je vais vous montrer l'étendue de mon pouvoir. Suivez-moi !

Le sorcier Petite Tête convie tous ceux de sa tribu à le suivre au bord du ravin.

— Cette nuit, j'ai rêvé que je pouvais voler. Dans mon rêve, il y avait précisément ce promontoire et vous tout autour, tels que je vous vois à cet instant.

Tous écoutent en silence.

— J'ai tout vu dans ce rêve : tout ce qui s'est passé mais aussi tout ce qui va se passer.

Il s'avance vers le bord de la falaise et étend les bras au-dessus du vide. Quelques vautours tournoient au-dessus de lui, comme s'ils voulaient l'accueillir dans leur monde.

Le sorcier sourit, lève la tête, prend une grande inspiration et, sous les regards subjugués des siens, s'élance dans les airs.

Et il s'envole.

Pas longtemps.

Une demi-seconde.

Avant de chuter en hurlant et de s'écraser comme un fruit mûr au fond du ravin.

En se dégageant de son corps, l'esprit du sorcier est encore surpris. Il contemple, ahuri, son propre cadavre. Puis il aperçoit plus haut les cinq âmes errantes de la tribu des Grosses Têtes.

À nouveau, les cinq miment des démons.

Auriculaire Droit ne paraît aucunement effrayé, contrairement à ses prédécesseurs, et les affronte avec cran :

— C'est vous qui m'avez envoyé ce rêve du vol réussi, hein ? demande-t-il.

— C'est moi, reconnaît l'esprit du sorcier Auriculaire Gauche. Une petite astuce pour me débarrasser de toi.

Auriculaire Droit semble comprendre beaucoup de choses très vite. Il a aussi une diction plus complexe et plus subtile que les autres esprits de sa tribu. En tant que purs êtres immatériels, tous saisissent parfaitement les nuances.

— Où sont ceux de ma tribu ?

Nous leur avons fait peur. Ils ont fui, répond Majeur Gauche.

Le sorcier Petite Tête prend un air narquois et siffle :

— Vous croyez avoir gagné, n'est-ce pas ? Vous avez peut-être remporté une victoire, mais certainement pas la guerre. Je vais retrouver les quatre autres. Nous allons nous unir. Et ensemble nous allons renaître pour dominer le monde.

— « Renaître » ? s'étonne le chef Grosse Tête.

— Ah ? Vous ne savez pas ?

— Nous ne savons pas quoi ? s'impatiente Index Gauche.

Auriculaire Droit éclate de rire.

— Vous ignorez ce qu'il y a après, n'est-ce pas ? Dommage pour vous.

— Et comment le sais-tu, toi ? l'interroge Pouce Gauche.

— Un jour, j'ai bu beaucoup trop de ma boisson magique. Je suis tombé d'un coup. Mon esprit a quitté mon corps. Je suis monté dans le ciel. J'ai voyagé vers une étoile. Je suis arrivé dans un tunnel avec une lumière forte au bout qui m'attirait. Mes propres parents défunts étaient là et ils m'ont tout expliqué. Ils m'ont dit que si je continuais, je reviendrais à la vie mais dans le corps d'une autre personne.

— C'est impossible, dit Majeur Gauche.

— Vous n'êtes pas obligés de me croire, ça m'est bien égal. Mais quand j'aurai rejoint mes quatre comparses, nous pourrons poursuivre ce que nous avons commencé. Et vous ne pourrez rien faire pour nous en empêcher puisque, pour l'instant, vous n'êtes que des… « fantômes ».

Il prononce ce dernier mot comme si c'était la pire des insultes.

— De pauvres fantômes qui ne sont même pas dans la matière. Vous n'êtes… rien ! crache-t-il.

L'esprit du sorcier Auriculaire Droit s'élève alors et se dirige vers une étoile qui palpite dans le ciel.

Pouce note que c'est l'étoile la plus brillante. Les cinq restent stupéfaits.

— Il nous a traités de fantômes ? demande Annulaire Gauche, vexé.

— Il a bien parlé de se réincarner ? dit Pouce Gauche.

— Il a dit qu'« ils » allaient se retrouver pour imposer leur domination, donc les cinq vont peut-être se réincarner, réfléchit à voix haute Index Gauche.

Tous se tournent, interrogatifs, vers le sorcier Auriculaire Gauche.

— Je crois savoir de quoi il parle, reconnaît ce dernier. Ma mère m'a un jour dit qu'elle avait vu en rêve qu'il existait une nouvelle vie « après la mort ». Elle a évoqué l'idée qu'après avoir lâché notre dernier souffle nous devenions des purs esprits, et qu'ensuite, si nous montions vers une étoile, nous pourrions naître à nouveau sous la forme d'un bébé. Je n'ai pas fait grand cas de ses dires sur le moment, j'ai cru à un délire de sa part.

— Mourir puis renaître… Nous pouvons vraiment le faire ? demande Pouce Gauche.

— Et combien de fois ? ajoute Index Gauche.

— Je n'en sais rien, admet Auriculaire Gauche.

— Quoi qu'il en soit, ce sorcier ennemi compte bien revenir accompagné de nos quatre autres ennemis, dit le chef Majeur. Et ensemble, ils seront très forts. Je vous propose donc de former une alliance et…

— Une alliance ? Qu'est-ce que tu appelles une alliance ? le coupe Index Gauche.

— Disons un groupe, une « famille d'âmes ».

— Mais comment nous retrouverons-nous une fois que nous serons réincarnés ? Il y a très peu de chances que nous renaissions dans la même famille de chair…

— Si nous le souhaitons vraiment, cela adviendra, insiste le sorcier.

— Il faudrait dans ce cas nous mettre d'accord sur un signe, un symbole pour nous reconnaître, dit l'inventeur.

Ils cherchent.

— Et si nous choisissions la main ? propose Pouce. C'est grâce aux doigts que je vous ai nommés.

Tous acquiescent devant la puissance du symbole.

— Les cinq de la main gauche contre les cinq de la main droite, dit-elle.

Les cinq se regardent, complices. Pouce Gauche ajoute :

— Je vous propose que nous soyons la « Main de lumière ». Et eux seront la « Main d'ombre ».

Les cinq esprits échangent des regards entendus. Puis, d'un seul mouvement, tous s'envolent pour rejoindre l'étoile où a disparu le sorcier ennemi.

Une voix résonne alors.

— Il est maintenant temps de revenir, Eugénie. Franchis la porte – 1 en sens inverse. Visualise l'escalier qui remonte. Je vais faire un décompte des marches de dix à zéro et lorsque je dirai : « Zéro, et top », tu pourras ouvrir les yeux. Dix… Neuf…

23.

Eugénie Toledano rouvre les yeux.

Elle respire fort. Elle prend conscience de l'endroit où elle se trouve en voyant les masques accrochés sur les murs.

— Tu m'as sortie trop tôt ! dit-elle.

— Cela fait plus de deux heures que tu es partie et…

— Je sais maintenant pourquoi les Néandertaliens ont disparu. Les Sapiens les ont massacrés.

Elle a failli dire « nous » ont massacrés : elle a toujours cette hésitation quand elle parle de Pouce et des Néandertaliens.

René fronce les sourcils tandis que sa fille se frotte vigoureusement le visage et se donne des tapes sur les joues.

— Raconte.

— Tout a commencé quand ma belle-mère – une femme un peu trop fusionnelle avec son fils, je crois – a cherché à m'assassiner, commence Eugénie d'un ton détaché.

— Et dire que c'est peut-être à cause d'incidents presque insignifiants à l'échelle du monde que s'est jouée l'élimination d'espèces entières…, songe tout haut René, pendant qu'Eugénie se dirige vers la salle de bains.

Elle fait couler l'eau et attend qu'elle soit bien fraîche.

S'asperger la figure est devenu son rituel. Elle s'observe longuement dans le miroir.

Quelle histoire… Bon sang, quelle histoire !

Elle se palpe le visage comme pour prendre conscience du corps dans lequel elle se trouve. Puis elle revient dans le salon, s'installe sur le canapé et sort son cahier à dessin.

— Si je te suis bien, dit René, les Néandertaliens sont apparus, ont voyagé, ont évolué avant les Sapiens et, quand ces derniers les ont rencontrés, les Néandertaliens leur ont transmis toutes leurs connaissances. Et en retour, les Sapiens les ont tués. Mais, quand tu étais à El Tabun, tu as été témoin de ce que les Petites Têtes ont apporté aux Grosses…

— Tu parles ! s'emporte Eugénie. Ils connaissent surtout la ruse et la dissimulation : ils nous embobinent avec des fleurs, nous saoulent avec de l'alcool et nous font danser au son des tam-tams ! Nous, nous leur avons appris le feu, l'écriture, la harpe, le lance-pierre, la cuisson des aliments, l'inhumation des morts, le mariage… Je ne crois pas que nous ayons gagné au change.

Elle prend une cigarette.

— J'ai quand même assisté impuissante au début du génocide d'une espèce entière, pacifique et raffinée, par une autre espèce beaucoup plus primitive et brutale, dit-elle.

— Oui, une espèce qui règne encore actuellement…, ajoute René.

— Et dont nous faisons partie…, dit sa fille d'un air affligé. J'ai vraiment bien fait de repartir. Maintenant, je comprends mieux ce qu'évoquait maman. L'urgence d'agir. Nous cinq, nous nous sommes appelés la « Main de lumière ». Nous nous so mmes unis pour contrer les cinq autres, ceux qui forment la « Main d'ombre ».

— Et qui doivent, selon ta mère, déclencher l'Apocalypse ce vendredi 13. Soit dans quatre jours, rappelle René.

Eugénie arpente nerveusement la pièce.

— Ils doivent chercher à se reformer à notre époque… Lorsqu'ils seront ensemble, ils représenteront une menace pour nous tous.

— Et s'ils réussissent, ce sera le retour de l'obscurantisme, soupire René.

La jeune femme se rassoit et se hâte de dessiner les scènes encore fraîches dans sa mémoire. Sa décorporation. Le traitement des prisonniers. Les sacrifices. Les assassinats des Petites Têtes entre eux. Le saut du sorcier du haut de la falaise. Et puis le ciel avec cette étoile si lumineuse censée être le lieu qui permet de renaître.

— C'est étonnant, cette histoire d'étoile où l'on va se réincarner, dit René.

— Quand tu m'as dit que tu allais me montrer ce qui arrive après la mort, je croyais que tu parlais de ça, papa.

— Eh bien, j'ai certes vécu l'expérience que tu as décrite, je me suis moi aussi retrouvé « âme errante ». Mais je pensais qu'il n'y avait plus rien après, que d'un coup on passait de « fantôme » à bébé. Je n'ai jamais entendu parler d'une sorte de lieu intermédiaire entre deux vies. Ni d'une étoile où les âmes seraient régénérées avant leur renaissance.

— C'est quand même extraordinaire que ce soit notre pire ennemi qui m'ait fourni l'information la plus importante, reconnaît Eugénie.

— Nous pouvons aussi apprendre de nos ennemis et comprendre certaines choses grâce à eux, j'imagine. Mais tu en as assez fait pour aujourd'hui. Le mieux est que tu ailles te reposer.

Eugénie observe pendant un moment les masques au mur. Cette fois-ci, elle leur trouve un air admiratif, elle a l'impression qu'ils saluent sa prouesse d'avoir mené si loin l'expérience.

— Tu as raison, je rentre me coucher, déclare-t-elle.

Elle récupère ses affaires et s'arrête devant une des immenses fenêtres de l'appartement de ses parents.

Dehors, malgré la pollution lumineuse de la ville, une trentaine d'étoiles sont visibles sur une petite partie de la voûte céleste.

— Il me tarde d'aller voir ce qu'il y a dans cette étoile… Peut-être vais-je tomber sur… le Paradis ?

À ces mots, René, qui la raccompagne jusqu'à l'entrée, s'arrête net au milieu du couloir et croise les bras sur son torse d'un air tout à fait réprobateur.

— Ne t'inquiète pas, papa, je ne vais rien faire ce soir, le rassure Eugénie. Je vais juste me mettre au lit et dormir.

Elle l'embrasse pour lui dire au revoir et lui chuchote à l'oreille :

— Merci, papa. Tu es un père formidable. Tu m'as toujours offert des jouets que les autres enfants n'avaient pas.

24.

ENCYCLOPÉDIE : LA PLUS BRILLANTE DES ÉTOILES.

Parmi toutes les étoiles, la plus brillante après le Soleil est Sirius, dont le nom provient du grec *seirios* qui signifie « ardent », « brûlant », « étincelant ». Seirios est aussi le nom du chien d'Orion, le chasseur de la taille d'un géant dans la mythologie grecque.

Cette étoile blanc et bleu est très brillante dans le ciel car elle est deux fois plus massive que notre Soleil et parmi les plus proches de notre planète. Son nom scientifique est Alpha Canis Majoris et elle se situe dans la constellation du Grand Chien. On trouve Sirius en traçant une ligne imaginaire vers le sud-est à partir du baudrier d'Orion. Elle a longtemps fasciné les hommes et était considérée comme une étoile sacrée par la plupart des peuples. Dans l'Égypte ancienne, par exemple, on la nommait Sopdet et on considérait que son apparition dans le ciel en juillet (après soixante-dix jours d'absence)

correspondait au premier jour de l'année. Sopdet était liée au dieu de la mort, Anubis.
Pour les Dogons, en Afrique, c'est l'étoile de la bénédiction : la vie aurait été amenée sur Terre par des graines issues de cette étoile.
Les Chinois la nomment Tianlang, qui signifie « loup céleste ».
La mythologie hindoue associe Sirius à Shiva, le dieu du tonnerre et du feu.
Les Amérindiens d'Amérique du Nord la représentent aussi par un chien.
Enfin, pour les Aztèques, Sirius est liée au dieu Xolotl, qui apparaît sous la forme d'un chien et accompagne les morts aux Enfers, un arc dans une main et un serpent dans l'autre.
Le mot « canicule », dont l'étymologie latine est *canis*, « chien », fait référence à la période la plus chaude de l'année, entre le 22 juillet et le 23 août, durant laquelle on peut voir cette étoile dans la constellation du Chien.

Edmond Wells,
Encyclopédie du Savoir Relatif et Absolu.

ACTE III

Mardi 10

Jour J – 3 avant l'Apocalypse

25.

Lorsqu'elle ouvre les yeux, Eugénie tressaille d'horreur.

Oh non !

À quelques centimètres de son nez, posée directement sur son oreiller, une souris, secouée de spasmes, agonise. Juste derrière, son chat affiche un air fier devant son trophée, visiblement prêt à recevoir des félicitations.

— Nostradamus ! Comment peux-tu… !

Après s'être reprise, la jeune femme aux cheveux roux et aux yeux bleus fonce à la cuisine, prend une pelle et une balayette pour enlever le petit corps sanguinolent de son lit et le jeter dans un sac poubelle.

Le félin est effaré par tant d'ingratitude. Non seulement celle qu'il tolère sur son territoire ne joue pas avec l'animal agonisant qu'il a eu tant de mal à attraper, mais en plus elle traite son cadeau comme un vulgaire déchet.

— Miaou ! lance-t-il indigné.

Cependant, à peine Eugénie a-t-elle enfermé le rongeur dans la poubelle qu'elle entend qu'il essaie d'en sortir. Le plus simple serait de laisser la souris vivre ses dernières minutes d'existence au fond d'un sac, entourée de détritus, mais la jeune femme ne supporte pas que ce petit être souffre ni que sa dépouille soit souillée.

Je ne peux pas la laisser là-dedans. Même cette souris a droit à une sépulture digne.

Quelque chose a changé dans sa perception de la vie depuis qu'Eugénie a vécu sa propre mort. Alors, sous les yeux stupéfaits de Nostradamus, elle ressort la souris du sac et lui frappe la tête avec la pelle à poussière jusqu'à ce qu'elle ne bouge plus. Après avoir vérifié que le cœur ne bat plus, elle descend dans la cour de l'immeuble et, toujours armée d'une pelle, creuse la terre d'une des jardinières pour y déposer le petit cadavre. Elle le recouvre de terre puis, pour être sûre que son chat ne vienne pas le déterrer, dépose dessus un gros caillou.

— Maintenant, tu vas pouvoir revenir dans le cycle de la vie, dit-elle en guise d'oraison funèbre. Tes cellules vont nourrir la terre qui elle-même nourrira les plantes.

Quant à ton âme, elle va peut-être rejoindre le paradis des souris.

Elle réfléchit.

Et ensuite peut-être va-t-elle évoluer en souris ailée… C'est-à-dire en chauve-souris.

Penché au-dessus du garde-corps, Nostradamus a assisté à toute la scène, et lorsque la jeune femme remonte, le chat noir aux yeux jaunes râle et crache.

— Non, Nostradamus, autant je suis la première à reconnaître mes erreurs, autant là, je suis désolée, je ne peux pas approuver.

Le félin, de plus en plus en colère, fait le dos rond et saute sur l'accoudoir du fauteuil qu'il laboure frénétiquement avec ses griffes.

— Nostradamus ! Mais qu'est-ce qui te prend ?

Alors elle l'attrape par le cou et l'enferme dans la salle de bains, où il se met à miauler de plus en plus fort.

Qui suis-je pour vouloir moraliser un chat ? Il a suivi son instinct de chasseur et m'a apporté un cadeau, rien de plus…

Elle libère alors le chat et lui remplit sa gamelle de croquettes goût poulet aux morilles, qu'il mange goulûment.

Puis Eugénie se douche et s'installe dans la cuisine pour son petit déjeuner. Elle allume la radio sur son smartphone pour écouter les informations du jour.

– Sport. Le joueur Ronaldissimo est arrivé à Paris où il a été accueilli par des milliers de fans survoltés. Il devrait commencer son entraînement rapidement puisqu'il doit participer au match contre la cité phocéenne après-demain. La rencontre retransmise à la télévision devrait battre des records d'audience et le prix des espaces publicitaires durant la mi-temps a été multiplié par dix, selon les spécialistes.

– Proposition de loi. Le député Oussama Daoudi, représentant du PPC (Parti pour la charia), considéré comme l'héritier spirituel du théologien Tariq Ramadan, a repris l'initiative de son illustre prédécesseur et proposé d'ouvrir un débat sur le vote d'une loi autorisant la lapidation des femmes adultères en France. « Il y a beaucoup de préjugés sur cette pratique traditionnelle, mais le fait qu'elle soit en usage dans de plus en plus de pays prouve son intérêt, a déclaré Oussama Daoudi. Dans de nombreuses sociétés, la lapidation des femmes adultères a un effet rassurant et apaisant. Elle permet de tranquilliser les maris et les honnêtes femmes, et soude la famille. Et le seul fait que cette loi existe aura un effet dissuasif suffisant pour ne pas avoir à l'appliquer, ou du moins ne l'appliquer que dans des cas exceptionnels. Nous avons donc l'intention de proposer cette loi, que nous avons appelée en toute simplicité "Une pierre dans le jardin", au vote des députés de l'Assemblée nationale le mois prochain. »

– Politique. La députée Violaine Garaudy, chef de file du PNS, Parti néostalinien, a annoncé que le prochain congrès de son parti serait placé sous le parrainage du célèbre rappeur la Hyène. Des voix indignées se sont manifestées pour rappeler le passé de délinquant du rappeur et les paroles provocatrices de ses chansons. La cheffe du Parti néostalinien a pris sa défense, expliquant que la Hyène avait payé sa dette envers la société et qu'il avait trouvé sa voie en prison. Elle a aussi rappelé que la Hyène, du fait de son lourd passé, était un exemple de rédemption par l'art pour les jeunes. Elle a déclaré que « sa réussite, artistique comme financière, montre qu'on peut passer du plus bas de l'échelle sociale à son sommet en travaillant dans la musique. Il est un espoir pour tous les jeunes et les personnes défavorisées ». Violaine Garaudy a balayé d'un revers de main les attaques de ses adversaires concernant le fait que la Hyène refusait de payer ses impôts en France et roulait dans des bolides hors de prix très polluants, considérant, je cite, qu'elles étaient « méprisables » et formulées par des « jaloux », vexés de ne pas avoir eu l'idée de prendre pour parrain une figure aussi populaire parmi les jeunes. Le député d'ultradroite du PNN, le Parti néonazi, Laurent Faurisson, a, de son côté, dénoncé une « légitimation politique » des racailles de banlieue érigées en exemple.

– Politique intérieure. À la suite du suicide du ministre de l'Éducation nationale Pierre Lestourgue, la présidente de la République Élisabeth Rivol a décidé ne pas remplacer le ministre par un être humain mais par un programme d'intelligence artificielle de dernière génération. Il s'agit du logiciel Charlemagne 2.0. Ce programme a été installé sur un ordinateur ultrasécurisé et a commencé à fonctionner ce matin à huit heures. La présidente Élisabeth Rivol a déclaré : « Une fois de plus, la France est à la pointe de l'audace et de l'innovation. Ce choix avant-gardiste est en effet une première mondiale. Il faut rappeler que Charlemagne 2.0 travaille vingt-quatre heures sur vingt-quatre, sept jours sur sept, et ne prend pas de vacances. Il a été configuré pour éviter tout risque de corruption, de harcèlement, de népotisme ou de dépression nerveuse. Enfin, chacun aura noté que le programme porte le nom du roi des Francs qui a inventé l'école. » La présidente a tout de même insisté sur le fait qu'il s'agissait d'un test grandeur nature et qu'en cas de bilan positif après six mois d'exercice, il pourrait être envisagé de confier à l'IA un ministère plus important, comme les Affaires étrangères, la Défense ou l'Intérieur.

– Santé. Le nombre d'usagers de drogues en France est en croissance exponentielle. Le cannabis, considéré comme une drogue douce, reste la substance la plus consommée avec 80 % des pratiques, mais on note que les autres drogues, dites dures, comme la cocaïne, l'héroïne ou le crack, sont en nette augmentation et touchent des populations de plus en plus jeunes. Le ministère de la Santé, en accord avec les maires des plus grandes villes, envisage la création d'agences de distribution de produits de substitution dans le cadre d'une campagne de sensibilisation dont les grandes lignes restent à définir.

– Iran. Depuis la découverte du cadavre de la jeune Salimeh, assassinée par la police des mœurs, des centaines de milliers de jeunes ont défilé dans les rues de Téhéran pour demander la dissolution de cette milice religieuse et le droit pour les femmes de ne plus porter le voile. Après les sommations d'usage, les Gardiens de la révolution, envoyés pour mater ce que le gouvernement iranien a qualifié de « provocation manipulée par des pays étrangers hostiles », ont tiré à balles réelles sur les manifestants. On ne connaît pas encore le nombre de victimes. Les Gardiens de la révolution ont en outre arrêté une centaine de personnes, essentiellement des femmes, qui ont été emmenées à la prison d'Evin, à la sinistre réputation.

– États-Unis. Un adolescent de seize ans est entré dans une école de Détroit dans le Michigan et a fait feu avec une kalachnikov, tuant huit élèves, trois professeurs et une personne de l'entretien, et

faisant vingt-quatre blessés. Il a été appréhendé par la police, qui ne privilégie pas pour l'instant la piste terroriste et évoque plutôt l'action d'un déséquilibré isolé. Son avocat compte plaider l'irresponsabilité du fait de son jeune âge.
– Arabie Saoudite. Les dirigeants du pays ont annoncé la construction de trois nouvelles pistes de ski dans le désert afin de renforcer son dossier de candidature pour les Jeux olympiques d'hiver de 2030.
– Chine. Un satellite américain vient de photographier de nouvelles prisons à ciel ouvert dans le nord de la Chine, dans lesquelles seraient retenus prisonniers plusieurs centaines de milliers de Ouïghours et de militants du groupe spirituel pratiquant le qigong : les Falun Gong. Selon des sources intérieures dissidentes, ces prisonniers servent de main-d'œuvre pour la fabrication de produits manufacturés à destination des marchés étrangers et de réserve d'organes pour les greffes.
– Météo. Ce début de mois d'octobre est déjà le plus chaud jamais enregistré depuis la création de Météo France. La température moyenne sur les dix premiers jours est de deux degrés au-dessus de la moyenne relevée l'an dernier, considérée comme la plus chaude jamais relevée en octobre en France. Les météorologues parlent d'« été indien systématique ». Le bonheur des uns faisant le malheur des autres, les hôtels et restaurants de la Côte d'Azur se réjouissent de cet été qui n'en finit pas, alors que les stations de ski se désespèrent, craignant l'arrivée

tardive de la neige et une saison d'hiver pire que la précédente, déjà jugée « catastrophique » par les acteurs du tourisme local.

Eugénie éteint la radio.

Elle pense à sa mère. Mélissa est entre de bonnes mains, mais quel que ce soit le traitement qui sera décidé ce matin-là, cela risque d'être douloureux.

La seule chose que je puisse faire pour le moment, c'est essayer d'empêcher qu'advienne cette Apocalypse dont maman nous a parlé... Selon elle, nous ne serions qu'à trois jours de la catastrophe...

Elle reprend son cahier et regarde ses croquis. Elle revoit son propre visage de jeune fille néandertalienne, le collier avec la pierre d'ambre qui contient la libellule aux ailes déployées autour de son cou.

Elle note en dessous dans un cadre :

« Visite d'une première vie antérieure.
Numéro de porte : – 1.
Datation : il y a 120 000 ans.
Territoire : Israël actuel.
Lieu précis : grotte d'El Tabun.
Nom personnel : Pouce (Gauche).
Communauté : Néandertal.
Activité : chasseuse cueilleuse... »

Et elle ajoute :

« ... et écrivaine. »

Puis elle regarde l'heure, referme son cahier à dessin et prépare ses affaires. Le chat ne lui accorde pas un regard. Elle le connaît. Nostradamus est rancunier.

Elle s'habille, se coiffe, se maquille légèrement, puis quitte son appartement et court pour rejoindre le métro.

26.

Quand Eugénie entre dans la chambre d'hôpital, Mélissa Toledano plie et déplie ses jambes en rythme, manipulée par un homme en blouse blanche aux bras musclés.

— Bonjour, je suis Georges, je suis kinésithérapeute. C'est moi qui fais travailler votre maman.

Tout en continuant ses manipulations, il explique à Eugénie qu'il est important de faire bouger toutes les articulations pour que Mélissa conserve sa souplesse. En outre cela réduit les risques de thrombose, de varices, et d'ankylose.

Eugénie observe l'homme aux épaules larges qui masse délicatement sa mère.

Puis c'est à l'aide-soignante de prendre le relais. Elle la lave, la coiffe avant de la replacer sur le dos, comme une grande poupée dans son écrin.

Une fois seule avec sa mère, Eugénie lui caresse le front tout en lui parlant :

— Ça y est, maman, papa et moi avons accompli une partie de ce que tu nous as demandé. Il m'a enseigné la V.I.E. Et c'est… époustouflant. Si je ne l'avais pas vécu moi-même, je n'y aurais jamais cru. Pour moi, l'hypnose était un truc à la limite de l'escroquerie, pour les naïfs… Alors de là à utiliser la méditation comme moyen de voyager dans le temps !… Je ne pourrai jamais assez te remercier…

Elle effleure ses cheveux encore noirs malgré son âge et sa maladie.

— Grâce à toi, maman, du haut de mes vingt-trois ans, je vois le monde comme peu de gens peuvent le faire.

Elle prend la main de sa mère, qui lui semble un peu froide. Elle sent monter les larmes.

— Bon, pour ce qui est de la mission que tu nous as confiée, dit-elle pour ne pas se laisser submerger par l'émotion, j'en reviens au bilan : je suis remontée à la préhistoire et j'ai découvert la source de toutes les violences. Notre espèce, les *Homo sapiens*, a massacré une autre espèce, les *Homo neanderthalensis*. Et ce crime, ce premier génocide, est inscrit dans nos gènes.

Elle lui serre plus fort la main.

— J'ai vu – j'ai vécu, même – le moment où les Sapiens se sont aperçus qu'ils pouvaient dominer les autres par la trahison, la violence, le mensonge. Et même le fanatisme religieux : lors d'un rituel, leur sorcier a eu un comportement cannibale.

Elle prend une grande inspiration.

— Et puis je suis morte, tuée par mon conjoint qui a préféré défendre sa mère… Le mariage, merci bien. Je ne suis pas près de recommencer, plaisante-t-elle.

Mais le visage de Mélissa reste impassible.

— Et après… Ça a été la révélation. Il se passe des choses après la mort. Je suis devenue un fantôme, raconte la jeune femme d'un ton faussement enjoué pour tenir sa tristesse à distance. J'ai retrouvé mes copains assassinés eux aussi. Et puis nous nous sommes vengés. Enfin… Pouce et ses amis se sont vengés. Et ils ont de nouveau croisé le sorcier ennemi. Cet affreux bonhomme a dit qu'ils allaient former… la Main d'ombre. Pile ce dont tu nous as parlé !… Et nous, je veux dire les Néandertaliens, nous avons décidé de les contrer avec une Main de lumière. Maintenant il me reste à savoir comment ils vont agir… Tu nous as dit que ce serait ce vendredi 13 octobre. Soit dans quatre jours… Je vais continuer à tenter de comprendre ton message et, lorsque je saurai comment on peut agir, eh bien… j'agirai.

À ce moment, le professeur Ganesh Kapoor entre dans la chambre, accompagné d'un assistant.

— Excusez-moi, je pensais que votre maman était seule, dit-il en saluant Eugénie d'une poignée de main délicate. C'est bien de venir la voir tous les jours. Je pense que l'inconscient perçoit la présence.

Il examine Mélissa puis dit :

— Je viens d'appeler votre père. La RCP a rendu ses conclusions et j'ai pris ma décision. Nous allons mettre en place un protocole d'immunothérapie.

— Les lapins ?

Le docteur Kapoor sourit.

— Les lapins, exactement, qui vont fabriquer des globules blancs pour qu'ils luttent contre les cellules cancéreuses.

— Globules blancs contre cellules noires… Les forces de la lumière contre les forces de l'ombre…, murmure la jeune femme.

Ganesh Kapoor fronce les sourcils.

— Pardon ?

— Non, rien…

Il s'approche du lit et à son tour caresse le visage de Mélissa.

— Votre mère est quelqu'un d'exceptionnel, dit-il.

Eugénie ne peut s'empêcher de montrer sa surprise face à ce geste peu commun pour un médecin.

— Qu'est-ce qui vous fait dire ça ?

— Je le sens. Vous savez, je ne travaille pas seulement avec les données médicales. Il y a aussi le ressenti, quelque chose d'impalpable qui est dans l'air et que nous, les thérapeutes, nous ressentons.

Eugénie observe le médecin, qu'elle trouve de plus en plus intrigant.

— De quelle ville d'Inde êtes-vous originaire ? lui demande-t-elle soudain.

— De Pondichéry. Une zone au sud-est du sous-continent qui a été colonisée par la France.

— Et vous croyez à la réincarnation ?

Il la regarde puis éclate de rire.

— Je suis un scientifique sérieux, mais je suis bouddhiste… J'utilise le mudra Sa Ta Na Ma.

Il touche la pointe de son index avec la pulpe de son pouce et dit :

— Sa.

Puis la pointe du majeur avec son pouce et dit :

— Ta.

Puis son annulaire :

— Na.

Et enfin son auriculaire :

— Ma.

— Qu'est-ce qu'un mudra exactement ? demande Eugénie.

— Disons que c'est une sorte de gymnastique des doigts associée à des mots. Le pouce presse l'index au son « Sa », qui signifie « naître », puis le majeur au son de « Ta », « grandir », l'annulaire au son de « Na », « mourir », et l'auriculaire au son de « Ma », « renaître ».

— Naître, grandir, mourir, renaître…, répète-t-elle pour s'imprégner de la signification de ces quatre mots tout en effectuant les mêmes gestes avec ses doigts.

— C'est le sens de tout ce qui vit dans l'univers, dit Ganesh Kapoor, y compris les végétaux, les planètes, les étoiles. Tout naît, grandit, meurt puis renaît. J'ai reçu cet enseignement de mes parents et je dois avouer qu'il m'aide au quotidien dans mon travail ici. J'accepte l'idée que tout naît, grandit, meurt, et… renaît autrement.

— Est-ce que ce cycle de vie et de mort concerne aussi la tumeur ?

Ganesh Kapoor acquiesce.

— Oui, les cellules cancéreuses naissent, grandissent, meurent et… renaissent.

— Ma mère est née, elle a grandi, mais je voudrais qu'elle ne meure pas, dit la jeune femme, la voix un peu tremblante.

Le médecin sourit.

— Je vais faire mon possible. Mais une part de ce qui va arriver échappe à ma volonté. En Occident, certains l'appellent le destin. En Inde, on l'appelle le karma.

— C'est pourtant vous qui faites le choix de l'immunothérapie. Et ça, c'est vous et vous seul qui l'avez décidé.

— Peut-être était-ce mon karma de le décider, dit-il en lui faisant un clin d'œil. Votre père doit-il venir aujourd'hui ?

Eugénie regarde sa montre.

— Zut, je suis en retard ! Il viendra plus tard, c'est lui qui donne le cours auquel je dois assister ce matin et il commence… maintenant. Merci, docteur Kapoor.

Elle remet sa veste et galope dans les couloirs de l'hôpital puis dans les rues, en direction de la Sorbonne toute proche.

27.

Lorsqu'elle entre dans l'amphithéâtre Turgot, celui-ci est vide. Un huissier lui signale qu'exceptionnellement le cours a lieu dans la bibliothèque de l'université spécialement réservée par le professeur René Toledano.

Quand elle arrive, essoufflée, à la bibliothèque, un certain nombre d'étudiants sont déjà assis derrière les grandes tables de ce lieu majestueux. Au fond de la salle est disposé un immense panneau recouvert d'un drap noir. De chaque côté sont postés deux agents en uniforme avec des brassards « SÉCURITÉ » et des ceintures avec étuis à revolver. Leur présence ajoute une tension un peu inhabituelle à ce cours.

Elle s'assoit en silence à la seule place qui reste, celle que lui a réservée Nicolas à côté de lui au premier rang, juste au moment où René Toledano fait son entrée.

Il parcourt la salle du regard, serre la main des deux agents de sécurité, puis prend le micro que lui tend l'un d'eux.

— Tout le monde m'entend ? Oui ? Bien. Aujourd'hui, je vous propose un cours un peu spécial, puisqu'il va s'agir de parler d'art. J'ai prévu de vous montrer une peinture qui, à mon avis, est absolument extraordinaire. Pour moi, c'est un chef-d'œuvre absolu. Aucun mot n'est suffisamment fort pour vous décrire le privilège que j'ai d'avoir pu faire venir ici ce tableau. À mes yeux, il surpasse ceux de Léonard de Vinci, de Picasso, de Van Gogh ou de Vermeer. Pour moi, celui qui a peint la toile que je vais vous montrer est le plus grand peintre de tous les temps.

René Toledano tire le voile noir et révèle l'œuvre : un immense tableau en trois panneaux de plus de deux mètres de haut sur quatre mètres de large.

Eugénie reconnaît le triptyque couvert de petites figures compliquées avec des motifs médiévaux : *Le Jardin des délices* du peintre flamand Jérôme Bosch.

René Toledano laisse planer un long silence pour que tous aient le temps de bien regarder les panneaux.

— Certains ont peut-être reconnu *Le Jardin des délices*, de Jérôme Bosch. Cette œuvre monumentale est, comme je vous l'ai déjà dit, non seulement mon tableau préféré mais à mon avis le plus beau de toute l'histoire de l'humanité, et le plus mystérieux. Il m'a été prêté par mon ami Juan Delgado, le directeur du musée du Prado de Madrid. C'est la première fois que cette œuvre quitte son musée, car elle est un peu comme *La Joconde* pour le Louvre. C'est sa pièce maîtresse. Juan Delgado a consenti à ce prêt à la condition que ces deux messieurs du service de sécurité restent en permanence à côté pour éviter le moindre risque de détérioration.

René règle l'éclairage des projecteurs sur pied qu'il a disposés de part et d'autre du triptyque. Puis il éteint la lumière de la bibliothèque.

— Cette œuvre a été peinte en 1480. En quelques mots, voici ce que nous pouvons en dire. Sur le premier panneau est représenté le Paradis.

Il augmente l'intensité de la lumière de gauche.

— On y reconnaît Ève et Adam nus, dit-il en désignant une partie du panneau à l'aide d'une baguette de bois. Derrière eux, c'est la fontaine de la Connaissance avec, à sa gauche, l'arbre de Vie, et, à sa droite, l'arbre de la Connaissance du Bien et du Mal, sur le tronc duquel s'enroule le serpent.

Puis il déplace le projecteur pour éclairer le panneau du milieu.

— Le panneau central représente le monde avant le Déluge. Il y a plus de cent vingt petits personnages peints, tous complètement nus. Pour tout dire, la scène évoque une gigantesque orgie avec des fruits géants, des animaux à la taille disproportionnée et des chimères – licornes, sirènes, griffons, poissons ailés. Tout le monde danse, s'embrasse, se caresse. Il peut paraître surprenant de voir représentée une telle profusion de corps et d'actes sexuels sur un tableau peint à une époque où l'on imagine que les gens étaient pudiques ou puritains.

René Toledano dirige ensuite la lampe sur certains endroits particuliers du panneau central.

— Regardez. Là, on retrouve Adam et Ève accompagnés d'un personnage qu'on a identifié comme étant Noé. Ici, un homme ailé semblable à un ange vole en brandissant une cerise géante. Là, un autre enfonce des fleurs entre les fesses d'une femme. Bizarre, non ?

Les étudiants, surpris, rient en observant ce recoin précis du tableau. René, lui, continue, imperturbable, à désigner de sa baguette certains détails.

— Là, un défilé de gens nus sur des chevaux, des porcs ou des vaches tourne autour d'un lac rempli de femmes nues très bien coiffées. Et là un couple s'embrasse en faisant le poirier. Ici encore, un homme devant un tube de verre dialogue avec un rat.

Il déplace une fois de plus la lumière.

— Le panneau de droite représente l'Enfer. En bas sont figurés les vices. On peut apercevoir des tonneaux d'alcool, des gens qui vomissent, des cartes, des dés, des jeux de backgammon, des porcs avec des coiffes de nonne, des gens nus qui font du patin à glace.

René Toledano éclaire la zone.

— Au milieu de ce panneau de droite : les supplices. Regardez bien, on peut voir des scènes de torture avec des instruments de musique. Ici un homme est crucifié sur une harpe géante. Un démon joue du tambour à l'intérieur duquel un homme est enfermé. Là, un personnage à tête de faucon assis sur une chaise percée dévore un humain tout en déféquant.

Il éclaire un autre endroit du tableau.

— Si vous regardez bien, sur les fesses de ce personnage en bas à gauche, vous verrez une partition de musique avec des notes de solfège clairement distinctes. Et je vais vous faire écouter la mélodie, interprétée avec des instruments d'époque.

René Toledano prend son smartphone, le branche sur le haut-parleur, sélectionne un fichier et appuie sur le bouton de lecture. Tous les étudiants entendent interprétée l'étrange partition inscrite sur les fesses du personnage.

Eugénie a l'impression d'avoir déjà entendu cet air.

— Ici, Jérôme Bosch s'est représenté lui-même, souriant, et portant un plateau recouvert de petits démons et d'une grande cornemuse rose, dit René. Il observe un cadavre de cerf transformé en taverne où les gens se désaltèrent.

René déplace encore l'éclairage.

— Enfin, en haut est représentée la guerre. On y voit des armées brandissant des drapeaux alors que, derrière elles, de grands bâtiments sont en feu dans la nuit.

Eugénie est très impressionnée par cette profusion d'images plus étonnantes les unes que les autres. Les étudiants autour d'elle ont l'air ravis de découvrir en détail ce tableau qu'ils croyaient pourtant déjà connaître.

— Reste cette question : que s'est-il passé dans la tête de Jérôme Bosch pour qu'il produise une œuvre monumentale aussi belle mais aussi transgressive, fantastique et bestiale ? A-t-il consommé des champignons hallucinogènes ou pris une quelconque substance pour avoir des visions si surprenantes ?

Rires dans la salle.

— Je n'ai rien d'autre à vous proposer comme explication. Je vous laisse donc quelques minutes pour contempler cette gigantesque fresque de rêves et de cauchemars née d'un esprit pour le moins en avance sur son temps.

Après un moment, René reprend le micro.

— Je vous ai gardé le meilleur pour la fin, dit-il, ravi de taquiner les étudiants.

Il referme les deux panneaux latéraux, et leur dos forme un nouveau tableau sur lequel est représentée une grande sphère grise transparente avec, au milieu, un disque plat sur lequel on distingue une étendue d'eau et une île.

— Le disque plat, au centre, c'est la Terre flottant sur l'océan, lui-même inclus dans cette immense sphère transparente, explique René sous les chuchotements admiratifs de son auditoire.

Il utilise le projecteur pour éclairer le coin supérieur gauche de la nouvelle toile. Tous distinguent un personnage à barbe blanche portant une grande cape et une longue robe, et dont la tête est surmontée d'une couronne à trois niveaux. Il tient dans la main un livre ouvert.

— Je vous présente le Créateur contemplant le monde qu'il vient de créer avant d'y installer les hommes et les animaux. Deux phrases en latin inscrites sur le bord supérieur du tableau nous le confirment : « *Ipse dixit et facta sunt* », qu'on pourrait traduire par :

« Car Il dit et la chose se produit », et « *Ipse mandavit et creata sunt* », « Car Il ordonne et la chose existe ».

René Toledano laisse encore plusieurs minutes aux élèves pour admirer la Création du monde telle qu'elle a été imaginée par Jérôme Bosch.

— J'ai voulu vous proposer aujourd'hui ce cours un peu différent pour vous faire ressentir que l'art est aussi un moyen de comprendre une époque. Nous, enseignants, pouvons vous parler des rois, des batailles, des assassinats et des mouvements de populations, mais vous ne comprendrez jamais aussi bien la fin du Moyen Âge et l'apparition de la Renaissance qu'avec ce tableau extraordinaire.

Il rallume les lumières de la bibliothèque.

— Y a-t-il des questions ?

Nicolas Ortega lève la main.

— Ce n'est pas une question, mais plutôt une remarque. Hier, nous avons pu assister au cours de monsieur Raphaël Hertz qui nous a dit que nous comprendrons mieux l'histoire grâce à l'intelligence artificielle. Et aujourd'hui, votre cours nous explique que nous la comprendrons mieux grâce à l'art. J'ai l'impression qu'à force de vouloir utiliser des voies parallèles, nous n'apprenons plus du tout l'histoire. L'informatique se pratique dans les écoles d'ingénieurs, et l'art aux Beaux-Arts. C'est la politique et la religion qui font bouger l'Histoire, l'art et l'intelligence artificielle ne sont que des outils qui existent pour servir précisément les politiciens et les religieux.

— Merci de nous avoir fait partager votre opinion, jeune homme, dit René Toledano avec une pointe d'ironie qui déclenche quelques gloussements dans l'assistance. Laissez-moi vous faire connaître la mienne. Je crois que la politique et la religion ne sont là que pour canaliser la pensée de la population afin de la rendre uniforme, au contraire de l'art et peut-être même de la science, qui sont là pour libérer, proposer du recul et de la perspective.

L'heure accordée à René Toledano dans la bibliothèque de l'université s'achève. Les étudiants quittent les lieux en bavardant gaiement. Sauf Eugénie, qui rejoint son père.

28.

René Toledano range ses affaires tout en discutant avec les deux agents de sécurité envoyés par l'assurance pour protéger le précieux tableau de Jérôme Bosch. Eugénie salue les agents puis prend son père par le bras pour lui parler en aparté.

— J'ai vu maman. Le professeur Kapoor et son équipe ont décidé de tenter l'immunothérapie.

— J'irai voir Mélissa tout à l'heure.

— Je n'arrête pas de penser à ce qu'elle a dit.

— Sur l'obscurantisme ?

— Pas seulement. Il ya aussi la Bibliothèque akashique. Crois-tu qu'il soit possible que le destin de chacun soit inscrit quelque part ?

— C'est l'éternelle question : est-ce que tout est écrit ? Je peux te dire que cette interrogation m'a longtemps obsédé. Et l'hypothèse de la Bibliothèque akashique est une réponse physique : si tout est écrit, c'est qu'il y a un livre, et s'il y a un livre il se trouve dans une bibliothèque. Reste l'énigme : comment faire pour aller là-bas ?

Eugénie écoute son père mais son œil est soudain attiré par un détail du tableau qu'elle n'avait pas remarqué.

En haut à gauche, dans la partie représentant le Paradis, un groupe d'oiseaux montent haut dans le ciel vers une direction précise.

Père et fille quittent la bibliothèque, et se dirigent vers la salle des profs.

— Ton cours sur *Le Jardin des délices* était top, papa. J'ai adoré.

— Merci, ma chérie. C'est une chance que mon ami Delgado ait accepté de laisser voyager ce tableau monumental. Je ne te cache pas que, même avec ces deux vigiles, il est inquiet. Ce triptyque est si ancien, si précieux, si fragile !

Eugénie cherche un temps ses mots et se lance :

— Et c'est une sacrée coïncidence... Ce *Jardin des délices* a beaucoup à voir avec la prochaine étape de ma quête, et elle me semble si délicate que j'aimerais que tu m'y guides...

— Quelle étape ?

— Eh bien, tu sais, je montais vers une étoile censée servir à la régénération des âmes... Peut-être est-ce le Paradis ? Je veux découvrir où est montée Pouce Gauche. Et comme je n'ai pas cours avant treize heures quinze, je me disais que...

René regarde sa montre.

— OK. Nous avons deux heures avant mon prochain cours. Si tu veux, on peut essayer de faire la séance dans la salle de repos des professeurs. Suis-moi.

Il l'emmène dans une pièce qui jouxte la salle des professeurs, accroche à la poignée de la porte la pancarte « NE PAS DÉRANGER » et ferme à clef derrière eux.

L'ameublement est sommaire : un lit, un divan, un fauteuil. Un poster de coucher de soleil délavé est punaisé au mur. Ainsi que quelques affiches des syndicats de professeurs rappelant l'urgence d'une revalorisation des salaires, d'une augmentation des effectifs, d'un étalement des jours de vacances, et de l'installation de portiques de sécurité comme dans les aéroports pour protéger les professeurs des agressions.

Eugénie choisit le fauteuil. Elle s'assoit en tailleur, un coussin sous les fesses. René tire les rideaux et s'installe près d'elle sur une chaise.

— J'ai l'impression que cette fois c'est différent d'une simple visite de vie antérieure, dit la jeune femme en fermant les yeux. C'est l'après-vie et… je ne sais pas du tout à quoi m'attendre. Je préfère le faire avec toi à mes côtés.

— De quoi as-tu peur ? demande son père.

— Justement, je ne sais pas… Je vais peut-être visiter le Paradis, c'est quand même un sacré challenge.

René Toledano secoue la tête.

— Quoi qu'il arrive, n'oublie jamais qu'il ne s'agit que d'un jeu d'imagination. Une gymnastique de l'esprit.

— Que veux-tu dire ?

— Tout ça n'est que… du « tourisme spirituel », rappelle-toi. Quoi qu'il se passe, ne le prends pas trop au sérieux.

— C'est toi qui me dis ça ?

— Il y a deux excès dans ce domaine : l'excès de doute et l'excès d'enthousiasme. Garde toujours une petite distance par rapport à tout ce que tu vas découvrir. On ne sait jamais.

Eugénie Toledano sort son cahier et ses crayons pour être prête dès son retour à dessiner ce qu'elle va voir, puis, sous la guidance de son père, elle ferme les yeux, visualise l'escalier, descend les dix marches, ouvre la porte de son inconscient, la franchit, longe le couloir avec les portes des vies antérieures numérotées, arrive jusqu'à la bifurcation au bout.

Bon, je vais enfin savoir.

Non sans appréhension, elle ouvre la porte marquée du chiffre – 1 et se retrouve…

29.

… dans l'espace, au milieu des étoiles.

Eugénie perçoit que l'âme de Pouce Gauche glisse vers la lueur de l'étoile blanc et bleu qui palpite, celle où a foncé le fantôme du sorcier ennemi.

Au fur et à mesure qu'elle s'approche de son objectif, elle repère d'autres corps translucides, comme une nuée d'oiseaux, qui vont dans la même direction.

Les autres morts qui montent vers le Paradis ?

Elle se retourne. Son père, le sorcier Auriculaire Gauche, est juste derrière elle, suivi des trois autres esprits qui composent la Main de lumière et de nombreux autres défunts.

Plus ils avancent, plus ce qui au début ne semblait qu'une étoile s'avère un vortex lumineux qui tourne et aspire toute la matière alentour.

Pouce Gauche se souvient de ce qu'elle a promis à ses quatre compagnons.

Tout faire pour se retrouver dans la prochaine vie.

Elle est la première à pénétrer dans la corolle de cette gigantesque fleur tournoyante. Elle avance dans la zone aux reflets turquoise, mauves, bleu ciel, bleu marine, puis en franchit ensuite plusieurs aux couleurs différentes[1] : noire, rouge, orange, jaune. À chaque franchissement de territoire, elle ressent des émotions variées, allant de la terreur à la joie.

Lorsqu'elle arrive enfin dans la dernière zone, d'un blanc très pur, Pouce retrouve la pesanteur. Elle foule un sol étrange recouvert de vapeur. Sous ses pieds elle a la sensation de marcher sur de la mousse. Le brouillard qui lui cache l'horizon se dissipe progressivement. Une colline se dresse devant elle. Elle se dirige vers elle, puis monte au sommet.

Elle se retrouve face à trois silhouettes imposantes.

— Nous t'attendions, dit celle qui se trouve à gauche et qui est vêtue d'une toge blanche. Je suis

---

1. Voir, du même auteur, *Les Thanatonautes*, Albin Michel, 1994.

ton archange avocat. Un jour, ton âme entendra la signification précise de ce mot, mais pour l'instant sache que je suis là pour te défendre.

— Moi, je suis l'archange procureur, dit celle qui porte une toge noire et qui est placée à droite. Un jour, ton âme comprendra le sens de ce mot. Pour l'instant, sache que je te surveille et que je prends note de tes erreurs.

— Et moi je suis l'archange juge, dit l'ange habillé de gris, au centre, entre les deux autres. Un jour, ton âme comprendra le sens de ce mot. Mais sache que je suis là pour t'aider à progresser en tenant compte de ce que tu as accompli de positif comme de négatif. Je serai aussi celui qui te donnera ta mesure.

— Ma quoi ?

— Ta mesure te permettra de savoir comment évolue ton âme, glisse rapidement l'avocat.

— On te l'expliquera plus tard. Tout d'abord, nous te proposons de faire le point sur ta vie passée, dit le juge.

D'un geste de la main, il fait apparaître un écran en lévitation sous les yeux de Pouce. L'archange juge fait un autre geste et Pouce voit sa vie défiler en accéléré. Elle se voit d'abord en train de naître, puis la scène s'estompe et laisse place à une autre, où elle tète le sein de sa mère. Les moments clefs de sa vie s'enchaînent jusqu'à l'instant où son âme se détache de son corps comme si elle quittait un vêtement usé.

— C'était ta vie, déclare l'archange juge. Qu'en penses-tu ?

— C'était bien..., répond, émue, Pouce Gauche.

— Je vais maintenant te poser la première grande question, poursuit le juge. Écoute-la bien et réfléchis avant de répondre. La voici : qu'as-tu fait de tes talents ?

Les trois archanges sont immobiles et la scrutent.

— Eh bien…, bredouille la jeune fille, un peu gênée de devoir se mettre en avant. J'ai eu l'idée d'écrire des histoires sur des peaux de lapin, et j'ai appris aux enfants à faire de même.

— Voici la deuxième grande question que nous aimerions te poser, dit le juge. Qu'as-tu appris ?

— J'ai appris de mon père à allumer un feu ; de ma mère, à cuisiner. J'ai appris qu'on pouvait faire de la musique grâce à Annulaire et je sais monter une hutte mobile et me servir du lance-pierre grâce à Index, dit Pouce Gauche avec plus d'aplomb. J'ai expérimenté l'amour avec Index Droit. J'ai vu ce qu'était la jalousie avec Pouce Droit. J'ai appris qu'en mourant on restait pur esprit, et grâce au sorcier Auriculaire Droit, qui n'avait d'ailleurs pas prévu de me fournir cette information, qu'on pouvait venir ici.

— Voici la troisième grande question : qui as-tu aimé ?

— J'ai tout d'abord aimé ma mère, dit Pouce. Ensuite mon père. Mes amis Index Gauche et Annulaire Gauche. Et peut-être… Index Droit avant de savoir qui il était vraiment.

— Les as-tu vraiment aimés ? demande le procureur.

— Oui… Enfin, je pense.

Les trois archanges restent impassibles. Le juge dit :

— Bien. Maintenant, il va te falloir définir le projet global de ton âme.

— Qu'entendez-vous par là ?

— Il faut que tu détermines quelle évolution tu souhaites donner à ton âme, précise son archange avocat.

La voix de l'archange est douce et Pouce comprend mieux le sens de cette question.

— Ah ? Eh bien, je ne sais pas… Apprendre est important, il me semble, répond Pouce.

— Apprendre quoi ? demande le juge.

— Tout… Oui, voilà, j'aimerais tout savoir sur tout.

Le juge penche la tête d'un air dubitatif.

— Sur tout ? Vraiment tout ?

— Parfaitement, réplique la jeune fille avec assurance. Sur tout et dans tous les domaines, matériel ou spirituel. Je voudrais tout savoir et tout comprendre.

L'archange avocat regarde le procureur d'un air satisfait puis il lui dit :

— Cette audace si nettement exprimée est le signe d'une âme ambitieuse, reconnaissons-le.

— J'en conviens, acquiesce le procureur.

— En dehors de tout savoir sur tout, y a-t-il une autre mission que tu voudrais fixer à ton âme ? demande l'archange avocat.

— Oui, répond Pouce Gauche qui a profité de l'échange entre les deux archanges pour réfléchir. Je voudrais aussi… diffuser ce que je sais, que cela profite à tous. Je souhaite, une fois que j'aurai tout compris, pouvoir enseigner ces connaissances aux autres, comme je l'ai déjà fait avec les enfants.

Les trois archanges se regardent, impressionnés par l'ampleur de ce projet. Pouce s'enhardit et pose une question aux archanges :

— Simple curiosité : quelles missions d'âme imaginent les autres ?

— Nous ne pouvons pas tout te révéler. Mais, la prochaine fois que tu reviendras, nous donnerons à certaines âmes l'autorisation de te le dire, dit le juge.

— J'ai vraiment besoin de connaître les choix des âmes de la Main d'ombre. Pouvez-vous m'en dire plus sur eux ?

— Cela va peut-être te surprendre, mais certains ont fait des choix similaires aux tiens, répond l'archange juge.

— Peuvent-ils réussir ? s'inquiète Pouce.

— Bien sûr, dit le juge. Comme toi. Mais comme précisément vos projets sont similaires, vous devrez vous affronter.

— Je ne comprends pas…

— On peut vouloir tout savoir pour enseigner mais aussi pour dominer. De la même façon, on peut vouloir diffuser des informations pour construire, ou pour détruire, ajoute l'archange procureur.

Pouce est surprise par le ton désinvolte des archanges.

— Mais pourquoi aidez-vous ceux qui cherchent à détruire ?

Les trois archanges, surpris par sa question, éclatent de rire. Le juge consent à expliquer :

— Pour nous, vous êtes un peu comme… des fourmis qui s'agitent tout en bas. Vous êtes un sujet d'étude et de curiosité. Nous ne prenons pas parti.

L'avocat confirme :

— Il n'y a ni gentils ni méchants. Seulement des âmes qui évoluent plus ou moins vite par rapport à la mission qu'elles se sont fixée.

Le procureur ajoute :

— Parfois les évolutions des unes et des autres sont parallèles. Parfois la confrontation s'avère nécessaire. L'adversité révèle les talents ou les perversions.

— Donc la Main d'ombre peut gagner ? demande Pouce, alarmée.

— Évidemment. Il se peut que ce soit eux qui imposent leur vision et que l'humanité adopte leurs valeurs. Nous, nous ne sommes que des spectateurs neutres. Nous ne nous mêlons pas des querelles qui apparaissent lorsque les missions de vie se confrontent. Notre principe est : que le meilleur gagne, explique le juge.

— Le meilleur ? s'emporte la jeune fille brune. Ceux qui nous ont assassinés vous paraissent les meilleurs ?

— Nous n'avons pas à tenir compte de cette péripétie, dit encore le juge.

— Et peuvent-ils dominer le monde ? demande Pouce.

— S'ils réussissent, ce sera le sens de l'évolution de votre humanité, reconnaît le procureur.

Le juge ajoute :

— Tu as ton libre arbitre et je dirais plus largement : toute la communauté humaine en tant que conscience collective a son libre arbitre. Vous pouvez même choisir la destruction de votre planète ou le suicide collectif. Ce sera votre choix.

L'avocat précise :

— Là où nous sommes, il n'y a pas de morale.

Pouce est atterrée par cette révélation. Le juge poursuit ses explications :

— Pour chaque âme, il y a une mission particulière, et des talents particuliers pour la réaliser.

— Et quels sont les talents qui m'aideront à accomplir la mienne ?

— Ta curiosité, d'abord, dit le juge.

— Grâce à elle, tu pourras ainsi t'imprégner du talent des autres, dit l'avocat.

— Tu sais écouter avec attention, fait remarquer le juge, tu sais mémoriser et tu sais dessiner avec précision.

— Et tu es aussi capable de créer, d'innover, dit le procureur. Tu l'as montré en inventant l'écriture. Et tu sais présenter les connaissances de manière ludique, interactive. Ça, ce n'est pas donné à tout le monde.

— Je regrette pourtant d'avoir enseigné le feu à Index Droit, dit Pouce. Il l'a utilisé pour détruire mes rouleaux. Nous aurions tous dû réfléchir avant d'enseigner nos connaissances aux Petites Têtes. Ils les ont détournées pour nous anéantir. D'ailleurs, vous pouvez peut-être me dire pourquoi ils ont agi ainsi.

L'avocat consulte les deux autres du regard puis répond :

— Je crois que tu l'as perçu intuitivement : ils veulent qu'on oublie votre existence…

— Mais pourquoi ? interroge encore Pouce.

— Parce qu'ils ont compris que vous étiez plus intelligents qu'eux, dit le procureur. Et cette idée leur est insupportable. Ils pourront ainsi s'approprier vos découvertes et dire à leurs enfants que ce sont eux qui ont inventé le feu, l'écriture, les rituels liés à la mort ou aux unions, les symboles et l'humour. Et personne ne pourra les contredire.

Pouce, dépitée, reste silencieuse.

— Sache par ailleurs que tu n'as pas que des talents, dit le juge. Tu as aussi des handicaps. Tu ne peux pas être douée dans tous les domaines. Tu as connu la déception amoureuse parce que tu ne sais pas choisir les bons partenaires en amour.

— En fait, tu as peur d'aimer vraiment, nous l'avons constaté, enchaîne le procureur. Pour toi, aimer signifie certainement l'attachement et la dépendance. Instinctivement, tu vas vers ceux dont tu pourras te détacher facilement.

— Alors je ne serai jamais avec la bonne personne ? s'affole Pouce Gauche.

— Tu connaîtras l'amour sous différentes formes plus ou moins intenses, mais pas autant que ceux ou celles qui ont choisi l'amour comme accomplissement principal, répond le juge.

Comprenant que cette jeune âme ne peut saisir complètement ce concept puisqu'elle vient d'être tuée par son conjoint, il préfère changer de sujet.

— Bien. Il est temps de voir où tu en es de l'évolution de ton âme.

L'archange en toge grise saisit une sorte de fruit beige avec une longue racine souple ondulante et graduée. Pouce a déjà vu des squelettes, et reconnaît un crâne prolongé d'une colonne vertébrale.

— Nous allons maintenant te dévoiler ton score pour la vie que tu viens d'achever, dit le juge.

Une lumière mauve remonte du coccyx aux premières vertèbres. Elle s'arrête à une vertèbre lombaire plus haute qui s'éclaire plus fort. Le juge annonce :

— … 3,5 sur 6.

— Qu'est-ce que cela signifie ?

— Tout ce que tu as à retenir, c'est que 3,3 correspond au niveau de conscience de l'humanité à ton époque. En dessous de ce seuil, on bascule dans l'animalité.

Pouce regarde la vertèbre dorsale éclairée.

— Et 6 est le niveau de conscience le plus élevé. Quand tu l'atteindras, tu seras libérée du devoir de renaître. C'est l'évolution ultime, explique le juge en indiquant un point sur le crâne entre les deux yeux, au niveau du front.

— Donc, si je vous suis bien, ma mission est d'évoluer jusqu'à ce point ?

Les trois archanges approuvent d'un signe de tête.

Pouce examine la colonne vertébrale.

— Pouvez-vous m'expliquer comment ça fonctionne ?

— Ne sois pas si impatiente, dit le procureur. Nous te divulguerons chaque information utile quand tu seras en mesure de la comprendre et de la digérer.

— Tu vas donc revenir sur terre dans une nouvelle vie pour essayer de faire mieux que 3,5, dit l'avocat d'un ton conciliant. Mais ne sois pas inquiète, c'était ta première vie, c'est normal que ton score soit si bas.

— Assez discuté, tranche alors le juge. Il est temps pour toi de poursuivre ton évolution. La réincarnation, c'est par là.

Mais Pouce a encore des questions pour les trois archanges.

— Attendez ! Vous ne m'avez pas dit comment reconnaître ma famille d'âmes dans ma prochaine vie...

L'archange avocat s'apprête à répondre mais l'archange juge le coupe net.

— Pour ça aussi, il est trop tôt. Il est temps pour toi de renaître.

— Justement, l'interrompt Pouce, comment se passe la renaissance ?

— Tu vas oublier ta vie précédente et choisir la suivante : tes parents, ton lieu de naissance, ton sexe. Tes défauts, aussi.

La jeune femme est stupéfaite.

— Je peux vraiment choisir ?

— Oui, d'une certaine façon. Tu pourras tracer une sorte de trajectoire idéale, de destin, avant de te retrouver à le vivre, dit l'archange avocat.

— Mais rien ne sera figé, tu auras toujours ton libre arbitre, précise le procureur.

Pouce ne comprend pas le sens de tous ces mots.

— Il est temps pour toi de renaître ! insiste l'archange juge en désignant un tunnel rose qui vient d'apparaître derrière eux.

Pouce les quitte à contrecœur. Elle aurait voulu leur poser davantage de questions, mais elle sait qu'elle n'obtiendra rien de plus de cette première rencontre.

— Et n'oublie pas que tu as une âme sœur ! lui lance de loin son archange avocat.

La jeune fille quitte la colline blanche du Jugement et s'avance dans le tunnel menant à sa prochaine incarnation. C'est alors qu'elle entend une voix qu'elle connaît :

— *Dix… Neuf… Huit…*

30.

— … Deux… Un… Zéro, et top…

Eugénie Toledano ouvre lentement les yeux. Face à elle, le visage plein de bienveillance de son père.

— J'y suis allée, annonce-t-elle d'un ton solennel.

Elle bat des paupières pour reprendre pied dans la réalité où elle se trouve. Elle remue la tête, étire sa nuque, ouvre plusieurs fois ses mâchoires, se palpe le visage.

— J'ai activé le décompte de retour lorsque j'ai vu que tes yeux cessaient de s'agiter, signe que tu n'étais plus au cœur d'une situation intense.

— Tu as eu raison. Je crois que, cette fois, ma vie de Pouce Gauche est complètement achevée. C'est vraiment « *game over* ».

Elle prend son cahier à dessin et commence à représenter ce qu'elle a vu. L'étoile. Les morts qui l'accompagnent. Le vortex aux sept territoires. La montagne du Jugement et les trois archanges : le blanc, le gris, le noir.

Soudain, Eugénie s'arrête. Elle fouille dans son sac, sort nerveusement son paquet de cigarettes et sans demander l'autorisation en allume une.

— Ça va ? s'inquiète René qui n'ose pas lui rappeler qu'il est interdit de fumer à l'intérieur des locaux de l'université.

Elle ne lui prête aucune attention.

Elle dessine très vite des formes, des décors, des visages. Elle représente l'outil de mesure, ce crâne d'où pend une colonne vertébrale souple. Elle indique la graduation, puis elle complète la fiche qu'elle a faite sur la visite de la vie de Pouce :

« Mesure de l'âme : 3,5/6. »

Puis :

« Surtout ne pas descendre en dessous de 3,3. »

Et elle souligne cette phrase.

— Ce point précis de la colonne vertébrale correspond au chakra numéro 3…, observe René.

Eugénie acquiesce de la tête.

— Pouce ne pouvait pas comprendre, mais, comme toi, j'ai tout de suite vu que cette vertèbre correspondait au nombril.

Puis elle ajoute un 6 au niveau du front.

— Et le 6, qui serait le score maximum, est là.

— Le chakra 6, dit du troisième œil ! s'exclame son père.

René prend un crayon et inscrit « 2 » au niveau du sacrum, « 1 » au niveau de la pointe du coccyx, « 4 » au niveau de la dorsale, face au cœur, et un 5 au niveau de la nuque, face à la gorge.

— Eh bien, quelle surprise… Ces graduations coïncideraient avec les chakras de la tradition indienne, remarque-t-il.

— Et nous, humains, serions entre le 3 et le 6, ajoute Eugénie. Le 3 qui nous fait tomber au niveau animal et le 6 qui nous libère de la matière.

Père et fille examinent les dessins. René reprend :

— C'est aussi ce que raconte *Le Jardin des délices.* Le panneau de droite, celui de l'Enfer, évoque la redescente de l'homme au stade animal, quand il n'est plus gouverné que par ses pulsions primaires.

La jeune femme l'écoute avec attention. Il poursuit :

— Et le panneau de gauche, avec l'arbre de Vie et celui de la Connaissance, représente un monde idéal d'amour et de paix. Le paradis perdu à reconquérir, peut-être…

— Si je te suis bien, le panneau du Paradis serait le monde au-dessus du chiffre 6, le panneau central celui du monde intermédiaire, où l'humanité a le choix, et le dernier, celui du monde qui a basculé en dessous de 3,3, dit Eugénie.

— Voilà l'information précieuse que tu as rapportée de ton « voyage » : l'humanité a un plancher et un plafond.

Tous les deux restent silencieux un instant, impressionnés par leur découverte.

— Je crois que tu as eu accès à une grande révélation, murmure René.

Mais Eugénie souhaite explorer un autre aspect de sa conversation avec les archanges.

— Il y a aussi cette question de l'âme sœur… Pourquoi sommes-nous séparés de l'être qui est censé constituer l'autre moitié d'un « nous-même complet » ?

René ne quitte pas des yeux les dessins de sa fille. Il reste un moment silencieux puis reprend la parole.

— Tu sais, j'ai un peu connu Pierre Lestourgue, le ministre de l'Éducation nationale qui est mort la semaine dernière. Il ne s'est pas suicidé uniquement du fait de la pression politique et des menaces de mort de parents d'élèves. Ou en tout cas, cela ne me semble pas être les raisons principales. Il s'est suicidé parce que sa femme venait de mourir. Et il était très fusionnel avec elle. Il ne s'imaginait pas vivre sans elle.

— Tu veux dire qu'elle était son âme sœur et qu'il n'a pas supporté de la voir disparaître ?

— C'est l'inconvénient d'avoir trouvé sa moitié… On dépend complètement d'elle. Chez les oiseaux, on observe ce phénomène chez les inséparables. Ce sont des petits perroquets de Madagascar ainsi nommés car ils forment un couple fusionnel et fidèle toute leur vie. Et quand l'un des deux meurt, l'autre arrête de se nourrir et se laisse mourir.

Eugénie réfléchit à cette idée.

— Alors, selon toi, il vaut peut-être mieux ne pas trouver son âme sœur. Cette dépendance absolue, jusqu'à conduire à la mort, n'est peut-être pas souhaitable.

— J'en suis persuadé, mais tu te doutes que je n'ai pas le même avis que ta mère sur ce point, précise René.

La jeune femme aux cheveux roux repense à toutes les histoires d'amour célèbres qui ont très mal fini, depuis Orphée et Eurydice jusqu'à Roméo et Juliette, en passant par Antoine et Cléopâtre, Héloïse et Abélard, ou même Shah Jahan et Mumtaz Mahal, les deux monarques indiens auxquels on doit la construction du Taj Mahal.

Son smartphone vibre. L'expéditeur du texto s'affiche : Nicolas Ortega. Elle lit le message, et son père fait de même par-dessus son épaule.

« Réunion d'urgence de la cellule au Robespierre à midi. Rejoins-nous. » Avec un émoji cœur.

Elle regarde sa montre puis annonce :

— Désolée, je dois y aller, papa.

— Ce Nicolas, c'est ton copain ?

Eugénie ne répond pas et file.

31.

La bille argentée frappe le bumper puis repart zigzaguer entre les plaques colorées. Dans un vacarme de clochettes et de sonneries les anges clignotent en blanc et bleu. Puis le diable en rouge et noir émet un rire sinistre. Le compteur indique les points.

Eugénie est arrivée en avance au Robespierre et joue une partie de flipper. Tandis que la machine bipe et clignote elle sent qu'on lui touche l'épaule.

Elle croit que c'est Nicolas mais lorsqu'elle se retourne elle reconnaît Raphaël Hertz.

— Puis-je vous parler ? demande le professeur.

— Attendez…

Elle joue sa dernière bille, attend que « GAME OVER » puis « END OF THE GAME » s'illuminent, note son score, se tourne enfin.

— On peut s'asseoir pour prendre un café ? Ce ne sera pas long, dit-il.

Ils s'installent face à face à une table de la salle principale, peu fréquentée à cette heure. Raphaël commande deux expressos qui leur sont servis rapidement.

— Ce qu'il s'est passé hier, m'a… comment dire ?… plus que surpris. Disons même : ça m'a troublé. Je n'ai cessé d'y penser depuis. D'où vous viennent ces images de la préhistoire ?

— Je vous l'ai dit, c'était un rêve, répond Eugénie.

Raphaël Hertz pose les coudes sur la table et se penche vers la jeune femme. Il la regarde intensément puis déclare :

— Il est impossible de rêver d'un ciel nocturne correspondant à la disposition des étoiles il y a cent vingt mille ans en Israël, avec toutes les constellations exactement placées, de surcroît dans un lieu historiquement chargé comme la grotte d'El Tabun. Veuillez excuser mon ton péremptoire, mais cela relèverait du plus surprenant des hasards.

Eugénie entortille autour de ses doigts ses longues mèches rousses.

— Selon vous, de quoi s'agit-il alors ?

— Justement, je… Je n'ai aucune explication rationnelle à proposer.

Raphaël ne quitte pas Eugénie des yeux, toujours penché vers elle. La jeune femme soutient son regard et lance :

— Qu'attendez-vous de moi au juste ?

— La vérité, lui répond-il calmement.

Elle boit une gorgée de café.

— Si je vous le disais, vous ne me croiriez pas.
— J'ai envie de vous entendre.
Après un silence, elle dit d'un air narquois :
— Une « machine à remonter le temps par l'esprit ».
Raphaël Hertz secoue la tête.
— Arrêtez de vous moquer de moi.
— Je ne me moque pas de vous. La machine dont je vous parle n'est pas comme celle du roman de H. G. Wells. Elle est moins encombrante et plus facile à manier.
— OK, je vois que la situation vous amuse. J'ai beaucoup réfléchi… Même en utilisant les systèmes d'intelligence artificielle les plus poussés, je ne pourrai pas trouver de détails aussi précis que ceux que vous avez dessinés… S'il vous plaît, éclairez-moi.
Eugénie se penche à son tour sur la table et lui fait signe avec son index d'approcher son visage du sien. Raphaël Hertz s'exécute et Eugénie lui glisse à l'oreille :
— C'est vrai, j'ai un secret. Mais si je vous le révélais, vous me prendriez pour une illuminée.
— Essayez toujours, murmure-t-il.
Elle reste un instant sans rien dire, puis prend une grande inspiration, le fixe et enfin commence :
— Je…
Mais une voix courroucée l'interrompt :
— Ben, te gêne pas, vas-y, drague ma fiancée !
Et sans attendre, Nicolas saisit Raphaël par le col de sa veste pour le plaquer contre le mur.
— Vous pensez peut-être qu'être professeur vous donne des droits sur les étudiantes !
Nicolas bouscule Raphaël, qui tombe par terre.

Un petit attroupement s'est formé autour des deux hommes.

Certains filment avec leur smartphone. Raphaël Hertz se relève, rajuste ses vêtements, puis dit à Eugénie qui est restée assise :

— Je suis désolé de vous avoir dérangée.

Il pose un billet sur la table pour payer les cafés et s'en va.

L'incident semble clos et les clients s'éparpillent. Les étudiants membres du PNS arrivent les uns après les autres et se dirigent vers l'arrière-salle.

— Tu viens ? dit Nicolas en tendant la main à sa petite amie.

— Pourquoi as-tu fait ça ? demande Eugénie, furieuse, en repoussant la main tendue.

— Et toi ? s'emporte le jeune homme. Pourquoi tu te laisses draguer par ce prof ?

— Tu es jaloux ?!

— Parfaitement, je suis jaloux. Et que tu t'affiches en public avec lui m'exaspère.

Nicolas s'approche d'Eugénie et la prend par la taille.

— Mais nous ne sommes pas là pour parler de ça, dit-il d'un ton radouci. On y va.

Eugénie cède et le suit.

Dans l'arrière-salle les attendent, sous l'immense portrait de Staline, les autres membres du PNS.

— Ce qu'il s'est passé hier ne doit pas rester impuni, déclare Nicolas. Les fachos doivent payer ! Nous le devons à Lola. D'ailleurs tu as des nouvelles d'elle, Morgane ?

— Lola n'est restée que quelques heures à l'hôpital mais elle est traumatisée. Pour l'instant, elle est chez ses parents et refuse de sortir.

Nicolas ferme le poing.

— La peur doit changer de camp. C'est pourquoi j'ai un plan à vous proposer.

Il laisse passer quelques secondes de silence pour faire monter la tension, ouvre son étui à cigares, en sort un dont il décapite l'extrémité avec sa guillotine portative, et l'allume.

— J'ai nommé cette opération « Tonnerre rouge ». Allons porter la guerre chez les néonazis, à Assas, et faisons-les payer ! Qui sème le vent récolte la tempête.

— Ouais ! On va leur faire payer, répète Louis.

— Ils doivent comprendre qui on est, lance Morgane.

Nicolas profite de l'enthousiasme de ses troupes pour les chauffer.

— Nous allons nous battre pour Lola !

— Pour Lola ! reprennent les participants en chœur.

— Il nous faut agir vite. C'est pourquoi j'ai décidé que nous interviendrions aujourd'hui même, à dix-sept heures. J'ai un copain étudiant en droit à Assas qui m'a renseigné : Laurent Faurisson en personne sera dans la fac pour un cours.

— Faurisson, le député du Parti néonazi ? demande Morgane.

— Lui-même, acquiesce Nicolas. Le petit-neveu de Robert Faurisson, le négationniste qui avait défrayé la chronique dans les années 1980 en prétendant que les chambres à gaz n'avaient jamais existé. Il est professeur de droit constitutionnel là-bas. Et c'est le maître à penser de la cellule dirigée par Yann Muller, celui qui nous a attaqués hier avec sa bande.

— Comment comptes-tu procéder ? demande Louis.

— On se mêle aux étudiants, on suit le cours, et à la sortie, on frappe.

— À l'intérieur de l'université ? l'interrompt Eugénie.

— On avisera une fois sur place, élude Nicolas. Je vais créer un groupe WhatsApp, « Tonnerre rouge », pour coordonner notre action. OK ?

Tous approuvent.

— En ce qui concerne la logistique, j'ai déjà averti Violaine. Elle va nous fournir du matériel, comme des badges d'accès à l'amphi. Et on va leur faire regretter de s'en être pris à Lola, croyez-moi ! Morgane, tu peux aller nous chercher des bières ?

La jeune fille s'exécute et rapporte un plateau sur lequel sont posés quelques verres remplis d'une jolie bière ambrée.

— Encore une chose, dit Nicolas. Comme je vous le disais, c'est le rappeur la Hyène qui fera l'ouverture de notre congrès annuel. C'est la garantie d'une couverture médiatique. Violaine m'a demandé qu'on soutienne particulièrement cet artiste.

Eugénie intervient :

— Il a quand même fait de la prison pour viol en réunion. Soutenir un criminel de ce genre, est-ce vraiment le message que nous souhaitons faire passer auprès de notre électorat féminin ?

— Certes, mais il démontre aussi qu'une rédemption est possible, objecte Morgane. Dealer à treize ans et multimillionnaire à vingt-cinq, c'est un espoir pour les jeunes des banlieues. Vu que toutes les portes leur sont fermées, ils n'ont plus le choix qu'entre la drogue, le football ou… le rap. Alors nous choisissons d'encourager cette troisième voie.

— Elle a raison, approuve Louis. Beaucoup de jeunes des banlieues ont des problèmes avec la police. Ils se reconnaîtront dans un type qui a fait de la taule, ça veut dire pour eux qu'il est contre le système. D'ailleurs les rappeurs qui ne sont pas passés par la case prison ont moins de succès.

— Et puis il a écrit des chansons pour dénoncer la laïcité. La laïcité, c'est l'hypocrisie des bourgeois, rappelle Morgane.

— Ah bon, c'est ça le nouveau dogme ? J'en étais restée à : la religion, c'est l'opium du peuple, raille Eugénie.

Nicolas prend alors la parole :

— Les temps changent. Nous sommes des communistes modernes. Comme il y a de moins en moins d'ouvriers et de plus en plus d'émigrés, et que beaucoup sont religieux, nous devons nous adapter. Ce sont eux les nouveaux pauvres exploités. Si la députée Garaudy a personnellement émis le souhait que la Hyène soit notre soutien officiel, c'est que c'est le meilleur choix pour notre parti, qui pour l'instant souffre surtout d'un manque de visibilité.

— D'ailleurs, les écologistes le voulaient aussi pour ouvrir leur propre congrès. C'est bien la preuve que cet artiste est capable de fédérer les jeunes, renchérit Morgane.

Nicolas tape du plat de la main sur la table pour obtenir le silence.

— Bien. L'important reste l'opération « Tonnerre rouge », ce soir. S'il n'y a pas d'autres objections, la réunion est terminée. On se retrouve un peu avant dix-sept heures devant Assas.

La pièce se vide dans le bruit des chaises sur le carrelage. Eugénie s'apprête à se lever quand Nicolas lui pose la main sur le bras.

— Ça te dit qu'on déjeune ici ?

La jeune femme accepte. Ils quittent l'arrière-salle pour s'installer dans le café au milieu des étudiants et des touristes. Ils commandent un steak-frites saignant pour lui et un poke bowl végan pour elle. Une bière pour lui, un jus de carotte pour elle.

— J'ai appris pour ta maman, dit-il. Toutes mes condoléances.

— Elle n'est pas morte. Elle a été placée en coma artificiel.

— Ah, pardon, je croyais que… Mais tu veux quand même participer à « Tonnerre rouge » ?

— Lola est mon amie. Je lui dois bien ça.

La serveuse leur apporte les boissons.

— Je n'ai peut-être pas été très délicate tout à l'heure en remettant en cause le choix de la Hyène pour le congrès, mais il y a une raison précise à mon intervention. Il se trouve que hier soir la Hyène nous a agressés, mon père et moi, à un feu rouge. Il a volontairement percuté la voiture de mon père par l'arrière avec son énorme 4 × 4, après nous avoir klaxonnés et insultés.

— C'est un type un peu brut de décoffrage mais il a un bon fond. Et puis c'est une directive de Violaine.

Eugénie boit son jus à la paille.

— De quoi voulais-tu me parler alors ? demande-t-elle.

— Eugénie, écoute… Tu es bizarre en ce moment. Tu critiques notre action, tu laisses un prof te payer un café… Dis-moi la vérité, c'est à cause de la maladie de ta mère ou il y a un problème plus profond ?

— Bien sûr que je m'inquiète pour ma mère, mais elle est entre de bonnes mains à l'Institut Curie, donc…

— Tu sais, je ne vais pas te mentir, l'opération contre les fachos peut s'avérer périlleuse, ce soir. Je comprendrais que tu préfères ne pas venir.

— Tu m'as bien vue hier pendant la baston, je sais me défendre, même avec un simple manche à balai…

La plaisanterie n'amuse pas Nicolas, qui garde son air grave.

— Je ne voudrais pas qu'il t'arrive quelque chose.

— Tu tiens à ce point à moi ?

— Embrasse-moi, répond-il.

Mais la serveuse apporte les plats.

Une fois qu'elle est repartie, ils se penchent pour s'embrasser par-dessus les assiettes, puis ils commencent à manger.

— Je tiens énormément à toi, déclare Nicolas entre deux bouchées. Je ne voudrais pas que tu aies des ennuis.

— Il y a un autre sujet dont j'aimerais te parler, dit Eugénie.

— Bien sûr, je t'écoute.

— Que tu agresses verbalement et physiquement le professeur d'intelligence artificielle, ça m'est égal, mais que tu sois désagréable avec mon père, ça m'agace.

— Je croyais que vous étiez en froid, s'étonne Nicolas sans cesser de manger.

— Nous nous sommes rapprochés ces derniers jours.

— À cause de la maladie de ta mère ?

— En effet. Mais ce n'est pas tout. Il m'enseigne des choses passionnantes.

Nicolas lève un sourcil interrogateur.

— Comme quoi ?

— Je t'en parlerai un jour.

— Tu es bien mystérieuse.

— De toute façon, je pense que ça ne va pas te plaire.

— Laisse-moi en décider, et dis-moi ce que c'est.

Elle regarde sa montre.

— Merde ! Faut que j'y aille.

— Tu vas où ?

— Tu sais bien. C'est l'heure d'aller donner mon cours.

Elle prend son sac et embrasse furtivement le jeune homme au coin des lèvres.

— On se retrouve tout à l'heure. J'ai hâte de casser la figure à ceux de l'autre tribu.

Il ne comprend pas bien ce qu'il prend pour une blague et se contente d'un petit geste de salut.

32.

ENCYCLOPÉDIE : L'HYPERVIGILANCE.

Lorsqu'un animal est en danger, il active ses cinq sens pour échapper à la menace. Et plus le danger est grand ou fréquent, plus il développe des capacités de perception fines : il prend l'habitude de regarder loin, interprète les signes les plus infimes, se prépare à fuir à la moindre alerte. Tous ses sens s'affinent au fur et à mesure que les attaques sont de plus en plus fréquentes.

Jean-Baptiste Lamarck, naturaliste français du XVIIIe siècle, a travaillé sur ce phénomène et a constaté que, lorsque l'animal développait cette capacité d'hypervigilance, il y avait des chances qu'elle soit transmise à sa progéniture. C'est ce que Lamarck a appelé le « transformisme », théorie selon laquelle, schématiquement, le monde extérieur transforme et modifie en profondeur le monde intérieur. Un demi-siècle avant Darwin, Lamarck eut l'intuition que les espèces évoluaient.

Ce processus de transmission des caractères acquis est étudié par un domaine de la biologie appelé « épigénétique ».

Une espèce animale ou un groupe humain régulièrement attaqué façonne des individus qui peuvent être paranoïaques, hypervigilants et hyperactifs en même temps.

Ce phénomène de compensation nommé « résilience » a été popularisé en France par les ouvrages de Boris Cyrulnik, qui a étudié les cas de survivants des camps de concentration. La résilience concerne autant les individus que les familles, les groupes, les communautés.

C'est un simple processus d'adaptation visant à la survie.

Edmond Wells,
Encyclopédie du Savoir Relatif et Absolu.

33.

Dans la salle, les élèves qui font face à Eugénie ne ressemblent pas aux enfants qui entouraient Pouce il y a cent vingt mille ans. Ce sont des adolescents de treize à quinze ans en échec scolaire, qui n'ont pas l'air d'avoir envie d'apprendre quoi que ce soit. Leurs parents les ont mis dans une école privée qui accepte ce genre d'élèves et tente de les remettre en piste. La jeune femme est chargée de leur enseigner le programme d'histoire.

Les vingt élèves présents affichent des mines qui signalent le peu d'intérêt qu'ils accordent à ce cours. Certains, au fond de la classe, tapotent même sur leur smartphone.

Ce jour-là, Eugénie décide d'essayer une nouvelle stratégie.

— Dites-moi, aujourd'hui, j'aimerais vous poser des questions, pour changer…

Drôle d'entrée en matière pour un cours d'histoire. Les élèves la regardent, piqués par la curiosité.

— Voici ma première question : quelles sont vos passions dans la vie ? Qui veut répondre ?

Personne ne réagit.

— Ne me faites pas croire qu'aucun d'entre vous n'a de passion. Vous vous intéressez bien à quelque chose. Allez-y, racontez-moi.

Nouveau silence.

Une fille à grosses lunettes lève la main.

— Moi, j'aime bien faire du ping-pong.

Sa voisine s'esclaffe et lance haut et fort :

— Wah, c'est nul !

Cela déclenche des éclats de rire du reste de la classe.

Eugénie s'adresse à celle qui vient de se moquer.

— Toi, si je comprends bien, ta passion, c'est l'humour ? Tu veux faire du stand-up ?

La fille se renfrogne et marmonne :

— Ah non, ça, c'est sûr, jamais de la vie.

— Pourtant tu es bien arrivée à faire rire toute la classe. C'est un talent.

— Ben, parce qu'elle a dit qu'elle aime le ping-pong, et que c'est nul, le ping-pong !

— Je ne vois pas ce qu'il y a de nul dans le ping-pong. Ta voisine a le courage de s'exprimer, de dire ce qu'elle aime devant les autres, et toi tu te moques, c'est ça qui est nul. Dis-nous plutôt ce que tu aimes, toi…

Ne sachant pas quoi répondre, l'adolescente se contente de ricaner.

— Libre à vous de vous taire, mais réfléchissez-y quand même. Si vous rêvez secrètement de vous surpasser, sachez que la clef de votre réussite réside dans ce qui vous motive. Si vous ne vous vous intéressez à rien, si vous n'aimez rien… eh bien…

Elle cherche la meilleure formulation puis déclare :

— Vous n'existez pas.

Léger brouhaha dans la classe. La jeune femme est satisfaite de constater qu'elle a enfin obtenu l'attention des élèves. Un adolescent boutonneux finit par lever la main.

— Moi, j'aimerais bien faire de la guitare électrique, mais mes parents ne sont pas d'accord. Parce que ça fait trop de bruit.

— Moi, je joue de la guitare classique, dit un autre garçon. Si tu veux, je peux te montrer. J'ai aussi une guitare électrique branchée sur un ampli et on peut jouer au casque.

Progressivement, tous lèvent la main. Les uns évoquent leur goût pour le football, la danse, le tennis, les arts martiaux, les autres pour le théâtre, le poker, les échecs, les bandes dessinées, les mangas, les jeux vidéo…

Certains se découvrent des passions communes alors qu'ils ne se sont jamais adressé la parole. Il y a même parmi eux un champion de taekwondo.

Eugénie les écoute et les encourage à parler de ce qu'ils aiment.

Je crois que je suis arrivée à débloquer quelque chose.

Elle continue sur sa lancée et les interroge sur leurs vies. Au fur et à mesure des réponses de ses élèves, elle constate qu'aucun ne lit de livres, la plupart passant l'essentiel de leur temps devant des écrans, à regarder des séries, qu'ils oublient dans la foulée, ou à scroller sur les réseaux sociaux. Ils écoutent de la musique sans jamais la choisir : c'est l'algorithme des applications qui leur propose des morceaux.

— Quand vous regardez un film, une série, ou que vous êtes sur les réseaux, vous êtes passifs devant la créativité des autres. Vous ne faites qu'emprunter le chemin prévu par le réalisateur. Vous suivez le troupeau, si vous voulez. Et surtout, vous ne développez pas votre créativité personnelle. Vous ne sollicitez pas votre imagination. Or, sans imagination, la vie est morne et sans saveur ! La vraie réussite, c'est d'imaginer votre propre vie, de la créer librement avec les moyens dont vous disposez, d'oser être vous-mêmes, et pour cela vous aurez besoin de savoir ce que vous aimez, ce qui vous motive.

Tous la regardent un peu surpris. Ce cours d'histoire n'est pas comme d'habitude…

— Voici mon conseil : dépêchez-vous de trouver votre passion. Consacrez-y du temps. Faites des efforts pour atteindre l'excellence. Même si c'est du ping-pong…

La jeune fille aux grosses lunettes fait un grand sourire. Eugénie poursuit :

— Fixez-vous un objectif qui soit en cohérence avec la pratique de cette passion et ensuite accrochez-vous. Donnez-vous à fond. Amusez-vous dans ce domaine précis et vous n'aurez même pas l'impression de travailler.

Les élèves tout à l'heure un peu ramollis ont le regard qui pétille.

— Voici une autre question importante : comment voyez-vous votre avenir personnel idéal ?

Plusieurs élèves veulent répondre.

Je crois que je viens de comprendre quelque chose d'important, et eux aussi. Il ne s'agit pas seulement de transmettre des connaissances. Il faut aussi les encourager à se passionner. Et leur donner envie de se surpasser.

34.

Il est seize heures quarante-cinq.

Les membres du Parti néostalinien sont réunis dans un café qui fait face à l'entrée de l'université de droit de la rue d'Assas.

Nicolas pose un grand sac de sport noir sur la banquette. Il en sort le plus discrètement possible des matraques, des bâtons télescopiques, des cagoules et des gants qu'il distribue autour de lui. Il en extirpe aussi des fumigènes et des masques à gaz.

— Où as-tu trouvé tout ça ? demande Louis, admiratif.

— Le matériel nous est fourni par Violaine Garaudy. Elle le fait passer en frais, ils ont une belle enveloppe pour ça, à l'Assemblée. Après tout, ça nous sert à faire de la politique, répond Nicolas avec un sourire.

Il continue sa distribution.

— Je vous rappelle que « Tonnerre rouge » consiste à rendre la monnaie de leur pièce à ses fumiers du

PNN. On prend le contrôle de la situation, on attrape une fille et on lui fait subir la même chose que ce qu'ils ont fait à Lola. On lui taillade l'épaule d'une faucille et un marteau. Des questions ?

— Oui, répond Eugénie. Pourquoi pas un gars ? C'est déjà malheureux qu'une fille de chez nous ait été mutilée, et on vaut mieux qu'eux, non ? Je croyais qu'on défendait aussi la cause féministe.

Nicolas lui jette un regard noir.

— Là, c'est différent. Œil pour œil, dent pour dent, fille scarifiée pour fille scarifiée. N'oublie pas qu'on fait ça pour Lola.

Il regarde sa montre.

— Camarades, il est l'heure d'assister à notre premier cours de droit à Assas. Soyez discrets, ne vous faites pas repérer.

Eugénie le rejoint et lui glisse à l'oreille :

— Je suis très mal à l'aise avec le fait de s'en prendre à une fille.

— J'ai compris, lui rétorque sèchement Nicolas. La prochaine fois, viens m'en parler directement plutôt que de saper mon autorité devant les autres par tes critiques.

Le ton est cassant mais Eugénie ne veut pas renoncer.

— Nicolas, c'est important. Attrapons plutôt un de leurs types, insiste-t-elle.

Le jeune homme la regarde, prend une grande inspiration puis souffle lentement.

— Comme tu voudras. Mais dans la confusion, je ne suis pas sûr qu'on puisse choisir facilement notre cible.

— Un homme, pas une femme, s'il te plaît, Nicolas. Fais ça pour moi.

— En fait, tu es une révolutionnaire avec des principes bourgeois, dit-il. Mais on ne fait pas la révolution en…

— … buvant du thé, je sais, le coupe-t-elle. Mais Che Guevara avait lui aussi des principes, il me semble.

Nicolas éclate d'un rire sans joie :

— Tu plaisantes ? C'était un homme cruel. Il assistait aux interrogatoires et aux exécutions par pur plaisir. Il a instauré les « dimanches rouges », des jours de travail obligatoires non payés, et mis au point les premiers goulags tropicaux, des camps de travaux forcés à la manière des Soviétiques. C'était un marxiste dogmatique. Pour lui, la fin justifiait les moyens. La révolution cubaine, c'est vingt mille morts, essentiellement des civils.

— C'est ignoble ! s'indigne Eugénie.

— Oui, mais c'est ça, la révolution. On ne fait pas d'omelette sans casser des œufs.

— Vingt mille morts, dis-tu ? Ça fait cher l'omelette, rétorque Eugénie.

— Et la révolution des Khmers rouges au Cambodge a fait au moins deux millions de morts. Sais-tu que Pol Pot avait fait ses études à la Sorbonne ?

— Je l'ignorais.

— La révolution russe d'octobre 1917 a entraîné la mort de cinq millions de personnes. Et la révolution communiste de Mao celle de plus de cinquante millions de Chinois.

Elle secoue la tête, agacée.

— C'est quoi, tous ces chiffres ? Tu es cynique !

— Je suis réaliste. Il faut voir au-delà de ce genre de détail. L'objectif de la révolution est le contrôle complet de l'humanité. Je veux t'ouvrir les yeux. D'abord, nous devons accéder au pouvoir. Ensuite, on pourra se permettre ce luxe petit-bourgeois de faire la morale ou d'essayer de préserver des vies.

— C'est ça, le communisme ?

— Nous restons fidèles à la pensée de Staline. Ce que nous allons faire dans les minutes qui viennent est le début d'une lutte qui, si tout va bien, produira un changement au niveau mondial. Il y aura forcément beaucoup de dégâts. Mais si on n'est pas prêt à supporter ça, mieux vaut ne pas s'impliquer. C'est pour ça que Violaine ordonne régulièrement des purges pour purifier nos propres rangs. Là, toi et moi, nous avons une guerre à mener. Parce que eux, en face, ils sont encore bien pires. Souviens-toi de ce qu'ils ont fait à la pauvre Lola. Souviens-toi de la Deuxième Guerre mondiale. Nous sommes la résistance au fascisme, au capitalisme, au règne des riches qui exploitent les pauvres ! Nous sommes les gentils.

Eugénie se rappelle comment il lui avait progressivement inculqué après leur rencontre les valeurs marxistes-léninistes. Ce qui plaisait à la jeune femme, c'était que Marx offrait une grille de lecture de l'Histoire qui expliquait l'évolution de l'humanité. La lutte des classes. Les ouvriers contre les industriels. Et cette lutte prenait sa source dans la lutte des esclaves contre les rois.

Sommes-nous vraiment les « gentils » ?

Nicolas pose sa main sur son épaule.

Ils traversent la rue, pénètrent dans l'université par une entrée de service et rejoignent un amphi plus moderne que ceux de la Sorbonne.

Eugénie, qui porte un grand bonnet et des lunettes larges pour dissimuler son visage, s'assied au dernier rang quand arrive le conférencier.

Elle le reconnaît, c'est le député du PNN, Laurent Faurisson.

L'homme, souriant, cheveux mi-longs, est vêtu d'une veste à la coupe impeccable, d'une chemise et d'une cravate noires. Eugénie est surprise par sa jeunesse.

Une fois le silence installé, il se tourne vers le tableau et inscrit en lettres majuscules : « TRAVAIL, FAMILLE, PATRIE ».

— Ces trois mots sont la devise de l'État français, régime politique créé par le maréchal Pétain, en vigueur en France de 1940 à 1944, déclare ensuite Faurisson d'une voix forte et assurée. Or, que voyons-nous, de nos jours ? Ces valeurs disparaissent au profit de la fainéantise, de la perversion sexuelle et de la mondialisation. Nous perdons notre identité au sein de l'entreprise, au sein de la famille et au sein de la nation. On nous propose de remplacer notre identité nationale par un flou artistique dévastateur et dangereux dans lequel hommes et femmes seraient égaux, mélangés, dissous. Mais nous sommes tous différents ! Mesdemoiselles, pourquoi vouloir à tout prix faire comme les hommes ? Le rôle de la femme est clairement défini depuis des siècles : elle est mère et gardienne du foyer. Elle prend soin des enfants, entretient la maison, soutient son mari quand il rentre fatigué du travail ou de la guerre. Et je suis certain que les jeunes filles ici présentes en sont intimement convaincues…

Dans la salle, les avis sont partagés. Un bourdonnement d'approbation se répand en même temps qu'enflent des protestations. Ravi de l'effet produit, Faurisson poursuit :

— De même, si surprenant que cela puisse paraître à certains, la Russie ou l'Iran partagent à mon sens une vision plus saine de la place de la femme et du rôle de l'homme. Dans ces pays, les homosexuels sont mis en prison et exécutés. Ici, en Occident, nous avons perdu nos valeurs. Chers étudiants, savez-vous quel chef d'État français a le mieux mis en valeur les femmes ?

Après un court instant de silence, pendant lequel l'amphi bruisse de murmures d'indignation, Faurisson répond :

— Le maréchal Pétain ! Lorsque le Maréchal était au pouvoir, la femme était valorisée dans sa fonction de femme, tout comme le paysan l'était dans sa fonction de fournisseur de nourriture, et le soldat dans sa fonction de défenseur du territoire contre les étrangers.

Laurent Faurisson appuie sur un bouton d'une télécommande et fait descendre un écran devant le tableau.

— Déjà, dans les années 1940, certains n'étaient pas dupes.

Apparaît sur l'écran l'image d'un homme à l'épaisse tignasse, avec de petites lunettes et un menton volontaire.

— Je vous présente un héros méconnu : Jacques Doriot. En 1920, cet ancien ouvrier métallurgiste devient le chef des jeunesses communistes.

Des sifflements fusent dans l'assistance.

— Attendez, attendez. En 1921, Doriot se rend à Moscou pour représenter la branche française de l'Internationale communiste et déclarer son admiration pour Lénine. De retour en France, il œuvre pour la bolchevisation du Parti communiste. En 1924, il devient député de Saint-Denis et un ardent défenseur de la cause de l'extrême gauche.

Eugénie est perplexe.

Mais où veut-il en venir ?

Soudain, l'écran devient noir et une nouvelle image apparaît : une photo où l'on voit Joseph Staline serrer avec enthousiasme la main du ministre des Affaires étrangères nazi Joachim von Ribbentrop.

— Le 23 août 1939, à la surprise générale, alors que tout le monde pensait que les communistes et les nazis étaient opposés et que leurs idéologies étaient contraires, Staline signe le pacte germano-soviétique avec Hitler, signifiant ainsi au monde que ces deux régimes, le régime communiste russe et le régime nazi allemand, partagent en fait les mêmes valeurs fondamentales. Staline ne tarit pas d'éloges sur son nouvel ami qu'il admire et trouve « innovant » et « courageux ».

Faurisson appuie de nouveau sur un bouton. Doriot apparaît, un peu plus âgé, beaucoup plus gros et mieux habillé que sur l'image précédente.

— Après la signature du pacte germano-soviétique, Jacques Doriot fonde le PPF, le Parti populaire français, ouvertement et activement collaborationniste avec l'Allemagne nazie. Cet homme d'extrême gauche a compris que l'extrême droite avait raison. Un pionnier, en quelque sorte.

J'ignorais cette histoire, mais je comprends que ce genre de revirement extrême puisse créer une confusion dans les esprits, songe Eugénie.

Pendant la demi-heure suivante, Faurisson déroule le reste de son cours à la gloire des stars du fascisme : Mussolini, Franco, Pinochet sont traités comme des idéalistes et des sauveurs de leur patrie. Il évoque aussi la milice Wagner, rappelant qu'elle doit son nom à l'admiration pour Hitler de son créateur, Dmitri Outkine, ancien militaire au service du pouvoir, Wagner étant un compositeur très prisé des nazis.

Enfin, Faurisson termine son intervention en rappelant que *Mein Kampf*, best-seller sans cesse réimprimé dans tout le Moyen-Orient, sert de guide à plusieurs gouvernements qui n'ont même plus peur de s'en réclamer en public.

Il conclut :

— Je ne suis pas un hypocrite. J'énonce des vérités que tout le monde préférerait oublier ou ignorer. À savoir qu'il vaut mieux défendre le travail plutôt que la liberté, la famille plutôt que l'égalité, la patrie plutôt que la fraternité. J'appelle à l'avènement d'un ordre nouveau qui chassera les bourgeois et les intellectuels pour qu'enfin le peuple prenne le pouvoir. C'est le sens naturel de l'Histoire. Merci de votre attention.

Les applaudissements se mêlent à quelques huées.

Il y a malgré tout quelques étudiants qui ne partagent pas son opinion, note Eugénie.

— Vous êtes la honte de cette université ! lance une étudiante avant de quitter l'amphi sous les crachats et les insultes de certains étudiants.

Des jeunes gens zélés se montrent menaçants envers ceux qui osent critiquer ce que vient de dire Faurisson. Le député fait un geste d'apaisement en direction de ses fans.

— Laissez-les dire. Ils sont endoctrinés par ce que leur racontent les médias et sont incapables de voir la vérité, trop dérangeante. Il n'y a pas pire aveugle que celui qui ne veut pas voir. Un jour, ils comprendront. Espérons qu'il ne sera pas trop tard.

Ce Faurisson est très fort…

Des applaudissements cette fois-ci enthousiastes et unanimes résonnent. Alors le conférencier exécute une révérence gracieuse pour remercier ses soutiens puis range ses affaires.

Depuis sa place au fond, Eugénie aperçoit un attroupement d'étudiants vêtus de chemises noires. Ils sont autour de Yann Muller. Ensemble, ils félicitent Faurisson pour ses prises de position « courageuses » et commentent certains de ses arguments. Le professeur de droit constitutionnel discute avec eux et leur serre la main, les appelant chacun par leur prénom.

Eugénie Toledano jette un regard à Nicolas, installé lui aussi dans un rang du fond. Au fur et à mesure que la salle se vide, elle repère ses comparses de la cellule du PNS placés aux points stratégiques, prêts pour l'attaque.

Enfin, Nicolas donne le signal d'un hochement de tête et tous se dirigent vers les toilettes pour enfiler masques à gaz et cagoules. Une fois équipés, ils sortent tous d'un bloc et surgissent dans l'amphi. Des grenades lacrymogènes et des fumigènes sont lancés. Les étudiants toussent et se frottent les yeux dans le brouillard qui les englobe.

Eugénie, protégée par son masque filtrant, avance dans la foule en distribuant des coups de canne télescopique et s'approche de l'estrade. Des chemises noires évacuent prestement Faurisson, tandis que Nicolas et Muller se battent.

Louis et Morgane jettent à terre un étudiant à chemise noire. Ils le bloquent au sol, lui arrachent une manche et commencent à lui taillader l'épaule au cutter. Mais ils sont stoppés dans leur élan par le système anti-incendie qui se déclenche, probablement à cause des fumigènes.

Au contact de l'eau, la fumée se dissipe, laissant le champ libre aux étudiants venus apporter leur aide au PNN. Le chef néostalinien comprend que la situation tourne à leur désavantage et préfère siffler la retraite. Le groupe du PNS fonce vers la porte principale. Tous sauf Nicolas, qui cherche Eugénie du regard. Derrière lui surgissent trois types en chemise noire qui le ceinturent tandis que Yann Muller déplie son rasoir.

Eugénie a vu la scène. Elle hésite puis fonce. Elle enlève son masque pour mieux respirer, déplie sa canne télescopique et frappe Yann Muller au cou, l'arrêtant net. Elle en profite pour tirer Nicolas par le bras et tous deux détalent vers la sortie.

— Ils ne doivent pas sortir ! Chopez-les ! hurle Muller en se tenant les cervicales.

Poursuivis par des chemises noires, Eugénie et Nicolas courent à toute allure dans les couloirs et parviennent à sortir de l'université. Ils s'engagent dans les petites rues en espérant semer leurs poursuivants.

Tout en courant, Nicolas hurle à Eugénie :

— On se retrouve chez moi ! Je t'envoie mon adresse par SMS ! crie le jeune homme avant de fausser compagnie à la jeune femme en prenant sans prévenir la première rue à gauche.

Eugénie continue sa course effrénée et s'engouffre sous le premier porche ouvert, le temps de lire le message de Nicolas. Elle entend alors Yann Muller crier :

— La rouquine est passée par là !

Elle ressort aussitôt de sous le porche et court à perdre haleine, zigzaguant entre les voitures, manquant de se faire renverser à plusieurs reprises. Les fachos sont à bonne distance mais ne la lâchent pas. Elle est essoufflée. Son cœur bat fort. Elle ne sait plus où fuir. Elle ne voit pas comment elle peut leur échapper.

Elle s'imagine déjà ce qu'ils vont lui faire s'ils l'attrapent.

Eugénie arrive enfin à l'adresse envoyée par Nicolas. Elle compose fébrilement le digicode. Les autres ne sont plus qu'à quelques mètres, quand soudain la porte s'ouvre.

Elle franchit le seuil mais est arrêtée net dans son élan. Yann Muller vient de lui attraper le bras et la tire vers lui. Elle se penche et lui mord la main aussi fort qu'elle peut. Muller hurle et lâche la jeune femme alors que la porte se referme.

35.

Eugénie Toledano peut enfin reprendre son souffle, penchée en avant, les mains sur les genoux. Quand elle relève la tête, un homme en uniforme de valet se tient devant elle, non loin d'un majestueux escalier en marbre, et lui tend un jus d'orange sur un plateau d'argent. Surprise, elle accepte cependant ce rafraîchissement bienvenu.

— Nous vous attendions, dit-il d'un ton neutre en conservant une posture immobile. Si vous voulez bien me suivre. Monsieur est déjà arrivé.

Elle monte derrière lui les escaliers, impressionnée par la décoration digne du château de Versailles. Partout des moulures, des tableaux anciens, des sculptures tarabiscotées, des meubles en bois précieux.

Elle est conduite dans un vaste salon surchargé d'objets luxueux. Nicolas est assis dans un fauteuil qui ressemble à un trône et boit un jus d'orange. Au-dessus de la cheminée se trouve le portrait d'un homme vêtu comme un prince. Elle remarque tout de suite que Nicolas lui ressemble beaucoup.

Il va vers Eugénie et prend la jeune femme dans ses bras.

— Tu n'es pas blessée ?

Eugénie fait non de la tête, subjuguée par l'opulence de ce lieu. Le jeune homme explique :

— Maintenant que tu sais où je vis, tu comprends pourquoi j'ai toujours préféré qu'on aille dormir chez toi…

— Qui est le type sur le tableau ?

— Je te présente Carlos Ortega. Mon père.

— Mais alors tu es…

— Mon père est un homme très fortuné. Il est dans le commerce international.

— Dans quel secteur d'activité ?

Nicolas semble hésiter, puis il dit :

— Le commerce des armes. Il était un compagnon de la première heure du président vénézuélien Hugo Chavez, et un fervent défenseur de la cause bolivarienne. Au début, il s'est lancé dans ce business pour aider les révoltes populaires. Il a fourni du matériel à la plupart des pays qui luttaient contre l'influence occidentale et américaine. Et puis un jour l'argent l'a davantage préoccupé que la politique. Il s'est mis à vendre des armes à n'importe qui. Dans sa jeunesse, c'était un type bien, mais il a basculé du côté capitaliste. Quant à moi, je veux sauver l'honneur du nom des Ortega.

Nicolas se tourne vers le portrait de son père et ajoute :

— Oui. Mon père est un marchand d'armes et moi je lutte pour la révolution. Ça peut paraître paradoxal, mais la plupart des grands révolutionnaires sont issus de familles riches. Peut-être parce qu'ils connaissent intimement l'ennemi à abattre.

Eugénie reste un instant sans voix. Puis elle demande :

— Et donc… tu détestes ton père ?

— Je considère que c'est la pire ordure qui puisse exister, répond-il en fermant son poing. Si tu voyais comment il parle au personnel et à ma mère… Je ne le supporte plus. Un jour, il faudra que je le tue.

Eugénie est atterrée.

— Quoi qu'il en soit, merci de m'avoir sauvé de ces brutes, tout à l'heure. Muller était sur le point de me taillader, lui dit Nicolas pour rompre le silence pesant.

— Nous sommes quittes, lui dit Eugénie. Hier, tu m'as tirée de leurs griffes au Robespierre.

Il la prend de nouveau dans ses bras et la serre fort contre lui avant de l'embrasser tendrement.

— C'est normal. Tu es une femme. Tu es « ma » femme.

Elle répond à son baiser.

— Bon sang ! s'exclame-t-il. On a combattu les fachos d'Assas sur leur terrain et on s'en est sortis ! Et devant leur mentor !

Puis il se tourne vers le valet toujours debout près de l'entrée du salon, impassible, le plateau dans les mains.

— Emilio, apporte-nous deux verres de rhum avec des glaçons, s'il te plaît.

— Tout de suite, monsieur.

Le domestique disparaît pour revenir quelques minutes plus tard. Les deux jeunes gens trinquent et boivent. Eugénie manque de s'étouffer tant le liquide lui brûle l'œsophage.

— Je ne connaissais pas cette histoire avec Doriot, dit-elle.

— Moi non plus, mais on s'en fout, c'est un discours de facho.

— Quand même. Doriot dirigeait les jeunesses communistes… et il est devenu nazi…

Il la regarde puis éclate de rire.

— Eugénie… Quelle fille étrange tu es. On vient de battre les fachos sur leur terrain et toi, tu as des états d'âme pour des histoires sans importance datant du siècle dernier.

Mais la jeune femme n'a pas l'intention de capituler.

— Sans importance, vraiment ? Faurisson a tout de même rappelé que Staline était un admirateur de Hitler, et qu'ils considéraient l'un comme l'autre que leurs ennemis étaient les intellectuels. Nous sommes des intellectuels, non ?

— Nous sommes d'abord des soldats. Nous faisons la révolution !

On entend des bruits de pas dans l'escalier monumental.

— L'ogre est de retour, fuyons ! dit Nicolas.

— Tu ne veux pas en profiter pour me présenter à ton père ?

— Je ne crois pas que tu aies très envie de le connaître. Carlos est un être répugnant. Si tu me trouves parfois un peu cynique, je suis un ange à côté de lui. Heureusement que ma mère m'a enseigné la douceur et la compassion.

— Dans ce cas, je vais rentrer chez moi. Les fachos doivent être partis.

Sur son portable, Nicolas peut consulter l'appli de vidéosurveillance de l'hôtel particulier. Il montre à Eugénie l'image de Yann Muller et de ses trois comparses en train de fumer sur le trottoir.

— Tu les as bien énervés, ils t'attendent encore, dis donc.

Il hausse les épaules.

— Tu n'as pas le choix, tu vas devoir rester ici.

Le jeune homme entraîne Eugénie hors du salon. Ils longent un couloir qui mène à un escalier. Arrivés en haut de la volée de marches, ils traversent une coursive, puis parviennent devant une porte sur laquelle il est écrit : « TERRITOIRE INDÉPENDANT ».

Nicolas ouvre, attire Eugénie à l'intérieur de la pièce et verrouille les serrures derrière elle. La décoration contraste avec le reste de l'hôtel particulier. Sur un mur est punaisée une affiche avec le portrait de Che Guevara et « VIVA LA REVOLUCIÓN ». Sur les autres Nicolas a accumulé des tracts de partis communistes de différents pays et des affiches de groupes de rock. Plus loin, une dizaine de guitares électriques sont posées sur des trépieds.

Le jeune homme prend sa Gibson Les Paul 1959, l'accorde soigneusement et joue la chanson de Bob Dylan « Knockin' on Heaven's Door ».

La chanson est belle, Nicolas a un air romantique tout à fait charmant. Eugénie, extrêmement sensible à la musique, est touchée par la douceur de ce moment et elle ferme les yeux.

Elle écoute avec ravissement Nicolas jouer et fredonner. Puis il pose sa guitare, baisse les lumières et s'approche d'elle pour l'embrasser dans le cou. Lentement, ils se déshabillent et basculent sur le lit.

Ils font l'amour.

Eugénie a l'impression de reproduire une danse connue. Toujours la même depuis qu'ils se connaissent.

Ils restent étendus quelques dizaines de secondes, immobiles. Puis la jeune femme se lève et prend une cigarette dans son paquet coincé dans la poche arrière de son jean. Lui fait de même avec un cigare.

Le meilleur moment.

C'est comme si tout son corps se détendait enfin complètement.

— Tu peux rester dormir ici si tu veux…, lui propose-t-il en lui caressant le ventre.

Elle prend encore plusieurs bouffées puis se redresse sur les coudes et écrase sa cigarette.

— Je préfère rentrer, il faut que je nourrisse mon chat.

— Comme tu veux. Je vérifie si les trois cerbères en bas ont lâché l'affaire.

Comme ils sont partis, Eugénie se rhabille et son amant la raccompagne jusqu'au porche de l'hôtel particulier. Eugénie dépose un baiser rapide sur ses lèvres puis s'éloigne d'un pas pressé.

36.

Eugénie est enfin seule chez elle.

Nostradamus la fixe de ses grands yeux jaunes si profonds. Le félin semble avoir oublié ses griefs de la veille.

L'avantage de ce chat, c'est qu'il n'est pas rancunier longtemps.

Elle se prépare un dîner léger : une salade d'avocat et de tomates généreusement arrosée de vinaigre balsamique et d'huile d'olive, puis s'installe sur le divan, le chat à ses pieds.

— Tu en penses quoi, toi, Nostradamus ? Est-ce que Nicolas est mon âme sœur ?

— Miaou, répond catégoriquement le chat.

— OK, mais alors si ce n'est pas lui, qui cela pourrait-il bien être ?...

À ce moment le félin s'approche de son visage et frotte sa joue contre la sienne dans un mouvement tendre et doux. Eugénie sourit et lui caresse affectueusement la tête.

— Désolée de te le dire de façon si directe, mais ça ne peut pas être toi, tu n'es qu'un chat...

— Miaou, réplique-t-il en ronronnant.

La jeune femme termine son repas en silence. Elle pense à sa mère qui se bat courageusement contre la maladie, puis au combat qu'elle-même doit mener de manière plus floue contre des adversaires qu'elle n'a même pas encore identifiés et qui sont censés pouvoir déclencher l'Apocalypse.

Il faut déjà que les forces de la lumière se regroupent. Et pour ça, il faut que nous nous reconnaissions...

Elle caresse son chat.

Je dois repartir. Il faut que je découvre la suite.

Eugénie tire les rideaux, allume une bougie, s'assoit en tailleur sur le divan et commence la visualisation. Une fois dans le couloir, elle émet un souhait :

— Je veux connaître la vie suivante.

Une porte s'éclaire, c'est la numéro 1.

Ce n'est plus un chiffre négatif. Je vais donc découvrir ma première vie de Sapiens...

Elle approche la main de la poignée, ouvre la porte et franchit le seuil.

37.

Ce que l'esprit d'Eugénie perçoit du nouveau corps dans lequel elle se trouve à présent est difficile à identifier.

La première information claire qu'elle reçoit est auditive : elle entend un cœur qui bat dans une sonorité très grave. Très vite, elle perçoit un second battement plus aigu, plus rapide.

Un gros cœur. Et... un petit cœur.

La deuxième sensation est tactile : elle flotte dans un liquide tiède un peu visqueux, dans lequel elle peut respirer sans se noyer. La troisième sensation, gustative, lui apprend qu'elle boit ce liquide et qu'il a un goût légèrement sucré. La quatrième et dernière sensation est visuelle. Elle ouvre les yeux : autour d'elle, la lumière tamisée est orange avec des reflets rouges. Elle sent aussi une source de chaleur extérieure qui chauffe l'enveloppe.

Je suis un fœtus dans un ventre exposé au soleil !

En se penchant, elle peut distinguer ses pieds et ses mains. Elle repère aussi face à elle le cordon ombilical rose translucide qui pulse du sang pourpre jusqu'à son propre nombril.

Je suis dans le corps de ma nouvelle vie. Je me demande quel est mon sexe. Je vais me pencher plus en avant encore...

Ah, ça y est, je le vois. Je n'ai pas de pénis. Je suis encore une fille.

Des bruits extérieurs lui parviennent étouffés.

J'ai hâte de savoir ce qui m'attend dehors. Quel territoire ? Quelle époque ? Quels parents ?

Eugénie entend une voix qui résonne. Elle devine intuitivement que c'est celle de sa génitrice. Une voix plus lointaine, plus grave, lui répond.

Celle de mon père ?

Leurs voix sont cependant difficiles à percevoir derrière le bruit plus assourdissant du cœur de son hôte et du sien.

Et puis la lumière rouge devient noire.

Maman est en train de se rhabiller.

Dans le noir, elle ne voit plus le cordon ombilical, mais elle sent qu'il est tout proche.

Soudain, il y a un mouvement.

Maman se déplace.

Elle perçoit qu'il se passe des choses au-dessus d'elle. Quelques secondes plus tard, elle entend des gargouillis.

Maman mange.

Elle sent même la bouchée de nourriture qui descend dans l'œsophage pour rejoindre l'intestin en produisant d'autres sons graves.

Ensuite les sons s'atténuent pour disparaître complètement. Ne restent que quelques gargouillis et les battements des deux cœurs. Pour passer le temps, Eugénie bouge dans le liquide amniotique puis se stabilise. Elle étend sa jambe mais son pied bute contre la paroi molle. On lui répond par une caresse.

Début de communication intéressant.

Et puis plus rien.

Il en faut, de la patience, pour être un fœtus ! Entre nous, j'aurais bien aimé avoir un ou deux bouquins à lire, des films à regarder, ou même de la musique à écouter. Si je suis enceinte un jour, je mettrai des écouteurs sur mon ventre et diffuserai de la musique pour que mon bébé ne s'ennuie pas comme moi je m'ennuie en ce moment.

Le temps s'écoule.

Il semble infini.

Mais voici que les parois sont parcourues d'un frisson. Puis un autre, quelque temps après. Cette fois, tout le liquide est secoué. Eugénie aussi. Les frissons qui durcissent la paroi où elle se trouve bien serrée deviennent des séismes, au début très espacés puis de plus en plus rapprochés.

Elle a des contractions.

Aux secousses s'ajoute bientôt l'accélération du rythme cardiaque. Eugénie est comme massée puissamment par les parois. Soudain le bain dans lequel elle flottait tranquillement jusque-là est vidé. Elle entend les voix de ses parents. Sa mère respire bruyamment, geint et crie.

Bon sang, je crois que je vais naître.

Les spasmes des parois la poussent vers l'avant. Elle se sent de plus en plus compressée, jusqu'à ce que des mains l'attrapent par la nuque et la tirent. Sa tête est sortie.

Une douleur intense lui étreint le crâne.

Eugénie est fatiguée et ferme fort ses yeux, elle sent qu'elle n'avance plus.

Je suis coincée.

Elle sent qu'autour on s'énerve. On la manipule de différentes manières. Mais rien à faire, elle ne peut pas sortir, quelque chose la retient. Et la nervosité ambiante augmente. Il y a des cris. On essaie de tirer sur sa tête. Le cordon est noué autour de son cou et le nœud se resserre un peu plus quand on tire sur sa tête.

Elle décide de donner un petit coup de pied pour aider. Sans résultat.

Zut, ça commence mal.

Enfin, une main intervient. Elle maintient sa tête contre l'intérieur de la cuisse de sa maman, qui se remet à pousser. Le corps d'Eugénie est expulsé sans que le cordon se tende et les mains qui la tiennent défont le nœud.

Elle se retrouve entièrement à l'extérieur.

Ils ont réussi à me faire naître !

Le premier sens sollicité est la vue : Eugénie reçoit une lumière forte qui l'aveugle après ces longs mois dans l'obscurité du ventre maternel. Elle voit flou et distingue des mains et des bras autour d'elle. Parfois des regards inquiets.

Le deuxième sens qui lui donne des informations nouvelles est le toucher. Elle a froid et sent des mains qui la manipulent avec vigueur. Elle est saisie par les pieds et tenue la tête en bas. Une main lui tape sur les fesses. Tout à coup ses oreilles se débouchent. Elle a du mal à respirer. Elle s'y reprend à plusieurs fois alors qu'on continue de lui taper dans le dos de plus en plus fort.

Hé ! Doucement. Je suis fragile.

Enfin tout se détend. Elle pousse un gigantesque « OOOOOUIIIIIN ! », et tout son corps se libère d'une énorme pression intérieure. Du liquide sort par tous ses trous.

Troisième sens réveillé : l'odorat. Son nez étant débouché, une multitude d'odeurs fortes lui parviennent. Elle entend des cris de joie.

Un point positif : ceux qui sont autour de moi (et qui sont probablement mes parents) ont l'air très contents de me voir naître.

Puis vient le sens du toucher.

Elle est enveloppée dans un linge au contact rêche. À peine prend-elle conscience de ses jambes, de ses bras, de son ventre qu'elle éprouve une sensation intérieure terrible qui se résume à un mot.

Faim.

Alors elle se met à pleurer en ouvrant et fermant ses petits poings. Heureusement des mains la saisissent et lui collent la bouche contre quelque chose de mou et de parfumé qu'elle mâchouille de ses gencives nues jusqu'à ce qu'un liquide délicieux gicle dans sa gorge.

Ce goût crémeux et sucré aux saveurs complexes la ravit.

La nouvelle-née aime tant cette expérience qu'elle en oublie la lumière aveuglante, le froid sur sa peau, le bruit assourdissant dans ses oreilles, l'odeur de transpiration dans ses narines.

Je veux passer ma vie à boire cette savoureuse boisson.

Eugénie se gave de ce nectar humain qui lui donne de l'énergie et décuple l'acuité de ses cinq sens. Elle a l'impression de distinguer, dans l'espace flou qui l'entoure, le visage de sa mère entouré de longs cheveux noirs. Cette femme la regarde, lui sourit et la couvre de baisers tièdes et humides.

Puis elle entrevoit son père, qui porte une moustache noire et dégage une sueur poivrée.

Elle perçoit plus loin deux femmes, qui parlent trop fort, des silhouettes, des regards, des sourires, des voix. Des baisers d'autres personnes que sa mère.

Mais elle n'est toujours pas rassasiée et mâchouille plus fort le téton. Une fois complètement désaltérée grâce au lait maternel, elle se sent exténuée par toutes ces émotions.

Naître n'est pas une activité pour les fainéants.

Elle lâche le téton, reste un instant dans un état second, jusqu'à ce qu'une douce torpeur l'envahisse des pieds à la tête. Sur le point de sombrer dans un sommeil bienheureux, Eugénie pense :

Je n'aime pas cet état larvaire. Je ne peux même pas me mouvoir. Je dois attendre que des bras me prennent. Je déteste dépendre des autres.

Elle décide donc de revenir dans le présent. Elle franchit le seuil de la porte de sa première vie, longe le couloir jusqu'à la porte de l'inconscient, remonte l'escalier en colimaçon, effectue un décompte.

Dix... Neuf... Huit...

38.

Un… Zéro, et top…

Eugénie rouvre les yeux. Elle titube jusqu'à sa salle de bains pour prendre une douche et se débarrasser des sensations désagréables de cette incroyable expérience.

Je ne sais même pas dans quel pays ni à quelle époque je me trouvais. Du coup, je ne peux rien dessiner. J'ai au moins appris une chose :

C'est nul d'être un bébé.

Une fois sous l'eau chaude, elle se savonne longuement. Elle lave même sa longue chevelure si difficile à dompter. Puis elle s'enveloppe dans une serviette moelleuse et s'installe dans son fauteuil. Elle allume une cigarette et lance sur son smartphone un morceau de Dead Can Dance au titre évocateur : « The Host of Seraphim », « L'invité des anges ».

Il faut à tout prix que papa m'aide à sortir de cette période sans le moindre intérêt.

Pour être sûre de ne pas oublier, elle envoie aussitôt un SMS : « Coucou, papa. Suis bloquée dans une incarnation. Besoin urgent d'être guidée pour en sortir. On peut déjeuner ensemble demain ? »

Malgré l'heure tardive, la réponse arrive quelques secondes plus tard : « Demain chez moi 13 heures. Nous déjeunerons ensuite. Signé : ton débloqueur de V.I.E. »

Elle se couche, rejointe par Nostradamus qui s'installe sur son chakra 4, celui du cœur, comme s'il voulait lui rappeler qu'elle n'a pas besoin de chercher plus loin son âme sœur. Et pour terminer de la convaincre, il se met à ronronner, car il sait qu'aucun mâle humain n'est capable d'une telle prouesse.

39.

ENCYCLOPÉDIE : LES CHAKRAS.

Chakra est un mot sanskrit qui signifie « roue ».
Les chakras servent à désigner les points d'énergie dans le corps.
Il y a sept chakras.
Le chakra 1 est au niveau du périnée, à la pointe du coccyx, sur la colonne vertébrale. C'est le chakra racine, celui du rapport à la terre.
Le chakra 2 est placé devant au niveau du sexe, et dans le dos au niveau du sacrum. C'est le chakra du rapport à la sexualité, au plaisir du corps et à la reproduction.
Le chakra 3 est situé sur l'avant du corps au niveau du nombril et sur l'arrière au niveau des vertèbres lombaires. C'est le chakra du rapport à la digestion, à l'intégration de la nourriture et de la matière extérieure. Il transforme l'aliment en énergie dont il stocke une partie dans la graisse du ventre.
Le chakra 4 est au niveau du cœur sur l'avant et au niveau des vertèbres dorsales dans le dos. C'est le chakra du rapport aux émotions. C'est là que s'expriment la colère, la tristesse, l'affection, le sentiment amoureux, la joie.

Le chakra 5 est au niveau de la gorge sur l'avant du cou et au niveau des vertèbres cervicales sur l'arrière. C'est le chakra du rapport à la communication. C'est là que l'on peut échanger les informations, comprendre, apprendre, exprimer ses idées, ordonner, convaincre.
Le chakra 6 se situe au niveau du front. C'est aussi le troisième œil, celui de la clairvoyance, et le siège de l'intuition. C'est là que nous sentons les choses ou les êtres au-delà de leurs apparences. C'est là que nous sommes émus par l'art ou les idées des autres.
Le chakra 7, aussi nommé chakra coronal ou chakra du ciel, est situé au sommet du crâne. C'est le chakra de la spiritualité. C'est là que s'effectue la connexion avec l'univers dans son ensemble et les dimensions invisibles.

Edmond Wells,
Encyclopédie du Savoir Relatif et Absolu.

ACTE IV

Mercredi 11

Jour J – 2 avant l'Apocalypse

40.

De sa langue râpeuse, Nostradamus lui soulève la paupière gauche.

Même si j'ai l'habitude, la sensation est toujours surprenante…

Eugénie ouvre l'autre œil, se rappelle qui elle est, où elle est et qui est cet animal à la fourrure noire et aux yeux jaunes.

Au moins, ce matin, pas de souris agonisante sur l'oreiller.

Elle se lève, tire les rideaux. Dehors, il pleut.

Elle se traîne jusqu'à la cuisine. Elle se prépare un café qu'elle boit lentement, accompagné de gaufres au chocolat qu'elle mange machinalement. Puis, comme à son habitude, elle prend son smartphone et lance l'application pour écouter les infos en continu. La voix du présentateur retentit.

– Sport. C'est toujours la folie autour de l'hôtel où séjourne Ronaldissimo. Une foule compacte fait le siège du prestigieux palace parisien en espérant entrevoir son idole. Le joueur s'est rendu à son entraînement à dix-sept heures, et ses fans ont pu l'apercevoir. Demain soir, la rencontre sera retransmise non seulement à la télévision, mais aussi sur un écran géant installé en bas des Champs-Élysées. La circulation sera interdite à partir de la Concorde jusqu'à l'Arc de Triomphe.

– Affaire Charlemagne 2.0. À la suite de l'annonce de la nomination d'un ministre digital de l'Éducation nationale sous la forme du logiciel Charlemagne 2.0, la députée du parti d'ultragauche néostalinien Violaine Garaudy a appelé à une manifestation et à une grève générale de tous les professeurs et étudiants de France demain matin. Elle a aussi déposé une motion de censure en vue de destituer le gouvernement qui, selon elle, « est prêt à détruire l'équilibre déjà fragile du système scolaire français au nom de sa fascination pour les technologies modernes ». « Nos professeurs n'ont pas à voir leurs salaires évalués par un ordinateur ni à recevoir d'ordres d'une machine. Et je n'ose imaginer Charlemagne 2.0 proposant une réforme des universités. Ce que nous voulons, c'est une augmentation des effectifs et une revalorisation immédiate des salaires, a-t-elle déclaré. La présidente Élisabeth Rivol va payer cher cette monumentale erreur politique. Et nous lui préparons quelques bonnes surprises. »

– Fake news et sabotage. L'enquête se poursuit après le piratage du système informatique d'un hôpital parisien dont le nom n'a pas été communiqué pour des raisons de sécurité. Les équipes de la Direction générale de la sécurité intérieure, la DGSI, ont détecté la participation d'une usine à trolls dans cet acte qualifié de « terroriste ».

L'usine en question, créée par le groupe paramilitaire Wagner et installée à Saint-Pétersbourg, que la DGSI croyait fermée, est en réalité plus active que jamais. Plus de mille personnes travaillent jour et nuit à inonder le monde de fake news, de vidéos truquées, de sabotages suivis de demandes de rançon, afin de déstabiliser les démocraties occidentales. Ils répandent aussi des rumeurs concernant les hommes et les femmes politiques qu'ils estiment hostiles à leurs idées, pour les faire échouer aux élections.

– Japon. Cette année encore a eu lieu la fête du massacre des dauphins. Les habitants de la baie de Taiji se munissent de barres de fer pour tuer les dauphins qui viennent se reproduire dans cette baie. Ce sont plus de deux mille dauphins qui sont massacrés chaque année en musique et dans une ambiance de fête. L'eau de la baie vire au rouge, et les dauphins sont parfois consommés sous forme de sushis. En France, le chef des Verts a expliqué qu'il ne prendrait pas position dans cette affaire et a tenté de se justifier : son parti doit mener plusieurs combats de front, a-t-il dit, en particulier contre le scandaleux logiciel Charlemagne 2.0. La baie de Taiji est loin des préoccupations françaises, a-t-il ajouté.

– Iran. Après les manifestations pacifistes qui se sont déroulées hier à Téhéran sous l'impulsion des défenseurs de la cause « Femme, Vie, Liberté », des centaines de manifestants ont été arrêtés par les Gardiens de la révolution. Les interpellations ont été menées avec une rare violence, selon les observateurs sur place. Pourtant, aucune des associations de défense des droits humains dans le monde n'a réagi. Les opposants iraniens dénoncent ce silence assourdissant et pointent l'infiltration de la plupart de ces associations par des agents des pays pétroliers, et leur manque d'indépendance.

– Corée du Nord. La République populaire de Corée, par la voix de son dirigeant Kim Jong-un, a apporté son soutien total et entier aux mollahs iraniens dans leur lutte contre les manifestations de Téhéran. « Il s'agit d'une tentative de déstabilisation d'un gouvernement élu. Cette action est probablement instrumentalisée par des agents étrangers hostiles », a déclaré le ministère des Affaires étrangères nord-coréen en désignant les États-Unis et les pays européens.

– Météo. Les températures devraient encore monter dans les jours qui viennent pour atteindre un pic lundi prochain. Ce début de mois d'octobre est le plus chaud jamais connu depuis que les relevés de température existent. »

Eugénie éteint la fonction radio de son smartphone.

Et si j'arrêtais d'écouter les actualités ?

Elle se sert un autre café, qu'elle boit tout en réfléchissant.

Non, j'aurais l'impression de faire l'autruche si je manquais des épisodes de l'histoire du monde.

Elle pense à sa mère puis regarde le calendrier.

Mercredi 11 octobre. Plus que deux jours avant l'Apocalypse…

En se préparant, Eugénie se rappelle qu'elle a lu dans l'*Encyclopédie du Savoir Relatif et Absolu* un article sur le mot « Apocalypse », dont l'étymologie est constituée de racines grecques qui signifient « levée du voile ».

Ce voile est l'enjeu de la fin du monde : l'humanité vit aveuglée par un voile d'illusions ; sa levée, c'est-à-dire la révélation de la vérité aux hommes, entraînera la remise en question de tout, puisque tout a été construit sur des mensonges.

Nostradamus saute sur son épaule et lui lèche l'intérieur de l'oreille.

— Oh, quel coquin ! Tu essayes de me séduire…

Elle l'attrape et le repose dans son panier.

— Miaou ! s'indigne-t-il.

— Il faudra bien que tu te fasses une raison, Nostradamus, tu n'es qu'un chat, et si tu veux qu'il y ait un lien plus intime entre nous il faudra que tu te réincarnes en humain. D'ici là, rien n'est possible entre toi et moi…

— Miaou.

— Oui, je sais. Moi aussi je t'aime.

Elle tente de le consoler en remplissant sa gamelle de croquettes au goût de homard.

Il se résigne à cette compensation.

Une fois prête, elle prend son sac à dos, y range son cahier à dessin et fonce pour rejoindre la Sorbonne.

41.

« QUI ÊTES-VOUS ? »

Alexandre Langevin écrit cette question sur le tableau du grand amphithéâtre Richelieu.

— Oui, vous qui êtes là en face de moi, c'est à vous que je m'adresse.

Eugénie s'est assise à côté de Nicolas, dans les premiers rangs, pour ne rien rater de la conférence de son grand-père. Alexandre Langevin, qui était président de la Sorbonne il y a encore cinq ans, a choisi de se retirer de ce poste prestigieux pour entrer en politique. Il est inscrit au Parti centriste. Il continue malgré tout de dispenser pour le plaisir quelques cours en tant que professeur émérite.

— Réfléchissons d'abord à ce qui pourrait vous permettre de répondre à cette question cruciale, dit-il. Votre nom ? Votre sexe ? Votre apparence ? Votre nationalité ? Tout cela, vous ne l'avez pas choisi. Ce sont vos parents qui vous l'ont imposé à la naissance. Vos diplômes ? Votre métier ? Votre fortune ? Votre famille ? Vous avez certes effectué des choix, mais vous étiez sous l'influence de vos parents, de vos professeurs, de vos employeurs, de vos collègues, de vos voisins, de vos amis. Ils vous ont influencé et vous ont rangé dans des cases par commodité. Vous avez ensuite pris l'habitude de vous voir comme eux vous ont défini : un élève. Un étudiant. Un employé. Un riche ou un pauvre. Un mari ou une femme. Un père ou une mère. Puis un grand-père ou une grand-mère. Et pour les administrations diverses et variées, un numéro.

Certains étudiants ricanent.

Alexandre Langevin laisse passer un temps, puis reprend son exposé :

— Pour tout le monde, vous êtes cette « personne » particulière. Mais regardons de plus près ce mot « personne ».

Alexandre écrit « PERSONNE » en majuscules au tableau.

— *Persona*, en latin, désigne le masque des acteurs. Dont l'étymologie vient de *per* (« à travers ») et *sonare* (« résonner »). Dans les théâtres de l'Antiquité, le masque était une caisse de résonance en bois qui amplifiait le son produit par la bouche. Pour la société, vous êtes donc ce masque qui permet de vous ranger dans telle ou telle catégorie d'humains. Les autres vous identifient ainsi. Ou plutôt vous « réduisent » à ça. Pourtant vous êtes plus, beaucoup plus que ça. Et la question reste entière : qui êtes-vous vraiment ?

Alexandre fixe les quatre cents étudiants muets qui lui font face.

— Regardons comment trouver ce que vous êtes. Vous êtes un « individu ». Du mot latin *individuum*, qui signifie « qui ne peut pas être divisé ». Donc qui ne peut être coupé, réduit, dissous. Tentons une expérience, voulez-vous ? Si nous enlevons notre identification par nos nom, prénom, sexe, nationalité, âge, rôle dans la famille, diplômes, métier, que reste-t-il qu'on ne peut diviser ? Le philosophe Pierre Teilhard de Chardin apporte un début de réponse. Il dit…

Alexandre écrit la phrase au tableau tout en la lisant :

— « Nous ne sommes pas des êtres humains vivant une expérience spirituelle mais des êtres spirituels vivant une expérience humaine. »

Murmures dans l'assistance.

— On peut comprendre cette idée comme une affirmation du fait qu'il existerait une âme éternelle qui pourrait se réincarner dans plusieurs vies successives à travers les époques. C'est une théorie qui rejoint le concept de karma et de réincarnation du bouddhisme indien, mais également le cycle des vies du Guilgoul dans la culture hébraïque, et même le concept de métempsycose, très présent dans la Grèce antique.

Il écrit les mots « KARMA », « GUILGOUL » et « MÉTEMPSYCOSE ».

— Et si l'on remonte aux sources, le voyage de l'âme à travers les corps est clairement évoqué dans les hiéroglyphes égyptiens de l'Ancien Empire, c'est-à-dire dès le IIIe millénaire avant notre ère.

Dans l'amphi, on n'entend plus que le tapotement des touches de ceux qui prennent des notes sur leur ordinateur.

— Voilà donc un début de réponse à la question de savoir ce que serait cet individu, cet « être indivisible » qui est notre « vrai nous ». La part éternelle originelle : c'est ce qui nous définirait. En d'autres termes : une âme immatérielle qui voyage vie après vie de corps en corps. Poussons plus loin l'analyse, si vous le voulez bien. Deux hypothèses peuvent être formulées pour répondre à la question de savoir qui nous sommes et ce qui va nous arriver. La première est qu'avant notre mort il n'y avait rien. Qu'actuellement vous n'êtes qu'un morceau de chair tiède posé sur une chaise et moi un autre morceau de chair tiède, mais sur l'estrade. Dans ce cas, notre futur consiste simplement à nous dégrader jour après jour jusqu'à mourir. Et puis après il n'y a plus rien, n'est-ce pas ? Une fois dans nos cercueils respectifs, nos corps vont lentement se désagréger et il n'en restera que des tas d'os, des photos dans un album et quelques souvenirs dans la mémoire de nos descendants qui vont progressivement les oublier.

De nouveau on entend quelques ricanements.

— La seconde hypothèse serait que nous ayons déjà vécu d'autres vies avant celle-ci et que nous en vivrons d'autres après. Dans ce cas, chacune de nos existences serait comme un livre appartenant à une grande saga : l'histoire de notre âme immortelle.

Il laisse passer un temps, regarde attentivement son auditoire puis déclare :

— Avez-vous des questions ?

Nicolas lève la main.

— Ce n'est pas vraiment une question, mais plutôt une remarque. Il me semble que ce que vous racontez ressemble beaucoup à… excusez-moi, je ne vois pas d'autres mots… un tissu de niaiseries.

Un bruissement d'indignation parcourt l'amphithéâtre Richelieu.

— Vous faites référence à ce que vous appelez « l'âme » ? Quand même ! Ce n'est pas de la science, ça, c'est de la fumisterie. C'est non seulement irrationnel, mais c'est stupide. Les philosophes les plus sérieux, comme Nietzsche ou Schopenhauer, ont démontré l'absurdité de ces sottises qui ne satisfont que les esprits naïfs ou superstitieux. La religion est apparue précisément pour compenser la peur de l'inconnu – l'inconnu suprême étant ce qui nous arrive après notre mort. Comment envisager raisonnablement qu'une entité surpuissante ait tout créé, décide de tout, nous surveille, nous récompense et nous punisse ? Sans compter que personne ne l'a jamais rencontrée, cette entité ! Cette supercherie a engendré des générations de prêtres qui se sont enrichis sans travailler en affirmant qu'eux seuls pouvaient sauver les âmes.

Alexandre n'a pas le temps de répondre. L'attaque en règle se poursuit :

— Vous citez Teilhard de Chardin. Mais je vous rappelle qu'avant d'être un philosophe, c'était un prêtre jésuite ! Quant à vos références aux religions antiques, ce sont celles de civilisations disparues ou dépassées. Donc permettez-moi de constater que votre édifice est bancal : l'âme n'est qu'une croyance basée sur des superstitions archaïques sans aucun fondement scientifique vérifiable, une intuition sortie de l'esprit de quelques illuminés qui a prospéré sur l'ignorance et la peur. Elle n'a aucunement sa place dans un établissement aussi considérable et réputé que la Sorbonne. En tant qu'ancien président de cette université, vous devriez être plus sérieux.

Sur les bancs, les étudiants attendent la réaction d'Alexandre Langevin.

— Jeune homme, dit-il très calmement après un temps de réflexion, je formule l'hypothèse qu'au cours de votre vie précédente, il a dû se produire un événement si traumatisant que vous ne croyez plus en la réincarnation. Je pense même que vous vous sentez investi du devoir de dénigrer ce concept… dans cette vie-ci.

On entend les rires de ceux que cette joute amuse. Mais Nicolas ne veut pas céder.

— Et moi, je pense que vous feriez mieux de prendre complètement votre retraite.

Sans attendre de réponse, le jeune homme se lève et dit à Eugénie :

— On se retrouve au Robespierre.

Puis il quitte l'amphi en claquant la porte en signe de mécontentement.

42.

Eugénie patiente le temps que les derniers étudiants venus interroger son grand-père à la fin de son cours quittent l'estrade. Elle le regarde avec tendresse. À soixante-treize ans, et malgré ses kilos en trop, il reste élégant, vêtu de son éternel costume-cravate bleu ciel, la rosette de la Légion d'honneur au revers de sa veste.

— Ah ! Eugénie, ma chérie. Il m'avait bien semblé t'avoir reconnue à côté de l'étudiant qui m'a interpellé.

— Il ne faut pas lui en vouloir. Nicolas est…

Elle s'apprête à lui dire que sa spécialité, c'est de critiquer avec virulence les professeurs, ce qu'il a déjà fait avec Raphaël Hertz et avec son père, mais finalement elle se ravise.

— C'est un jeune homme de son temps, dit-elle.

— Un temps où on n'écoute plus les vieux schnocks comme moi ?

L'expression la fait sourire.

— Dans un sens, oui, papi, malheureusement. On n'écoute que les gens en colère.

— Tu as raison, ma chérie, après tout, ce sont les seuls qui sont invités à la télévision. Les gens modérés n'intéressent plus personne. Être raisonnable, c'est terriblement ringard.

— Et puis Nicolas a des responsabilités dans le PNS et se sent obligé de faire son intéressant pour attirer l'attention et recruter pour notre cellule.

— « Notre » ? s'étonne Alexandre. Ne me dis pas que tu en fais partie…

— Tu connais l'adage : à vingt ans, c'est stupide de ne pas être révolutionnaire, et à quarante ans, c'est stupide d'être encore révolutionnaire… J'ai vingt-trois ans. Disons qu'il est logique que j'aie envie moi aussi de renverser le pouvoir établi. Donc en effet j'ai adhéré au Parti néostalinien. Je crois en la révolution contre la société bourgeoise. Je veux changer ce monde où les gens sont exploités et où l'on voit de plus en plus de pauvres qui mendient dans les rues. Je serai toujours du côté des faibles qui luttent contre les nantis.

Alexandre la regarde et hoche la tête :

— Je comprends… Ta grand-mère et moi avons eu nous aussi un passé d'extrême gauche… Et puis nous sommes devenus parents.

Soudain, son visage s'assombrit et il poursuit :

— Je suis passé voir Mélissa à l'hôpital hier soir. Je crois qu'elle est entre de bonnes mains. J'ai parlé avec le médecin qui s'occupe d'elle. Un Indien. Il m'a parlé de l'immunothérapie.

— Le professeur Ganesh Kapoor, confirme Eugénie. C'est étrange de se dire que maman va être sauvée par ses propres cellules cultivées dans le corps d'un lapin…

— René m'a raconté l'attaque au Robespierre avant-hier, l'altercation avec le rappeur, et puis votre contre-attaque hier à la faculté d'Assas. Tu prends trop de risques, je trouve.

La jeune femme hausse les épaules.

— Venant de toi, c'est un compliment ! Papa m'a raconté que tu l'avais défié en duel à l'épée avant de l'engager à l'université.

— Ah, il t'a raconté ça ? C'était une plaisanterie, tu me connais. Mais c'est vrai que j'avais vingt kilos de moins et que j'aimais bien l'escrime. Depuis, René et moi avons vécu des aventures extraordinaires…

— Pour retrouver la Prophétie des abeilles[1] ?

Alexandre observe sa petite-fille en silence.

— Je vois que tu es au courant.

— Maman a demandé à papa de m'enseigner la technique de régression qu'elle nomme V.I.E. Mais il est resté très évasif sur ses propres régressions.

— De ce que j'ai pu en déduire, cela fait plusieurs vies qu'on se croise avec ton père et qu'on vit des aventures marrantes ensemble…

1. Voir, du même auteur, *La Prophétie des abeilles*, Albin Michel, 2021.

Alexandre descend de l'estrade avec sa petite-fille et ils sortent de l'amphi tout en discutant.

— Et… la V.I.E. a fonctionné ? demande-t-il.

— Trop ! s'enthousiasme Eugénie. Je me suis retrouvée à la préhistoire. C'était fou ! Je crois que j'ai vu les prémices de ce qui se passe actuellement. Maman avait demandé que je pratique la V.I.E. pour comprendre la menace qui pèse sur l'humanité. Elle a parlé du vendredi 13 octobre comme jour d'une possible catastrophe.

Alexandre s'arrête net au milieu du couloir, manquant de percuter un groupe d'étudiants arrivant en sens inverse.

— Ah bon ?

— Avant de perdre connaissance, maman a parlé des forces de l'obscurantisme qui se réunissent alors que les forces de la lumière restent divisées. Elle voulait que nous agissions pour empêcher qu'elles déclenchent l'Apocalypse.

— À quel niveau Mélissa disait-elle qu'il y avait des menaces ? Au niveau géopolitique international, national, ou à l'université ? l'interroge Alexandre.

— Ce qu'elle disait était très confus, et puis comme j'ignorais de quoi il s'agissait, je n'ai pas compris tout de suite. Mais j'ai eu l'impression qu'elle parlait des trois. Peut-être même des quatre, si on ajoute la dimension cellulaire, puisque ses globules blancs sont censés lutter contre les cellules noires de sa tumeur.

Ils arrivent dans la cour principale qui est pleine de monde.

— Et puis elle m'a demandé de trouver mon âme sœur…, dit Eugénie.

Dès qu'ils sont sortis de la Sorbonne, Eugénie allume une cigarette. Son grand-père agite la main devant son nez, l'air agacé.

— Tu ne t'es toujours pas débarrassée de cette mauvaise habitude…

La jeune femme mime un baiser et enchaîne, le sourire aux lèvres :

— Si la fin du monde est pour bientôt, j'ai envie de profiter de ce que je considère comme un plaisir…

— OK, mais si on réussit à empêcher la catastrophe, ce serait dommage de mourir d'un cancer du poumon…

— Arrête de me faire la morale, papi. Fumer est la chose qui me détend le plus. Et j'ai l'impression que ça m'aide à réfléchir. Et puis laisse-moi faire mes erreurs. Je ne suis plus un bébé !

— Je peux entendre cet argument. Mais je croyais que ce qui te détendait le plus actuellement, c'était de visiter tes vies antérieures ?

— Les deux ne sont pas incompatibles.

Elle souffle la fumée.

Comme ils passent devant un café nommé Le Royal, Alexandre lui propose de prendre un café. Ils s'installent en terrasse pour qu'elle puisse continuer de fumer et commandent.

— Et si tout ça était faux ? S'il n'y avait pas de réincarnation ? Si je ne faisais qu'avoir des hallucinations suggérées par papa ? S'il n'y avait pas de Bibliothèque akashique ? Si maman avait seulement eu une bouffée délirante due à sa tumeur ? Et s'il n'y avait pas d'âmes sœurs ?… Si tout ça n'était que le fruit de notre imagination toujours friande de ce genre de curiosités ?

Notre esprit n'est peut-être qu'une combinaison de phénomènes électriques et chimiques.

— Tu as écouté ma conférence. Tu sais bien que ce n'est pas ce que je crois…

— J'ai été un peu déçue que tu esquives le débat avec Nicolas.

Alexandre Langevin se renfrogne.

— OK, alors laisse-moi t'expliquer. C'est vrai, personne n'a de preuve de l'existence d'une âme éternelle. Ce sont juste des intuitions. Et on n'a pas encore inventé une machine à détecter la présence des âmes en dehors du corps. Mais tu sais, moi-même, avant de rencontrer ton père, j'étais cartésien. Tout comme saint Thomas, je ne croyais que ce que je voyais, et puis…

— … et puis papa t'a embobiné ?

— Avec lui, c'est comme si je m'étais rappelé quelque chose que j'avais toujours su mais que j'avais oublié.

Interloquée par cette réponse, Eugénie dévisage son grand-père avec intensité.

— C'est le phénomène de « déjà-vu » ?

— Plutôt une impression de « déjà-vécu », rectifie-t-il. J'ai eu l'impression que ma passion pour les chevaliers du Moyen Âge me venait du fait que j'en avais été un. Et cette impression, je l'ai depuis ma plus tendre enfance. J'aime me battre à l'épée. J'aime les blasons. Je pratique l'équitation. Une hache, une lance ou un casse-tête à boules sont des objets qui semblent naturellement à leur place dans la paume de ma main. Les régressions auxquelles René m'a initié m'ont permis de trouver une explication. Et l'expérience m'a plu.

Ensuite, ce qu'on a vécu ensemble durant la recherche de la Prophétie des abeilles a fini de me convaincre.

— Vraiment ?

— Pour ma part, je considère que chacun a une perception unique par rapport à ce sujet. Et cette perception peut changer avec le temps dans un sens ou dans un autre. Je t'avoue qu'il m'arrive à moi aussi de douter et de me dire que j'ai inventé toutes ces histoires de vies antérieures que je crois avoir vécues…

Elle est rassurée d'apprendre qu'il n'a pas de convictions tranchées.

— Après tout, ce n'est qu'un jeu de l'esprit. Comme les rêves, reconnaît-il.

On leur sert les deux cafés. Eugénie met plusieurs morceaux de sucre dans le sien puis remue avec sa cuillère.

— Et pourquoi tu as arrêté, papi ?…

Alexandre boit d'un trait son expresso.

— À la suite de la découverte d'une vie antérieure que je préfère ne pas te raconter, j'ai compris des choses sur ma vie actuelle. Des choses intimes et troublantes. Et j'ai eu l'impression que par moments il valait mieux ne pas savoir.

— Une histoire d'amour ?

— N'insiste pas, ma chérie. En tout cas, j'ai eu la sensation qu'être ignorant ou vivre dans le déni était parfois plus confortable que savoir… Donc j'ai arrêté de pratiquer les régressions.

Alexandre fait un signe pour commander deux autres cafés.

La jeune femme laisse passer un temps puis reprend :

— Papa m'a dit qu'il connaissait le ministre de l'Éducation nationale qui est mort, Lestourgue, et qu'il pensait que celui-ci s'était suicidé après le décès de sa femme, qui était son âme sœur. Il a évoqué les perroquets inséparables qui eux aussi se laissent mourir quand l'un des deux disparaît.

— Pierre Lestourgue ? Moi aussi, je l'ai bien connu. Ton père a peut-être vu juste, mais il y avait autre chose. Certes, Pierre était fusionnel avec sa femme, Pierrette, mais il avait aussi adopté des positions très dures sur la laïcité. Il voulait absolument garder certains éléments du programme d'histoire, notamment ceux liés à la Deuxième Guerre mondiale, et il souhaitait également que l'assassinat de Samuel Paty et celui de Dominique Bernard soient toujours présents dans les mémoires. Il a subi des attaques personnelles. Certaines associations de parents d'élèves ont fait pression pour l'obliger à changer le programme. Comme il n'a pas cédé, certains humoristes l'ont ridiculisé mais surtout il a reçu des menaces de mort après une campagne haineuse en ligne. C'était un politicien, Pierre a encaissé. Mais Pierrette, elle, ne supportait plus de voir le nom de son mari bafoué. Elle a fait une dépression et a eu un cancer foudroyant.

Ils se taisent tous les deux un instant.

— C'est aussi cela, le pouvoir de l'esprit, reconnaît Alexandre. Il peut tuer.

— Et tu crois aux âmes sœurs ? demande Eugénie. Papa pense qu'il vaut mieux ne pas la rencontrer puisqu'on ne supporterait pas de la perdre.

— Eh bien, moi, j'ai réussi à ne pas la croiser..., dit Alexandre en riant. Je me suis marié trois fois, j'ai divorcé trois fois, et aujourd'hui, à soixante-treize ans, je suis célibataire et inscrit sur les sites de rencontre.

On leur sert les deux autres cafés. Elle préfère changer de sujet.

— Et dis donc, papi, où tu en es, côté politique ?

Alexandre Langevin secoue la tête et répond :

— Le Parti centriste dont je suis adhérent périclite doucement. Moi aussi, j'ai l'impression que l'ombre gagne progressivement sur la lumière et que le discours de la modération devient inaudible au milieu de tous ces extrémistes qui hurlent et font le show. Comme je te le disais tout à l'heure : les gens raisonnables font moins rêver que les exaltés. Nous, au Parti centriste, nous ne mentons pas, et nous ne faisons pas de démagogie. Conséquence logique : on nous écoute moins. Et on vote moins pour nous aux élections.

Il regarde sa petite-fille.

— Tu es au courant de l'affaire Charlemagne 2.0, j'imagine ? Eh bien, j'ai entendu aux informations que Violaine Garaudy préparait des grèves et des « surprises » contre la présidente Rivol. Toi qui milites au Parti néostalinien, tu sais à quoi elle fait allusion ?

— Tu n'es pas en train de me demander de les espionner pour toi ? s'exclame Eugénie.

— Je suis en train de chercher à savoir comment on peut protéger la République...

— Désolée, papi, je ne trahirai pas mes amis pour te faire plaisir. Je me suis battue avec eux tant de fois que ce sont désormais mes compagnons de combat. Et puis, autant te l'avouer, Nicolas est aussi mon fiancé.

Elle regarde son smartphone.

— C'est l'heure, faut que j'y aille.

Elle avale la dernière gorgée, embrasse son grand-père sur la joue et disparaît pour rejoindre Le Robespierre.

43.

Nicolas est sur le flipper « LE JEU DE LA VIE ».

— Tu es la première, dit-il tandis que la machine tinte pour signifier la fin de la partie.

Il s'approche pour embrasser Eugénie mais la jeune femme détourne la tête.

— Il y a un problème ?

— Que tu attaques Raphaël Hertz, passe encore, je ne le connais pas. Mais que tu agresses coup sur coup mon père et mon grand-père, ça me blesse profondément.

— Arrête de faire ta mijaurée. Nous sommes là pour renverser le vieux monde des dinosaures. Tu fais une partie de flipper ?

Cette fois-ci, elle refuse.

— Je te parle sérieusement, là, Nicolas.

Le jeune homme croise les bras et la regarde avec intensité.

— Tu m'aimes ? dit-il soudain.

Prise de court, Eugénie bredouille :

— Quoi ?

— Je te demande si tu m'aimes.

— Souvent, c'est la fille qui pose ce genre de question…, dit-elle, désarçonnée.

— Oui, mais pas forcément. C'est celui qui a le plus l'impression que l'autre s'apprête à le quitter, répond Nicolas. Tu m'en veux tant que ça pour ce que j'ai dit dans l'amphi ? Tu sais bien que c'est précisément là que nous pouvons recruter des nouveaux membres. Et pour ça, je dois me faire remarquer…

Elle prend une cigarette dans son paquet, sort du café et s'installe en terrasse, puis l'allume. Nicolas vient s'asseoir à côté d'elle. Il a un cigare à la main.

— Tu penses que nous nous sommes déjà connus dans une vie précédente ? demande Eugénie tandis que Nicolas guillotine l'extrémité du cigare.

— Quelle question bizarre…

Il allume son cigare avec un petit chalumeau. Elle souffle la fumée.

— Réponds-moi quand même.

— Tu sais très bien que je ne crois pas à toutes ces absurdités new age.

La sentant déçue, Nicolas tente de se rattraper.

— De toute façon, ce que je pense n'a aucune importance, nous n'avons aucun moyen de savoir s'il existe ou non des vies antérieures.

— Si, il y a bien un moyen : l'hypnose régressive.

— Ne me dis pas que tu crois à ça ? Pas toi !

Elle voit dans son regard qu'elle ne parviendra pas à le faire changer d'avis. Elle suit des yeux le nuage de fumée qu'elle libère entre ses lèvres.

— Imaginons que nous ayons plusieurs vies.

— Ce serait un cauchemar, la coupe Nicolas. Une vie sans fin. On naît, on grandit, on meurt, et on recommence ? Quelle horreur !

Elle pense au mudra que lui a montré le professeur Kapoor et joint successivement l'extrémité de chaque doigt avec son pouce.

Sa… Ta… Na… Ma… Naître. Grandir. Mourir. Renaître.

Nicolas cherche des arguments.

— Moi, ce que j'aime avec la mort, dit-il au bout d'un instant, c'est que c'est comme dans un film, il y a une fin. Si la réincarnation existait, une vie ne serait plus un film, mais un épisode de série.

Elle trouve la métaphore efficace.

Content de son coup, Nicolas s'engouffre dans la brèche.

— Début. Milieu. Fin. C'est clair. Comme un roman qu'on a lu jusqu'à la dernière page et qu'on range dans sa bibliothèque une fois terminé. Si on est une âme immortelle, le livre ne serait jamais fini, les pages s'accumuleraient et on ne pourrait jamais le ranger.

— Ou bien il peut apparaître un autre livre qui est la suite. Comme pour les trilogies.

Allez, tant pis, je me lance.

— J'ai expérimenté l'hypnose régressive.

— Oh non, Eugénie !

— J'y crois comme je crois qu'un corps flotte dans l'eau de mer parce que j'ai déjà nagé.

Il éclate de rire, puis, comme elle ne rit pas, s'arrête net.

— Et alors, il s'est passé quoi ? demande-t-il, narquois.

— Je me suis retrouvée à la préhistoire.

— Tu as « cru » vivre cette expérience, rétorque Nicolas. Ce n'est qu'un effet de ton imagination, Eugénie. C'est le principe de l'hypnose : ton père a dû t'envoyer des images dans la tête et tu t'es autoconvaincue que c'étaient les tiennes.

— C'est ce que je pensais aussi, mais certains détails m'ont semblé…

— Tu ne cherches pas à me convaincre, Eugénie ? raille-t-il.

— Je te dis seulement que je l'ai expérimenté et que ça fonctionne…

Elle a bien envie de lui montrer son cahier avec les dessins, mais juste à ce moment-là, Louis et Morgane arrivent, bientôt suivis d'une dizaine de membres du parti. Tout le monde se salue puis entre dans le café.

Ils vont en groupe dans l'arrière-salle. Tous s'installent autour de la table placée sous le portrait de ce tyran sanguinaire qui fut jadis baptisé du sobriquet affectueux de « petit père des peuples ».

— Bien, on va pouvoir commencer la réunion, dit Nicolas resté debout. J'ai reçu plusieurs directives de la députée Garaudy. Tout d'abord, elle a tenu à nous féliciter pour notre action à Assas. Elle dit qu'il faut que les fachos sachent qu'on peut les attaquer sur leur propre territoire. Elle a prévu de nous fournir un surplus de matériel au cas où nous aurions d'autres actions commando en vue.

Tous apprécient cette information.

— Comme vous le savez, le gouvernement a désigné comme ministre de l'Éducation nationale le logiciel Charlemagne 2.0. Une intelligence artificielle pour remplacer un ministre incompétent. On croit que c'est de la science-fiction mais c'est bien réel !

Plusieurs personnes ricanent, ce qui n'est pas du goût d'Eugénie, assise en retrait.

— Vous savez pourquoi ils ont décidé de nommer un ordinateur à ce poste ? Pour qu'il puisse supporter les insultes, les manifs, les grèves, et les révélations de sextapes !

Nouveaux rires.

Nicolas tape du poing sur la table.

— Mais il est hors de question que le destin des élèves de ce pays soit entre les mains d'un logiciel !

— Matrix ne passera pas ! approuve Morgane.

— Il nous faut à tout prix réagir. C'est pourquoi Violaine Garaudy a décidé de déposer une motion de censure contre le gouvernement. Pour appuyer son action, elle nous demande, à nous qui sommes sur le terrain, d'occuper notre université, comme l'a fait Daniel Cohn-Bendit en mai 1968. Elle exige que nous soyons le cocktail Molotov qui mettra le feu aux poudres de la révolution nationale puis mondiale !

Eugénie soupire.

La vision de maman...

Ce sont mes propres amis qui seront les artisans du chaos.

— Violaine envisage les étapes suivantes : d'abord, le blocus des écoles et des universités. Ça, c'est nous. Après tout, nous sommes les premiers concernés par ce qui arrive à l'Éducation nationale. Ensuite, il y aura des grèves dans la plupart des administrations, c'est-à-dire la SNCF, les aéroports. Et puis nous devrions avoir le soutien des routiers, qui vont barrer les routes, et des éboueurs, qui vont cesser de ramasser les ordures.

Le jeune homme ménage ses effets par un jeu de silences bien placés.

— Violaine compte sur nous. C'est maintenant que ça se passe. Camarades, la révolution est lancée et c'est nous qui allons faire basculer le monde. Vous rendez-vous compte de la chance que nous avons de ne plus être seulement les spectateurs mais les acteurs de l'Histoire en marche ? Nous serons les fossoyeurs du vieux monde.

Tous approuvent.

Seule Eugénie reste silencieuse.

— Grâce aux réseaux sociaux, nous allons pouvoir coordonner nos actions. Le gouvernement veut utiliser les ordinateurs pour nous contrôler ? Eh bien, nous utiliserons Internet pour l'en empêcher.

Les membres de la cellule du PNS soutiennent cette proposition.

— Il s'agit donc dans un premier temps d'empêcher les étudiants et les professeurs d'entrer et de sortir de la Sorbonne sans notre autorisation, et les cours de se dérouler normalement. Nous transformerons les amphis en tribunes pour exprimer notre colère. La Sorbonne occupée sera notre citadelle, depuis laquelle nous lancerons des manifestations dans le Quartier latin.

— Les autres universités devraient suivre, dit Morgane.

— Notre mission : déstabiliser suffisamment le gouvernement pour que la proposition de motion de censure lancée par Violaine Garaudy puisse passer.

— On commence quand ? demande Louis.

— Demain matin, six heures. Couchez-vous tôt. Et n'oubliez pas d'emporter votre matériel de manif au cas où il y aurait de la résistance. Pour le reste, nous sommes les chiens de berger qui devront canaliser le troupeau pour que toutes les actions convergent. Faites venir tous vos amis, vos connaissances, vos contacts. L'idée est de réunir au moins trois cents personnes, qui elles-mêmes en amèneront d'autres. J'estime que nous pourrions compter jusqu'à dix mille personnes. Vous en sentez-vous capables ?

Tous poussent une clameur d'approbation, poing levé. Tous, sauf Eugénie.

Nicolas se tourne vers elle.

— On dîne ensemble ce soir ?

— Tu l'as dit toi-même : si on veut être en forme pour faire la révolution demain, il vaut mieux se coucher tôt, ironise-t-elle.

44.

Eugénie est au chevet de sa mère lorsque le professeur Ganesh Kapoor entre dans la chambre. Alexandre est là, lui aussi.

— Comment va-t-elle ? questionne-t-elle.

— Comme vous le voyez, elle est toujours en coma artificiel.

Puis le médecin ajoute, après un silence :

— Ça y est, le lapin est en train d'éduquer les cellules blanches qui vont lutter contre ses cellules noires. Les fameux lymphocytes vont pouvoir cibler la tumeur avant qu'elle ne se propage dans l'organisme.

— Je peux voir ce lapin ? demande Eugénie.

Kapoor accepte, et les voilà qui traversent tous deux l'hôpital jusqu'à une pièce blanche où sont alignées des cages à lapin étiquetées au nom des malades pour lesquels les animaux « œuvrent ». Sur une des cages, Eugénie repère l'inscription « MÉLISSA TOLEDANO » et en dessous : « CANCER DU CŒUR ».

Eugénie se dit : *Les animaux nous sauvent.*

— On ne peut pas laisser ces lapins gambader dans un jardin ? demande-t-elle.

— Ils doivent rester en milieu stérile. Et il faut que toute leur énergie soit consacrée à fabriquer des cellules combattantes pour affronter les tumeurs.

— Et après ? Que leur arrivera-t-il, à ces lapins ?

— Eh bien… on les donne.

— À qui ? À des restaurants ?

Alors elle songe : *Ces lapins sont les martyrs de la santé humaine. Ils vont peut-être terminer en civet, mais ils vont monter au paradis des lapins et là ils obtiendront de bons scores.*

— Quand nous nous sommes vus hier, dit-elle, vous m'avez dit que vous étiez bouddhiste, n'est-ce pas ?

— En effet.

— Vous devez donc savoir ce qu'est la Bibliothèque akashique…

— Ah, vous connaissez cela ? C'est une expression évoquée dans un des textes sacrés hindous qui se nomme l'*Upanishad Brihadaranyaka*, ce qui signifie

« le grand livre de la forêt ». Il date de l'an 800 avant notre ère. Cette fameuse bibliothèque serait une sorte de lieu de mémoire dans le ciel, où seraient stockés les récits des vies des humains.

— Ces récits parlent-ils aussi du futur ?

— Oui, c'est ce qui est étrange. On y trouve la vérité sur le passé et une sorte de projection concernant le futur. Le mot *akasha* signifie « lumière ». Mais il y a diverses interprétations à cette notion. Pour certains, c'est comme une onde radio sur laquelle on peut se brancher. Pour d'autres, c'est véritablement un lieu physique qui existe dans l'espace.

— Et vous, professeur Kapoor, qu'en pensez-vous ?

— Je crois que c'est seulement lorsqu'on sera mort qu'on connaîtra la vérité sur la réincarnation et sur les Bibliothèques akashiques. Pour le reste… selon moi, ce ne sont que de jolies histoires. Aucune vérité scientifique là-dedans.

— Mais vous m'avez appris le mudra Sa Ta Na Ma, qui parle bien de réincarnation.

Le visage de Kapoor reste impassible tandis qu'il déclare :

— C'est un mudra que j'enseigne souvent aux familles. Il permet de supporter plus facilement l'hypothèse de… Enfin, vous me comprenez.

… du décès de maman.

Le lapin blanc la fixe de ses grands yeux rouges, l'air très intéressé par cette nouvelle présence.

45.

Les masques accrochés aux murs de l'appartement de son père l'impressionnent toujours. Ce jour-là, ils lui semblent encore plus expressifs.

Eugénie enlève sa veste et s'assoit dans le salon tandis que son père entre dans la pièce avec deux mugs et une grande théière fumante de thé au jasmin. Tout en dégustant la boisson, elle lui raconte la réunion du Parti néostalinien au Robespierre.

— Tu crois que ça pourrait être ça auquel Mélissa faisait allusion ? dit René.

— En tout cas, on dirait qu'il va y avoir une confrontation forte…

— Et ce Nicolas… enfin, ton fiancé… le chef des néostaliniens, il ne se rend pas compte de ce qu'il peut provoquer ?

— Il pense que c'est la juste lutte des pauvres contre les riches. Et puis il est motivé par le fait qu'il déteste son père, un ex-gauchiste devenu selon lui un capitaliste cynique.

— Le poids de l'hérédité…, soupire René.

Elle allume une cigarette, ce qui agace son père. Elle sait qu'il voudrait, comme son grand-père, qu'elle arrête, mais c'est plus fort qu'elle.

— Je me souviens d'avoir lu dans l'*Encyclopédie du Savoir Relatif et Absolu* que nous serions influencés à 25 % par l'hérédité, à 25 % par le karma et à 50 % par le libre arbitre…, dit-elle. Nicolas ne sait pas qu'en voulant lutter contre son hérédité, il en fait le principal moteur de son action.

— Il refuse de ressembler à son père, et en faisant ça, il le place au cœur de sa vie : son père devient précisément son principal repère, commente René.

Eugénie remarque soudain que dans le mot « repère » est déjà contenue l'idée de « recommencer comme son père ».

— Toi aussi, tu es sous influence… mais de la cigarette. Tu te rends compte que c'est une substance qui décide de tes gestes et de ton humeur ?

— Papa, je t'en supplie, arrête… Je me suis déjà pris la tête là-dessus avec papi tout à l'heure. Ça ne va pas recommencer ! C'est ma dernière zone de liberté.

— C'est ta zone d'autodestruction. Je pensais que la maladie de ta mère te ferait réfléchir. En tout cas, si je vous perdais toutes les deux, je ne m'en remettrais pas…

Eugénie s'approche de son père et le prend par l'épaule.

— Papa, nous avons déjà eu cette conversation cent fois, tu sais que je ne changerai pas d'avis. C'est ma petite zone de noirceur, reconnaît-elle avec douceur. Et je ne vais pas mourir. Enfin, pas tout de suite.

Il prend une grande inspiration pour se retenir de dire ce qu'il pense, quand on sonne à la porte. Il se lève pour accueillir le livreur de pizzas.

Installés à la table basse du salon, ils se servent des parts à même le carton.

Tout en mordant dans la sienne, Eugénie s'approche d'un masque vénitien qui semble très ancien.

— C'est pour te rappeler certaines de tes vies antérieures ? le questionne-t-elle.

René ne répond pas.

— Tu ne m'as jamais raconté ce que tu as vu, toi, durant tes voyages. Il y a des secrets que tu ne veux pas révéler ?

— Si tu veux tout savoir, j'ai déjà eu cent onze vies. Celle-ci est la cent douzième. J'en ai visité en profondeur une vingtaine.

Eugénie compte les masques au mur, ce qui prend un certain temps.

— … Et comme tu vois il y a exactement cent onze masques, dit son père.

Elle s'approche d'un masque japonais. Elle le caresse.

— Tu as vécu au Japon ?

— Dans une de mes V.I.E., j'ai eu l'impression d'avoir été samouraï. Probablement aux alentours du XVIIe siècle. Ce n'est pas une vie que j'aime raconter. J'ai tué beaucoup de gens sans le moindre remords. À l'époque, tuer était considéré à la fois comme un art et comme un devoir. Et puis, je ne faisais qu'obéir à mon *daimyo* – c'est une sorte de baron japonais. Mais, bon, j'ai tué beaucoup de gens que je ne connaissais même pas, pour des raisons que j'ignorais. Et j'y ai même pris du plaisir.

— Un art ? répète Eugénie, un peu choquée.

— Il y a une chose que tu dois comprendre : on ne peut pas juger nos vies antérieures d'après nos valeurs actuelles. Eh oui, il y a des époques et des pays dans lesquels certains comportements qui nous semblent aujourd'hui ignobles étaient considérés comme normaux, voire raffinés.

— Tu as des exemples ? demande la jeune femme sans être vraiment certaine d'avoir envie de connaître la réponse.

— Eh bien, par exemple, lorsque nous allions acheter un katana, le sabre japonais, nous pouvions l'essayer derrière la boutique sur des condamnés à mort, en leur coupant un bras, ou une jambe, ou la tête. On pouvait ainsi vérifier la qualité de la lame.

— C'est affreux !

— Et en termes de sexualité, comme nous étions des guerriers sans femme ni enfants, le summum du raffinement était… les cygnes.

— Les cygnes ? Comment ça, des cygnes, tu veux dire.

— Nous les… Enfin, nous avions des rapports sexuels avec eux… Et au paroxysme de l'acte, nous les décapitions pour que le spasme de la mort procure des sensations encore plus fortes.

— Mais c'est vraiment dégoûtant !

— J'ai découvert beaucoup d'horreurs en pratiquant les V.I.E… Si tu voyages beaucoup dans le passé, tu vas toi aussi être confrontée à des comportements surprenants, bien au-delà de tout ce qui est répertorié dans les livres. Les historiens ou les ethnologues ne savent pas tout. Et certaines vies gagnent vraiment à ne pas être visitées.

Eugénie repense aux scènes de cannibalisme des Sapiens sur les Néandertaliens.

— Je comprends… Et tu as vu beaucoup d'autres atrocités méconnues ?

— Savoir la vérité n'est pas forcément agréable. Même en dehors des guerres et des assassinats, la vie « normale » des gens pouvait s'avérer particulièrement éprouvante. Par exemple, l'anesthésie moderne date des années 1900. Avant, les opérations chirurgicales ou de dentisterie se pratiquaient à vif.

Eugénie frissonne à l'idée de se faire arracher une dent sans anesthésie. Elle s'arrête devant un masque africain qui semble rire.

— Et l'accouchement ! Sans péridurale, bien sûr… C'était un moment dangereux de la vie. La mortalité des nouveaux-nés et des jeunes enfants était très élevée, ainsi que les risques pour la mère.

— Eh bien, justement, papa, je voudrais te parler de ça.

— De l'accouchement ? s'inquiète son père. Tu es enceinte ?

— C'est l'inverse : je viens de naître. Enfin, dans ma dernière expérience de V.I.E.

Il pousse un soupir de soulagement.

— Eh bien, ce n'était pas du tout… cool, dit la jeune femme. Naître est une expérience très frustrante. Mes journées sont encore pires que celles de mon chat : il ne se passe rien, sauf quand je pleure. À ce moment-là, soit on me met au sein et je tète, soit je défèque et on me change. Entre-temps, je dors et ensuite ça recommence. Je n'ai même pas pu savoir à quelle époque et dans quel pays j'étais née. Et c'est précisément pour ça que je veux que tu m'aides.

René lui sert du thé.

— Ah ! Oui... J'ai oublié de te dire une chose importante : tu peux « sauter » les moments sans intérêt dans ton expérience de vie antérieure et aller directement aux moments importants.

— Tu veux dire : comme dans une vidéo où l'on peut accélérer les scènes trop longues ?

Elle se rassoit et boit une gorgée de thé au jasmin.

— Exactement, confirme son père. Et tu peux même aller d'une scène à l'autre sans accélérer.

— Et comment arrive-t-on à réaliser ce miracle ?

— Tout est question de dosage : tu mets 90 % de ta conscience dans celle que tu as été et qui agit, et tu gardes 10 % de ta conscience dans la personne que tu es et qui observe. Ce sont ces 10 % qui contrôlent le déroulement de la séance.

— Je ne suis pas sûre de bien comprendre, papa.

— Reprenons la métaphore du film : disons que 90 % de ta conscience vit la scène tandis que 10 % suit le film et tient la télécommande avec possibilité de passer directement aux moments qui t'intéressent.

Eugénie se souvient qu'en effet, durant les séances de V.I.E., elle a parfois eu l'impression de garder en arrière-plan de ce qu'elle expérimentait la conscience qu'elle était Eugénie Toledano, vivant comme une jeune femme moderne et regardant Pouce évoluer dans son époque.

— J'aimerais quand même que tu me guides pour m'indiquer comment pratiquer ces sauts dans le temps.

— Dans ce cas, si tu te sens prête, prépare-toi, on y va. Mais je te préviens : explorer une vie entière, ça peut être long, donc trouve une position qui te permette de rester immobile très longtemps.

Alors qu'il remporte les cartons à pizza dans la cuisine, Eugénie tire les rideaux, allume des bougies et s'installe en tailleur sur le canapé. De retour dans le salon, son père s'assoit sur une chaise en face de sa fille.

Guidée par la voix paternelle, Eugénie ferme les yeux, descend les dix marches, glisse la clef dans la serrure de la grande porte de son inconscient, franchit le seuil, et se dirige directement vers la porte marquée du chiffre 1.

46.

L'esprit d'Eugénie ouvre les yeux et se retrouve dans son corps de nouveau-né. Elle voit ses petites mains potelées et, au-delà du berceau dans lequel elle est allongée, un monde flou.

Elle est seule dans la pièce. Elle entend la voix de son père, René, qui dit, comme s'il était loin :

— *Tu es là-bas ?*

— *Oui.*

— *Bien. Alors tu vas émettre le souhait d'aller à la prochaine scène importante de la vie de cette personne.*

Eugénie se concentre.

Elle pense :

Saut pour rejoindre le moment important suivant.

Soudain une sorte de fondu enchaîné l'amène à une autre scène.

La première chose qu'elle perçoit est un bruit de frottement. Simultanément, elle sent une odeur de terre boueuse et de bois brûlé. Puis l'image devient plus nette et elle voit des jarres, des cruches et des coupes alignées sur des étagères.

Sur sa droite un homme est assis devant un tour de potier qu'il fait tourner avec ses pieds sur un axe. Il porte une tunique de lin beige ornée de bandes rouges et arbore une barbe grise.

Eugénie a immédiatement l'intuition que c'est son « nouveau père » de cette « nouvelle vie » après celle de Pouce.

Plus loin, une femme vêtue elle aussi d'une tunique beige à bandes rouges peint sur un vase. Elle porte un collier formé de petits morceaux de céramique.

C'est ma nouvelle mère.

Elle baisse les yeux et voit ses propres bras. Ce sont ceux d'une petite fille qui doit avoir une dizaine d'années.

— Allez, Ishtar, ce n'est pas le moment de rêvasser ! Ça y est, c'est prêt, vas-y.

Je me prénomme donc Ishtar...

La petite fille dans laquelle elle se trouve répond :

— Tout de suite, maman.

Eugénie prend conscience que, quelle que soit la langue qu'utilise sa mère, elle la comprend puisqu'elle parle elle-même cette langue.

La petite fille saisit une planche sur laquelle se trouvent plusieurs gobelets d'argile et les introduit dans le four.

— *Ça a marché ?* demande la voix de son père en arrière-fond.

— *Oui, je suis « dans » une petite fille dans un atelier de potier, elle se nomme Ishtar.*

— *Ishtar… Ce prénom pourrait être originaire de Mésopotamie. Je crois qu'il était aussi courant chez les Akkadiens, les Babyloniens et les Assyriens. Cela peut déjà nous donner une idée du peuple, de l'époque et du lieu.*

— *Là où je suis, il fait chaud, mon père et ma mère n'ont pas les yeux bridés et leur peau est claire.*

— *Maintenant que tu as compris le principe du saut dans le temps, je te laisse toi-même diriger la suite de ta visite de cette vie. Pense à utiliser tes cinq sens et à bien regarder les détails pour pouvoir les dessiner et me les montrer ensuite.*

Eugénie se concentre à nouveau sur l'atelier du potier.

La petite fille dans laquelle son esprit se trouve se met à peindre sur des assiettes plates déjà cuites. Elle reproduit un motif plus simple que celui de sa mère.

Un chien à longs poils allongé à l'entrée de l'atelier les regarde. Et puis un homme arrive et dit qu'il veut acheter une cruche. Sa mère se lève et lui en présente plusieurs de tailles différentes qui sont disposées sur une table.

Sa mère se tourne vers Ishtar :

— Guide ce client à l'étage et montre-lui.

La petite fille emprunte alors un escalier et arrive dans une pièce qui mène à un grand balcon. Elle est remplie d'amphores et de cruches peintes ou sculptées. Le sol est recouvert de nattes en fibre de roseau tissée.

L'homme se tourne vers la fillette. Il lui passe un doigt sur la joue.

— Tu es bien dégourdie. Quel âge as-tu ?

— Douze ans, répond-elle. Laquelle voulez-vous ?

L'homme examine les cruches puis en prend une peinte de motifs représentant des poissons bleus. La petite fille ressent une grande fierté car c'est une cruche qu'elle a elle-même décorée.

Quand le client descend, son père lui dit le prix. L'homme marchande. Puis ils tombent d'accord et le client, après avoir payé, repart avec la cruche.

Le père sort une tablette d'argile molle et utilise un roseau taillé en pointe pour y inscrire quelque chose.

— Tu peux m'expliquer ce que tu fais ? demande Ishtar.

Son père sourit et lui caresse les cheveux. Il tourne la tablette vers sa fille.

— Ici, je mets le nom du produit. Ici, le nombre d'exemplaires vendus. Et là, le prix.

— Pourrais-tu m'apprendre ? J'aimerais tant savoir écrire et compter.

— Ce n'est pas pour les filles, ma chérie, tu le sais bien. Toi, tu dessines. Et tu le fais très bien. Alors continue. Il faut toujours se concentrer sur le domaine où l'on possède un talent et ne pas perdre son temps avec les activités qui ne sont pas pour son sexe.

— Mais plus tard je...

— Plus tard, l'interrompt son père, tu feras ce que font toutes les femmes : tu te marieras, tu t'occuperas de tes enfants, tu feras la cuisine et tu entretiendras ta maison.

Et il lui caresse encore une fois la tête.

Eugénie sent que la petite fille est déçue de ne pas pouvoir apprendre à compter et à écrire. Elle perçoit même une énorme frustration mais la petite fille n'ose pas affronter son père.

Alors Ishtar serre le poing, se retient d'exprimer ce qu'elle ressent puis ferme les yeux.

La jeune femme rousse trouve elle aussi cette situation très injuste et elle se dit dans sa tête :

Saut pour rejoindre le moment important suivant.

La scène qui l'entoure devient floue jusqu'à ce qu'une autre apparaisse et se fasse de plus en plus nette.

Ishtar est près d'un fleuve avec un garçon. Ils sont tous les deux assis sur le bord d'un talus. Le garçon doit avoir quatorze ans. Et à voir ses propres mains, Eugénie pense que la jeune fille dans laquelle elle se trouve a le même âge.

— Ça y est, Ishtar ! J'ai réussi l'examen ! Je suis admis à l'école des scribes, annonce-t-il fièrement.

— Comme tu as de la chance, Enlil. C'est mon rêve, à moi aussi. J'ai toujours voulu apprendre à écrire et à compter. Mais mon père dit que ce n'est pas pour les filles, que nous les femmes, nous avons le droit de dessiner mais pas de connaître les lettres et les nombres.

— Pourtant les femmes et les hommes ont le même cerveau.

— C'est ce que je pense aussi. Mais pas mon père.

Alors Enlil prend un bâton et se met à tracer dans la boue humide des traits.

— Si tu veux, moi, je peux t'apprendre.

— Vraiment ? Tu ferais ça ? Oh, merci, Enlil !

Elle le serre dans ses bras et l'embrasse sur la joue.

Le garçon rougit puis reprend ses esprits.

— Il te suffira de garder cette connaissance secrète dans un coin de ta tête, Ishtar. Et si tu ne le répètes à personne, tu n'auras pas de soucis ni avec ton père ni avec qui que ce soit.

Alors, pour la plus grande joie de la jeune fille, Enlil lui apprend à écrire et à compter. Elle ressent un plaisir infini ainsi qu'un immense sentiment de gratitude pour son jeune instructeur. Elle écoute avec énormément d'attention, retient vite chaque information et trace dans la boue de la rive les lettres et les chiffres. Elle arrive même à écrire des lignes entières et en ressent aussitôt une grande satisfaction. C'est ce qu'elle aime faire : quand elle écrit et compte, elle est emplie de quelque chose qui s'approche d'un sentiment de joie pure.

Saut pour rejoindre le moment important suivant.

Eugénie change de séquence.

Apparaît de nouveau la grande pièce où se trouvent le four et le tour de potier. Un groupe d'une dizaine d'hommes est là avec son père. Sa mère est étendue sur un lit au fond de la pièce. Après une première combinaison de gestes et d'incantations, des hommes emportent le cadavre vers l'escalier qui mène au sous-sol. Ishtar est autorisée à les suivre.

Là, il y a un caveau avec trois cercueils en bois fermés et un ouvert, dans lequel le corps de la mère d'Ishtar est déposé. Son père ajoute des bijoux, des vêtements, puis referme le cercueil. Ensuite, les hommes prononcent une nouvelle prière. L'un d'eux remonte et revient avec son chien, qui est égorgé et dont le sang est répandu sur le cercueil. Puis un autre homme monte à l'étage et redescend, avec un esclave cette fois. La jeune fille le reconnaît, c'est celui qui vient tous les matins nettoyer la maison. Lui aussi est égorgé et son sang coule sur le couvercle du cercueil.

Ishtar sait que ces sacrifices font partie du rituel mortuaire. Les âmes de son chien adoré et de cet esclave attentionné sont censées accompagner celle de sa mère au ciel et continuer à la servir dans l'au-delà.

Elle sait aussi que sacrifier un animal qu'on aime ou un humain utile constitue une preuve de l'amour qu'on portait au défunt. La plupart des gens se contentent de sacrifier des rats ou des pigeons trouvés dans la rue. Ishtar trouve que c'est un manque de considération pour le trépassé.

Puis les hommes creusent à même le sol terreux de la cave deux fosses où ils enterrent l'esclave et le chien.

Ishtar sent soudain une forte odeur. Celle du corps de sa mère qui commence à se décomposer et se mélange à l'odeur métallique du sang des sacrifiés, attirant les mouches qui font entendre leur vrombissement caractéristique.

Enfin tous quittent le sous-sol pour prendre ensemble le repas de funérailles. Le plat principal est une soupe de lentilles accompagnée de crêpes de blé et d'oignons.

Ishtar avale une première cuillérée de soupe mais lui trouve un arrière-goût désagréable. Elle fait la grimace et repousse le plat.

— Si tu n'as pas faim, va te coucher, lui dit son père.

Elle se lève et rejoint sa chambre, au premier étage. De là elle voit les autres toits, tous en roseau, qui coiffent les maisons à deux étages.

Elle regarde plus loin et repère deux édifices plus élevés que les autres : le premier est le palais royal et le second le grand temple.

Dans l'esprit d'Ishtar circule cette idée :

Maman est morte mais elle reste dans le sous-sol de la maison pour continuer à nous protéger et à protéger le commerce.

Son père la rejoint dans sa chambre.

— Maintenant que maman n'est plus là il faut penser à l'avenir. J'ai trouvé une solution pour toi. Tu vas épouser Huziru.

— Le fils du vannier d'à côté ?

— Précisément. Votre mariage permettra de réunir nos deux boutiques et nos deux maisons.

— Mais Huziru ne me plaît pas du tout. Il est laid et bête. Même son prénom signifie ce qu'il est. Huziru veut dire « cochon », rappelle-t-elle. Moi, je porte le prénom de la déesse Ishtar. Ce ne serait pas bien d'unir une déesse et un… cochon.

Son père lui donne une gifle. Elle tombe au sol en se tenant la joue.

— Pour qui tu te prends ? Tu t'es vue ? Tu te crois plus belle et plus intelligente ? Personne d'autre ne voudra de toi ! De toute façon, tu n'as pas ton mot à dire. J'ai déjà arrangé cette union avec son père. Nous sommes convenus de la somme de ta dot et nous avons déjà dessiné les plans pour réunir nos deux maisons. Et nous ferons également communiquer les sous-sols. Nous pourrons ainsi mettre non seulement nos ancêtres, mais aussi nos poteries et les paniers d'osier et de rotin de sa vannerie.

Ishtar se met la main sur la joue et hurle :

— Je ne veux pas épouser ce porc de Huziru !

— Tu feras ce que je dis, ma fille. Ce n'est pas toi qui choisis !

— Maman n'aurait jamais accepté cela.

— Ta mère est morte et je dois penser à ton avenir. Tu as seize ans, il est temps pour toi de te marier. Ensemble, vous serez plus riches et vos enfants auront la garantie de manger à leur faim. Un jour, tu me remercieras.

Ishtar quitte sa chambre en pleurant et rejoint la pièce d'à côté où se trouve une vasque remplie d'eau. Elle se penche au-dessus et voit son reflet à la surface. Est-elle aussi hideuse que le prétend son père ?

Ishtar a un petit front, un gros nez épaté, une mâchoire carrée et de gros sourcils noirs. Son père a raison, elle n'est pas vraiment belle, elle le voit bien. Elle se dit que si elle refuse d'épouser Huziru, il se peut qu'aucun autre homme ne veuille d'elle comme compagne et qu'elle termine sa vie seule et sans enfants. Le risque est grand qu'elle finisse sa vie dans la prostitution ou la mendicité. Cette perspective l'effraie au plus haut point.

Saut pour rejoindre le moment important suivant.

Ishtar est dans un lit. Elle est en train d'accoucher. Autour d'elle, d'autres femmes s'agitent, mais aucun homme. Elles lui rafraîchissent le front avec des linges humides. Une immense douleur se propage dans son ventre par vagues successives.

La femme qui est la plus proche de son bas-ventre répète comme une litanie :

— Respire ! Respire !

Facile à dire. Elle a si mal. Eugénie ne savait pas qu'on pouvait souffrir autant. Après avoir vécu l'expérience de sa propre naissance, elle vit celle de l'enfantement et elle s'aperçoit que c'est un vrai supplice. Qui s'éternise : la nuit tombe et il n'y a plus qu'une seule femme avec elle. La pièce est éclairée par une bougie. Une contraction plus forte la fait hurler encore une fois. La femme l'examine et annonce :

— Ça y est !

Une autre femme accourt depuis la pièce voisine.

— Je le vois ! crie la première matrone.

La jeune femme a l'impression qu'on lui ouvre le corps de bas en haut. Une douleur fulgurante lui déchire tout l'intérieur et enfin elle sent que le bébé termine son passage.

La femme qui est à ses côtés saisit le bébé, le met tête en bas et lui tape dans le dos jusqu'à ce qu'il pleure. Elle dit :

— C'est un garçon !

Ishtar oublie instantanément toutes les douleurs et est envahie d'un immense sentiment d'amour envers ce nouvel être qu'elle vient de mettre au monde.

— Puisque nous sommes au mois de Nisan, murmure-t-elle, il se prénommera Nisan…

Ishtar pleure de joie et rit de bonheur à la fois. Toutes les femmes qui l'entourent la réconfortent et la félicitent. Étrange sentiment pour Eugénie que de vivre ainsi les sensations et les émotions de l'accouchement.

Saut pour rejoindre le moment important suivant.

Ishtar allaite son bébé. L'enfant, qui a déjà deux petites dents pointues, mordille le téton mais la douleur est supportable. Là aussi, Eugénie est troublée de ressentir le plaisir de la tétée.

Elle observe ses seins et son ventre et prend conscience qu'elle a grossi. Après son accouchement, elle s'est mise à manger pour produire plus de lait – les autres femmes l'encourageaient : plus on mange, plus on a de lait – mais aussi pour se rassurer. Son mari Huziru n'est pas là. Et quand elle pense à lui, elle ressent du dégoût.

Elle se dit :

C'est donc ça, être mère. Mon corps a changé et je nourris ce petit être sorti de moi.

Elle se sent complètement épanouie et caresse la tête du bébé. Un énorme élan d'amour pur l'envahit.

Saut pour rejoindre le moment important suivant.

Ishtar prépare un repas quand Huziru rentre enfin. Il est encore plus gros qu'elle et complètement ivre. Il sent très fort la bière aigre. Il titube puis vient s'affaler sur une chaise devant la table.

— Faim ! dit-il en frappant du poing sur la table.

— D'où viens-tu ? demande-t-elle.

— En quoi ça te regarde ? Je te dis que j'ai faim ! Tu ne m'as pas entendu ? Donne-moi à manger, femme. Et vite !

Elle s'affaire dans un coin.

— Et où est Nisan ?

— Dans sa chambre. Nisan ! Tu peux descendre, papa est rentré.

Un garçon qui n'a pas dix ans les rejoint et s'assoit à sa place à table. Il ressemble beaucoup à son père, de visage et de corps.

Ishtar apporte trois bols de soupe d'orge et s'assoit avec eux.

— À boire ! grogne Huziru. J'ai soif ! Sers-moi de la bière !

— Je pense que tu as assez bu, dit Ishtar.

— Mais de quoi je me mêle ? rétorque son mari en la fusillant du regard. Je ne t'ai pas demandé ton avis, femme !

— Tu dois voir un client cet après-midi, tu devrais...

Alors Huziru se lève, s'approche de sa compagne et lui décoche une gifle bruyante qui l'envoie au sol. Puis il se sert une belle rasade de la bière contenue dans une amphore scellée appuyée contre un mur de la pièce, qu'il boit à grandes gorgées avant de lâcher un énorme rot.

Nisan, choqué par le comportement de son père, va porter secours à sa mère. Cela énerve Huziru, qui frappe son fils. Nisan tombe.

— C'est ça que tu veux ? hurle Huziru avant de le rouer de coups de pied.

Ishtar tente de se lever pour s'interposer mais elle reçoit un coup de poing dans le ventre et un autre au visage.

— Salope ! vocifère Huziru. J'en ai marre de toi ! Je me casse de cette maison !

Il emporte l'amphore de bière et sort pour, comme à son habitude, rejoindre ses amis à la taverne.

Ishtar et Nisan se relèvent. Malgré les coups reçus, le plus douloureux pour elle est le regard apitoyé de son propre fils.

Nisan préfère sortir lui aussi. Sa mère ne le retient pas. Elle sait qu'il ne supporte plus la situation à la maison.

Elle se penche au-dessus de la vasque remplie d'eau pour s'asperger le visage et voit son visage tuméfié. Elle remarque qu'elle a déjà des mèches blanches. Les yeux remplis de larmes, elle quitte à son tour la maison. À quatre rues de chez elle, elle frappe à une porte.

— C'est moi, chuchote-t-elle.

Enlil, son ami d'enfance, lui ouvre. Il porte ses vêtements de scribe du palais royal. Dès qu'il la voit, il comprend et, après avoir vérifié que personne n'a vu Ishtar entrer chez lui, il ferme la porte. Il lui indique un grand fauteuil près de la cheminée et lui prépare des linges humidifiés qu'elle applique ensuite sur ses plaies.

— C'est Huziru ? dit-il.

— Il était saoul. Il travaille de moins en moins et il boit de plus en plus. Il a aussi frappé Nisan.

— Tu ne dois pas rester comme ça !

— Que puis-je faire ?

— Pars avec ton fils. Allez dans une autre ville.

— Mais ma vie est ici, à Ounoug ! C'est là que mon père a construit son atelier. Je ne veux pas tout perdre à cause de Huziru. Il aurait gagné. Et que deviendrais-je dans une autre ville ? Une mendiante ? Une prostituée ? Je ne suis même pas certaine d'arriver à nourrir Nisan…

— Il a huit ans, il peut travailler.

— De toute façon, si je partais, Huziru me rechercherait, me trouverait et me tuerait. Il tuerait même son propre fils !

Enlil la prend dans ses bras et la réconforte.

Dans la pièce sont entassées des plaques d'argile couvertes de lignes d'écriture.

— Parle-moi d'autre chose, dit-elle. Sur quoi écris-tu ces temps-ci ?

Enlil prend sa torche et éclaire une pierre recouverte d'un tissu. Il soulève le drap pour révéler son œuvre : une multitude de dessins et de textes.

— C'est une commande qui m'a été passée il y a plusieurs semaines. Le roi m'a demandé de graver une stèle pour raconter la bataille qui a eu lieu entre les cités de Lagash et d'Umma. J'ai décidé de narrer l'histoire du point de vue du roi de Lagash, Eannatum, comme si j'étais lui.

— C'est fabuleux, dit Ishtar, impressionnée.

Il lui explique sa technique.

— Il y a deux faces. L'une où je raconte ce qu'il s'est vraiment passé, les faits, et l'autre où j'explique ce qu'il s'est passé de manière non visible chez les dieux qui ont participé à cette bataille.

Ishtar contemple les détails de cette fresque. Des hommes sont alignés avec des lances et des boucliers. Ils marchent sur les corps de leurs ennemis vaincus. Elle en déduit que ce sont les hommes de Lagash qui écrasent leurs adversaires. On voit aussi des hommes nus attachés : les prisonniers de l'armée d'Umma. Le roi Eannatum est facilement repérable car il est plus grand que les autres soldats et porte une coiffe particulière. À côté de lui est posé un carquois rempli de flèches.

Ces représentations surmontent un texte qui décrit la bataille. Les caractères sont des traits et des triangles rangés sur des lignes droites elles-mêmes coupées par des lignes verticales pour séparer les phrases.

Il y a des oiseaux au-dessus de la zone du texte. Ishtar interroge Enlil sur leur présence.

— J'ai voulu aussi représenter des vautours qui emportent des morceaux de cadavres des soldats vaincus, lui répond le scribe. C'est ma petite touche personnelle.

Ishtar l'écoute parler de son travail. Pendant qu'il raconte, elle oublie sa situation.

Saut pour rejoindre le moment important suivant.

Ishtar est de nouveau face à son reflet dans l'eau, mais cette fois-ci son visage est beaucoup plus abîmé que la fois précédente. Elle a un œil au beurre noir et plusieurs grosses ecchymoses. Elle entend dans la pièce d'à côté Nisan qui hurle alors que Huziru le frappe violemment en l'insultant.

Tout à coup, elle se sent envahie d'un sentiment inconnu jusque-là. La colère. Elle saisit un des marteaux qui lui servent à ciseler les pots en métal et surgit, armée, dans la chambre où son mari bat toujours son enfant. Elle frappe Huziru à la tête jusqu'à ce qu'il s'effondre.

Son fils la regarde, terrorisé. Il a désormais onze ans.

Elle s'acharne sur le corps de son mari puis soudain s'arrête, complètement dégrisée. Il y a du sang partout. Elle se lave à la vasque, met des vêtements propres. Puis, sans donner d'explication à son fils, elle quitte la maison et se rend chez Enlil.

Quand il la voit, son ami est effrayé.

— Il t'a encore frappée ! C'est pire que la dernière fois !

— Non, c'est fini. Je l'ai tué avant qu'il tue Nisan, dit-elle d'une voix tremblante.

Puis elle s'effondre en larmes dans les bras du scribe.

Après qu'elle lui a tout raconté, Enlil accepte de l'aider. Ils retournent tous les deux dans la maison d'Ishtar et roulent le corps de Huziru dans un tapis.

Nisan les observe sans sembler comprendre ni réaliser la gravité de la situation.

Ishtar et Enlil prennent ensuite les deux extrémités du tapis et le portent, suivis par Nisan, jusqu'au fleuve. Le corps roulé dans le tapis flotte d'abord sur les eaux calmes. Soudain, plusieurs formes sombres glissent à la surface. Des crocodiles. Un premier mord le tapis. Puis un deuxième. Ils dévorent ce qu'il reste de Huziru.

Un roulé à la viande…

Ishtar se tourne vers son fils, qui se tait toujours. Elle lui dit :

— Personne ne doit savoir.

Saut pour rejoindre le moment important suivant.

Ishtar a les mains d'une personne très âgée. Elle est en train d'écrire sur des tablettes d'argile quand on frappe à sa porte.

C'est Enlil. Il a le visage ridé, les cheveux blancs, et semble lui aussi très marqué par le temps.

— Merci d'être venu, dit-elle, j'aimerais te montrer un travail que j'ai entrepris et qui est très important pour moi. Suis-moi.

Elle l'emmène dans la cave et allume une lampe à huile.

Le scribe n'en revient pas : à côté des cercueils de ses parents et de ses grands-parents se trouvent des centaines de plaques d'argile gravées.

— C'est grâce à toi, lui dit-elle. Depuis que tu m'as appris à écrire, je n'ai cessé de remplir des tablettes.

— Qu'as-tu raconté ?

— Tout. Enfin tout ce que je sais.

Enlil s'approche, fasciné, et commence à lire les textes écrits en petits caractères serrés.

— J'ai voulu noter tout ce que l'on sait dans tous les domaines, explique-t-elle. Depuis la mort de Huziru puis le départ de Nisan pour l'armée, je suis seule et tranquille. Je sais bien que mes voisines me surveillent. Mais, en dehors des clients, je n'ai jamais laissé un homme entrer ici depuis que je suis veuve.

— Sauf moi..., objecte Enlil avec un sourire.

— Sauf toi. J'ai donc profité de tout le temps que j'avais à ma disposition pour noter toutes les connaissances actuelles telles que j'ai pu les découvrir en discutant avec ceux qui savent.

Elle lui montre une tablette, puis d'autres.

— Ici, ce sont des recettes de cuisine. J'ai nommé et dessiné les ingrédients. Là, j'ai interrogé un commerçant sur les routes qu'il emprunte pour voyager. Voici ce que m'a dit un astrologue sur les constellations dans le ciel... Là, j'ai répertorié les techniques de poterie et de céramique. Et ici, c'est ce que l'on sait de l'histoire passée. Je l'ai recueilli en discutant avec un sage qui se passionne pour le sujet.

Enlil est impressionné.

— Quand as-tu commencé à faire ça ?

— Après la mort de Huziru. C'est-à-dire il y a quarante-cinq ans.

— Extraordinaire ! s'écrie Enlil. Et tu ne m'as jamais rien dit ? Mais pourquoi me les montres-tu aujourd'hui ?

Ishtar prend les mains d'Enlil dans les siennes.

— Je suis malade et je sens que ma fin est proche. Mon cœur ne bat plus normalement, parfois il s'arrête puis il repart. J'ai des vertiges et je dois m'appuyer aux murs pour ne pas tomber. Alors, quand je serai morte, j'aimerais que tu récupères toutes ces tablettes de connaissances et que tu les protèges. Ensuite, tu les réactualiseras avec les nouvelles découvertes et tu les diffuseras aussi largement que possible. Tu me le promets ?

Saut pour rejoindre le moment important suivant.

Ishtar est couchée, Enlil est à son chevet.

Sa respiration est difficile. Elle ne sent plus sa jambe droite. Ses mains sont encore plus ridées et ses veines sont bien visibles sous sa peau parcheminée. Elle tremble.

— Voilà… C'est la fin, dit-elle, la voix très faible.

Le vieil homme ne peut retenir une larme qui roule sur sa joue.

— Ne pleure pas, Enlil, ma vie a été très belle.

— Elle aurait pu être… encore un peu plus belle, ajoute le vieillard en lui caressant la joue.

Lui aussi a le visage très ridé, les cheveux blancs et un léger tremblement des mains.

— Si je n'avais pas rencontré Huziru, tu veux dire ? Mais je n'aurais pas eu mon fils Nisan. De quelque chose de mauvais est sorti quelque chose de bon.

— Je ne pensais pas qu'à ça, dit Enlil. Ne t'es-tu jamais demandé pourquoi je ne m'étais jamais marié ?

— Je pensais que tu tenais à vivre seul, répond Ishtar.

— Je t'aime, Ishtar. Je t'ai toujours aimée.

Un long silence suit.

— Pourquoi ne me l'as-tu jamais dit ? demande la vieille dame avec douceur.

— Au début, nous étions si jeunes… Tu m'impressionnais tant ! J'ai failli sauter le pas lorsque je t'ai appris à écrire. Je voyais bien que nous partagions un grand moment de complicité, mais était-ce suffisant pour faire notre vie ensemble ? Le jour où je me suis décidé, où je voulais tenter ma chance en t'avouant mon amour, tu m'as annoncé que tu te mariais avec le fils du propriétaire de la boutique voisine. Depuis, je suis ton confident. J'ai été là chaque fois que tu avais besoin d'être rassurée. J'étais là pour soigner tes blessures quand il te battait. Et j'ai attendu… J'ai tant rêvé de toi. Je crois qu'en fait presque toutes mes nuits nous… nous étions ensemble dans mon imagination.

— Enlil !

Ishtar lui serre plus fort la main. Des larmes coulent sur ses joues.

— Je n'ai jamais connu d'autres femmes. Elles me paraissaient toutes si fades ! Après il y a eu…

— Le moment où tu es venu m'aider à me débarrasser de Huziru. Tu m'as sauvée. Sans toi je n'y serais jamais arrivée.

— Une fois encore, j'ai failli t'avouer ma flamme. Mais je voyais bien que tu étais très proche de ton fils. Je me suis dit que tu n'accepterais pas de le délaisser… Alors j'ai attendu. Ensuite Nisan est parti pour entamer sa carrière militaire. Il était trop tard. Malgré mon amour pour toi, me déclarer était devenu impossible. Alors j'ai trouvé un dérivatif dans le travail.

— Enlil…

Il prend le menton d'Ishtar du bout des doigts et lui relève la tête.

— Il faut que tu le saches maintenant : je n'ai aimé que toi. Je n'ai désiré que toi. J'aurais pu tuer Huziru pour toi si tu me l'avais demandé. C'est comme si, depuis le début, toi et moi avions une connexion sacrée. J'ai toujours su que tu étais la femme de ma vie. Et quand j'ai des moments de désespoir, je me dis que je dois tenir pour toi.

Ishtar est si touchée qu'elle a du mal à parler. Pourtant, elle parvient à murmurer :

— Enlil…

Elle se redresse un peu pour le serrer dans ses bras. Il lui chuchote à l'oreille :

— Je ferai ce que tu viens de me demander. Je mettrai tes plaques d'argile dans un endroit protégé. J'en ferai un temple dédié à ton souvenir. Un temple de la connaissance qui sera, selon ton souhait, actualisée et diffusée.

— Enlil…, répète-t-elle. Embrasse-moi…

Alors très lentement il se penche. Leurs lèvres se rapprochent, comme celles de Pouce et d'Index autrefois. Et lorsqu'elles sont presque sur le point de se toucher, une ombre passe sur le visage d'Ishtar et elle lâche un dernier soupir.

C'en est trop pour Eugénie.

Saut pour rejoindre le moment important suivant.

Le corps d'Ishtar a été déposé dans un cercueil à côté de ses parents. C'est Enlil qui supervise la cérémonie funéraire. Pour elle, pas de sacrifices d'esclave ou d'animal. Juste des fleurs. Des centaines de fleurs qui recouvrent son cercueil.

Ishtar est désormais un fantôme. Elle veut voir ce qu'il va advenir de toutes les tablettes qu'elle a mis tant d'énergie et de temps à graver. Alors elle reste dans la maison à voleter sous le plafond.

Dès le lendemain de l'enterrement, Enlil tient parole. Il vient avec une grande charrette tirée par deux bœufs pour transporter toutes les tablettes de connaissances qu'elle a rédigées. Mais alors qu'avec trois esclaves il remonte les précieuses plaques gravées, arrive un homme à cheval.

Ishtar le reconnaît. Il a le même regard que son père.

C'est son fils, Nisan.

Il doit avoir cinquante ans. À peine dans la maison, il s'exclame :

— Qui êtes-vous ?

Le vieux scribe comprend que Nisan ne se souvient pas de lui et répond :

— Je suis Enlil, un ami de votre mère. C'est elle qui m'a demandé de…

— Vous avez volé des choses dans ma cave !

— Calmez-vous. Je vais vous expliquer.

— Vous n'allez rien m'expliquer du tout, vieillard ! Vous êtes chez moi en train de me voler, c'est très clair.

Alors Nisan, d'un seul geste, dégaine l'épée qui pend à son côté et l'enfonce dans le ventre du scribe.

NON ! PAS TOI, NISAN ! NON ! songe le fantôme d'Ishtar.

Le coup ne laisse aucune chance à sa victime. Les esclaves, craignant d'être pris pour des complices de l'assassinat, préfèrent déguerpir.

Enlil trouve la force de rejoindre le cercueil d'Ishtar et se colle à lui avant de mourir. Son âme quitte alors son corps et tous deux se retrouvent enfin.

Cependant Ishtar refuse de monter tout de suite vers ce qu'elle nomme « l'étoile du Jugement ». Elle veut rester encore un instant pour voir ce que vont devenir ses précieuses tablettes de connaissances.

Saut pour rejoindre le moment important suivant.

Eugénie se trouve dans un immense entrepôt rempli de poteries et de paniers. Au fond, Nisan donne des directives à plusieurs esclaves qui s'affairent dans les rayonnages. Après la mort d'Ishtar, il a relancé le commerce de poteries et de vanneries. Il s'est marié avec une femme plus jeune qui possède un magasin d'alimentation et a fusionné leurs boutiques, comme son père l'avait fait en se mariant avec sa mère. L'ensemble prospère désormais sous l'enseigne « MAISON NISAN : ÉPICERIE, POTERIE & VANNERIE ».

Un jour, sa femme se plaint du manque de place et lui dit qu'elle souhaiterait ranger certains stocks de céréales dans sa cave. Au sous-sol, les tablettes prennent quand même beaucoup de place. Il faudrait s'en débarrasser.

Nisan répond à sa femme que c'est un souvenir de sa mère et qu'il ne faut pas y toucher. Il lui avoue que parfois, en rêve, il se voit continuer lui aussi à graver des plaques d'argile. Mais sa femme insiste. Elle dit qu'on ne peut pas vivre en permanence dans le passé.

Dans les jours qui suivent, elle fait des tablettes d'argile l'unique sujet de discussion entre Nisan et elle. Ils se querellent. Jusqu'au moment où elle lui lance un ultimatum :

— Tu vas devoir choisir entre vivre dans le souvenir de ta mère ou dans le présent avec moi.

Nisan finit par céder. Et alors que le fantôme d'Ishtar le regarde sans pouvoir rien faire, il demande à un esclave de l'aider à évacuer de la cave toutes ces plaques en argile. Il ordonne qu'elles soient trempées pour les ramollir, ainsi la terre glaise pourra être réutilisée pour faire de nouvelles poteries.

Ishtar n'a pas pu influer sur l'inconscient de son fils pour qu'il renonce à cette idée. Son œuvre, plus de quarante-cinq ans de connaissances, disparaît. Aurait-elle dû cuire les tablettes pour empêcher son fils de les recycler ? À Enlil qui ne l'a jamais quittée depuis son propre décès, elle déclare qu'elle se sent désormais prête à continuer son évolution d'âme. Elle n'a plus de raison de traîner parmi des vivants – surtout après avoir vu son fils détruire son œuvre.

Alors, ensemble, Ishtar et Enlil montent vers l'étoile du Jugement.

Game over, songe Eugénie.

Ensuite, tout se passe plus vite que la première fois.

Ishtar franchit les sept ciels et se retrouve face à ses trois archanges juges.

Ceux-ci affichent des airs navrés, comme s'ils savaient ce qu'elle venait de vivre. On lui repasse le film de sa vie.

L'archange juge, celui avec la toge grise, pose la première question :

— Qu'as-tu fait de tes talents ?

— J'ai écrit et dessiné sur des tablettes toutes les connaissances que j'ai pu réunir, répond Ishtar.

— Qu'as-tu appris de cette vie ? demande-t-il ensuite.

— Que l'on ne doit pas forcément écouter ses parents.

— Qui as-tu aimé ?

Ishtar réfléchit quelques instants et dit :

— J'ai aimé mes parents. Et ils m'ont déçu. J'ai aimé mon chien. Et il a été sacrifié à la mort de ma mère. J'ai même un peu aimé mon mari au début. Et il m'a battue devant notre fils. J'ai aimé mon fils. Et il a gâché tout mon travail. La seule personne que j'ai aimée et que je continue d'aimer est Enlil. Mais je n'ai jamais osé le lui dire pendant ma vie. Lui n'a pas osé non plus. Et quand nous avons enfin trouvé le courage de nous avouer notre amour, il était trop tard…

— Bien, dit le juge, nous allons maintenant mesurer le niveau de conscience de ton âme.

Le procureur manipule le crâne avec la colonne vertébrale qui pend.

Une vertèbre au niveau des lombaires s'éclaire :

— 3,4, annonce l'archange procureur.

— Quoi !!!???

L'esprit d'Ishtar est sous le choc.

— Mais la dernière fois, j'avais plus que ça !

— Effectivement, dit l'archange. Tu étais à 3,5.

— Puis-je savoir pourquoi j'ai une note aussi basse ? J'ai quand même poursuivi ma mission d'âme, qui consistait à collecter toutes les informations de mon époque, à les noter et à donner des indications précises pour qu'elles soient ensuite diffusées !

Le juge soupire.

— Certes, mais tu as échoué, dit le procureur. Tu n'as pas réussi à convaincre ton fils.

— Je ne peux pas être responsable de la bêtise de mon propre enfant !

— Il fallait mieux l'éduquer. Le rendre plus curieux, dit l'archange procureur.

Ishtar essaie de se défendre.

— Je devais gérer son père alcoolique et violent, ce n'était pas facile. Vous avez bien vu, non ?

— Certes. Mais nous avons un principe : ceux qui échouent trouvent des excuses, ceux qui réussissent trouvent des moyens.

L'esprit d'Ishtar sent monter une sourde colère.

— J'aurais bien voulu vous y voir ! Il était beaucoup plus costaud que moi !

— Dans ce cas, il fallait partir.

— Pour aller où ? Et avec quel argent ? L'atelier de ma famille était tout ce que je possédais. Ailleurs j'aurais dû recommencer à zéro.

— Tu as sous-estimé ta propre capacité de débrouillardise, lui reproche l'archange. Tu aurais réussi. Mais tu n'as pas eu le courage de tenter le changement. Et il n'y a pas que l'éducation de ton fils que tu as ratée. Il y a aussi l'éducation de ton mari. Tu aurais pu le sauver. Le convaincre d'arrêter de boire. Tu n'as même pas essayé.

— Au lieu de ça, tu l'as assassiné, rappelle le procureur.

— Pour défendre la vie de mon fils ! se révolte Ishtar. J'ai fait de mon mieux ! Dans une époque où l'on traite les femmes comme des objets !

Elle fulmine.

— D'ailleurs quels scores ont obtenus Huziru et Nisan ?

— Huziru a chuté sous le plancher des 3,3, reconnaît l'avocat. Son score est de 2,7. Il s'est donc transformé en animal.

— Un porc, je présume..., ironise Ishtar.

— Non. Les porcs sont parmi les animaux les plus évolués et les plus conscients. Ils ne sont pas loin de l'homme avec des scores d'âme pouvant aller jusqu'à la limite des 3,2, lui répond l'archange procureur avec sérieux. Il est devenu un... moustique.

— Un moustique ? répète-t-elle. Lui qui aimait boire... Il va pouvoir réaliser son rêve...

— Ce n'est pas bien de se réjouir de la chute de conscience d'un autre être vivant, lui signale l'archange juge. Il faut souhaiter à tous de s'élever. Pas de chuter.

— Tu devrais maintenant penser à réussir ta prochaine vie, signale l'avocat. Si tu descends plus bas que 3,3, tu rejoindras peut-être toi aussi les rangs des animaux.

— Vous êtes durs…

— Ce n'est pas nous qui te jugeons ou te punissons, dit le juge. C'est toi-même.

— Qu'est-ce que vous me racontez ?

L'avocat approuve.

— Il a raison. Nous ne te jugeons pas. Tu te juges toi-même. Nous ne te punissons pas. Tu te punis toi-même. Nous, les archanges, ne faisons qu'interpréter ce que vibre ton âme. Nous sentons ce qu'elle souhaite pour progresser.

— Et ton âme n'est ni gentille ni méchante, elle veut juste évoluer en niveau de conscience, rappelle le procureur.

Le juge confirme :

— C'est ton chemin personnel. On ne peut pas gagner à tous les coups. Il faut accepter d'avoir des vies comme celle d'Ishtar.

Une inquiétude traverse soudain l'esprit d'Eugénie.

— Et ma famille d'âmes ? Ceux de la Main de lumière ? Nous étions convenus de nous retrouver.

— Tu les as retrouvés, mais tu n'y as pas fait attention. Tu les as croisés sans comprendre qu'ils pourraient t'aider, ou que vous pourriez vous aider mutuellement à accomplir ensemble des actions pour défendre votre cause.

— Je les ai croisés ? s'étonne Ishtar.

— Annulaire était le harpiste qui jouait au marché et qui t'a un jour proposé de composer une chanson rien que pour toi. Mais tu l'as éconduit.

— Mais sa musique ne me plaisait pas…, tente-t-elle de se défendre.

— Peu importe, vous n'avez pas réussi la jonction. Quant à Majeur, il était ce client très bien habillé qui travaillait au palais et que tu as rencontré quelque temps après ton accouchement.

— Le ministre des Finances ? s'étonne Ishtar.

— En personne. Il a voulu engager la conversation mais là encore tu l'as repoussé en pensant qu'il voulait te séduire. Auriculaire était le prêtre qui a béni votre union. N'as-tu pas remarqué qu'il a tenté de te faire comprendre que ce mariage était une erreur ?

— Non…

— Être attentif aux signes, écouter les gens bienveillants, regarder les visages, c'est important pour gagner des points.

— Je n'ai donc repéré aucune âme de la Main de lumière ? conclut Ishtar.

— Si. Index.

— Enlil ?

— Bien sûr. Pourquoi ne vous êtes-vous pas mis ensemble ? demande le juge.

— Nous avons manqué plusieurs occasions.

— Mais cela ne s'est pas fait…

— Et ceux de la Main d'ombre ?

— Ils ont inspiré la guerre de Lagash contre la cité d'Umma. La bataille a été une vraie boucherie. Des actes d'une grande cruauté ont été perpétrés. Le roi Eannatum était Majeur Droit.

— Ils sont arrivés à se réunir, eux ?

— Seulement trois. Majeur Droit, le chef, Annulaire Droit, l'artiste, et Auriculaire Droit, le sorcier. Tu as croisé un jour Annulaire Droit à la boutique mais tu l'as pris pour un client parmi d'autres.

Ishtar essaie de rassembler ses idées.

— Quand même, une mesure d'âme à 3,4… une seule amitié avec un membre de ma famille d'âmes et pas de fusion avec l'âme sœur… J'ai l'impression d'avoir vécu pour rien.

L'archange juge et l'archange avocat affichent la même expression navrée. Le procureur continue :

— Tu n'as pas aimé cette vie, c'est un fait. Mais sache que la prochaine vie peut être pire. Il te faudra être plus attentive aux gens que tu croises.

— Dis-toi que cette note basse – 3,4 sur 6 – est un avertissement. Tu dois te ressaisir, dit le juge.

— Une vie pour rien, répète-t-elle, désappointée.

— Non, une vie ordinaire, rectifie l'avocat. La plupart des gens ont des vies comme ça, à la limite du plancher. La plupart des gens ont des vies où il ne se passe rien.

— Il est temps pour ton âme de poursuivre son évolution, conclut l'archange juge, se voulant optimiste.

L'esprit d'Ishtar avance vers le tunnel rose des réincarnations et Eugénie entend une voix intérieure qui lui dit :

— *Et maintenant je vais faire un décompte de cinq à zéro. Et quand je dirai : « Zéro, et top », tu ouvriras les yeux. Cinq… Quatre… Trois… Deux…*

47.

— … Zéro, et top…

Eugénie ouvre les yeux.

— Ça va ? demande René.

Elle reste immobile, sans même ciller.

— Ça fait trois heures que tu es partie. Cela m'a semblé suffisant…

Sans répondre, Eugénie récupère précipitamment son cahier à dessin dans son sac et se met à dessiner. Elle reproduit même le visage qu'elle avait le jour de sa mort et qu'elle a pu distinguer lorsqu'elle a quitté son corps. Elle dessine aussi Enlil enfant, jeune homme, homme, puis vieillard, puis mort.

— Qui est-ce ? demande René.

— Je crois que je ne suis pas très douée pour l'amour, dit-elle en guise de réponse. Et ce depuis longtemps…

— Il a l'air sympathique.

— Il l'est. Ou plutôt il l'était.

En continuant à remplir les pages du cahier elle commente :

— Ta technique de saut pour rejoindre le moment important suivant est géniale. J'ai l'impression que je ne suis plus une simple spectatrice passive devant la vision de ma vie. Ça change tout.

Eugénie a un excellent sens de l'observation et elle raconte très en détail les péripéties de son dernier voyage touristique dans le temps. Tout en parlant, elle ressent avec beaucoup d'intensité les émotions liées à chacune des expériences de vie d'Ishtar. L'accouchement de Nisan, l'assassinat de Huziru, et la déclaration d'amour d'Enlil aux ultimes moments de sa vie. Elle doit s'interrompre quelques secondes pour essuyer une larme qui tombe sur les dessins.

Mais une représentation intrigue tout particulièrement son père. Celui de la stèle gravée par Enlil.

— Qu'est-ce que c'est, ça ?

— Une commande du palais royal. Je crois me souvenir qu'Enlil devait raconter le récit d'une bataille.

— Quelle bataille ?

— Entre les troupes du roi de la cité de Lagash et l'armée de la cité d'Umma.

— Vraiment ? Tu sais que cette stèle est devenue célèbre ? dit son père.

Il consulte son ordinateur portable puis annonce :

— Elle se trouve actuellement au Louvre, dans le département des Antiquités orientales. Elle a été baptisée par les archéologues « stèle des vautours ».

Il lui montre l'écran.

— C'est en effet ces oiseaux qu'il a voulu représenter, confirme-t-elle.

— Nous avons enfin un repère précis, s'enthousiasme René. La stèle des vautours est considérée comme la première stèle connue contenant un texte historique. Elle comprend deux faces. Les phrases forment huit cent trente lignes écrites à la première personne du singulier au nom du roi de Lagash, nommé Eannatum, censé raconter la bataille telle qu'il y a participé. Il y a une partie dessinée et une partie écrite. Comme elle était rédigée en cunéiforme sumérien, les archéologues sont parvenus à tout traduire. On a même la date. La bataille s'est déroulée en l'an 2340 avant Jésus-Christ. Et c'est Lagash qui a gagné.

— Rappelle-moi ce qu'on appelle « cunéiforme », demande Eugénie.

— C'est l'écriture en forme de clou, *cuneus* en latin. C'est la plus ancienne forme d'écriture connue à ce jour. Les rédacteurs utilisaient un calame, c'est-à-dire un roseau taillé en pointe, pour tracer des lignes sur une tablette d'argile humide. Ensuite ils posaient les caractères. En séchant au soleil, ces tablettes durcissaient et restaient stables. Quand ils voulaient qu'elles résistent au temps, ils les cuisaient. Sinon ils les mouillaient et pouvaient les réutiliser.

— Tu veux dire que j'ai vu graver en direct le premier grand récit de bataille connu à ce jour ? dit Eugénie en allumant une cigarette.

— Oui, c'était avant les textes des Égyptiens. C'était même avant le texte sumérien retraçant l'épopée de Gilgamesh, daté de 1750 avant Jésus-Christ.

Après être restée songeuse un instant, Eugénie reprend ses dessins. Cette fois, elle représente la ville depuis la fenêtre de sa chambre au premier étage. Elle indique l'emplacement du temple et du palais royal. Ces deux édifices dominent par leur hauteur toutes les habitations.

— La ville où nous étions se nommait d'un mot qui se prononçait « Ounoug », précise-t-elle.

— Uruk ! s'écrie René. C'est l'une des grandes cités de la civilisation sumérienne !

— J'étais donc… une Sumérienne, conclut Eugénie.

Sans plus attendre, elle note à côté de ses dessins :

« Visite d'une deuxième vie antérieure.

Numéro de porte : + 1.
Datation : autour 2340 avant J.-C.
Territoire : royaume de Sumer (actuel Irak).
Lieu précis : cité d'Ounoug (Uruk ?).
Nom personnel : Ishtar.
Activité : potière, dessinatrice et écrivaine.
Mesure de l'âme : 3,4/6. »

René Toledano lit par-dessus son épaule.

— Dis donc, tu as quand même vécu dans deux espaces-temps déterminants de l'histoire de l'humanité : la naissance de la spiritualité avec le premier enterrement, et maintenant l'apparition de la première histoire écrite illustrée.

— La première histoire écrite, c'est Pouce qui l'a tracée sur les peaux de lapin, rappelle Eugénie.

— Mais de cela nous n'avons plus la moindre trace…

— Tu as raison, soupire la jeune femme. Je n'ai pas eu plus de chance dans cette deuxième incarnation : mes tablettes d'argile ont elles aussi toutes été détruites. Sinon mon travail serait au Louvre.

Elle continue de dessiner des scènes de sa vie de Sumérienne.

— Tu es vraiment douée pour représenter ce que tu as vu, reconnaît son père. C'est un apport déterminant à la technique de la V.I.E. C'est presque comme si tu pouvais rapporter des reportages de tes vies antérieures.

— Je pense que je tiens ça de maman.

Eugénie s'arrête, submergée par l'émotion.

— Maman…, soupire-t-elle.

Puis elle prend une grande inspiration.

— En tout cas, ce « souvenir » de ma vie sumérienne me permet de mieux comprendre comment agissent les forces de l'ombre.

Eugénie regarde les masques autour d'elle. Elle a cette fois-ci l'impression que les visages la jugent comme l'ont jugée les archanges.

Et tous lui envoient la même pensée.

Tu n'y es pas arrivée dans le passé.

Y arriveras-tu dans cette vie ?

Elle referme son cahier à dessin et se lève d'un coup.

— Merci, papa. Il est tard. Je vais rentrer.

48.

Un nuage de fumée bleutée s'étire en torsade jusqu'au plafond.

Avachie dans son fauteuil, Eugénie, en tee-shirt mauve, caresse son chat en fumant une cigarette. Elle écoute un morceau titré « Anywhere out of the World », de l'album *A Passage in Time*, toujours de Dead Can Dance. Elle traduit simultanément les paroles dans sa tête : « Cette vie est un hôpital où chaque malade est possédé du désir de changer de lit. »

L'image la fait sourire.

— Tu en penses quoi, Nostradamus ? J'ai la sensation que le même scénario se reproduit pour mon âme, vie après vie…

Le chat noir aux yeux jaunes la regarde, puis après mûre réflexion dit :

— Miaou…

— Ah ? réagit la jeune femme. Tu penses que ce qui va arriver est irrémédiable ?

— Miaou, ajoute-t-il sur un ton différent.

— Non, désolée, Nostradamus, tout n'est pas écrit.

Elle aime ce jeu de dialogue avec l'animal.

— Je suis sûre que nous pouvons tous exercer notre libre arbitre. Maman a vu notre futur dans la Bibliothèque akashique et pourtant elle m'a demandé de réunir les forces de la lumière pour arrêter l'obscurantisme. Donc on peut agir pour modifier l'avenir. Forcément.s

Dehors, la foudre éclaire d'un coup la pièce, puis c'est un grand vacarme et la pluie tombe dru.

La chanson de Dead Can Dance, la présence de Nostradamus et la cigarette lui apportent un réconfort bienvenu. Elle se sent parfaitement à sa place dans son cocon protecteur, alors que la pluie frappe de plus en plus bruyamment la fenêtre de sa chambre.

Elle repense à sa mère.

Trois des forces de l'ombre ont su se regrouper à l'époque sumérienne : le chef, l'artiste et le sorcier, alors que nous n'avons même pas su que nous nous étions retrouvés, avec Enlil.

Elle réfléchit.

Et de nos jours, les forces de l'ombre sont sûrement en train de se regrouper : des politiques, des artistes, des religieux…

Quelqu'un sonne à la porte. Eugénie regarde sa montre.

Qui viendrait à vingt heures passées ?

Elle s'approche de l'œilleton.

Raphaël Hertz ? Chez moi ?

Le professeur est trempé jusqu'aux os et tient dans sa main droite un sac dégoulinant.

— Qu'est-ce que vous faites là ? demande-t-elle à travers la porte.

— Si vous aviez la gentillesse de me laisser entrer, je pourrais tout vous expliquer…

Elle hésite puis dit :

— Je m'habille et je vous ouvre.

Elle enfile un peignoir puis fait entrer l'enseignant.

— Donnez-moi votre veste, je vais la mettre à sécher. Eugénie prend le vêtement mouillé, le suspend au-dessus de la baignoire et revient avec une serviette qu'elle tend à Hertz.

Pendant que l'homme s'essuie, la jeune femme aux cheveux roux prépare un thé matcha. Elle pose les deux tasses fumantes sur la table basse et invite le professeur à s'asseoir sur le divan.

Nostradamus vient le renifler puis, après un examen détaillé du nouveau venu, se frotte contre lui, signe qu'il accepte cette présence masculine.

— Comment êtes-vous arrivé jusqu'ici ? demande-t-elle.

— J'ai trouvé votre adresse dans les fichiers de l'université. Et j'ai attendu que quelqu'un entre dans le hall.

— Et pour l'étage ? poursuit-elle, soupçonneuse.

— J'ai demandé à la concierge. Je lui ai dit que j'étais un ami…

Eugénie regarde avec insistance Raphaël.

— OK. Pourquoi êtes-vous là ?

L'enseignant boit une gorgée de thé et lâche :

— Je n'ai pas cessé de penser à votre « rêve » et à votre « machine à remonter le temps par l'esprit ». J'aimerais bien en apprendre davantage, comme vous me l'avez proposé, même si je vous crois un peu… « illuminée », pour reprendre votre expression.

Ils dégustent leur thé en silence.

— Qui êtes-vous, monsieur Hertz ? finit par demander Eugénie.

Le professeur relève ses lunettes à monture en plastique bleue.

— Eh bien… Mon nom signifie « cœur » en allemand. Mon arrière-grand-père Heinrich Rudolf Hertz est le physicien qui a découvert les ondes. Les ondes ont d'ailleurs toujours été une passion familiale. Mon propre père affirmait que tout est onde. La lumière. La musique. Les odeurs. Les saveurs. Les sensations tactiles. Les pensées. Les battements cardiaques.

La jeune femme le regarde en fronçant les sourcils, l'air mi-amusée, mi-agacée. Raphaël Hertz le remarque et dit :

— Mais ce n'est pas ce qui vous intéresse, n'est-ce pas ? Alors comment me définir personnellement… Depuis ma plus tendre enfance, je suis un passionné de technologie. Déjà, quand j'étais gamin, j'ai épuisé toutes les possibilités de la boîte du petit chimiste, puis du petit électronicien. J'ai construit des maquettes d'avions en balsa. Un télescope. En grandissant, je me suis naturellement intéressé aux ordinateurs, aux drones, aux robots…

— Et aujourd'hui à l'intelligence artificielle, complète la jeune femme.

— J'ai en effet mis au point le programme 5W durant mon année de thèse. Il a eu un grand retentissement dans le milieu universitaire mais aussi dans le milieu informatique international.

— Et vous êtes en couple ? demande brusquement Eugénie.

Il est surpris par cette question aussi directe sur sa vie privée.

— Euh... effectivement, j'ai une fiancée qui vit aux États-Unis. Elle se prénomme Cynthia et je compte la rejoindre pour m'installer définitivement là-bas l'année prochaine.

— Vous quittez la France ?

— Une start-up de la Silicon Valley m'a proposé de développer mon logiciel 5W afin de créer un outil capable de connaître la véritable histoire de l'humanité, écrite en recoupant toutes les sources, même les plus infimes, pour offrir enfin un récit cohérent le plus proche possible de ce qui s'est vraiment passé.

— Votre fiancée est informaticienne, elle aussi ?

— C'est elle qui dirige l'entreprise américaine qui souhaite m'embaucher. Nous nous sommes rencontrés lors d'un congrès international à Londres. Elle a adoré mon logiciel et va financer le développement de la nouvelle version pour conquérir le marché mondial.

Nostradamus saute sur le divan et vient se lover contre Raphaël, qui lui frictionne la tête avec tendresse.

— J'ai l'impression que votre vie est simple et toute tracée, dit Eugénie. Alors pourquoi êtes-vous là ?

— Disons que je suis curieux. Très curieux. C'est comme si vous m'aviez dit : « Je connais la blague la plus drôle du monde, mais je ne vous la raconterai pas, parce qu'elle ne vous fera pas rire. » Je n'ai depuis qu'une envie : l'entendre.

Eugénie observe tour à tour le chat qui ronronne de plaisir et l'enseignant.

— Vous m'avez vraiment impressionné avec vos dessins, dit Raphaël. Je ne comprends pas comment vous avez pu obtenir des informations si précises sur une époque à propos de laquelle nous n'avons que peu d'informations.

Elle a l'impression qu'il est sincère et décide de jouer cartes sur table.

— OK. Alors laissez-moi vous raconter. J'ai reçu de mon père René Toledano l'enseignement de la V.I.E. Je peux peut-être vous l'offrir à mon tour.

Hertz s'arrête d'un coup de s'occuper du chat qui, déçu, frotte avec frénésie sa tête contre la main devenue soudain immobile.

— La quoi ?

— Ce sont les initiales de « Voyage Intérieur Expérimental ». C'est une méditation guidée qui permet de revenir dans ses vies antérieures.

— Ses… vies antérieures, dites-vous ? dit Raphaël, interloqué.

— Je savais que vous alliez me prendre pour une folle, soupire Eugénie en se levant pour prendre son paquet de cigarettes.

— Pas du tout, répond le professeur en se levant à son tour. Je veux essayer. Apprenez-moi.

Eugénie a l'impression d'avoir en face d'elle un enfant qui veut tester un nouveau jouet.

— Si vous insistez… Allongez-vous.

Puis elle tire les rideaux, range les tasses de thé et allume des bougies. Voyant qu'il n'est plus au centre des préoccupations de Raphaël, Nostradamus se love à l'autre bout du divan, apparemment indifférent à ce qui se passe.

Eugénie se place face à Hertz sur le fauteuil qu'elle rapproche du divan.

— Enlevez vos chaussures, détachez votre ceinture et mettez-vous à l'aise.

— Je suis prêt, annonce-t-il.

— Alors fermez les yeux. Prenez une grande et profonde inspiration.

Il obéit.

— Maintenant, visualisez un escalier en colimaçon de dix marches qui descend. Il vous mène à la porte de votre inconscient… Vous y êtes ?

— … J'y suis.

— Je vais compter jusqu'à dix, et à chaque chiffre vous descendrez d'une marche. Chacune vous rapproche de la porte de votre inconscient. Je commence… Un… Deux… Trois… Quatre… Cinq… Six… Sept… Huit… Neuf… Dix… La voyez-vous ?

— … Je la vois, murmure Raphaël.

— Décrivez-la-moi.

— … Elle est… massive, en acier brillant.

— Et la serrure ?

— … C'est une serrure par reconnaissance de carte magnétique un peu comme celles des chambres d'hôtel.

Eugénie sourit.

Geek un jour, geek toujours.

— Bien. Je vous donne la carte. Placez-la devant le lecteur et ouvrez la porte. Vous verrez alors un couloir avec les portes de vos vies antérieures numérotées.

Sous les paupières de l'enseignant, ses yeux s'agitent. Il fronce les sourcils.

— Qu'est-ce qui se passe ? demande-t-elle.

— Je passe la carte magnétique devant le lecteur mais la diode verte ne s'allume pas, elle reste rouge. La porte ne s'ouvre pas.

— Essayez encore.

— … Toujours rien.

Eugénie se souvient de l'avertissement de son père : « Si ça résiste, c'est que ce n'est pas le moment. » Alors elle dit :

— On va laisser tomber. Prenez l'escalier en sens inverse, de la dixième marche à la première. Et quand je dirai : « Zéro, et top » vous ouvrirez les yeux.

Quand elle prononce le mot « top », Raphaël ouvre les yeux.

— Ça n'a pas fonctionné, déplore le professeur, visiblement déçu. Je veux essayer encore.

— C'est que ce n'est pas le bon jour, répond la jeune femme.

Il se redresse pour s'asseoir sur le canapé.

— On pourra essayer une autre fois, n'est-ce pas ?

Elle tire les rideaux. Il y a des éclairs dans le ciel et la pluie frappe la vitre.

— Mais… ça marche vraiment pour vous ? demande-t-il.

Elle lui sert un autre thé vert au matcha puis lui montre son cahier à dessin.

— J'ai visité une nouvelle vie aujourd'hui. J'étais à Uruk en 2300 avant Jésus-Christ.

Hertz examine les dessins en buvant une gorgée de thé bouillant.

— Mais c'est là qu'a été gravée la stèle des vautours ! s'exclame-t-il. Elle est au Louvre ! J'ai toujours été fasciné par cette œuvre.

— C'est un ami à moi qui l'a gravée. Il s'appelait Enlil.

Elle montre à Raphaël les images du Sumérien en train de travailler. La scène où Enlil et Ishtar sont en train de jeter le corps de son mari dans le fleuve n'est pas loin.

— On dirait que vous avez dessiné le story-board d'un film…, fait remarquer Hertz, impressionné.

— Eh bien, on a un peu la sensation d'être dans un film, justement, quand on se lance dans cette technique de méditation, dit-elle. Mais plus je pratique la V.I.E., plus je peux maîtriser des éléments, notamment le temps. Je peux désormais choisir de ne pas assister à la totalité de la vie dans laquelle je suis, et de ne visiter que les instants déterminants.

Raphaël scrute les dessins.

— Extraordinaire. Absolument extraordinaire, répète-t-il. Vous dessinez vraiment très bien…

— Vous pourriez vous aussi y arriver, dit-elle pour l'encourager. Dans la vie, êtes-vous le genre de personne qui veut tout contrôler ?

— Oui, reconnaît-il. Je suis même assez obsessionnel. Il faut toujours que je vérifie tout, que je surveille tout, et je me détends rarement. Pour le travail, c'est un avantage. Mais pour la vie intime, c'est plus compliqué.

— Voilà peut-être l'explication de l'échec de votre V.I.E. Aucun voyage intérieur n'est possible si on ne parvient pas à mettre sur pause la machine à tout contrôler qui se trouve dans notre cerveau. Et en général le seul moment où l'on y arrive, c'est quand on rêve.

— Je ne me souviens jamais de mes rêves…

— Il faut que vous arriviez à vous détendre, insiste Eugénie.

Raphaël lâche un long soupir qui révèle tout l'enjeu que renferme cet objectif pour lui.

— Je crois que, depuis que je suis né, je ne me suis jamais vraiment détendu, dit-il en se laissant aller sur le divan. Je viens d'une famille d'angoissés chroniques. Ma mère était une boule de nerfs et mon père travaillait tout le temps. Avec une telle hérédité, je pouvais difficilement être « cool ». Pour plaisanter, je dis souvent que je me détendrai quand je serai mort…

Il regarde l'orage qui se déchaîne dehors.

— Le fait que j'aie visualisé l'escalier et que j'aie pu le descendre jusqu'à la porte de l'inconscient me semble prometteur. Qu'en pensez-vous ?

— Vous avez raison. Au moins, vous ne souffrez pas d'aphantasie, dit-elle pour le consoler. C'est juste une petite réticence au lâcher-prise. Moi aussi, j'étais dans le contrôle, avant. Et puis. j'ai commencé à pratiquer la boxe française et le combat au bâton. Le sport, ça aide à se défouler. Ensuite, on est épuisé et dans une bonne énergie. Maintenant, j'accepte l'idée que je ne peux pas tout contrôler. Et c'est peut-être pour ça que j'ai réussi ma V.I.E.

Il soupire de nouveau.

— Je ne peux vraiment pas recommencer maintenant ? questionne-t-il.

— Je suis désolée…

— OK, je n'insiste pas. Merci d'avoir essayé. Et merci pour m'avoir accordé du temps. Je vais rentrer.

Une fois Raphaël Hertz parti, Eugénie ne tarde pas à se mettre au lit. Nostradamus se pose sur son ventre et se met à ronronner pour l'aider à s'endormir. En attendant le sommeil, la jeune femme pense au dernier article qu'elle a lu dans l'*Encyclopédie du Savoir Relatif et Absolu*. Il parlait des roux.

49.

ENCYCLOPÉDIE : LES CHEVEUX ROUX.

La rousseur est la couleur de cheveux la plus rare du monde. On estime que 2 % de la population mondiale est rousse, et 4 % de la population européenne.

Selon les pays et les époques, cette caractéristique a été plus ou moins bien acceptée.

Chez les Égyptiens, le roux est la couleur qui caractérise le dieu Seth, l'assassin d'Osiris. Ainsi, sur les papyrus, la couleur rouge sert à désigner les personnes qui sont sous l'emprise de ce dieu considéré comme maléfique.

L'historien grec Diodore de Sicile rapporte qu'il existait un rituel où l'on sacrifiait les femmes et les hommes roux sur le tombeau d'Osiris. Mais comme, à l'époque, il y avait très peu de roux, les Égyptiens capturaient et sacrifiaient des étrangers.
Chez les Grecs, le fait d'avoir les cheveux roux était considéré comme un signe de brutalité car associé au dieu de la guerre Arès. Et chez les Romains, *rufus*, qui signifie « roux », est une insulte courante que l'on pourrait traduire par « connard ».
Seuls les Hébreux ne considéraient pas la couleur rousse comme maudite. Les prophètes Samuel et Esaü et le roi David sont décrits avec des cheveux roux.
À partir de l'an 800, Caïn, l'assassin d'Abel, est représenté en roux, de même que Judas – la rousseur étant le signe de la traîtrise, de l'hypocrisie et de la honte. Marie-Madeleine est souvent peinte avec les cheveux roux, couleur traditionnellement associée à l'érotisme, à la passion, à la fougue.
En 1254, le roi Louis IX, dit Saint Louis, ordonne aux prostituées de se teindre les cheveux en roux afin que tout le monde puisse aisément reconnaître qu'elles sont des pécheresses.
L'Inquisition décrétera que chaque tache de rousseur représente un acte sexuel de fornication avec le diable : vingt mille femmes et hommes roux seront condamnés au bûcher. Ce n'est qu'à la Renaissance, en Italie, que Botticelli et plusieurs autres peintres mettront en valeur la rousseur comme un signe de beauté.

Des roux célèbres ont marqué l'Histoire :
– le Viking Erik le Rouge, de son nom Erik Thorvaldson, censé être le premier Européen à avoir découvert l'Amérique, en l'an 970 ;
– Guillaume le Conquérant ;
– L'empereur Barberousse ;
– Jeanne d'Arc, qui était, selon certains textes, rousse (ce qui contribua à assimiler la Pucelle à une sorcière) ;
– La reine Élisabeth Ire d'Angleterre ;
– Et, bien sûr, le peintre Vincent Van Gogh.

C'est en Écosse qu'on trouve la plus grande proportion de roux, avec 13 % de la population.

Edmond Wells,
Encyclopédie du Savoir Relatif et Absolu.

ACTE V

Jeudi 12

Jour J – 1 avant l'Apocalypse

50.

Eugénie est réveillée en sursaut par le bruit de la pluie qui n'a toujours pas cessé. Elle cingle fort les fenêtres, presque comme des grêlons.

Elle se penche pour vérifier que Nostradamus, qui déteste et la pluie et l'orage, est bien caché sous le lit. Deux points lumineux la fixent.

— Tout va bien, mon chat…

Le félin tremble. La jeune femme se demande si cette peur panique n'est pas la réminiscence des vies de ses nombreux ancêtres qui ont dû rester à se mouiller dehors alors qu'aucun abri ne s'offrait à eux.

Puis commence le rituel du matin : douche, brossage de dents, petit déjeuner avec café et gaufre au chocolat, et actualités à la radio.

– Sport. Les supporters parisiens et marseillais attendent avec impatience le coup d'envoi du match de ce soir et la première sortie du joueur brésilien Ronaldissimo. L'événement tient en haleine la France entière. Les pronostics vont bon train, et la plupart donnent Paris gagnant, dans la mesure où le club est désormais propriétaire du meilleur joueur du monde, celui dont les fans comparent le style de jeu au célèbre attaquant argentin Diego Maradona.

– Affaire Charlemagne 2.0. La présidente de la République Élisabeth Rivol se dit sereine avant le vote de la motion de censure déposée à l'Assemblée nationale par l'opposition, qui souhaite ainsi sanctionner le gouvernement pour avoir nommé comme ministre un programme d'intelligence artificielle. La présidente a rappelé la phrase d'Einstein : « Ce n'est pas en améliorant la bougie qu'on a inventé l'ampoule électrique. » Elle a même affirmé qu'elle était certaine que d'autres pays suivraient la France dans cette nouvelle voie. La députée Violaine Garaudy a, pour sa part, appelé à la désobéissance nationale devant ce qu'elle considère comme une atteinte choquante aux libertés fondamentales.
– Hacking. Un groupe de hackers anonymes baptisé « Stop Charlemagne » a lancé un virus informatique qui a désorganisé plusieurs services du ministère de l'Éducation nationale. Pendant plusieurs heures, les principales applications ont été touchées, et notamment Infocours, celle qui permet aux élèves et à leurs parents de connaître les notes et les devoirs en temps réel. Un message diffusé en boucle répétait : « Vous voulez voir les dégâts de l'informatique ? Les voici. » Le ministère prévoit un retour à la normale avant le congé de fin de semaine.
– Iran. À la suite des manifestations qui continuent de prendre de l'ampleur, les mollahs ont appelé à la plus grande sévérité pour les émeutiers jugés par les tribunaux religieux. L'ayatollah Khaliney a déclaré : « Ces femmes impies doivent être condamnées aux châtiments les plus durs, car elles ont agacé

Dieu. » L'étrange argument a déjà été utilisé par les procureurs après les arrestations et les procès consécutifs aux manifestations pour Mahsa Amini en 2022. Des centaines de pendaisons avaient alors eu lieu. L'ayatollah Khaliney a averti qu'à la prochaine manifestation, les Gardiens de la révolution seraient autorisés à tirer à balles réelles sur les manifestants. La présidente française Élisabeth Rivol a signalé qu'elle ferait tout son possible pour sauver les binationaux. Mais les rapports entre Paris et Téhéran étant actuellement difficiles, du fait des sanctions liées au programme nucléaire iranien, il semble peu probable que le Quai d'Orsay puisse exercer une quelconque influence sur les décisions des mollahs.

– Marée noire. Le tanker sous pavillon libérien *Last Hope*, transportant du pétrole des pays du golfe Persique, s'est échoué sur les côtes bretonnes. Les autorités s'interrogent sur l'autorisation de navigation accordée aux bateaux pourtant qualifiés d'épaves flottantes dans certains documents des services de contrôle français que nous avons pu nous procurer. Cet incident – qui n'est pas sans rappeler les naufrages des supertankers *Amoco Cadiz* en 1978, *Exxon Valdez* en 1989 ou *Erika* en 1999 – s'annonce comme la pire catastrophe écologique de tous les temps, puisque près de 300 000 tonnes de pétrole brut ont commencé à se déverser le long des côtes, tuant des milliers d'oiseaux et de poissons.

– Météo. Les violents orages de cette nuit ont fait beaucoup de dégâts, notamment sur les cultures maraîchères. La pluie devrait cesser dans le courant de la matinée.

Eugénie digère ces informations en avalant la dernière bouchée de sa gaufre au chocolat. Elle termine d'un trait son café, éteint sa radio, s'habille, se coiffe et quitte son appartement.

51.

Quand elle entre dans la chambre de l'hôpital de l'Institut Curie, René et Alexandre sont déjà au chevet de Mélissa.

— Il y a du nouveau ? demande-t-elle, inquiète.

— On attend le médecin, élude René. Il ne devrait plus tarder…

La jeune femme saisit délicatement la main de sa mère, ferme les yeux et essaie de percevoir ce qu'il se passe à l'intérieur de son corps inerte. Puis elle observe le visage de Mélissa. Ce visage de souris assez similaire au sien : nez pointu, petit menton, oreilles bien dessinées et cheveux encore bruns. Elle se souvient soudain de quelques moments forts avec sa mère. Le jour où, alors qu'elle avait six ans, la maîtresse d'école avait convoqué Mélissa pour lui montrer un des dessins d'Eugénie. « Regardez, madame, lui avait dit la maîtresse, Eugénie représente les personnages de taille différente pour marquer les effets de perspective dus à l'éloignement. » Sa mère l'avait embrassée et lui avait dit : « Tu as compris quelque chose d'important. Retiens ce mot de "perspective". Tu l'as fait intuitivement, bravo. » Autre souvenir marquant : le jour où sa mère avait installé une ruche sur leur balcon en expliquant que, puisque le prénom Mélissa signifie « abeille » en grec, il lui paraissait important d'essayer d'en faire l'élevage. Sa mère était toujours intrépide, curieuse, voulant toujours faire partager à sa fille ses passions : la cuisine (elle avait échoué à vraiment y intéresser Eugénie), la musique, ou même le tricot. Elle repense aux fous rires de sa mère lorsque René faisait des grimaces ou imitait des cris d'animaux. Et aussi à ce moment où sa mère lui avait expliqué le principe des cycles menstruels pour la préparer aux changements qui étaient sur le point de s'opérer dans son corps d'adolescente. Elle lui avait dit que c'était comme la pleine lune, qui revient tous les vingt-huit jours. Elle lui avait dit que, dans certains pays, le mot pour décrire les règles avait à voir avec l'idée de lunaison. Cela lui avait permis de ne pas s'affoler lorsque c'était arrivé. Son père lui avait transmis avec passion sa curiosité pour tout, tandis que sa mère lui avait appris à être une femme, avec tout ce que cela englobait. À commencer par un engagement dans le combat féministe. Ensemble, elles avaient manifesté pour défendre la cause des femmes interdites d'éducation en Afghanistan, contre la pratique de l'excision encore d'actualité dans plusieurs pays d'Afrique et du Moyen-Orient, et contre les mariages forcés au Pakistan ou au Bangladesh. Eugénie a toujours vu sa mère comme une guerrière, mais à cet instant elle doit bien constater que cette combattante infatigable est à l'arrêt. En mode « pause ».

— Jour J – 1 avant l'Apocalypse..., rappelle Alexandre d'une voix inquiète.

Devant le regard interrogatif d'Eugénie, il ajoute :

— Ton père m'a raconté plus en détail ce que vous a dit Mélissa. Et je ne suis pas surpris. Je sais qu'elle faisait beaucoup de V.I.E. ces temps-ci. Elle avait changé depuis peu. Elle était obsédée par ses origines. Elle a effectué une analyse d'ADN sur le site MyHeritage pour reconstituer notre arbre généalogique. Je ne sais pas ce qu'elle cherchait exactement, mais elle ne l'a probablement pas trouvé. Et elle a donc choisi la seconde voie de recherche, non pas scientifique mais spirituelle.

— Et ce serait là qu'elle aurait découvert la Bibliothèque akashique ?

— À mon avis, c'est ce qui l'a décidée à nous avertir dès qu'elle nous a vus, confirme René.

Alexandre sort une enveloppe de la poche intérieure de sa veste.

— J'ai imprimé le résultat du test ADN. Je vous l'ai apporté. Peut-être que vous, vous y trouverez un renseignement intéressant.

La jeune femme ouvre l'enveloppe et commence à déchiffrer le compte rendu du génome complet de sa mère.

— Elle a 4 % de gènes de Néandertal ! Le maximum, annonce-t-elle après quelques secondes de lecture.

— Et alors, qu'est-ce que ça peut signifier ? demande Alexandre.

— Tous les humains ont entre 1 et 4 % d'ADN néandertalien. La moyenne mondiale de l'humanité est à ce jour de 1,5 %, rappelle René.

— 4 %, c'est le maximum, explique Eugénie qui se souvient de l'avoir lu dans l'*Encyclopédie du Savoir Relatif et Absolu*.

— Je dois avouer que j'ai moi-même effectué ce test, reconnaît René. Et j'ai 3,5 % de séquences d'ADN de type néandertalien.

— Donc j'ai forcément 3,7 % de mon génome issu de mes ancêtres néandertaliens, s'enthousiasme la jeune femme. Mes origines néandertaliennes ne sont pas seulement karmiques, elles sont aussi génétiques…

— Qu'est-ce que ça change ? demande Alexandre qui connaît moins bien le sujet que René et Eugénie.

— Cela crée des dispositions plus développées à certaines maladies comme la cirrhose biliaire, le diabète de type 2, la maladie de Crohn, les rhumatismes, l'endométriose, l'addiction à la nicotine, la peau et les cheveux plus épais et la pigmentation des poils… rousse.

— Cela expliquerait pourquoi tu continues à fumer, note Alexandre.

Eugénie réfléchit tout haut.

— Il n'y a pas que des côtés négatifs. Ma tournure d'esprit peut aussi être liée à mon héritage néandertalien. Je suis moins agressive que les Sapiens, moins colérique et plus intéressée par tout ce qui fait appel au cortex préfrontal : langage, psychologie, art, abstraction.

— Bonjour ! lance une voix derrière eux.

Le professeur Ganesh Kapoor pénètre dans la chambre et serre la main des trois visiteurs.

— Nous commencerons le traitement demain, annonce-t-il.

Eugénie, René et Alexandre se réjouissent de cette avancée, puis Eugénie embrasse sa mère sur le front.

— Bon, mes cours vont commencer, dit-elle. Je dois filer.

Mais alors qu'elle s'éloigne dans le couloir, son père la rejoint.

— Attends, dit-il en la retenant par le bras. Encore une chose qui pourrait t'intéresser. Au cas où tu voudrais refaire une régression, il y a encore une information importante que je ne t'ai pas encore donnée.

— Je t'écoute, répond-elle sans cesser de marcher.

— Je t'ai expliqué comment sauter des scènes pour aller directement aux moments importants, mais sache que tu peux aussi sauter les vies pour aller à celles qui sont importantes.

Elle s'arrête, un peu déroutée par cette information.

— Sauter des vies ? Comment ça ?

— La plupart des vies sont banales : on naît, on grandit, on vieillit, on meurt, et on ne fait rien d'extraordinaire. Dans la plupart des vies anciennes, on s'ennuie. On fait le même métier que ses parents. Parce que ceux-ci vous le demandent ou par manque d'imagination. Par peur de déplaire ou par peur de l'inconnu. De même, on ne voyage pas, parce qu'il y a des brigands sur les routes et des pirates en mer. L'alimentation est monotone. En général de la soupe et du pain. Qu'on soit paysan, artisan ou femme au foyer, on passe son temps à attendre, et les jours succèdent aux jours jusqu'à l'arrivée d'une guerre ou d'une épidémie. On vit dans l'ennui et la peur. Et pour les plus pauvres, dans la misère ou la famine. C'est aussi la raison pour laquelle il ne faut pas faire n'importe quoi lors de ses visites de vies antérieures. Reconnaissons que la plupart de nos ancêtres ont eu des vies minables par rapport aux valeurs actuelles. Ils supportaient leur sort parce que tout le monde autour d'eux vivait de la même manière. Mais toi…

— Quoi, moi ?

— Pour l'instant, tu as eu beaucoup de chance, tu as connu une première vie où tu as inventé l'écriture et vu naître la spiritualité, et tu as enchaîné directement avec une vie où tu savais écrire et où tu t'en es servie pour un projet ambitieux. C'est comme si tu avais gagné deux fois au loto. Par conséquent, peut-être crois-tu qu'on gagne à tous les coups.

Eugénie fronce les sourcils.

— OK. Comment dois-je m'y prendre pour aller directement aux vies les plus intéressantes ?

— J'y viens. En fait, il faut le vouloir. Une fois dans le couloir avec les portes numérotées de tes vies antérieures, au lieu d'aller à la porte numéro 2, celle de la vie qui suit immédiatement ta vie de Sumérienne, tu émets le souhait de connaître directement la porte qui te permettra de découvrir la prochaine évolution importante de ton âme dans son projet personnel. Et tu peux même préciser que tu veux ouvrir celle qui te permettra d'encore mieux comprendre le message de ta maman. Je sais que cette information est cruciale et aurait pu te faire gagner un temps précieux… Mais je ne pouvais pas te la délivrer avant que tu maîtrises parfaitement la technique de la V.I.E.

Elle regarde sa montre.

— Merci pour l'information. Désolée, papa, il faut vraiment que j'y aille.

Elle embrasse rapidement son père et quitte l'hôpital d'un pas pressé. Une fois dans la rue, elle se retrouve prise dans le flot de passants.

Une pensée lui traverse l'esprit : *J'étais néandertalienne à 100 % dans une de mes vies antérieures et il m'en reste 3,7 % dans l'ADN de cette vie-ci…*

Elle se sent comme une sorte de fossile vivant de Néandertalienne circulant au milieu de la foule des Sapiens.

Je suis rousse, je fume, je n'aime pas le football ni la guerre… parce que c'est le génome que m'ont transmis maman et papa.

Un frisson désagréable la parcourt.

Le brouhaha des moteurs de voitures, le mugissement des klaxons à cette heure de grande affluence l'agressent. À cet instant, elle prend conscience que le silence est devenu un luxe. Elle baisse quelques secondes les yeux pour chercher ses écouteurs dans son sac et évite de justesse un homme en costume-cravate qui lui lance sur un ton peu avenant :

— Hé ! Fais attention, petite !

Je ne pourrai pas toujours éviter ce que je n'aime pas ou fuir les situations déplaisantes. Il me faudra affronter les forces de l'ombre.

Elle a hâte d'arriver à la Sorbonne pour suivre le cours prévu. Un cours avec Raphaël Hertz.

52.

— Il ne faut pas craindre le progrès. Il ne faut pas avoir peur des ordinateurs, de l'intelligence artificielle, ou des machines en général. Ce ne sont que des outils. Ils ne font que ce que les hommes leur ordonnent de faire. Ils peuvent faire le bien ou le mal selon ce qu'a souhaité l'humain qui les a programmés. C'est pourquoi aujourd'hui je ne vais pas vous parler d'intelligence artificielle mais des débuts de l'informatique.

Le professeur aux lunettes bleues note au tableau : « TOURNOI AXELROD. »

Une fois qu'il a obtenu l'attention de tous, il démarre son récit :

— En 1979, Robert Axelrod, professeur de sciences politiques, organise un tournoi entre programmes informatiques autonomes capables de se comporter comme des êtres vivants. Une seule règle : chaque programme doit être équipé d'un sous-programme lui permettant de communiquer et d'interagir avec les autres programmes. L'objectif est de gagner un maximum de points et d'en perdre un minimum. Robert Axelrod reçoit quatorze disquettes envoyées par des collègues universitaires. Chacune comprend un logiciel avec un comportement programmé spécifique. Certains sont programmés pour être très agressifs, attaquer les autres, leur voler des points, et recommencer le plus rapidement possible. D'autres sont solitaires et fuient tout contact pour éviter de se faire voler des points. Durant ce tournoi, les quatorze entités virtuelles sont opposées deux cents fois à chacune de leurs concurrentes. Au départ, les programmes agressifs et voleurs sont les plus efficaces car ils accumulent vite des points. Cependant, au bout d'un moment, ces programmes se sont révélés inefficaces car les autres logiciels ont compris à qui ils avaient affaire et les ont contrés. De même que les programmes autonomes qui fuient, tous les autres ont gagné des points, mais de façon limitée. Alors je vous pose la question suivante : si l'agression et la fuite ne sont pas les comportements les plus rentables, que nous reste-t-il ?

Les étudiants regardent le professeur qui ménage un temps de suspense avant d'écrire au tableau : « CRP. »

— C'est le nom du programme gagnant, celui du psychologue et mathématicien Anatol Rapoport, qui a eu l'idée de programmer son logiciel avec le comportement « CRP » pour « Coopération Réciprocité Pardon » : lorsque le logiciel rencontrait un logiciel étranger, il lui proposait spontanément la coopération.

Après avoir écrit les trois mots au tableau, il souligne le premier : « COOPÉRATION ».

— C'est-à-dire qu'il lui communiquait le message suivant : « Fonctionnons ensemble pour être plus efficaces. » Si l'autre acceptait, les deux se mettaient alors à agir dans un système *win-win*, « gagnant-gagnant » en français, où les deux logiciels accumulaient des points sans les voler aux autres. Mais imaginons qu'après avoir coopéré l'un des deux logiciels profite de la « gentillesse de l'autre » pour le poignarder dans le dos et lui voler ses points. Alors on entre dans la deuxième phase. Il souligne « RÉCIPROCITÉ ».

— La réciprocité consiste à rendre coup pour coup, afin de faire comprendre à l'autre que la gentillesse n'est pas de la faiblesse. Cette réciprocité sous-entend que le coup rendu est de même intensité que le coup reçu. Le message est : « Tu m'as volé. Je reprends ce que tu m'as volé. Tu m'as donné un coup, je te rends le coup. » Une fois que cette réciprocité a permis de stopper l'agression et de faire comprendre à l'agresseur qu'il n'est pas dans son intérêt de persister, alors on peut passer à la troisième phase.

Raphaël souligne le mot « PARDON ».

— On remet les compteurs à zéro. On oublie la trahison, l'agression, et on propose de nouveau à l'autre la coopération afin de continuer à avancer plus vite et plus fort ensemble.

Le professeur aux lunettes bleues regarde l'assistance pour voir si tous les étudiants présents ont compris la portée de cette histoire.

— Le programme « Coopération Réciprocité Pardon » s'est avéré contagieux : les programmes concurrents, percevant que cette programmation était la plus efficace, se sont eux aussi mis à suivre ces trois procédés.

De nouveau Raphaël laisse passer un moment puis annonce :

— Jeunes gens, voilà le futur de l'humanité. Si nous voulons gagner, nous devons nous aussi proposer aux autres la coopération. S'ils nous trahissent, trahissons-les en retour. Et une fois qu'on leur a fait comprendre que ce comportement n'apportait rien de rentable, proposons-leur la coopération.

Une espèce terrestre met cette théorie en pratique, et avec succès : les fourmis. Elles fonctionnent en coopération, réciprocité et pardon permanents. Y a-t-il des questions ?

Comme à son habitude, Nicolas lève la main.

— Monsieur Ortega, je vous écoute.

— Si je vous suis bien, vous nous proposez un monde de Bisounours.

Son intervention déclenche quelques ricanements dans l'amphi.

— Mais permettez-moi de vous dire, monsieur Hertz, que ce n'est pas le vrai monde. Nous ne sommes pas chez les fourmis. Chez nous, il ya des exploiteurs et des exploités. Des capitalistes et des ouvriers. Des pays colonialistes et des pays colonisés. Et pour reprendre votre métaphore, ce sont les premiers, les agresseurs et les voleurs, qui, pour l'instant, règnent et accumulent les points.

Rumeur d'approbation dans la salle.

Raphaël ne se laisse pas décontenancer.

— Intéressant… Ce que vous me décrivez, jeune homme, est un comportement qu'on voit dans les sociétés de rats, énonce-t-il.

Il note au tableau : « COMPORTEMENT DES FOURMIS / COMPORTEMENT DES RATS. »

— Puisque vous m'en offrez l'occasion, je vais prendre un autre exemple, celui des rats. De même que celui concernant les fourmis, je l'ai trouvé dans l'*Encyclopédie du Savoir Relatif et Absolu*. Car sachez que nous avons toujours le choix entre deux manières de vivre ensemble : celle des rats ou celle des fourmis.

Raphaël ne quitte pas des yeux Eugénie tout en parlant, ce qui accroît l'agacement de Nicolas, qui a repéré le manège.

— L'expérience dont je vais vous parler a été menée par un scientifique français, Didier Desor, professeur en neurosciences des comportements à l'université de Lorraine. Celui-ci a enfermé six rats dans une cage reliée à un tunnel menant à un bac d'eau, puis à un distributeur de croquettes, afin de voir comment les rats arrivaient à nager pour atteindre la nourriture. Il a constaté que certains rats nageaient, et d'autres pas. Il a examiné plus précisément les animaux et s'est aperçu que parmi les rats qui nageaient, certains rejoignaient l'autre bord du bac, attrapaient une croquette, la rapportaient, mais qu'au moment de franchir le tunnel, ils se faisaient écraser la tête par les autres rats qui leur volaient ensuite la croquette. Il a nommé ceux qui nageaient et se faisaient prendre leur butin « les exploités », et ceux qui le leur volaient « les exploiteurs ». Enfin il a constaté qu'une troisième catégorie de rats, comprenant le piège, prenaient la croquette, passaient le tunnel en force au retour et arrivaient à conserver leur butin. Il les a nommés « les autonomes ». Enfin, il a repéré que certains ne nageaient pas ni ne volaient le butin des autres. Ils se contentaient de manger les miettes qui tombaient. Ceux-là se faisaient souvent rouer de coups par les exploiteurs. Pour six rats, il a établi la répartition suivante.

Raphaël se tourne une nouvelle fois vers le tableau et écrit : « 2 EXPLOITÉS, 2 EXPLOITEURS, 1 AUTONOME, 1 SOUFFRE-DOULEUR. »

— Retenez bien cette répartition. Mais là ou l'expérience est devenue passionnante, c'est lorsque Desor a réuni six exploités dans une cage. Ils ont passé la nuit à se battre, et dès le lendemain, le scientifique a remarqué qu'il y avait désormais dans le groupe deux exploités, deux exploiteurs, un autonome et un souffre-douleur.

Rumeur amusée parmi les étudiants.

— Ensuite, Didier Desor a mis ensemble six exploiteurs, et il a obtenu la même répartition des rôles. Il a fait pareil pour six autonomes et six souffre-douleur, et à chaque fois il a obtenu le même résultat. Comme si cette répartition des rôles au sein de la société rat était immuable. Le professeur Didier Desor a reproduit l'expérience dans une cage non plus de six mais de cent individus, et a trouvé la même répartition en pourcentage entre exploiteurs, exploités, autonomes et souffre-douleur, mais exacerbée : les exploiteurs avaient produit une sous-caste de super-exploiteurs servis par des barons qui faisaient régner la terreur à leur place ; les exploités avaient une sous-caste de super-exploités qui devaient travailler encore plus ; et les souffre-douleur, une sous-caste de suppliciés.

On pourrait entendre une mouche voler dans l'amphi. Tous les étudiants sont concentrés sur ce que dit Raphaël Hertz.

Il conclut :

— Didier Desor a ensuite analysé les cerveaux des différents rats et il a cherché lesquels présentaient le plus fort taux d'hormone de stress. À votre avis, quelle catégorie de rats était la plus stressée ?

Il laisse passer un temps avant de donner la réponse :

— Les exploiteurs.

Il laisse planer un instant de silence puis explique :

— Ils craignaient de perdre leur place. Cependant, Desor a aussi découvert que des rats capucins, une sorte de rats de cirque, plus intelligents que les autres, avaient trouvé une manière de vivre en bonne intelligence : les nageurs qui auraient pu être exploités rapportaient des réserves de croquettes pour calmer les exploiteurs potentiels. Et ainsi, il n'y avait plus de violence. En fait, c'est une société pacifique qu'avaient réussi à créer ces rats de cirque à la tête rousse caractéristique.

Eugénie a l'étrange impression qu'au moment où il a prononcé cette phrase, Raphaël lui a jeté un coup d'œil encore un peu plus appuyé.

— Pour résumer, je dirai que cette expérience suggère que, quelle que soit la société que l'on étudie, on aboutit toujours à un tiers d'exploiteurs, un tiers d'exploités et un dernier tiers partagé entre les autonomes et les souffre-douleur. À titre personnel, je souhaite que nous sortions du modèle de cette société de rats pour entrer dans celle des fourmis. Et que la coopération, la réciprocité et le pardon remplacent les rapports de force et l'exploitation des plus faibles. Y a-t-il des questions ?

Nicolas hésite puis renonce.

— Bien, dans ce cas, le cours est terminé. Je vous remercie de votre attention.

Tous les élèves rangent leurs affaires. Eugénie se décide à descendre pour rejoindre Raphaël, sous l'œil réprobateur de Nicolas, peu habitué à se faire moucher.

— J'ai adoré votre cours.

— Merci. Venant de votre part, cela me touche.

De nouveau, Eugénie remarque cette manière étrange qu'il a de la fixer.

Il me regarde comme s'il cherchait à se rappeler qui je suis. À moins qu'il n 'essaie de se rappeler qui je suis au-delà de ce que j'ai l'air d'être…

— Je suis vraiment désolée du comportement de mon ami Nicolas, dit-elle ensuite. Et je suis désolée que la V.I.E n'ait pas fonctionné hier soir. Je me tiens évidemment à votre disposition pour recommencer l'expérience.

— Ne vous excusez pas. Ce n'est pas votre faute. C'est la mienne. Vous m'avez dit qu'il faut que je sois capable d'un lâcher-prise complet. Or, et c'est probablement une déformation professionnelle, j'ai besoin de tout contrôler. Y compris moi-même. Et puis j'ai toujours besoin d'explications logiques. Même quand je descendais les marches de l'escalier que vous m'avez demandé de visualiser, je me disais : ce n'est qu'un effet de mon imagination, cet escalier n'existe pas vraiment.

— Mais mon poing dans ta gueule, en revanche, il existe !

Soudain, Nicolas surgit derrière Eugénie et frappe Raphaël à la mâchoire. Celui-ci est projeté en arrière et tombe au sol, Nicolas se précipite sur lui. Les deux hommes s'empoignent et luttent dans un corps-à-corps serré.

— Mais qu'est-ce qui vous prend ? Arrêtez ! hurle Eugénie.

Des étudiants s'approchent et séparent les deux hommes.

Nicolas, écumant de rage, rugit :

— Je t'avais dit de ne pas approcher de ma fiancée !

— C'est moi qui suis venue lui parler ! proteste Eugénie.

Mais Nicolas Ortega ne veut rien entendre. Il se débat pour se libérer des bras de ceux qui le retiennent et sauter de nouveau sur Raphaël.

Raphaël se relève avec peine et essuie le sang qui coule de sa lèvre inférieure. Il regarde Eugénie, puis Nicolas, et déclare en souriant :

— Je crois qu'on ne pouvait trouver meilleure illustration de mon cours.

— Tu me traites de rat ? s'indigne Nicolas.

Raphaël continue à sourire, avec pour seul effet de provoquer plus encore la colère de Nicolas.

Deux assesseurs de l'université, avertis de l'incident, pénètrent dans l'amphi.

— Calmez-vous, jeune homme, dit l'un d'entre eux à Nicolas. L'université n'est pas un lieu pour se battre.

— Mais vous avez vu comme il me prend de haut ! s'insurge le chef de la cellule néostalinienne.

— Nicolas, arrête ! supplie Eugénie.

— Ne te mêle pas de ça. C'est entre lui et moi maintenant.

Voyant que l'étudiant refuse d'obtempérer, les deux assesseurs l'empoignent par les coudes et le guident de force vers la sortie.

— Tu me paieras ça ! crie Nicolas en sortant. C'est pas fini, je t'assure !

L'amphi retrouve son calme. Eugénie reste seule avec le professeur Hertz. Elle cherche dans son sac un mouchoir en papier qu'elle lui tend.

— Je suis désolée, dit-elle enfin.

— Vous n'y êtes pour rien.

— Je sais qu'il est très jaloux, je n'aurais pas dû venir vous parler.

Elle déchire un morceau de copie double, griffonne son numéro de portable et le donne à Raphaël en lui disant :

— Pour la prochaine V.I.E.

Puis elle s'éclipse.

53.

Quand Eugénie rejoint enfin Le Robespierre, Nicolas joue avec nervosité au flipper « LE JEU DE LA VIE ». Au moment où une bille est en équilibre instable entre deux plots, il donne un violent coup de pied dans l'appareil. « Tilt », fait la machine. « GAME OVER » clignote sur l'écran.

Après un dernier coup de pied dans le flipper, Nicolas rejoint les autres membres du PNS dans l'arrière-salle. Tous voient bien qu'il est toujours dans une colère noire et évitent de croiser son regard. Nicolas s'assoit et grogne :

— Quel enfoiré… La prochaine fois, je lui pète la gueule. Et puis son cours est tendancieux. Oui, vraiment, son histoire de rats et de fourmis, c'est de l'enfumage complet.

Il allume son cigare et lâche une longue bouffée. Plusieurs autres membres de la cellule en profitent pour fumer une cigarette.

— Camarades, la révolution est en marche, dit Nicolas en ouvrant la réunion. J'ai reçu des directives précises de Violaine à vous communiquer. Nous occuperons la Sorbonne dès demain matin afin d'influencer le vote pour la motion de censure à l'Assemblée qui aura lieu lundi. Violaine nous dira comment agir au fur et à mesure de l'évolution de la situation politique. Mais ce ministre numérique de l'Éducation nationale, si malicieusement baptisé Charlemagne 2.0, est un excellent prétexte pour faire la révolution ! Cela sera l'effet non plus Charlemagne mais Louis XVI ! Une tête de roi va rouler dans la sciure !

Applaudissements nourris autour de la table.

— Et la guillotine, c'est nous ! Nous devons donc faire vite. Avant demain matin, nous devons récupérer tout le matériel nécessaire au blocus : tentes, armes, nourriture, barrières et de quoi fabriquer un maximum de banderoles. Nous devons aussi inonder les réseaux sociaux de nos revendications. À ce sujet, Violaine m'a signalé que nous allions avoir de l'aide pour une action d'envergure : les si sympathiques hackers de « Stop Charlemagne ».

— Ce sont de jeunes informaticiens idéalistes, c'est ça ? demande Morgane.

— Je ne sais pas qui ils sont, mais ce sont nos amis ! Violaine a aussi évoqué la possibilité de soutiens qui pourraient rebattre les cartes.

Nicolas poursuit la réunion en donnant encore des directives puis signale que la séance est levée. Les douze activistes en herbe se préparent mentalement à faire la révolution tandis qu'ils rentrent chez eux.

Quand il s'apprête à quitter lui-même l'arrière-salle, Nicolas repère Eugénie dans l'encadrement de la porte, bras croisés, appuyée au chambranle.

— Je peux savoir à quoi tu joues ? lui demande-t-il, les yeux dans les yeux.

— Je fais ce que je veux, lui répond-elle en lui soufflant la fumée de sa cigarette au visage. Je suis une rate autonome.

— Tu es des nôtres. Tu dois respecter la hiérarchie...

— Vraiment ? Obéir aux chefs pour faire une révolution qui va renverser les chefs ? ironise-t-elle. Afin de faire une société sans chefs ?

Dans les yeux de Nicolas, Eugénie entrevoit un instant la même lueur que celle qu'Ishtar a vue dans ceux de Huziru juste avant qu'il la gifle. Mais l'époque a changé. Nicolas se contente de serrer le poing et de demander :

— Tu m'aimes ?

Elle est prise de court par cette question.

— Bien sûr, je t'aime. Mais je n'aime pas ce qu'est en train de devenir le PNS. Où est passée la bande de potes idéalistes qui avaient envie de refaire le monde ?...

— Mais c'est justement le moment où nous devons être soudés pour changer le monde ! s'enflamme Nicolas. L'occasion ne se présentera pas deux fois.

Elle secoue la tête, ses longs cheveux roux se balançant sur ses épaules.

— Qu'est-ce qui t'arrive, Eugénie ? Je ne te reconnais plus... Où est la combattante qui a mis une raclée aux fachos d'Assas ?

— Il se trouve que ce qu'a dit Raphaël m'a touchée et…

Nicolas lève les bras au ciel.

— Laisse-moi parler, le coupe la jeune femme. J'ai l'impression qu'il a raison : le choix n'est pas entre gauche ou droite, mais plutôt entre un modèle de société de fourmis solidaires qui coopèrent ou une société de rats hiérarchisés qui maintiennent les exploités dans la peur par la violence.

— Mais les rats, ce sont les capitalistes ! lui rappelle le jeune homme.

— Soyons honnêtes, Nicolas. Staline et Mao n'ont fait que changer la dénomination des empereurs, la couleur des drapeaux et des uniformes, mais ils ont installé des systèmes pyramidaux similaires à ceux qu'ils prétendaient remplacer. Ils ont même fait pire, précisément en arguant qu'ils agissaient au nom du peuple.

Nicolas la dévisage avec dureté.

— Ne me dis pas que tu remets en question la ligne du parti ?

— Pourquoi ? Tu vas me mettre sur la liste des dissidents ? le défie-t-elle.

Cette fois-ci, le regard de Nicolas se fait glacial. Il serre si fort le poing qu'Eugénie ne peut s'empêcher de lâcher :

— Tu vas me frapper, moi aussi, parce que je ne suis pas de ton avis ?

Elle préfère en rester là. Elle écrase sa cigarette et quitte Le Robespierre.

Eugénie se hâte de regagner son appartement. Elle est bien décidée à effectuer une nouvelle régression pour explorer une troisième vie.

Il me faut encore apprendre comment, dans le passé, ont agi les forces de l'ombre, pour anticiper comment elles vont agir dans le présent. Je dois le faire pour maman. Et pas seulement pour elle…

La jeune femme aux cheveux roux marche de plus en plus vite, sous la pluie qui n'a toujours pas cessé. Elle pense à Nicolas, puis à Raphaël.

J'ai beaucoup de chance d'être capable de me détendre assez pour pratiquer la V.I.E. Ceux qui veulent tout contrôler passent à côté de cette expérience fabuleuse.

Puis elle s'engouffre dans la station de métro.

54.

ENCYCLOPÉDIE : CERVEAU GAUCHE ET CERVEAU DROIT.

Nous avons deux hémisphères cérébraux aux fonctions différentes.

L'hémisphère gauche est celui qui est plutôt scientifique. Il veut tout comprendre et ne supporte pas l'irrationnel. L'hémisphère droit est celui qui est plutôt littéraire. Il aime rêver. Il se moque de la logique, il veut simplement explorer de nouveaux territoires. Il veut être émerveillé, par des expériences physiques mais aussi par des découvertes purement esthétiques : jolies histoires, musiques, peintures, films. Il se fiche de la véracité et de la logique. C'est la

nuit que le comportement de nos deux hémisphères cérébraux se révèle.
Lorsque nous rêvons, nous activons notre cerveau droit. Nous développons des histoires irrationnelles avec des personnages qui changent de visage, des décors étranges et des événements sans suite cohérente.
Lorsqu'une fois réveillés, nous parvenons à conserver un vague souvenir de notre rêve, le cerveau gauche entre en action. Il ne peut supporter l'incohérence du rêve alors il le réinterprète en choisissant un seul visage pour le personnage principal, un seul nom pour les décors souvent multiples et en donnant à l'histoire un début, un milieu et une fin, afin que le rêve puisse être raconté de manière compréhensible.
En réalité, notre cerveau gauche effectue en permanence ce travail de réinterprétation du monde pour que le héros soit « nous-même », que les autres soient « les méchants » et que « nous ayons toujours raison ». Ce besoin de rationalité et de réassurance du cerveau gauche peut nous rendre agressif. Mais dès qu'on laisse s'exprimer notre cerveau droit, on accepte que ce monde ne soit pas logique. Dès lors, on se contente d'être surpris, émerveillé par tout ce qui nous arrive. Cela nous rend plus tolérant et surtout plus détendu.

Edmond Wells,
Encyclopédie du Savoir Relatif et Absolu.

55.

L'appartement d'Eugénie est prêt pour le voyage dans le temps.

Les rideaux sont tirés, les bougies allumées et la porte d'entrée est fermée à double tour.

C'est dans le passé que se trouvent les solutions aux problèmes de mon présent, songe la jeune femme tandis qu'elle s'assoit en tailleur sur son divan, sous l'œil indifférent de Nostradamus occupé à traquer une mouche.

Eugénie prend trois grandes inspirations. Elle visualise l'escalier à dix marches, les descend, se retrouve face à la porte de l'inconscient, qu'elle ouvre avec sa clef habituelle qui heureusement fonctionne parfaitement.

L'échec de Raphaël me fait mesurer la chance que j'ai d'arriver à vivre cette expérience.

Elle apprécie de se retrouver dans ce lieu feutré qu'est le couloir aux cent huit portes de ses vies antérieures.

Papa m'a dit que je n'étais pas obligée de suivre la chronologie des portes. Tout dépend de mon souhait.

Elle sait qu'il est désormais de la plus haute importance de trouver la bonne formulation pour sa requête. Tout en patientant calmement dans le long couloir, elle réfléchit.

Quand j'étais à Sumer, je n'ai pas pu conserver mes textes, car je n'étais pas suffisamment proche du pouvoir. Le contenu d'une bibliothèque risque d'être entièrement perdu s'il n'est pas reconnu officiellement par les autorités en place.

Alors elle émet le vœu suivant :

« *Je veux visiter la vie où j'ai été suffisamment proche du niveau le plus élevé du pouvoir pour avoir accès aux informations importantes et surtout avoir la possibilité de les diffuser largement.* »

Puis elle ajoute :

« *Et je veux connaître la vie qui me fera évoluer dans la compréhension du message de maman.* »

Au début il ne se passe rien.

Aucune porte ne s'éclaire.

Comme si son inconscient mettait un peu de temps pour trouver la meilleure porte à lui présenter pour satisfaire sa requête. Et puis enfin une porte tout au fond s'éclaire.

La numéro 6.

Eugénie s'avance.

Elle songe :

Je vais manquer quelques épisodes du feuilleton de l'évolution de mon âme. Tant pis, une autre fois. L'Apocalypse est censée arriver demain. Je ne peux pas visiter une par une mes cent huit vies antérieures. Là, il y a urgence. Je dois aller directement aux vies qui me permettront de retrouver ma famille d'âmes.

Elle se demande quand même ce qu'elle rate derrière les portes 2, 3, 4 et 5…

Comme l'a dit papa, il s'agit probablement de vies banales où il ne s'est rien déroulé de spécial. De vies où je n'ai fait qu'obéir à mes parents et à mon entourage familial et professionnel. Des vies sans voyages, sans découvertes, sans grand amour. Des vies où les jours se ressemblent, sans prises de risque.

Elle s'arrête devant les portes 4 et 5.

J'aurais quand même bien aimé faire une visite dans ces vies… Du « tourisme spirituel », comme dit maman. Que peut-il bien y avoir derrière cette porte 5 ?

Elle se place enfin face à la porte 6. La formule du flipper lui revient en tête, ce qui l'amuse : *SAME PLAYER, TRY AGAIN.*

Elle presse la poignée, pousse la porte, franchit le seuil et elle se retrouve dans un tout petit corps qui n'est pas le sien.

56.

La douleur qui lui vrille le crâne est difficilement supportable. La compression de ses fontanelles, ces espaces mous entre les grands os qui forment la boîte crânienne, est telle qu'Eugénie a l'impression qu'on lui broie la tête.

Zut, je suis en train de naître d'une mère au bassin étroit. Ça commence bien…

L'accouchement est plus long que lorsqu'elle est née sumérienne à Uruk. La progression dans le tunnel de chair qu'est le vagin de sa mère est compliquée. Elle reste plusieurs dizaines de secondes coincée, la tête à moitié sortie, avant d'être libérée.

Elle sait qu'un nouveau-né n'a pas la notion de sa propre naissance, mais avec ses capacités de perceptions intérieure et extérieure simultanées, Eugénie peut vivre cette deuxième venue au monde en pleine conscience. La sensation est plutôt… étrange.

En fait, naître en conscience, ce n'est pas pour les mauviettes. Je comprends mieux pourquoi la plupart des nouveaux-nés oublient cet instant précis. Il doit cependant être inscrit tout au fond de la mémoire, à un endroit auquel on n'a tout simplement plus accès.

Elle ouvre les yeux. Comme lors de sa précédente naissance, tout est flou. Elle a faim. Elle a froid. Elle sent des regards qui l'observent.

Passons aux formalités pour rassurer mes parents. Je vais crier.

Elle ouvre la bouche mais aucun son ne sort.

Que se passe-t-il ? Pourquoi je n'y arrive pas ?

Elle essaie de nouveau. Rien.

Oh non ! Je ne vais pas échouer maintenant ! Quel intérêt de me faire visiter cette vie si je meurs à la naissance ?

Elle perçoit l'affolement qui monte autour d'elle. L'angoisse des autres est palpable. Toutes les femmes crient… sauf elle !

Elle tente de comprimer ses poumons et quelque chose bloque. Soudain, elle se retrouve la tête en bas, pendue par les pieds. Une main lui tape dans le dos.

Toujours rien.

Elle est de nouveau allongée sur le dos et deux mains lui massent désormais les poumons. On la secoue un peu.

Eugénie sent alors des picotements aux extrémités de ses doigts et de ses pieds.

C'est ça, ma vie intéressante ?

Mais je suis vraiment en train de mourir !

Prise d'une énorme rage de vivre, la nouvelle-née mobilise tout son système respiratoire, et pousse enfin le hurlement libérateur, suivi d'un pleur qui accompagne les rires de soulagement et de joie des personnes présentes.

Ça, c'est fait. Passons à la suite.

Eugénie se concentre et demande :

Saut pour aller au prochain moment
important de cette nouvelle vie.

Tout devient flou.

Quand l'image redevient claire, elle prend conscience qu'elle n'est plus un bébé mais une fillette qui doit avoir aux alentours de dix ans. Elle se lave les dents avec un mélange de sel, de fleurs d'iris et de menthe dont elle a badigeonné son index. Tout en frottant, elle se regarde dans un miroir en métal poli qui lui déforme un peu le visage.

Elle a de grands yeux noirs, sa peau est bronzée, ses cheveux sont noirs et tressés en une longue natte, et elle porte une tunique de couleur ocre. Elle ne se trouve ni jolie ni laide.

— Qu'est-ce que tu fais, Ankh-Ti ! Viens vite ! Tout le monde t'attend !

Voilà donc mon nom dans cette vie : Ankh-Ti.

En revanche, elle ne connaît pas celui de ses parents, qu'elle nomme simplement dans son esprit « papa » et « maman ».

La voix de sa mère résonne de nouveau :

— Chtou, dépêche-toi aussi !

Non loin d'elle, un autre enfant, un garçon plus âgé, range des objets dans un sac.

J'ai un grand frère qui se prénomme Chtou. Moi qui ai toujours été fille unique, je vais enfin savoir ce que c'est que d'avoir un frangin !

Sa mère entre dans la pièce avec son père. Elle lui dit qu'il faut qu'elle aille rejoindre d'autres enfants pour la leçon d'écriture.

Au moins, dans cette vie, les petites filles ont accès à l'écriture.

Mais elle s'aperçoit qu'elle s'est réjouie trop vite. Sa mère lui tend des vêtements de garçon et lui indique comment dissimuler ses cheveux dans une coiffe spéciale.

Je ne pourrai assister à la leçon d'écriture que déguisée en garçon…

Une fois travestie, elle sort. Elle marche dans une rue bordée de maisons à trois étages aux façades peintes en blanc. Le sol est en terre battue.

Les passants sont habillés avec des jupes blanches ou des tuniques beiges parfois décorées de motifs géométriques. Les hommes et les femmes accordent beaucoup de soin à leur chevelure, semble-t-il, enduite d'un lubrifiant qu'elle sait être de la graisse de canard.

Elle passe devant l'étal d'un boucher qui exhibe des têtes de mouton et de vache recouvertes de mouches. Une forte odeur d'ordures en fermentation se dégage d'une rigole au centre de la chaussée où s'entassent des détritus. Des hordes de chats errants passent, queue dressée pour signifier qu'ils sont les maîtres de la rue.

Enfin, Ankh-Ti franchit un porche flanqué de deux colonnes sculptées. Elle traverse une cour spacieuse, puis retrouve dans une salle une dizaine de garçons de son âge assis en tailleur à même le sol.

Je suis la seule fille. Et je ne suis là que parce qu'ils n'ont pas découvert mon stratagème.

Face à eux, un homme dont le crâne est lisse comme un œuf mais avec une natte à l'arrière distribue des feuilles rectangulaires beiges. Ankh-Ti sait comment on fabrique ces feuilles : elles sont formées de bandes aplaties de papyrus humidifiées, disposées en lignes horizontales et verticales, puis pressées et séchées.

Le professeur se dirige vers un grand tableau de bois clair et, avec un pinceau trempé dans un liquide noir, trace des motifs. Il explique pour chaque hiéroglyphe sa prononciation et sa signification.

Parmi les dessins correspondant chacun à une syllabe, Ankh-Ti reconnaît la représentation symbolique de scarabées, de scorpions, de vautours, de poissons, de crocodiles, de lézards, de serpents avec des cornes, de fleurs, de cruches, de mains, de bras avec des mains tendues, de jambes, d'oiseaux avec un visage d'homme, de lions avec un visage de femme.

Les élèves sont munis d'une palette et d'un pinceau, qu'ils trempent dans une encre composée d'un mélange de miel dilué et de suie.

Le cours dure longtemps, mais Ankh-Ti apprécie de recevoir cet enseignement, alors que son frère, Chtou, bâille et s'amuse à pincer son voisin pour le faire rire.

— Tu es une fille, n'est-ce pas ? lui dit soudain son voisin.

Ankh-Ti se tourne. Le garçon à ses côtés est un nouvel élève qu'elle n'a encore jamais vu.

— Tu viens d'arriver ? lui demande-t-elle pour éviter de répondre.

— Je suis de Memphis. J'ai suivi mes parents quand ils se sont installés ici.

— Et tu t'appelles comment ?

— Thot-Mosis. Cela signifie « né du dieu Thot ». Et toi ? Je me doute que tu as un faux nom de garçon pour assister à ce cours. Quel est ton vrai nom de fille ?

La fillette observe le garçon avec attention. Et ce qu'elle voit dans son regard doux et bienveillant la convainc qu'à lui elle peut dire la vérité. Elle décide de lui faire confiance.

— Je m'appelle Ankh-Ti.

— Ankh-Ti…, répète le garçon.

— Tu sais ce que cela signifie ?

— Non.

— « Celle qui est vivante ».

— Taisez-vous, tous les deux, ou vous serez punis, dit le professeur en leur lançant un regard réprobateur.

Les deux enfants s'excusent et écoutent en silence la leçon du maître.

Eugénie décide d'aller voir le prochain moment important de cette vie.

Saut dans le temps.

De nouveau tout devient flou puis reprend progressivement de la netteté.

À la taille de ses bras et de ses jambes, Eugénie déduit qu'elle est adulte.

Je dois avoir une vingtaine d'années…

Elle circule dans un espace qu'elle identifie à un palais au vu de l'imposante hauteur des plafonds et des colonnes sculptées de fleurs de papyrus, de nénuphars et de roseaux. Elle s'approche d'une table où sont posés des bols. Quand elle regarde les aliments qu'ils contiennent, leurs noms modernes apparaissent spontanément dans son esprit.

D'un côté, les légumes : choux, poireaux, radis, pois chiches, lentilles. Plus loin, des soupes : bouillies de tiges de papyrus et de lotus. Encore plus loin, des viandes, disposées sur de grandes assiettes : cuisse d'autruche, dos d'antilope, filet d'oryx et un gros poisson-chat pourvu de longues moustaches molles. Il y a aussi un bol rempli de galettes d'épeautre.

Ankh-Ti dispose sur un plateau la cuisse d'autruche, ajoute la tête de l'animal et des fleurs pour composer une décoration qu'elle estime élégante. Puis elle porte son plateau le long des couloirs. Elle perçoit un air de harpe au fond. Elle rejoint une gigantesque salle où sont attablées plusieurs personnes, habillées de tuniques brodées de motifs compliqués.

Dans l'esprit de la jeune femme, parmi les convives se trouve l'homme le plus important du pays. Le roi des rois. Et il se nomme Akh-En-Aton. À ses côtés est assise la reine Néfer-Ti-Ti.

La pièce est décorée de fresques représentant une bataille où des hommes juchés sur des chars et armés d'arcs affrontent des adversaires armés de lances et de haches. Les différents moments du combat se succèdent de gauche à droite. La dernière scène représente le chef ennemi à genoux devant le roi, une corde au cou.

Autour de la table royale se tiennent douze gardes armés de lances, impassibles, le regard perdu au loin. Dans un coin, une femme en robe blanche joue de la harpe et trois chatons roses sans la moindre fourrure déambulent en miaulant.

À table, le couple royal et ses enfants discutent.

Ankh-Ti sert les bols en commençant par le pharaon Akh-En-Aton et sa compagne Néfer-Ti-Ti. La servante a toujours été fascinée par la beauté de cette femme. Tant sa posture que son comportement imposent un profond respect.

Même sans sa tenue d'apparat, la reine possède une élégance naturelle due à son port de tête et à son regard intense. Sans parler de son parfum de jasmin qui la précède partout où elle va.

Ankh-Ti sert les filles. Elle connaît leurs prénoms et sait qu'elles portent déjà toutes le titre de princesse. Il y a l'aînée, Me-Ryt-Aton, dont le nom signifie « l'aimée d'Aton », ses sœurs Makh-Et-Aton, « la protégée d'Aton », Ankh-Ésenp-Aton, « elle vit pour Aton », Néfer-Néférou-Aton, « parfaite est la beauté d'Aton », Néfer-Néférou-Ré « parfaite est la beauté de Ré », et enfin la petite dernière, la plus coquine, Setep-En-Ré, « l'élue de Ré ».

Ankh-Ti aime bien Me-Ryt-Aton, la plus sage, mais déteste Makh-Et-Aton, qui prépare constamment des mauvais coups et lui parle toujours avec beaucoup de dédain.

Enfin, il y a le jeune prince Tout-Ankh-Aton. C'est le seul garçon. Il porte à lui seul tous les espoirs de la famille royale. Il semble un peu éteint. À moins que l'agitation et les conversations animées de ses sœurs le fatiguent.

Ankh-Ti termine de servir tout le monde quand Akh-En-Aton lui fait un signe de remerciement. La jeune femme se sent fière.

Le pharaon m'a regardée !

Il se produit alors un événement inattendu. Un garde entre, suivi d'un homme crasseux, mal coiffé et aux vêtements déchirés. Il porte des chaînes. Le prisonnier est poussé en avant et le garde lui indique de se prosterner devant le roi.

— Comment te nommes-tu ? demande le monarque.

— Joseph, fils de Jacob, répond le prisonnier.

— Sais-tu pourquoi je t'ai fait sortir de ta prison ?

— Oui, Votre Majesté. Parce qu'on vous a dit que je savais interpréter les rêves.

— Beaucoup prétendent avoir ce don et nombre de mes mages m'ont déjà présenté différentes interprétations d'un rêve précis qui me préoccupe. Mais j'ai l'impression qu'ils n'ont pas trouvé la bonne explication.

— Je vous écoute, Votre Majesté, dit l'homme dont la voix calme et posée contraste avec son aspect misérable.

— Eh bien… Dans mon rêve, j'ai vu sept vaches grasses sortir du Nil. Puis sept vaches maigres ont surgi et elles ont mangé les vaches grasses… Je dois t'avouer que c'était un cauchemar effrayant. Mais je sens intuitivement qu'il signifie quelque chose d'important que je dois comprendre.

L'homme aux vêtements en lambeaux prend un temps pour réfléchir puis annonce :

— J'ai peut-être une interprétation à vous proposer, Votre Majesté. Selon moi, les sept vaches grasses symbolisent sept années d'abondance où les récoltes seront très bonnes. Et les sept vaches maigres symbolisent sept années de disette et de désolation qui suivront. Ce rêve est selon moi un avertissement.

Le pharaon semble à la fois surpris et intéressé.

— Et que penses-tu que je doive faire ?

— Vous devriez construire d'immenses greniers. Vous profiterez des sept années de vaches grasses pour les remplir et engranger des réserves qui pourront nourrir la population pendant les sept années de vaches maigres.

Le pharaon le regarde puis éclate de rire. Tous les autres convives rient sans savoir s'il se moque ou s'il est satisfait.

— Ton interprétation m'amuse beaucoup, annonce-t-il enfin.

— Merci, Votre Majesté.

— Et elle me semble être la bonne explication. Alors je ne vais pas tergiverser. Je vais construire ces greniers. Et c'est toi, Joseph, fils de Jacob, qui dirigeras les travaux.

— Mais je ne suis pas architecte, réplique l'homme sans relever la tête.

— Je te fournirai un assistant architecte pour te seconder.

— Mais je suis prisonnier…

— Eh bien, tu es libre désormais et je te confère le titre de « bâtisseur des greniers à blé ». Tu devras aussi t'occuper de les remplir durant les années fastes et de distribuer les céréales durant les années de famine.

Eugénie comprend qu'elle assiste à une scène célèbre décrite dans la Bible, au livre de la Genèse, et dont elle pensait que ce n'était qu'une légende.

Ainsi, cela a vraiment eu lieu…

Excitée par cette découverte, elle émet le souhait d'aller voir un nouveau moment important de cette vie.

Saut dans le temps.

Ankh-Ti sert encore à dîner. La harpiste n'est plus la même et les chatons sans poils ont bien grandi. Eugénie constate à ses mains que de nombreuses années ont passé. Elle sent qu'elle n'a pas eu de mari ni d'enfants, qu'elle a consacré sa vie à servir le pharaon. Cette place auprès de la famille royale lui a permis d'assister à des rencontres importantes.

C'est le cas à cet instant même, Eugénie en a l'intuition. Un homme habillé avec les vêtements luxueux des grands prêtres, portant un plastron représentant un croissant de lune, les cheveux coiffés au bol, a pris place en face du pharaon. Il semble particulièrement en colère et pointe du doigt le monarque.

— Eh bien, moi, je dis que vous trahissez la mémoire de votre père !

— Je ne vois pas en quoi.

— Un pharaon doit chasser, faire la guerre et veiller à la bonne collecte des impôts sur notre peuple et les peuples soumis. Votre père, Amon-O-Phis III, était un conquérant qui a vaincu de nombreux royaumes voisins. C'était un grand guerrier, un grand chasseur et un grand gestionnaire. Tous le respectaient.

— Je n'aime ni la chasse ni la guerre. Et mon administration fiscale est en bon ordre.

— Mais qu'aimez-vous donc ? demande le grand prêtre d'un ton exaspéré.

— Lire, apprendre, pratiquer les arts, rencontrer le peuple. Il est hors de question de les accabler d'impôts.

Cette réponse fait rire le prêtre. Les autres personnes attablées, elles, ne rient pas.

— Des voix s'élèvent, dit le grand prêtre, de plus en plus nombreuses, pour se plaindre. Elles disent que vous n'assurez pas votre fonction royale et que vous perdez votre temps le nez dans vos rouleaux de papyrus. Je refusais de les croire, mais j'ai dû me rendre à l'évidence : vous êtes un pharaon qui ne gouverne pas.

— Je ne pense pas que je perde mon temps, répond le monarque avec flegme. J'étudie l'histoire, la géométrie et l'astronomie. Je peux ainsi apprendre des erreurs de mes prédécesseurs, construire des villes et des bâtiments solides et réfléchir aux conséquences de chacun de mes actes. Tu devrais essayer.

Cette fois-ci, ce sont les proches du pharaon qui rient. Ils trouvent plaisant le dédain amusé d'Akh-En-Aton à l'égard du grand prêtre.

Ankh-Ti se retire dans les cuisines. Elle remplit des amphores d'hydromel, l'alcool de miel prisé par le pharaon, qu'elle apporte à table.

— Et je ne fais pas que lire et apprendre. Je peins, aussi, et je joue de la musique. Tes espions ne te l'ont-ils pas signalé, grand prêtre Mâya ? dit avec une pointe d'ironie le pharaon.

Le prêtre se retient d'exprimer tout ce qu'il ressent. Il fulmine :

— Il n'y a pas que cela dont je souhaitais vous entretenir. On vous a vu dans le quartier des Hébreux. Vous leur avez accordé beaucoup trop de faveurs ces dernières années, depuis que vous vous êtes entiché de ce Joseph. Ce ne sont quand même que des… barbares. Et vous les traitez mieux que les habitants de notre propre pays !

— Joseph a sauvé l'Égypte de la famine, rétorque le pharaon.

— Lui, ses frères et tous ces… gens se sont enrichis. Nous devrions augmenter leurs impôts. Après tout, ce sont des étrangers qui pratiquent une autre religion que la nôtre.

— Ils partagent avec moi certaines valeurs. Eux aussi pensent qu'il n'y a qu'un seul Dieu. Eux aussi se passionnent pour la géométrie, la médecine, l'architecture et l'astronomie. Sais-tu qu'ils ont développé un ingénieux système de débat qu'ils nomment « pilpoul » et qui consiste à comparer les avis divergents en proposant à chacun d'exposer ses arguments ? Des progrès considérables ont été accomplis dans de nombreux domaines grâce à leur ouverture d'esprit.

— La religion et la science des Hébreux ne sont pas compatibles avec notre religion et notre savoir, assène le grand prêtre avec un agacement visible. Quant aux débats contradictoires, ils créent surtout la zizanie. Nous devons défendre l'ordre, l'obéissance et l'unité derrière le roi. En vous comportant comme eux, vous devenez un traître à votre pays et à votre religion. Certains ne sont pas loin de voir en vous un hérétique.

Akh-En-Aton hoche la tête pour signifier qu'il a bien compris la menace.

— Tu as raison, grand prêtre Mâya, et tu me donnes une idée.

— Ah ?

— Nous allons annoncer que le culte d'Aton est désormais la religion officielle.

À ces mots, le vieux prêtre s'étouffe, crache ce qu'il était en train de manger et tousse. Lorsqu'il reprend sa respiration, il explose :

— Impossible ! Ce serait la fin de tout !

— Ce changement pourrait être vu comme une évolution de notre spiritualité, qu'en penses-tu ?

— Le seul vrai culte est celui d'Amon et non d'Aton ! Tout le monde sait cela. C'est l'unique religion du pays. La religion de votre père et de votre grand-père.

Le pharaon lève les yeux au ciel, l'air agacé.

— Vous, prêtres d'Amon, étiez les conseillers de mon père. Rien ne m'oblige à vous obéir. Vous vous enrichissez sur le dos de la population au nom de la religion, et en contrepartie vous ne donnez rien d'autre que des prières et des superstitions. Vous faites commerce de la peur. Vous avez pu ainsi amasser des fortunes personnelles colossales. Vous menacez ceux qui ne vous offrent rien de finir en enfer, mais qu'en savez-vous ? C'est vous qui irez en enfer pour avoir passé votre vie à abuser de la naïveté de vos adeptes.

Le prêtre d'Amon retient de plus en plus difficilement sa colère.

— Je sais qui vous a mis ces idées dans la tête. Ceux du temple d'Onou. Et tout spécialement Aÿ, son prêtre.

Il a prononcé ce nom avec dégoût.

— Je vous rappelle qu'Aÿ est le père de ma compagne Néfer-Ti-Ti, dit le monarque d'une voix claire. Et c'est en effet un homme pour lequel j'ai beaucoup d'estime.

— Mais il pratique des cultes païens interdits ! s'emporte le religieux.

— Je dirai plutôt qu'il connaît les rites anciens oubliés.

Cette dernière phrase suscite une réaction outrée du grand prêtre.

— Si ces rites ont été oubliés, c'est pour une bonne raison. Tout de même, pharaon ! Le temple d'Onou ! Le prêtre Aÿ ! Ce qu'il pratique ne peut pas être considéré comme une vraie religion ! C'est… c'est… de la sorcellerie !

Cette fois, c'est le pharaon qui se met en colère :

— Le culte d'Aton serait de la sorcellerie ? Un comble ! Aton, c'est le soleil ! C'est de lui et de lui seul que tout découle. Il est au-dessus de nous. Il nous éclaire et il nous chauffe. Nul ne peut contester que le soleil nous permet de vivre. C'est la lumière.

C'est la chaleur. C'est le jour. Attention à tes mots, Mâya ! À moins que tu ne préfères l'obscurité, grand prêtre. Le froid. La nuit. Après tout, tu voues un culte à Khonsou, le fils d'Amon, dont le symbole est précisément la lune… Tu seras peut-être heureux de le retrouver !

Malgré la menace à peine voilée, le prêtre refuse pourtant de céder.

— Khonsou est le maître de la douleur ! rappelle-t-il.

— Khonsou, celui qu'on représente avec une tête de babouin ? raille le pharaon.

Néfer-Ti-Ti semble s'amuser de cette discussion, ce qui horripile encore plus le prêtre. Il lui jette un regard haineux.

— Quelle idée de vouloir vénérer un seul Dieu, alors qu'il y en a des dizaines ! insiste-t-il.

— Le soleil, je le vois, je le sens sur ma peau, objecte Akh-En-Aton. Alors que je n'ai jamais rencontré tous ces dieux bizarres à tête de crocodile, d'ibis, de lion ou de… faucon.

Il éclate de rire, imité par les autres convives. Mâya se lève et tape du poing sur la table.

— Le vrai dieu est Amon, et non Aton. Vous avez abandonné votre nom de naissance Amon-O-Phis IV pour prendre celui d'Akh-En-Aton et cet outrage scandalise tout le monde, les religieux comme le peuple. Et il n'y a pas que ça. Ce nouveau calendrier que vous avez décrété…

— Oui, nous sommes en l'an 12, précise le pharaon.

— Cherchez-vous à faire oublier l'ancien calendrier ?

— Je n'efface rien. Je me reconnecte à un passé plus ancien qui me semble plus authentique. As-tu d'autres reproches à me faire, grand prêtre Mâya ?

— Il y en a tant… Mais je n'en retiendrai qu'un. Un pharaon est censé épouser sa sœur aînée pour garder intact le sang royal. En tout cas, forcément quelqu'un de sa famille proche. Et vous, vous avez épousé… une étrangère.

Il prononce ces mots avec une moue dédaigneuse qui fait réagir Akh-En-Aton. Il se lève et pointe d'un doigt menaçant le prêtre.

— Néfer-Ti-Ti est…

— … la fille du prêtre Aÿ !… Comme par hasard !… Et votre père n'a jamais approuvé cette union avec cette femme de basse extraction…

Akh-En-Aton fait front pour défendre son épouse.

— Il suffit ! gronde-t-il. Mon père est mort. Et je n'ai plus envie de t'entendre. Il est temps pour toi de partir, Mâya.

Le pharaon claque des doigts et un garde s'approche du grand prêtre pour le raccompagner. Mais avant de partir celui-ci lance :

— Cette offense entraînera des conséquences !

— Ravale ta salive, prêtre de malheur. Tu ne me fais pas peur avec tes menaces ! Toi et les autres vautours d'Amon, vos jours sont comptés. Vous avez suffisamment abusé de la naïveté du peuple et de ma gentillesse. Sache en tout cas que tu n'es plus le bienvenu dans ce palais, conclut le pharaon.

Puis il se rassoit et respire amplement pour retrouver son calme.

Néfer-Ti-Ti, reconnaissante à son mari d'avoir pris sa défense, lui prend la main et l'embrasse.

Akh-En-Aton se tourne vers les autres et dit :

— Il y a désormais une guerre entre ceux qui aiment le jour et ceux qui aiment la nuit, ceux qui vénèrent Aton et ceux qui vénèrent Amon, ceux qui se réfèrent au soleil et ceux qui se réfèrent à la lune. Et je crois que ce combat ne fait que commencer.

Et il se répète pour lui-même :

— Oui, ce n'est que le début…

Néfer-Ti-Ti prend la parole à son tour.

— La lune n'émet pas sa propre lumière. Elle ne fait que refléter indirectement celle du soleil…

Ankh-Ti comprend la portée des mots de la reine, car chacun sait qu'elle est passionnée d'astronomie. La servante verse de l'hydromel dans les gobelets des convives en se disant qu'après ce moment de tension, ils ont envie de se détendre.

Saut dans le temps pour rejoindre
un autre moment important de cette vie.

Ankh-Ti est encore dans le palais quand la scène redevient nette.

Il n'a pas dû se passer beaucoup de temps depuis la visite du grand prêtre Mâya.

Elle est devant une plaque de métal poli qui lui sert de miroir et se maquille les yeux avec du khôl. Elle enfile ensuite une tunique d'apparat et met ses bijoux.

Dans sa tête, il y a la volonté d'être la plus élégante possible pour ce moment important. Elle prend ensuite l'amphore d'hydromel et se rend dans la grande salle à manger.

Akh-En-Aton est seul à table. Sa famille et les convives sont partis. Il ne reste que les gardes, figés comme des statues. Ankh-Ti décide alors de tenter sa chance. Elle s'approche du monarque et se prosterne à ses pieds.

— Votre Majesté… puis-je vous parler ?

Akh-En-Aton se tourne vers la servante, surpris.

— Que me veux-tu ?

— J'ai une idée personnelle que j'aimerais vous soumettre. Le pharaon s'étonne de la hardiesse de cette servante. Il remarque cependant qu'Ankh-Ti est maquillée et apprêtée. Il se détend.

— Relève-toi. Tous les êtres humains ont le droit de me proposer des idées nouvelles. Je t'écoute.

Ankh-Ti, impressionnée, essaie de maîtriser le tremblement de sa voix.

— Depuis que je vous sers, je vois ce qu'il se passe ici. J'ai compris que vous vouliez quitter la posture de roi guerrier qu'on vous impose pour devenir un roi de culture. Je suis moi-même une femme qui a reçu l'instruction d'un scribe et qui sait lire et écrire. Et je me passionne pour toutes les formes de connaissances.

— Viens-en au fait, s'impatiente-t-il. Quelle est ton idée ?

— Il y a bien longtemps, Joseph vous avait proposé de stocker dans des greniers le blé en prévision de la famine. Mon idée est la suivante : conserver dans un lieu spécialement consacré à cet usage non pas la nourriture pour le corps mais la nourriture… pour l'esprit.

Le pharaon fronce les sourcils. Il paraît éprouver une certaine curiosité malgré sa méfiance.

— De quoi me parles-tu ?

— De l'avenir. De la construction d'un temple non plus pour vénérer des dieux mais pour préserver des connaissances. À l'intérieur de ce bâtiment, il y aurait des étagères pour ranger les rouleaux de papyrus où serait consigné tout ce que l'on sait sur tous les sujets : notre histoire, le corps humain, les plantes qui soignent, l'emplacement des étoiles, les dates de la crue du Nil, les recettes de cuisine, l'architecture. Et ce temple serait un grenier de savoir construit en prévision des années non pas de pénurie d'aliments pour le corps, mais de pénurie d'aliments pour l'esprit.

— Qu'appelles-tu « pénurie d'aliments pour l'esprit » ?

— Le retour de la barbarie et de l'ignorance.

Akh-En-Aton se gratte le menton, au bout duquel se déploie une longue barbe cylindrique laquée, recourbée à son extrémité.

Puis il se lève et quitte la table pour rejoindre l'immense terrasse qui prolonge la salle à manger. Il fait un signe à Ankh-Ti pour l'inviter à l'accompagner. Il regarde au loin. Elle suit son regard et contemple, elle aussi, la vue. Elle distingue le Nil où voguent des barques et des felouques aux larges voiles blanches triangulaires. Aux pontons sont amarrés des bateaux plus gros dont les coques sont faites de roseaux tressés. Des hérons et des pélicans tournoient dans le ciel. Du côté opposé, elle voit la ville d'Akh-Et-Aton. Ce sont des bâtiments cubiques beige clair tout neufs, alignés sur des avenues bien droites. Des palmiers disséminés un peu partout fournissent de l'ombre, où les vaches et les chiens viennent faire la sieste. Des mouches bruyantes tournent autour d'eux, indifférentes au rang élevé de cet humain.

— Intéressant, dit-il. Vraiment très intéressant. Continue, je t'écoute.

Ankh-Ti poursuit.

— Je suis convaincue que, lorsque nous commencerons à disposer les rouleaux de papyrus, tous les savants du monde se presseront pour mettre leurs découvertes en lieu sûr. Et ils viendront ici. Car quel lieu peut être plus sûr qu'un temple du savoir construit et placé sous la protection du roi des rois ?

— Redis-moi ton nom ?

— Ankh-Ti, Votre Majesté, dit la servante en s'inclinant.

— Et comment comptes-tu commencer à remplir ce temple du savoir, Ankh-Ti ?

— Je sais lire et écrire. Depuis plusieurs années, je recense le savoir que j'ai. Il est de deux ordres pour l'instant. J'ai dessiné les plantes que je connaissais. Et... j'ai noté toutes les recettes de cuisine que j'ai vu pratiquer alors que j'étais à votre service.

Le pharaon éclate de rire.

— Par Aton ! Et dire que je n'avais jamais remarqué que quelqu'un d'aussi exceptionnel me servait l'hydromel.

Ankh-Ti est impatiente de savoir ce que le pharaon pense de son idée.

— Acceptez-vous ma proposition, Votre Majesté ?

— Eh bien… pourquoi pas ? J'apprécie les gens qui veulent changer le monde, l'améliorer. Quels qu'ils soient. Je vais en parler à mon ministre Joseph. C'est lui qui s'occupera de tes « greniers à connaissances ».

La servante tente le tout pour le tout.

— Joseph s'occupe déjà de beaucoup de choses. Alors je me suis permis d'en parler à un ami qui a déjà conçu des plans. Il se nomme Thot-Mosis.

— Thot-Mosis ? Le sculpteur ? s'étonne Akh-En-Aton. Celui qui a fait le buste de Néfer-Ti-Ti ?

— Lui-même ! dit Ankh-Ti. Il n'est pas seulement sculpteur, il est aussi architecte.

La servante sort de sa poche un rouleau sur lequel est représenté le temple du savoir conçu par Thot-Mosis.

Le pharaon examine en détail le papyrus. Il paraît conquis et admiratif. C'est alors que la reine Néfer-Ti-Ti apparaît.

Le pharaon lui fait part en détail de la discussion qu'il vient d'avoir avec Ankh-Ti.

— Ma chère, dit-il, cette servante a eu une idée extraordinaire : créer un temple du savoir. Ici, dans la ville d'Akh-Et-Aton, nous regrouperons toutes les savoirs scientifiques du monde. Et nous informerons les savants, partout, pour qu'ils sachent que les connaissances y sont protégées.

Néfer-Ti-Ti écoute, regarde, jauge la servante.

— Comment n'y avons-nous pas pensé nous-mêmes plus tôt ? dit-elle enfin.

— Cela te plaît ?

— J'adore ce projet, reconnaît la reine. Cette servante est précieuse.

Ankh-Ti rougit sous le compliment venant de celle qu'elle admire tant.

— Relève-toi, Ankh-Ti. Es-tu satisfaite de l'accueil que nous faisons à ton idée ?

La servante veut parler mais l'émotion lui brise la voix. Alors le pharaon poursuit :

— Puisque c'est ce que tu souhaites, Thot-Mosis supervisera la construction du bâtiment. Et ce sera toi qui seras chargée de trouver et de sélectionner les rouleaux de papyrus dignes d'y figurer.

En entendant ces mots, Ankh-Ti ressent une immense joie. Elle a l'impression qu'elle vient de réaliser son rêve le plus fou. Elle a envie de serrer le roi et la reine dans ses bras, mais elle s'incline profondément, en signe de respect…

Saut dans le temps.

Quelques années ont passé. Ankh-Ti et Thot-Mosis sont sur une colline et regardent les étoiles.

— Ça y est, les travaux ont commencé, annonce son ami.

— Notre rêve se réalise, ajoute Ankh-Ti.

— Et, avec l'appui du pharaon, nous allons recevoir des rouleaux de tous les pays.

Elle regarde une étoile qui brille plus que les autres. Elle la connaît car son père lui a transmis des rudiments d'astronomie : c'est Sopdet.

— J'aime son éclat double, elle est blanc et bleu…, dit-elle.

— C'est aussi l'étoile d'Anubis, le dieu à tête de chacal qui a la responsabilité d'escorter les âmes égarées et les morts vers leur jugement et leur réincarnation, dit son ami sculpteur.

— Tu crois vraiment que nous vivrons d'autres vies ? lui demande Ankh-Ti.

— Bien sûr. Nous avons eu une vie avant celle-ci et nous en aurons une autre après.

— Pourquoi n'avons-nous aucun souvenir précis de nos vies antérieures ?

— Parce qu'elles influeraient sur nos vies actuelles, lui répond Thot-Mosis. Imagine que quelqu'un t'ait fait du mal dans une vie précédente ; tu aurais envie de le retrouver et de te venger dans la vie suivante…

— Je n'y avais jamais réfléchi.

Leurs yeux sont rivés sur le point lumineux blanc et bleu au-dessus de leurs têtes.

— Les Hébreux disent que, juste avant notre naissance, un ange nous pose son index sous le nez…

Il touche délicatement du doigt la lèvre supérieure d'Ankh-Ti.

— Voilà pourquoi nous avons cette petite gouttière ici. Les Hébreux la nomment « l'empreinte de l'ange ». L'ange fait ce geste et prononce en même temps l'injonction : « Oublie », et le nouveau-né oublie sa vie précédente. Bon, ce ne sont que des légendes hébraïques.

— Raconte-moi aussi ce que tu sais sur Sopdet, demande-t-elle.

— Je n'en connais que ce qui est écrit dans le grand *Livre des morts.*

— Celui qu'on nomme aussi *Sortir au jour* ?

— Précisément. Je l'ai lu. Dans cet ouvrage, tout est décrit avec précision, étape par étape. Tout d'abord, ton âme arrive devant ses juges, sur Sopdet. Tu dois rendre compte de tes actions et de ta manière de vivre devant la juge Maât, qui est aussi la déesse de la vérité et de la justice. Thot, qui n'ignore rien de tes péchés, te les rappelle. Et tu dois te justifier. Mais Geb te défend. Et l'argument principal qu'il utilise est que tu étais jeune et ignorant. Ou que tu n'as pas su distinguer le bien du mal. Ensuite, Maât pose une plume sur l'un des plateaux de la balance et ton cœur sur l'autre. Si ton cœur est plus lourd que la plume, tu dois te réincarner pour essayer de faire mieux dans ta vie suivante.

Ankh-Ti continue de fixer l'étoile la plus brillante.

— Ça se passerait donc là-haut ?…

— En tout cas, moi, j'y crois, dit Thot-Mosis.

Soudain prise d'une intuition, Ankh-Ti s'écrie :

— Et comment pouvons-nous alléger notre cœur ?

— En multipliant les actes bénéfiques pour les autres. Et puis… il y a l'amour, ajoute-t-il sur un ton détaché.

Le prenant au mot, Ankh-Ti s'avance lentement pour l'embrasser. Trop lentement.

Il la repousse de la main.

— Pourquoi ? dit-elle. Ne m'as-tu pas dit qu'il fallait aimer pour alléger son cœur…

— Je suis marié. Et toi aussi.

— Ce sont nos parents qui nous ont forcés à nous marier très jeunes avec des personnes que nous n'avions pas choisies. Je n'ai jamais aimé mon mari. Et c'est pareil pour toi avec ta femme. Tu me l'as dit.

Elle lui caresse la joue et approche de nouveau son visage du sien.

— Avoue que tu ressens des choses pour moi.

— Oui, mais cela ne change rien.

Il la saisit plus rudement au poignet pour arrêter son geste.

— Si on apprenait que nous nous sommes embrassés, nous pourrions être condamnés à mort, Ankh-Ti ! Et alors notre temple de la connaissance ne verrait jamais le jour. Nous devons renoncer à cet amour pour faire naître ce qui nous importe le plus.

Elle recule, déçue.

— Je suis désolé, dit-il. Mais c'est mieux pour toi et pour moi.

Elle éprouve alors une affreuse déception, celle d'être rejetée. D'avoir réussi à faire accepter son idée par le pharaon lui a donné un instant l'illusion que tout serait aussi facile… À cet instant cruel, elle comprend que celui qu'elle considère secrètement comme l'homme de sa vie ne veut pas d'elle.

C'est à ce moment qu'une sonnerie de téléphone retentit.

57.

Eugénie ouvre d'un coup les yeux.

Zut. J'ai oublié de mettre mon smartphone en mode avion.

Elle regarde le nom qui s'affiche sur l'écran.

Raphaël Hertz.

Elle hésite puis décroche.

— Allô ? Eugénie Toledano ? J'espère que je ne vous dérange pas ?

— C'est-à-dire que…

Eugénie n'a pas le temps de terminer sa phrase.

— Écoutez, dit Raphaël, je n'arrête pas de penser à votre V.I.E. Je suis convaincu que c'est un mode complémentaire de compréhension de la vérité historique et qu'il doit figurer dans mon programme 5W. Il est très important que je réussisse à effectuer un de ces voyages intérieurs expérimentaux. Puis-je venir vous voir ?

— Quand ?

— Maintenant.

La jeune fille aux longs cheveux roux regarde l'heure.

— Il est déjà dix-neuf heures et…

Elle prend conscience qu'elle est restée en Égypte durant trois heures.

— Vous m'interrompez en pleine…

— Permettez-moi d'insister. S'il vous plaît. Elle réfléchit un instant et dit :

— Je vous attends.

Elle raccroche, éteint les bougies et ouvre les rideaux pour laisser entrer la lumière du soir. Comme à son habitude, elle s'installe à sa table et représente sur son cahier tout ce qu'elle a vu durant sa séance de régression : le visage d'Ankh-Ti avec sa coiffure compliquée, son maquillage au khôl, sa tunique brodée de motifs colorés. Elle dessine ensuite le pharaon Akh-En-Aton avec sa barbiche ; Néfer-Ti-Ti, son plastron et sa coiffe ; son ami Thot-Mosis ; le ministre hébreu Joseph et le grand prêtre d'Amon, le fameux Mâya. Elle dessine aussi le palais, ses colonnes sculptées de fleurs de lotus. Les cuisines, avec les canards accrochés à des cordes en hauteur. La salle à manger, les gravures sur les murs, les gardes avec leurs lances. Elle dessine la vue sur la nouvelle capitale telle qu'elle a pu la contempler depuis le grand balcon qui prolongeait cette pièce importante. Après les visages, les pièces, le panorama sur la cité, elle dessine des objets de taille plus réduite. Les bagues. Les diadèmes. Les colliers. Les peignes. Les couteaux. Les sandales.

Puis elle va se rafraîchir dans la salle de bains et se surprend à avoir faim de cuisine méditerranéenne. Alors elle commande à un restaurant libanais de son quartier du houmous, du téhina, des fallafels, du taboulé, et même de l'hydromel pour compléter.

Au bout d'une dizaine de minutes, Raphaël Hertz sonne à la porte.

— Tenez, c'est pour vous, dit-il en lui tendant un sac en papier.

— Merci, c'est gentil.

Elle l'invite à entrer et ouvre le paquet : des gâteaux au miel qu'il a achetés à la boulangerie en bas de chez elle.

— Merci. C'est amusant, je viens de commander le dîner dans cet esprit.

Elle va dans la cuisine pour les ranger. Puis elle revient avec deux tasses de thé vert à la menthe.

— C'est plutôt à moi de vous remercier, dit Raphaël. Vous m'avez fait découvrir quelque chose que j'ignorais complètement. Même si je n'y crois toujours pas, je n'arrête pas de penser à votre truc de méditation pour visiter ses vies antérieures.

— La V.I.E., dit-elle.

— Si ça fonctionnait, ce serait quand même vraiment extraordinaire.

Eugénie s'amuse intérieurement d'avoir réussi à impressionner son professeur. Lui continue à parler.

— J'ai mené mon enquête après que nous nous sommes vus tout à l'heure à la fac et j'ai découvert que l'hypnose régressive était essentiellement utilisée comme thérapie, comme une sorte de super-psychanalyse pour retrouver des traumatismes dans nos vies passées qui pourraient expliquer des phobies ou des comportements névrotiques dans nos vies actuelles. Mais vous, vous l'utilisez… comme moyen d'explorer le passé sans aucune visée thérapeutique, c'est bien ça ?

— Oui. Ma mère, qui a aussi beaucoup pratiqué la V.I.E., parle de « tourisme spirituel ». Nous ouvrons les portes du couloir de nos vies antérieures pour découvrir ce qui s'y est passé. Comme si nous voyagions dans un pays inconnu. Mais on ne pourra jamais prouver qu'il s'agit d'un véritable voyage dans le temps. C'est juste qu'on a vraiment l'impression d'être là-bas. Comme un rêve mais avec beaucoup de détails. Ce que l'on ressent est complètement subjectif.

— Et où avez-vous eu l'impression d'aller depuis notre dernière discussion ?

Elle lui tend son cahier ouvert à la page relatant son voyage dans l'Égypte antique.

— Le type avec la barbe en forme cylindrique, c'est…

— Le pharaon Akhenaton ! s'extasie Raphaël.

— Et cette ville ?…

— En toute logique, la nouvelle capitale créée par Akhenaton : la fameuse Akhetaton. De nos jours, le site archéologique s'appelle Amarna. Il est situé entre Memphis et Thèbes.

Il prend son smartphone et fait apparaître l'emplacement sur Google Earth, au sud du Caire, pratiquement à mi-parcours du Nil.

— Akhenaton a régné dix-huit ans. De l'an 1355 à l'an 1337 avant Jésus-Christ, dit-il.

Le professeur aux lunettes à monture bleue montre à Eugénie des images du pharaon et de sa famille sur son portable. Les photos des bas-reliefs décorant la salle à manger correspondent aux dessins qu'Eugénie vient juste de tracer.

— Alors vous étiez là-bas au moment où je vous ai téléphoné ?

Elle désigne le dessin qui la représente.

— Je… enfin elle se nommait Ankh-Ti, qui signifie « elle est vivante ».

Et elle dessine les hiéroglyphes correspondant à ce nom.

— Comme vous le voyez, dit-elle, le premier caractère représente une croix ansée…

— Le fameux Ankh, l'interrompt Raphaël.

— Oui, il fonctionne comme un idéogramme du mot « vie ». Le deuxième est un pilon qui donne le son « t », le troisième est un roseau qui donne le son « i ». Et le quatrième une femme assise vue de profil qui suggère l'idée d'un prénom féminin.

— Mais vous avez vraiment appris à écrire en hiéroglyphes ? s'étonne-t-il.

Eugénie prend conscience qu'elle revient de ses voyages avec le souvenir de ce qu'elle savait à l'époque. Comme si le simple fait d'y retourner réactivait ce savoir oublié.

— Je le constate comme vous. C'est aussi l'avantage des régressions : on apprend à écrire la langue.

— Et vous pourriez aussi parler l'égyptien ancien ?

— Non. Je me souviens de ce que j'ai vu et lu, et je sais écrire en hiéroglyphes, semble-t-il. Mais quand j'entendais les gens parler et que je pensais dans la tête d'Ankh-Ti, c'était en français.

Comme pour illustrer ce propos, elle écrit en hiéroglyphes le nom du pharaon Akhenaton et celui de la pharaonne Néfertiti.

— Je peux ?

Eugénie acquiesce de la tête. Il prend alors en photo les cartouches et charge les images dans son programme. Il confirme qu'elle a écrit correctement tous les noms.

On sonne à la porte.

— C'est notre dîner, dit la jeune femme en se levant.

Raphaël et Eugénie mangent tranquillement les mezzés et boivent l'hydromel. Puis Raphaël demande :

— Pensez-vous que je pourrais retenter l'expérience ? Je me suis entraîné au… lâcher-prise.

— Ah ? Comment peut-on s'exercer à se détendre ?…

— J'ai étudié comment fonctionnait le cerveau, répond le professeur d'un ton docte. Notre cerveau est constitué de deux hémisphères : le gauche et le droit. Le gauche est le scientifique. Le sérieux. Il a besoin de tout comprendre, de tout expliquer, et il veut tout contrôler. L'hémisphère droit, lui, est le littéraire. Il aime faire des expériences nouvelles et se fiche de l'explication ; tout ce qu'il veut, c'est s'amuser. Peut-être du fait de la pression de mes parents et ensuite de mes études exigeantes, j'ai toujours vécu dominé par cet hémisphère gauche. J'avais l'impression que si je me détendais, je risquais de sombrer. C'est pour cela que je bois rarement de l'alcool.

Entendant cela, Eugénie s'empresse de lui resservir de l'hydromel. Il sourit.

— Disons que l'hydromel est un alcool très léger, et que la situation est plutôt inhabituelle pour moi. J'imagine que vous me le proposez en tant que…

— Décontractant ?

— Oui… Un décontractant… antique.

Il boit une petite gorgée d'hydromel et poursuit :

— Avant de venir vous voir, j'ai analysé mon fonctionnement et j'ai réfléchi à la façon dont je pourrais calmer cet hémisphère gauche qui interprète tout et veut tout comprendre.

— Et alors, avez-vous trouvé la solution ? s'enquiert Eugénie.

— Oui : le « je-m'en-foutisme ».

La jeune femme ne peut réprimer un petit rire. Raphaël Hertz se raidit.

— Mon problème, ajoute-t-il, est que je me sens concerné par tout ce qu'il se passe partout autour de moi. Du coup, j'ai utilisé une technique de méditation que j'ai trouvée sur Internet pour commencer à ne plus me sentir concerné par tout.

— Et ça a marché ? demande Eugénie, dubitative.

— Ce matin, par exemple, je n'ai pas fait mon lit, je ne me suis pas rasé, j'ai mis les mêmes vêtements qu'hier, et au petit déjeuner j'ai pris des croissants au lieu de fruits et du café au lieu de thé.

La jeune femme dévisage Raphaël sans se moquer de lui, malgré le côté comique de son attitude volontariste à l'extrême.

— Je n'ai pas ouvert mon smartphone, continue-t-il, ni allumé mon ordinateur, ni écouté les informations avant de me rendre à la Sorbonne. Je n'ai pas non plus appelé Cynthia alors que je le fais toujours avant d'aller travailler.

— Impressionnant... C'est le début de la clochardisation ! le raille gentiment Eugénie.

— Et voilà que je bois de l'alcool ! dit-il en riant. Je me sens même prêt à fumer.

Eugénie constate que Hertz ne plaisante pas tout à fait.

— En tout cas, vous êtes vraiment motivé. Je n'avais jamais imaginé qu'on pouvait être un élève en « lâcher-prise » à ce point investi...

— L'enjeu mérite qu'on fasse des efforts, dit l'enseignant avec sérieux. Je reconnais que j'ai ouvert les vannes. Je fais le contraire de tout ce qu'on m'a appris et de tout ce qui me semblait indispensable pour être quelqu'un d'estimable.

— Attention, vous allez mal finir ! La ruine morale vous guette…, s'amuse Eugénie.

— Je veux réussir, dit-il sérieusement, sans relever l'ironie.

Quel drôle de bonhomme…

— Vous savez, j'ai raté six fois mon permis de conduire, explique Raphaël en croquant dans une pâtisserie au miel. J'étais tellement concentré, tellement crispé sur le volant, que les moniteurs ont considéré qu'autant de nervosité me rendait dangereux. J'ai finalement réussi en prenant un calmant avant l'examen.

— Mais là, ce n'est pas un examen. C'est du tourisme, lui rappelle-t-elle pour le rassurer. D'ailleurs, puisque vous le désirez tant, allons-y.

Elle tire de nouveau les rideaux, allume les bougies, et lui demande de s'étendre sur le divan. Il ferme les yeux.

Elle le guide pour lui faire descendre les dix marches. Elle l'emmène jusqu'à la porte de son inconscient. Il visualise la porte d'acier, passe sa carte magnétique devant la serrure électronique, et…

Rien.

Eugénie tente une autre approche.

— Essayez avec une clef à l'ancienne.

Il grimace.

— … Ça ne marche pas non plus, dit Raphaël.

— Avec un cadenas à chiffres, dont vous connaissez le code.

Il répond :

— … Rien.

— Une targette ?

— … Elle est bloquée.

— Un verrou ?

— … Il ne glisse pas.

À court d'idées, elle se résout à lui faire remonter les marches en faisant le décompte de dix à zéro. Et elle dit :

— Top ! Vous pouvez ouvrir les yeux.

Il affiche un air d'enfant qui a rapporté une mauvaise note de l'école.

— Je crains que votre entraînement au lâcher-prise n'ait pas encore produit tous les effets escomptés, soupire-t-elle. À moins que ce ne soit pas le moment, tout simplement.

Elle lui tend un verre d'eau.

— Quelle déception. J'espérais tant réussir.

— Vous vous mettez trop de pression.

La mine défaite, il se redresse, prend sa veste sur le divan et dit :

— Excusez-moi de vous avoir dérangée. Vous me direz quand nous pourrons recommencer.

Puis il quitte l'appartement les épaules basses.

Eugénie ferme la porte.

— Je crois que j'ai rendu un homme malheureux parce que je lui ai révélé ses propres limites, explique-t-elle à Nostradamus qui vient se frotter contre ses mollets.

— Miaou, répond le chat qui semble avoir compris ce qui s'est passé.

— Je commencerais presque à culpabiliser. Il était tellement motivé… Peut-être qu'après tout je ne suis pas une bonne guide en régressions.

Elle regarde de nouveau son cahier.

— Assez perdu de temps. Remettons-nous au travail, s'encourage-t-elle.

Elle revoit les dessins du visage d'Ankh-Ti, les portraits d'Akhenaton, de Néfertiti et des enfants.

Elle sourit.

Dans cette vie-là, j'ai obtenu le soutien de l'homme le plus puissant de la région et peut-être même du monde, le pharaon Akhenaton, et j'ai créé la première bibliothèque officielle.

Puis, saisie d'un doute, elle prend son smartphone et cherche sur Internet. Mais elle ne trouve aucune mention d'une bibliothèque construite par Akhenaton dans sa capitale. Ni d'un quelconque temple du savoir. Les temples ne sont consacrés qu'à la vénération des dieux. Thoutmôsis est bien mentionné, mais comme sculpteur officiel de la famille royale, ayant notamment sculpté le célèbre buste de la reine Néfertiti. Et aucune trace d'une servante nommée Ankh-Ti qui aurait initié un projet ambitieux.

Il faut que je retourne là-bas. Pour savoir ce qu'il s'est passé. Alors elle s'installe en position du lotus et fonce directement à la porte numéro 6.

58.

Quand elle rouvre les yeux, l'esprit d'Eugénie est dans la chair d'Ankh-Ti. Celle-ci se tient devant un imposant bâtiment cubique. À côté d'elle, le pharaon Akh-En-Aton, son ministre Joseph, plusieurs scientifiques, astronomes, médecins, mais aussi un cuisinier, un général, un forgeron, un agriculteur. Et bien sûr son ami Thot-Mosis.

Ankh-Ti est la seule femme.

Les hommes évoquent la date de l'an 17 qui restera dans les esprits comme l'année de la création de ce fabuleux temple du savoir. Eugénie en déduit que la scène dans laquelle elle est arrivée se produit cinq ans après la précédente.

Le groupe franchit la terrasse ornée de colonnes sculptées, aux motifs de plantes, de couleur jaune, rouge et bleue.

Thot-Mosis en tant qu'architecte guide cette prestigieuse troupe à l'intérieur du bâtiment et indique comment il va fonctionner.

— Toutes ces étagères vont permettre l'accumulation de plusieurs dizaines de milliers de rouleaux. Comme vous voyez, j'en ai déjà disposé quelques-uns, dont ceux rédigés par la directrice Ankh-Ti.

Elle ressent aussitôt une immense fierté. Elle se trouve non loin de Joseph, le ministre, et elle l'entend dire à son roi :

— Je me demande si révéler au monde entier que ce lieu de savoir existe et qu'il a été créé à votre initiative,

Votre Majesté, ne risque pas, finalement, de se retourner contre vous.

— Que veux-tu dire, Joseph ? s'étonne le pharaon, surpris.

— Vous avez beaucoup d'ennemis, Votre Majesté. Certains pourraient être tentés de le détruire.

Akh-En-Aton sourit.

— Joseph, tu vois toujours des dangers partout.

— Je préfère prévoir le malheur que le subir. N'est-ce pas pour mes capacités d'anticipation que vous m'avez choisi ?

La visite se poursuit mais le pharaon n'écoute plus vraiment les explications de Thot-Mosis. Il continue de parler avec Joseph. Ankh-Ti est juste derrière eux et entend ce qu'ils se disent.

— Certes, ton esprit de prévoyance et d'anticipation est précieux, dit Akh-En-Aton, mais je reste persuadé que l'idée d'Ankh-Ti permettrait à mon règne de rayonner, de montrer à tous l'importance que j'accorde à la transmission du savoir. Et la connaissance attirera la connaissance : des scientifiques de tous les pays voudront connaître ce puits de savoir. Il faut que le monde sache que ce temple existe.

Ankh-Ti est ravie de cette réponse.

— Vous êtes très sage, Votre Majesté, et vous prenez probablement la bonne décision, s'incline Joseph.

— Mais tu as raison, il faut être prudent. Je vais peut-être patienter un peu avant de révéler son existence. Je vais attendre que davantage de papyrus y soient entreposés.

Les étagères que Thot-Mosis montre aux visiteurs forment des rayons hexagonaux similaires à ceux des ruches. Dans chaque cavité, non pas une larve d'abeille, mais un rouleau couvert de hiéroglyphes.

— Nous avons déjà 11 853 rouleaux.

— Eh bien, c'est formidable, déclare le pharaon. Dès que vingt mille rouleaux seront dans les rayons, je révélerai au monde entier qu'ici se trouve le réceptacle qui pourra accueillir toutes les connaissances du monde.

Ankh-Ti se dit qu'elle a accompli ce pour quoi elle est née.

Saut dans le temps
vers un nouveau moment important.

Sous les yeux d'Ankh-Ti se trouve un papyrus sur lequel elle représente l'emplacement des étoiles autour de celle qui la fascine : Sopdet.

À la droite d'Ankh-Ti, Chtou est assis en tailleur devant une tablette où est posé un papyrus. Ankh-Ti a fait engager son frère : en tant qu'ancien navigateur et passionné de géographie, il est en train de dessiner le territoire d'un pays au sud de l'Égypte qu'il nomme la Nubie.

Elle se lève, se dirige vers la pièce d'à côté, ouvre un coffre et en sort de luxueux vêtements.

Elle se regarde dans une plaque polie. Elle voit ses grands yeux soulignés de khôl, ses tresses enduites d'huile de palme. Elle porte un bustier qui met en valeur sa poitrine et révèle son nombril. Elle enfile ses lourds bijoux : à ses doigts, de grosses bagues serties de pierres précieuses. À ses poignets, des bracelets. À son cou, un plastron. À ses chevilles, des chaînettes dorées. Ainsi vêtue, elle se trouve vraiment ravissante. Elle n'a plus du tout l'air d'une fille de basse extraction. Elle semble être une aristocrate de la cour du pharaon.

Son idée de créer le temple du savoir lui a permis d'atteindre un rang élevé dans la hiérarchie du royaume. Tout le monde s'incline devant elle.

Elle parfait quelques détails de son maquillage, et remet du khôl autour de ses yeux. Puis elle applique sur ses paupières une pâte composée d'un mélange de malachite en poudre et de graisse de canard avec une spatule en ivoire. Elle pose ensuite une crème faite d'ocre rouge et de graisse de lapin sur ses lèvres. Elle se parfume de myrrhe et de lavande, et va ensuite rejoindre le pharaon dans sa salle à manger. Ce repas est particulier car c'est la première fois qu'elle est invitée à la table du monarque.

Quelle drôle de sensation de se retrouver de l'autre côté du service.

Par curiosité et avec une certaine nostalgie, elle se rend aux cuisines pour voir qui la remplace. C'est une servante que les autres nomment Satis, ce qui signifie « celle qui sème ».

Ankh-Ti l'observe. Satis est très belle, très jeune, et semble avoir beaucoup de caractère. Entre alors un visiteur qui ne fait pas partie de l'équipe de service. Il porte une grande cape qui dissimule ses vêtements. Ankh-Ti reconnaît la grosse bague verte à son auriculaire.

Mâya. Le grand prêtre d'Amon. L'adorateur des dieux à têtes d'animaux et tout spécialement de celui qui a une tête de babouin, Khonsou, le dieu de la lune.

L'homme s'approche de Satis et lui donne discrètement un sachet, que la servante cache sous sa tunique. Alors qu'elle regarde autour d'elle pour vérifier que personne n'a rien remarqué, Satis voit Ankh-Ti.

Leurs regards se croisent une fraction de seconde.

Un coup de gong retentit. C'est le signe que le déjeuner va pouvoir commencer.

Ankh-Ti rejoint la table royale. Eugénie se dit qu'il manque Makh-Et-Aton et Setep-En-Ré. Elle trouve l'explication dans l'esprit d'Ankh-Ti : les deux filles sont mortes. Est aussi présent à table un vieil homme que l'ancienne servante identifie comme étant Aÿ, le prêtre du temple d'Onou, le père de Néfer-Ti-Ti, le beau-père du pharaon.

Aÿ, assis à la droite d'Akh-En-Aton, plaisante. Les deux hommes sont de bonne humeur ; ils évoquent l'action bienfaitrice des rayons du soleil sur les plantes, les animaux et les hommes.

Le déjeuner se déroule selon un rituel immuable. Les gardes armés entourent les convives. En retrait, une gracieuse jeune femme joue de la harpe en laissant courir ses longs doigts sur les multiples cordes. Trois chats roses sans poils déambulent entre les invités.

Akh-En-Aton présente Ankh-Ti à la tablée. Il précise qu'elle est à l'origine du premier temple de la connaissance. Aÿ se tourne vers elle et l'invite à raconter la genèse de son projet.

Ankh-Ti s'exécute. Tous autour de la table se déclarent fiers et satisfaits et la félicitent. Le nombre de rouleaux accumulés dans le temple les impressionne beaucoup.

Le repas se poursuit. Prise d'un mauvais pressentiment, Ankh-Ti ne cesse de surveiller la servante Satis. Celle-ci s'approche et pose le plateau de desserts, des bols précieux contenant des dattes, du raisin, des caroubes, des figues et une purée de melon.

Elle s'éloigne d'un pas léger et saisit une fleur qu'elle pose sur le plateau en guise de décoration.

Elle fait du zèle pour plaire au pharaon, c'est louche…, se dit Ankh-Ti.

Puis elle voit que Satis discute avec le responsable des cuisines. Ankh-Ti comprend, aux gestes de la jeune femme, qu'il n'y a plus d'hydromel. Satis va chercher une amphore.

Cependant elle ne revient pas.

Les convives continuent de boire et de manger, tout en discutant entre eux. Après que les servantes ont débarrassé les plats vides, Néfer-Ti-Ti réclame le silence et l'attention. Elle claque des doigts : Thot-Mosis apparaît. Elle le présente et explique qu'il vient de sculpter un deuxième buste d'elle.

Deux esclaves entrent. Ils portent un objet imposant recouvert d'un tissu. Ils le déposent sur la table. D'un geste élégant de la main, Néfer-Ti-Ti indique à Thot-Mosis qu'il peut retirer le voile qui protège l'œuvre et révéler sa dernière création : une représentation de la reine avec sa coiffe bleue et un pectoral aux pierres multicolores.

L'œuvre est très réaliste et ressemble merveilleusement à la belle reine. On entend un murmure d'admiration.

— On dirait que cette statue est vivante, dit un invité.

— C'est exactement elle, ajoute un autre.

Akh-En-Aton se lève, prend la main de son épouse pour l'aider à se lever et, devant tous les invités, l'embrasse tendrement. Puis il déclare :

— Non. La vraie Néfer-Ti-Ti est impossible à copier. Il manquera toujours à une statue le parfum, l'intelligence, l'humour et la bonté de votre reine.

Il se tourne vers sa femme.

— Tu es comme l'aurore du matin qui éclaire le monde.

— J'admire ton côté poète, mais je crois que tu exagères, répond Néfer-Ti-Ti, mutine.

— Je ne te flatte pas. Je t'aime, c'est tout. Je t'ai toujours aimée et aucune sculpture ne pourra égaler ta beauté. Je t'aime comme j'aime la lumière. Tu es ma lumière, ô ma reine adorée.

Et de nouveau il l'embrasse, cette fois d'un baiser long et profond qui émeut tant les invités que tous se mettent à applaudir. La harpiste fait sonner son instrument, ajoutant encore à la douce euphorie du moment.

Soudain, l'intensité de rayonnement du soleil se met à décliner. La statue de Néfer-Ti-Ti se couvre d'une ombre qui lui cache la moitié du visage.

La musicienne s'arrête de jouer. Tout le monde se tait. Les convives assis à la grande table sont troublés par ce phénomène qu'ils ne connaissent pas.

Autour d'eux, tout semble progressivement s'éteindre.

Le pharaon marche jusqu'à la terrasse pour observer le ciel, suivi par la reine, puis tous les invités. Même les chats bondissent sur la rambarde pour essayer de comprendre.

Ce qu'ils observent peut paraître incroyable. Le soleil s'éteint progressivement sans que le moindre nuage explique cet obscurcissement. La nuit est presque totale alors qu'on n'est qu'au milieu de la journée.

— C'est la lune qui recouvre le soleil, dit Aÿ qui semble connaître le phénomène.

Mais cette explication ne rassure personne. Nombreux sont ceux qui croient à un mauvais présage. Certains récitent des prières. D'autres se frappent le torse en signe de contrition.

Spontanément, des gens allument des torches pour éclairer les rues et les habitations. Un murmure inquiet monte de la ville en contrebas.

Tout à coup, le pharaon Akh-En-Aton pousse un cri déchirant.

Il se tient le ventre, se plie en deux.

Il tente de marcher mais titube et manque de tomber.

Il semble beaucoup souffrir.

Aussitôt, c'est l'affolement. Néfer-Ti-Ti prend son époux dans ses bras juste avant qu'il chute. Déjà des serviteurs accourent, l'aident à se relever mais une mousse verte s'échappe de la bouche du monarque et ses yeux sont exorbités.

Sur la table, Ankh-Ti voit un des trois chats roses le museau dans le verre d'hydromel du pharaon. Deux secondes plus tard, il est pris de convulsions et tombe sur le flanc au milieu des couverts.

— Akh-En-Aton a été empoisonné ! hurle Néfer-Ti-Ti.

Ankh-Ti, qui se souvient d'avoir noté sur un rouleau le remède contre les empoisonnements, crie :

— Il faut lui donner du lait d'ânesse ! Vite !

Comme personne ne réagit, elle fonce dans les cuisines et rapporte une grande cruche. Elle écarte Néfer-Ti-Ti, sous le choc, et ouvre la bouche du pharaon pour lui verser le précieux breuvage. Akh-En-Aton lui saisit alors le poignet dans un ultime effort, et lui murmure :

— N'abandonne… pas.

Puis, après un spasme, son regard s'éteint et le pharaon lâche un long soupir.

Le prêtre Aÿ se précipite sur le monarque, lui met la main sur le cœur, l'examine puis annonce avec une émotion mal contenue :

— Le pharaon est… mort.

Akh-En-Aton vient de mourir dans les bras d'Ankh-Ti.

Des gens s'agitent. Des soldats crient des ordres contradictoires, des femmes hurlent de chagrin. La reine Néfer-Ti-Ti est effondrée sur le corps de son mari, refusant de desserrer son étreinte.

La lumière, quant à elle, n'est toujours pas revenue. La lune semble avoir vaincu le soleil.

Nouveau saut dans le temps.

Il fait nuit. Ankh-Ti court dans les rues de la cité d'Akh-Et-Aton éclairée par la pleine lune.

La scène ne doit pas se dérouler longtemps après l'empoisonnement du pharaon, pressent Eugénie.

L'ancienne servante est poursuivie par des hommes armés d'épées courbes. Elle sait que ce sont les hommes du grand prêtre Mâya. Depuis la mort d'Akh-En-Aton, il a pris le pouvoir comme régent, le temps que le fils du pharaon, Tout-Ankh-Aton, soit en âge de régner.

Mâya a tout de suite mis les choses au clair : il a supprimé le culte d'Aton et réintroduit celui d'Amon. Le culte de la lune remplace celui du soleil. D'ailleurs, Mâya a même obligé Tout-Ankh-Aton à changer de nom pour prendre celui de Tout-Ankh-Amon. De même, il a décidé d'abandonner la capitale Akh-Et-Aton pour revenir à Memphis. Pour sauver sa vie et celle de ses enfants, la reine Néfer-Ti-Ti a été forcée de renier son mari déclaré pharaon hérétique et frappé d'une damnation officielle.

Mâya a entrepris d'effacer toute trace du règne mais aussi de l'existence d'Akh-En-Aton. Les statues le représentant et les textes mentionnant son règne ont été détruits. Sur les stèles, il y a désormais un trou à la place de son nom.

Le pharaon monothéiste est censé n'être jamais né, et le seul fait de prononcer son nom expose à la peine de mort.

Pour sa proximité avec le monarque déchu, Ankh-Ti est elle aussi pourchassée. L'Égyptienne court à perdre haleine, mais elle ne sait où aller.

Elle est tentée de se cacher chez le ministre Joseph, mais, depuis que le grand prêtre Mâya a pris le pouvoir, il a annoncé que les Hébreux ne pourraient plus bénéficier des privilèges et des droits qui leur avaient été accordés par Akh-En-Aton. Mâya a déjà fait arrêter beaucoup d'entre eux, qui ont été condamnés au statut d'esclaves. Les Hébreux travaillent désormais à la construction d'une nouvelle pyramide à la gloire d'Amon, qui pourra servir de tombe au prochain pharaon.

Ankh-Ti disparaît derrière le pignon d'une maison et les tueurs envoyés par les prêtres d'Amon passent sans la voir. Mais elle sait que ce répit sera de courte durée. Elle court pour rejoindre la maison de Thot-Mosis.

Elle frappe à la porte. Le sculpteur ouvre, surpris et inquiet.

— Que fais-tu là ?

— J'ai besoin de toi ! Les hommes de Mâya sont à mes trousses !

Il jette un œil dans la rue pour vérifier que personne ne les observe et la fait entrer prestement.

— Qu'as-tu à voir avec le régent ? demande-t-il après avoir tendu un verre d'eau fraîche à Ankh-Ti.

— Je connais un secret qu'il craint que je révèle.

Thot-Mosis l'invite à s'asseoir.

— Quel secret ?

— Je sais qui a empoisonné Akh-En-Aton. Et l'assassin sait que je sais.

C'est à ce moment que surgit l'épouse de Thot-Mosis, une femme avec une énorme poitrine et un ventre proéminent. Tout son visage exprime la colère.

— Ankh-Ti ? Tu n'as rien à faire ici, sale sorcière ! Fous le camp ! hurle-t-elle, les yeux révulsés de rage.

— Attends, ma chérie, Ankh-Ti est en danger, tente d'expliquer Thot-Mosis.

— Je me moque qu'elle soit en danger. C'est toujours vers toi qu'elle se tourne. Elle veut te séduire, tout le monde le sait. Tu es venue pour me voler mon mari, hein, traînée !

Les sept enfants du couple sont réveillés par ses cris et sortent de leur lit.

Si Ankh-Ti révèle ce qu'elle sait à Thot-Mosis, cela risque de lui nuire. Il ne faut pas qu'il sache. Alors elle se reprend et se lève.

— Il n'y a pas de secret, dit-elle. Oublie ce que je viens de dire.

— Mais… Et ces tueurs qui te poursuivent ?

— Je vais me débrouiller. Tout va rentrer dans l'ordre.

Les deux amis se regardent. Thot-Mosis comprend qu'elle agit pour ne pas le compromettre.

— Ne t'inquiète pas, ça va aller, articule-t-elle avant de l'embrasser sur la joue.

Les rues sont désertes, toujours éclairées par la pleine lune. Ankh-Ti court et fuit. Elle sent qu'un seul refuge peut la protéger : le temple du savoir. Il n'est habité par personne, et elle sait qu'elle n'aura pas à négocier son hospitalité pour la nuit.

Les rouleaux de papyrus ne me trahiront pas.

Elle franchit le seuil du temple et déambule dans les travées aux étagères remplies de rouleaux. Elle se recroqueville à même le sol et souffle enfin. Elle se dit que le lendemain elle fuira vers le sud. Mais pour l'instant elle doit rester cachée et attendre que les tueurs du grand prêtre Mâya renoncent à la chercher.

Diverses pensées lui viennent à l'esprit.

Je ne peux pas en vouloir à la femme de Thot-Mosis. Moi, je n 'ai pas d'enfants. C'est différent. J'ai choisi de consacrer ma vie au projet du temple de la connaissance. C'est un choix que j'assume : créer cet endroit plutôt que fonder une famille. Et tout est pour le mieux car, si j'avais un mari et des enfants, ils seraient en danger eux aussi. Là, je ne compromets personne d'autre que moi-même.

Elle sent l'odeur rassurante de l'encre des papyrus, à base de miel et de suie.

Je suis ici au cœur même de ma propre création.

Elle jette un coup d'œil aux étagères.

Quarante mille rouleaux. Et tant d'informations...

Soudain, un détail l'intrigue : il lui semble que certaines étagères qui étaient remplies sont désormais vides. Mais elle n'a pas le temps de s'interroger davantage : elle entend des aboiements.

Ils ont retrouvé ma trace.

Cinq de ses poursuivants, tenant deux chiens en laisse, pénètrent dans le temple du savoir et n'ont guère de difficulté à la débusquer.

Sans un mot, l'un d'entre eux s'avance et lui enfonce son épée dans le cœur.

Du sang gicle.

Ankh-Ti tombe à genoux. La douleur, d'abord très vive, laisse ensuite place à une sorte d'engourdissement de son corps tout entier.

Elle crache du sang.

Puis bascule en arrière.

Elle reste sur le dos, la bouche ouverte, les yeux écarquillés, avec la sensation que son cœur brûle.

C'est maintenant que tout s'arrête…

Mais plus que sa propre fin, ce qui lui provoque la plus forte émotion est de voir les hommes envoyés par Mâya déverser un liquide noir sur les papyrus.

Elle en reconnaît l'odeur.

De la poix.

Puis ils jettent une torche sur l'une des traînées, qui s'enflamme en un rien de temps.

Tout le temple du savoir prend feu.

Au milieu des flammes, le corps éthérique d'Ankh-Ti se détache de son corps matériel.

GAME OVER.

59.

Devenue fantôme, Ankh-Ti reste un moment à regarder son œuvre partir en fumée. Puis, comprenant qu'il n'y a plus rien à faire dans cette vie, elle s'élève pour rejoindre l'étoile Sopdet, car désormais elle en est persuadée, c'est là que se trouve le continent des morts où son âme va être jugée.

L'esprit d'Eugénie voit autour d'elle beaucoup d'âmes qui montent. Le nombre d'humains sur terre a augmenté, et le nombre de morts aussi.

Le passage des sept territoires du Paradis est une formalité. Elle arrive rapidement dans la zone du jugement et retrouve les trois archanges comme de vieilles connaissances. Pour ne pas les vexer, car elle les sait très attachés au rituel, elle prend le temps de revoir sa vie en accéléré, puis attend les trois questions fondamentales.

— Qu'as-tu fait de tes talents ?

— J'ai initié la construction d'un temple du savoir auprès du pharaon monothéiste réformateur Akhenaton.

— Qu'as-tu appris ?

— J'ai appris l'écriture hiéroglyphique. J'ai consigné, non plus sur des tablettes d'argile mais sur des papyrus souples, l'étendue de mes connaissances.

— Qui as-tu aimé ?

— J'ai aimé mes parents et mon frère Chtou. J'ai aimé mon roi, Akhenaton, que j'ai servi et qui m'a fait l'honneur de m'inviter à sa table. J'ai aimé son épouse, la reine Néfertiti, une femme pour laquelle j'ai une grande admiration. J'ai aimé Thoutmôsis, même si je comprends pourquoi il ne pouvait pas m'aider.

L'avocat lui lance un clin d'œil pour lui faire comprendre qu'elle a bien fait de mentionner qu'elle lui a pardonné.

— Bien, dit le juge. Très bien… Nous allons maintenant procéder à la mesure de ton âme.

L'archange procureur sort son étrange outil de mesure, le crâne prolongé par la colonne vertébrale pendante. Il dit d'un ton solennel :

— Quelle est la mesure d'Ankh-Ti ?

Instant de suspense.

Enfin une lumière monte sur les vertèbres et se stabilise à l'une d'entre elles pour briller plus fort. Elle arrive sur les dorsales, au-dessus du chakra 4.

Le procureur annonce le verdict :

— 4,7.

Le juge hoche la tête, admiratif.

— Quelle progression ! Tu as non seulement franchi la limite de la graduation 4, mais tu l'as même dépassée.

— On peut la féliciter, reconnaît l'archange avocat. Atteindre un tel score est tout à fait remarquable, d'autant plus qu'à cette époque, le niveau général de l'humanité est très bas.

Le juge confirme.

— L'essentiel des humains passent leur temps à cultiver la terre, à faire la guerre ou à chasser. Ils ne se posent pas de questions sur leur existence ou leur potentiel.

— Je reconnais qu'elle a bien progressé, concède le procureur.

— Bien progressé ? s'emporte l'avocat. Non seulement elle n'a causé aucun tort à qui que ce soit, mais elle a lancé un projet personnel original et est parvenue à convaincre la plus haute autorité du pays, le pharaon Akhenaton en personne, de bâtir un temple qui serait le réceptacle de tout le savoir. Un projet dont l'ambition est… mondiale !

— Mais ce temple de la connaissance n'a pas duré, rappelle le procureur.

— Il n'a pas été complètement détruit, rétorque l'avocat.

— Comment ça ? Je l'ai vu partir en fumée ! s'écrie Ankh-Ti.

— Les enfants et les amis de Joseph ont agi à temps. Dès qu'ils ont appris la mort d'Akhenaton, les Hébreux ont demandé à ceux de leur communauté de sortir du temple un maximum de rouleaux.

— Les Hébreux ? répète Ankh-Ti, sous le coup de la surprise.

— Ils ont essayé de préserver le maximum de connaissances, dit l'avocat. Ils n'ont pas pu récupérer les quarante mille rouleaux, mais ils en ont sauvé un bon quart.

— Le culte d'Amon est un système essentiellement constitué autour du pouvoir religieux et politique des prêtres, poursuit le juge. Pour qu'ils restent en place, ils doivent maintenir le peuple dans l'ignorance, la superstition et la peur, les trois leviers les plus efficaces pour manipuler les esprits faibles. Or ton temple du savoir aurait pu être un moyen d'instruire le peuple et de diffuser des connaissances au-delà des frontières égyptiennes. Voilà pourquoi ils devaient te supprimer mais aussi faire disparaître le temple.

— Je comprends mieux pourquoi les Hébreux ont été réduits en esclavage…, dit Ankh-Ti.

— En tout cas, tu as accompli une superbe trajectoire de vie, insiste l'avocat.

— Mais elle n'a eu ni mari ni enfants, rappelle le procureur.

— Elle était dévouée à son pharaon puis à son projet, la défend l'avocat. C'est encore mieux. Un mari et des enfants l'auraient ralentie, voire stoppée.

— Puis-je poser une question ? demande l'Égyptienne.

— Nous t'écoutons, répond le procureur.

— Est-ce que j'ai croisé ceux de ma famille d'âmes, les cinq de la Main de lumière ?

— Bien sûr ! Tu en as croisé trois, dit l'avocat. Et tu sais de qui je parle…

— Akhenaton, Néfertiti, Thoutmôsis, énumère Ankh-Ti. À moins que ce ne soit Joseph ou le prêtre Aÿ, le père de Néfertiti ?

— Nous ne sommes pas autorisés à te donner ce genre de précision, dit le juge.

— Et… Est-ce que j'ai croisé ceux de la Main d'ombre ?

— Oui. Deux. Et là encore, je pense que tu connais la réponse, répond le procureur.

— Mâya et Satis, annonce sombrement Ankh-Ti. Bon sang, ce sont eux qui ont gagné ! Ils ont détruit tout ce que nous avions construit…

Le juge reprend la parole :

— Quoi qu'il en soit, ta vie d'Ankh-Ti est une vie très réussie. Tu as été créative, courageuse, attentive, tu as pris des risques, tu as su écouter et décider au bon moment. Tu as su préserver la famille de Thoutmôsis.

— Mais j'ai échoué dans mon projet…

— Tu te trompes, tente de la réconforter le juge. Les forces de l'obscurantisme étaient simplement plus efficaces. Un poison délivré au moment fatidique suffit parfois à anéantir l'œuvre d'une vie, une religion ou même un empire.

— Pour nous, tu as réussi une étonnante performance et tu as mis à profit tous tes talents pour atteindre un objectif très élevé, souligne l'archange avocat.

— Alors, que dois-je faire pour progresser encore dans ma spiritualité ? les interroge Ankh-Ti.

L'avocat regarde les deux autres archanges.

— Pouvons-nous lui dire ?

Le juge approuve d'un hochement de menton.

— Au-dessus de 4,5, tu as droit à une V.E.R.B.

— Une V.E.R.B. ?

— Les initiales de « Vie Extraordinaire, Rayonnante et Bienfaitrice », explique le juge.

Et l'avocat de préciser :

— Ce que nous appelons « V.E.R.B. » est une vie qui t'offre dès le départ tous les atouts pour agir et avoir une influence considérable sur ton entourage.

— Tu n'en auras qu'une, complète le procureur. Souhaites-tu utiliser cette possibilité unique pour ta prochaine incarnation ?

— Évidemment que je le veux !

Ankh-Ti a presque crié.

Le juge hoche la tête et note l'information sur son rouleau.

— Très bien, alors il en sera comme tu le désires. Donc : une V.E.R.B pour la vie suivante !

— Nous devons cependant t'avertir, dit le procureur sur son ton de rabat-joie qu'Eugénie connaît bien désormais. Ce n'est pas parce que tu as cet atout exceptionnel que tu vas forcément réussir.

— Comment ça ?

— Tu auras tous les outils pour développer tes talents, explique l'avocat. Mais ils augmentent l'intensité des effets, autant dans le positif que dans le négatif. Dans une V.E.R.B., les actes bienveillants comme les actes malveillants sont énormément amplifiés.

— C'est comme si tout ce que tu allais accomplir devenait plus bénéfique mais aussi potentiellement plus destructeur, précise le juge. Les bons points et les mauvais points compteront triple. Rien ne te sera pardonné. Tu n'auras droit à aucune erreur.

— Sache que, pour les âmes de niveau 4,7, utiliser sa V.E.R.B., c'est prendre un grand risque. Mais je crois que tu peux t'en sortir, lui dit l'avocat.

— Alors tu es toujours sûre de vouloir prendre cette option pour ta prochaine incarnation ? questionne le juge.

— Réfléchis bien avant de répondre, dit le procureur.

— C'est tout réfléchi. Je maintiens mon choix.

Avant qu'elle rejoigne son incarnation suivante, l'archange avocat la prend à part et lui murmure :

— Il va falloir jouer serré, très serré. Voici quelques conseils importants à retenir pour cette future vie déterminante : fais attention à tes pensées car elles deviendront des paroles. Fais attention à tes paroles car elles deviendront des actes. Fais attention à tes actes car ils deviendront des habitudes. Fais attention à tes habitudes car elles deviendront ton caractère. Fais attention à ton caractère car il deviendra… la destinée de ton âme.

— Je m'en souviendrai.

— Et puis encore un dernier conseil : n'oublie pas de développer ton humour. Après tout, la vie est une comédie et pas une tragédie. Reste humble.

60.

L'esprit d'Eugénie a remonté les dix marches qui mènent de l'inconscient au conscient.

Trois… deux… un… zéro… Top.

La jeune femme ouvre les yeux.

Elle est comme un boxeur sonné après un match dont il sortirait victorieux mais qui l'aurait épuisé. Elle prend de profondes inspirations, souffle longuement, puis, comme à son habitude, elle dessine sur son cahier les scènes dont elle est encore imprégnée.

L'inauguration du temple du savoir.

Le pharaon Akhenaton et la pharaonne Néfertiti.

Thoutmôsis.

Le grand prêtre Mâya. Satis.

Le ministre Joseph. Le prêtre Aÿ.

L'éclipse solaire.

Le visage révulsé du pharaon sous l'emprise du poison.

Les tueurs avec leurs chiens aboyant dans le temple du savoir.

Le temple du savoir en feu.

Elle s'arrête soudain, allume son ordinateur portable et cherche : « éclipse solaire sous le règne du pharaon Akhenaton ». Le moteur de recherche affiche en quelques secondes : « 14 mai de l'an 1137 avant J.-C. »

Forte de cette information, elle note le bilan de cette V.I.E. :

« Visite d'une troisième vie antérieure.

Numéro de porte : + 6.

Datation : autour de 1137 avant J.-C. (année 17 du calendrier réformé).

Territoire : Égypte.

Lieu précis : cité d'Akhetaton (actuelle Amarna).

Nom personnel : Ankh-Ti.

Activité : servante, puis bâtisseuse du temple du savoir (le premier grand édifice qu'on pourrait assimiler à une bibliothèque ?).

Mesure de l'âme : 4,7/6. »

Sacrée vie, songe Eugénie.

Satisfaite, elle s'autorise enfin à prendre une douche, glacée cette fois. Grâce à l'eau froide qui ruisselle, elle sent mieux son épiderme, ses organes, sa respiration, son cœur.

Dans sa tête, tout se bouscule.

Elle est fière d'avoir réussi à créer la première bibliothèque officielle. Fière de sa note d'évolution d'âme. Mais elle craint désormais de ne pas être à la hauteur pour la suivante, sa vie « joker ».

V.E.R.B... Les initiales d'une « Vie Extraordinaire, Rayonnante et Bienfaitrice »... Ça sonne comme « verbe ».

Comme il est dit dans la Bible : « Au commencement était le verbe »...

Le verbe, la parole, le savoir, le texte, le livre…

Le commencement de ma mission sera là encore sous le signe de ce mot magique.

Eugénie a l'impression de se voir confier une voiture de course. Un ami de son père lui avait un jour permis d'essayer un bolide quand elle avait dix-neuf ans.

Elle n'avait pas osé y aller à fond de peur d'abîmer le moteur ou d'avoir un accident.

Elle repense à Thoutmôsis.

Et s'il était mon âme sœur ? Et si on se retrouvait vie après vie, irrésistiblement attirés l'un vers l'autre ?

S'il est vraiment ma moitié perdue, nous ne cesserons de souffrir. D'ailleurs, « passion » ne prend-il pas son origine dans le mot grec pathos, *« douleur » ?*

J'ai l'impression que notre couple est maudit…

Il faut que je renonce à ce piège qu'est la recherche de la fusion avec l'âme sœur. Cette passion a même conduit le ministre de l'Éducation nationale à se tuer, ce qui a entraîné tous les problèmes actuels.

Je dois vraiment me reprendre.

Seule compte la mission que m'a confiée maman : réunir les forces de la Main de lumière pour contrer les forces de la Main d'ombre.

Je n'ai pas besoin de l'aide d'une prétendue âme sœur. J'y arriverai très bien seule. Ou avec mes autres alliés fiables. Mon père et puis mon grand-père.

Elle sort de la douche, sèche longuement sa longue chevelure rousse au sèche-cheveux, ce qui est toujours pour elle un moment de réflexion.

Elle passe des vêtements confortables.

Puis elle allume une cigarette et s'installe sur son divan pour lire un passage de l'*Encyclopédie* qui concerne le dernier conseil de son archange avocat. Celui qui parle de l'importance de l'humour.

61.

ENCYCLOPÉDIE : HISTOIRE DE L'HUMOUR.

C'est le professeur Paul McDonald, de l'université de Wolverhampton au Royaume-Uni, qui a mené la première étude sérieuse sur l'histoire de l'humour. Selon lui, la plus ancienne blague était sumérienne. Elle a été trouvée sur une tablette d'argile gravée en caractères cunéiformes. Elle est datée de 2500 avant notre ère.
BLAGUE 1. SUMER.
« Voilà une chose qui n'était pas arrivée depuis longtemps : une jeune femme s'est retenue de péter sur les genoux de son mari. »
Paul McDonald a ensuite trouvé d'autres blagues très anciennes, notamment en Égypte. Celle-ci est datée de 2500 avant notre ère, sous le règne du pharaon Snéfrou.
BLAGUE 2. ÉGYPTE.
« Comment divertir un pharaon qui s'ennuie ? Tu fais voguer sur le Nil un bateau ayant pour toute cargaison des jeunes femmes simplement vêtues de

filets de pêche et tu proposes au pharaon d'aller à la pêche. »

Le plus ancien recueil de blagues qui nous soit parvenu est daté du IIIe ou IVe siècle de notre ère. Les auteurs sont Hiéroclès et Philagrios. Le titre du livre est *Philogélos*, qui signifie « l'ami du rire ». Il répertorie 265 blagues. En voici une.

BLAGUE 3. GRÈCE.

« C'est un homme qui va voir son médecin et lui dit : "Docteur, quand je me lève le matin, pendant une demi-heure je vois tout sombre et ce n'est qu'après que j'y vois clair." Alors le médecin lui répond : "Tu n'as qu'à te réveiller une demi-heure plus tard." »

Les Romains se sont à leur tour intéressés à l'humour et ont eux aussi laissé des recueils. Parmi les blagues romaines les plus populaires, on trouve celle-ci, datée de l'an 41 de notre ère.

BLAGUE 4. ROME.

« Lors d'un banquet organisé dans son palais, l'empereur Caligula est pris d'un fou rire. Un convive lui demande ce qui le fait rire si fort. Il répond : "Je me disais que je n'aurais qu'à claquer des doigts pour faire tuer n'importe lequel d'entre vous." »

Edmond Wells,
Encyclopédie du Savoir Relatif et Absolu.

ACTE VI

Vendredi 13

Jour de l'Apocalypse

62.

Un rayon de soleil filtrant à travers les rideaux lui caresse doucement la paupière droite.

Eugénie se réveille avec le sourire en se rappelant les blagues un peu nulles qu'elle a lues dans l'*Encyclopédie* avant de se coucher et dont elle a rêvé cette nuit.

Tout est relatif. Même l'humour.

À chaque époque et dans chaque pays, il y a un humour particulier. Peut-être que ce qui nous fait rire ici et maintenant ne fera pas rire ailleurs plus tard.

Elle se souvient aussi comment le chien, en pétant au moment de la rencontre entre Néandertaliens et Sapiens, avait réussi bien malgré lui à dédramatiser la rencontre.

Le pet de chien est une blague universelle. Elle fait rire à toutes les époques et dans tous les pays. Je pense qu'un Japonais ou un Éthiopien la trouveraient drôle encore de nos jours.

Elle sort de son lit, enfile un short et un tee-shirt mauves.

Et si tout ce qui nous arrivait n'avait pour seul but que de faire rire les archanges qui nous observent comme on regarde une série à la télé ? Et ils nous notent comme le font parfois certains spectateurs pour ces mêmes séries.

— Miaou ! commente le chat.

Elle lui sert des croquettes, puis jette un œil au calendrier.

— Vendredi 13. Donc, selon maman, l'Apocalypse, c'est aujourd'hui…

Elle va vers la fenêtre et constate que la pluie a cessé.

— Pour une journée censée être celle de la fin du monde, au moins la météo est clémente. C'est déjà ça.

Mais alors qu'elle examine mieux la rue, un détail l'intrigue. Elle ouvre la fenêtre.

Partout gisent des carcasses de voitures calcinées. L'abribus est en miettes. Certains véhicules fument encore.

Mais que s'est-il passé cette nuit ?

Elle ouvre l'application radio de son smartphone. La voix du présentateur résonne :

– Sport. Après la terrible défaite de l'équipe de football parisienne contre l'équipe marseillaise sur le score sans appel de 3 à 1, une série d'incidents se sont produits dans la capitale. Des bandes de supporters déçus et passablement éméchés ont semé le chaos dans plusieurs quartiers parisiens. Un supporter marseillais a été grièvement blessé et une vingtaine d'autres plus légèrement, et il y a eu cinq blessés du côté des supporters parisiens. Le cauchemar a commencé dès la dixième minute pour les Parisiens, avec le claquage aux adducteurs de Ronaldissimo. Le joueur le mieux payé de l'histoire du football a été rapidement remplacé et a suivi le reste du match depuis le banc de touche. Lors de la conférence de presse d'après-match, qui s'est déroulée sous haute surveillance, le joueur brésilien s'est déclaré très « contrit » de cette situation qu'il a mise sur le compte d'un manque d'échauffement. Il n'en fallait pas plus pour enflammer la Toile : depuis la veille circulent des vidéos du joueur entouré de jeunes femmes aux vêtements suggestifs dans une boîte de nuit à la mode. À la sortie du Parc des Princes, Ronaldissimo a regagné son luxueux hôtel accompagné d'un important service d'ordre et dans le plus grand secret. Durant la nuit, l'établissement a été la cible de plusieurs projectiles, dont un cocktail Molotov qui n'a heureusement pas fait de victimes. Le ministre des Sports a pris la parole pour signifier sa déception, quant au ministre de l'Intérieur, il a évoqué plusieurs millions d'euros de dégâts.

– Black Friday. Comme chaque année, le Black Friday connaît un succès planétaire. Cette journée de soldes mondiaux a vu les grands centres commerciaux pris d'assaut dès leur ouverture à sept heures trente. De même, la fréquentation des sites de vente en ligne a explosé dès minuit. En une seule journée, certaines enseignes égalent leur chiffre d'affaires mensuel. Aux États-Unis, on dénombre déjà sept morts et plusieurs centaines de blessés, la plupart piétinés dans des bousculades à l'entrée des magasins. Un peu partout dans le reste du monde, l'engouement pour le Black Friday augmente de manière spectaculaire, faisant toujours plus de ventes et toujours plus de morts.

– Moyen-Orient. Le Qatar a annoncé l'ouverture prochaine de sa propre station de ski en plein désert afin de pouvoir présenter sa candidature aux prochains Jeux olympiques d'hiver. C'est le deuxième pays du Golfe, après l'Arabie Saoudite, à s'équiper de stations de ski, financées grâce à l'argent du pétrole. Le Qatar est actuellement sous le feu des projecteurs. Le royaume est accusé de financer aussi bien des équipes de football que des groupes djihadistes dans le monde entier, et d'avoir tenté de corrompre des membres d'instances internationales comme l'ONU, l'OMS, ou le Parlement européen. Ce n'est pas la première fois que le Qatar est soupçonné de corruption : déjà, lors de l'attribution de la Coupe du monde de football en 2022, le pays avait dû se défendre de nombreuses accusations en ce sens. Sans compter que le nombre d'ouvriers philippins et népalais décédés durant la construction des équipements sportifs a été évalué à plus de 7 000.

– Marée noire. Le tanker *Last Hope* n'en finit pas de déverser le pétrole qui sort de ses flancs et… »

Eugénie éteint la radio et va dans la salle de bains. Alors que l'eau chaude la réconforte, ce dont Raphaël a parlé en cours lui revient à l'esprit.

On est loin de la Coopération-Réciprocité-Pardon. On est plutôt dans l'Égoïsme-Lâcheté-Rancune…

En tout cas, quelque chose frémit dans le monde. Un match de football perdu. Des cocktails Molotov contre l'hôtel du joueur le plus payé, des abribus incendiés. Un tanker naufragé qui déverse son pétrole. Des pistes de ski qui vont sortir des sables du désert et le Qatar qui tente de corrompre des responsables de grandes institutions...

Rien de très grave.

Ce n'est pas l'Apocalypse.

Maman a eu tort de s'inquiéter.

Puis elle s'installe dans la cuisine. Elle ouvre un paquet de gaufres au chocolat, se fait un café et hésite à rallumer la radio.

L'écoute des actualités est comme une drogue. L'effet addictif est irréversible.

Elle relance tout de même l'application de son smartphone qui égrène les informations en continu.

– Politique internationale. Après la Corée du Nord, la Russie a apporté son soutien total aux mollahs d'Iran dans leur lutte contre les manifestants de plus en plus nombreux à Téhéran. « Il s'agit d'une tentative de déstabilisation orchestrée par des pays étrangers », a signalé le ministre des Affaires étrangères russe, visant en sous-texte les États-Unis et l'Europe. La Chine a par ailleurs déclaré qu'elle considérait elle aussi le régime des mollahs comme légitime et que son projet d'arme nucléaire était une réponse « juste et équilibrée » à la diplomatie de la terreur initiée par les pays occidentaux et leurs alliés.

– Écologie. L'amas d'ordures qui dérive entre l'Asie et l'Amérique, aussi appelé « septième continent », continue de s'agrandir, selon les dernières observations. La plateforme de débris de bouteilles plastique, de vêtements, de sacs-poubelle et d'objets manufacturés est devenue suffisamment vaste pour modifier l'écosystème alentour.

– Culture. Selon un récent sondage commandé par le CNL, le Centre National du Livre, les Français lisent de moins en moins. Si dans les années 2010 le nombre moyen de livres était d'un ouvrage par mois et par Français (selon leur propre déclaration), il est désormais d'un par trimestre. Ce désintérêt pour la lecture est encore plus visible chez les adolescents, avec un livre lu par semestre en moyenne, le plus souvent un manga ou un ouvrage de dark romance. « Redonner le goût de la lecture aux jeunes sera le chantier délicat auquel le prochain ministre de l'Éducation nationale, qu'il soit humain ou informatique, devra s'attaquer sans tarder, a déclaré le directeur du CNL. Cependant, réjouissons-nous : la France reste un des pays où il y a le plus grand nombre de librairies et de bibliothèques et où l'on lit le plus. »

– Météo. Les températures devraient encore monter dans les jours qui viennent et, avec le vent, de grands incendies sont à craindre sur la Côte d'Azur et dans les Landes ou…

Cette fois, Eugénie éteint rageusement son smartphone et le jette au fond de son sac à dos.

Puis elle quitte son appartement et descend dans le métro pour rejoindre sa mère à l'hôpital.

63.

Mélissa est entre d'énormes mains poilues.

Georges, le kiné, tente de lui assouplir le corps en lui massant les muscles des bras, des jambes, mais aussi ceux du visage et des mains. En voyant Eugénie, il s'arrête un instant pour la saluer et la laisser embrasser sa mère.

— C'est bien que vous soyez là, déclare-t-il en reprenant ses manipulations. Plus je fréquente les patients qui sont dans le même état que votre maman, plus je suis convaincu qu'il faut interagir avec eux. Leur parler, les toucher, les embrasser.

Il désigne du menton la table de chevet.

— Je me suis permis de lui acheter des fleurs pour qu'elle sente leur parfum.

Eugénie remarque en effet un beau bouquet.

— Je lui fais aussi écouter de la musique classique. Vivaldi a un bon effet sur elle. Cela la fait sourire.

Voyant l'air surpris d'Eugénie, le kiné déclenche son smartphone. Tandis qu'en sortent les premières notes du *Printemps*, la jeune femme a en effet l'impression qu'apparaît un léger étirement à la commissure des lèvres de Mélissa.

— Antonio Vivaldi était roux, comme vous. Saviez-vous qu'on le surnommait « le Prêtre rouquin » ?

— Non, je l'ignorais, répond Eugénie, qui s'étonne intérieurement de ne pas avoir trouvé le célèbre compositeur dans la liste des roux célèbres de l'*Encyclopédie du Savoir Relatif et Absolu.*

— Ses détracteurs, nombreux à l'époque, l'appelaient aussi « le Diable roux », ajoute le soignant. C'est fascinant tout ce que l'on découvre quand on s'intéresse un tant soit peu à l'histoire. Je crois que votre mère était professeure d'histoire, n'est-ce pas ? J'aurais adoré discuter avec elle.

— Cela reste encore possible, réagit un peu vivement Eugénie.

— Bien sûr, se reprend le kiné. Le professeur Kapoor est très optimiste. Il pense qu'elle peut vaincre sa tumeur.

De nouveau, la sonorité du mot « tumeur » semble à Eugénie incompatible avec le moindre optimisme.

Où est ton esprit, maman ? As-tu quitté ce corps pour faire du tourisme, et peut-être même revenir dans « ta » Bibliothèque akashique pour savoir comment le futur se dessine ?

Après le départ de Georges, Eugénie prend la main de sa mère et la lui serre fort.

— J'ai fait ce que tu m'as demandé, maman. Je suis allée visiter mes vies antérieures pour comprendre comment la menace s'était constituée, mais je ne la perçois pas dans le présent. Quand j'écoute les actualités, je sens beaucoup de menaces diffuses mais je ne vois pas à mon niveau comment je pourrais agir. Je ne pourrai ni arrêter la marée noire du *Last Hope*, ni empêcher la construction d'une piste de ski dans le désert, ni sauver les malheureuses qui vont être pendues à Téhéran. Je ne peux même pas aider Ronaldissimo à mieux jouer. Quant à la Corée du Nord, je ne pense pas pouvoir l'empêcher de fabriquer des bombes atomiques à la chaîne dans les vingt-quatre heures qui viennent. Par contre, maman, si tu m'entends, j'aimerais que toi, tu agisses à ton niveau pour arrêter la noirceur qui envahit ton corps. Il paraît que le mental peut tout. Alors, s'il te plaît, fais-moi plaisir : guéris ! Voilà, tu m'as donné un ordre, sauver le monde, moi je t'en donne un autre en retour : sauve-toi toi-même.

Les larmes étranglent sa voix.

Le professeur Ganesh Kapoor entre à ce moment-là dans la chambre.

— Bonjour, Eugénie. On m'a dit que vous étiez là. Nous avons commencé les premières injections. On devrait savoir demain comment votre maman réagit au traitement.

— C'est une excellente nouvelle, docteur, je vous remercie, répond-elle en s'essuyant les yeux. Mais... j'aurais autre chose à vous demander...

— Sur le karma ? demande l'oncologue avec un sourire entendu.

Eugénie se dit que cet homme est loin d'avoir dévoilé toutes ses compétences et lui sourit en retour.

— Sur les chakras... De quelle tradition sont-ils issus ?

— De la tradition védique. Dans la médecine traditionnelle indienne, ce sont des points d'énergie. Mais on n'a jamais pu vérifier scientifiquement s'ils avaient une influence biologique.

— Et vous, vous y croyez ?

— Pour être tout à fait honnête avec vous, en tant que médecin, non, en tant qu'humain, oui : quand je me dispute avec ma femme, je lui dis que nous ne sommes plus connectés au niveau de tel ou tel chakra.

La jeune femme le regarde, perplexe.

— On peut dire que chaque chakra correspond à un lien avec l'autre, ajoute le médecin.

— Expliquez-moi…

Kapoor s'approche du lit de Mélissa et, tout en lui caressant les cheveux, reprend :

— Le chakra 1 ne compte pas, car il représente le lien à la planète. Le 2 est le sexe : quand un couple est bien connecté au niveau du 2, la sexualité est épanouie.

— Vous permettez que je prenne des notes ?

Eugénie prend son cahier à dessin et trace rapidement une silhouette humaine. Elle place le premier point à l'endroit que lui indique Kapoor.

« Chakra 1 : connexion planète. »

Puis plus haut :

« Chakra 2 : sexualité. »

— Le troisième chakra est le nombril, le ventre, la vie concrète. Dans le couple, il correspond à la famille, à l'argent, à la maison, aux biens, aux enfants, aux vêtements. Tout ce qui est matériel.

Elle dessine le point sur le nombril et écrit :

« Chakra 3 : biens matériels, famille. »

— Le 4, le cœur, est le siège des émotions. Quand on est bien connecté à l'autre, le seul fait de penser à cette personne nous fait sourire et accélérer les battements. Et quand l'autre est en retard, on est inquiet qu'il ait eu un accident. C'est aussi la reconnaissance de l'autre dans sa « famille d'âmes ».

La formule employée par Kapoor l'intrigue.

— « Famille d'âmes », dites-vous ? À quoi correspond cette expression dans la culture bouddhiste ?

— Eh bien, on considère que certaines personnes se sont connues dans des vies précédentes et, parce qu'elles le souhaitent, elles se retrouvent dans les vies suivantes. C'est ce qui donne la sensation de « déjà-connu ».

— C'est aussi là qu'on reconnaît son âme sœur ?

— En effet, cette idée existe aussi dans notre tradition. Des gens faits pour être ensemble et qui lorsqu'ils sont réunis se mettent à rayonner plus fort.

Eugénie relève lentement la tête.

Le professeur Kapoor arbore un sourire chaleureux et franc.

Cet homme est vraiment surprenant…

Elle note :

« Chakra 4 : émotions, reconnaissance karmique, âme sœur, famille d'âmes. »

— Le 5, la gorge, est le chakra de la communication. Quand le couple fonctionne bien, on a toujours des choses à se dire, on ne s'ennuie jamais. Les dialogues sont fluides. On rit ensemble.

Elle ajoute le chakra 5 sur son dessin :

« Chakra 5 : communication, dialogue, humour. »

— Le 6 est le troisième œil, situé sur le front. C'est le chakra de l'intuition, de la sagesse, mais aussi de la connexion culturelle. Quand on est connecté à l'autre par ce point, on a le même avis sur les gens, les expériences ou les formes d'art. On partage des passions communes.

Elle note :

« Chakra 6 : intuition et goûts artistiques. »

— Enfin, le 7 est le chakra de la spiritualité. On partage tous les deux la même vision de l'univers, de la vie, de l'au-delà, de la foi. Le couple pratique la méditation, la prière, ou va à la messe ensemble. Il est en accord sur l'interprétation des trois questions suivantes : « D'où venons-nous ? », « Qui sommes-nous ? », « Où allons-nous ? ».

Elle note :

« Chakra 7 : spiritualité, croyance. »

Elle regarde son dessin et relit les titres.

— Je n'avais jamais entendu parler de ce genre d'associations pour analyser le couple, reconnaît-elle.

Il sourit.

— Souvent les couples commencent en ayant des connexions aux chakras 2, 4, 6.

— Donc sexualité, émotion et culture ?

— Exactement. Ensuite, avec l'usure du temps, l'arrivée des enfants, ils passent aux chakras 3, 5, 7.

— Famille, dialogue, spiritualité, lit Eugénie.

— Puis-je à mon tour vous poser une question ? demande le médecin.

— Je vous écoute.

— Il me semble que vous attendez de moi plus que le traitement du cancer de votre mère. Est-ce que je me trompe ?

Elle sourit à son tour.

— C'est possible, dit-elle. En tout cas, j'ai l'impression que maman est tombée sur le bon thérapeute. Parce que vous avez une ouverture d'esprit qui n'est pas seulement celle d'un simple médecin.

Elle embrasse sa mère sur les joues puis prend son sac à dos.

Au moment où elle passe la porte, le professeur Kapoor lui lance :

— N'hésitez pas à me poser d'autres questions lors de votre prochaine visite…

64.

Eugénie n'est pas encore arrivée à la Sorbonne quand elle sent une grande tension dans l'air. Des cars de police sont stationnés dans les rues qui mènent à l'université. Derrière des cordons de sécurité sont garés les cars régie de plusieurs chaînes de télévision, et des dizaines de caméras sont braquées sur l'entrée du bâtiment. De grands drapeaux rouges sont déployés sur la façade.

En s'approchant, elle reconnaît ses amis du PNS debout sur le perron.

Des inscriptions sont tracées sur la façade :

« MINISTRE I.A. = MINISTRE HAÏ »,
« NON À LA DICTATURE DES MACHINES »,
« CHARLEMAGNE 2.0, ON NE VEUT PAS DE TOI »,
« NOUS N'OBÉIRONS PAS À UN LOGICIEL ».

Eugénie réalise soudain qu'elle n'a pas regardé ses messages WhatsApp depuis la veille en fin d'après-midi. Elle attrape son smartphone et voit qu'elle a vingt et un messages non lus.

L'appareil se met à vibrer. C'est Louis.

— Ah, enfin ! Mais tu étais où ? On s'inquiétait ! dit-il.

— Vous avez commencé le blocus ?

— Mieux que ça ! Tout le campus est paralysé ! s'enthousiasme le jeune homme.

— Qui est autorisé à entrer ?

— Les étudiants et les journalistes. Violaine est dans l'amphi Richelieu. Elle s'apprête à donner le seul cours de la journée. Je viens te chercher, ça va bientôt commencer.

— Et Nicolas ?

— Il est déjà là-bas.

Un peu étonnée, Eugénie voit Louis traverser les cordons de sécurité. Il l'accompagne jusqu'à la cour principale. Autour des tentes qui ont été dressées là, des centaines d'étudiants discutent, entre eux ou avec les rares journalistes autorisés à entrer. Des inscriptions reprenant le mot « RÉVOLUTION » ont été peintes à même les murs.

La jeune femme rousse entre dans l'amphi.

Violaine Garaudy est sur l'estrade avec, à ses côtés, Morgane et Lola. Cette dernière semble remise de son agression.

Où est Nicolas ?

Des journalistes, micros tendus, et des photographes faisant flasher leurs appareils sont assis au premier rang. Derrière, les étudiants sont nombreux, serrés à deux sur une seule place ou assis sur les marches.

Au premier regard, Eugénie comprend pourquoi la députée est si populaire : Violaine Garaudy en impose par son charme, son sourire, son assurance. Elle a les cheveux blonds, les yeux verts. Elle dégage tranquillité et force à la fois. Elle porte une veste rouge de marque et un gros collier en or avec un pendentif représentant une faucille et un marteau.

Elle fait chic et révolutionnaire.

Dès que Violaine Garaudy s'approche du pupitre, le silence se fait. Elle le laisse planer quelques instants pour ménager ses effets puis se lance :

— Ce qui se passe dans notre pays est grave. Au gouvernement, ils sont devenus fous. Ils veulent laisser un ordinateur gérer l'Éducation nationale.

Huées et sifflets dans les gradins.

— C'est l'ultime preuve, s'il nous en fallait encore une, de la stupidité et de l'incompétence de ce ramassis de médiocres censés nous gouverner ! Mais de toute chose mauvaise peut en sortir une bonne : la prise de conscience de l'urgence d'une vraie révolution, pour enfin nous débarrasser des élites corrompues, des abuseurs du peuple, des médias à leur solde. Il est temps que vous les jeunes preniez le pouvoir et rameniez les dinosaures là où ils méritent de vivre : dans les musées !

Applaudissements nourris de l'assistance.

— Aussi, je n'ai qu'une chose à dire à ceux qui jadis prétendaient nous gouverner : prenez votre retraite !

Elle lève le poing et lance :

— Dehors les vieux !

— Dehors les vieux ! répètent en chœur tous les étudiants.

— Non à un gouvernement suffisamment stupide pour préparer son propre remplacement par des ordinateurs, reprend-elle. Nous voulons la révolution.

Le mot est repris par la foule des étudiants.

— Révolution ! Révolution !

— C'est ici, à la Sorbonne, qu'a commencé Mai 68, et c'est ici, à la Sorbonne, que va commencer la prochaine révolution. Parce que le futur, ce ne sont pas les robots. Le futur, c'est nous ! Révolution !

— Révolution ! Révolution !

La députée PNS termine sa phrase le poing levé, la tête renversée en arrière. Les étudiants, galvanisés par son discours pro-jeunes, l'applaudissent comme rarement un professeur l'a été dans cet amphithéâtre prestigieux.

— Assez d'oppression de la part de ces aristocrates, de ces bourgeois, de ces nantis, de tous ces premiers de la classe qui viennent des grandes écoles et qui se croient plus intelligents que nous ! C'est nous, le peuple, qui détenons le pouvoir, et nous allons le leur rappeler en récupérant tout ce qu'ils nous ont volé !

Et ils ramperont à nos pieds ! Nous vaincrons car nous sommes les plus nombreux ! Nous vaincrons car nous sommes le peuple ! Le temps est venu de la révolution !

Le slogan est repris avec enthousiasme.

Violaine Garaudy enchaîne avec des formules simples similaires mais qui remportent chacune leur succès.

— Inversons les rôles ! Dictons les lois et eux nous obéiront !

Elle utilise un principe vieux comme le monde : l'altérité, songe Eugénie. *En désignant l'ennemi, elle crée la cohésion du groupe. Et ici, l'ennemi, ce sont tous ceux qui ne pensent pas comme elle.*

— Et maintenant il est trop tard pour faire marche arrière. Nous sommes là ! Nous occupons cet établissement. Même s'ils retirent leur ministre Charlemagne 2.0, nous continuerons d'occuper cette université et de réclamer la démission de ce gouvernement fantoche. Vous voulez savoir pourquoi ? Parce que nous avons désormais le pouvoir ! La peur a changé de camp !

La salle est très réceptive. Certains étudiants scandent son prénom.

— Vio-laine ! Vio-laine ! Vio-laine !

C'est étonnant... Elle dit « dehors les vieux », alors qu'elle doit bien avoir elle-même plus de soixante ans. Elle sait qu'elle s'adresse à un public pour qui l'histoire commence en l'an 2000. Tout ce qui est avant, c'est l'univers de leurs parents, donc de ceux qu'elle nomme « les vieux ».

Un sourire aux lèvres, la députée tente ensuite de calmer l'excitation d'un geste d'apaisement et prononce d'une manière beaucoup plus calme :

— Je déclare à partir de maintenant l'université de la Sorbonne occupée. Plus rien ne s'y passera sans que nous l'ayons décidé. Et pour commencer, je propose que l'on cesse d'y enseigner des… mensonges !

Cris d'approbation et applaudissements fusent.

— Je souhaite que ce lieu redevienne enfin non seulement la Sorbonne de mai 68 mais aussi le Woodstock de juin 69 ! Je vous demande donc d'accueillir mes deux partenaires de lutte.

La rejoignent alors sur l'estrade la Hyène et Nicolas, qui tient sa guitare à la main.

Les hurlements se déchaînent dans l'amphi et les étudiants applaudissent à tout rompre.

Derrière le rappeur et Nicolas, on installe à la hâte une batterie et des micros.

Nouvelle clameur enthousiaste du public.

Après les derniers réglages des amplis, les deux musiciens se lancent, interprétant chacun une phrase à tour de rôle. S'engage une sorte de joute entre le monde du rap et le monde du rock qui ravit la salle.

Je reconnais ce morceau ! C'est le tube « Walk this Way », qui a été chanté par le groupe de rock Aerosmith et le groupe de rap Run-DMC.

Les paroles sont reprises en chœur par les étudiants qui battent des mains en cadence.

Au moment du refrain, le rappeur monte le volume. Les murs du vieil édifice semblent trembler sous les assauts des basses. La Hyène s'empare du micro et se met à hurler :

— On va tout casser !

Nicolas, pris de court, se sent obligé de poursuivre et crie :

— On va faire la révolution !

— On va foutre le feu ! insiste la Hyène.

— Changeons le vieux monde ! enchaîne Nicolas.

— Mort aux laïcards !

— Les vieux à l'hospice ! dit Nicolas.

— Mort aux flics ! surenchérit le rappeur.

Les étudiants reprennent les slogans le poing levé. Avec une prédilection pour les slogans plus clivants de la Hyène.

La foule est surexcitée.

Eugénie, elle, commence à s'inquiéter. Cette journée, qui a commencé par l'annonce de voitures brûlées lors d'un match de football et continue par l'occupation d'une université symbole de la révolte étudiante, sonne faux. Eugénie considère qu'empêcher l'accès à l'éducation des jeunes, même de manière temporaire, n'améliorera pas leur vie. Au contraire.

La jeune femme aux cheveux roux ne quitte pas des yeux Violaine Garaudy, qui semble très à son aise dans son rôle de passionaria stalinienne en veste et bijoux chics.

Une nouvelle fois, Eugénie est surprise par la sonorité des mots.

Il y a quand même deux mots qui ne me plaisent pas dans son prénom : « viol » et « haine ».

Eugénie en a assez vu. Elle décide de rentrer chez elle.

— Où tu vas ? demande Louis qui était resté à ses côtés. C'est le grand jour, on a besoin de toi !

Eugénie cherche une réponse mais n'en trouve aucune. Alors elle se contente de dire :

— Faites la révolution sans moi.

65.

Eugénie rentre chez elle et jette ses affaires dans un coin. Elle s'assoit sur le divan et lâche un long soupir.

Nostradamus saute sur ses genoux pour venir se blottir contre elle.

Elle sort son smartphone et déclenche « Children of the Sun » de Dead Can Dance.

Les enfants du soleil… Ils ont encore beaucoup de travail à accomplir. Pour l'instant, ce sont les enfants de la lune qui mènent la danse.

Puis elle s'empare de son paquet de cigarettes et en allume une.

Bon, depuis hier, je sais que mon addiction à la nicotine est influencée par mes 3,7 % d'ADN néandertalien.

Elle souffle longuement la fumée.

— Tu en penses quoi, toi, de la révolution, Nostradamus ?

— Miaou, répond le félin noir en plissant ses yeux jaunes.

— Un point de vue intéressant, quoiqu'un peu individualiste, je trouve…

Tout en caressant son chat, elle réfléchit à voix haute :

— Ce que j'ai vu tout à l'heure ne me plaît pas.

— Miaou.

— Oui, je sais, c'est aujourd'hui le jour évoqué par maman. Est-ce que tout ça pourrait dégénérer ? Est-ce que leur amorce de révolution étudiante pourrait se transformer en Apocalypse ? Est-ce l'étincelle qui mettra le feu aux poudres ? Pour le moment, ce n'est pas exactement la fin du monde. Juste une occupation de la faculté, comme il s'en passe tous les trois ans, et des crétins énervés qui brûlent des voitures pour se défouler…

— Miaou, renchérit le félin.

— Oui, tu as peut-être raison. En considérant l'hypothèse que maman a réellement vu le futur, elle a probablement exagéré la menace. Elle a toujours eu un petit côté paranoïaque.

— Miaou.

— Évidemment que ça ne sert à rien de paniquer, je suis bien d'accord avec toi. De toute façon, je ne vois pas en quoi moi, simple étudiante, je peux avoir la moindre influence… Je n'ai pas pu empêcher Index Droit de détruire les rouleaux en peau de lapin tannée, ni mon propre fils Nisan de réduire mes tablettes d'argile en boules de terre glaise, ni les hommes du grand prêtre Mâya d'incendier le temple de la connaissance.

Elle se lève et continue de fumer debout face à la fenêtre. Dehors le soleil brille toujours. Elle s'adresse encore à Nostradamus.

— C'est peut-être ce que maman voulait que je comprenne en pratiquant les régressions : à chaque vie, j'initie des projets et je ne suis pas capable de les faire durer face à la montée des forces antagonistes. Je crois que je n'ai pas su être à la hauteur de la mission que m'a confiée maman. Je n'ai pas compris pourquoi j'ai échoué dans les vies antérieures que j'ai visitées ni comment empêcher que cela recommence...

La jeune femme ouvre la fenêtre et recrache la fumée en ronds successifs vers les nuages.

— En fait, je n'ai pas suffisamment optimisé le temps dont je disposais. Et maintenant, je ne sais pas ce qu'il va se passer mais je sais que je n'arriverai pas à être efficace.

— Miaou.

Le chat vient se presser contre ses mollets.

— Tu es sage, toi, et j'aime t'écouter : tu as parfaitement raison, la journée n'est pas achevée. Il n'est peut-être pas trop tard. Et puis j'ai une nouvelle vie à explorer. Et pas n'importe laquelle, ma vie « joker », celle avec le maximum de potentiel. Donc, probablement la plus intéressante.

Eugénie referme la fenêtre, tire les rideaux, arrête la musique, allume les bougies et s'assoit en tailleur sur le divan.

Elle regarde l'heure. Dix heures du matin. Elle a assez de temps devant elle pour vivre à fond cette expérience.

Ce doit être dans cette vie-là que se trouve la solution. C'est ma dernière chance, mais elle existe. Dans ma vie V.E.R.B., je dois pouvoir enfin trouver la clef du passé qui permet d'ouvrir la serrure du futur.

Elle ferme les yeux, prend trois grandes inspirations, puis elle descend les dix marches, se retrouve face à la porte de l'inconscient, qu'elle ouvre facilement, et avance au milieu des portes numérotées de ses vies antérieures.

Cette fois, elle sait qu'elle n'a pas besoin d'émettre de souhait, puisqu'elle veut visiter la vie qui suit celle d'Ankh-Ti. Elle se place tout de suite devant la porte numéro 7.

Elle pose sa main sur la poignée, la presse, franchit le seuil et se retrouve d'un coup dans un autre corps, beaucoup plus petit. Celui d'un fœtus tournoyant dans le liquide amniotique. L'expérience lui est désormais coutumière.

Malgré la pénombre, Eugénie tente de voir son sexe. Elle distingue une protubérance.

Je suis un garçon. Bon sang, je vais enfin savoir ce que ça fait d'être un homme !... C'est logique : par le passé, quand on était une femme, il était difficile d'être crédible et écoutée si l'on avait de grands projets ambitieux.

Et pour se donner du courage, elle se répète mentalement sa phrase fétiche : *SAME PLAYER, TRY AGAIN.*

66.

Naître est toujours un moment délicat.

La compression et le surgissement dans un univers froid, trop lumineux et trop bruyant, lui sont toujours pénibles. Cependant Eugénie Toledano se dit que, si elle doit encore vivre beaucoup de régressions, elle va devoir s'y habituer.

Suivent les étapes habituelles : le renversement tête en bas, la tape dans le dos, l'attente des pleurs, le soulagement quand elle vagit. Les parents qui poussent des cris de joie. Les mains qui la langent et cette sensation de faim irrépressible.

Bon, ça, c'est fait. Pas de temps à perdre avec la prime enfance. Passons vite à la suite.

Saut dans le temps pour rejoindre
un moment important de cette vie.

Quand l'image devient moins floue, elle est au bord d'une vasque et peut voir son reflet à la surface de l'eau. Elle est un petit garçon d'une dizaine d'années qui porte une tunique de laine. Il se lave le visage en le frottant avec des fleurs qui moussent.

— Pit ! dit une voix. C'est prêt.

Je m'appelle Pit ? Est-ce le diminutif de Peter ? Dans ce cas, je serais dans un pays anglo-saxon ?

Pit descend un escalier et rejoint la salle à manger. Là se trouvent son père et sa mère. L'espace dédié aux repas jouxte un atelier. Eugénie, à travers les yeux de Pit, repère toutes sortes de colliers, de parures et de bracelets ciselés.

De toute évidence, c'est le travail de son père. Il est bijoutier.

Sa mère apporte des bols contenant du fromage, que son père et lui mangent avec du miel sur des galettes d'orge.

Ils se régalent. Son père prend la parole :

— En ce jour d'anniversaire de tes quinze ans, je voudrais te dire une anecdote que je ne t'ai jamais racontée sur ce qu'il s'est passé avant ta naissance. Sache que tu es un véritable enfant du miracle, mon fils. Ta mère pensait qu'elle ne pourrait jamais avoir de descendance. Alors j'ai profité d'un voyage d'affaires à Delphes pour voir la Pythie. Celle-ci m'a dit : « Ta femme Parthénis accouchera d'un enfant qui surpassera tous les autres hommes par sa beauté, sa force, son intelligence et sa sagesse. » Quand je suis rentré à Samos, j'ai annoncé la bonne nouvelle à ta mère, et nous… t'avons eu. C'est pourquoi, en hommage à l'oracle de la Pythie, nous avons décidé de te nommer Pythagore, ce qui, comme tu le sais, signifie « annoncé par la Pythie ».

L'adolescent hoche la tête et continue de manger, les yeux baissés.

Eugénie, elle aussi, écoute.

Pythagore ? Delphes ? Samos ? Je suis le mathématicien grec Pythagore ! Celui du théorème !… Je connais mal les mathématiques… J'ai toujours été plus intéressée par la littérature. Mais je crois me souvenir que c'est un type important. Quant à son théorème… c'est en rapport avec les côtés d'un triangle, non ?

Le père continue à parler.

— La Pythie a dit que tu allais exceller dans tous les domaines et que tu marquerais les esprits pour longtemps.

Le jeune Pythagore continue de manger, gêné que son père insiste autant.

— Où veux-tu en venir, papa ?

— Tu es déjà le meilleur élève de ta classe et tu es en avance d'un an, c'est très bien… Mais à partir de maintenant, j'aimerais que tu t'entraînes aussi avec intensité physiquement. Le pugilat me paraît tout spécialement te convenir. Je voudrais que tu concoures aux prochains Jeux olympiques dans cette discipline.

Sa mère, Parthénis, l'interrompt soudain.

— Le pugilat ? Tu ne crois pas que c'est quand même un peu violent ? Chaque fois, il y a des blessés graves et même des morts... Pythagore est le meilleur dans les domaines intellectuels, il parle déjà plusieurs langues, il excelle dans la connaissance de la nature et de l'emplacement des étoiles dans le ciel, pourquoi le forcer à exceller dans un sport, aussi brutal qui plus est ?

— Un esprit sain dans un corps sain. Je veux précisément que tu montres, Pit, que tu n'es pas seulement intelligent, que tu es aussi le plus musclé et le plus rapide. Tu as quinze ans, c'est l'âge idéal pour commencer un entraînement intensif. J'ai trouvé un maître pugiliste. D'ailleurs, pour éviter tout débat inutile, je t'ai déjà inscrit. D'ici là, tu seras prêt...

Saut dans le temps.

Pythagore est dans la salle de préparation. Il enlève son pagne puis il se rend aux latrines. Pour la première fois, Eugénie découvre la vie dans un corps masculin. Uriner debout lui semble bizarre au début, puis plutôt amusant et surtout très pratique. De même, elle remarque qu'elle a sur les joues des poils drus qui la grattent et lui tiennent chaud.

Alors, voilà ce que c'est d'être un homme.

Pythagore se retrouve ensuite devant un miroir de métal poli. Il est très grand, très musclé, avec une belle chevelure brune, un visage allongé, une barbe fine et un sourire charmeur.

Il effectue des exercices de contraction des biceps.

Eugénie trouve sa musculature vraiment impressionnante. Cela lui fait aussi étrange de sentir tous ces muscles dans ses bras et dans ses jambes.

Je commence à entrevoir ce que signifie une vie V.E.R.B.

Autour de lui, une vingtaine d'autres pugilistes, nus eux aussi, probablement ses concurrents, se préparent. La plupart sont encore plus musclés que lui.

Pythagore en connaît certains, qu'il salue.

Soudain les trompettes retentissent. Tous les sportifs vont à la fenêtre munie d'une grille. Ils voient l'arène.

Depuis une estrade, un homme en toge lance :

— Je déclare ouverts les soixante-sixième Jeux olympiques !

Depuis la salle de préparation, les pugilistes entendent la foule acclamer les sportifs qui participent aux autres disciplines : le lancer de disque, le lancer de javelot, la course de chars, le pancrace, le saut en longueur, la course en armure, etc.

Pythagore tente de détendre ses muscles par des mouvements précis puis il enroule d'épaisses lanières de cuir autour de ses poings. Bien serrées, elles protégeront ses phalanges.

Il sent que certains le regardent de travers car ils savent qu'il a menti sur son âge. Le pugilat est réservé aux athlètes de plus de dix-huit ans, or il n'en a que dix-sept.

Il pense : *Pourvu que personne ne me dénonce…*

Les trompettes retentissent pour annoncer le début des combats.

Pythagore quitte les coulisses pour entrer dans l'arène.

Eugénie est un peu surprise de découvrir que les sportifs qui participent aux épreuves des Jeux olympiques sont entièrement nus, hormis les lanières de cuir autour de leurs poings. Sentir ce « truc » en bas qui ballotte lui semble un peu gênant.

Un juge arbitre désigne l'adversaire qu'il va devoir affronter. C'est un Spartiate.

L'affrontement entre les deux hommes est d'une violence inouïe. Pythagore frappe et est frappé par ce type qu'il ne connaît pas et qui a tout d'un enragé.

Dans le corps du Grec, Eugénie ressent chaque coup de poing, chaque coup des lanières de cuir de son adversaire.

Pythagore a mal, mais il serre les dents, frappe fort et de manière précise les zones sensibles ainsi qu'on le lui a appris au cours de sa formation. Il assomme littéralement son concurrent, qui tombe à terre, inconscient : c'est la seule possibilité de victoire.

Ensuite les combats s'enchaînent. Le jeune Grec les remporte tous jusqu'à la finale. Celui qu'il doit affronter lors de cette ultime joute est inquiétant. Comme les catégories de poids n'existent pas, Pythagore se retrouve face à un pugiliste qui a deux fois son âge mais aussi deux fois son poids. Cela s'avère un élément déterminant car la couche de graisse lui sert de bouclier et lui permet d'encaisser les coups.

Pythagore sait que ce pugiliste est surnommé l'Éléphant.

Le gong résonne.

Pythagore frappe. Comme il le redoutait, chacun de ses coups lui semble amorti et presque absorbé par le gras du ventre de son adversaire. Ceux de l'Éléphant en revanche font mal. Pythagore saigne de la bouche et du nez. C'est douloureux.

Il tente de trouver des failles dans la défense de ce monstre. Il décide de ne le frapper qu'à la tête. Rapide, mobile malgré la douleur, il tient bon.

Le combat dure beaucoup plus longtemps que les précédents, jusqu'au moment où les deux adversaires, essoufflés, les arcades sourcilières et le nez en sang, n'arrivent même plus à se tenir debout. Le sang gêne leur vision.

Pour les départager, le juge décide alors un climax. Le climax est une procédure spécifique où chaque combattant assène un coup à son adversaire qui n'a le droit ni de bouger ni de parer. On tire à pile ou face le premier qui attaquera. Pythagore est désigné. Il sait qu'il doit assener un coup efficace s'il ne veut pas être démoli en retour. Il s'applique, vise puis décoche un uppercut à son adversaire.

L'Éléphant ne réagit pas tout de suite. Il lève le bras pour frapper à son tour, mais quelque chose semble s'éteindre progressivement dans son regard. Le sang n'arrive plus au cerveau qui a été ébranlé. Il bascule lentement en arrière puis s'effondre.

Pythagore a gagné !

Il est déclaré champion olympique de pugilat. Le visage en sang, le corps tuméfié, il monte sur le podium, applaudi par le public de la ville d'Olympie qui scande son nom.

« Pythagore ! Pythagore ! »

Le juge en toge dépose une couronne de laurier sur ses cheveux souillés.

Les spectateurs l'acclament.

Le juge lui glisse à l'oreille :

— Je sais que tu as menti sur ton âge, mais je n'en tiendrai pas compte, jeune homme, car tu t'es bien battu.

Pythagore lève les bras en signe de victoire.

Saut dans le temps.

Pythagore est sur le dos d'un âne, le moyen de transport le plus répandu à l'époque. Il arrive devant un temple égyptien, descend de sa monture, l'attache et lui donne à boire, puis se présente à l'entrée. Il est accueilli par des gens tous vêtus de robes blanches identiques, serrées, à l'égyptienne, et qui portent tous un bandeau pourpre autour du front et des colliers et des bijoux aux symboles compliqués.

Pythagore vient manifestement apporter à un prêtre des bagues qu'il a lui-même fabriquées dans l'atelier de son père. Il est cependant intrigué par le lieu qu'il découvre. Il reste debout devant le prêtre, qui le regarde puis lui dit :

— Qu'attends-tu ? Rentre chez toi.

— Je veux recevoir l'enseignement de votre école, déclare Pythagore.

— Nous ne délivrons pas notre enseignement à n'importe qui, lui rétorque le prêtre. Et tu sais, nous n'aimons pas trop les Grecs.

— J'ai appris qu'ici, à Memphis, vous êtes les héritiers de la pensée du pharaon Akh-En-Aton.

— Comment sais-tu cela ? s'étonne le prêtre.

— Mon père, Mnésarque, me l'a dit. C'est pour cette raison que j'ai souhaité vous livrer moi-même ces bagues.

Le prêtre fait signe aux autres personnes présentes de le rejoindre.

— Il sait, dit-il en guise de présentation.

Pythagore lit à la fois l'inquiétude et la curiosité sur leurs visages.

— Comment ?

— Il dit que c'est son père qui l'a informé... Mais peu importe. Il sait et il veut recevoir notre enseignement.

— Un Grec, recevoir notre initiation ! dit l'un des religieux, surpris par l'audace du visiteur.

Un prêtre plus âgé intervient alors :

— Je me nomme Sonchis. Je suis le grand prêtre de ce temple. Nous les Égyptiens considérons les Grecs comme des gens peu sérieux, peu disciplinés, pour tout dire fainéants, querelleurs et volontiers ivrognes et batailleurs.

— Ce n'est pas faux, répond Pythagore, mais nous ne sommes pas tous ainsi.

— Si tu veux recevoir notre enseignement, il va te falloir le mériter, poursuit le grand prêtre. Tu subiras des épreuves physiques et spirituelles, et nous attendons que tu surmontes certaines humiliations et douleurs.

Tu devras garder le silence et être tout le temps disponible pour nous. Il te faudra supporter d'être moins bien traité qu'un esclave. Tu dormiras peu, tu mangeras peu, tu n'auras que peu d'instants de liberté. Quand nous te jugerons prêt, tu seras baptisé – c'est un rituel qui consiste à mourir pour pouvoir renaître symboliquement. Et si tu franchis ces épreuves, alors nous t'accepterons dans notre initiation secrète. Tu connaîtras notre science des nombres et ce que nous savons du voyage des âmes au pays des morts. Tu connaîtras notre magie et notre médecine. Tu deviendras un initié du temple d'Aton. Maintenant que tu sais que nous ne te proposons que discipline, rigueur et douleur, veux-tu toujours recevoir notre enseignement sacré ?

— Je le veux, dit le jeune homme.

Saut dans le temps.

Pythagore se trouve dans une cité qu'il sait située à la frontière nord-est de l'Égypte, juste à la limite du désert. Cette ville fortifiée se nomme Péluse. Il est habillé comme tous les prêtres du temple d'Aton, avec une robe blanche et un bandeau pourpre au front. Sa tunique est maculée de sang car il a soigné des blessés. C'est en effet la guerre. La cité de Péluse, verrou protecteur de l'Égypte, est attaquée par l'immense armée du roi perse Cambyse II.

Le Grec sait que si la forteresse de Péluse est vaincue, alors l'Égypte entière tombera.

En tant que prêtre d'Aton, Pythagore participe de manière active à la résistance. Non seulement il soigne les blessés, mais il répare aussi les fortifications et aide de toutes les manières possibles les assiégés à faire face à l'invasion des brutes sanguinaires dirigées par un roi perse réputé pour sa cruauté.

Pythagore se tient sur les remparts de la ville, entre deux créneaux, et tire à l'arc sur les assaillants.

Soudain, des miaulements déchirants lui parviennent aux oreilles. Ils sont de plus en plus stridents au fur et à mesure que les soldats perses avancent. Cambyse a appris que les Égyptiens vénéraient les chats et que, pour eux, en tuer un est non seulement puni par la peine de mort sur terre, mais aussi par la damnation éternelle lors de la pesée de l'âme par la déesse juge Maât.

Les archers égyptiens n'osent plus tirer. Et tandis que les Perses escaladent les échelles pour monter à l'assaut de la citadelle, les défenseurs retiennent leurs flèches de peur de toucher les pauvres félins ligotés vivants sur les boucliers.

Les assaillants arrivent à franchir toutes les protections et massacrent un à un les soldats égyptiens.

Pythagore continue de combattre à l'épée, avec pour seule protection un bouclier, mais bientôt il se retrouve encerclé d'ennemis qui le menacent de la pointe de leurs lances. Il doit renoncer et lâcher ses armes pour se rendre. Il est fait prisonnier.

Saut dans le temps.

Pythagore marche dans un lieu qui, selon l'esprit d'Eugénie, ressemble à un bidonville. Partout dans la rue, des mendiants sont vautrés dans la boue. Des estropiés couverts de guenilles avancent sur leurs béquilles comme des fantômes. Un groupe de chiens affamés montrent les crocs. Le Grec utilise son bâton de marche pour repousser les molosses qui tentent de le mordre.

Il sent soudain une main le toucher par-derrière. C'est un brigand auquel il manque un œil qui tente de le dépouiller de sa bourse. Il lui donne un coup de bâton, puis presse le pas.

L'air est empuanti par les excréments humains qui jonchent les rigoles centrales des rues. Dans l'air, des mouches bruyantes tournoient, à peine gênées par les corbeaux venus vérifier si les corps étendus au sol bougent encore.

Des hordes de rats, et pas le moindre chat.

Eugénie, se souvenant de ses cours d'histoire, comprend qu'après la tragique défaite de Péluse, Pythagore a été capturé et emmené à Babylone, comme tous les prisonniers des territoires envahis par les Perses. Depuis, ces pauvres exilés s'entassent dans ce quartier périphérique du nord de Babylone, un endroit sale et dangereux.

Cependant, en ce matin brumeux, Pythagore est impatient d'aller au rendez-vous qu'on lui a fixé. Il arrive devant la porte de bois usée d'une maison délabrée. Il frappe trois coups rapides, puis trois coups plus longs et deux coups rapides, selon le code qu'on lui a fourni.

Un homme méfiant entrouvre la porte.

Pythagore murmure le mot de passe :

— Le feu purifie tout.

L'homme le laisse entrer. Il le guide vers le fond d'une pièce qui donne sur un couloir, que le Grec suit jusqu'à une grande salle où une centaine de personnes, toutes vêtues de blanc, sont rassemblées. Un homme de petite taille et à grande barbe fait un discours à cette assistance. Il ponctue ses phrases de petits rires.

Cet homme est le prophète Zarathoustra, dont le nom signifie « issu de la semence de la déesse Ishtar ».

Pythagore écoute et mémorise ce que dit le prophète. Zarathoustra explique qu'à trente ans il a connu une illumination. Son esprit a voyagé dans le ciel et a trouvé un lieu où il a pu accéder à des connaissances cachées.

— J'ai vu l'opposition entre les esprits jumeaux. L'esprit du bien, qui se nomme Ahura Mazda, et l'esprit du mal, qui se nomme Angra Mainyu. Ces deux esprits, lorsqu'ils se sont rencontrés, ont établi la loi de vie et la loi de non-vie.

Puis Zarathoustra déclare que chacun de nous garde le choix entre Asha, la justesse, et Druj, la tromperie.

Il continue son discours en prônant la pureté du corps et en dénonçant ceux qui boivent de l'alcool ou consomment de la drogue, qui empêchent l'homme de réfléchir. Il dénonce aussi les adeptes du culte de Mithra, la religion la plus répandue, qui ont des pratiques ignobles comme celle d'égorger des moutons pour leurs fêtes. Il dit que les animaux aussi ont une âme, et que ceux qui égorgent les moutons renaîtront eux-mêmes en moutons à égorger.

Tous approuvent.

Pythagore parcourt l'assistance du regard. Il est surpris de constater qu'elle est essentiellement formée non pas de misérables exilés étrangers mais de riches aristocrates perses.

Ensuite, Zarathoustra évoque l'eau, Aban, et le feu, Azar, comme moyens de purification.

Des prêtres versent de l'eau dans un grand bassin alors que d'autres allument des torches pour éclairer l'eau, dont les reflets dansent sur les murs de la pièce.

Enfin le prophète perse annonce qu'à la fin des temps Angra Mainyu menacera le monde de toute sa grande puissance. Ahura Mazda gagnera difficilement et de justesse grâce à l'aide d'un sauveur qu'il nomme Saoshyant. Alors l'univers entier subira une rénovation totale : le temps s'arrêtera et les âmes des morts qui n'ont pas été réincarnées pourront revenir à la vie si elles le souhaitent.

Tous répètent alors la louange :

— Gloire à Ahura Mazda, le Dieu unique qui revivifie les morts !

Pythagore attend la fin de la cérémonie puis rejoint Zarathoustra. Celui-ci fait un signe à ses prêtres pour qu'ils le laissent approcher.

— Je t'attendais, Pythagore.

— Comment saviez-vous que j'allais venir ? demande le Grec, surpris.

— Je l'ai vu dans le « temple céleste de la connaissance des destins et des futurs », répond le prêtre en désignant du doigt le ciel.

— Vous savez déjà tout ce qu'il va se passer ?

— Non, répond Zarathoustra. Je sais ce qu'il « peut » se passer. Et je savais que tu pouvais venir. Nous sommes actuellement plusieurs à nous être réincarnés pour essayer de mettre de la lumière là où l'obscurantisme gagne.

— Plusieurs ? répète Pythagore incrédule.

— J'ai rencontré ici même, il y a quelques années, le prophète hébreu Daniel qui, comme toi, avait été déporté avec son peuple à Babylone. Il m'a enseigné sa vision du colosse aux pieds d'argile. Il disait que la tête de ce géant était d'or, sa poitrine d'argent, son ventre de bronze, ses jambes de fer et ses pieds d'argile.

— Qu'est-ce que cela signifie ?

— Daniel pense qu'il va y avoir une succession d'empires guerriers symbolisés par les métaux. Ils vaincront par la violence et se croiront tous invulnérables. Puis arrivera l'avènement d'un sauveur spirituel symbolisé par l'argile qui fera s'effondrer ces quatre empires guerriers…

— Ce prophète Daniel est encore vivant ?

— Oui, mais il ne veut plus rencontrer personne. On dit qu'il vit en ermite dans une caverne. Quoi qu'il en soit, le jour où il mourra, personne ne le saura.

— Tu as parlé d'autres guides venus pour lutter contre l'obscurantisme.

— Je ne connais pas le nom des autres, mais je sais que c'est toi qui vas les trouver.

— Moi ?

— Tu es le voyageur. Tu es le lien. Alors nous diffuserons le message d'Ahura Mazda, quel que soit le nom que tu lui donnes. Je sais que les Égyptiens le nomment

Aton, et les Hébreux, Adonaï. Je sais aussi que tu as déjà été initié chez eux, que tu as été baptisé et que tu as reçu le titre de rabbin. Est-ce bien le cas ?

— Oui, j'ai fait mon baptême juif, la bar-mitsva. Et avant cela, j'ai reçu des prêtres de Memphis le baptême égyptien. Je vénère la lumière quel que soit le nom par lequel les hommes la désignent. Ce sont les prisonniers hébreux qui m'ont parlé de toi, Zarathoustra.

— En bien ?

Pythagore éclate de rire.

— Ils m'ont dit que tu savais voyager dans l'univers avec ton esprit.

— S'ils te l'ont dit, c'est qu'ils savent le faire eux aussi…

— Je voudrais que tu m'enseignes comment faire. Moi aussi, je veux voyager dans le ciel pour aller là où l'on peut connaître le futur.

C'est au tour du petit homme barbu d'éclater de rire.

— Je peux d'ores et déjà te dire ce qu'il va se passer dans le futur immédiat. Nous allons…

Quelqu'un se met alors à crier :

— Alerte ! Ils sont là ! Ils nous ont trouvés !

Pris de panique, les gens présents, cherchant à fuir, se bousculent, se font tomber et se piétinent.

Soudain surgit un groupe de soldats perses armés d'épées. Ils fendent la foule et tuent plusieurs personnes. Malgré leur infériorité numérique, les zoroastriens se distribuent les quelques armes qu'ils avaient cachées en cas d'attaque et se défendent comme ils peuvent. Pythagore lui-même prend une épée.

— Viens ! dit-il à Zarathoustra.

Grâce à ses talents d'épéiste, Pythagore parvient à ouvrir un passage parmi les combattants et à remonter dans le couloir. Les deux hommes sortent du bâtiment, fuient en courant dans les rues et finissent par se cacher dans des fourrés.

— Merci, dit Zarathoustra. Tu m'as sauvé la vie.

— Si vous saviez vraiment que cela allait arriver, pourquoi ne pas avoir prévenu les autres ? demande Pythagore.

— Parce que c'est ce qui devait se passer. Les forces du mal devaient agir dans toute leur noirceur pour nous rappeler l'urgence de faire le bien dans la lumière.

— Mais nos amis vont mourir ! s'écrie le Grec.

— Et ils vont renaître…, dit Zarathoustra avec un clin d'œil, comme s'il s'agissait d'une évidence.

— Et que va-t-il m'arriver, à moi ?

— Toi, tu vas pouvoir faire de grandes choses. Mais pour l'instant tu es encore en phase d'apprentissage. Tu as reçu trois initiations : chez les Égyptiens, chez les Hébreux et chez les Perses. Il te faut maintenant en recevoir une dernière. En Inde. Prépare-toi à voyager.

— En Inde ? Qu'est-ce que l'Inde ? demande Pythagore, ébahi.

— Un pays lointain et merveilleux. Demande à tes amis hébreux. Je crois qu'il y a bientôt une caravane de commerçants qui part vers l'ouest. Là-bas, tu auras la possibilité de rencontrer un autre prophète.

— Comment s'appelle-t-il ?

— Ils le nomment « l'Éveillé ». Dans sa langue, cela se prononce « Bouddha ».

Puis Zarathoustra le serre dans ses bras et s'éloigne en riant, comme si le massacre de ses adeptes par les soldats de Cambyse ne l'avait aucunement affecté.

Saut dans le temps.

Pythagore est juché sur un chameau parmi une cinquantaine d'autres qui avancent en file, chargés de lourdes caisses. Ils franchissent un col montagneux. Un homme barbu enturbanné, lui aussi à dos de chameau, le rejoint.

— Nous avons encore beaucoup de route avant d'arriver, Pythagore.

— Je ne sais comment vous remercier de m'avoir pris avec vous, Samuel, dit le Grec.

— Ton père était bijoutier, n'est-ce pas ? Tu nous seras d'une grande utilité pour connaître la valeur des bijoux que les commerçants nous échangeront contre nos marchandises. Nous aurons aussi besoin de tes talents pour négocier au meilleur prix.

— Vous pouvez compter sur moi, répond Pythagore.

— Je suis heureux de l'entendre. Mais je viens te voir pour autre chose. Comme tu vas devoir négocier, ce serait bien que tu apprennes leur langue, qui s'appelle le sanskrit. Un Indien nous accompagne ; il te l'enseignera durant le voyage.

La longue caravane progresse à flanc de montagne, le long de ravins vertigineux. Le Grec se dit que sa vie est entre les pattes du chameau sur lequel il est perché. Si celui-ci glisse, il peut basculer dans le vide. Mais une autre pensée le préoccupe : il est impatient d'apprendre à parler sanskrit pour ensuite pouvoir discuter avec l'Éveillé.

Saut dans le…

Bruit de sonnette électrique.

67.

Eugénie soulève d'un coup le rideau de ses paupières.

Elle n'a pas eu le temps d'achever sa phrase pour effectuer le saut dans le temps, elle est ramenée au XXIe siècle par la sonnette de sa porte d'entrée.

Un frisson désagréable remonte son dos, comme chaque fois qu'elle sort sans transition de cette transe spéciale qu'est la V.I.E. La sensation est d'autant plus pénible qu'elle a été réveillée au moment où elle s'apprêtait à faire un saut de scène pour rejoindre le prochain moment important.

Elle calme sa respiration et regarde sa montre. Onze heures.

Une heure déjà que je suis dans l'Antiquité.

La sonnette retentit de nouveau.

— J'arrive ! crie-t-elle, agacée.

Elle regarde par l'œilleton et reconnaît le visiteur : Raphaël Hertz.

— Qu'est-ce que vous voulez ? Si c'est pour une régression, je suis désolée, mais ce n'est vraiment pas le moment, je suis occupée…

— Ouvrez-moi, Eugénie ! C'est grave !

Elle consent à ouvrir sa porte et à le laisser entrer.

Le professeur aux lunettes bleues semble bouleversé.

— Vous avez vu ce qu'il se passe à la Sorbonne ? lui dit-il, essoufflé.

Elle lui propose de s'asseoir et lui apporte un verre d'eau.

— Calmez-vous, lui dit-elle. À chaque changement de ministre de l'Éducation nationale, il y a des manifs d'étudiants. C'est surtout un prétexte pour ne pas travailler et faire la fête.

— Ils vont tout détruire ! Je suis allé naviguer sur le Dark Web.

— Quel rapport ?

— Le Dark Web offre la possibilité de détourner les systèmes de vidéosurveillance individuels pour les « louer » ensuite à ceux qui veulent espionner l'intérieur des appartements.

— Mais… qui veut avoir ça ? Des voyeurs ?

— Les cambrioleurs, répond Raphaël. Ils peuvent ainsi repérer les biens avant d'aller sur place.

— Qu'avez-vous vu sur ce site qui vous a mis dans cet état ?

Hertz sort son ordinateur, l'ouvre et lance un programme.

— Comme j'avais une certaine… comment dire… « méfiance » envers votre ami Nicolas Ortega, j'ai cherché de quoi, peut-être un jour, le contrer lors d'une altercation publique… Bref. J'ai loué le canal de vidéosurveillance de son lieu de vie. Et je suis tombé sur ça.

Il montre sur son écran l'intérieur de l'hôtel particulier des Ortega.

— Vous avez acheté sur le Dark Web un moyen de pirater le système de vidéosurveillance des Ortega ? s'étonne la jeune femme qui ignorait même que c'était possible.

— Oui. Et regardez ce que j'ai trouvé.

Sur l'écran, on voit Carlos Ortega, le père de Nicolas, qui accueille la députée PNS Violaine Garaudy.

— Nicolas m'a expliqué que son père était lié au gouvernement du Nicaragua, explique Eugénie sans paraître étonnée. Il a milité pour Chavez. Il est membre du mouvement bolivarien, donc il est logique qu'il ait des liens avec l'ultragauche française…

— Attendez la suite, l'interrompt le professeur.

Il accélère le time code. Deux nouveaux personnages entrent en scène.

Eugénie reconnaît le rappeur la Hyène, mais aussi Oussama Daoudi, le député du PPC, le Parti pour la charia.

— Je pense que la Hyène a dû les présenter, dit-elle sans quitter l'écran des yeux. En revanche, je ne comprends pas ce qu'ils font chez…

— Vous allez voir.

Raphaël fait encore avancer la vidéo. Cette fois, quelqu'un qu'elle ne connaît pas a rejoint les quatre autres.

— Qui est-ce ? demande la jeune femme.

— Serguei Kouznitsov, attaché culturel à l'ambassade de Russie à Paris.

Carlos Ortega se retire, laissant ses invités seuls. Les quatre discutent ensemble jusqu'à ce qu'un cinquième individu entre en scène.

— Laurent Faurisson ! s'exclame-t-elle.

Eugénie sent un poids s'installer au creux de son estomac. Elle continue de regarder la vidéo.

— Maintenant, regardez la date et l'heure, dit le professeur aux lunettes bleues.

Elle lit à voix haute :

— Jeudi treize heures… C'était hier.

La jeune femme pousse un profond soupir.

— Maman avait raison. Ils sont parvenus à former une main complète.

— Une main complète ? Que voulez-vous dire ?

Eugénie explique :

— Ma mère a annoncé, juste avant d'être plongée dans un coma artificiel, qu'il y avait un risque de collusion entre tous ceux qui cherchent à déstabiliser notre démocratie… On peut aussi avoir le son ?

Raphaël acquiesce et règle la sortie dans les haut-parleurs de son ordinateur.

— Par chance, Carlos Ortega a choisi le matériel de vidéosurveillance le plus perfectionné du marché, les caméras sont équipées de micros.

— Plus fort.

Raphaël monte le volume. La voix de Violaine Garaudy, enjôleuse, résonne dans l'appartement.

— Messieurs, je vous ai réunis car je suis convaincue que, malgré nos divergences, nous avons des raisons d'œuvrer ensemble. Mais je vous en prie, asseyez-vous.

Les quatre hommes prennent place sur les immenses canapés du salon d'Ortega. La députée s'assoit à côté de Daoudi et se tourne vers lui.

— Sachez bien que j'apprécie votre coopération, docteur Daoudi…

Docteur ? Cela a certainement plus à voir avec la théologie qu'avec la médecine, songe Eugénie.

— C'est un plaisir d'être là avec vous, poursuit Violaine Garaudy. J'apprécie beaucoup votre détermination et votre courage.

Tous échangent un coup d'œil entendu.

— Je tiens également à remercier pour sa présence Laurent Faurisson, poursuit Violaine. En tant que député du Parti néonazi, il est censé être mon ennemi (elle mime des guillemets avec les doigts). C'est pour cette raison que sa présence ici me semble encore plus importante.

Faurisson secoue la tête.

— Votre ennemi ?… Souvenez-vous du pacte germano-soviétique d'août 1939, ma chère Violaine !… Cet accord s'est avéré fructueux pour les deux camps, puisqu'il a permis à Hitler d'envahir la Pologne et à Staline d'entrer en Finlande.

— Je plaisantais, bien sûr.

Le député néonazi s'adresse ensuite plus particulièrement à Daoudi.

— Et je suis ravi de pouvoir évoquer avec vous un autre accord historique trop souvent oublié, docteur. Le 28 novembre 1941, à Berlin, le grand mufti de Jérusalem Amin Al-Husseini a rencontré sur son invitation Hitler, qui a pu bénéficier du soutien d'une légion arabe pour renforcer ses troupes. Votre présence à nos côtés, docteur, est, si vous me permettez l'expression, dans la droite ligne de cette seconde alliance historique

que tout le monde préfère passer sous silence. Pour ma part, j'aime rappeler ces deux accords : ces moments me semblent porteurs des promesses d'alliance naturelle entre gens qui partagent les mêmes valeurs.

Les cinq participants rient de bon cœur.

Eugénie est atterrée.

— Les ennemis de nos ennemis sont nos amis, déclare Violaine Garaudy, qui semble ne pas vouloir laisser ce bavard de Faurisson monopoliser l'attention des trois autres. Quant à moi, j'aimerais aussi remercier la Hyène, qui représente à la fois le milieu artistique et la jeunesse des banlieues, pour avoir joué les entremetteurs…

— Je suis totalement en phase avec le docteur Daoudi, rappelle le rappeur qui a gardé sur le nez ses énormes lunettes de soleil dorées. Je l'ai convaincu que nous étions ici entre amis. Je ne connais pas M. Faurisson, mais je le trouve hyper stylé dans ses fringues et dans sa manière de parler. Il me ferait presque regretter d'avoir arrêté l'école…

Puis il part d'un éclat de rire qui laisse voir plusieurs dents recouvertes de petits diamants.

Violaine se tourne vers le Russe, dont le visage est resté impassible depuis le début de cette rencontre.

— Je remercie enfin M. Kouznitsov de s'être joint à nous. Notre alliance me semble naturelle. Pouvez-vous en quelques mots rappeler à nos amis votre brillante carrière, mon cher Serguei ?

— J'ai commencé comme informaticien à l'université de Moscou puis j'ai été engagé par le FSB, les services secrets russes, dit l'attaché culturel dans un français parfait. J'ai travaillé ensuite pour le Centre 21, qui réunit les meilleurs hackers et dont le but est de déstabiliser l'Occident. J'ai été repéré et engagé par le groupe Wagner, avant de devenir l'un des fondateurs de l'usine de trolls de Saint-Pétersbourg. J'ai notamment encouragé des hackers du monde entier à infiltrer des groupuscules idéalistes qui croyaient défendre les droits de l'Homme. J'ai ainsi la main sur de nombreuses associations caritatives. Plus récemment, c'est moi qui suis à l'origine du virus « Stop Charlemagne » qui a bloqué l'administration du ministère de l'Éducation nationale.

Un long silence s'installe. C'est Oussama Daoudi qui le rompt.

— Petite question, ma chère Violaine… Vous n'êtes pas, disons…, gênée par ma proposition de moratoire sur la lapidation des femmes adultères ?

La députée du PNS pose une main sur son bras.

— Mon cher Oussama, nous sommes au moment où la politique rejoint les mathématiques. Vous représentez neuf millions de personnes : je ne peux pas me permettre le luxe d'avoir des états d'âme. Vous me diriez que la Terre est plate, je deviendrais platiste.

Eugénie est consternée.

— Et en tant que femme, croyez bien que je suis prête à beaucoup de concessions pour accéder au pouvoir. Question de réalisme politique. Si on commence à s'encombrer avec la morale, on finit… social-démocrate.

Les cinq éclatent de rire.

— Mais vous êtes communiste, ma chère Violaine, objecte Daoudi qui semble vouloir rester prudent, et Marx était l'ennemi de toutes les formes de religions.

Il s'adresse maintenant à Kouznitsov :

— De même, vous, les Russes, avez combattu les islamistes en Afghanistan…

Violaine intervient :

— Messieurs, je vous propose d'oublier nos anciennes querelles. Staline a bien été un agent double au service du tsar. Non seulement il ne souhaitait qu'une chose, arriver au sommet, mais il n'avait strictement aucune conviction politique. Et j'espère bien que vous non plus, messieurs.

Daoudi hoche la tête.

— Permettez-moi de vous faire rire à mon tour, dit-il. Savez-vous que j'ai le soutien de nombreuses féministes ? Elles manifestent avec nous pour la liberté des femmes de porter le voile. Et nous avons même l'appui du mouvement LGBT, alors qu'on pend les homosexuels dans la plupart des pays qui pratiquent la charia…

— Ce sont les petits arrangements qui permettent à tout le monde d'être à l'aise. Au PNS, nous appelons ce genre de comportement l'« indignation sélective ».

Tous apprécient la formule.

— Et puisque nous pouvons tout nous dire, sachez que j'ai aussi le soutien des écologistes, annonce Violaine.

Amusé, Faurisson précise :

— Alors que s'il y a des pays où les écologistes sont systématiquement mis en prison, ce sont bien les pays communistes ! Vous imaginez des écologistes en Chine, le plus grand pollueur du monde ?

Nouvel éclat de rire général.

— Bien. Nous sommes tous sur la même longueur d'onde, dit Violaine sur un ton redevenu sérieux. Venons-en à ce qui nous occupe aujourd'hui. Docteur, nous aurons besoin de vous pour utiliser le levier de la religion. La Hyène, elle, activera celui de la musique, Serguei, celui des sabotages informatiques et des fake news. Quant à vous, Laurent, vous serez le théoricien de notre révolution. Il faudra présenter tout cela de manière que cela paraisse « logique et sympathique », bien entendu.

— Et vous, Violaine ? demande alors Faurisson.

— Eh bien, moi, je serai votre cheffe. C'est moi qui ai initié notre rencontre, il est logique que ce soit moi qui coordonne nos actions. Croyez-moi, je suis prête. Je prépare ce moment depuis si longtemps… J'attendais une occasion. Elle m'a été apportée sur un plateau par notre très chère présidente de la République et son idée de nommer un programme d'ordinateur comme ministre de l'Éducation nationale. Nous aurons avec nous tous ceux qui craignent d'être remplacés par de l'intelligence artificielle et de perdre leur emploi. Et ils sont largement majoritaires dans ce pays.

Tous se regardent en souriant. Puis Violaine lève le poing, imitée par les quatre autres dans un geste naturel de lutte.

Eugénie sort son cahier à dessin et note rapidement :

« La Main d'ombre.
Oussama Daoudi = le sorcier = Auriculaire ?
La Hyène = l'artiste = Annulaire ?

Violaine Garaudy = la cheffe = Majeur ?
Serguei Kouznitsov = l'inventeur = Index ?
Laurent Faurisson = l'écrivain = Pouce ? »

Raphaël lit par-dessus son épaule :

— La Main d'ombre ? Qu'est-ce que ça signifie ?

— Je vous expliquerai… Mais pas maintenant.

Eugénie se tourne de nouveau vers l'écran.

— Nous aurons aussi des soutiens à l'étranger, dit Kouznitsov. D'abord de la part de mon gouvernement, mais aussi des mollahs d'Iran, du gouvernement de Corée du Nord, du Venezuela, et pour finir d'Afrique du Sud, d'Algérie et de Turquie. Les chefs des services secrets de chacun de ces pays m'ont garanti que leurs gouvernements respectifs souhaitent voir notre action couronnée de succès. Et ils activeront leurs propres réseaux d'influence chez nous et chez eux.

— Et la Chine ? demande Violaine.

Le Russe semble embarrassé.

— Mes contacts là-bas me disent que les dirigeants ne veulent pas s'engager à ce stade. Mais ils nous souhaitent de réussir et se tiennent prêts à agir plus ouvertement dès que notre action aura porté ses fruits.

— Comment expliquer leur réserve ? interroge Faurisson.

— La France n'est pas un enjeu déterminant : trop petit pays avec une armée insignifiante, répond Kouznitsov. Ce qui intéresse la Chine, c'est de nuire aux États-Unis.

— C'est logique, commente Faurisson. Les Chinois ne s'engagent que lorsque la victoire est garantie. De mon côté, je peux vous apporter l'aide des groupes politiques néonazis européens : Autriche, Allemagne, Suède, Norvège, Hongrie, Bulgarie, Italie, Espagne, et bien sûr ceux des États-Unis. Ce sont des groupuscules, mais ils sont très bien armés et parfaitement organisés. Ils savent mener des actions commando. Et puis, dans certains pays, ils sont infiltrés aux plus hauts postes de leur gouvernement.

Daoudi lève la main et annonce :

— Pour ma part, je pourrai apporter des financements du Qatar, qui souhaite peser davantage sur la politique française.

— Quant à moi, je peux évidemment vous apporter le soutien de mes fans et des cinq millions de followers de ma femme Zora, signale la Hyène. Ça n'a l'air de rien, mais avec ses conseils beauté, ses recettes de cuisine, et ses vidéos sur les hôtels de luxe, elle fait rêver un paquet de monde, et les jeunes l'écoutent aussi pour ses prises de position politiques.

— Merci beaucoup, messieurs, dit Violaine. Pour en terminer avec la liste de nos soutiens, le Parti néostalinien possède encore des bases ouvrières et étudiantes, là où il est historiquement bien enraciné. Grâce au soutien des syndicats, nous bloquerons aussi bien les transports que les systèmes de gestion des déchets.

Faurisson affiche un air réjoui :

— Quand Paris sera envahi de poubelles et de rats, quand les trains et les avions ne fonctionneront plus, l'État sera déstabilisé. Tout le monde craindra le chaos et voudra un retour à l'ordre, et l'installation d'un gouvernement fort qui ne tergiverse pas. C'est l'effet Robespierre : accepter un peu de terreur pour sortir d'une grande anarchie.

— Tout peut aller très vite après le vote de la motion de censure, dit Violaine. Si nous cumulons les voix de l'ultragauche, de l'ultradroite et des djihadistes, plus celles de tous ceux qui ont des comptes à régler avec leurs chefs de parti respectifs, nous aurons la majorité et nous pourrons gouverner.

— De manière concrète, que nous proposez-vous, ma chère Violaine ? demande Daoudi.

— Nous devons imaginer un gouvernement de transition, docteur. Une fois qu'il sera installé, il fera miroiter de manière floue des élections dont la date sera sans cesse repoussée.

— Je pense que nous n'avons pas besoin de repousser les élections, dit Faurisson. À nous cinq, nous réunissons suffisamment de voix pour gagner « honnêtement ». Pensez à tous les gens en colère contre le système qui seront trop heureux de le voir s'effondrer. Ne sous-estimez pas la frustration du peuple et son envie de voir les riches et les élites évincés.

Violaine réfléchit.

— Vous avez peut-être raison, Laurent. Nous les néostaliniens avons pris la mauvaise habitude des coups d'État et du bourrage des urnes, parce que nous manquons de confiance en nous. Je savais que vous aviez des choses à nous apprendre.

— Vous pourrez aussi compter sur mes hackers pour influencer les hésitants, glisse le Russe.

— Le programme des réjouissances est appétissant, dit Daoudi, mais qu'obtenons-nous concrètement en retour ?

— C'est précisément pour évoquer les contreparties que je vous ai réunis aujourd'hui, répond Violaine. Nous serons tous les cinq le cœur de ce nouveau gouvernement. Chacun de nous aura un poste de ministre.

— Dans ce cas, je veux bien le ministère de l'Intérieur, réagit aussitôt Daoudi. Je veux contrôler la police.

— Moi, celui des Armées, dit Kouznitsov.

— Et moi la Culture, enchaîne la Hyène.

— Je me sacrifie pour celui de Premier ministre, puisqu'il reste vacant, dit Faurisson.

Violaine Garaudy sourit.

— Eh bien, messieurs, dès que je serai présidente de la République, je pense pouvoir satisfaire chacun d'entre vous.

Raphaël appuie sur « pause ». Eugénie n'en revient pas de ce qu'elle vient d'entendre.

— Je ne pensais pas qu'on en était déjà là, dit-elle.

— Et vous n'avez pas encore tout vu, réplique Raphaël en relançant la lecture.

La vidéo reprend dans le salon de Carlos Ortega.

— Maintenant, il nous faut trouver l'étincelle qui mettra le feu aux poudres, dit Violaine.

— À quoi pensez-vous ? s'enquiert Daoudi.

— Cette fois-ci, désolée, mon cher Laurent, c'est moi qui vais avancer mes références historiques, répond Violaine Garaudy. Surtout qu'elle vous concerne directement. Je pense à… l'incendie du Reichstag, le 27 février 1933.

— Excellente manœuvre, répond Laurent Faurisson.

— Rappelez-nous de quoi il s'agit, demande Daoudi.

— Je vous en prie, Laurent, vous qui êtes professeur, éclairez nos lanternes, dit Violaine.

— Le Reichstag était un palais qui abritait le Parlement allemand, à Berlin. Une semaine avant les élections législatives, et alors que Hitler venait d'être appelé au poste de chancelier, tout le bâtiment a pris feu. Hitler a accusé ses opposants, les a fait arrêter et a suspendu les libertés civiles et politiques. Par la suite, on a découvert que ce sont les nazis eux-mêmes qui avaient commandité l'incendie, à l'initiative de Goebbels qui avouera tout lors du procès de Nuremberg en 1945.

— Un coup de maître..., reconnaît Violaine. C'est un bâtiment prestigieux qui a été incendié, siège du pouvoir parlementaire, un lieu chargé d'histoire, et qui plus est rempli d'œuvres d'art, de tentures, de sculptures, de peintures précieuses. C'est cela qui, à mon avis, a créé un électrochoc auprès de la population. L'Allemagne était si choquée que la répression et le passage à la dictature ont semblé naturels. J'ai beaucoup réfléchi à la question, et je suis persuadée que, de nos jours, les gens se moquent des vies humaines. Il y a tant de massacres un peu partout dans le monde qu'on y est devenu indifférent. Même pour les attentats, tout le monde est blasé. On crie, on pleure, on publie des messages de solidarité sur Internet... et on oublie. En revanche, les grands médias surréagissent dès que les lieux historiques et surtout les œuvres d'art sont attaqués.

— C'est vrai que les écologistes ont bénéficié d'une couverture médiatique sans précédent lorsqu'ils s'en sont pris aux tableaux célèbres, confirme Faurisson. Chaque fois, leurs actions ont fait les gros titres.

— Mais leur but n'était pas de les détruire, fait remarquer Kouznitsov.

— Certes, Serguei, et cela les honore, dit Violaine. Quant à nous, nous ne nous encombrerons pas de tels scrupules. Nous ne voulons pas seulement alerter l'opinion. Nous voulons la révolution, ce qui est très différent. Pour frapper les esprits, je pensais que nous pourrions nous attaquer à un tableau en particulier, dont le thème lui-même est déjà chargé de sens.

— Lequel ? demande Daoudi.

— *Le Jardin des délices* de Jérôme Bosch, annonce la députée PNS.

Silence dans le salon.

— C'est un grand tableau mondialement connu, renchérit-elle. La chance que nous avons, c'est qu'actuellement il n'est pas au Prado, à Madrid, son lieu d'exposition habituel, mais à la bibliothèque de la Sorbonne. Il a été prêté à un enseignant par le président du musée madrilène. Je l'ai appris par Nicolas, le fils du propriétaire de cet hôtel particulier, lui-même étudiant à la Sorbonne et membre du PNS. Or, comme vous le savez, la Sorbonne est désormais sous notre contrôle…

Sifflement d'admiration de la Hyène.

— Brillant, concède Daoudi.

— Nous pourrions agir dans la nuit de vendredi à samedi, à vingt-trois heures trente. J'ai trouvé un bon nom de code pour notre action : ce sera l'opération « Reichstag ».

— Pourquoi vingt-trois heures trente ? demande Daoudi.

— Parce qu'à vingt-trois heures, la plupart des étudiants qui occupent la Sorbonne seront rentrés chez eux pour se reposer. Donc, le temps que les derniers retardataires soient partis, il faut compter une demi-heure. À vingt-trois heures trente, la Sorbonne sera pratiquement vide. Il n'y aura que quelques étudiants parmi les plus fidèles à notre cause, qui vont rester pour empêcher la police de tenter de reprendre l'université dans la nuit. Accessoirement, ils pourront aider à réaliser l'opération « Reichstag ».

— Et à qui confierez-vous cette mission ? interroge la Hyène.

— À moi, répond Faurisson. L'équipe « action commando » de la faculté d'Assas sera ravie de mener une bataille aussi déterminante pour notre cause. Ils ont du matériel, de l'expérience, et s'entraînent régulièrement pour faire le coup de poing.

Les cinq affichent des mines satisfaites.

Puis Violaine sort son smartphone et reprend ses notes.

— Voici donc le déroulé de l'opération « Reichstag » telle que je l'imagine. À vingt-trois heures trente, les néonazis de Laurent pénètrent dans l'enceinte de l'université. Ils auront des jerricans d'essence. Ils rejoignent la bibliothèque. Ils devront mettre hors d'état d'agir les deux vigiles du service de sécurité qui protègent le tableau. Là, ils attendront mon signal. Si tout le monde est opérationnel à minuit, ils passent à l'action. Ils mettent le feu au *Jardin des délices* et à la bibliothèque. Puis ils incendient secteur par secteur toute l'université de la Sorbonne. L'action doit être filmée et diffusée.

— Il y aura un choc émotionnel à l'annonce de l'incendie, reconnaît Faurisson.

La députée PNS lève un instant le regard pour dévisager chacun de ses complices, puis poursuit :

— C'est à ce moment qu'interviennent les hackers de Serguei. Ils vont couper les moyens de communication de la police et des pompiers, ce qui rendra l'incendie impossible à arrêter.

— Vous pouvez compter sur moi, dit le Russe en hochant la tête.

— Ensuite, docteur, c'est à vous de jouer. Vous envoyez vos hommes attaquer les commissariats et les casernes de pompiers : cocktails Molotov, feux d'artifice, voitures transformées en béliers, ça devrait les occuper.

— C'est jouable, acquiesce Daoudi.

— En parallèle, la Hyène, vous mobilisez les banlieues pour que les jeunes incendient les lieux publics : écoles, lycées, crèches, médiathèques…

— Avec plaisir.

— Pour ma part, dit Kouznitsov, je vais aussi donner une dimension internationale à l'événement en modifiant des images d'archives via l'IA et en les faisant passer pour des images actuelles auprès des journalistes étrangers. L'idée, c'est que les policiers aient l'air de tueurs. Il faut faire passer les victimes pour des bourreaux. Plusieurs pays demanderont de faire cesser les violences policières contre les émeutiers au nom des droits de l'Homme.

— Très bonne idée, dit Violaine.

— Ensuite, je me charge d'utiliser nos liens à l'ONU afin que la communauté internationale condamne fermement le gouvernement français pour les atrocités commises contre des jeunes.

— L'opération « Reichstag » devra bien entendu rester secrète, rappelle Faurisson. Et de la même manière qu'en Allemagne en février 1933, nous diffuserons, via les réseaux sociaux cette fois, une théorie complotiste pour faire accuser des innocents. L'idéal serait d…

Eugénie n'entend pas la fin de la phrase de Faurisson. Une notification WhatsApp retentit, couvrant sa voix. La jeune femme saisit son smartphone et lit le message.

« Venez à l'hôpital. nous avons un problème avec votre maman. Professeur Ganesh Kapoor. »

68.

ENCYCLOPÉDIE. LES QUATRE CAVALIERS DE L'APOCALYPSE.

L'Apocalypse est le dernier livre du Nouveau Testament. Il est censé avoir été dicté à ses disciples par saint Jean, alors âgé de quatre-vingt-deux ans et exilé sur l'île grecque de Patmos.

C'est le plus ésotérique et le plus spectaculaire des textes du Nouveau Testament. Voici le chapitre 6, 1-8 :

« Alors je vis que l'Agneau avait ouvert un des sceaux et j'entendis une voix de tonnerre qui disait : "Viens et vois."

Je regardai et je vis apparaître :
LE CAVALIER BLANC.
Le cheval était blanc et celui qui le montait portait une robe blanche. Il brandissait un arc et portait une couronne. Il partit en vainqueur pour vaincre encore et encore.
C'était le cavalier du mensonge.
Ensuite l'Agneau ouvrit le deuxième sceau et apparut :
LE CAVALIER ROUGE.
Le cheval était rouge et celui qui le montait était nu avec une peau de couleur ocre et il était pourvu d'une longue chevelure rousse. Il brandissait une épée et il était venu avec le pouvoir de créer la zizanie entre les hommes afin qu'ils s'égorgent les uns les autres.
C'était le cavalier de la guerre.
Puis l'Agneau ouvrit le troisième sceau et apparut :
LE CAVALIER NOIR.
Le cheval était noir. Celui qui le montait portait une robe noire. Il tenait une balance servant à peser le froment et l'orge.
C'était le cavalier de la famine.
Puis l'Agneau ouvrit le quatrième sceau et apparut :
LE CAVALIER VERT.
Le cheval était vert. Il était monté par un homme squelettique à la peau verdâtre. Il était venu pour achever l'humanité.
C'était le cavalier des épidémies. »
Le texte de l'Apocalypse de saint Jean se termine par : « Alors on donna aux quatre cavaliers aux couleurs blanche, rouge, noire et verte le pouvoir

d'exterminer l'humanité par le mensonge, la guerre, la famine et la peste. »

Edmond Wells,
Encyclopédie du Savoir Relatif et Absolu.

69.

— Ça se joue maintenant... Quelque part la bataille a déjà commencé, dit le professeur Kapoor avec un air angoissé.

Eugénie, René et Alexandre sont au chevet de Mélissa dans la chambre de l'hôpital de l'Institut Curie. Raphaël a lui aussi tenu à venir pour les accompagner dans ce moment délicat.

— Et pour tout vous avouer, cela ne se passe pas bien. C'est pour cela que j'ai préféré vous avertir.

— Que se passe-t-il précisément ? demande la jeune femme rousse.

— Votre mère n'a pas eu la réaction au traitement que nous espérions...

Le regard du médecin est fuyant.

— On dirait que les lymphocytes n'arrivent pas à empêcher l'invasion des cellules cancéreuses, reconnaît-il.

Les larmes aux yeux, Eugénie caresse le visage de sa mère, dont la peau est devenue pâle, avec des petites plaques rouges par endroits.

— La tumeur a gagné ? demande René en essayant de maîtriser sa voix.

— Pas encore, mais ça n'évolue pas dans la bonne direction, annonce le médecin.

— Que pouvez-vous faire pour l'aider ? souffle Eugénie.

— Nous lui avons prodigué les meilleurs soins possibles vu son état.

Tandis qu'il prononce cette phrase, Eugénie remarque qu'il met en contact chacun de ses doigts avec son pouce en murmurant : « Sa… Ta… Na… Ma… »

— Alors il se passe quoi ? demande Alexandre sur un ton qui trahit son émotion.

— À ce stade, le mieux que vous puissiez faire est de la laisser tranquille. Elle doit trouver en elle-même les ressources nécessaires pour se battre. Il n'y a que son esprit qui puisse décider de tenir ou de lâcher. Mais gardez espoir. Et dites-vous bien que tant qu'elle est vivante, un miracle est encore possible.

70.

Eugénie, Alexandre, René et Raphaël sont à la cafétéria de l'hôpital.

— Je n'ai jamais vraiment envisagé que Mélissa puisse mourir, reconnaît Alexandre. Pour moi, ma fille est immortelle…

— Votre fille est une battante, elle ne va pas partir sans combattre, rétorque René.

— Nous ne pouvons plus rien faire. Juste attendre, soupire Alexandre.

— Attendre quoi ? Qu'elle meure ? s'insurge Eugénie avec une rage mal contenue.

— Le professeur Kapoor nous l'a expliqué, c'est à l'intérieur de son corps qu'a lieu la confrontation. Lymphocytes contre cellules cancéreuses.

— Je ne supporte pas de rester inactif, dit Alexandre. Je vais prendre un somnifère et aller dormir. Vous me réveillerez quand il y aura des nouvelles, bonnes ou mauvaises.

— Moi aussi, dit René. Rester à attendre en espérant que cela s'arrange alors que même son médecin pense que c'est fichu, c'est insupportable.

Un long silence suit.

— Non, ce n'est pas le moment de se reposer, dit Eugénie.

— Mais on ne peut rien faire..., répète Alexandre.

— On ne peut pas agir pour maman, mais nous avons encore la possibilité d'agir pour obéir à son dernier souhait. Elle nous a demandé de tout faire pour empêcher l'obscurantisme de gagner. Nous lui devons ça.

— À quoi fais-tu allusion ? demande son grand-père.

— À ce qu'il se passe à la Sorbonne, répond la jeune femme.

— Ce n'est qu'une petite manif contre le ministère de l'Éducation nationale, temporise Alexandre. J'en ai connu cinq ou six quand j'étais moi-même président de cette université.

— Malheureusement, il semble que cette fois la situation soit plus grave, dit Raphaël en posant son ordinateur portable sur la table en formica blanc.

La vidéo prise chez les Ortega apparaît sur l'écran. Une fois la lecture lancée, René et Alexandre peuvent à leur tour découvrir les conversations entre Violaine et ses quatre complices.

Ils sont estomaqués.

— Comme disait Bertolt Brecht, « le ventre est encore fécond d'où a surgi la bête immonde »..., rappelle Alexandre.

— Les dictatures sont en train de converger pour accélérer leur ascension mutuelle, ajoute René, sidéré.

— Et elles vont utiliser tous les canaux : les réseaux sociaux, la religion, la politique, la musique, les médias, reconnaît Raphaël.

La séquence où Violaine explique l'opération « Reichstag » fait bondir René.

— Ils veulent détruire *Le Jardin des délices* ! C'est moi qui l'ai fait venir !

— Il est peu probable qu'ils y parviennent. La porte de la bibliothèque est blindée, et deux vigiles armés ne quittent pas le tableau des yeux. Et ils sont censés rester jusqu'à demain. L'œuvre doit repartir dans la matinée, rappelle Alexandre qui a lui aussi suivi cet événement.

— Oui, mais... l'université est actuellement sous le contrôle des étudiants néostaliniens qui l'occupent, rappelle Raphaël. S'ils s'entendent avec les néonazis, il sera difficile de les arrêter.

René regarde sa montre.

— Il est treize heures trente. Il nous reste dix heures pour trouver une parade.

— Je pense qu'à nous quatre nous pouvons les contrer, dit Alexandre, étrangement ragaillardi. Je connais l'université comme ma poche, et je vous propose d'imaginer ensemble un plan que nous nommerons… opération « Anti-Reichstag ».

— J'ai la carte magnétique qui permet d'ouvrir la porte blindée de la bibliothèque, dit René.

— Je pourrais vous aider en récupérant l'accès aux systèmes de vidéosurveillance, ajoute Raphaël Hertz.

— Et moi, je peux entrer sur le site car je suis censée faire partie des néostaliniens qui gèrent l'occupation de l'université, conclut Eugénie.

Elle sort son cahier à dessin de son sac à dos et note :

« La Main de lumière.
Papi (Alexandre) = le chef = Majeur ?
Papa (René) = le sorcier = Auriculaire ?
Raphaël = l'inventeur = Index ?
Moi, Eugénie = l'écrivaine = Pouce ?
??? = L'artiste = Annulaire ? »

Leur Main d'ombre est complète.

Dans l'hypothèse où j'aurais raison, il manque encore un membre à la Main de lumière.

Ce sera donc nous quatre contre eux cinq.

— Bien, dit Alexandre. Je vous envoie par SMS le matériel dont chacun devra se munir et l'adresse à laquelle nous nous retrouverons à vingt-deux heures trente précises. En attendant, allons nous reposer.

Ils quittent l'hôpital. En marchant dans les rues, Eugénie songe : *Se reposer ? Pas avant de savoir ce qui est arrivé à Pythagore…*

71.

Nostradamus fait des huit entre ses jambes, au risque de la faire chuter. Pas rancunière, Eugénie remplit sa gamelle de croquettes parfumées à la langouste.

Elle s'installe dans le fauteuil et rallume une cigarette pour affûter sa pensée. Elle rouvre son cahier pour se remémorer les précédents épisodes de la vie de Pythagore : son enfance avec ses parents, les Jeux olympiques, le combat final du pugilat contre l'Éléphant, le podium et la couronne de laurier, le temple des prêtres d'Aton à Memphis, la bataille de Péluse, les soldats perses et leurs boucliers de chats vivants.

Elle entend son propre félin dévorer ses gourmandises.

Elle tourne les pages et se remémore les scènes qu'elle a vécues. Les quartiers déshérités de Babylone. La rencontre avec Zarathoustra.

Elle se rend compte qu'elle n'a pas encore rédigé la fiche de cette V.I.E.

« Visite d'une quatrième vie antérieure.
Numéro de porte : + 7.
Datation : naissance en… »

Elle consulte Internet pour compléter ces informations. Elle lit : « Pythagore né vers 580 avant J.-C. » Elle inscrit cette date mais elle a un doute. Elle examine les sources et s'aperçoit que les biographes anciens de Pythagore, des philosophes et écrivains comme Porphyre, Jamblique ou même Diogène Laërce, sont nés bien longtemps après la mort du mathématicien. Elle se souvient que le héraut des Jeux olympiques auxquels Pythagore avait participé avait annoncé que c'étaient les soixante-sixième. Pythagore avait alors dix-sept ans.

Il est né plus tard que ce que disent les historiens.

Ils se sont trompés sur sa date de sa naissance.

À l'époque, il n'y avait pas d'état civil pour connaître les dates de naissance.

Les régressions permettent d'obtenir des informations exclusives qui parfois contredisent celles des ouvrages officiels.

Elle inscrit donc :

« Datation : naissance en 560 avant J.-C.
Territoire : Grèce.
Lieu de naissance : île de Samos.
Nom personnel : Pythagore.
Activité : bijoutier, pugiliste, prêtre, explorateur... »

Puis dans son esprit, elle ajoute :

... Mathématicien ?
« Voyages : Égypte, Babylone... »
... Inde ?

Elle souffle la fumée en examinant les images.

La bataille de Péluse s'est déroulée en 525 avant notre ère, là-dessus tout le monde est d'accord. L'exil à Babylone ayant duré cinq ans, Pythagore a dû partir en Inde en 520. S'il est né comme je le pense en 560, il avait donc quarante ans.

Elle regarde le dessin représentant Pythagore juché sur son chameau avançant sur les sentiers abrupts à flanc de montagne. Elle fait de nouveau quelques recherches sur Internet mais ne trouve aucune mention d'un voyage du philosophe en direction de l'Inde.

Serais-je la seule à savoir que Pythagore est parti en Inde ?

Elle a soudain une intuition et vérifie les dates sur Internet. Elle écrit sur une page blanche :

« Naissance de Bouddha : 563 avant J.-C. »

Donc si mes calculs sont bons, Pythagore a quitté Babylone en 520. Il avait quarante ans. Et cette même année, Bouddha avait… quarante-trois ans.

Ils étaient contemporains.

Ça colle. Ils ont pu se rencontrer.

Eugénie tire les rideaux, allume des bougies, s'assoit en tailleur, ferme les yeux et prend une grande inspiration avant de plonger.

Escalier. Porte de l'inconscient. Couloir.

Arrivée devant la porte numéro 7, elle a une appréhension. Peur d'être déçue ou de découvrir des vérités qu'elle préférerait ignorer ?

Alors elle se motive avec cette formule qui lui fait du bien :

SAME PLAYER, TRY AGAIN.

72.

ENCYCLOPÉDIE : BOUDDHA.

Des astrologues avaient annoncé au roi Suddhodana, qui dirigeait le petit royaume des Sakya, situé au sud du Népal, à la frontière avec l'Inde, que son fils serait soit un grand chef politique, soit un grand chef spirituel.

Le roi préférait la première option et demanda aux astrologues comment faire pour qu'elle se réalise. Ils recommandèrent de « préserver le futur prince de toutes les vicissitudes de la vie ». En clair, son père devait lui éviter de connaître la souffrance, la maladie, la vieillesse et la mort.

À sa naissance, le jeune prince reçut le nom de Siddhârtha Gautama. Son père décida que son fils vivrait dans un monde protégé de toute laideur, de toute maladie, de toute pauvreté et de toute négativité. Il ne devrait voir que de belles personnes riches et en bonne santé.

Siddhârtha vécut donc enfermé dans le palais de son père sans jamais rencontrer ni vieux, ni handicapés, ni malades, ni pauvres, ni cadavres. Et les rares fois

où il quittait le palais, le roi envoyait des gardes pour vérifier qu'il ne risquait pas d'en rencontrer.
Lorsque Siddhârtha eut seize ans, son père décida qu'il était temps de le marier. Il épousa sa cousine, la très belle Yashodhara, dont il eut un fils.
Il vécut ainsi, toujours protégé du monde extérieur, jusqu'à l'âge de vingt-neuf ans. Cependant, il ressentait une sorte de « mal-être ». Un jour, Siddhârtha décida de sortir du palais. Son père, affolé, envoya des gardes pour le retrouver, mais sans succès.
Siddhârtha put enfin découvrir le monde réel librement et fit quatre rencontres. Il croisa d'abord, au bord d'une route, un homme âgé, bossu et qui marchait à l'aide d'une canne. Il semblait aller très mal. Siddhârtha croisa ensuite un homme affligé de quintes de toux violentes qui secouaient tout son corps. Un peu plus tard, il trouva un homme allongé sur le dos, le regard fixe. Il voulut le réveiller mais l'autre ne réagit pas. Enfin, il fit la connaissance d'un homme chauve, habillé de vêtements sales et usés, qui marchait pieds nus. Celui-ci était très calme, très serein. Il expliqua à Siddhârtha que sa tranquillité d'esprit venait du fait qu'il était moine.
Une fois rentré au palais, le jeune homme, obnubilé par ces quatre rencontres, décida de quitter sa cage dorée. Dans la nuit de son vingt-neuvième anniversaire, il embrassa une dernière fois sa femme et son fils, et s'enfuit.
Il se rasa la tête et se fit moine errant. Il apprit ce qu'étaient la faim, la soif et le froid. Il recevait l'enseignement des autres moines qu'il croisait :

le yoga, la méditation et le jeûne. Il avait une quête : comprendre la cause de la souffrance et comment l'arrêter.
Un matin, alors qu'il méditait depuis plusieurs jours sous un arbre, il eut une révélation. Il comprit quatre vérités :

– la première est la Dukkha : pour faire cesser la souffrance, il faut renoncer à obtenir des richesses ou la gloire ;
– la deuxième est la Tanha : pour faire cesser la souffrance, il faut renoncer à l'envie permanente des plaisirs des sens ;
– la troisième est la Nirodha : pour faire cesser la souffrance, il faut renoncer à l'autolimitation, qui nous enferme dans ce qu'on croit possible ou impossible ;
– la quatrième est la Magga : pour rester sur le bon chemin, il faut avoir la vision juste, la pensée juste, l'action juste. Ce n'est qu'ainsi qu'on atteint le but de la vie : le Nirvana, c'est-à-dire la libération du cycle des réincarnations.

Et il comprit que sa vraie raison d'être était précisément d'enseigner ces quatre vérités aux autres. Alors il partit vers l'ouest pour diffuser son enseignement dans toute l'Inde.

Edmond Wells,
Encyclopédie du Savoir Relatif et Absolu.

73.

Que c'est beau. Que c'est fort. Que c'est surprenant.

Eugénie a un choc esthétique en découvrant la cité de Bénarès à travers les yeux de Pythagore.

La caravane de chameaux des Hébreux longe les bords du Gange. Ce fleuve est encore plus large que le Nil à Memphis ou l'Euphrate à Babylone.

La population semble vivre en osmose avec ce fleuve. Des gens à la peau dorée s'y abreuvent, y font leurs ablutions, s'y baignent ; d'autres, juste à côté, y déversent leurs ordures ou des immondices. Sur les berges se succèdent de grandes esplanades où des cadavres brûlent sur des bûchers. Ils sont ensuite jetés à moitié intacts dans le fleuve où ils sont grignotés par les crocodiles, au milieu de toutes sortes d'embarcations de tailles différentes.

Partout des enfants courent joyeusement, habillés d'un simple pagne ou parfois nus. Le son de musiques délicates, jouées sur des instruments que Pythagore entend pour la première fois, s'échappe des maisons alentour.

L'air est rempli de l'odeur d'encens et de la fumée des crémations.

Autre particularité : des vaches circulent paisiblement au milieu de la foule sans que personne ose les toucher. Des singes sautent de maison en maison, et des vautours marchent en se dandinant au milieu des rues sans que les passants y prêtent attention.

Pythagore a la sensation de se trouver plongé dans une civilisation très différente de celle des Grecs, des Égyptiens ou des Babyloniens.

Ils arrivent sur un immense marché et le chef de la caravane, Samuel, signale qu'ils ont enfin atteint leur destination. Sur les indications de Samuel, les commerçants hébreux déchargent leurs caisses à un endroit libre et commencent à dresser leurs grandes tentes et à déballer leurs produits.

Pythagore, qui a appris à parler un peu le sanskrit et qui connaît la valeur des pierres précieuses et des bijoux, assure parfaitement son rôle d'intermédiaire avec les clients locaux qui se pressent autour de leurs étals couverts de produits babyloniens.

Puis, après plusieurs heures d'échanges et de ventes, le Grec décide de faire le tour du marché. Il découvre le stand d'un parfumeur qui lui fait respirer des essences exotiques comme le patchouli. Plus loin, il goûte des épices comme la cannelle, la cardamome, le safran ou le poivre, aux saveurs différentes de tout ce qu'il connaît. Chez un marchand de fruits, il croque dans des aliments inconnus : la noix de cajou, la mangue, la sapote, la goyave, le jacquier, le phalsa, le corossol, la papaye ou le litchi. Il est ravi. C'est la fête des cinq sens.

Eugénie comprend mieux maintenant la notion de « tourisme spirituel » évoquée par son père. Elle n'est jamais allée en Inde et la découvre à travers les yeux de son ancienne incarnation au VIe siècle avant Jésus-Christ.

Pythagore est cependant intrigué par la différence très marquée entre les riches et les pauvres. Les riches sont habillés de vêtements plus sophistiqués que ceux qu'il a vus jusqu'à présent, de couleur rose, verte, jaune ou mauve. Quant à ceux qu'il identifie comme des mendiants, ils s'enfoncent des piques dans les joues, s'assoient sur des planches à clous ou charment des serpents en jouant de la flûte. Certains hommes étranges très maigres aux cheveux longs et à la barbe non taillée marchent par deux en discutant. Ils ont une ficelle accrochée à leur pénis au bout de laquelle est fixée une grosse pierre. Celle-ci, placée à hauteur des genoux, balance d'avant en arrière à chacun de leurs pas.

Cela lui semble fou.

Pourtant, la plupart de ces hommes semblent heureux et cette cité de Bénarès constamment en fête. Cependant, Pythagore sait qu'il n'est pas là pour s'amuser mais pour rencontrer l'Éveillé. Il questionne ceux qu'il croise sur l'existence d'un tel sage. Mais il y a des dizaines de « gourous » qui correspondent à ce qualificatif, et Zarathoustra ne lui a pas donné d'information spécifique pour lui permettre de distinguer « son » Éveillé parmi les autres prétendants à ce titre.

Pythagore comprend que sa tâche va être compliquée. Cependant, il ne veut pas renoncer et décide de rencontrer chaque sage local un par un.

Saut dans le temps.

Plusieurs mois ont passé. Pythagore vit avec les commerçants hébreux dans les tentes qu'ils ont installées dès leur arrivée sur le marché de Bénarès. Il a pris l'habitude de se laver dans le Gange le matin, faisant abstraction des déchets et des cadavres. D'ailleurs, les Indiens lui ont dit : « Si tu bois l'eau du Gange, tu ne seras plus jamais malade. » Sous-entendu : si on survit, c'est qu'on peut résister à tout, selon le principe que lui ont enseigné ses compagnons de voyage : ce qui ne te tue pas te rend plus fort. Pythagore s'est complètement intégré à la culture indienne : non seulement il boit l'eau du Gange, mais il mange la nourriture locale, appréciant le goût des épices, s'habille comme un Indien, et parle de mieux en mieux le sanskrit, tout en poursuivant sa quête de l'Éveillé.

Ce jour-là, il se rend dans une clairière où sont rassemblés un gourou et ses disciples, près d'un bassin où poussent des lotus. Même s'il a déjà souvent vu des gens se réunir de la sorte, il a l'intuition que cette fois-ci il se passe quelque chose de différent.

Pythagore s'approche et demande comment s'appelle le gourou. On lui signale que l'homme porte le nom de Siddhârtha Gautama. Il est vêtu d'une sorte de toge de couleur orange qui lui couvre la moitié du torse, révélant son épaule droite. Ses cheveux et sa barbe sont complètement rasés. Il est chauve et glabre. Ses lobes d'oreilles sont étonnamment allongés. Il se tient assis en tailleur mais chacun de ses pieds est posé sur la cuisse opposée, les plantes tournées vers le ciel.

Siddhârtha parle lentement et en souriant. Il entrecoupe parfois ses remarques de petits éclats de rire, un peu à la manière de Zarathoustra, comme si tout lui paraissait drôle. D'ailleurs, quand un de ses disciples pose une question, il commence toujours par rire gentiment avant de répondre.

Pythagore écoute. Le sage indien évoque l'art de la méditation. Il parle de l'importance de la posture, de la capacité à faire le vide dans son esprit en utilisant la respiration. Selon lui, il faut la ralentir progressivement jusqu'à parvenir à ralentir aussi son cœur.

Il parle des sept chakras. Pour chacun, il explique sa fonction et son énergie. Il évoque la possibilité de faire ce qu'il nomme un « voyage astral », quand l'esprit s'échappe par le chakra coronal, le numéro 7.

Il parle aussi d'un mystérieux endroit qu'il appelle le « réceptacle des mémoires akashiques », un lieu où l'esprit peut découvrir le récit des incarnations passées et des destins futurs.

Quand ils s'adressent à lui, ses disciples le nomment « Bouddha », ce qui signifie en sanskrit « l'Éveillé ».

Pythagore suit avec intérêt ce que raconte l'Éveillé puis attend que le maître ait signalé la fin de son cours pour s'en approcher.

— Je viens de loin pour vous rencontrer, dit-il en guise de présentation.

— Je sais, Pythagore, je t'attendais, répond Siddhârtha.

— Comment savez-vous mon nom ? demande Pythagore, surpris.

— Cet instant était annoncé dans la Bibliothèque akashique. Je sais aussi que tu as rencontré Zarathoustra et que c'est lui qui t'a conseillé de venir me voir.

— Vous connaissez aussi Zarathoustra ? Vous êtes déjà allé en Perse ?

— Je ne suis jamais allé au-delà du Gange. Mais nous nous sommes déjà rencontrés par l'esprit.

— Alors vous savez tout ce qu'il va se passer ?

Siddhârtha éclate de rire.

— Non, la bibliothèque donne les futurs les plus probables mais pas les futurs certains. Je ne sais pas ce que tu vas me dire, par exemple. Tout ce que je sais, c'est que cette rencontre est importante pour toi et pour moi.

Il cueille une fleur de lotus, qu'il hume en fermant les yeux.

— Tu possèdes des connaissances qui me manquent, et moi des connaissances qui te manquent.

Les deux hommes se mettent à discuter.

Siddhârtha évoque l'évolution de la vie, qui selon lui suit une progression depuis les formes biologiques, minérales, végétales, animales, jusqu'aux humains, humains éveillés, anges, archanges et sources de lumière ; Pythagore lui parle de mathématiques et d'architecture telles qu'il les a apprises auprès des prêtres égyptiens du temple d'Aton.

Siddhârtha, très intéressé par les propos du sage de Samos, lui propose de partager leurs savoirs – celui de l'Occident et celui de l'Orient. Il lui fait alors découvrir les chiffres indiens, dont la forme n'a rien à voir avec celle des chiffres grecs, qui correspondent également aux lettres de l'alphabet : alpha pour 1, bêta pour 2, gamma pour 3, delta pour 4, epsilon pour 5, jusqu'à iota pour 10, kappa pour 20, etc.

— Nos échanges pourraient aboutir à une représentation symbolique de la vie, qu'en pensez-vous ? propose Siddhârtha.

Le sage d'Orient et le sage d'Occident travaillent un moment sur ce sujet qui les passionne et mettent au point un système original de perception de l'évolution de la vie en fonction de la forme des chiffres.

Pythagore note sur une feuille de papyrus :

« La forme des chiffres d'origine indienne indique l'évolution du niveau de conscience.

Le trait signifie l'attachement.

La courbe signifie l'amour.

La croix signifie l'épreuve.

Et donc nous obtenons :

1. Le minéral. Ce chiffre est composé d'un trait vertical. C'est le premier niveau de conscience. Il n'y a pas de trait horizontal, donc pas d'attachement ; pas de courbe, donc pas d'amour. Le minéral est pure matière sans conscience.

2. Le végétal. Ce chiffre est composé d'un trait horizontal dans la partie inférieure et d'une courbe dans la partie supérieure. Il est attaché à la terre et il aime le ciel. Le trait horizontal en bas représente l'attachement à la terre. Le végétal ne peut pas bouger, ses racines l'immobilisent. Au-dessus, la courbe représente l'amour, tourné vers la lumière du soleil.

3. L'animal. Ce chiffre est composé de deux courbes, comme deux bouches, celle qui embrasse et celle qui mord. L'animal est gouverné par ses émotions, notamment la peur qui le rend agressif, et le désir qui lui permet d'aller vers des partenaires sexuels pour se reproduire. Il n'a aucun attachement. Ni à la terre ni au ciel. Il est perpétuellement en mouvement pour attaquer ou fuir, pour aimer ou haïr.

4. L'humain. Ce chiffre est composé d'une croix. L'humain est entre le 3, l'animal, et le 5, l'être spirituel. L'humain est à un carrefour, son niveau de conscience peut s'accroître ou diminuer. S'il laisse parler ses

pulsions animales d'amour et de haine, de peur et de désir, il redevient un 3 ; s'il les maîtrise et parvient à élargir son niveau de conscience, il peut accéder au niveau supérieur de conscience qui est le 5.

5. L'être spirituel. Ce chiffre est l'inverse du 2 : un trait dans la partie supérieure et une courbe dans la partie inférieure. Il est attaché au ciel et il aime la terre. C'est l'humain qui arrive à maîtriser son esprit et qui agit pour l'intérêt général de son espèce, de toutes les autres espèces vivantes et même de sa planète.

6. L'ange. Ce chiffre est une pure courbe qui termine en spirale. Il est une énergie d'amour qui part du ciel et est tournée vers la terre. C'est l'esprit libéré du corps qui, malgré tout, peut s'incarner sous forme d'humain éclairé ou vivre dans l'invisible sous forme d'esprit guide. »

Ce métissage de leurs esprits occidental et oriental ravit les deux hommes. Ils conviennent cependant que la symbolique des chiffres est un secret trop précieux pour être diffusée à une humanité restée à un stade encore trop proche du niveau de conscience 3, celui des bêtes. Les deux sages décident de ne le confier qu'à leurs initiés les plus avancés, seuls capables d'en percevoir la portée.

Siddhârtha parle enfin de son alimentation. Il ne mange jamais de viande car il considère qu'il ne faut pas mettre de morceau de cadavre dans son propre corps, a fortiori si l'animal a souffert avant sa mort.

Siddhârtha écoute avec une grande attention les récits des voyages de Pythagore en Grèce, en Égypte, en Perse, en Mésopotamie et le long de la route qui l'a mené jusqu'à Bénarès. Il veut savoir ce que l'on mange dans ces pays, quelle musique on écoute, comment les gens s'habillent, quelles sont leurs religions.

Le fils du bijoutier de Samos lui décrit les cités, les paysages, les langues, les croyances. Siddhârtha s'intéresse à tout et tout l'émerveille. Il apprécie les Jeux olympiques et frémit en apprenant qu'à la bataille de Péluse, une civilisation s'est effondrée pour ne pas tuer les chats que les ennemis avaient utilisés comme boucliers vivants.

Anecdotes et histoires vécues se succèdent pour le plus grand plaisir de Siddhârtha, mais c'est la connaissance des mathématiques qui l'intrigue le plus. Le Grec lui explique comment on peut mesurer la surface des carrés, des cercles, des triangles et comment à partir de ces systèmes on peut déduire les mouvements des planètes.

Alors que la lune les éclaire, ils continuent de dialoguer au pied d'un figuier. Le sujet qui les préoccupe ensuite est la réincarnation. Pythagore raconte qu'il a déjà reçu un enseignement sur ce thème de la part de son oncle Phérécyde de Syros. Celui-ci lui a parlé d'un principe qu'il nomme « métempsycose », selon lequel notre âme quitterait le corps après la mort pour redevenir un bébé. Par la suite, Pythagore a constaté que les Hébreux croyaient eux aussi en cette idée de « cycle des âmes » qu'ils appellent « Guilgoul ». Siddhârtha est surpris car il pensait que ce concept était connu uniquement en Inde.

Pythagore revient ensuite sur une notion qui l'intrigue beaucoup : la Bibliothèque akashique. Il veut savoir plus précisément de quoi il s'agit.

Le sage indien sourit puis déclare simplement :

— La meilleure manière de savoir, c'est d'y aller.

— Et comment fait-on ?

— Il suffit de voyager par l'esprit. Pour ma part, j'utilise la méditation…

— Peux-tu m'enseigner cette pratique ?

— Elle est un peu spéciale, et il n'y a que lorsque ton âme sera prête qu'elle pourra y aller. D'ici là, tout ce que je peux te conseiller, c'est d'attendre les signes. Mais il est possible que ça ne se produise pas dans l'incarnation dans laquelle tu es actuellement.

Les deux hommes passent toute la nuit à échanger leurs connaissances, leurs expériences, leurs opinions.

— Nous vivons l'époque la plus extraordinaire de l'Histoire, dit Siddhârtha. J'ai entendu parler d'un autre sage, encore plus à l'est, qui aurait le même âge que nous et qui s'appelle Kongfuzi, ou Confucius. Il a donné naissance à une école, le confucianisme.

— Zarathoustra a lui aussi un âge proche du nôtre et lui aussi a créé son école. Il m'a également raconté sa rencontre avec un autre sage. Le prophète hébreu Daniel.

— Nous sommes venus dans cette époque de grande violence pour apaiser le monde, dit Siddhârtha.

— Je suis conscient de la chance que j'ai de t'avoir rencontré, reconnaît Pythagore.

Le sage indien se passe la main sur le crâne. Ce geste donne l'impression qu'il caresse la planète Terre, se dit Pythagore, qui considère qu'elle est sphérique.

— Notre devoir, à toi et à moi, déclare Siddhârtha, est simple. Nous devons diffuser notre connaissance, et pour cela il faut l'enseigner à des disciples qui eux-mêmes l'enseigneront à d'autres disciples. Progressivement, il ne s'agira plus uniquement de quelques individus qui s'éveilleront, mais de l'humanité entière. Et alors le niveau de conscience de notre espèce pourra s'élever pour atteindre le niveau 4 puis le niveau 5. Diffuser vers l'orient et diffuser vers l'occident : tel est l'objectif de nos existences. Tel est le sens de cette rencontre que nous venons d'avoir ici et maintenant. Tel est le sens de ta vie, Pythagore.

Saut dans le temps.

Le sage grec est assis au sommet d'une colline où se dressent d'imposants cyprès. Il s'est installé au pied d'un très vieil olivier, en position du lotus, les plantes de pied tournées vers le ciel comme le lui a enseigné son ami indien. Le chant des cigales est presque assourdissant.

Autour de lui, plusieurs centaines de personnes assises l'écoutent.

— Comme vous le savez peut-être, j'ai d'abord souhaité créer une école à Samos, mon île, mais le tyran Polycrate qui la gouverne a refusé mon projet, et j'ai dû renoncer à la Grèce. Ici en Italie, à Crotone, qui est encore la Grèce – la « Grande-Grèce », comme nous appelons les côtes méridionales de la péninsule italienne –, nous sommes bien accueillis. Cette école existe enfin, et vous êtes là, devant moi. Elle est ouverte aux femmes, aux étrangers et aux esclaves, ce qui est complètement nouveau, je crois. Ici, on ne juge pas les gens d'après leur sexe, leur apparence, leur richesse ou leurs parents, mais uniquement d'après leur talent et leur travail. Nous développerons aussi bien le corps que l'esprit. Il s'agira de pratiquer le sport en plein air et de vous préparer pour les Jeux olympiques, ce qui demandera beaucoup de temps d'enseignement. Mais je proscris le pugilat, trop violent, et qui peut générer de la colère contre son adversaire. Pour ce qui est de nourrir votre esprit, il vous sera enseigné aussi bien la science que la spiritualité. Je vous inculquerai enfin les mathématiques et la méditation, qui permet de faire sortir son esprit de son corps.

Un murmure de satisfaction parcourt l'assemblée.

— Vous apprendrez la médecine, la politique, l'architecture, l'économie, la stratégie militaire, mais aussi les arts, tous les arts, que ce soit la danse, la peinture, le théâtre, la musique la littérature ou la poésie.

Pythagore prend son temps avant de poursuivre.

— L'enseignement s'effectuera par degrés. Au premier degré, les postulants seront examinés puis jugés d'être dignes ou non d'entrer dans notre école. S'ils passent ce cap, ils entreront dans le deuxième degré et deviendront ce que j'appelle des « néophytes ». Ils devront pendant trois ans apprendre et prouver leur mérite. C'est moi qui jugerai s'ils sont dignes de continuer. Ils accéderont ensuite au troisième degré, celui des « acousmaticiens ». Ils devront abandonner tous leurs biens, qui seront mis en commun dans notre communauté. Ils recevront un enseignement pendant cinq ans supplémentaires, durant lequel ils devront rester silencieux et mémoriser les cours sans pouvoir rien noter sur papyrus. Au quatrième degré, j'inculquerai aux « mathématiciens » – c'est ainsi que je nommerai mes étudiants – la puissance symbolique des chiffres et je leur expliquerai ma devise : « Tout est nombre ». Cet enseignement sera à la fois ésotérique, artistique, politique et contemplatif. Les mathématiciens seront tenus au végétarisme strict, à la maîtrise de leur sexualité (même s'ils seront autorisés à se marier). Ils devront apprendre à jouer d'un instrument, pratiquer l'athlétisme, la danse et beaucoup lire. Désormais l'école de Crotone existe. L'aventure commence.

Saut dans le temps.

Pythagore est dans un amphithéâtre où sont regroupés des milliers de spectateurs assis sur les bancs. Une demi-lune éclaire la nuit. Un délicieux parfum de fleur de citronnier embaume l'air. Les cigales se sont tues, les grillons stridulent doucement. Le sage parle de sa belle voix grave.

— J'ai mis au point une nouvelle lyre non plus à six, mais à sept cordes. Et j'ai décidé d'associer chaque corde à une planète. Sept notes, sept planètes. Cet instrument peut sonner de façons très différentes, vous allez l'entendre. J'ai trouvé un nom pour ce nouveau concert : la musique des sphères.

Pythagore entonne une première chanson en s'accompagnant de sa lyre. Les paroles parlent de la symbolique du chiffre 1, de l'unité de l'univers et du fait que tout part de ce chiffre magique. C'est un morceau sur la note *sol*, en référence au soleil.

La deuxième chanson évoque la symbolique du chiffre 2. Il l'associe à la Terre, qui est ronde et qui tourne autour du Soleil. Le maître voit dans le chiffre 2 la dualité du monde, les principes complémentaires masculin et féminin.

La troisième chanson est sur la symbolique du chiffre 3, ou comment l'union de l'homme et de la femme engendre une troisième entité : l'enfant. Il mentionne les trois niveaux de l'homme : le corps, l'esprit et l'âme. Il suggère la beauté du triangle et des pyramides d'Égypte.

La quatrième chanson porte sur le chiffre 4, qui correspond pour lui aux quatre éléments : l'eau, la terre, l'air et le feu, un système stable, comme la maison qui abrite et protège la famille.

La cinquième chanson célèbre le chiffre 5, et donc les doigts de la main, mais aussi le corps humain, avec ses quatre membres et la tête, ou une étoile à cinq branches.

La sixième chanson évoque la symbolique du chiffre 6 : l'hexagone, les alvéoles bâties par les abeilles dans leur ruche, et l'étoile à six branches constituée d'un triangle pointant vers le bas, l'énergie féminine, et d'un triangle pointant vers le haut, l'énergie masculine, qui forment ensemble une harmonie parfaite.

Enfin, la septième chanson parle de la symbolique du chiffre 7, qui correspond aux sept cordes de sa nouvelle lyre mais aussi aux sept jours de la semaine et aux sept planètes du Système solaire.

Sept femmes habillées de tuniques aux couleurs différentes rejoignent Pythagore sur la scène et l'accompagnent en chantant. Le public reprend les refrains, frappe dans les mains en rythme et chante avec lui. L'ambiance est de plus en plus détendue. Pythagore chante et joue de sa nouvelle lyre, certains spectateurs se mettent à danser. Pythagore s'abandonne au plaisir de ce concert, cette « musique des sphères » qu'il a créée pour le bonheur de tous. Il est comme en transe, emporté par la puissance de ses propres chansons.

La nuit avance, Pythagore s'arrête de jouer et enlève son bandeau pourpre. Par jeu, il l'envoie en direction des spectateurs. Une jeune femme brune aux yeux bleus l'intercepte. Elle regarde le maître avec un grand sourire puis fend la foule pour le rejoindre sur scène.

Pythagore reconnaît Théano, la fille de son ami Brontinos. Elle a passé tous les degrés et est la meilleure élève de sa promotion. Elle est désormais une jeune femme splendide et pleine d'assurance. Pythagore la salue d'une étreinte chaleureuse et Théano lui chuchote à l'oreille :

— Seriez-vous disposé, cher maître, à m'apprendre à jouer de cette nouvelle lyre à sept cordes ?

Saut dans le temps.

Le soleil est haut dans le ciel.

Pythagore chemine le long d'une route bordée de cyprès, accompagné de Théano qui, entre-temps, est devenue son épouse et lui a donné quatre enfants.

C'est l'été, tout l'espace sonore est saturé par le chant puissant des cigales. Les parfums de résine de cyprès et de fleur de citronnier emplissent l'air.

De là où il se trouve, Pythagore voit son école : les portiques, les jardins, le gymnase, le temple des muses, l'académie des sciences, le bâtiment principal de l'institut avec ses deux ailes circulaires, et les centaines de petites habitations blanc et bleu servant de logements aux pythagoriciens.

En contrebas s'étendent la ville de Crotone et, au-delà, la mer Ionienne, majestueuse, où flottent de petites embarcations.

Pythagore et Théano s'approchent du bâtiment principal. Philolaos, son plus proche ami, les attend devant l'entrée en faisant les cent pas. Lui aussi porte une robe blanche et un bandeau rouge sur le front.

— Comme vous l'avez demandé, j'ai aménagé le sous-sol de l'école pour qu'il accueille la bibliothèque.

Ils descendent l'escalier et franchissent une lourde porte. Dans l'espace souterrain qu'ils découvrent se succèdent des salles remplies d'étagères, où sont rangés des rouleaux de papyrus numérotés avec des chiffres indiens.

— Il y a aussi une cuisine, des sanitaires, des lits pour ceux qui voudraient travailler tard ou rester longtemps pour consulter des textes.

— Bonne idée, Philolaos, le félicite Pythagore.

— Avec quelques acousmaticiens, nous avons commencé à accumuler des milliers de rouleaux de connaissances dans tous les domaines. Maintenant que vous l'avez visitée, nous allons pouvoir annoncer l'existence de cette bibliothèque au monde entier. Nous remplirons encore plus vite les étagères vides…

— Non, le coupe le sage grec d'un ton catégorique.

— Comment ça, non ? s'étonne Philolaos.

— Ce lieu doit rester secret. C'est pour cette raison qu'il est en sous-sol et non en surface. Nous y accumulerons des connaissances, mais seuls les disciples haut gradés seront autorisés à descendre ici pour lire ou pour écrire.

— Je ne comprends pas...

— Je me méfie des gens du peuple. Ils ne seront pas capables de saisir la valeur de ce lieu. Ils ne feraient que le gâcher. Et même s'ils lisaient les livres, ils ne comprendraient pas leur sens. Ou, pire, ils les utiliseraient pour nuire aux autres ou nous nuire. Crois-moi, Philolaos, la connaissance ne doit pas être délivrée trop vite, n'importe comment et à n'importe qui.

Théano est en train d'étudier une partition dans un coin et chantonne. Pythagore contemple ce lieu caché et songe que c'est désormais à partir de là que beaucoup de choses vont pouvoir s'accomplir dans les années à venir.

Saut dans le temps.

Pythagore est enfermé dans la bibliothèque souterraine avec Théano, ses enfants, ainsi que Brontinos, son beau-père, et une trentaine de personnes. Ils ont tous les mains crispées sur des épées et semblent extrêmement nerveux. Ils sont en sueur, respirent vite et fort. Dans leurs regards se lit une profonde angoisse.

Philolaos arrive, exténué, blessé aux mains et aux bras.

— La ligne de défense tenue par les mathématiciens et les acousmaticiens tient bon. Pour l'instant, nous sommes en sécurité. Mais tout laisse à penser que nos ennemis préparent une nouvelle attaque. Cylon, le gouverneur de Sybaris, les galvanise avec des discours haineux à notre encontre, tout spécialement contre vous, maître. On dirait qu'il vous en veut personnellement...

— Ce n'est pas exclu, dit Pythagore.

— Pourquoi tant de haine ?

— Il s'était présenté pour faire partie de notre école. Il a échoué à l'examen d'entrée, à l'épreuve d'humilité qui consiste à recevoir des insultes. Il n'a pas supporté l'exercice. Mais au lieu de simplement partir, il a eu une réaction surprenante. Il m'a dit : « Pour qui vous prenez-vous pour oser me juger comme apte ou inapte à recevoir votre enseignement ? Savez-vous qui je suis ? Puisque vous n'avez pas d'estime pour moi, je vous ferai payer très cher votre arrogance. Je détruirai cette école ! » J'ai pris sa menace pour la vaine provocation d'un homme déçu. Je vois que ce n'était pas que cela. Que dit-il dans ses harangues ?

— Il vous accuse d'être élitiste, de réserver la divulgation de vos connaissances à certains individus et de l'interdire à d'autres.

— Il a raison, lâche le Grec. Je considère comme stupide de tenir compte de l'opinion du grand nombre. La foule rend les gens incapables de réfléchir. Ils sont juste des moutons prêts à bêler ou à suivre celui qui bêle plus fort pour tuer des innocents, comme c'est le cas actuellement.

— Cylon prétend même qu'il y a un trésor dans ce bâtiment, ajoute Philolaos.

— Ce n'est pas faux. Cependant, il s'agit non pas d'un trésor matériel, mais d'un trésor spirituel.

— Ses hommes ne peuvent saisir cette nuance. Il dit que c'est de l'or que nous aurions volé au peuple. Ils espèrent trouver ici un butin.

— Comme il est facile de manipuler les gens de peu d'esprit !

Un homme couvert de blessures se présente alors, affolé.

— Je viens du secteur ouest, dit-il, essoufflé. Là-bas, la ligne de défense des mathématiciens a cédé ! Nos ennemis sont trop nombreux…

— Jusqu'où sont-ils arrivés ?

— Dans le jardin de l'école ! Ils sont enragés. Ils tuent tout le monde. Ils ont déjà achevé les prisonniers et les blessés. Il n'y a plus grand-monde pour les retenir.

— Alors nous sommes fichus ! dit Brontinos.

— Là où il y a un problème, il y a forcément une solution, réplique paisiblement Pythagore. Ce n'est qu'une question d'observation et d'imagination.

Le créateur de l'école, étonnamment calme alors que ses compagnons sont épouvantés, sort de la bibliothèque souterraine sous leurs yeux effarés et remonte jusqu'au rez-de-chaussée. De là, il emprunte un second escalier et rejoint la terrasse sur le toit de l'institut. Il repère la foule des émeutiers dirigée par Cylon qui perce la mince ligne de défense des professeurs et des élèves. Les envahisseurs brandissent des lances et des torches enflammées.

Pythagore en a assez vu. Il redescend dans la bibliothèque. Ses enfants tremblent de peur. Théano les rassure en leur caressant la tête et leur conseillant de se boucher les oreilles avec leurs mains. La dernière ligne de défense a dû céder car les cris se rapprochent. Les émeutiers cognent contre la porte de la bibliothèque avec un bélier, mais elle résiste.

Puis ils s'arrêtent d'un coup. Après quelques minutes, Pythagore et les siens sentent une odeur de bois brûlé.

— Le feu ! crie Brontinos.

C'est à ce moment-là qu'une sonnerie retentit.

Eugénie est réveillée par son smartphone qu'elle a programmé pour ne pas manquer l'action du soir à la Sorbonne.

74.

Quand la jeune femme ouvre les yeux, elle a l'impression que sa plongée dans le passé a duré une éternité. Mais un coup d'œil à son smartphone l'informe qu'il lui reste encore une heure avant de retrouver les autres pour la mission.

Comme à son habitude, Eugénie commence par dessiner les scènes les plus importantes qu'elle a en mémoire. Elle se fait la remarque que son cahier à dessin est devenu une véritable bande dessinée de plusieurs dizaines de pages, remplie de croquis, de plans et de notes.

Elle allume une cigarette et la fume à la fenêtre. Elle pense à sa mère dont le sort est toujours incertain.

Et si notre victoire ou notre défaite exerçait une influence sur son rétablissement ?

Le ciel dégagé révèle une pleine lune aux reflets rouges.

Khonsou, le fils du dieu Amon.

Les paroles de Néfertiti lui reviennent à l'esprit : « *La lune n'émet pas sa propre lumière. Elle ne fait que refléter indirectement celle du soleil…* »

Elle complète cette pensée par une autre : *Et si la lutte des prêtres du soleil Aton contre les prêtres de la lune Amon était la prolongation de la lutte des Néandertaliens contre les Sapiens ?*

Cela pourrait être ce qu'évoquait maman : les forces de l'obscurantisme sont les forces de la nuit dont le symbole est la lune, et celles de la lumière sont les forces du jour dont le symbole est le soleil.

Elle regarde à nouveau les dessins de ses régressions et souffle la fumée de sa cigarette.

À chaque fois, les bibliothèques brûlent : les rouleaux des cavités de la grotte de Pouce, le temple du savoir d'Ankh-Ti, la bibliothèque souterraine de Crotone. Et maintenant la Sorbonne… En tout cas, cette fois, ils ne nous auront pas par surprise.

Elle écrase sa cigarette, puis ôte ses vêtements et va prendre une douche glacée pour bien se réveiller. Ensuite, elle se prépare une assiette composée d'un avocat, de tomates, d'un peu de quinoa et de fromage.

Elle allume la radio de son téléphone et écoute les dernières actualités.

– Sport. Après la défaite de l'équipe de football parisienne contre Marseille, c'est le grand chaos dans le mercato. L'émir du Qatar songe déjà à se séparer de Ronaldissimo, qu'il souhaite revendre à l'équipe du Bayern de Munich. Celle-ci s'est dite intéressée par la proposition.

– Iran. Terreur en plein centre de Téhéran : la place principale est occupée par des grues où ont été pendues une cinquantaine de femmes que le gouvernement des mollahs a désignées comme des sorcières. Elles portent autour du cou une pancarte qui signale leur crime et leurs aveux. Plus de cinq cents étudiants, hommes et femmes, ont été arrêtés et attendent d'être jugés. Ils risquent la peine capitale. Pourtant, le mouvement « Femme, Vie, Liberté » ne fléchit pas et une nouvelle manifestation pacifiste devrait se tenir demain. Les autorités ont déjà averti que la police n'hésiterait pas à tirer sur ceux qu'elles considèrent comme des ennemis de la religion.

– Politique intérieure. La Sorbonne est toujours occupée par des étudiants proches du Parti néostalinien, le PNS. D'immenses drapeaux rouges ont été déployés sur les façades. Plus de trois cents personnes se sont déjà installées dans la faculté, et plusieurs fourgons de CRS sont postés devant l'entrée. Une vingtaine d'étudiants se sont mis en grève de la faim et ont déclaré aux nombreux journalistes venus les interviewer qu'ils n'interrompront leur mouvement que lorsque le logiciel d'intelligence artificielle Charlemagne 2.0 sera purement et simplement retiré. Pour sa part, la présidente de la

République Élisabeth Rivol a signalé son incompréhension devant ce qu'elle considère être un « refus de la modernité » de la part de ces jeunes. Un récent sondage a en outre montré que la majorité des Français sont eux aussi hostiles à cette initiative. La présidente s'est pourtant déclarée confiante concernant le vote de la motion de censure de lundi. De son côté, Violaine Garaudy a appelé les syndicats à la grève générale et à un blocage complet du pays, ainsi qu'à une résistance civile par, je cite, « tous les moyens nécessaires ». Elle a encouragé notamment les ouvriers d'EDF à couper l'électricité dans les grandes villes et les cheminots de la SNCF à paralyser les transports.

– Irak. Après que les talibans ont détruit en 2001 les statues géantes des bouddhas de Bamiyan, après que les membres de Daech ont réduit en 2014 et 2015 les sites archéologiques de Hatra, de Ninive, de Nimrod et de Palmyre en tas de cailloux, c'est à nouveau la destruction systématique exigée par les religieux qui a frappé l'ancienne cité d'Uruk, au sud de l'Irak. Il ne reste plus rien de ce site touristique considéré comme l'une des plus anciennes cités de l'histoire humaine.

– Météo. Sortez vos appareils photo : ce soir, vendredi 13 octobre, se produira ce que les Anglais nomment « *blood moon* », en français la « lune de sang ». Il s'agit d'une pleine lune associée à une éclipse lunaire : le Soleil, la Terre et la Lune étant alignés, la Terre projette son ombre sur la Lune. Les rayons du Soleil, en traversant l'atmosphère terrestre, changent de longueur d'onde et passent du blanc au rouge.

Eugénie ferme l'application puis prend deux tasses de café serré.

Ça me tiendra éveillée. La soirée va être longue.

Elle enfile sa tenue de sport sombre et ses chaussures à semelles épaisses. Elle fait quelques mouvements d'assouplissement, puis elle remplit à ras bord la gamelle de Nostradamus.

— Ne m'attends pas ce soir. Il se peut que je rentre tard.

— Miaou.

— Désolée, ce serait trop compliqué à t'expliquer. Et puis tu n'es qu'un chat. Je ne suis même pas sûre que tu comprennes ce que je dis quand je te parle.

— Miaou ! rétorque le félin, offusqué qu'Eugénie puisse avoir le moindre doute là-dessus.

Eugénie entrouvre la fenêtre.

— Si par le plus mauvais des hasards je ne rentrais pas, je ne veux pas que tu restes enfermé ici. Je sais que tu es le seul chat qui a le vertige mais, lorsque tu auras très faim, tu arriveras à surmonter ce petit handicap.

Elle le caresse tendrement et il lui répond :

— Miaou.

Puis elle prend une grande inspiration et prononce d'un ton résolu :

— Allez, en avant pour de nouvelles aventures…

— Miaou ! conclut Nostradamus pour lui souhaiter bonne chance.

75.

Il est vingt-deux heures trente quand Eugénie retrouve ses alliés devant la grille du jardin du Luxembourg pour l'opération « Anti-Reichstag ». Bas sur l'horizon, la pleine lune flamboie étrangement. Elle n'est pas blanche comme d'habitude, mais bel et bien d'un rouge sang inquiétant.

René, Alexandre et Raphaël portent une tenue de sport et sont équipés de sacs à dos. Le professeur aux lunettes bleues signale qu'il a pu vérifier en se connectant aux caméras vidéo municipales mais aussi à celles de l'université que tout le bâtiment de la Sorbonne est encerclé par les CRS alors qu'à l'intérieur des étudiants munis de brassards rouges forment une sorte de milice de protection. Toutes les entrées sont surveillées.

— Quand j'étais étudiant, nous organisions des fêtes dans les catacombes sous la fac, explique Alexandre. Du coup, je connais un passage qui permet de rejoindre directement les caves de l'université et qui est toujours praticable. L'entrée se trouve dans le jardin du Luxembourg.

Sans avoir besoin de se parler, les quatre s'entraident pour escalader la grille du jardin fermé au public à cette heure avancée de la nuit. Les quatre silhouettes circulent au milieu des arbres et des statues éclairées par cette étrange pleine lune aux reflets rougeâtres.

Enfin, Alexandre désigne une plaque d'égout. Eugénie se penche et constate qu'elle n'est pas scellée.

Avec la barre à mine qu'il a apportée, Raphaël fait levier pour la soulever. Un par un, ils descendent le long d'une échelle de fer. Puis Raphaël s'engouffre à son tour dans l'ouverture et referme la lourde plaque en fonte sur lui.

Une fois en bas, ils avancent à la queue leu leu dans un tunnel. Alexandre, qui s'est placé en guide à l'avant, éclaire avec la lampe de son smartphone. L'ancien président de l'université marche d'un bon pas, comme s'il était en terrain connu. Les autres ne sont pas très rassurés dans ce labyrinthe infesté de rats. Au bout de quelques centaines de mètres, le tunnel aboutit à une porte fermée par un énorme cadenas qui porte l'inscription « ENTRÉE INTERDITE ».

— C'est l'avantage d'avoir dirigé cet établissement : j'ai gardé quelques précieuses clefs, signale Alexandre en ouvrant le cadenas.

Ils se retrouvent dans une pièce avec des étagères remplies de livres recouverts de poussière.

— Ce sont les archives, explique Alexandre. Des ouvrages qu'on ne pouvait pas stocker dans la bibliothèque et qu'on a placés ici.

Eugénie éclaire les dos des livres et en voit de très anciens. Ils parcourent ainsi plusieurs pièces en enfilade. Au bord de certaines étagères sont disposés des pièges à souris.

Nostradamus serait ravi de visiter cet endroit.

Au fond, un escalier monte vers un étage.

— Suivez-moi, dit Alexandre en l'empruntant.

Une fois en haut, Raphaël active son smartphone pour se connecter au système de vidéosurveillance de l'université. Il repère les étudiants de la milice qui circulent encore dans les couloirs. Il indique à chaque fois le chemin quand la voie est libre.

Un peu plus tôt, Alexandre a révélé la stratégie qu'il a choisie : après avoir replié les trois panneaux, évacuer *Le Jardin des délices* sur un chariot de la remise par la porte qui sert aux livraisons, et le charger dans un des camions de l'université, dont il détient encore les clefs.

Les quatre arrivent enfin devant la porte blindée de la bibliothèque historique. René passe sa carte magnétique devant la serrure, qui cède sans difficulté. À peine ont-ils franchi le seuil que les deux gardes se réveillent et dégainent leurs revolvers pour les tenir en joue.

— C'est moi, annonce René avec un geste d'apaisement.

Les deux gardes le reconnaissent.

Alexandre ferme rapidement la porte derrière eux.

— Et eux, qui sont-ils ? demande le plus petit avec un fort accent espagnol.

— Ils sont aussi de la maison. Alexandre Langevin et Raphaël Hertz sont deux professeurs de l'université. Quant à Eugénie, c'est ma fille et elle est étudiante ici.

— Et qu'est-ce que vous venez faire par là à cette heure tardive ? interroge le garde, toujours suspicieux.

— Vous savez sans doute que l'université est occupée, répond René. Nous avons été avertis qu'un groupe d'émeutiers avait prévu de s'en prendre au *Jardin des délices* et de mettre le feu à la bibliothèque. Nous n'avons plus de temps à perdre, ils seront là dans quelques minutes.

— Dans ce cas, il faut avertir la police ! déclare le plus grand des vigiles.

— Mais l'université est occupée ! Les forces de l'ordre ne pourront pas intervenir, objecte Raphaël.

— Il faut vite évacuer le triptyque, s'alarme Alexandre.

— Nous devons mettre le chef-d'œuvre en lieu sûr, ajoute René avec plus de diplomatie.

— C'est hors de question, dit l'un des deux vigiles. Nous avons des instructions claires et précises auxquelles nous ne pouvons pas déroger. Jusqu'à demain matin sept heures, nous devons rester ici et protéger *Le Jardin des délices*.

— Mais c'est justement pour ça que nous sommes là ! s'emballe Eugénie. Nous ne pourrons pas le protéger d'une attaque organisée de grande ampleur.

— Vous n'avez rien à craindre, dit le plus petit garde. Nous sommes des professionnels de la sécurité. Nous protégerons le tableau. Et il ne bougera que lorsque l'équipe de déménageurs envoyée par nos commanditaires espagnols arrivera, c'est-à-dire demain matin.

René reprend la parole d'un ton conciliant.

— C'est moi qui ai fait venir ce tableau grâce à mon amitié avec Juan Delgado, le directeur du musée du Prado. Je peux l'appeler, si vous avez besoin de son assentiment…

— Ce n'est pas lui notre employeur, répond sèchement le plus grand.

— Alors de qui recevez-vous vos ordres ? interroge Alexandre.

— De la société de sécurité mandatée par la compagnie d'assurances qui garantit la protection du tableau, dit le plus petit.

— Mais nous ne pourrons jamais contacter la compagnie en question en Espagne à cette heure…, s'inquiète Eugénie.

Les deux hommes en uniforme ont toujours leurs revolvers braqués dans leur direction. Soudain, Alexandre fait un pas en avant et d'une voix grave déclare :

— Excusez-moi, je ne me suis pas présenté. Je me nomme Alexandre Langevin, député à l'Assemblée nationale, professeur d'histoire et ancien président de cette université. Je vous somme de nous laisser agir. Il y va d'un enjeu national.

— Vous pourriez être le président de la République que ça ne changerait rien, réplique le plus petit.

Eugénie repense soudain à la phrase d'Einstein : « Le monde ne sera pas détruit par ceux qui font le mal mais par ceux qui les regardent sans rien faire. »

Et elle ajoute pour elle-même : *… ou par ceux qui se trompent de « méchants ».*

Des bruits de pas résonnent dans le couloir derrière la porte blindée. Raphaël regarde son smartphone branché sur le système de vidéosurveillance interne de l'université. On distingue sur son écran un groupe d'hommes cagoulés qui se dirige au petit trot vers la bibliothèque.

— Trop tard…

Les deux vigiles restent inébranlables, leurs revolvers toujours pointés sur les quatre intrus.

— Je crois que nous n'avons plus le choix, dit Alexandre.

— Si vous tentez quoi que ce soit, nous n'hésiterons pas à tirer, dit le plus petit des gardes.

— Aidez-nous ! les conjure Eugénie. Vous vous trompez d'adversaires. Il faut à tout prix empêcher ces gens-là d'entrer dans la bibliothèque.

Comme les gardes paraissent toujours aussi déterminés, Raphaël leur tend son smartphone. Sur l'écran, on voit une dizaine d'individus avec des cagoules noires qui tiennent à bout de bras des jerricans d'essence.

— Et c'est qui, eux ? s'inquiète le plus petit.

— Des néonazis décidés à détruire tout ce qu'il y a ici.

Les vigiles se regardent, échangent quelques mots en espagnol et consentent enfin à baisser le canon de leurs armes.

— Gagnons du temps en protégeant la porte, propose Alexandre.

Ils poussent quelques-unes des lourdes tables de la bibliothèque contre la porte blindée.

Raphaël surveille son smartphone : la caméra montre le groupe extérieur qui s'apprête à défoncer la porte en utilisant un cylindre métallique comme bélier.

Combien de fois devrai-je revivre cette scène ? se demande Eugénie.

Un claquement sourd se fait soudain entendre. Suivi d'autres bruits tout aussi angoissants. Eugénie et ses alliés ajoutent d'autres meubles pour contrer l'attaque. Les coups redoublent.

— Ils sont fous ! Il faut appeler de l'aide ! s'écrie le petit garde.

Raphaël soupire.

— Ils ont déclenché un brouilleur de signal, je ne capte plus rien. Je ne les vois plus.

Et comme pour confirmer ce qu'il vient de dire, les volets électriques des fenêtres se déclenchent simultanément.

— Ils ont compris qu'il y avait des gens à l'intérieur pour les empêcher d'entrer. Ils nous ont enfermés, dit un des gardes.

Les coups sur la porte font trembler les murs. Certains livres tombent des étagères.

— Papi, qu'est-ce qu'on fait ? demande Eugénie en se tournant vers son grand-père.

— Pas de possibilité de communiquer vers l'extérieur, pas de moyen de les arrêter, nous sommes six et eux peut-être dix, visiblement très bien équipés…

Après les bruits sourds, le silence, encore plus perturbant que les coups de boutoir, s'installe. Tous se regardent avec le sentiment d'être pris au piège.

— Nous n'avons pas d'autre choix qu'attendre les secours, se résigne René.

Lui et Alexandre s'assoient au sol, près du tableau, à côté des gardes très inquiets qui se demandent en espagnol ce qu'ils ont bien pu faire pour se retrouver dans une telle galère.

Eugénie, elle, ne peut se résoudre à s'avouer vaincue. Elle fait les cent pas dans la bibliothèque, rejointe par Raphaël.

— Eugénie… Il faut que je vous dise quelque chose…

Le professeur cherche ses mots.

— Dès que je vous ai vue, dit-il enfin, j'ai eu le sentiment étrange de… vous connaître. C'est aussi pour cette raison que j'avais tellement envie de pratiquer la V.I.E.

Eugénie lui répond, après une très courte hésitation :

— J'ai ressenti un peu la même chose. Comme si on s'était déjà croisés…

— Je crois que c'est parce que votre fiancé Nicolas a perçu ça lui aussi qu'il m'a agressé.

— C'est possible.

Raphaël fait un pas de plus vers Eugénie. Leurs visages ne sont plus qu'à quelques centimètres l'un de l'autre.

— En fait, je ressens une très forte attirance pour vous, murmure le professeur en plongeant son regard dans celui de la jeune femme.

Gênée, Eugénie détourne les yeux.

— Nous avons déjà tous les deux des engagements, finit-elle par répondre. Vous avez une fiancée aux États-Unis et moi, je suis avec Nicolas.

— On dit souvent que les femmes et les hommes bien sont déjà pris, et que s'ils sont libres, c'est qu'ils ont un problème caché…

Eugénie se décide enfin à regarder Raphaël.

— Sous-entendez-vous que nous sommes tous deux des gens bien ?

— Je sous-entends surtout que nous ne nous sommes pas rencontrés au bon moment…, dit-il avec beaucoup de sérieux.

Il prend une grande inspiration et ajoute :

— Quoi qu'il en soit… Si cela devait mal tourner, je voulais que vous sachiez que…

Un nouveau bruit leur vrille les tympans : celui d'une perceuse.

Ils tentent de percer le blindage ?

Un trou apparaît d'où sort la mèche d'une chignole.

— Ils vont nous enfumer, chuchote René.

— Non, dit Alexandre qui détecte une odeur d'essence. Ils veulent mettre le feu…

Comme pour confirmer son hypothèse, un liquide rouge coule par l'orifice.

— Mais ils vont déclencher les alarmes incendie ! lance, plein d'espoir, l'un des deux gardes.

D'autres trous sont percés et chacun laisse s'échapper son filet de pétrole.

Eugénie sort son briquet et se hissant sur une table l'approche des détecteurs d'incendie, qui restent sans réaction.

— Ils y ont déjà pensé, explique Raphaël. Ils ont débranché le système d'alarme et coupé les arrivées d'eau.

— Alors nous sommes fichus ? s'affole un garde. J'ai une famille qui m'attend ! J'allais prendre ma retraite dans deux ans !

— Moi aussi, j'ai une femme et des enfants…, ajoute l'autre garde.

— Pourquoi ne mettent-ils pas le feu ? demande le petit après un temps de silence pesant.

— Ils savent que maintenant on ne peut ni sortir, ni alerter qui que ce soit, ni échapper au feu : ils sont tranquilles. Ils attendent minuit, que tous les autres intervenants soient opérationnels. Souvenez-vous du plan de Garaudy, rappelle Raphaël.

— Alors on fait quoi ? demande l'un des gardes.

— On attend, dit René.

— À moins que l'un d'entre nous ne trouve une solution originale, ajoute Alexandre.

— Reposons-nous, propose René. Gardons nos forces pour le moment où cela sera nécessaire.

Personne ne répond. Chacun s'installe dans un coin.

Eugénie consulte sur son téléphone la page Internet concernant la vie de Pythagore.

Elle lit : « La révolte des habitants de Sybaris est conduite par le gouverneur de la ville, qui se nomme Cylon. Il a monté la population contre les pythagoriciens. Les Sybarites accourent en foule compacte. Ils encerclent la maison où se sont réfugiés Pythagore et quarante de ses disciples. Le gouverneur Cylon ordonne qu'on y mette le feu. Pythagore meurt dans l'incendie, avec sa famille et ses professeurs, à l'âge de quatre-vingt-cinq ans. »

Elle soupire.

Les historiens se sont trompés de lieu. Ils situent l'attaque dans la ville de Métaponte. Or j'ai vu, grâce à ma régression, qu'elle avait eu lieu dans la bibliothèque souterraine de l'école de Crotone. Jamblique et Porphyre, les deux principaux biographes de Pythagore, n'ont pas été témoins de cet événement. Il faut que j'aille vérifier jusqu'à quel point l'histoire vécue est différente de l'histoire racontée.

La jeune femme s'éloigne pour trouver un coin tranquille au fond de la bibliothèque et s'y assoit en tailleur.

Elle ferme les yeux, puis prend trois grandes inspirations aux légers relents d'essence.

— Qu'est-ce qu'elle fait ? demande un des gardes.

René répond d'un ton grave :

— Elle cherche une solution dans le passé…

76.

Des flammes. Partout.

Tout brûle autour de Pythagore, de sa famille et de ses amis, qui se serrent les uns contre les autres.

Eugénie se souvient de toutes ses bibliothèques détruites.

Celle de la grotte d'El Tabun.

Celle de la cave de sa maison à Uruk.

Celle bâtie dans la ville d'Akhetaton.

Elle n'a jamais pu trouver de parade. À chaque fois, son travail a sombré dans le néant, toutes les connaissances rassemblées ont disparu, obligeant l'humanité à faire marche arrière.

Elle en vient même à songer qu'il aurait mieux valu que la grand-mère néandertalienne de Pouce ne découvre jamais le feu, ce qui lui aurait évité de se retrouver dans une situation aussi terrible.

Pythagore reste étonnamment calme.

La température commence à monter et les pythagoriciens toussent et pleurent sous l'effet irritant de la fumée qui remplit maintenant toute la bibliothèque.

C'est alors que le regard du maître est attiré par un détail : un rat détale, affolé, vers la pièce adjacente, les latrines.

Pythagore le suit.

Il observe les plaques de marbre percées de trous ronds à distance régulière. Il fait signe aux autres de l'aider et tous joignent leurs forces pour soulever les plaques. En dessous, ils découvrent un profond fossé rempli d'excréments où circule un ruisseau. Le fossé est incliné et aboutit à un tunnel étroit qui sert à évacuer son contenu.

L'odeur est insupportable, mais celle de la fumée l'est encore plus. Sur les indications de Pythagore, les pythagoriciens se déshabillent et s'apprêtent à pénétrer dans le tunnel embourbé.

Philolaos veut partir avec les rouleaux contenant les écrits du maître, notamment les fameux *Vers dorés*, mais Pythagore l'en empêche :

— Ce n'est pas le moment de s'encombrer avec ça. Tout est dans nos mémoires. C'est suffisant.

L'un après l'autre, ils progressent nus dans ce goulet sombre et nauséabond, retenant au maximum leur respiration.

Pythagore s'est placé en tête. Il ne laisse aucune émotion l'envahir.

Il agit pour sauver sa famille.

Il agit pour sauver sa communauté.

Il agit pour sauver son œuvre.

Et ni les excréments, ni les rats, ni la peur ne peuvent submerger sa pensée.

Il se remémore certaines épreuves de « mort-renaissance » qu'il a accomplies lors de son séjour chez les prêtres d'Aton à Memphis. Il était enfermé dans le noir et le silence, privé de nourriture plusieurs jours. Il avait même appris à marcher sur des braises incandescentes.

La progression dans le tunnel boueux sans la moindre lumière lui semble pourtant très longue.

Au bout d'un moment, quelque chose change. Il glisse sur une pente et atterrit dans un grand bassin. Il comprend qu'il se trouve à présent dans le réservoir d'évacuation des déchets. Il est rejoint par les autres. Ils sont dans l'obscurité totale, les pieds dans l'eau, entourés d'étrons, mais ils sont vivants, et la voûte au-dessus d'eux est suffisamment haute pour qu'ils puissent respirer librement. Certains cherchent une issue sous l'eau, mais dans l'obscurité et à tâtons ils ne parviennent à détecter aucun passage.

Ils restent nus dans cett grande salle obscure, à attendre un miracle. Mais le seul élément nouveau qui leur parvient est la fumée qui finit par envahir l'endroit. Ils comprennent que c'est la fumée de la bibliothèque incendiée qui arrive par le tunnel qu'ils ont suivi.

Les rescapés se mettent à tousser, et Pythagore, épuisé, perd connaissance.

Saut dans le temps.

Lorsque Pythagore rouvre les yeux, son disciple Philolaos le porte et tente de lui maintenir la tête hors de l'eau. Des bruits résonnent dans la salle. Comme si quelqu'un creusait la paroi.

— Nous sommes là... Nous sommes là..., dit Théano d'une voix très affaiblie.

Enfin, un rai de lumière apparaît. Ils sentent l'air pur entrer dans la salle. Pythagore sent que des mains l'agrippent et que quelqu'un le tire hors de ce cloaque.

Soudain la lumière devient aveuglante. Des gens hurlent de joie.

— Il est vivant ! Pythagore est vivant ! Ils sont là !

Le maître de Crotone regarde ses sauveurs. L'un d'eux lui explique qu'après l'incendie les émeutiers sont partis, et qu'élèves et professeurs survivants sont revenus les chercher. Ils ont repéré dans les décombres les plaques de marbre des latrines déplacées et ont suivi les traces de leur fuite. Ils ont ensuite tout fait pour les sortir de là.

Le philosophe mathématicien se redresse. Sa femme, ses enfants, ses amis sont nus et souillés, mais vivants.

Alors il éclate de rire et crie le mot qui lui semble le plus important de tous :

— Vie !

Puis il répète joyeusement :

— Nous sommes en vie ! Nous sommes encore en vie !

77.

Eugénie ouvre les yeux d'un coup.

— Ils ont été sauvés par un rat ! déclare-t-elle.

Les autres la regardent, surpris. Elle insiste :

— Un rat !... C'est un rat qui a trouvé le passage ! Les animaux savent comment survivre dans ce genre de situation.

Sans chercher à en savoir plus, Alexandre déclare :

— Si c'est un rat qui peut nous sauver, je sais où en trouver.

Eugénie sur les talons, il se rend dans la section des incunables, ces ouvrages réalisés aux tout débuts de l'imprimerie, où se trouvent aussi certains livres reliés de cuir qui datent même du haut Moyen Âge.

— Quand on a aménagé cette zone, on s'est aperçus qu'elle attirait les rongeurs, qui adorent grignoter les couvertures. Le service d'entretien a, sur mes indications, installé des pièges.

Alexandre pousse un placard et montre un piège grillagé dans lequel se trouve non pas un rat mais une petite souris.

— Au début, on a mis du poison, de l'arsenic, mais les animaux mouraient dans des souffrances indignes. J'ai donc demandé au service d'hygiène de placer des cages pour les piéger. Ils les relâchent ensuite dans le jardin du Luxembourg.

Eugénie ouvre la cage, saisit par le cou la petite souris grise qui y était enfermée puis la dépose au sol en disant :

— Montre-nous la sortie.

La souris s'arrête un instant, renifle l'air ambiant.

— L'odeur d'essence doit altérer sa sensibilité olfactive, s'inquiète Alexandre.

La souris semble en effet hésiter. Puis soudain elle détale, traverse la pièce, rejoint la salle principale, s'approche d'un meuble haut, plante ses griffes dans les boiseries et monte vers le plafond. Elle grimpe jusqu'à une bouche d'aération.

— Elle a trouvé ! s'enthousiasme alors Eugénie.

Les quatre alliés passent à l'action. Raphaël utilise une échelle coulissante servant à attraper les livres rangés en hauteur pour atteindre le plafond. Eugénie grimpe et, avec un tournevis fourni par Raphaël, elle parvient à dévisser la plaque qui obstrue la bouche d'aération. À la force des bras, elle se hisse dans le tunnel étroit servant à faire circuler l'air.

— Je vais voir où ça nous mène et je reviens vous chercher.

Elle avance en rampant le plus silencieusement possible. Par chance, elle est petite et menue, ce qui lui permet de progresser dans ce couloir étroit où des hommes n'auraient guère pu avancer. Elle rampe difficilement mais ne veut pas renoncer. Elle suit plusieurs tunnels du système d'aération jusqu'à ce qu'elle repère, à travers les plaques grillagées, qu'elle se trouve juste au-dessus des toilettes des femmes.

À grands coups de talon, elle parvient à désolidariser la plaque du faux plafond et saute sur le carrelage des sanitaires. Puis elle court dans les couloirs jusqu'à la cour principale de la Sorbonne.

Au milieu des tentes, les manifestants ont allumé des braseros. Aux fenêtres sont suspendus de grands drapeaux rouges.

La lune de sang ajoute à la scène des lueurs ocre.

La jeune femme aux longs cheveux roux a la ferme intention de sortir pour aller chercher des secours, mais deux personnes qu'elle connaît l'arrêtent.

— Morgane ! Louis ! Vite, il faut alerter la police ! Les néonazis sont sur le point d'incendier la bibliothèque de la Sorbonne !

Mais les deux lui barrent le passage.

— Oui, on sait, dit Morgane. Nous avons été avertis par Violaine. Elle a accepté une alliance temporaire avec les nazis et les djihadistes pour renverser le pouvoir en place.

— Elle nous a aussi prévenus que tu étais passée dans le camp ennemi, celui des flics, des bourgeois, des vieux et du gouvernement, dit Louis d'un ton méprisant. Nous avons donc procédé à un vote et tu as été exclue du parti.

— À l'unanimité, précise Morgane.

— Laissez-moi passer ! Vous ne comprenez pas ? Il y a des gens en danger de mort !

— Tu restes là, dit Morgane qui la bloque en lui attrapant les avant-bras.

— Je veux parler à Nicolas ! insiste Eugénie en se dégageant.

— Il dort et a donné comme consigne de ne le réveiller sous aucun prétexte, dit Louis.

— De toute façon, lui aussi a voté contre toi. Je crois que vous deux, c'est fini, ironise Morgane.

Elle semble apprécier d'affronter enfin sa principale rivale. Elle lui serre fort les poignets.

— Laissez-moi ! crie Eugénie.

— Du calme ! ordonne Louis.

— Lâchez-la !

Les trois se retournent. C'est Nicolas qui se dirige vers eux en courant.

Il repousse Morgane et Louis.

— Ils sont où ? demande-t-il à Eugénie.

— Mon père et mon grand-père – et trois autres personnes – sont enfermés dans la bibliothèque, et les néonazis ont fait couler de l'essence par des trous qu'ils ont percés dans la porte. Je pense qu'ils vont attendre minuit pour déclencher l'incendie.

Nicolas siffle entre ses doigts et fait un signe de ralliement. Plusieurs étudiants les rejoignent.

Morgane tente de les contrer.

— Mais Violaine nous a bien dit qu'il ne fallait surtout pas intervenir…

— Toi, tais-toi ! la rabroue le chef.

Eugénie s'approche de Nicolas pour le remercier de son intervention mais elle recule immédiatement d'un pas.

— Tu es bourré ?

— Le rhum m'a ouvert l'esprit, dit Nicolas. Je n'ai jamais été aussi lucide. Agir main dans la main avec les néonazis ? Désolé, c'est la goutte d'eau qui fait déborder le vase. Et puis la notion d'« indignation sélective » dont Violaine nous rebat les oreilles me semble de plus en plus discutable. Nous ne pouvons pas nous indigner pour les abus contre certaines personnes et pas pour d'autres uniquement du fait de leur naissance…

— Mais nous devons toujours obéir à la ligne du parti, si surprenante soit-elle : c'est toi-même qui nous l'as répété ! insiste Morgane…

— Je me suis bien planté. Et maintenant, je crois qu'il faut écouter ses intuitions et suivre son code d'honneur personnel. Et mon code d'honneur me dit qu'il n'est pas normal de nous entendre avec des criminels, que leur drapeau soit rouge, vert ou noir.

— Mais c'est pour faire la révolution ! proteste Louis. Tu nous as toujours dit que la fin légitime les moyens !

— Eh bien, maintenant, je dis que les moyens ignobles enlèvent sa légitimité à la fin ! Assez perdu de temps.

Morgane et Louis restent figés, surpris par ce brusque revirement.

Eugénie, sans perdre un instant, indique le chemin qui lui semble le plus court pour rejoindre la bibliothèque. Ils sont une vingtaine à courir avec elle. Tous galopent dans les couloirs de l'université. Nicolas tente d'appeler les pompiers, mais il tombe toujours sur le répondeur. Ils arrivent enfin dans le dernier couloir menant à la bibliothèque.

Devant la porte blindée, une dizaine d'hommes en tenue militaire et en cagoule sont en train de déverser de l'essence.

Les deux groupes se retrouvent face à face.

La bande de Muller et la bande de Nicolas.

— Salut, les cocos, dit le chef néonazi.

— Salut, les fachos, lui répond Nicolas sur le même ton.

— Vous êtes venus nous donner un coup de main ?

— Pas vraiment…, dit Nicolas.

Muller s'approche.

— Vous plaisantez ? Vous savez bien que nous appliquons le plan de l'opération « Reichstag » validé par nos chefs respectifs. J'attends l'appel de Violaine pour allumer l'incendie. Mais vous, expliquez-moi pourquoi vous…

À ce moment Nicolas fonce tête baissée dans le thorax de Yann Muller, qui tombe lourdement sur le dos.

— Comme dit le proverbe : les abeilles ne perdent pas de temps à expliquer aux mouches que le nectar des fleurs est meilleur que la merde.

Les deux hommes se retrouvent par terre à lutter au corps à corps.

C'est le signal qu'attendaient les deux groupes pour s'empoigner, rejoints par d'autres étudiants venus en renfort. À son tour, Eugénie se précipite, non pour se battre mais pour frapper contre la porte de la bibliothèque.

— Ouvrez ! C'est moi ! hurle-t-elle.

— Eugénie ? demande Raphaël derrière le blindage.

— Oui, vous pouvez sortir !

Elle entend les meubles qu'on déplace, et enfin la porte s'ouvre. René, Alexandre, Raphaël et les deux gardes sortent de la bibliothèque en essayant de ne pas glisser sur le sol recouvert d'essence et en se frayant un passage entre les militants.

Devant la porte, c'est la bagarre générale.

Eugénie frappe avec toute son énergie pour empêcher les néonazis d'agir.

Comprenant que leur plan est compromis, Yann Muller se dégage de l'emprise de Nicolas et fonce vers la bibliothèque.

Eugénie jette à cet instant un coup d'œil à la scène. Tout semble alors se passer au ralenti.

Le chef néonazi sort de sa poche une boîte d'allumettes, en gratte une. L'extrémité s'embrase. Il jette l'allumette enflammée en direction du sol imbibé d'essence devant *Le Jardin des délices.* L'allumette décrit une courbe parfaite en direction du tableau, sous les yeux écarquillés d'Eugénie dont la bouche forme un rond pour hurler :

— NOOOOOOOOOON !!!!!!

78.

ENCYCLOPÉDIE : QUATRE QUESTIONS À SE POSER AVANT D'AIDER QUELQU'UN.

Lorsque quelqu'un vous demande de l'aide, il faut vous poser quatre questions :

1. Est-ce que vous êtes la meilleure personne pour l'aider ?
2. Est-ce que vous avez la capacité de l'aider ?
3. Est-ce que l'autre a vraiment le désir d'être aidé, et souhaite-t-il réellement s'en sortir ?
4. Est-ce que vous êtes prêt à ne faire que 50 % de ce qu'il vous demande afin qu'il puisse rester acteur de sa propre sauvegarde ?

Si ces quatre conditions ne sont pas réunies, le fait d'aider quelqu'un peut le plus souvent aboutir à s'en faire un ennemi.

Soit parce que l'autre attend une aide complète et permanente, et si vous ne le faites pas, il va vous en vouloir.

Soit parce que l'autre n'assume pas d'avoir été en position de faiblesse au point de vous demander de

l'aide et il vous en voudra d'avoir été témoin de ce moment de faiblesse.
Soit parce que l'autre ne veut pas reconnaître que vous l'avez aidé et qu'il a une dette envers vous.
Paradoxalement, une aide qui n'a pas été donnée avec la conscience de ces quatre risques peut déclencher une haine féroce.
Comme dans cette blague juive : « Pourquoi tu m'en veux ? Je ne t'ai pas encore aidé. »

Edmond Wells,
Encyclopédie du Savoir Relatif et Absolu.

ACTE VII

Samedi 14

Jour J + 1

79.

Un éclair illumine le ciel. Un coup de tonnerre éclate et résonne avec fracas. Les vitres tremblent.

Nostradamus, illuminé par intermittence comme sous la lumière d'un stroboscope, court jusqu'à la chambre et dépose une petite souris agonisante au pied du lit.

C'est à ce moment que le téléphone d'Eugénie se met à vibrer. L'écran s'éclaire. Apparaît un message que personne ne lit : « Il y a du nouveau. Venez vite. Professeur Ganesh Kapoor. »

L'orage continue à se déchaîner.

Le chat, effrayé par le vacarme, va se cacher sous le lit. Après un moment, prenant son courage à quatre pattes, Nostradamus récupère sa victime et saute sur le matelas. Les longs cheveux roux sont étalés sur l'oreiller, cachant à moitié le visage d'Eugénie. Le chat dépose la souris morte au plus près du nez de sa maîtresse.

Toujours pas de réaction. Eugénie continue de ronfler.

Déçu, Nostradamus reprend son trésor et va le cacher dans un recoin de la cuisine. Puis, après l'avoir un peu mordillé juste pour jouer, il revient vers la jeune femme, écarte de la pointe du museau les cheveux roux et lui passe sa langue râpeuse sur les paupières.

Enfin le chat détecte un léger mouvement. Sa maîtresse semble se réveiller.

Nostradamus hésite à aller chercher la souris, mais il se souvient de la manière très décevante dont Eugénie a accueilli son précédent cadeau et il décide de la garder pour lui.

Les grands yeux d'Eugénie papillotent avant de s'ouvrir complètement. Ils restent longtemps fixes, malgré les éclairs et le tohu-bohu extérieur.

Où suis-je ?

Elle prend une grande inspiration.

Qui suis-je ?

Il lui semble que ce qui s'est passé la veille n'était qu'un rêve. Mais les douleurs qui lui parcourent le corps lui rappellent que tout est bien réel.

Elle s'étire avec difficulté, percluse de courbatures. Elle remarque les égratignures sur ses mains, les bleus un peu partout sur ses bras et ses jambes.

Elle réussit pourtant à se lever. Elle constate qu'un groupe de dormeurs squatte le salon de son petit appartement.

Il y a son père René, son grand-père Alexandre, son fiancé Nicolas et son professeur d'intelligence artificielle Raphaël. Alexandre est sur le divan, René affalé dans le fauteuil. Raphaël et Nicolas sont étendus à même le sol. Tous dorment à poings fermés malgré l'orage qui gronde.

Elle avance à petits pas, enjambant les corps. Seul le chat la suit en trottant. La jeune femme regarde l'heure sur le micro-ondes.

Dix heures.

Le ciel est tellement sombre qu'on croirait que c'est encore la nuit.

Eugénie se fait un café. Des images fugaces des événements de la veille lui reviennent en mémoire.

L'aide de Nicolas. La bataille contre les néonazis. La libération de ses amis. L'allumette enflammée qui s'envole vers le tableau…

C'est Raphaël qui a eu le réflexe de l'intercepter en plein vol avant qu'elle n'entre en contact avec l'essence.

Il était pile au bon endroit, au bon moment.

Elle se souvient qu'ensuite tout est allé très vite.

Les étudiants de la Sorbonne ont pu mettre hors d'état de nuire les fachos d'Assas.

Les CRS qui étaient en poste devant l'université ont été alertés et ont pu intervenir. Puis les journalistes et enfin les pompiers sont arrivés. Les quatre hommes ont décidé de dormir dans l'appartement d'Eugénie, tout proche de l'université. Par commodité mais aussi parce que, après toutes ces émotions vécues ensemble, ils n'avaient pas envie de se séparer.

Sous la douche, Eugénie se repasse encore le film.

Bon sang ! On a réussi ! Cette fois, j'ai pu empêcher la destruction des livres et de la bibliothèque. C'est comme si j'avais pu arrêter la malédiction ! J'ai même pu sauver le tableau.

Maintenant, j'ai quand même envie de savoir la suite de ce qu'il s'est passé il y a deux mille cinq cents ans.

Une fois sèche, et alors que les quatre hommes dorment toujours, elle s'enferme dans les toilettes, s'assoit en tailleur sur l'abattant fermé de la cuvette, et se prépare à connaître l'épilogue de la vie de Pythagore.

80.

La main ridée et veinée est posée sur le drap blanc.

Pythagore est couché dans un lit. Sa femme Théano, ses enfants, et quelques-uns de ses disciples et de ses amis sont à son chevet.

Il leur dit :

— Ça y est, je sens que c'est la fin. Mon esprit va monter pour rejoindre les niveaux de conscience supérieurs où je pourrai entendre la vraie musique des sphères. Mon âme est impatiente d'écouter enfin l'harmonie céleste et de comprendre les arcanes de l'univers. Mais avant cela, je voudrais vous dire des choses importantes. Notre bibliothèque et tous nos textes ont été détruits par les hommes de Cylon. Notre école a été réduite en cendres par ces ignorants. Mais il ne faut pas renoncer. Il faut juste agir dans la clandestinité. Nous devons former une école secrète qui délivrera son enseignement de manière parcimonieuse à ceux qui sont dignes d'en faire bon usage. Nos connaissances ne doivent pas être dilapidées et répandues auprès de n'importe qui, sinon elles seront récupérées par des tyrans pour servir leur domination et participer à la mise au pas de l'humanité. Vous coucherez par écrit ce dont vous vous souvenez de mon enseignement en utilisant seulement votre mémoire. Il y aura probablement des interprétations de votre part, vos mots seront différents des paroles exactes que j'ai prononcées ou des écrits que j'ai composés mais qui ont été détruits. Peu importe. Les connaissances doivent rester vivantes pour s'adapter au lieu et à l'époque où elles sont diffusées.

Son souffle devient plus haché. Théano porte un gobelet rempli d'eau à ses lèvres. Il boit difficilement.

— Écoutez-moi bien... Toute connaissance, si lumineuse soit-elle, peut être détournée et récupérée par les jaloux et les haineux dans le but de produire l'exact contraire de ce pour quoi elle a été créée... Avec le feu, on peut s'éclairer mais aussi incendier une forêt. Avec un marteau, on peut bâtir une maison ou fracasser des crânes. Les mathématiques peuvent servir à bâtir des temples ou à construire des catapultes pour les détruire. Même la médecine peut être utilisée pour sauver la vie de tyrans cruels qui ensuite persécuteront et tueront des innocents.

Pythagore respire mal. Théano lui caresse le front, les yeux pleins de larmes. Il poursuit, la voix faible :

— Par l'écriture, on peut diffuser des mensonges. Avec de la musique, on peut donner du cœur à l'ardeur de soldats sanguinaires. Tout ce que nous construisons pour le bien-être de l'humanité, la science, la spiritualité, la libération des esclaves, l'égalité homme-femme, le respect de la nature, le végétarisme, peut être récupéré par des esprits malintentionnés pour asservir et détruire. Alors ne délivrez pas trop vite votre savoir à ceux dont le cœur est trop ardent, aux fanatiques politiques ou religieux, ou encore pire, les deux à la fois. Respectez toutes les formes de vie. La solution n'est pas dans la croissance mais dans l'équilibre. En toutes choses recherchez le juste milieu, l'harmonie, le dosage parfait.

Pythagore grimace de douleur, puis continue :

— Faites vivre mes idées afin qu'elles continuent de rayonner après ma mort. Voilà. C'est cela que je voulais que vous sachiez. Quant à moi, j'ai un grand voyage à accomplir. Je crois qu'on m'attend. À bientôt peut-être. Dans une autre vie…

Il se force à sourire à ceux qui sont autour de lui. Théano lui serre très fort la main. Pythagore ressent soudain une intense douleur au cœur. Comme si on y enfonçait un poignard. Tout son corps se refroidit d'un coup. Seule la main que tient celle de Théano est encore chaude.

Il n'arrive plus à garder les yeux ouverts. Ses paupières s'abaissent tandis que sa bouche s'ouvre pour lâcher un dernier soupir qui emporte son âme.

GAME OVER.

81.

L'âme de Pythagore reste quelques instants à se regarder de l'extérieur et à observer sa famille, ses amis qui pleurent au-dessus de son cadavre. Ce corps qu'il habitait lui paraît comme un vieux vêtement qu'on abandonne avec nostalgie.

Puis il s'élève, franchit le toit de sa maison et contemple la ville de haut. Il monte au-dessus des oiseaux, des nuages, et arrive vers la limite entre l'atmosphère et le vide de l'espace.

De là, il voit la Terre comme il l'a toujours pensée, ronde, puis Vénus et Mercure entre sa planète et le

Soleil. Il dépasse Mars la rouge, la ceinture d'astéroïdes, puis la grosse planète Jupiter, Saturne dont il découvre les anneaux, Uranus, et aperçoit ensuite une planète qu'il n'avait pas détectée.

Pythagore pense : *Il n'y a pas sept planètes, mais huit ! J'aurais pu tenter de faire une gamme à huit notes. Et puis une lyre à huit cordes. Je me suis limité et je suis passé à côté de la puissance symbolique du chiffre 8 !*

Je n'ai pas parlé de ce chiffre à Bouddha. Pourtant il est intéressant.

Sa forme ressemble à l'ouroboros, le serpent qui se mord la queue, symbole de l'infini…

En dépassant Neptune, Pythagore sort du système solaire et se retrouve dans l'immensité du vide sidéral. Il se dirige alors vers la plus brillante des étoiles, celle que les Grecs nomment Seirios, en référence au chien d'Orion. Autour de l'étoile volent des lueurs anthropomorphes. Ce sont les autres morts du jour.

Passionné d'astronomie, Pythagore apprécie particulièrement ce voyage dans le cosmos.

Enfin, il s'approche de l'étoile blanc et bleu.

Il passe les sept ciels en prêtant attention à chaque détail.

Il arrive devant la montagne blanche du Jugement, au sommet de laquelle siègent les trois archanges.

De nouveau, il peut voir les meilleurs moments de sa vie. Puis lui sont posées les trois questions déterminantes.

— Qu'as-tu fait de tes talents ?

— Grâce à l'enseignement de mon père, j'ai été un bon orfèvre, et grâce à mes entraîneurs, j'ai été deux fois champion olympique de pugilat. J'ai reçu l'initiation des prêtres égyptiens du temple d'Aton à Memphis, des prêtres hébreux du temple d'Adonaï, j'ai reçu l'enseignement du Perse Zarathoustra, et de l'Indien Bouddha Siddhârtha Gautama. J'ai combattu à Péluse pour empêcher l'invasion des Perses. J'ai fait l'amour avec la pythie de Delphes et lui ai ainsi permis de faire s'épanouir ses intuitions. J'ai créé l'école de Crotone, la première école ouverte aux femmes, aux étrangers et aux esclaves, dans laquelle les étudiants n'étaient pas jugés sur leurs origines, mais sur leur mérite. J'ai enseigné la métempsycose, c'est-à-dire la transmigration des âmes. J'ai diffusé l'usage des chiffres et des nombres indiens, plus simples à utiliser que les grecs. J'ai prôné le végétarisme et le respect de toute forme de vie animale. J'ai inventé le mot « mathématiques » et le mot « philosophie », j'ai mis au point la gamme musicale à sept notes. J'ai créé une grande bibliothèque de connaissances à Crotone. J'ai chanté dans des amphithéâtres où j'ai réuni plusieurs milliers de personnes. J'ai…

— OK, c'est bon, le coupe l'archange juge, un peu agacé. On a compris, tu es content de toi. Question suivante. Qu'as-tu appris ?

— J'ai découvert la minéralogie avec mon père, je me suis intéressé à toutes les religions de mon époque, aux mathématiques, à l'astronomie, à la cuisine, au chant, à la musique, j'ai appris la symbolique des nombres et les chakras avec Siddhârtha Gautama…

— Très bien, l'arrête le juge, de plus en plus agacé. Qui as-tu aimé ?

— J'ai aimé mes parents, mes amis égyptiens, perses, babyloniens, hébreux, indiens. J'ai aimé la pythie de Delphes, les professeurs que j'ai formés à Crotone. J'ai aimé ma femme Théano, mes enfants Damo, Myia, Mnésarchos, Arignote, Télaugès, mes amis Philolaos, Alcméon, Hippase…

Le juge le coupe avant qu'il ait achevé sa liste.

— Bien, passons directement à la mesure du niveau de conscience de ton âme.

Ni l'avocat ni le procureur ne se sont encore manifestés.

Le juge déploie son outil de mesure, tenant le crâne et laissant pendre la colonne vertébrale.

— Tu connais bien sûr les chakras et tu sais à quoi correspond chacune des graduations, n'est-ce pas ?

— Oui, Bouddha me les a enseignés. Je comprends l'évolution de la conscience en suivant les chakras, puisqu'eux-mêmes correspondent à la forme particulière des chiffres indiens.

— Bien… Mesurons maintenant cette vie V.E.R.B. qui était censée être celle avec le maximum de potentiel, rappelle l'archange juge.

La lumière mauve monte doucement du bas de la colonne vertébrale vers le haut et dépasse le chakra 2, le 3, le 4 et… le 5. Elle rejoint et dépasse le 6.

Une fois que le point lumineux situé sur le front s'est éclairé d'une lueur plus forte, il se met à clignoter.

— À combien suis-je exactement ?

— 6,3…

— Alors j'ai franchi la limite du 6 ?

— Assurément.

— Donc… j'ai gagné ?

— Tu es arrivé à un très haut niveau de conscience et tu es en effet libéré du devoir de renaître, lui explique l'archange avocat.

— Je ne vais plus renaître ? Enfin, je veux dire, dans une personne de chair ?

Les trois archanges se consultent du regard. Le juge annonce :

— C'est toi qui décides. Tu as désormais le choix.

— Entre quoi et quoi ?

— Si tu en as assez de souffrir dans ta chair, d'être sans cesse traversé par de multiples peurs et d'innombrables désirs ; si tu en as assez de constater chaque jour l'avancée inexorable du vieillissement, de devoir supporter les problèmes de ton entourage, d'être obligé de toujours gagner de l'argent pour pouvoir te nourrir et te coucher dans une maison chaude avec un toit, alors tu peux choisir de devenir un « pur esprit ».

— Qu'est-ce que ça signifie ?

— En tant que 6, tu pourras intégrer l'administration du Paradis et commencer par être un ange.

— Et cela consiste en quoi précisément ?

— On te confiera trois humains. Tu devras les aider à évoluer en utilisant les cinq leviers à ta disposition : les intuitions, les signes, les médiums, les rêves et les chats[1].

Pythagore lève un sourcil d'étonnement.

— Je peux exercer une influence à travers les chats ?

---

1. Voir, du même auteur, *L'Empire des anges*, Albin Michel, 2000.

— Quant à l'autre choix, poursuit l'archange sans lui répondre, tu peux revenir sur terre et devenir ce que les Indiens nomment Bodhisattva et les Hébreux Lamed Vav. Un esprit éclairé qui aurait pu ne pas revenir mais qui a décidé de sa propre initiative de renaître dans la chair même s'il n'a plus besoin de cette expérience pour faire évoluer sa propre âme.

Le Grec les regarde.

— Je peux vous poser une question ? dit-il. Vous trois, là… Vous êtes passés par là ?

— Bien sûr, répond l'avocat. Et nous aussi avons été jugés. Notre mesure a dépassé le chakra 6. Nous avons eu le choix et nous avons opté pour cesser de revenir sur terre dans la chair. C'est ainsi que nous avons pu faire partie de l'administration céleste.

— Qui avez-vous été comme humains, si ce n'est pas indiscret ?

Les trois archanges se regardent. C'est la première fois qu'une âme s'intéresse à eux. Ils se font un geste de connivence qui signifie que désormais ils peuvent révéler cette information.

— Dans ma dernière vie, j'étais navigateur en Polynésie, dit le procureur.

— Moi, j'étais prêtre chez les Dogons. C'est une tribu africaine, dit le juge.

— Et moi chamane en Amérique du Sud, dit l'avocat.

Pythagore les regarde longuement, comme s'il cherchait dans ces trois visages un conseil, un indice.

— Alors que décides-tu ?

— Je peux réfléchir ?

— Bien sûr.

Pythagore prend son temps puis demande :

— Si j'ai bien compris, si j'ai autant réussi ma vie précédente, c'est parce que j'avais dès ma naissance un potentiel V.E.R.B. qui décuple l'effet de chacune de mes actions.

— Exactement, acquiesce le juge.

— Mais je n'ai droit qu'à une seule vie avec autant d'atouts au départ.

— En effet, approuve l'avocat.

— Donc si je renais, mes autres vies seront moins avantagées…

— Forcément, confirme le procureur.

Pythagore hoche la tête, compréhensif.

— Et que se passera-t-il si mon score redescend dans les vies suivantes ? Après tout, je pourrais très bien devenir alcoolique, violent ou simplement fainéant, et chuter complètement ?

— C'est possible, concède l'avocat.

— Il serait donc dangereux pour moi de remettre mon titre en jeu alors que je viens de gagner, conclut Pythagore.

Le juge lui fait un clin d'œil.

— Sauf que, désormais, on ne compte plus. Tu as réussi l'examen final. Tu seras comme un professeur à la retraite qui reviendrait donner des cours pour le plaisir de diffuser ses connaissances. Alors, que choisis-tu ?

82.

Eugénie ouvre les yeux.

Bon sang. J'ai gagné.

Elle déplie ses jambes, se frotte le visage avec vigueur pour revenir à la réalité, et sort sans bruit des toilettes.

Les quatre hommes dorment toujours. Avec délicatesse, elle récupère son cahier à dessin, s'enferme dans la cuisine avec le chat qui la suit comme son ombre et s'empresse de noter tout ce qu'elle a vu et vécu lors de cette dernière régression.

Elle dessine Bouddha et note :

Siddhârtha Gautama… Un type sympa, qui gagne à être connu. Beaucoup d'humour et d'autodérision, ce qui est plutôt rare chez les mystiques. En tout cas, pas un gourou au sens qu'on donne à un type sectaire.

Puis elle reproduit le visage de Pythagore dans ses dernières minutes tel qu'elle l'a vu de haut en se détachant de son enveloppe de chair.

Ensuite elle complète sa fiche.

« Visite d'une quatrième vie antérieure.

Numéro de porte : + 7.

Datation : naissance en 560 avant J.-C.

Territoire : Grèce.

Lieu de naissance : île de Samos.

Nom personnel : Pythagore.

Activité : bijoutier, pugiliste, prêtre, explorateur, mathématicien, philosophe, astronome, musicien, chanteur, fondateur d'école, créateur de bibliothèque.

Voyages : Égypte, Israël, Perse, Babylone, Inde.
Mesure de l'âme : 6,3/6 »

Donc :

Sortie possible du cycle des réincarnations.
Choix de revenir malgré tout (ce qui explique ma présence actuelle).

Elle se sert un café accompagné de gaufres au chocolat. Après avoir terminé son petit déjeuner, elle allume une cigarette.

L'addiction au tabac et les cheveux roux : mes restes de Néandertalienne…

Elle fume en repensant aux événements de la veille.

Maman serait fière de moi. Je crois que j'ai stoppé la guerre civile avant qu'elle ne commence. Les destructeurs de bibliothèques et les brûleurs de livres ont enfin pu être arrêtés. Même si c'est de justesse.

Elle a envie de savoir ce que les médias racontent sur les événements de la veille. Elle cherche son smartphone des yeux, se dit qu'elle a dû le laisser dans sa chambre et, par paresse, décide d'utiliser exceptionnellement la mini-radio qui traîne sur le plan de travail à côté du micro-ondes. La voix du présentateur retentit dans la cuisine.

– Occupation de la Sorbonne. Cette nuit, aux alentours de minuit, un groupe de jeunes extrémistes a tenté de mettre le feu à la bibliothèque de la Sorbonne en déversant de l'essence sur le sol. Par chance, les

CRS ont pu intervenir à temps pour stopper les vandales avant qu'ils n'incendient ce lieu historique, où, exceptionnellement, était stocké le célèbre tableau *Le Jardin des délices* de Jérôme Bosch, prêté à l'université par le musée du Prado. Il semble que cet acte terroriste soit lié à l'occupation de l'université par des manifestants hostiles au ministre Charlemagne 2.0.

– Dans l'idée d'apaiser les esprits, la présidente de la République Élisabeth Rivol a décidé de révoquer ce ministre IA, considérant que le concept était, je cite, « trop clivant ». Elle a regretté la frilosité des mentalités devant cette initiative avant-gardiste, mais a signalé que la paix civile était sa priorité. Malgré tout, la représentante du Parti néostalinien Violaine Garaudy maintient sa motion de censure, qui sera donc soumise au vote de l'Assemblée nationale lundi prochain. Cette dernière a déclaré : « C'est grâce à notre action déterminante à la Sorbonne que le gouvernement a renoncé à cette initiative stupide, révélatrice de son manque de considération envers les professeurs et les élèves rabaissés au rang de serviteurs d'un ordinateur. Ce n'est qu'un début, le combat continue. Il faut chasser ces incompétents dangereux qui nous gouvernent. » À la surprise générale, Laurent Faurisson, du Parti néonazi, et le docteur Oussama Daoudi, du Parti pour la charia, ont annoncé qu'ils comptaient voter la motion du PNS contre le gouvernement. En outre, certains députés des partis de droite et de gauche, mais aussi des centristes, ont confirmé qu'ils voteraient eux aussi cette motion de censure pour sanctionner la

présidente. D'après le dernier sondage Ifop, l'issue du vote resterait très incertaine. Tout va se jouer à quelques voix.
– Politique internationale. Le prochain sommet des Brics+ (pour Brésil, Russie, Inde, Chine et Afrique du Sud, qui réunit les pays souhaitant créer une alliance économique pour contrer l'influence des États-Unis et de l'Europe) se tiendra à Durban, en Afrique du Sud. Après avoir intégré l'Iran, l'Égypte, l'Éthiopie, les Émirats arabes unis et l'Arabie Saoudite, le sommet des Brics+ devrait accueillir la Turquie, l'Algérie, le Venezuela, Cuba, la Corée du Nord et l'Afghanistan.
– Démocratie. Selon le dernier rapport du Centre d'observation des démocraties, sur 193 pays représentés à l'ONU, seulement 31 peuvent être considérés comme des démocraties sur la base de critères comme une presse libre, le droit de vote, une opposition autorisée à se présenter aux élections, le respect des droits des femmes et des minorités. Ce chiffre a baissé puisqu'il était de 34 en 2022. Ramené à la population mondiale, seulement 7 % des humains vivraient donc dans des pays où ils n'ont pas à craindre les décisions arbitraires du pouvoir politique en place.
– Météo. Les températures devraient encore battre des records aujourd'hui puisque… »

La porte de la cuisine s'ouvre. Son père apparaît sur le seuil.
— Tu as vu le message ? lui dit René.

— Bonjour, papa, le reprend-elle. Quel message ?

— Sur ton smartphone !

— Il est encore sur ma table de nuit…

— Le professeur Ganesh Kapoor nous demande de venir de toute urgence, la coupe-t-il. Il y a du nouveau avec maman.

83.

Alexandre, René et Eugénie arrivent à l'hôpital de l'Institut Curie et foncent dans les couloirs, slalomant entre les infirmières, les malades, les brancards.

Ils entrent dans la chambre 13, où est hospitalisée Mélissa. Mais, à leur grande surprise, le lit est vide.

Oh non, pas ça…

Une infirmière les rejoint et leur demande de la suivre. Elle les emmène jusqu'à un secteur de l'hôpital qu'Eugénie n'avait jamais visité. Ils descendent un escalier.

Pourvu que maman ne soit pas à la morgue…

Enfin ils s'arrêtent devant une grande porte grise. Ils sont tous tendus.

— Je vous en prie, entrez, dit l'infirmière.

Un à un, ils entrent dans la pièce.

Mélissa est assise, les yeux ouverts, une perfusion dans le bras droit. Elle regarde une chaîne d'information continue qui diffuse des images des CRS devant la Sorbonne avec, au premier plan, un officier en uniforme bleu marine qui explique ce qu'il s'est passé.

— Maman !!!!

Mélissa se retourne lentement.

Dès qu'elle voit les membres de sa famille, son visage s'éclaire.

Eugénie se jette sur elle et la serre dans ses bras de toutes ses forces. René lui attrape la main gauche, qu'il plaque tendrement sur sa joue et Alexandre lui caresse les cheveux, ému.

Le professeur Kapoor est là lui aussi.

— Vers minuit, la température de votre maman a augmenté sensiblement, ce qui nous a beaucoup inquiétés. On se préparait au pire et puis il s'est produit une bascule, explique-t-il.

— Les lymphocytes ont pris le dessus sur les métastases ? demande René.

— En effet, acquiesce Kapoor. La vie l'a emporté sur la mort. Je crois que l'énergie de vie de votre mère l'a beaucoup aidée.

Eugénie ne peut desserrer son étreinte. Elle pleure à chaudes larmes. Sa mère caresse ses longs cheveux roux :

— Eugénie… Ma chérie.

Le professeur Kapoor prend la télécommande pour couper le son de la télé au moment où apparaît à l'écran le grand triptyque du *Jardin des délices.* Il est emballé et plusieurs hommes gantés de blanc le manipulent avec précaution.

Mélissa chuchote à l'oreille de sa fille :

— Bravo, Eugénie.

La jeune femme relève ses yeux humides vers sa mère.

— Je sens, je comprends, dit Mélissa. Je sais que c'est toi.

— C'est « nous », réplique Eugénie en désignant René et Alexandre. Mais surtout bravo à toi, maman, d'avoir réussi ta propre guerre intérieure.

— Et… as-tu trouvé ton âme sœur ? chuchote-t-elle à l'oreille de sa fille.

— Y a-t-il une possibilité pour qu'on ait deux « âmes sœurs » ? répond la jeune femme.

Mélissa commence à rire, mais perd son souffle et se met à tousser.

— Ne la fatiguez pas trop, dit le professeur Ganesh Kapoor. Votre mère n'est pas encore remise.

Comme sa toux ne s'arrête pas, Eugénie lui tend un verre d'eau.

— Elle est tirée d'affaire ? demande Alexandre, inquiet.

— Elle est sur la bonne voie, répond Kapoor. Mais la rémission complète varie d'un patient à l'autre. Il y a aussi une composante héréditaire.

— J'ai eu si peur…, murmure René.

— Tu as fait des V.I.E. ? demande Mélissa à Eugénie.

La jeune femme prend son cahier à dessin dans son sac à dos et montre les pages une à une à sa mère.

— Ce sont des sortes de cartes postales de mes voyages dans les vies antérieures, dit Eugénie.

— Son talent de dessinatrice nous permet enfin d'avoir des images de ce qui jusque-là n'était que des récits oraux, approuve René.

Mélissa tourne les pages, admirative. Elle semble comprendre tout ce qu'il s'est déroulé durant les régressions.

— Maman, tu m'as parlé de la Bibliothèque akashique, tu peux m'en dire plus ?

— Nous en parlerons plus tard, ma chérie. Pour l'instant, j'ai envie d'autre chose. Puisque tu as réussi à arrêter les forces de l'obscurantisme, je voudrais que nous voyagions ensemble pour en avoir le cœur net.

— Pour aller où ? demande René.

Mélissa affiche un grand sourire et dit :

— Là où tout a commencé.

84.

ENCYCLOPÉDIE : UNE CITATION DE NIEMÖLLER.

Martin Niemöller est l'homme qui a écrit : « Les nazis sont d'abord venus chercher les socialistes, et je n'ai rien dit, parce que je n'étais pas socialiste. Puis ils sont venus chercher les syndicalistes, et je n'ai rien dit, parce que je n'étais pas syndicaliste. Puis ils sont venus chercher les Juifs, et je n'ai rien dit, parce que je n'étais pas juif. Puis ils sont venus me chercher, et il ne restait plus personne pour me défendre. »

Martin Niemöller était un pasteur luthérien allemand. Fervent soutien de Hitler à ses débuts, il ouvre les yeux sur les atrocités du régime nazi et devient un opposant déterminé. Il est arrêté en

1938, et enfermé dans le camp de concentration de Dachau. Il sera libéré en 1945 par les soldats alliés et poursuivra sa carrière de pasteur, œuvrant pour la défense d'une notion qui lui semble indispensable pour un monde en paix : la repentance des bourreaux.

Edmond Wells,
Encyclopédie du Savoir Relatif et Absolu.

ACTE VIII

Mardi 17

Jour J + 4

85.

À travers le hublot, Eugénie distingue tout en bas les montagnes qui défilent.

À un moment, il lui semble reconnaître la côte ionienne, le long du « talon » de la botte italienne, là où se trouvait l'école pythagoricienne de Crotone.

Elle est assise à côté de son père. Devant eux sont installés son grand-père et Raphaël, et derrière, sa mère et Nicolas. Les deux hommes ont tenu à faire le voyage avec eux, et comme leurs actions lors de l'opération « Anti-Reichstag » avaient été déterminantes, Eugénie a accepté.

— Pourquoi ne t'es-tu pas assise à côté de ton petit ami ? lui demande à voix basse René.

— Ce n'est plus mon petit ami, lui répond Eugénie, les yeux rivés sur le paysage. Je ne supporte plus son dogmatisme politique.

— C'est tout de même lui qui nous a sauvés, fait-il remarquer.

La jeune femme hausse les épaules.

— C'est un idéaliste de gauche, tente de le défendre René.

— On est loin de l'esprit de Jaurès, Gambetta, Blum et Mendès-France. Ils doivent se retourner dans leur tombe en voyant ce que sont devenus les idéalistes de gauche…

Son père sourit.

— Dis donc, je te trouve un peu prompte à critiquer les valeurs que tu défendais encore il n'y a pas si longtemps.

Elle se tourne vers lui.

— Les voyages dans mes vies antérieures m'ont ouvert de nouvelles perspectives. Ou disons plutôt que ce que j'y ai vu m'a aidée à me faire confiance et à penser par moi-même plutôt que d'adhérer au discours de tel ou tel politicien. Ça m'a rappelé le film de Sergio Leone, tu te souviens ? *Il était une fois la révolution*… Dans ce film, ce sont toujours les mêmes qui gagnent, quelle que soit leur étiquette, et ce sont toujours les mêmes qui se font avoir en croyant changer le monde. Et quand on regarde la situation aujourd'hui, on voit qu'il y a de plus en plus de dictatures. C'est bien la preuve que toutes ces manipulations de jeunes, de foules et d'opinions ne font qu'aboutir à des Pol Pot, à des ayatollahs, à des Kim Jong-un. Du chaos surgissent les monstres.

— Je comprends ton point de vue. L'important, c'est que tu sois en phase avec tes convictions profondes.

Elle a envie de fumer, ce long trajet en avion est difficile pour elle. Elle prend quelques longues inspirations lentes pour se calmer.

— Tu ne m'as toujours pas dit ce que tu avais vu, toi, pendant tes régressions, dit-elle à son père pour penser à autre chose.

René émet un soupir puis prononce :

— Tu veux vraiment savoir ? Ça peut être long de tout te raconter.

— Nous avons du temps devant nous.

— J'ai découvert la pratique des voyages dans les vies antérieures grâce à Opale Etchegoyen, une hypnotiseuse de spectacle qui se produisait sur une péniche-théâtre, La Boîte de Pandore[1]. Durant ma première régression, j'ai débarqué en pleine Première Guerre mondiale, au chemin des Dames. Je me suis retrouvé au milieu de l'enfer. Une vraie boucherie… Alors j'ai recontacté Opale pour qu'elle efface cette expérience pénible de ma mémoire. Elle m'a dit qu'on ne pouvait pas effacer ce souvenir, mais qu'on pouvait en revanche en ajouter d'autres plus réjouissants. C'est là qu'elle m'a appris à maîtriser la technique de la V.I.E. J'ai commencé à pratiquer seul. Au début, je voulais simplement remplacer la première expérience douloureuse par une expérience agréable. J'ai demandé à visiter la vie durant laquelle j'ai connu ma plus grande histoire d'amour.

Eugénie jette un coup d'œil complice à son père.

— Continue, tu m'intéresses…

Il regarde lui aussi par le hublot, comme pour convoquer ses souvenirs.

— Je me suis retrouvé sur une île il y a douze mille ans. Je me nommais Geb.

— Geb ? Comme le dieu égyptien ?

---

1. Voir, du même auteur, *La Boîte de Pandore*, Albin Michel, 2018.

— J'étais un homme très grand. Vraiment très grand. J'ai fait une estimation par rapport aux arbres qui m'entouraient ; je mesurais dix-huit mètres de haut, j'étais donc dix fois plus grand que nous.

— C'est quoi ce délire ?

— De nombreuses légendes évoquent un peuple de géants qui auraient existé par le passé. Les Titans chez les Grecs, par exemple.

— J'avais oublié cette histoire.

— Mais il n'y avait pas que la taille. Mon espérance de vie était elle aussi décuplée : au moment où j'ai revécu l'expérience, j'avais huit cent vingt et un ans et j'étais en pleine forme.

— Une île avec des géants de dix-huit mètres vivant huit cents ans, ça ressemble au mythe de l'Atlantide décrit par Platon, remarque la jeune femme.

René acquiesce de la tête.

— Moi aussi, au réveil, j'ai fait le lien avec la mythique Atlantide. Mais selon mes souvenirs, nous appelions cette île Ha-Mem-Ptah, et la cité où je vivais se nommait Mem-Set. C'était la capitale.

— Et donc, ton histoire d'amour ? le presse Eugénie.

— Attends, j'y arrive. Ce qui m'a le plus surpris, c'est que j'ai pu communiquer avec lui, avec ce Geb.

— On peut parler à ses incarnations passées ?! s'étonne Eugénie. Mais tu m'as toujours dit que ce qui est passé est passé, et qu'on ne peut plus agir sur les événements qui se sont déjà déroulés…

— C'est aussi ce que je croyais. Mais en réalité on peut avoir un dialogue dans la dimension parallèle des rêves.

— Je ne te suis pas…

— Eh bien, les gens de Ha-Mem-Ptah savaient parfaitement maîtriser leur inconscient. Et c'est dans cette dimension onirique que nous avons pu nous comprendre. Alors je l'ai averti en rêve qu'un déluge allait se produire.

Eugénie réfléchit un instant.

— Tu veux dire que j'aurais pu moi aussi prévenir Pythagore de l'attaque de Cylon ? demande-t-elle.

— Tu aurais pu tenter de communiquer avec lui durant son sommeil, en effet, quand son esprit n'était plus prisonnier de la matière, du temps et de l'espace. En se réveillant, il aurait cru que ce n'était qu'un rêve. Cela demande une certaine maîtrise. Il faut un émetteur *et* un récepteur. Je pense que les Atlantes étaient mieux formés à ce genre de jeu d'esprit il y a douze mille ans que les Grecs de l'époque de Pythagore.

— Et ton histoire d'amour, alors ?

— Ne sois pas impatiente. Toujours est-il que j'ai dit à Geb qu'il fallait construire un énorme bateau, pour sauver un maximum de gens du tsunami qui allait submerger leur île.

— L'arche de Noé… ?

— Geb est allé trouver un architecte en construction navale. Une jeune femme de deux cent quarante-cinq ans qui se nommait Nout. Elle mesurait environ dix-sept mètres. Dès que nous nous sommes vus, elle et moi, ça a été le coup de foudre. Une sorte d'évidence… À son grand âge, Geb avait déjà connu beaucoup d'expériences de couple. À Ha-Mem-Ptah, le mariage n'existait pas. Il n'y avait pas ces notions de possession, d'appartenance que nous connaissons, il n'y avait pas tout ce poids. Les gens restaient ensemble pendant le temps où ils appréciaient leur lien.

Eugénie regarde son père avec un sourire tendre.

— J'ai vraiment aimé Nout, poursuit-il. C'était un amour libre et spontané.

Sur l'écran qui diffuse en temps réel l'avancée de l'avion, Eugénie remarque qu'ils sont maintenant au-dessus de la Grèce.

— Continue, papa, je veux connaître la suite de ton histoire d'amour en Atlantide.

— Eh bien, voilà… Le déluge a eu lieu. Une immense vague, un mur d'eau verte d'une taille phénoménale a surgi de l'horizon. Geb et Nout ont pu embarquer à temps et sauver leur famille ainsi que cent soixante-quatorze congénères.

— Et des animaux, non ?

— Il y avait bien quelques animaux domestiques, mais pas le zoo complet évoqué dans la Bible. Toujours est-il que le grand bateau est parvenu à traverser d'ouest en est l'océan Atlantique pour rejoindre la côte africaine. Puis il a longé la côte méditerranéenne jusqu'à atteindre…

— … l'Égypte ? dit la jeune femme.

René approuve.

— Alors ce seraient les Atlantes, enfin les gens de ton île.

— Ha-Mem-Ptah, rappelle-t-il.

— … les habitants de Ha-Mem-Ptah qui seraient à l'origine de la civilisation égyptienne ? dit-elle.

— J'en suis persuadé.

— Et ensuite, tu as visité d'autres vies antérieures ?

— Bien sûr. En tout, j'en ai eu cent onze. Ma vie actuelle de René Toledano est la cent douzième.

— Et tu as fait du « tourisme spirituel » dans combien ?

— Une bonne vingtaine. À l'époque, chaque voyage m'a passionné, surtout lorsque je vivais avec Opale. Nous avions l'impression d'être deux plongeurs qui découvrent des épaves que personne ne connaissait.

La jeune femme surprend un voile de nostalgie dans le regard de son père. Alors elle rebondit :

— Et que s'est-il passé après ta séparation avec Opale ?

— L'effondrement. J'ai fait une dépression. J'étais de nouveau seul, sans emploi, sans argent. Retour à la case départ. Alors j'ai repris mon activité de professeur, et Alexandre a accepté de m'embaucher comme professeur d'histoire à la Sorbonne, dont il était le président à l'époque.

— Et c'est comme ça que tu as rencontré maman…

— Ensuite tu es née. Comme ta mère et moi étions très attentifs au sens des prénoms, nous t'avons baptisée Eugénie : *eu* est un préfixe grec qui signifie « bien » (comme dans « euphorie », « eucharistie »), et *génos* est un autre mot grec qui signifie « né » (comme dans « genèse », « génétique »).

— Et tu as initié maman aux régressions dans les vies antérieures…

— Et ton grand-père aussi. Ensemble, nous avons trouvé l'époque où nous nous sommes connus tous les trois : c'était en 1099, au moment de la prise de Jérusalem par les croisés.

— Au Moyen Âge ?

— Alexandre et moi étions des chevaliers croisés et avons combattu pour prendre la ville. Puis nous avons eu l'idée de fonder l'ordre des Templiers, en référence au Temple du roi Salomon, où nous avions établi notre quartier général.

— Et maman ?

— C'était une habitante de Jérusalem. Je l'ai sauvée de soldats croisés qui voulaient tuer tous les Juifs de la ville.

— Maman était juive ? s'étonne Eugénie.

— C'était il y a huit cents ans et dans un autre corps. Elle s'appelait Deborah. Ce qui signifie « abeille » en hébreu. Et par le plus grand des hasards, c'était le symbole de notre mission.

— Quelle mission ?

— Nous devions retrouver un texte très ancien, *La Prophétie des abeilles*, qui annonçait comment nous pourrions créer un futur plus harmonieux en nous inspirant des ruches.

Eugénie regarde la carte sur l'écran au moment où l'avion passe au-dessus de l'île de Samos.

— Tu vois, lui dit son père, les Atlantes, les Égyptiens, Akhenaton, Moïse, le Temple de Salomon, les templiers, la Prophétie des abeilles… Tout semble connecté.

— J'ignorais que maman, papi et toi aviez déjà vécu ensemble dans un passé lointain…

— Mais ce sont probablement les vies que ta mère a vécues seule qui sont les plus déterminantes. Tu peux la croire quand elle évoque les forces de l'obscurantisme. Elle a déjà dû les affronter dans le passé.

Il regarde Eugénie avec beaucoup d'intensité.

— J'étais persuadé que ma vie d'Atlante était ma première vie. Jusqu'à ce que tu trouves des portes négatives. Quand tu en as parlé, je me suis dit qu'il y avait peut-être des vies plus anciennes que celles que j'ai eues en tant qu'*Homo sapiens.*

Eugénie ressort son cahier à dessin et trouve l'image du vieux sorcier néandertalien qui racontait des histoires à sa tribu près du feu.

— Je pense qu'Auriculaire, c'était toi, dit-elle. Le fils de la femme qui a découvert le feu. Tu imagines : c'est toi qui as inventé, il y a cent vingt mille ans, la cérémonie d'enterrement en t'inspirant des éléphants ! Donc c'est toi qui es à l'origine de toutes les spiritualités, en quelque sorte.

Sur la carte de l'écran, les côtes méditerranéennes défilent.

Eugénie ferme les yeux. Elle est de plus en plus impatiente d'arriver au terme de ce voyage.

Pour savoir.

86.

Au moment où Eugénie pose pour la première fois le pied sur le sol d'Israël à l'aéroport Ben-Gourion près de Tel Aviv, elle a une sensation étrange.

Je suis déjà venue sur cette terre.

Il fait très chaud. Dès la descente de l'avion, tous les passagers retirent leur veste.

Je connais cet air, je connais ce ciel.

Une fois accomplies les formalités de douane et leurs bagages récupérés, les cinq sont accueillis par une femme très mince aux cheveux blancs courts et un homme noir de peau, en fauteuil roulant, les cheveux frisés et grisonnants. Alexandre s'avance vers eux puis fait les présentations :

— Ménélik est le président de l'université de Jérusalem. C'est un Falasha, de cette tribu juive d'Éthiopie qui a émigré en Israël. C'est un grand spécialiste de l'histoire locale. Ménélik parle plusieurs langues, dont le latin, le grec, l'abyssin, l'araméen. Et il sait lire les hiéroglyphes égyptiens. Il est probablement le descendant du premier Ménélik dont on dit qu'il fut le fils du roi Salomon et de la reine de Saba.

— Je suis surtout ton ami ! dit Ménélik en souriant et en serrant les mains qu'on lui tend.

Puis Alexandre présente la femme.

— Et voici Hodélia, la grande spécialiste mondiale des abeilles. Et c'est grâce à elle que nous avons pu retrouver la fameuse Prophétie des abeilles.

— Nous avons vécu une aventure extraordinaire parce que vous avez pris tous les risques, rappelle-t-elle. Pour ma part, je n'ai fait que vous emmener là où vous aviez envie d'aller. Et j'espère pouvoir de nouveau vous aider.

— Je ne pourrai malheureusement pas vous suivre cette fois-ci, dit Ménélik. Je pars travailler sur des fouilles archéologiques près de la mer Morte.

Une fois les présentations achevées, Hodélia invite le groupe à monter dans son 4 × 4 climatisé. Ils roulent au milieu d'un paysage de champs d'oliviers, d'orangers et de poiriers.

Ce n'est pas le pays que nous montrent les actualités à la télévision.

— Nous en avons pour deux heures de route. J'ai déjà averti tout le monde de votre arrivée, vous devriez pouvoir mener vos recherches sans trop de difficulté. Mais je dois vous avouer que le peu que m'a dit René m'a beaucoup intriguée.

Elle s'adresse à Eugénie :

— Vous pouvez me raconter ce que vous avez vu ?

La jeune femme aux cheveux roux relate en détail sa vie de Pouce à la préhistoire. En revanche, elle ne dit pas un mot de ce qui s'est passé après sa mort, l'envol de son âme et son jugement par les trois archanges.

Alors qu'ils longent la côte, Eugénie fait le récit de ses trois vies suivantes : la potière sumérienne, la servante du pharaon Akhenaton qui fonde une bibliothèque en Égypte, et Pythagore.

Tous sont impressionnés par la partie de son récit où elle décrit sa rencontre avec Zarathoustra puis avec Bouddha.

— C'est quand même formidable de se rappeler que ces trois-là vivaient à la même époque, reconnaît Hodélia.

— Le VIe siècle avant Jésus-Christ était aussi l'époque où vivaient le prophète Daniel et le philosophe Confucius, signale Eugénie.

— Vous auriez pu rencontrer Confucius ? s'enthousiasme Hodélia.

— Il aurait fallu que je voyage vraiment longtemps vers l'est…

— Que tous ces sages soient apparus simultanément est le signe que la lumière devait arriver dans cette époque obscure. Durant ce VIe siècle, rappelez-vous, l'Empire perse mettait la région à feu et à sang. Et je crois me rappeler qu'en Inde et en Chine, des guerres faisaient rage avec leur cortège de persécutions et d'atrocités, dit Alexandre.

— L'une des raisons pour lesquelles nous sommes là est aussi que maman a visité ce qu'elle nomme la Bibliothèque akashique…, rappelle Eugénie. C'est un endroit où se trouvent inscrits tous les futurs, n'est-ce pas, maman ?

— Tous les futurs « possibles », rectifie cette dernière.

C'est bizarre, j'ai l'impression que maman trouve toujours le moyen de ne pas évoquer sa visite de la Bibliothèque akashique, songe Eugénie.

— Pouvez-vous nous en dire plus ? questionne l'Israélienne.

— Disons que cela fonctionne comme un rêve prémonitoire, répond Mélissa. J'ai eu l'impression que les forces de l'obscurantisme se regroupaient et que la menace était réelle. Comme un coup de poker du diable qui tente un passage en force en utilisant la naïveté du peuple et en flattant les bas instincts des chefs. Parfois, ces derniers arrivent à convaincre en jouant sur les bons sentiments. Même la pitié. Ainsi les loups se font passer pour des agneaux. Ils l'ont déjà fait dans le passé et ont été arrêtés de justesse.

Hodélia s'engage sur l'autoroute.

— Dans la Bible, la bataille finale où les guerriers de la lumière devront affronter les guerriers de l'ombre s'appelle l'Armageddon. Et il est dit que ce sera sur une montagne nommée Megiddo, qui se trouve à quelques kilomètres d'ici, à l'ouest.

Elle fait un geste pour désigner des collines.

— En tout cas, c'est sur cette terre minuscule que convergent toutes les énergies, et c'est probablement ici que se révéleront ceux qui sont dans la lumière et ceux qui sont dans l'ombre, intervient Alexandre.

— Pour ce qui est de la communication, l'ombre avance, remarque Raphaël. Ce sont eux qui sont les plus présents sur Internet.

— À tous les niveaux, l'ombre gagne, soupire Hodélia, sur un ton résigné.

— Je suis vivante, intervient Mélissa. Et je crois, pour ma part, que les forces de la lumière finissent toujours par trouver un chemin. Même si c'est au dernier moment.

— Et vous, jeune homme, vous n'avez rien dit depuis le début de ce voyage ? dit Hodélia en s'adressant à Nicolas.

— J'ai fait partie des forces de l'ombre, lui répond-il d'un ton détaché.

La conductrice le regarde dans le rétroviseur.

— Ah ? Vraiment ?

— Je croyais défendre les brebis contre les loups et je ne faisais que servir des loups encore plus féroces.

— Il exagère, intervient René, prenant sa défense. Il a été héroïque. C'est grâce à son intervention que nous avons pu gagner.

— Je veux me racheter, à présent, déclare Nicolas.

— N'était-ce pas vous, Hodélia, qui m'aviez dit : « *Gam zou le tova* », ce qui signifie : « Tout ce qui nous arrive est pour notre bien » ? dit Alexandre.

La chercheuse a un petit sourire désolé.

— Certes. Mais en toute honnêteté, parfois, quand j'écoute les informations, je commence à avoir des doutes.

87.

Enfin ils arrivent au mont Carmel, au sud de Haïfa.

Les champs cultivés ont changé de couleur : des vignes s'étendent désormais à perte de vue, rappelant les paysages de la région bordelaise. Une pancarte signale en anglais qu'ici est produit le vin de Carmel.

Le 4 × 4 quitte l'autoroute pour prendre une route nationale, plus étroite, puis, au bout de plusieurs dizaines de kilomètres, Hodélia tourne à droite sur un chemin de terre et de cailloux. Un panneau est planté sur le bas-côté. Y sont inscrits plusieurs mots en hébreu, et en dessous leur traduction en anglais et en français : « GROTTES DE NAHAL ME'AROT ».

Devant eux, une falaise rocheuse, abrupte, percée de plusieurs cavernes.

Hodélia se gare sur un terre-plein non loin d'une dizaine de cabanons où s'activent des jeunes gens en short et tee-shirt. En sortant de la voiture, Eugénie constate que l'air est moins bouillant qu'à l'aéroport.

C'est parce qu'on est plus au nord, dans une zone près de la mer et plus boisée.

De nouveau, Eugénie a la sensation d'être dans un endroit qu'elle connaît déjà. Hodélia passe un coup de fil puis rejoint un des bâtiments préfabriqués en faisant signe aux six Français de la suivre.

Un homme aux allures d'Indiana Jones les y accueille.

— Je vous présente Dov Fitoussi, archéologue franco-israélien, le directeur des fouilles.

— Bienvenue sur notre chantier.

— Je vous laisse présenter le site, Dov, dit Hodélia.

Il désigne de la main le paysage qui les entoure.

— C'est un site de recherches archéologiques de cinquante-quatre hectares de superficie, classé au patrimoine mondial de l'Unesco. On a trouvé ici des traces de communautés humaines datant de plus de cinq cent mille ans, donc du paléolithique inférieur. On pense que ces grottes ont été occupées jusqu'à il y a quarante-cinq mille ans, donc au paléolithique supérieur. Quatre d'entre elles ont été explorées et étudiées. Elles portent des noms modernes, bien entendu. La première, c'est Jamal ; la deuxième, Skhul ; la troisième, El Wad ; et la quatrième, El Tabun.

— C'est cette dernière qui nous intéresse, signale sans hésiter Eugénie.

— Alors suivez-moi.

Ils gravissent plusieurs promontoires rocheux pour rejoindre un terre-plein face à l'entrée de forme triangulaire de la grotte. Des étudiants vont et viennent avec du matériel de fouilles et des caisses remplies de sable.

— Est-il possible d'entrer ? demande Eugénie.

— Je suis désolé, mais le chantier est fermé aux personnes qui ne sont pas directement liées à la mission archéologique.

Il perçoit la déception de la jeune femme alors il précise :

— Mais je vais tout de même vous montrer quelque chose.

Il les entraîne dans un grand cabanon climatisé avec, d'un côté, des tables recouvertes de cuves en plastique remplies d'ossements et, de l'autre, des paillasses en céramique avec des microscopes et des tubes à essai.

Plusieurs jeunes gens s'activent sur des appareils ou brossent des cailloux. Dov prend un des albums photo qui sont rangés dans les nombreux rayonnages aux murs et l'ouvre en son milieu. Il retourne l'album vers le groupe des six. Une photo en noir et blanc occupe toute la page.

— Voici l'archéologue anglaise Dorothy Garrod. C'est elle qui a trouvé ces grottes et y a mené des fouilles entre 1929 et 1934. Elle y a découvert des restes néandertaliens et notamment un squelette presque complet de femme. Elle a aussi mis au jour des traces de charbon de foyer et des silex taillés en biface.

— Peut-on voir ce squelette de femme « presque complet » ? demande René.

Dov disparaît quelques instants dans une pièce attenante et revient avec de grandes boîtes transparentes remplies d'os, eux-mêmes enveloppés dans plusieurs couches de papier bulle. Chaque boîte porte un titre, un numéro et une date.

— Voici les pièces du puzzle, dit-il avec malice. Le squelette est trop fragile pour être exposé à l'air ; nous ne le sortons que pour les analyses au carbone 14 ou pour faire des représentations 3D. Ce ne sont que des images digitales en relief, mais elles sont très précises.

— Peut-on voir ces modèles ? demande aussitôt Raphaël.

Dov allume le grand écran de télévision accroché à l'un des murs, puis le raccorde à un des ordinateurs. Il commence par montrer chaque os séparément, puis tous les os se regroupent comme par magie grâce à l'animation 3D, s'emboîtent pour former un squelette en position verticale.

— Il ne lui manque que quelques côtes, certains doigts et orteils.

Puis Dov fait apparaître sur l'écran un décor de caverne avec un trou dans le sol.

— Et voilà l'emplacement de la tombe. Un énorme rocher était posé au-dessus, qui a empêché qu'on la trouve lors des premières fouilles. Mais c'est précisément grâce à ce rocher que le corps a pu être protégé si longtemps des charognards et aussi de l'eau de ruissellement.

Dov tape sur le clavier et le squelette en trois dimensions debout vient lentement se recroqueviller pour se lover dans le trou en position fœtale.

— Voici la position exacte du corps lorsqu'on l'a découvert, signale-t-il. Nous avons pu le dater au carbone 14 : ce corps a été enterré il y a cent vingt-trois mille cinq cents ans. Nous avons mis du temps à déterminer s'il s'agissait d'un homme ou d'une femme, mais en analysant la forme du bassin, des mains et du crâne...

L'archéologue désigne une petite bosse à l'arrière de la tête.

— Vous voyez, ici ? C'est la crête occipitale, plus réduite chez la femme que chez l'homme. Et...

— Et vous en avez conclu qu'il s'agissait d'une femme néandertalienne, le coupe Eugénie.

— En effet... Les os plus épais, le pouce plus long, la fosse nasale plus large, les arcades sourcilières plus proéminentes nous ont permis d'arriver à cette conclusion. Et puis sa taille est typique des Néandertaliens. En général, ceux-ci dépassaient rarement le mètre cinquante.

Il fait apparaître une nouvelle image.

— Nous avons aussi pu définir son âge. Elle avait entre quarante-deux et quarante-cinq ans.

Eugénie se sent soudain envahie d'une extrême émotion.

Maman...

— On a examiné le tartre de ses dents pour connaître ses habitudes alimentaires, et contrairement à l'idée ordinaire selon laquelle les Néandertaliens ne se nourrissaient que de viande, nous avons trouvé des résidus de racines, de champignons, de fruits et de légumes.

Maman était même une fine gastronome.

— Nous avons découvert un autre élément important, poursuit Dov. Les femmes participaient autant à la chasse que les hommes, et les hommes autant à la cuisine que les femmes.

Ça aussi, j'aurais pu vous le dire.

Dov zoome sur plusieurs os du tibia pour montrer les stries qui y sont incrustées.

— Les traits que nous voyons ici sont des traces de blessures plus ou moins anciennes. Mais il nous est impossible de déterminer les raisons de son décès.

— Elle a été tuée par une panthère noire, lance Eugénie.

— Pardon ? sursaute l'archéologue.

La jeune femme se rend compte qu'elle a parlé à voix haute.

— Hum..., je disais juste qu'elle aurait pu être tuée par un prédateur du genre panthère noire.

— Est-ce possible ? Y en avait-il à cette époque dans la région ? demande René, intrigué.

— La météo et la végétation étaient différentes, vous l'imaginez bien, répond Dov. D'après les dernières études, la faune était assez variée et plutôt proche de celle que nous connaissons aujourd'hui en Afrique centrale. On a par exemple trouvé des ossements fossilisés de rhinocéros, de girafes, d'hippopotames, de hyènes, de lions et... de panthères.

Je confirme...

Raphaël, resté silencieux jusqu'à présent, intervient :

— Me laisseriez-vous connecter mon ordinateur au vôtre pour que je puisse récupérer ce fichier ?

— Eh bien, c'est-à-dire que…, hésite Dov. Quel usage voulez-vous en faire ?

— J'ai mis au point un logiciel spécial que j'ai appelé 5W. Il pourrait vous aider à en savoir plus sur les conditions de la mort de cette femme.

L'archéologue réfléchit quelques secondes et appelle son assistant.

— Donnez-lui l'accès, s'il vous plaît, dit-il au jeune homme.

Raphaël sort de son sac son ordinateur portable et commence le transfert des données avec l'aide de l'assistant de Dov.

— Nous avons comparé le squelette de cette femme aux autres Néandertaliens découverts ces dernières années et tous portent des traces de nombreuses blessures, reprend Dov. Ce n'est pas le cas chez les spécimens Sapiens que nous avons pu étudier.

— Et qu'est-ce que cela signifie ? demande Nicolas, de plus en plus intéressé par le récit de l'archéologue.

C'est Eugénie qui répond :

— Les Néandertaliens soignaient les blessés, alors que les Sapiens les abandonnaient. Ou les mangeaient.

Raphaël prend la parole tout en continuant le transfert des fichiers.

— Les Néandertaliens étaient plus solidaires. J'ai l'habitude de les comparer aux sociétés de fourmis, qui aident les plus faibles et soignent les blessées. Alors que les Sapiens sont plus proches des sociétés de rats. Ils sont davantage dans les rapports de force. Pour eux, les faibles sont inutiles et doivent être éliminés.

Dov approuve d'un hochement de tête.

— Ça y est, c'est prêt, annonce Raphaël.

Tous se tournent vers lui.

— J'ai introduit une par une chaque information sur les os que vous nous avez montrés, et grâce à une branche de l'algorithme de mon logiciel, j'ai pu obtenir ceci.

Le portrait affiché est celui d'une femme dont le visage est assez similaire à celui des aborigènes d'Australie : nez épaté, arcades sourcilières proéminentes, pommettes hautes, lèvres épaisses, mâchoire carrée.

Mon ancienne maman…, songe Eugénie.

Raphaël lance la fonction « 3D Live ».

Soudain, la femme se met à battre des paupières, à respirer et esquisse un sourire. Tous sont impressionnés. Dov observe avec fascination le personnage recréé en temps réel par le logiciel.

— C'est absolument fantastique…, dit-il.

Le professeur Hertz continue de taper sur le clavier de son ordinateur et fait apparaître la femme vêtue. Le costume qu'elle porte sur l'image est très proche de celui reproduit par Eugénie dans son cahier.

— Très réaliste, dit Dov. Mais nous ne savons pas s'ils portaient des sandalettes ou des chausses.

— Ils marchaient pieds nus, mais avaient une corne épaisse sous la plante des pieds, comme des semelles, intervient alors Eugénie. Et puis la tunique en peau de gazelle était d'une couleur plus foncée, presque marron. Les cheveux étaient plus volumineux et…

Dov l'interrompt :

— D'où détenez-vous de telles informations, madame ?

— J'ai effectué beaucoup de recherches sur le sujet, élude-t-elle.

Le groupe regarde, fasciné, la femme néandertalienne vivre, bouger, respirer, sourire, courir. Chacun mesure la puissance de la technologie, capable de rendre l'illusion de la vie à un être qui a vécu il y a cent vingt mille ans et dont il ne reste que quelques os.

88.

— Je vous ai réservé des bungalows dans un kibboutz proche, le Beit Oren, ce qui veut dire la « maison des pinèdes ».

Hodélia est revenue prendre les Français pour les conduire vers le lieu où ils passeront la nuit avant de visiter le chantier de fouilles, censé rouvrir à l'aube. Le Beit Oren est une sorte de village installé dans une pinède qui rappelle à Eugénie le Pays basque.

— C'est un tout petit kibboutz, il n'est prévu que pour six cents personnes, mais il est très bien équipé. Il y a un centre de yoga, une piscine et un théâtre où tous les soirs est proposé un concert ou un spectacle de danse. L'hôtel se compose de trente bungalows spacieux et d'un restaurant végétarien bio. Les habitants du kibboutz sont très tournés vers l'écologie et le respect de la nature. En fait, c'est presque comme un village communautaire hippie. Vous verrez, c'est très cool.

Ils découvrent ce lieu étonnant.

— Ah, je dois aussi vous préciser quelque chose, dit encore Hodélia. Il y a un abri anti-missile.

— Un abri anti-missile ? s'étonne Nicolas.

— Il peut arriver que les milices pro-iraniennes du Hezbollah, qui sont à la frontière sud-libanaise, envoient des roquettes. C'est un peu comme l'orage, cela fait partie de la météo. Si vous entendez la sirène d'alerte, vous avez trois minutes pour vous réfugier dans l'abri. Celui-ci est d'ailleurs très bien aménagé, avec une bibliothèque garnie de livres en plusieurs langues, y compris le français. Ça rend le séjour plus supportable. Chacun sait que, quand la sirène retentit, on va avoir un bon moment pour lire.

— Comment reconnaîtrons-nous cette alarme ? reprend Nicolas.

— Oh, c'est un signal très clair. Il ne faut pas s'affoler. Juste cesser son activité et suivre les flèches qui indiquent l'abri le plus proche.

Une fois dans l'enceinte de l'hôtel, les six voyageurs prennent possession de leurs bungalows respectifs pour y déposer leurs bagages. Eugénie constate que la plupart des gens du kibboutz sont habillés en tenue d'agriculteurs. Elle remarque aussi des dizaines de chats en liberté.

Elle pense à Nostradamus, qu'elle a confié à sa concierge. Celle-ci a déjà deux chats.

Il va être obligé de faire un peu connaissance.

Les Français sont ensuite conviés à dîner dans un grand réfectoire. Autour d'eux, ils reconnaissent les jeunes archéologues croisés sur le site. Plus loin, des personnes très âgées jouent aux cartes ou aux échecs. Eugénie remarque, tatoué sur le bras découvert de certaines d'entre elles, leur numéro de déportée.

Des survivants des camps de concentration.

— C'est un self, je vous laisse vous servir, annonce Hodélia. Ils prennent chacun un plateau. Derrière les vitres des présentoirs, des plats végétariens se succèdent.

— Hum... Croyez-vous qu'il serait possible d'avoir un peu de viande ou du poisson ? demande Alexandre à l'une des cuisinières.

— Désolée, répond-elle, nous ne proposons pas d'aliments issus de cadavres d'animaux. En revanche, nous avons du lait, du fromage et du miel. Et des substituts végétaux.

Eugénie et René échangent un regard complice tandis que, penaud, Alexandre choisit une assiette de caviar d'aubergine.

Tous s'installent à la même grande table.

— J'ai vu qu'en France l'initiative de remplacer le ministre de l'Éducation nationale par un logiciel d'intelligence artificielle créait beaucoup de remous. Qu'en pensez-vous ? les interroge Hodélia tout en remplissant leurs verres de vin de Carmel à la robe pourpre.

Raphaël explique :

— Charlemagne 2.0 est un logiciel qui n'est ni bon ni mauvais. C'est un outil. Il ne fera qu'effectuer ce pour quoi des humains l'ont programmé.

— C'est un choix dicté par des nécessités budgétaires, je présume ? demande Hodélia.

— Pas seulement, répond René. Les ministres de l'Éducation nationale sont soumis à beaucoup de pression. Le précédent s'est suicidé.

— Les ministres deviennent souvent rapidement impopulaires, ils ont peu de marge de manœuvre s'ils veulent conserver une chance de poursuivre leur carrière, explique Alexandre. Un logiciel n'aura a priori aucune ambition carriériste.

— Je comprends mieux, dit Hodélia. Mais alors, pourquoi cette levée de boucliers ?

— Ce n'est qu'un prétexte. Disons qu'il y a une convergence actuelle de tous les partis extrémistes en vue de renverser le gouvernement, dit Alexandre.

— Ici aussi, nous avons ce genre de problèmes. C'est un peu l'inconvénient de toutes les démocraties : elles sont fragiles.

— En France, nous avons vu l'extrême droite devenir l'ultradroite, et l'extrême gauche devenir l'ultragauche, et les deux camps sont entrés dans une surenchère de provocations et d'actions spectaculaires, de plus en plus violentes, pour occuper l'espace médiatique et buzzer sur les réseaux sociaux.

Nicolas prend à son tour part à la discussion :

— J'ai dirigé une cellule extrémiste étudiante, à gauche, et je peux témoigner. Je me rends compte aujourd'hui que j'ai été enfermé dans une idéologie et aveuglé par ma colère contre le système. J'avais oublié que le fondement de la démocratie est l'échange et le dialogue contradictoire.

— Nous avons ici un concept de discussion très intéressant, il me semble. C'est ce que nous appelons « pilpoul ». C'est le moment où chacun apporte des arguments pour faire avancer le débat. Si vous voulez, nous pouvons en discuter, dit Hodélia, se voulant conciliante.

89.

Il est vingt-deux heures et la lune aux trois quarts pleine éclaire la nuit presque comme en plein jour.

Eugénie sort de son bungalow. Il fait encore très chaud. Elle entend au loin un orchestre qui joue un morceau de Debussy : *Prélude à l'après-midi d'un faune.*

La lumière est encore allumée dans le bungalow de ses parents. Eugénie frappe doucement à la porte.

— Maman, papa, c'est moi. Je peux entrer ?

— Bien sûr, répond son père.

Ses parents sont en train de se préparer pour se mettre au lit.

— Maman, est-ce que je peux te parler... en tête à tête ? demande-t-elle. Il fait encore bon, on pourrait peut-être aller marcher un peu ?

— Bien sûr, ma chérie, j'arrive.

Mélissa embrasse tendrement son mari puis suit sa fille.

Mère et fille déambulent sous la pinède. Mélissa s'appuie au bras d'Eugénie.

— Je n'en reviens pas de la vitesse à laquelle tout a basculé, dit cette dernière.

— À quel sujet ?

— Déjà, ta guérison. Je t'ai vue mourante. J'ai cru que ta dernière heure avait sonné, et maintenant tu es... pratiquement comme avant ton cancer. J'ai eu si peur.

Eugénie sent des larmes d'émotion lui picoter les yeux. Mélissa pose sa tête sur l'épaule de sa fille.

— Nous avons tous des épreuves à surmonter. Et c'est pour mieux se connaître et évoluer car sinon on n'avancerait pas…

— Il y a certaines épreuves dont je me serais bien passée.

— Tu parles de cette vie ou de tes vies antérieures ?

— Les deux.

— Il y a toujours des solutions. Le professeur Kapoor a fait un travail remarquable.

Les deux femmes s'arrêtent sur un promontoire sans arbres, tout caillouteux, et s'assoient. En contrebas, la mer Méditerranée est d'huile. Le large croissant de lune se reflète dans l'eau, formant ainsi un épais chiffre 3.

— De quoi voulais-tu me parler en particulier ? demande Mélissa avec douceur.

Eugénie regarde le ciel et repère l'étoile la plus brillante, Sirius.

— Je voudrais que tu m'en dises plus sur la Bibliothèque akashique. Quand j'étais Pythagore et que j'ai rencontré Bouddha, lui aussi a évoqué cet endroit.

— Je peux essayer de t'aider. Cela réclame un peu de protocole mais je peux te guider. Mais tout d'abord il faut que je te raconte comment j'ai moi-même découvert cette fameuse Bibliothèque akashique.

Mélissa invite sa fille à s'étendre sur le dos dans l'herbe.

— Tout a commencé lors d'une expérience de V.I.E. qui s'est avérée vraiment étrange, explique Mélissa.

Elle prend une grande inspiration.

— En ouvrant la porte du couloir de l'inconscient, au numéro 8 précisément, je me suis retrouvée en Amérique du Sud. J'étais un homme, un astrologue maya. Je me nommais Chakpaakat, ce qui signifie dans ma langue de l'époque « homme au regard intense ».

— C'était quand ?

— D'après les recherches que j'ai effectuées par la suite, probablement aux alentours de l'an 500 avant Jésus-Christ. En tant qu'astrologue, mon rôle était non seulement de calculer l'horoscope des nouveaux-nés mais aussi d'annoncer à leurs familles ce qui allait leur arriver. Je leur délivrais en chanson leur avenir particulier. Les paroles énuméraient les événements de leur destin futur.

— Une chanson qui raconte le futur individuel ? s'étonne la jeune femme.

— À l'époque, c'était courant. C'était mon métier. Cette chanson, je la faisais ensuite apprendre aux enfants, et ainsi ils connaissaient leur vie à l'avance. Leurs parents la leur chantaient avant qu'ils s'endorment et ils pouvaient la fredonner pour ne jamais l'oublier.

— J'avais lu ça dans l'*Encyclopédie du Savoir Relatif et Absolu*, mais je croyais que c'était une légende…

— Durant cette vie d'astrologue maya, j'ai découvert de l'intérieur comment Chakpaakat s'y prenait pour connaître le futur. Il pratiquait une méditation particulière qui lui permettait de sortir de son corps. Seul son esprit s'envolait pour rejoindre un endroit très précis dans le ciel. Et c'est par ce voyage astral qu'il avait accès aux récits de tous les destins futurs.

— Je croyais qu'il fallait être mort pour se décorporer, remarque la jeune femme.

— Une technique permet d'effectuer l'aller et le retour. Les astrologues mayas la connaissaient, et au cours de cette incarnation précise je l'ai donc découverte. Durant tout le voyage, j'étais reliée par un fil d'argent qui se déployait. Comme si je plongeais avec un scaphandre relié par un fin tuyau à mon point de plongée.

Eugénie est fascinée.

— On peut donc sortir de son corps, voyager dans l'espace et revenir…

— Tant que le cordon d'argent n'est pas rompu, c'est en effet envisageable. Il suffit de savoir que c'est possible.

— Et c'est en sortant de ton corps et en voyageant dans l'espace que toi, maman, enfin… que ton ancien « toi-même » Chakpaakat a pu accéder à la Bibliothèque akashique ?

Mélissa acquiesce.

— C'était mon truc. Cela rentre dans le cadre de ma « mission d'âme ».

— Ah, d'accord. Je comprends mieux.

— J'ai utilisé cette technique de voyage astral pour connaître les destins dans d'autres vies. L'une d'entre elles mérite que je te la raconte. Vers l'an mille, j'ai eu une vie au Tibet. Je m'appelais Khön Könchog Gyalpo et j'étais moine bouddhiste. J'ai eu l'ambition de créer sur terre une bibliothèque matérielle qui était une copie de la Bibliothèque akashique que j'avais vue dans le ciel. Ainsi, je me suis dit que, même après ma mort, ceux qui ne savaient pas faire les voyages astraux pourraient connaître la vérité sur ce qui s'était passé et entrevoir un peu mieux ce qui risquait de se passer.

— Tu as voulu matérialiser sur terre ce que tu avais découvert dans le ciel, c'est ça ?

— Oui. Et quand j'ai compris que j'avais utilisé ce pouvoir de visite de la Bibliothèque akashique dans plusieurs de mes vies passées, j'ai voulu le récupérer dans ma vie actuelle de Mélissa Toledano.

— Et ça a fonctionné…

— J'en ai été la première surprise. Cela a été une révélation.

Comme si, tout à coup, je pouvais connaître la vérité. Toutes les vérités passées. Et tous les futurs probables. Et puis… j'ai vu quelque chose qui nous concernait directement dans l'avenir proche, là où nous vivions.

— Les événements de la Sorbonne… Mais puisque tu savais que nous allions gagner, pourquoi étais-tu si angoissée quand tu m'as transmis le message ?

Les deux femmes sont toujours étendues dans l'herbe, les yeux grands ouverts à contempler le ciel étoilé.

— En fait, ce n'est pas si simple. Les destins passés sont évidemment immuables. Ce qui s'est passé est passé, on ne peut rien y changer. Comme les racines d'un arbre. En revanche, les branches, les destins futurs, eux, sont incertains.

— Je ne comprends pas…

— Je vais reprendre l'image de l'arbre. Même si les branches de l'arbre sont programmées pour pousser dans une direction précise, explique Mélissa, elles sont influencées par le vent, la pluie, les oiseaux, les insectes ou les vers qui creusent l'écorce. Beaucoup de petits facteurs peuvent avoir leur importance sur le destin de l'arbre. Les feuilles entre elles se livrent une guerre sans merci pour obtenir un maximum de sève et de lumière, n'hésitant pas à faire de l'ombre à leurs voisines. Les branches peuvent donc connaître un destin bien différent de celui pour lequel elles ont été programmées dans le cœur de leurs cellules.

— Et toi, tu as vu un risque réel ?

— J'ai vu la possibilité d'une guerre civile.

— Je comprends mieux, dit Eugénie.

— Ce que j'ai vu m'a affolée. J'ai compris comment tout ce qui a été créé de beau et d'intelligent tomberait sous la coupe de quelques tyrans déterminés à utiliser les faiblesses des systèmes démocratiques pour les détruire tout d'abord de l'intérieur puis de l'extérieur…

Les deux femmes restent un moment silencieuses. Dans le ciel passe une étoile filante.

— Regarde : rien que cette année, à l'ONU, c'est l'Afghanistan qui est désigné pour présider la commission des droits des femmes, alors qu'on pratique dans ce pays les mariages forcés, que les femmes n'ont pas accès à l'éducation et que le viol n'y est pas considéré comme un délit. C'est la Chine qui doit présider le Bureau des affaires de désarmement alors qu'elle vient de doubler le budget consacré à ses activités militaires. Et c'est l'Arabie Saoudite, qui construit des pistes de ski en plein désert, qui préside le Forum pour le développement durable.

— Ces choix-là nous dépassent. C'est de la géopolitique.

Mélissa se redresse soudain et s'assoit.

— Notre action pour empêcher l'incendie de la bibliothèque de la Sorbonne est la preuve que chacun à son niveau peut avoir une influence sur l'évolution de son espèce. C'est le principe de l'effet papillon. Un petit événement peut avoir beaucoup d'effets.

Eugénie prend une grande inspiration.

— Puisque tu connais le procédé pour aller dans cette Bibliothèque akashique, crois-tu que tu pourrais me guider ?

— Quand ? demande Mélissa. Eugénie s'assoit à son tour.

— Là. Maintenant. Tout d'abord, dis-moi, est-ce que ce lieu magique a un emplacement physique réel ?

Mélissa sort son smartphone de sa poche et ouvre une application qui, tandis qu'elle lève le bras vers le ciel, fait apparaître sur l'écran les constellations et leurs noms en surimpression de l'image réelle.

— Bien sûr. C'est une étoile qui se trouve dans la constellation de la Flèche et se nomme prosaïquement sur ce logiciel d'astronomie « WR124 ». WR sont les initiales de Wolf et Rayet, deux astronomes français.

— Par rapport à Sirius ?

— WR124 est aussi beaucoup plus éloignée que Sirius, puisqu'elle est à vingt mille années-lumière de distance, alors que Sirius n'est qu'à huit années-lumière de nous.

Mélissa zoome avec deux doigts dans le ciel étoilé représenté sur son smartphone.

— C'est par là. Tu pourras la reconnaître à sa couleur : WR124 ne brille pas en blanc et bleu comme Sirius, mais en blanc et rose.

Elle demande ensuite à sa fille de défaire le premier bouton de son jean, d'enlever ses chaussures, d'entrouvrir son chemisier pour qu'il ne lui comprime pas la poitrine, puis de s'étendre et de fermer les yeux.

— Tu es prête ?

— … Oui.

— Parfait. Prends une grande respiration. Puis commence par visualiser non plus un escalier qui descend mais un double éthérique transparent et immatériel de ton corps, qui se détache, un peu comme lorsque tu mourais dans tes vies antérieures. Tu te souviens de tes sensations ?

— … Bien sûr. J'avais l'impression d'être un papillon qui se détache de sa chrysalide.

— … Vas-y.

Eugénie sent que son esprit immatériel léger se libère momentanément du corps matériel et lourd allongé dans l'herbe.

— … Ça y est, je suis un peu au-dessus de moi-même.

— Parfait. Tourne-toi vers le ciel. Monte. Et surtout, pense à bien surveiller le cordon d'argent qui te relie à ton enveloppe de chair.

Elle obtempère.

— Fixe le cap vers l'étoile blanc et rose que je t'ai désignée, mais retourne-toi de temps en temps pour vérifier que ton cordon est intact. C'est important. Vas-y, vole et monte.

Le double éthérique d'Eugénie s'élève. En jetant un œil derrière elle pour vérifier l'état de son cordon, la jeune femme voit la ville de Haïfa de haut. Puis elle voit Israël, avec des villes, des autoroutes et des routes éclairées, qui dessinent comme des veines. Eugénie s'élève au-dessus des nuages. Et continue encore de monter jusqu'à la limite entre l'atmosphère et le vide sidéral. De là où elle est, elle contemple le globe terrestre semblable à une grande sphère bleutée. Elle reste un instant à jouir de cette vision. Puis elle se retourne pour faire face à la poudre d'étoiles de la Voie lactée.

— Est-ce que tu repères l'étoile WR124 ? Elle fixe la direction désignée par sa mère.

— … Je la vois…

— Alors maintenant je te laisse poursuivre seule le voyage. Vas-y, vole jusqu'à la Bibliothèque akashique. N'oublie pas de surveiller ton cordon. Puis tu reviendras et tu me raconteras à ton retour ce que tu as découvert.

Alors le double éthérique d'Eugénie fixe son cap vers cette précieuse étoile et fonce de toute la puissance de son esprit.

90.

ENCYCLOPÉDIE : L'HOROSCOPE MAYA.

Chez les Mayas existait une astrologie officielle et obligatoire. Le jour de la naissance de chaque enfant, ses parents étaient informés de tout ce qui allait se passer dans sa vie à venir.

L'astrologue racontait où, quand et comment l'enfant grandirait, trouverait plus tard du travail, quand il se marierait, quand il mourrait. Les parents lui chantonnaient cette comptine au-dessus de son berceau, puis l'enfant l'apprenait par cœur et la fredonnait lui-même pour savoir où il en était de sa propre destinée.
Ce système fonctionnait car les astrologues mayas se débrouillaient pour faire coïncider leurs prévisions : par exemple, si un jeune homme apprenait dans sa chanson qu'il rencontrerait telle jeune fille tel jour, la même jeune femme apprenait elle aussi dans sa chanson-horoscope qu'elle rencontrerait ce même jeune homme le même jour. Les deux couplets étaient synchronisés. De même, si un couplet annonçait qu'une fois la famille fondée, elle s'installerait tel jour dans telle maison, le vendeur avait dans sa chanson l'obligation de vendre sa maison ce jour-là. Et si une bagarre devait éclater à une date précise, tous les participants en étaient informés à l'avance. Ainsi que du résultat de ce combat.
Les guerres elles aussi étaient annoncées. On en connaissait les vainqueurs et le nombre de blessés et de morts. Et si le nombre de cadavres ne coïncidait pas exactement avec les prévisions, on sacrifiait des prisonniers pour ajuster le bilan.
Ces horoscopes chantés facilitaient l'existence. Plus aucune place n'était laissée au hasard. Personne n'avait peur du lendemain. Les astrologues éclairaient chaque vie humaine du début à la fin. Chacun savait où le menait sa vie et même

où allait celle des autres. Comble de la prévision, les Mayas connaissaient… le moment de la fin du monde. Les astrologues mayas s'étaient accordés sur la date et l'heure exactes. Si bien que, la veille de ce jour fatidique annoncé partout, plutôt que de subir la catastrophe, les hommes incendièrent leurs villes, tuèrent eux-mêmes leurs familles et se suicidèrent ensuite. Seuls quelques rescapés quittèrent les cités en flammes pour errer dans les plaines.

Pourtant, cette civilisation apparue trois mille ans avant notre ère, donc à l'époque de la civilisation sumérienne, était loin d'être l'œuvre d'individus primaires et naïfs. Les Mayas connaissaient l'agriculture, le greffage des plantes, l'élevage, l'architecture, la chirurgie, les mathématiques, le zéro, l'astronomie. Ils ont construit un grand réseau routier pour développer le commerce et la circulation des personnes et des biens.

Leur calendrier, avec son système de treize mois, était plus précis que celui qui était utilisé en Europe. Du fait de son autodestruction programmée, lorsque les conquistadors espagnols sont arrivés au Yucatán, en 1517, ils n'ont pas eu la possibilité d'anéantir cette civilisation comme ils l'ont fait pour les Aztèques ou les Incas.

De nos jours, les membres d'une tribu d'Amérique latine, les Lacandons, se prétendent descendants des Mayas.

Leurs enfants fredonnent des airs anciens qui énumèrent tous les événements d'une vie. Mais plus aucun d'entre eux ne connaît la signification de ces paroles qui n'étaient destinées qu'à un individu précis à une époque précise.

Edmond Wells,
Encyclopédie du Savoir Relatif et Absolu.

91.

L'esprit d'Eugénie Toledano vole comme un oiseau dans l'espace. Elle est entourée de millions de minuscules lueurs qui scintillent.

Son fil d'argent la relie à son corps très loin sur la Terre, mais cette planète n'est plus du tout visible.

Même le Soleil n'est qu'un infime point blanc parmi des millions d'autres.

Elle franchit des distances phénoménales entre différents systèmes stellaires.

Elle croise des astéroïdes vagabonds.

Elle garde le cap.

Plus Eugénie s'approche, plus elle se rend compte que l'étoile WR124 est beaucoup moins grande et lumineuse que Sirius. Comme elle voyage à la vitesse de la pensée, franchir les vingt mille années-lumière qui la séparent de WR124 s'accomplit sans difficulté.

Régulièrement, la jeune femme se retourne, pour vérifier que son cordon d'argent n'est pas rompu. Elle a bien l'intention de continuer à vivre dans la peau d'Eugénie Toledano, sa cent neuvième incarnation, le plus longtemps possible.

Cent neuf…

Est-ce que ça ne sonne pas comme « sang neuf » ?…

L'idée lui donne de l'énergie pour accélérer.

Je veux vivre très longtemps pour pouvoir découvrir et comprendre tout ce qui existe.

L'étoile WR124 se présente enfin devant elle. Eugénie est frappée par l'aspect de ce petit soleil : il ressemble à une fleur dont les pétales seraient composés de millions de confettis aux reflets rose et blanc.

Un jardin japonais de cerisiers en fleur…

Tout autour, elle repère des points lumineux mobiles qui se dirigent eux aussi vers le centre de cette fleur céleste. En regardant mieux, elle distingue les silhouettes humaines et leurs cordons d'argent intacts.

Cette fois-ci, ce ne sont pas des morts.

Ce sont des touristes.

Je ne suis pas la seule à aller visiter la Bibliothèque akashique…

À bien les observer, ils sont pour la plupart chauves, avec parfois une marque sur le front entre les yeux.

Des bouddhistes. Indiens ou Tibétains ?

Elle entre enfin dans ce soleil blanc et rose. Au centre, elle découvre une petite planète qui est formée d'un globe à la surface réfléchissante comme un miroir.

Cela lui rappelle la bille d'acier chromé du flipper « LE JEU DE LA VIE ».

Peut-être sommes-nous dans un jeu de flipper géant…, songe-t-elle.

Un groupe de moines bouddhistes franchit la surface comme si celle-ci était composée de mercure liquide.

Une autre métaphore vient à l'esprit d'Eugénie.

Nous sommes comme des spermatozoïdes qui pénètrent dans un ovule.

Elle vérifie que son cordon d'argent est toujours intact puis, d'un coup, s'enfonce dans la surface miroir.

Une fois à l'intérieur, Eugénie s'arrête un instant pour bien observer le décor, le mémoriser pour pouvoir le dessiner à son retour. La sphère est creuse. Au premier tiers supérieur et au deuxième tiers inférieur se trouvent deux disques plats ; le premier sert de plafond, le second de plancher.

Entre les deux, au centre, un tronc lumineux, en tout point similaire à celui d'un arbre géant. Il émet une lueur orangée. Son écorce compliquée est parcourue de vagues de lueurs rouges et jaunes, comme une braise.

On dirait la sphère du tableau de Jérôme Bosch.

Peut-être est-il lui aussi venu ici en touriste en préservant son cordon d'argent, ce qui lui a permis de revenir et de peindre ce qu'il a vu.

L'esprit de la jeune femme se dirige vers le disque plancher. Elle y distingue bientôt une ville gigantesque. Les avenues rayonnent depuis le centre, et les rues forment des cercles qui relient ces rayons, telle une cible. En s'approchant encore, elle découvre que ce ne sont pas des bâtiments qui les bordent, mais d'immenses bibliothèques de bois avec des étagères remplies de livres.

De très hautes échelles couleur acajou sont posées sur des rails. Elles permettent d'accéder aux ouvrages des rayonnages les plus élevés.

Eugénie descend jusqu'au sol de la ville-disque. Dès que ses pieds éthériques touchent le sol, ses sens se réactivent. Elle sent le contact du plancher. Elle perçoit l'odeur de cire d'abeille utilisée pour nourrir le bois des étagères et, plus fugace, celle du papier. Elle sent même de nouveau la salive dans sa bouche.

Sa main soudain n'est plus transparente, mais opaque, d'une couleur rose, et son corps se couvre d'une fine tunique de coton mauve.

Maintenant que je suis arrivée, mon esprit me redonne l'illusion d'être comme sur terre, avec ma peau visible et tous mes sens actifs.

Cette impression est confirmée par le fait que les autres moines bouddhistes arrivés comme elle sous la forme d'ectoplasmes reprennent eux aussi l'apparence d'humains normaux avec leur peau dorée.

Elle se retourne et se rend compte que son cordon a disparu.

Oh non !

Inquiète, elle regarde autour d'elle. Les autres visiteurs n'ont plus leur fil argenté non plus.

La disparition du cordon doit faire partie de l'illusion de redevenir un simple visiteur humain matériel dans une bibliothèque terrienne.

À moitié rassurée, mais comprenant qu'elle n'a plus le choix, elle poursuit son investigation. Elle s'approche d'une étagère, prend un livre au hasard et lit, sur la tranche : « Kim. Jung. Gi » et en dessous : « 156e vie ». Elle le retourne. Sur la couverture est inscrit en grosses lettres :

« Kim Jung Gi.
Naissance en 1975 à Goyang, Corée du Sud.

Mort en 2022 à Villepinte, France.
156e vie.
Incarnation dans l'enveloppe humaine numéro : 80.732.255.179.

Sous l'inscription figure la photo d'un homme de type asiatique, chauve, avec des lunettes.

Eugénie ouvre le livre. Le texte se modifie pour qu'elle puisse le lire en français. De nouveau, elle a la sensation que tout s'adapte sur cette planète pour lui donner l'impression qu'elle est une simple humaine dans une bibliothèque ordinaire.

Elle commence à lire en diagonale l'ouvrage qu'elle tient dans les mains. Sont relatées les circonstances de la naissance du Coréen, les études qu'il a suivies, la famille dont il est issu. De superbes illustrations montrent son travail de graphiste.

Je n'avais jamais entendu parler de cet artiste, mais il est vraiment extraordinaire. Quel talent !

En reposant le livre, elle remarque que cent cinquante-cinq autres ouvrages portant tous le titre « Kim. Jung. Gi » sont rangés les uns à côté des autres, numérotés de 1 à 155.

L'évolution de chaque âme compose une collection de livres qui prennent le titre de la vie la plus récente. Ce qui veut dire que, lorsque je mourrai, le dernier volume de la série sera « Eugénie. Toledano, 109e vie », précédé des cent huit autres contenant chacun l'histoire complète d'une de mes vies.

Elle regarde les perspectives de kilomètres d'étagères remplies des milliards d'ouvrages. Comme elle ne sait pas comment sont rangés les livres (chronologie, ordre alphabétique, région de naissance, région de travail, région de mort, famille d'âmes ?), elle ne cherche pas à trouver ceux qui correspondent à ses propres vies.

À la place, elle prend un autre livre. C'est celui d'un autre illustrateur : Jean Giraud, dit Moebius. Là encore, le nombre de vies est indiqué, et les dates de naissance et de mort. Là encore, des illustrations merveilleuses montrent le talent de ce prodigieux auteur français de bande dessinée, entre autres, cofondateur de la revue *Métal hurlant*.

Pour que ces deux génies du dessin soient l'un à côté de l'autre, cela signifie qu'il doit y avoir un classement thématique. À moins que ce ne soit un classement par groupes de génies ? De toute évidence, ce Coréen et ce Français sont les deux meilleurs dessinateurs de leur époque.

— Je peux t'aider ? demande une voix douce derrière elle.

Elle se retourne. Une femme équipée d'immenses ailes à plumes blanches la regarde avec curiosité. Elle a de longs cheveux blonds ondulés, de grands yeux bruns. Elle porte un vêtement blanc en tissu très fin, vaporeux, presque transparent, qui laisse entrevoir sa silhouette parfaite.

— Heu… Rien de particulier, merci. Je regarde…

C'est ce qu'elle répondait adolescente quand une vendeuse la voyait toucher les vêtements et s'adressait à elle. La femme ailée s'approche, souriante.

— Bonjour, Eugénie Toledano. N'aie pas peur. Je ne te fais aucun reproche.

Elle sait qui je suis…

— Eh bien… Maman m'a raconté qu'elle avait pu venir ici il y a cinq mille ans, pendant sa vie d'astrologue maya, puis en tant que moine tibétain il y a mille ans, et même dans sa vie actuelle. J'ai eu envie moi aussi de connaître cet endroit fantastique. Je suis là en tant que… visiteuse.

La femme ailée replace une mèche blonde derrière son oreille et agite l'extrémité de ses rémiges.

— En quoi puis-je éclairer cette visite ?

— Eh bien… Juste pour être sûre… Je ne vois plus mon cordon d'argent, est-il encore intact ?

— Bien sûr. Ici, tu es en sécurité et le retour est toujours possible. Question suivante ?

— Euh… Qui êtes-vous ?

La femme blonde prend un air surpris.

— Moi ? C'est évident, non ? Je suis un ange bibliothécaire. Ici, on peut choisir son apparence. J'ai régulièrement changé d'aspect mais récemment je me suis inspirée des tableaux de la Renaissance. Cela te plaît ?

— Je vous trouve ravissante.

— Merci. Seul petit inconvénient, l'entretien. Ce n'est pas à toi que je vais l'apprendre, c'est déjà compliqué de gérer des cheveux longs qu'il faut laver, sécher, coiffer, imagine comme c'est contraignant lorsqu'on doit en plus gérer des centaines de plumes qu'il faut lisser. Parfois, je me demande si je n'ai pas prévu des ailes avec une envergure un peu excessive, qu'en penses-tu ?

— Vous êtes parfaite. Et avant d'être un ange, qui étiez-vous ?

— J'ai été une mortelle… Et tu es une des rares personnes à avoir entendu parler de moi.

— Je vous ai connue personnellement ?

— Non, mais mon nom a été évoqué dans l'une de tes vies… J'étais celle qui a découvert le feu il y a cent vingt mille ans.

— Mais alors… Vous êtes ma grand-mère ! s'étonne l'esprit d'Eugénie. Enfin, je veux dire… la grand-mère de Pouce.

L'ange bibliothécaire éclate de rire.

— Ton père était peut-être l'un des premiers conteurs de l'humanité, mais il était aussi un des premiers falsificateurs. Je suis bien la première à avoir eu le courage de ramasser la branche enflammée, mais je ne suis pas sa mère. Je suis son arrière-arrière-grand-tante. Il y a donc au moins quatre générations entre le père de Pouce et moi. Ton père a voulu simplifier pour ne pas compliquer l'histoire…

Elle fait un geste complice.

— De toi à moi, c'est celui qui raconte qui décide de la version officielle… D'ailleurs, le mot « préhistoire » signifie à lui seul que l'intérêt pour le passé a existé dès que l'homme a commencé à raconter des histoires. Les premières versions sont ainsi devenues des références difficiles à remettre en question. Et comme on dit ici : « Nous sommes tous prisonniers de notre propre légende »…

L'ange bibliothécaire semble, un instant, perdu dans ses propres souvenirs.

— Comment vous appelez-vous ? lui demande Eugénie.

— Ma mère m'avait nommée Troisième, parce que j'étais son troisième enfant et que les deux autres étaient morts. Donc tu peux m'appeler ainsi. Et surtout, tu peux me tutoyer. Dans la Bibliothèque akashique, on n'est pas formaliste. Autre question ?

Eugénie n'arrive pas à franchir la barrière du vouvoiement.

— Comment avez-vous obtenu votre poste ici ?

— Les archanges ont trouvé mon apport à l'évolution humaine suffisamment déterminant pour considérer que j'étais digne d'être libérée du devoir de renaître dans la chair. Comme toi, j'ai obtenu un score d'âme supérieur à 6.

— Première vie, et bingo : vie gagnante ? dit la jeune femme rousse.

— Ils m'ont proposé d'entrer dans l'administration céleste ou de revenir en tant qu'« initiée » sur terre pour aider les autres. J'ai fait le premier choix. Ils m'ont offert ce poste. Officiellement, mon titre est donc « ange bibliothécaire ».

L'ange émet un gloussement charmant.

— Tu vas rire, au début on stockait les récits oraux des vies en utilisant comme supports… des perroquets !

Eugénie essaie d'imaginer une immense volière dont les oiseaux réciteraient les vies humaines.

— Et puis, un peu grâce à toi d'ailleurs, l'écriture est apparue, et avec cet outil capable de fixer les connaissances, tout est devenu plus intéressant. On a eu des rouleaux de peau tannée avec de petits dessins alignés.

L'ange bibliothécaire écarte légèrement ses ailes.

— L'archivage des vies a suivi l'évolution de l'écrit : certaines sont gravées en cunéiforme sur des tablettes d'argile, d'autres en hiéroglyphes sur papyrus, et quand enfin sont apparus les codex, ces gros cahiers formés de pages de parchemin reliées, nous sommes peu à peu passés à « l'objet livre » avec des pages et des caractères latins qui se lisent sur des lignes de gauche à droite.

— Je peux voir les anciens supports ? Je peux voir les perroquets ?

— Non... Pour simplifier notre tâche, désormais toutes les vies ont été unifiées au format A4 et sont reliées avec une couverture cartonnée.

Eugénie entend des pas. Elle se retourne. D'autres visiteurs entrent dans son champ de vision.

— Et eux, qui sont-ils ?

— Ceux qui savent que ce lieu existe et qui se donnent les moyens d'y venir. Regarde bien, on peut en reconnaître certains à leurs vêtements spécifiques. Il y a des moines tibétains mais aussi des chamanes amérindiens, des yogis, des moines zen, des derviches tourneurs, des moines chrétiens, des rabbins kabbalistes, des marabouts africains, des sorciers aborigènes d'Australie, mais aussi de simples méditants du monde entier qui ont appris que c'était possible de venir ici en pratiquant le voyage astral.

— Il ne me semble pas avoir repéré d'autres anges bibliothécaires, s'étonne la jeune femme rousse. Vous êtes l'unique gestionnaire de ce lieu ?

Troisième replie ses ailes.

— Nous sommes une centaine. Mais la plupart des autres anges bibliothécaires sont dans la salle de projection pour voir le match de foot. Tu sais, la Coupe sud-américaine… Brésil-Argentine. Il paraît que c'est le match de l'année. Moi, je n'ai jamais compris l'intérêt de courir après un ballon pour le mettre dans un filet. Cela m'a toujours semblé un peu… dérisoire. Mais les autres anges d'ici, que ce soit les hommes ou les femmes, adorent ça. Ils ne manqueraient la rencontre pour rien au monde.

Le bruit d'une multitude de battements d'ailes les interrompt.

— Ah, ça y est ! Je les entends. Le match doit être terminé, il y en a déjà qui reviennent, dit Troisième.

Eugénie voit arriver au loin ce qui lui semble être une nuée d'oiseaux. Certains se posent juste à côté des deux femmes. Tous ont une allure qui ressemble plus ou moins à celle de Troisième.

— Comme tu peux le constater, c'est vraiment le look à la mode. Mais il y a peu de chances que ça dure. En général, tous les vingt ans, quelqu'un propose un nouveau style. Parfois on copie les tableaux, mais aussi les films ou les nouvelles séries. On aime particulièrement les costumes sophistiqués.

Quelques-uns de ces êtres ailés lui font un signe de salutation auquel Troisième répond par un geste similaire.

— Et puis il n'y a pas que les anges bibliothécaires, il y a d'autres membres de l'administration céleste qui viennent ici consulter les livres.

— Les archanges juges ? demande Eugénie tout en observant le va-et-vient des anges entre les étagères.

— Bien sûr. Nous nous amusons à suivre les destins, comme on suivrait une série télé. À chaque fois, je me dis : « Incroyable ! Comment font-ils pour réussir à me surprendre encore ? » Beaucoup d'anges et d'archanges sont accros à certaines vies. Et c'est d'autant plus savoureux que nous savons qui était qui dans les vies précédentes et qui est devenu qui dans les vies actuelles…

— Me donneriez-vous un exemple parmi les plus inattendus… ? demande Eugénie.

L'ange bibliothécaire fait mine de réfléchir.

— Alors, alors… Ah… J'en ai un vraiment surprenant : Christophe Colomb était la réincarnation… d'Erik le Rouge, ce Viking qui a sans doute été le premier à arriver sur le continent américain autour de l'an mille. C'est pour cette raison qu'il a toujours eu l'intuition qu'il y avait un continent à l'ouest.

— Pas mal, s'enthousiasme la jeune femme rousse. Un autre ?

Troisième prend un air complice.

— Champollion, celui qui a décrypté la pierre de Rosette permettant de comprendre les hiéroglyphes égyptiens, était le scribe qui les a lui-même gravés deux mille ans plus tôt.

— J'adore.

L'ange poursuit, encouragé par la réaction d'Eugénie.

— Napoléon était la réincarnation de Jules César. Et Lady Di… de Marie-Antoinette.

— Extraordinaire…

Les deux femmes continuent à déambuler dans les allées de la bibliothèque. Après ces révélations amusantes, Eugénie se sent soudain plus détendue, et elle parvient à tutoyer cette femme ailée.

— Est-ce que tu pourrais m'expliquer comment fonctionne cet endroit ?

— Comme tu l'as vu, il y a deux lieux distincts. La ville-disque du bas, où nous nous trouvons actuellement, qui correspond au passé. Tous les livres qui y sont rangés racontent les vies des humains déjà nés et déjà morts sur terre. Ils sont actuellement autour de quatre-vingts milliards d'âmes.

— Il y aurait donc des milliards de livres ?

Eugénie n'en revient pas.

— Ici sont même répertoriés ceux qui sont morts peu de temps après leur naissance. En fait, un tiers des humains sont morts avant d'avoir atteint l'âge de un an. Si tu explores plus attentivement les étagères, tu verras que de nombreux ouvrages ne comportent que quelques pages.

— Et comment sont-ils rangés ?

— En spirale : les morts les plus anciens sont au centre, et les plus récents en périphérie.

Eugénie s'approche d'un ouvrage et le feuillette.

— Donc sont stockées ici les vraies vies des gens, pas leur légende ni leur fausse biographie.

— Exactement, confirme Troisième. Par exemple, on sait que le théorème de Pythagore n'a pas été découvert par Pythagore mais qu'il était déjà connu bien avant par les architectes égyptiens. Pythagore l'a d'ailleurs appris lors de son initiation au temple d'Aton à Memphis.

— Je n'ai jamais prétendu avoir fait cette découverte.

— Oui, mais on te l'a attribuée à tort. Et c'est ce qui paradoxalement a créé ta renommée mondiale.

— Quelle ironie…

— Mais très peu de gens savent que tu as inventé la gamme de musique, le mot « mathématiques », le mot « philosophie », et que tu as défendu l'héliocentrisme, et aussi que c'est toi qui as été l'un des premiers à diffuser les concepts de végétarisme, de réincarnation, de méditation.

— Qui est responsable de cette erreur ?

— Les biographes, les historiens. Quand ils ne savent pas, ils inventent ou ils procèdent par associations d'idées. De toute façon, comme personne ne les contredit et qu'il n'y a pas d'autres sources d'information, c'est le premier qui lie un nom à une invention qui crée la légende… Ainsi, beaucoup de découvertes ou d'inventions sont attribuées à tort aux mauvaises personnes. Il n'y a qu'ici qu'on le sait.

Eugénie et l'ange continuent de marcher entre les étagères remplies de livres.

— Que veux-tu savoir encore ? questionne l'ange bibliothécaire en agitant l'extrémité de ses ailes emplumées.

— Je voudrais savoir ce qui est arrivé aux pythagoriciens après la mort de Pythagore.

L'ange bibliothécaire la guide dans un quartier plus proche du centre et s'arrête devant une étagère. Eugénie lit : « Eugénie. Toledano ». Et en dessous : « 80.732.293.118 ».

Ce serait donc ça mon numéro de naissance…

Elle suit des yeux les tranches de la centaine de volumes qui portent son nom.

Et ça, c'est ma collection de vies.

— Ma vie de Pythagore est la septième, précise-t-elle, au cas où l'ange bibliothécaire l'ignorerait.

Mais celui-ci va vers d'autres livres proches.

— Ici, ce sont les ouvrages qui sont liés à la diffusion de ton enseignement et à la vie des pythagoriciens. Tu peux les lire toi-même ou, si tu préfères, je peux te les raconter. Tu auras ainsi une vision plus globale.

— Je t'écoute.

L'ange bibliothécaire relève d'un geste élégant sa longue chevelure blonde, frétille des ailes, consulte rapidement quelques-uns des livres, puis les referme et déclare, après s'être éclairci la gorge :

— Après l'incendie de la bibliothèque de Crotone, tu as donné des indications précises à ta femme Théano et à ton ami Philolaos. Ainsi, après ton décès, ils ont fait construire des bibliothèques secrètes dans des caves où ils ont entassé des rouleaux de connaissances. L'existence de ces bibliothèques cachées est arrivée aux oreilles du pharaon d'origine grecque Ptolémée Ier. Il a adoré le concept et a décidé de réunir tous les rouleaux dans une immense bibliothèque officielle.

— La bibliothèque d'Alexandrie ? s'exclame Eugénie.

— Celle-là même, confirme l'ange. Ptolémée l'a bâtie en 288 avant notre ère, donc un peu plus de deux cents ans après la mort de Pythagore.

— Alors c'est moi qui indirectement ai inspiré ce chef-d'œuvre !

Eugénie ressent une grande fierté à l'annonce de cette nouvelle.

— Tes héritiers spirituels ont même fait très fort puisque la bibliothèque d'Alexandrie possédait, à son époque la plus glorieuse, pas moins de sept cent mille rouleaux.

— Sept cent mille !

— Des traités de mathématiques, d'astronomie, de médecine, d'architecture, de politique, mais aussi des cartes, des poésies, des pièces de théâtre… Les textes étaient en grec, mais aussi en égyptien et en hébreu. La bibliothèque d'Alexandrie a longtemps éclairé le monde.

Mon héritage spirituel…

— Elle a été détruite dans un premier temps par l'évêque Cyrille, annonce sans transition Troisième.

— L'assassin de la grande scientifique Hypatie ?

— Lui-même. Je vois qu'on connaît ses classiques, bravo. En l'an 415, l'évêque Cyrille l'a fait découper en morceaux et brûler par ses moines fanatiques. Cette mathématicienne, astronome, philosophe, inventrice et écrivaine se réclamait de la pensée de Pythagore. L'Empire romain s'étant converti au christianisme, Cyrille craignait que ces textes païens menacent les dogmes de l'Église. Je me permets une parenthèse, puisque tu aimes les révélations : l'évêque Cyrille était la réincarnation de Mâya, le grand prêtre d'Amon qui a fait empoisonner Akhenaton. Et Hypatie était la réincarnation de…

Elle s'arrête net.

— De qui ?

L'ange bibliothécaire fait un geste pour évacuer le sujet.

— Les familles d'âmes aiment se retrouver pour régler leurs comptes à travers leurs différentes vies et, parfois, leurs héritages spirituels. C'est la grande valse des âmes à travers les siècles.

Eugénie est intriguée.

— Hypathie est la réincarnation de qui ? insiste-t-elle.

— Tout ce que tu as à savoir, c'est que chaque fois qu'un temple du savoir est créé apparaît simultanément son destructeur : Pouce Droit, ton fils Nisan, le prêtre Mâya, l'évêque Cyrille, les politiciens Garaudy et Faurisson... Mais je te rassure, cette fois encore, les élèves d'Hypatie sont parvenus à sauver des rouleaux de connaissances et à les cacher jusqu'en l'an 640. À cette date, le général Amr Ibn al-As, après avoir envahi Alexandrie et massacré sa population, a demandé à son calife ce qu'il fallait faire de ce qui restait de la bibliothèque. Celui-ci lui a ordonné de l'incendier, et ainsi a été détruit ce qui subsistait encore de la bibliothèque d'Alexandrie.

— C'est là que s'arrête le projet de Grande Bibliothèque qu'a lancé mon âme ? interroge Eugénie, un peu déçue.

La femme ange la conduit vers une zone un peu plus loin.

— Les pythagoriciens ont compris que, dès qu'une bibliothèque était créée, elle devenait une cible de choix pour ceux qui voulaient maintenir le peuple dans l'ignorance. Les disciples de Pythagore ont donc continué de faire vivre son héritage spirituel et de créer des bibliothèques en en construisant une nouvelle plus au nord.

— Pergame ?

La bibliothécaire applaudit avec délicatesse pour ne pas perturber les visiteurs.

— Je vois que tu connais bien l'histoire. C'est le roi Eumène II qui, en l'an 195 avant Jésus-Christ, soit presque un siècle après la création de la bibliothèque d'Alexandrie, a construit la bibliothèque de Pergame, ville qui se situe sur le territoire de la Turquie actuelle. Les deux bibliothèques ont été, un temps, concurrentes, mais le pharaon Ptolémée V, descendant du premier Ptolémée, a souhaité avantager Alexandrie. Il a interdit l'exportation des feuilles de papyrus indispensables pour obtenir du papier. Les Pergamiens ont alors mis au point le parchemin (un mot qui nous vient de l'expression grecque *pergamena*, « peau de Pergame »), en utilisant les peaux de jeunes animaux, agneaux ou chevreaux, dont l'épiderme était suffisamment fin et tendre pour servir de support à l'écriture. C'est pourquoi au Moyen Âge, dans tout l'Occident, les livres étaient écrits sur du parchemin.

— Et après la bibliothèque d'Alexandrie et la bibliothèque de Pergame, il y en a eu d'autres ?

— Bien sûr, les héritiers de la pensée de Pythagore ont influencé le consul Celsus qui a fait construire en l'an 117 après Jésus-Christ la bibliothèque d'Éphèse, la troisième plus grande bibliothèque de l'Antiquité après Alexandrie et Pergame. Elle contiendra jusqu'à douze mille rouleaux conservés dans des placards en bois encastrés dans les murs.

Eugénie est impressionnée par les répercussions de sa septième vie sur la marche du monde. L'ange bibliothécaire poursuit :

— Quant à la pensée de Pythagore, elle a exercé une influence déterminante. Son enseignement a inspiré ses disciples et les disciples de ses disciples. Que ce soit Aristote, Socrate, Platon pour la philosophie, Hippocrate et Alcméon pour la médecine, Archytas en politique, ou l'architecte romain Vitruve, tous se réclament les héritiers du génie créateur de l'école de Crotone. Et cela a aussi beaucoup d'impact sur les sociétés ésotériques, qui ont reproduit une partie de ses enseignements mais aussi ses techniques de sélection et d'initiation.

— Je ne suis quand même pas la seule à l'époque à avoir imaginé qu'il fallait créer des bibliothèques, qu'elles soient officielles ou clandestines, remarque la jeune femme rousse.

— D'autres personnes y ont effectivement pensé, mais aucune n'avait comme ami un type qui a eu l'idée de stocker les rouleaux dans l'anfractuosité d'une caverne. C'est tout l'intérêt de fonctionner en binôme : toi, tu as inventé l'écriture, et lui, le lieu de stockage, la bibliothèque.

— Ça expliquerait pourquoi maman m'a conseillé de retrouver mon… « âme sœur »…

Eugénie mime des guillemets avec les doigts. Comme si elle n'était pas certaine que cela puisse vraiment servir à quelque chose…

La bibliothécaire lui fait un signe d'approbation.

— Seul, on va plus vite. Ensemble, on va plus loin.

— Et alors, de nos jours, mon âme sœur pourrait être…

Elle laisse volontairement sa phrase en suspens pour inciter Troisième à lui apporter la réponse.

— Il nous est interdit de fournir des informations aussi importantes et personnelles aux individus encore vivants. D'ailleurs, tu remarqueras l'absence du livre « Eugénie. Toledano, 109e vie », précisément parce que tu es en train de l'écrire. Dans ce livre, chacune des phrases que tu prononces ou que je prononce s'inscrit en temps réel. Et, petite parenthèse, je ferai forcément une apparition à l'intérieur de cet ouvrage puisque tu es là et que nous parlons ensemble.

Cette idée a l'air de ravir l'ange bibliothécaire qui fait frétiller l'extrémité de ses longues ailes. Cependant Eugénie ne dévie pas du sujet qui la préoccupe.

— D'accord, mais mon âme sœur… ?

— Ce pourrait être n'importe qui n'importe où. Sois attentive. Regarde, il y a cent vingt mille ans tu as réussi à créer un lien très fort avec Index Gauche, mais tu ne t'es pas mise en couple avec lui… Vous n'avez même pas fait l'amour.

— Nos lèvres se sont rapprochées, objecte Eugénie. Et puis, nous avons été plusieurs fois interrompus. Pas de chance, quand même…

Troisième fait non de la tête.

— Tu aurais pu le choisir ensuite. Or tu as préféré Index Droit, l'*Homo sapiens.*

— C'était pour obéir à papa… Il voulait éviter les risques de consanguinité et réunir les deux tribus, se défend Eugénie. C'était le choix de la raison.

— La médecine et la politique te semblent donc de bons critères pour choisir ton amant ? dit l'ange bibliothécaire, taquin.

— Il n'y avait pas que ça…

— En effet, tu étais attirée par la beauté de l'*Homo sapiens*, par sa grande taille, ses bras fins, son nez droit, ses arcades sourcilières plates, son grand front, ses petits pouces…

— Et il m'a offert des fleurs, ça m'a touchée.

Troisième lâche un long soupir.

— Tu aurais dû faire confiance à ton intuition profonde. Index Gauche t'aimait vraiment, même s'il ne t'a pas offert de fleurs. D'ailleurs, tu l'as retrouvé à chaque vie et, à chaque fois, vous vous êtes « presque » mis ensemble.

Elle saisit un livre très mince, sur la couverture duquel est inscrit : « Eugénie. Toledano », et en dessous : « Vie numéro : – 1 ». Elle lit puis commente :

— Née en 123538 avant Jésus-Christ. Morte en 123521, à dix-sept ans. Comme l'espérance de vie était très réduite, les gens étaient mûrs plus tôt.

L'ange bibliothécaire ne semble pas trouver d'informations déterminantes dans ce livre-là, alors elle se dirige vers un autre.

— « Vie numéro : + 1 ». À l'époque, tu te nommais Ishtar et tu étais sumérienne. Encore une histoire d'amour ratée.

— Avec Enlil ?

Troisième acquiesce.

— Et une autre en Égypte…

— Avec Thot-Mosis ? la coupe Eugénie.

— En effet.

— Mais j'ai réussi une belle histoire d'amour avec Théano, quand j'étais Pythagore. C'était mon âme sœur, non ?

— Non… Désolée.

— Non ? Mais alors qui était mon âme sœur dans cette vie-là ?

— … Philolaos, répond l'ange.

— Un homme ? s'étonne la jeune femme rousse.

— L'homosexualité était assez courante, surtout dans les milieux instruits et artistiques grecs. Philolaos a toujours su que tu étais « l'homme de sa vie », mais évidemment, vu qu'il te voyait avec des femmes, il n'a jamais osé se déclarer.

— Mais lui s'est mis avec une femme, rétorque Eugénie.

— Par dépit. Mais cela ne change rien au fait que c'était la réincarnation de Thot-Mosis. Il ne pouvait pas savoir que tu allais changer de sexe, son âme a donc demandé à renaître homme pour retenter sa chance avec toi…

— Et moi, j'ai demandé à renaître en homme parce qu'il était beaucoup plus difficile, voire impossible, en tant que femme de s'instruire et de devenir un maître spirituel.

— Rendez-vous raté, conclut Troisième.

Elle consulte d'autres livres.

— Il me semble que vous vous êtes retrouvés dans toutes vos vies et que vous n'avez jamais réussi à vous mettre en couple.

Eugénie n'en croit pas ses oreilles.

— Pas une fois en cent huit vies ?

L'ange poursuit :

— L'influence des parents, la peur du regard des autres, la timidité, la crainte de briser le lien d'amitié ou l'apparition intempestive de gens qui vous ont gênés ont empêché vos âmes sœurs de se réunir. Pourtant, à chaque fois, vous étiez très proches. À plusieurs reprises, vos lèvres ont failli se toucher… mais vous avez été interrompus.

— Mais pourquoi ?

— Qu'est-ce que j'en sais… C'est vous qui décidez de vos vies, de vos actions…

L'ange bibliothécaire affiche un air désolé.

— Rappelle-toi, le professeur Ganesh Kapoor t'a donné un début d'explication. Quand deux êtres sont attirés l'un par l'autre, c'est que leurs chakras sont connectés : le 2, celui de l'attirance sexuelle, le 3, celui de l'envie de fonder une famille ensemble, le 4, celui de la reconnaissance karmique, le 5, celui du plaisir de dialoguer ensemble, le 6, celui du partage des mêmes centres d'intérêt, et le 7, celui du partage des mêmes valeurs spirituelles. Souvent, tu t'es contentée de la connexion avec un seul chakra, qui te semblait suffisante, mais c'était la mauvaise personne. En fait, si tu veux mon avis, je pense que tu n'es pas assez attentive. Et comme ton espace affectif était occupé par la mauvaise personne, tu as mis du temps à trouver la bonne et ensuite tu es tombée dans l'excès inverse : tu étais trop méfiante.

— Tu es en train de dire que ma vie amoureuse est un perpétuel fiasco parce que je vais trop vite avec les mauvaises personnes, et trop tardivement avec les bonnes ?...

— C'est un peu ça. Il y a des facteurs objectifs : le hasard, entre autres. Et il y a des facteurs subjectifs : ton impatience, certes, mais aussi ton manque d'attention, ton manque d'écoute, ta peur d'être seule. Parfois, comme pour le cas d'Index Droit, tu as sélectionné ton partenaire uniquement sur son physique ou son côté « exotique ». D'autres fois, tu as voulu épater tes amis. Tu as même choisi tes compagnons parce que tu ne voulais pas qu'ils aillent avec d'autres ! Beaucoup de mauvaises raisons t'ont empêchée de trouver la bonne personne. Et puis parfois c'est lui ou elle qui, pour des raisons similaires, a raté le rendez-vous karmique. Il y a derrière tous ces échecs des peurs, des désirs non raisonnables, des blocages psychologiques. Ces derniers sont le plus souvent dus à l'image de couple idéal (ou de couple à fuir) fournie par vos parents respectifs.

— Mais je croyais que vous les anges, vous pouviez nous influencer par le biais de cinq leviers : les chats, les visions, les rêves, les intuitions et les signes ?

— Nous pouvons essayer de vous orienter du mieux que nous pouvons, mais il faut encore que vous vous rappeliez vos rêves et que vous soyez vigilants aux signes !... Et puis, vous les mortels, quand vous croyez être amoureux, vous devenez aveugles. Ce que vous nommez le « coup de foudre » n'est souvent qu'une reconnaissance entre deux névroses complémentaires. Vous vous dites dans votre for intérieur : « Chouette, j'ai trouvé celui qui va jouer le rôle qui m'arrange (le bourreau ou la victime, le parent ou l'enfant, ou le sauveur ou le sauvé) dans mon petit théâtre intérieur. » Et vous l'adorez uniquement pour cela.

Eugénie sourit en se souvenant de plusieurs de ses coups de foudre qui ont tourné au fiasco lorsqu'elle a compris à qui elle avait vraiment affaire.

— Nous les fonctionnaires célestes, nous pouvons tenter d'influencer vos choix personnels mais nous ne pouvons pas les contrôler. Vous seuls décidez de votre avenir.

L'ange bibliothécaire désigne le plafond où l'on peut distinguer la ville-disque supérieure.

— Et puis l'avenir concerne l'autre partie de cette sphère. Ici, ce sont les racines. Là-haut, ce sont les branches de tous les futurs possibles.

— Il me semble que le disque-ville du haut est plus petit que le disque-ville du bas, remarque la jeune femme.

— Logique : en bas sont écrits les destins de quatre-vingts milliards d'humains morts. En haut, ce sont les destins en train de s'écrire, soit ceux de huit milliards d'humains vivants.

— Peut-on visiter cette cité du haut ?

À peine a-t-elle prononcé cette phrase que Troisième saisit Eugénie dans ses bras, la serre contre elle, puis déploie ses longues ailes de plumes blanches.

Elle brasse l'air.

Alors les deux femmes s'envolent, l'une portée par l'autre.

92.

ENCYCLOPÉDIE : LES ERREURS D'ATTRIBUTION.

Beaucoup d'inventions ne sont pas attribuées à leurs vrais découvreurs. En voici quelques-unes : Les chiffres arabes. Ils ont été nommés ainsi par les explorateurs et les caravaniers occidentaux car ces chiffres étaient utilisés par les Arabes pour leurs échanges commerciaux. Les Occidentaux se sont aperçus qu'ils étaient bien plus pratiques à l'usage que les chiffres romains qui prenaient trop de place. Les commerçants arabes, quant à eux, connaissaient l'origine exacte de ces chiffres qu'ils qualifiaient d'« indiens ». Même la notion de zéro a été inventée par des mathématiciens indiens, bien avant la naissance de Jésus-Christ. L'école. On attribue à Charlemagne l'invention de l'école pour tous, mais elle existait déjà chez les Égyptiens, les Grecs et les Romains. Les écoles étaient alors tenues par le clergé, et nombreuses en France depuis l'époque gallo-romaine. Charlemagne n'a fait qu'inciter les jeunes à s'y rendre. C'est ce discours prônant l'enseignement qui est resté dans les mémoires.
La guillotine. La machine a été mise au point par le chirurgien militaire Antoine Louis ; on la nommait alors « louisette » ou « louison ». Mais c'est le médecin Joseph Guillotin qui en a proposé l'usage officiel pour remplacer les autres formes d'exécutions publiques, qu'il jugeait trop douloureuses. Le téléphone. On

a longtemps attribué à Graham Bell l'invention du téléphone en 1876 parce que c'est lui qui a déposé le brevet cette année-là, mais en réalité, c'est l'Italien Antonio Meucci qui a mis au point et décrit l'appareil en 1850. Il n'avait pas assez d'argent pour déposer un brevet protecteur, et lorsque son brevet provisoire est arrivé à expiration, Graham Bell, qui avait probablement pu examiner le prototype de Meucci, s'est dépêché de déposer le sien. Meucci a ensuite intenté un procès à Bell, mais ne l'a pas gagné. La Chambre des représentants des États-Unis a rétabli l'inventeur véritable du téléphone dans un décret de 2002.
L'ampoule électrique. Thomas Edison dépose en 1879 le brevet de l'ampoule électrique, mais c'est un chimiste anglais, Joseph Swan, qui a été le premier à déposer, une année auparavant, celui d'une ampoule avec un filament en carbone. À l'origine, Edison utilisait un filament en bambou qui ne fonctionnait pas ; il a ensuite décidé de le remplacer par du carbone sans avouer que ce n'était pas vraiment son idée. Le vaccin contre la rage. Pasteur est un très bon communicant, mais il n'est pas à l'origine de l'invention du vaccin contre la rage en 1885. Le sien utilise un procédé découvert par un médecin anglais, Edward Jenner, en 1796. Jenner conseillait, pour se protéger de la variole, de déposer dans une plaie du pus d'une vache malade de la vaccine, une maladie voisine de la variole mais bénigne. Et cela fonctionnait déjà parfaitement.

Edmond Wells,
Encyclopédie du Savoir Relatif et Absolu.

93.

Elles ressemblent à deux lucioles dans un bocal immense.

La mortelle Eugénie Toledano et l'ange bibliothécaire Troisième volettent le long de l'écorce de l'arbre du Temps.

La jeune femme rousse apprécie au plus haut point d'être ainsi portée par cet ange aux ailes magnifiques, qui a été – Eugénie ne l'oublie pas – rien de moins que la femme qui a découvert le feu.

Lorsqu'elles dépassent le milieu du tronc de l'arbre du Temps, la gravité s'inverse, et l'ange bascule pour placer ses pieds en direction du plafond. Celui-ci devient le sol de référence et les deux femmes descendent doucement pour atterrir près du centre de la cité-disque.

Eugénie et Troisième arpentent les travées. Ici, il y a beaucoup moins de visiteurs qu'en bas. En fait, il n'y en a pas un seul. Toutes les allées sont désertes.

Elles arrivent devant une sorte de place ronde, au centre de laquelle se tient un jeune homme brun à lunettes, debout face à un lutrin éclairé par une lampe verte de bibliothèque. Il est habillé d'un jean, d'un tee-shirt blanc, des chaussures de sport aux pieds. Lui n'a pas d'ailes d'oiseau mais des ailes de papillon monarque bleu fluo accrochées à ses clavicules.

— Bon, eh bien, je te laisse avec ce collègue. C'est l'ange bibliothécaire d'en haut. Au revoir, prononce Troisième.

Et la jeune femme blonde s'envole à tire-d'aile pour remonter vers le plafond.

— Merci, Troisième ! lance Eugénie.

Le jeune homme brun regarde Eugénie, ajuste ses lunettes et lui sourit. Il replie ses ailes bleues dont les reflets chatoyants impressionnent la visiteuse. Elle se souvient qu'ici, chacun choisit son style personnel. Si Troisième appréciait le look ange à plumes de la Renaissance, cet ange du haut préfère manifestement se donner une apparence de lépidoptère.

— Bonjour, Eugénie. Ravi de te rencontrer. J'étais justement en train de consulter ton histoire, déclare-t-il.

Il retourne l'ouvrage pour qu'elle puisse le lire. Elle s'aperçoit qu'il y a une ligne qui n'arrête pas de s'allonger, avec un texte où les mots s'ajoutent pour former des phrases.

Elle pose les yeux sur le texte et lit : « Eugénie s'aperçut qu'il y avait une ligne qui n'arrêtait pas de s'allonger, avec un texte où les mots s'ajoutaient pour former des phrases… »

Elle est parcourue par un frisson.

Bon sang… Le livre de ma vie continue de s'écrire en direct sous mes yeux.

Et de fait les mots suivants apparaissent : « Elle eut un frisson et songea : « Bon sang… Le livre de ma vie continue de s'écrire en direct sous mes yeux. »

Le jeune homme à lunettes, lui, semble trouver tout cela parfaitement normal et poursuit sa tâche. Il prend un autre livre, sur lequel elle voit une scène d'engueulade entre deux automobilistes s'écrire en direct. Les insultes sont suivies de beaucoup de points d'exclamation. Dans un autre livre, c'est une scène d'amour très sensuelle décrite en détail, et dans un autre encore, une scène de guerre violente.

Eugénie songe que tout cela se passe sur terre simultanément.

Puis elle revient vers son propre livre et voit que leur dialogue continue à s'inscrire mot à mot : « Puis elle revint vers son propre livre et vit que leur dialogue continuait à s'inscrire mot à mot. »

— Qui êtes-vous ? demande-t-elle.

— Mon nom ne te dira rien : dans ma dernière vie, je m'appelais Michael Pinson, et j'étais médecin anesthésiste à Paris.

— Et comment avez-vous atterri ici ?

Le jeune homme a un petit frémissement de ses ailes de papillon bleu fluo.

— C'est une longue histoire. Comment la résumer ? Avec un ami, j'avais l'ambition de voyager jusqu'au Paradis d'une manière exploratoire scientifique. Nous avons baptisé cette nouvelle discipline la « thanatonautique ». C'est un mot formé de la racine *thanatos*, qui signifie en grec « mort », et *nautis*, qui signifie « navigation ». J'avais découvert que tout devenait possible dès qu'on préservait son cordon d'argent. J'ai poussé très loin cette technique. Trop loin. L'administration céleste s'en est offusquée. Ils ont décidé d'effacer la thanatonautique de la mémoire des hommes. Ensuite, je suis devenu un ange, puis un…

— ... Un ange bibliothécaire ?

— Pas tout de suite. D'abord j'ai été un élève-dieu, cela consistait à gérer des peuples entiers, puis j'ai décidé de rétrograder pour m'intégrer au système céleste. Cette place était disponible. Alors je suis redevenu ange avec le titre d'« ange bibliothécaire responsable de la partie supérieure de l'arbre du Temps ».

— Je n'ai jamais entendu parler de la thanatonautique.

— Les anges ont vraiment effacé toutes les traces de mon œuvre, précise le jeune homme. Sinon, peut-être qu'aujourd'hui tout le monde pratiquerait ce que tu nommes le « tourisme spirituel »... Mais assez parlé de moi. Parlons de toi, Eugénie.

Donc, d'après ce que j'ai lu, tu es là parce que ta mère a évoqué une menace obscurantiste, c'est bien ça ?

— Menace que j'ai déjouée, précise Eugénie avec une certaine fierté.

— Et sais-tu d'où venait cette menace ?

— De l'union des partis extrémistes...

— En effet. Les dictatures et les régimes autoritaires que sont la Chine, la Russie, l'Iran et la Turquie coordonnent leurs actions pour déstabiliser les démocraties occidentales. Ils mènent aussi une action visant à affaiblir de l'intérieur les pays qui résistent en jouant sur leurs divisions internes. L'Histoire accélère. Et pas forcément dans le bon sens.

— Alors le diable peut gagner ? s'inquiète Eugénie.

Le jeune homme la regarde par-dessus ses lunettes.

— Le diable n'existe pas. Il y a seulement des chefs assoiffés de pouvoir personnel qui souhaitent un monde où l'esclavage, le racisme, l'avilissement des femmes, l'exclusion des marginaux deviennent la norme pour aboutir à une société où ils peuvent régner par la terreur.

Michael Pinson prend une grande inspiration puis poursuit.

— Il ne faut pas sous-estimer la menace de ces chefs autocratiques. Jusque-là, leur projet d'emprise générale sur la planète a échoué, mais depuis peu ils coordonnent leurs actions et avancent leurs pions sur un nouveau registre : ils arrivent désormais à se faire passer pour des victimes. Ils prétendent parler au nom des opprimés alors qu'ils ne visent qu'à en produire mille fois plus. Ils forment un égrégore puissant. Ils ont déjà montré leur capacité de destruction en 1940. De nos jours, en détournant à leur profit les nouvelles technologies et en manipulant les foules, ils peuvent réussir.

— L'union du rouge comme le communisme, du noir comme le nazisme, et du vert comme le fanatisme religieux ? dit Eugénie.

Il soupire.

— C'est moi qui ai demandé à ta mère de t'avertir pour que tu agisses contre eux.

— S'il vous plaît, ange Michael, éclairez ma lanterne. Je n'ai toujours pas compris : le futur est-il déjà écrit ou non ?

Il sourit.

— C'est la question qui est à l'origine de toutes les autres. Et la réponse est : les deux.

— Mais encore ?

— Avant la naissance, notre âme choisit son sexe, son lieu de vie, ses parents, ses talents, ses handicaps par rapport à son score précédent. Jusque-là, tu me suis ?

— Donc mon âme a probablement choisi d'être réincarnée en une femme née en France de Mélissa et René Toledano, c'est bien ça ? Et j'ai choisi aussi mon apparence, mon talent pour le dessin… Peut-être la couleur de mes cheveux, ma taille ?

— Tu as aussi choisi la possibilité de rencontrer les quatre autres membres de ta famille d'âmes, et les épreuves que tu allais affronter.

— Je ne me rappelle rien…

— C'est parce que ton ange gardien personnel, celui que tu as rencontré qui se présentait comme ton archange avocat, a effacé le souvenir de la programmation « pré-naissance ». Sinon cela aurait troublé ton esprit.

Les questions se bousculent dans la tête d'Eugénie.

— Mais alors, si on peut choisir sa vie avant de naître, pourquoi tout le monde ne prend pas une vie confortable et facile ?

— Parce que l'objectif n'est pas le confort mais l'évolution de l'âme. Beaucoup d'âmes alternent une vie de bourreau et une vie de victime. Pour voir. Ou une vie de riche et une vie de pauvre, une vie en pleine santé et une vie de malade. Une vie de paix et une vie de violence. Une vie joyeuse et une vie triste. Une vie courte et une vie longue. Une vie sédentaire et une vie de voyageur. Une vie de folie et une vie de sagesse. C'est ainsi qu'on apprend : en changeant complètement de point de vue. Même si c'est pénible.

Eugénie digère cette information. Puis elle dit :

— Vous ne m'avez toujours pas expliqué comment les destins pouvaient être écrits par avance et que leur déroulé soit pourtant imprévisible.

— C'est à cause du plus beau cadeau qu'a reçu votre humanité : le libre arbitre. Souviens-toi de la règle que tu as lue dans l'*Encyclopédie du Savoir Relatif et Absolu*. Nous naissons avec une répartition d'influences : 25 % d'hérédité, 25 % de karma et 50 % de libre arbitre. Par la suite, en utilisant ce libre arbitre on choisit ce qu'on va privilégier : l'hérédité, le karma, ou le libre arbitre. Tu saisis ?

Elle prend un temps pour bien comprendre la portée de cette phrase.

— C'est ce qui fait l'intérêt du jeu de la vie, reprend Michael Pinson. On ne sait jamais ce que chaque humain va décider d'accomplir à la seconde suivante. Ensuite, que vous réussissiez à faire évoluer votre âme ou que vous échouiez, c'est de votre responsabilité.

— C'est pour cette raison qu'il y a le système de la mesure ? Pour faire un point objectif de notre évolution de conscience ? questionne Eugénie.

— Tu commences à comprendre.

— Donc on peut complètement se fourvoyer.

— Vous n'êtes jamais complètement abandonnés. Je vais utiliser une métaphore de ton époque, dit le jeune homme aux ailes de papillon bleues. Prenons le GPS, ce fameux outil de géolocalisation par satellite. C'est comme si, avant la naissance, l'âme choisissait une destination : un parcours idéal pour y arriver est proposé, mais il n'est pas obligatoire.

— Ce parcours, c'est ce que les Indiens nomment le karma, dit Eugénie pour montrer qu'elle a bien saisi la métaphore.

— Ensuite, tu nais, et tu commences à te diriger dans ta vie. Partout te sont données des indications sur le bon chemin : des intuitions, des rêves, des visions, des conversations avec des chats, des signes. Mais grâce à ton libre arbitre, ou à cause de lui, tu n'es pas obligée d'en tenir compte. Quoi que tu fasses, cela ne change rien. Le GPS t'indique en permanence la route la plus fluide, la plus courte et la plus confortable pour arriver à destination.

— Donc c'est moi qui choisis à chaque instant comment je dirige mon véhicule de chair ?

— Et à n'importe quel moment, tu peux décider de suivre le chemin indiqué par le GPS ou d'en explorer d'autres. Tu peux même t'arrêter en plein milieu de la route, faire demi-tour pour rouler à contresens et te prendre toutes les autres voitures en face.

— C'est stupide, réagit la jeune femme.

— Pourtant, beaucoup le font. Regarde ceux qui se gâchent volontairement la vie ou qui stagnent parce qu'ils sont tombés dans la drogue, l'alcool, la haine, le mensonge, la manipulation des autres, la violence, l'autodénigrement, les pulsions suicidaires. Mais cela ne change rien. À chaque déviation, le GPS calcule de nouveau l'itinéraire à partir de l'endroit où tu te trouves, sans jamais cesser de t'indiquer la meilleure route pour atteindre la destination idéale prédéfinie par ton âme.

Eugénie commence à comprendre la portée de cette précieuse information.

— Y a-t-il une possibilité d'échouer et de ne jamais atteindre sa destination ?

— C'est précisément parce que tu peux complètement échouer que tu auras du mérite si tu réussis à atteindre ton objectif de mission d'âme.

Elle réfléchit à ce concept de « destin GPS » puis secoue la tête.

— Mais il y a quand même de vrais salauds…

— Chacun s'invente une légende où il est le héros et les autres des imbéciles ou des salauds. Chacun se considère comme le gentil et pense que les autres sont les méchants.

Eugénie ne peut se résoudre à lui donner raison.

— On ne peut pas être un gentil en faisant la guerre, en violant et en torturant, en mentant.

— Demande-toi pourquoi ceux qui défendent le genre d'actions que tu viens de citer sont pourtant populaires. Avant, il y avait les partis d'extrême gauche ou d'extrême droite, et on les trouvait déjà excessifs. Effet de surenchère de l'Histoire, on est passé à l'ultradroite néonazie et à l'ultragauche néostalinienne. Les deux parfaitement décomplexées par rapport aux atrocités générées par ces deux régimes totalitaires par le passé. Pareil pour la religion : Daoudi propose d'ouvrir le débat sur la possibilité de lyncher les femmes adultères. Le fanatisme est à la mode. Et tous ceux qui veulent être dans la nuance ou le dialogue se font traiter de lâches, de peureux ou d'intellos.

— Mais tout le monde désire la liberté, objecte Eugénie.

— Tout le monde « prétend » vouloir la liberté. Mais cette liberté les met face à leurs responsabilités, et les gens préfèrent dire que tout est la faute des autres :

des chefs, du système, du manque de chance, plutôt que de reconnaître que ce qui arrive découle de leurs choix personnels. Souviens-toi de ce qui s'est passé au procès de Nuremberg : les bourreaux nazis ne faisaient que répéter qu'ils avaient obéi aux ordres, et qu'ils ne se sentaient pas personnellement responsables. Voilà la source du problème : les gens craignent de devoir payer les conséquences de leurs mauvais choix. Donc n'importe quel chef qui parle fort, qui propose de prendre des décisions, même les plus immorales, et d'en endosser la responsabilité reçoit le soutien de la population. Les loups impressionnent les moutons au point qu'ils finissent par voter pour eux. Et même par les aimer sincèrement.

Eugénie lève la tête vers la bibliothèque des destins passés.

— Peut-être que si les gens visitaient leurs vies antérieures ils comprendraient…

Michael Pinson déploie ses ailes de papillon et dit :

— Je l'ai pensé au début. Mais on ne peut pas demander à huit milliards d'humains de pratiquer la méditation régressive pour connaître la vérité sur le passé. Cependant les professeurs d'histoire peuvent déjà en parler en cours, et c'est bien que chacun entende au moins une fois dans sa vie qu'il est responsable de ses actes. Cela devrait déjà faire comprendre des choses aux jeunes générations.

La jeune femme observe les milliards de livres qui sont autour d'elle à perte de vue.

— Alors comment mettre en place un monde de paix et d'amour ?

— Est-ce vraiment ce que tu veux ?

Eugénie fronce les sourcils.

— Tout le monde le veut, non ?

— Tout le monde « prétend » vouloir la paix, c'est comme la liberté. Mais si la plupart des gens ne craignaient pas la police, beaucoup égorgeraient leurs voisins.

— Alors c'est quoi, la solution ?

— Plusieurs anges misent sur la fatigue : à force de faire la guerre et d'éduquer leurs propres enfants dans la haine, nous espérons que même les plus abrutis des *Homo sapiens* finiront par comprendre que c'est une impasse.

— Et quand ils comprendront enfin, s'ils comprennent un jour, que se passera-t-il ?

— La réconciliation entre tous les humains au-delà de toutes les nations et de toutes les croyances de toutes les générations. On peut rêver… La réconciliation entre hommes et femmes. Il faut que les hommes arrêtent de vouloir dominer les femmes. Et il faut que les femmes arrêtent de vouloir se venger des hommes.

— Le sujet est plus que jamais d'actualité sur terre en ce moment, dit Eugénie.

— Mais peut-être est-il mal débattu. Regarde Violaine : si les féministes dénoncent les mains aux fesses au travail, mais pas l'Iran, qui pend à des grues les femmes mal voilées, ni l'Afghanistan, qui interdit aux femmes d'aller à l'école et pratique le mariage forcé d'adolescentes, ni les pays où le viol n'est pas considéré comme un délit ou ceux où l'on pratique l'excision, comment dire ?… Je ne pense pas que la cause féministe puisse être encore crédible.

— Je ne m'aventurerai pas sur ce sujet très polémique, et puis j'ai décidé de ne plus faire de politique, élude Eugénie. Mais continuez : comment constituer un monde d'amour et de paix, selon vous ?

— Je crois qu'il faut réfléchir à une réconciliation plus vaste avec la nature, et là encore, je ne pense pas que les écologistes fassent leur travail. Ils font de la politique « politicienne » mais pas d'écologie. Même dans les mairies, certains, quand ils sont au pouvoir, ne pensent qu'à organiser leur réélection, donc ils tombent dans le clientélisme et la démagogie…

L'ange bibliothécaire de la ville du haut continue sur sa lancée.

— De manière plus large, tous disent vouloir sauver la Terre, mais combien sont prêts à renoncer à consommer et à gaspiller sans retenue ?

Michael Pinson déroule son argumentaire sans aucun filtre. Et Eugénie est surprise de l'entendre développer ses arguments loin de la langue de bois pratiquée par de nombreux politiciens.

— Vous vous aventurez sur des terrains très glissants. Personne n'oserait dire ce que vous dites.

— C'est pour ça que je t'en parle ici, si loin de ta planète. Il s'agit de simple bon sens. Dans un espace limité, la croissance démographique exponentielle entraîne une régulation par la guerre. Mettez des moutons dans un enclos, vous pourrez constater que si on augmente leur nombre, ils finiront par s'entretuer. Même les plus pacifiques. C'est cette réalité que les humains ne veulent pas entendre. Ils préfèrent choisir des loups qui font le sale boulot à leur place, et après ils font les surpris.

— Alors c'est fichu ?…

— Il y a un espoir puisque tu es là ! Tu m'écoutes, et tu as l'air de comprendre ce que je dis.

— Alors qu'est-ce que je peux faire ? demande la jeune femme.

Michael Pinson garde quelques secondes le silence puis il agite ses ailes en signe d'intense réflexion.

— Écris sous forme romanesque ce que tu as compris en venant ici. Après tout, tu étais Pouce, celle qui a rédigé le premier texte sur une peau de lapin tannée. C'est toi, la première écrivaine. Continue simplement à pratiquer ce que ton âme a toujours aimé faire : raconter des histoires. Et je te conseille la structure romanesque car c'est dans une fiction que tu pourras t'exprimer le plus librement, et toucher le maximum de lecteurs.

— Écrire un roman ? Moi ? Mais je ne sais pas faire ça ! Ça m'a l'air compliqué. Il faut inventer des personnages, des situations, c'est un talent particulier. Que je n'ai pas.

— Tu ne perds rien à essayer. C'est comme nager. D'abord tu te jettes à l'eau et ensuite tu vois ce qui se passe.

— Mais quand bien même j'y parviendrais, qui s'intéressera à un roman écrit par une jeune femme de vingt-trois ans ? Je n'ai aucune légitimité. J'ai étudié l'histoire à la fac, mais pas la littérature…

— Écris en t'inspirant de tes vies antérieures et de ce que tu as compris en venant ici.

— Je peux parler d'ici ?

Aussitôt l'ange bibliothécaire serre ses ailes.

— Ah ça, non ! Surtout pas ! Ça doit rester secret.

— Mais !…

— Il n'y a pas de mais, insiste Michael Pinson. Si les gens savaient que ce lieu existe, ils voudraient tous y venir.

— Vous craignez le « tourisme spirituel de masse » ? dit la jeune femme rousse en guise de plaisanterie.

— Ton ancienne incarnation Pythagore l'avait déjà compris. On ne peut pas tout révéler à tout le monde d'un coup. Il faut divulguer les informations progressivement.

Eugénie se sent frustrée par la perspective de ne pas pouvoir évoquer ce lieu extraordinaire qui assurément ajouterait de l'intérêt à son roman.

— Alors de quoi vais-je parler ?

— Parle du destin particulier de tes personnages, évoque les familles d'âmes qui se rencontrent vie après vie. Parle des âmes sœurs. Parle d'amour. Ce sera déjà très bien, crois-moi. Et sème petit à petit des informations, des idées, des concepts qui donneront naturellement envie au lecteur de réfléchir et de se faire sa propre opinion en utilisant des voies de compréhension différentes de celles qu'il emprunte habituellement. Ensuite fais tout pour être publiée. Et si tu réussis, on pourra considérer que tu as réalisé ta mission.

— Mais je ne suis pas connue. Au mieux, il n'y aura que quelques centaines de personnes qui me liront.

— Ce n'est pas la quantité de lecteurs qui compte. C'est le seul fait que cela existe. Il doit exister un roman écrit par quelqu'un qui est venu ici et qui a compris. Dès le moment où ce sera imprimé, quelqu'un pourra le lire et ensuite en parler ou aider à le faire découvrir au grand public… Maintenant ou dans un jour futur.

D'un geste de la main, il lui demande de le suivre. Il volette à quelques centimètres du sol.

Elle remarque que les battements des ailes de papillon de Michael Pinson sont moins bruyants que ceux des ailes en plumes de Troisième.

Ils rejoignent un grand meuble, sorte d'armoire normande en bois.

Michael ouvre un tiroir et en sort un crâne avec une colonne vertébrale pendante, similaire à l'objet dont se servent les archanges pour évaluer les âmes.

— Tu connais cet outil, n'est-ce pas ?

— Il permet la mesure du niveau de conscience d'une âme, répond Eugénie.

— Il permet aussi de mesurer le niveau de conscience global de toute l'espèce humaine, précise Michael. Actuellement, elle est à 3,3.

Il désigne du doigt une vertèbre lombaire.

— Entre le 3 de l'animal et le 4 de l'homme, se souvient Eugénie.

— Rarement dans l'histoire de l'humanité le risque de retour à la barbarie n'a été aussi grand. La possibilité que la conscience globale de l'homme descende en dessous de 3,3 est réelle. Heureusement, des êtres éclairés, des 6 comme toi, sont restés parmi les hommes pour faire remonter le niveau global de conscience.

— Combien sommes-nous ?

Le jeune homme prend soudain l'air grave.

— Encore trop peu nombreux pour le moment. C'est pourquoi tu dois agir, Eugénie, et vite. Il faut que les gens au-delà de 6 diffusent la lumière pour empêcher ceux qui prônent l'obscurantisme de gagner.

Eugénie regarde les étagères qui s'étendent à l'infini, remplies des huit milliards de livres dont les pages sont en train de s'écrire en direct.

— Quand même, quel lieu extraordinaire, quelle chance j'ai d'avoir eu le privilège de découvrir son existence et de venir le voir…, dit Eugénie.

— Venir ici entraîne une responsabilité. Avant, tu pouvais dire que tu ne savais pas. Maintenant, tu sais.

— Qui d'autre est déjà venu ?

— Peu de monde. D'après ce que m'ont dit mes collègues qui étaient là avant moi, je peux te citer quelques noms de visiteurs célèbres : la première pythie de Delphes, Moïse, Bouddha, Platon, Lao Tseu, Shimon Bar Yohaï, Averroès, Dante.

— … Jérôme Bosch ?

— Bien sûr. Et puis Léonard de Vinci, Nostradamus, Spinoza, Jean-Sébastien Bach, Cagliostro, Jules Verne, Edgar Cayce, Aldous Huxley, Philip K. Dick, Frank Herbert, Isaac Asimov. Et comme tu le sais, ils ont pratiquement tous écrit des textes, et c'est de cette façon qu'ils ont diffusé leurs connaissances.

— Mais je présume qu'il y en a aussi qui sont venus et qui n'ont rien écrit…

— Oui, évidemment. Mais on n'a pas retenu leurs noms ni leurs œuvres. Il faut qu'on retienne le tien. Eugénie Toledano.

La jeune femme balaie du regard l'immensité des rayonnages et remarque, juché un peu à part sur une estrade, un homme assis à un bureau sur lequel est posé un ordinateur portable. Il a un visage triangulaire et de grands yeux noirs, il est habillé à l'occidentale dans un style des années 1980. Petite particularité : lui n'a pas d'ailes mais des antennes. Elles partent de son front et sont repliées en avant, signe de son intense concentration.

— Et lui, c'est qui ?

— C'est un ange bibliothécaire de notre cité, comme moi.

— Il me semble l'avoir déjà vu. Comment se nomme-t-il ?

— Edmond Wells.

Elle reste un instant sans réaction.

— Vous voulez dire que c'est « le » professeur Edmond Wells ? Le spécialiste des fourmis, celui qui a écrit l'*Encyclopédie du Savoir Relatif et Absolu* ?

— En effet, c'est lui. Actuellement il passe le plus clair de son temps sur un ordinateur à observer ceux qui continuent de diffuser le savoir, notamment ceux qui enregistrent des podcasts ou produisent des vidéos d'histoire et de science. Il pense que la diffusion des connaissances aux nouvelles générations se fera par le biais de ces publications libres sur les réseaux sociaux.

— Je… je peux aller lui parler ?

— Edmond a demandé à ne pas être dérangé. De toute façon, ton séjour ici a suffisamment duré. Il est temps pour toi de rentrer. Ton corps s'impatiente.

— Et mon cordon d'argent ?

— Ne t'inquiète pas : il est toujours intact. Tu pourras rentrer sans encombre.

— J'aurais vraiment aimé discuter avec Edmond Wells…, insiste Eugénie sans quitter des yeux la silhouette avec ses antennes de fourmi.

— Une autre fois, dit Michael Pinson d'un ton ferme. Mais sache qu'une chose surprenante doit bientôt se passer pour toi.

La jeune femme se tourne vers l'ange bibliothécaire.

— Quoi ?

Michael Pinson lui lance un clin d'œil.

— Si je te le dis, ce ne sera plus une surprise. Laisse-toi guider par tes intuitions. Et surtout, n'oublie pas d'écrire ton roman ! C'est ça le plus important.

— Désolée, mais je ne suis pas encore convaincue. Je ne pense pas être capable de rédiger un tel ouvrage.

— Ne te sous-estime pas. C'est aussi une faute.

Michael Pinson la raccompagne jusqu'à la limite de la surface de la sphère. Il la prend dans ses bras, tout comme l'avait fait l'ange Troisième, et se met à voler en battant de ses longues ailes de papillon.

— Et moi, je n'ai pas droit de voir le futur ?

— Pas la première fois. Considère que cette visite était juste une rencontre informelle. En fonction de ton comportement, nous te laisserons entrevoir certaines branches de l'avenir.

— Mon comportement ?

— Nous tenons vraiment à ce que tu franchisses le pas et que tu deviennes romancière. C'est ton destin. En venant ici, tu l'as appris plus vite que tu ne l'aurais trouvé toute seule. Écrire, diffuser les connaissances, transmettre le savoir et la spiritualité, c'est ta raison d'être. Comme pour une abeille de faire du miel. Et c'est comme ça que tu pourras changer le futur. Beaucoup de choses dépendent de toi.

Elle tourne la tête et voit au loin le bureau où se trouve Edmond Wells.

— Comme pour Edmond d'écrire l'*Encyclopédie*..., complète l'ange Michael.

Ils volent vers le ciel intérieur de la sphère. Enfin ils rejoignent la paroi miroir. Ensemble ils traversent la surface et se retrouvent à l'extérieur, entourés par le ciel étoilé.

— Je pourrai revenir ici ?

— Si tu te lances dans ce projet romanesque, non seulement tu pourras revenir, mais en plus, promis, je te laisserai entrevoir certains futurs probables.

Puis il se ravise.

— Enfin ce ne sera pas moi qui te montrerai les futurs... ce sera Edmond Wells. C'est lui qui est le gardien de ces ouvrages... Et puis il est aussi le gardien du grand livre général du futur de l'humanité.

— Ah ? Car cela aussi ça se trouve ici ?

— Je t'en ai déjà trop dit. Contente-toi de ces informations pour cette première incursion. Il est temps pour toi de rentrer sur ta planète et dans ton corps. Regarde.

La jeune femme voit que son cordon d'argent a réapparu.

— Et puis, maintenant que tu sais un peu mieux comment fonctionnent les destins, sois plus que jamais attentive à ce qu'il va se passer dans ta vie et dans ton monde, dit Michael Pinson.

— Que voulez-vous dire ?

Alors l'ange bibliothécaire fait un clin d'œil et rappelle la phrase de l'archange avocat :

— « Fais attention à tes pensées car elles deviendront des paroles. Fais attention à tes paroles car elles deviendront des actes. Fais attention à tes actes car ils deviendront des habitudes. Fais attention à tes habitudes car elles deviendront ton caractère. Fais attention à ton caractère car il deviendra… la destinée de ton âme. »

Eugénie effectue un signe de gratitude à l'adresse de Michael Pinson puis s'élance presque avec regret vers la Terre.

Elle a conscience d'avoir approché de la source de tant d'informations précieuses.

Elle aurait tant voulu en savoir encore plus.

94.

ENCYCLOPÉDIE : LA BIBLIOTHÈQUE SAKYA DU TIBET.

En 2003, durant des travaux, un moine du monastère tibétain de Sakya vit une cavité derrière un mur qu'il avait percé. Il élargit la brèche et éclaira

l'espace libéré. Il découvrit alors une immense salle remplie d'étagères sur lesquelles étaient empilés quatre-vingt-quatre mille livres, dans un parfait état de conservation grâce à l'air froid et sec de l'Himalaya.

Tous les livres étaient rédigés à la main ; certains étaient même écrits avec de l'encre composée en partie d'or. Le plus lourd de ces ouvrages pesait cinq cents kilos.

Les textes racontaient le destin d'individus dont certains étaient censés avoir vécu il y a cinquante mille ans.

Dans une section plus réduite de la bibliothèque furent découverts des textes savants d'astronomie, de mathématiques, de philosophie, de littérature, de musique, de peinture.

Enfin, dans une troisième section encore plus réduite furent trouvés des livres racontant l'histoire collective de l'humanité depuis cinquante mille ans.

Le monastère de Sakya a été fondé en 1073 dans la province du Tsang, dans le Tibet central, par le moine bouddhiste Khön Könchog Gyalpo (1034-1102).

Inspiré par des instructeurs bouddhistes népalais, cachemiris et tibétains venus de l'ouest de l'Inde, qui se référaient eux-mêmes à d'autres sages venus d'encore plus loin à l'ouest, Khön Könchog Gyalpo décida de fonder sa propre école, qu'il nomma Sakya-Pa. Il la bâtit sur un terrain de 18 000 mètres carrés qu'il troqua contre un cheval et des vêtements féminins.

Au départ, sur le terrain se trouvait une grotte où il commença à construire le monastère. Il souhaitait que ce lieu devienne non seulement un temple spirituel mais aussi le réceptacle des connaissances scientifiques du monde. L'essentiel du monastère fut détruit par les soldats chinois quand ils envahirent le Tibet. Cependant, certains bâtiments furent épargnés.

Lorsqu'en 2003 la bibliothèque fut retrouvée, le gouvernement chinois consentit à la conserver intacte dans le but de gagner de l'argent en faisant venir des touristes occidentaux.

Edmond Wells,
Encyclopédie du Savoir Relatif et Absolu.

95.

Frisson.

Eugénie réintègre son corps comme on enfile un vieux manteau pour l'hiver. Ce retour dans la chair lui semble presque douloureux. Elle commençait à s'habituer à voleter dans la sphère creuse de la Bibliothèque akashique.

Elle remue les doigts. Puis elle agite les orteils, prend une grande inspiration et perçoit enfin les battements de son propre cœur.

Je suis vivante.

Elle passe sa main sur son visage et palpe son corps. Elle reprend conscience de l'endroit où elle se trouve.

À côté d'elle, sa mère, probablement lassée d'attendre, s'est endormie sur l'herbe. Il fait encore doux en cette nuit d'automne. Les grillons chantent en chœur.

Elle regarde sa montre.

Deux heures du matin. J'ai passé trois heures là-bas.

Mélissa sourit en dormant, et sous ses paupières, ses yeux s'agitent, signe qu'elle est dans une phase de sommeil paradoxal et qu'elle rêve. Eugénie décide de la laisser dormir en plein air par cette nuit si agréable.

Elle s'éloigne à petits pas le long d'un sentier au milieu des vignes et des vergers toujours illuminés par le croissant de lune, et rejoint son bungalow.

Un groupe de chats s'est endormi devant sa porte. Elle les enjambe pour franchir le seuil sans les réveiller.

Arrivée dans le salon, elle allume une cigarette, sort son cahier et, éclairée par une simple bougie, commence à dessiner tout ce qu'elle a vu lors de son voyage : la découverte de la mini-planète dont la surface sphérique fait miroir, la descente sur la ville-disque inférieure, la rencontre avec Troisième, la ravissante ange bibliothécaire blonde aux longues ailes blanches, la cité-bibliothèque avec les étagères remplies des destins des gens ayant vécu sur terre, l'immense arbre du Temps qui mène à la ville-disque en hauteur.

Elle dessine aussi le portrait de l'ange bibliothécaire Michael Pinson avec ses ailes de papillon bleu, puis celui d'Edmond Wells, l'auteur de l'*Encyclopédie du Savoir Relatif et Absolu*, avec ses antennes de fourmi, devant son ordinateur portable, en train de visionner les vidéos des youtubeurs spécialisés en histoire ou en science.

Et si tout cela n'était qu'un rêve ?

Comme à son habitude, Eugénie a besoin d'une bonne douche chaude puis froide pour se remettre les idées en place.

Elle repense à sa nouvelle mission fixée par l'ange bibliothécaire Michael Pinson.

Écrire un roman à partir de tout ce que j'ai découvert. Il faudrait que je fasse croire que c'est une fiction alors que c'est vrai…

Cela réclame un savoir-faire que je n 'ai pas.

Il faudrait trouver une intrigue, des personnages, du suspense, des coups de théâtre, une chute un peu surprenante.

Évidemment, je pourrais m'inspirer de ce que je viens de vivre, mais il m'a interdit de parler de la Bibliothèque akashique.

C'est comme si je devais faire un tour d'illusionniste, mais sans avoir le droit de faire sortir le lapin du chapeau à la fin.

Ce serait frustrant de garder le lapin caché.

En fait, ce n'est pas un travail d'écrivaine qu'il m'a demandé d'accomplir, mais un travail de magicienne…

Assurément, ce n'est pas mon talent.

Mais il m'a dit que si je réussissais, je pourrais revenir visiter la bibliothèque et entrevoir des futurs.

Sinon ce lieu me serait fermé.

Ça vaut la peine d'essayer.

Je vais attendre quelques jours pour digérer un peu tout ça, et puis je vais quand même tenter d'écrire le début d'un roman. Je pourrais peut-être même commencer par raconter comment mon arrière-arrière-arrière-grand-tante néandertalienne Troisième a découvert le feu un soir d'orage ?

Eugénie reste longtemps sous le jet d'eau glacée. Les événements des derniers jours se bousculent dans sa tête.

Ainsi nous avons réussi à reformer la Main de lumière.

Je suis désormais persuadée que celui qui nous manquait était Nicolas.

Il n'est pas mon âme sœur, mais Annulaire. L'artiste.

Il était le doigt qui me manquait pour compléter la Main.

Il me reste maintenant à trouver mon âme sœur…

Une phrase de l'ange bibliothécaire Troisième tourne en boucle : « Pourtant, à chaque fois, vous étiez très proches. À plusieurs reprises, vos lèvres ont failli se toucher… mais vous avez été interrompus. »

Et si… ?

Il faut que j'en aie le cœur net.

Elle sort de la douche à la hâte, enfile un maillot de bain mauve et une tenue de sport, récupère son sac à dos, dans lequel elle range une serviette, ses lunettes de plongée et son précieux cahier à dessin, puis elle sort pour rejoindre le bungalow de Raphaël.

Elle frappe à la porte. Comme il ne répond pas, elle entre. Elle va jusqu'à la chambre. Le professeur dort en ronflant bruyamment.

Eugénie l'observe.

Sentant une présence, il ouvre un œil.

Il la voit. Il a un sursaut. Il se redresse aussitôt sur les coudes, prend ses lunettes et les chausse.

— Qu'est-ce que vous faites là ?!

— Chut ! Il ne faut pas réveiller les autres.

Raphaël cherche son smartphone.

— Quelle heure est-il ?

— Deux heures du matin.

— Vous ne dormez pas ?

— Il va falloir que vous me suiviez.

— Vous suivre où ?

— Je vous attends dehors.

Après plusieurs minutes à attendre avec quelques chats venus se frotter contre ses jambes, Eugénie est rejointe par Raphaël. Sans dire un mot, simplement par gestes, elle lui propose d'emprunter des vélos mis à la disposition des clients de l'hôtel du kibboutz.

Une fois en selle, ils pédalent en silence dans la nuit jusqu'au chantier archéologique.

— Allez-vous enfin me dire ce que vous avez en tête ? chuchote Raphaël tandis qu'Eugénie franchit le portail grillagé du site, qui n'est pas verrouillé.

Elle se retourne vers lui en lui faisant signe de se taire, le doigt sur la bouche. Résigné, Raphaël passe à son tour le portail et suit la jeune femme jusqu'au baraquement où est rangé le matériel d'archéologie. Lui non plus n'est pas verrouillé. Une fois à l'intérieur, Eugénie se munit de deux casques équipés de lampes frontales et de deux grosses torches électriques.

Puis elle le guide, toujours silencieuse, vers la grotte d'El Tabun et son entrée triangulaire caractéristique.

Eugénie dirige le faisceau de sa torche vers l'intérieur de la grotte. Des centaines de chauves-souris s'envolent dans un vacarme assourdissant. Il y a une forte odeur de salpêtre.

— Suivez-moi, lui intime-t-elle enfin en avançant dans l'obscurité.

L'un derrière l'autre, ils progressent dans la cavité jusqu'à une zone plus étroite quadrillée de fils blancs tendus entre des piquets.

La jeune femme pointe sa torche vers une excavation.

— C'est là que j'ai enterré maman, signale-t-elle.

Elle montre un rocher au sol.

— Et c'est avec cette grosse pierre que nous avons protégé la sépulture.

Raphaël s'approche. Mais déjà la jeune femme semble intéressée par autre chose.

— Venez, lui dit-elle en lui prenant la main.

Les deux Français continuent de s'enfoncer dans la grotte et débouchent sur un cul-de-sac. Au fond, un rocher, plus gros encore que le précédent, est posé contre la paroi.

— Aidez-moi à le déplacer.

À deux, ils réussissent à faire bouger le rocher, qui dévoile un tunnel étroit, dans lequel ils s'engouffrent à quatre pattes.

— Je peux vous poser une question un peu personnelle ? demande Eugénie tandis qu'ils progressent dans le tunnel sombre qu'ils éclairent au fur et à mesure.

— Je vous écoute…

— Avec cette Cynthia, votre fiancée américaine, c'est sérieux ?

Raphaël est surpris par l'incongruité de la question posée dans cette situation.

— C'est fini. Elle m'a avoué hier qu'elle avait rencontré quelqu'un d'autre, un informaticien américain qui a mis au point un programme similaire au mien mais qui, selon elle, est encore plus perfectionné. Elle dit avoir eu un coup de foudre. J'aurais dû m'y attendre. La distance est souvent un obstacle difficile à surmonter pour les couples. Vous connaissez l'adage. Loin des yeux, loin du cœur. Lui, au moins, est déjà là-bas et parle parfaitement sa langue.

— Je comprends, dit Eugénie d'un ton neutre.

— Et puisqu'on en est à se faire de confidences… Avec Nicolas, vous en êtes où ? demande à son tour Raphaël.

— C'est fini aussi. J'ai rencontré quelqu'un d'autre.

Enfin ils débouchent dans l'immense salle avec le lac au centre. Eugénie se redresse et éclaire une cavité dans la roche, désormais vide.

— C'était là…, annonce-t-elle. C'est dans cette anfractuosité que j'avais rangé mes premiers rouleaux de peau de lapin tannée sur lesquels j'avais écrit avec mon sang.

Elle dépose son sac et en sort son cahier à dessin. Par-dessus son épaule, Raphaël peut constater que les croquis d'Eugénie correspondent parfaitement au décor qu'il a sous les yeux.

Elle pose le cahier par terre et lui tend la lampe torche.

— Pouvez-vous éclairer l'eau, s'il vous plaît ? lui demande-t-elle.

Raphaël n'a pas le temps de répondre que déjà la jeune femme se déshabille, dévoilant son corps gracile. Elle enfile ses lunettes de piscine.

— Eugénie ! Qu'est-ce que vous… ?

Elle effectue un plongeon parfait, s'enfonce dans l'eau transparente du lac souterrain.

Quand elle remonte enfin, elle prend une grande goulée d'air et articule :

— … Ce sera plus difficile que je ne le pensais.

Elle replonge au fond du lac. Raphaël, comprenant la manœuvre, l'éclaire en s'approchant plus près de la surface. Il la distingue à peine tant la vase remuée rend l'eau opaque.

Elle s'y reprend à plusieurs fois.

Enfin elle jaillit hors de l'eau et se hisse sur la berge. Raphaël attrape la serviette au fond du sac à dos et se précipite pour la poser sur les épaules de la jeune femme.

Il remarque qu'elle serre fort son poing droit.

— Vous vous êtes blessée ? s'inquiète-t-il.

Eugénie s'assoit et ouvre lentement ses doigts.

Dans sa paume, une pierre orange translucide avec à l'intérieur une libellule aux ailes déployées.

— J'ai enfin la preuve que tout ça n'était pas un rêve…, murmure-t-elle, les larmes aux yeux.

Alors Raphaël s'assoit à son tour, et, le plus délicatement du monde, saisit la pierre trouée pour l'enfiler sur la chaîne qu'Eugénie porte déjà autour du cou.

La jeune femme rousse le fixe avec intensité.

— Retrouver la pierre d'ambre de maman au fond du lac était la première chose que je voulais faire en venant ici. Mais il y en a une seconde…

Elle attrape la main de Raphaël et la place entre ses seins. Puis elle pose sa propre main sur la poitrine du professeur.

Elle ferme les yeux. Elle visualise le chakra 4 du professeur d'histoire comme une étoile dorée qui palpite.

Son soleil intérieur connecté à mon soleil intérieur.

Elle se concentre.

Elle perçoit de plus en plus précisément l'énergie de Raphaël, comme un liquide lumineux doré qui coule telle une rivière. Celle-ci remonte dans son poignet, puis dans son bras jusqu'à atteindre son cœur. Par ce simple geste, elle a synchronisé leurs battements cardiaques.

La lumière dorée augmente alors d'intensité et se met à produire une sensation de picotements et de chaleur. Elle coule, se répand dans ses veines et l'illumine de l'intérieur. Eugénie a l'impression que tout son corps est purifié, nettoyé, dynamisé par cette énergie nouvelle formée de l'union de leurs ondes karmiques.

Jamais elle n'a connu une aussi forte sensation de connexion avec un être humain.

Elle rouvre les yeux.

Raphaël la regarde, immobile.

Ils sont tous les deux en sueur, les mains toujours sur leurs poitrines respectives.

Eugénie cherche les mots pour exprimer ce qu'elle ressent.

— Il y a très longtemps, ici même, nous avons été interrompus. Des éléments extérieurs nous ont empêchés de fusionner nos corps et nos âmes. Puis nous sommes morts. Et nous sommes nés de nouveau.

Elle lâche un long soupir.

— On peut considérer que tous ces moments où nous nous sommes rencontrés et où nous ne sommes pas allés plus loin n'étaient après tout que des… Comment pourrait-on dire ? Des « préliminaires » ?

L'expression fait sourire Raphaël. Eugénie poursuit :

— De longs… de très, très longs… préliminaires.

Elle le fixe intensément.

— Durant au moins une centaine de vies, nous n'avons pu exprimer l'attirance que nous ressentions l'un pour l'autre. Le moment est venu de passer à la suite.

Alors enfin, après des jours, des années, des siècles, des millénaires d'attente, Eugénie et Raphaël approchent lentement leurs visages l'un vers l'autre, leurs bouches vont entrer en contact, à l'endroit même où ils avaient souhaité s'embrasser cent vingt mille ans plus tôt.

Ils prennent tout leur temps.

Elle ferme les yeux avec des frissons de plaisir en se délectant par avance de ce baiser tant désiré.

C'est à ce moment que retentit la sirène d'alerte.

FIN

REMERCIEMENTS

Je voudrais remercier :

Ma formidable éditrice Caroline Ripoll qui a eu la patience de relire plusieurs de mes versions (il y en a eu douze en tout, complètement différentes que ce soit au niveau des personnages ou de l'intrigue).

Je tiens aussi à remercier Inès Orchani, maître en littérature comparée en langue sémitique à la Sorbonne, qui m'a fait visiter cette prestigieuse université pour faire mes repérages et m'a permis de donner une conférence dans un de ses amphithéâtres pour me rendre compte de l'effet produit.

Alessandro Jodorowsky, qui m'a enseigné le tarot et ses multiples applications.

Jacques Padovani, qui m'a fait découvrir, alors que nous avions tous les deux l'âge de treize ans, la méditation et comment on peut voyager avec son esprit.

La médium Anne Tuffigo, dont nos conversations sur les signes et les missions d'âme m'ont inspiré quelques passages de ce roman.

Le professeur Nissim Amzallag, qui m'a le premier parlé de l'importance de Pythagore dans les sciences, l'art et la spiritualité.

Marie-Pierre Planchon, chroniqueuse météo à France Inter, qui m'a permis de rencontrer la médium Monique Parent-Baccan, celle qui m'a appris la règle des « 25 % hérédité, 25 % karma, 50 % libre arbitre », une clef de compréhension pour savoir qui nous sommes.

Véronique Lamoureux, qui m'a enseigné le système de mesure de l'âme avec les sept degrés correspondant aux sept chakras sur la colonne vertébrale.

Et puis tous ceux qui m'ont donné des conseils et qui ont eu la patience de lire certaines de ces douze versions.

Le docteur Elisa Serror, le docteur Marie Lyne Smadja, Jonathan Werber, Julien Tricard, Frederic Stenz, Amélie Andrieux, Sylvain Ordureau, Sylvain Timsit, Vanessa Bitton, Sébastien Tesquet, Mélanie Tesquet, Vincent Baguian.

Évidemment toutes les équipes d'Albin Michel, qui font chacune à leur niveau un travail remarquable, ainsi que toute l'équipe du Livre de Poche.

Et tout particulièrement Richard Ducousset, qui a été le premier à me faire confiance.

Enfin, je tenais à remercier toute l'équipe de production du théâtre Blue Line, qui me permet de tester, accompagné de la harpiste Francœur, les méditations guidées dans le spectacle interactif V.I.E. (Voyage Intérieur Expérimental) devant des publics de plus en plus larges, dans toute la France et depuis peu en Belgique, en Suisse et au Canada.

MUSIQUES ÉCOUTÉES DURANT L'ÉCRITURE DE CE ROMAN

Dead Can Dance :
The Serpent's Egg.
Aion.
Spiritchaser.
« The Carnival is Over ».
« Anywhere Out of This World ».

Hans Zimmer, *Now We Are Free*, musique du film *Gladiator*, interprétée par Lisa Gerrard (chanteuse de Dead Can Dance).

Mozart : *Requiem en* ré *mineur*, « Lacrimosa ».

Mike Oldfield, *Incantations.*

Vivaldi : *Concerto en* do *majeur pour mandoline*, interprété par Avi Avital.

Jim Spalink, « Musique du cul », d'après *Le Jardin des délices*, de Jérôme Bosch, interprété au luth, à la harpe et à la vielle.

Aerosmith et Run-DMC, « Walk This Way ».

Du même auteur
aux éditions Albin Michel :

Cycle des chats :
DEMAIN LES CHATS, 2018
SA MAJESTÉ DES CHATS, 2019
LA PLANÈTE DES CHATS, 2020

Cycle des Fourmis :
LES FOURMIS, 1991
LE JOUR DES FOURMIS, 1992
LA RÉVOLUTION DES FOURMIS, 1996

Cycle des Aventuriers de la science :
LE PÈRE DE NOS PÈRES, 1998
L'ULTIME SECRET, 2001
LE RIRE DU CYCLOPE, 2010

PENTALOGIE DU CIEL :
Cycle des Anges :
LES THANATONAUTES, 1994
L'EMPIRE DES ANGES, 2000

Cycle des Dieux :
NOUS, LES DIEUX, 2004
LE SOUFFLE DES DIEUX, 2005
LE MYSTÈRE DES DIEUX, 2007

Cycle Troisième Humanité :
TROISIÈME HUMANITÉ, 2012
LES MICRO-HUMAINS, 2013
LA VOIX DE LA TERRE, 2014

Nouvelles :
L'ARBRE DES POSSIBLES, 2002
PARADIS SUR MESURE, 2008

Autres livres :
LE LIVRE DU VOYAGE, 1997
NOS AMIS LES HUMAINS (THÉÂTRE), 2003
LE PAPILLON DES ÉTOILES, 2006
NOUVELLE ENCYCLOPÉDIE DU SAVOIR RELATIF ET ABSOLU, 2008
LE MIROIR DE CASSANDRE, 2009
LE SIXIÈME SOMMEIL, 2015
DEPUIS L'AU-DELÀ, 2017
LA BOÎTE DE PANDORE, 2018
LA PROPHÉTIE DES ABEILLES, 2021
MÉMOIRES D'UNE FOURMI, 2022
LA DIAGONALE DES REINES, 2022
LE TEMPS DES CHIMÈRES, 2023

Découvrez le début du nouveau roman
de Bernard Werber :

La Voix de l'arbre

1.

— Pourquoi m'emmènes-tu dans cet endroit complètement perdu ? demande Rose, un peu inquiète.

— Je suis sûr que ça va te plaire, répond Aymeric.

Les deux jeunes randonneurs s'enfoncent dans les profondeurs de la forêt du Ciron, au coeur des Landes, à une quarantaine de kilomètres au sud-est de Bordeaux.

Rose Pinson, vingt-trois ans, de petite taille, cheveux châtains aux reflets roux regroupés en queue de cheval et yeux en amande couleur noisette, avance sur le sentier forestier, chaussures de randonnée à semelle épaisse aux pieds.

Elle est vêtue d'un jean et d'un tee-shirt blanc orné des mots « SAUVEZ LES BALEINES » au-dessus d'un cétacé qui bondit au-dessus des vagues.

Devant elle, ouvrant la marche, se trouve Aymeric Monestier, vingt-neuf ans. C'est un grand jeune homme blond et barbu, aux yeux bleus et à la mèche rebelle. Lui aussi porte des chaussures de randonnée mais, en ce printemps précoce, et compte tenu de la chaleur attendue pour la journée, il a troqué son jean et son sweat pour un short et un tee-shirt vert, sur lequel est inscrit en lettres capitales : « POUR QU'UN ÉCOLOGISTE SOIT ÉLU PRÉSIDENT, IL FAUDRAIT QUE LES ARBRES VOTENT ».

À cette heure matinale, un épais brouillard tapisse le sol comme une dentelle argentée. Cette nappe s'étire et recouvre les plantes et les pierres moussues. Elle enveloppe la base des troncs et caresse leur écorce.

Un soleil couleur fuchsia se lève progressivement. Il disperse cette brume, révélant un décor aux formes étranges.

— Cette phrase, « Ça va te plaire », est pour moi une malédiction, tranche Rose. Chaque fois qu'elle m'a été prononcée, eh bien... ça ne m'a pas plu du tout. Un jour, je me suis retrouvée dans un bar à la mode où l'on mangeait des insectes grillés, un autre, sur un pont en Ardèche avec un câble élastique attaché à la cheville. J'ai aussi eu droit au Salon de l'agriculture le jour de l'ouverture.

Les deux randonneurs fendent les fougères mais s'écorchent les mains et les jambes dans les ronces et les chardons. Autour d'eux, alors que le soleil devient orange, les merles lancent leurs mélodies.

— J'en ai marre, je veux rentrer, dit-elle.

— Tu ne trouves pas que ce coin est splendide ? La forêt du Ciron est la forêt la plus ancienne de France. Il y a probablement eu des mammouths qui sont venus piétiner cette terre.

— Visiblement, ça ne leur a pas porté chance, à tes mammouths, puisqu'ils ont tous disparu, déclare Rose en évitant des orties de justesse.

— Ce n'est pas la faute des arbres.

— Qui sait...

Ils continuent d'avancer le long de la rivière Ciron sous un épais plafond de verdure qui ombrage les rives.

— Allez... S'il te plaît, rentrons, insiste-t-elle.

— Je te garantis que la balade vaut le coup.

— Tu parles d'une balade, c'est plutôt une expédition en terre inconnue... Et puis tu sais bien que je suis allergique au pollen.

— Tu vas voir, c'est exceptionnel. Personne ne peut rester insensible à ce que je vais te montrer. Il y aura un « avant » et un « après ».

Rose prête attention aux chants des oiseaux, perçoit le parfum des plantes et des mousses, sent les épines qui lui écorchent les chevilles. Aymeric s'approche de son oreille :

— Ici, nous sommes vraiment loin des sentiers touristiques. Pas de canettes de soda écrasées, pas de papiers gras, pas de mégots ni de préservatifs usagés...

— On se croirait dans la jungle, on va bientôt être obligés de tracer notre chemin dans la végétation à coups de machette, remarque la jeune femme.

— Nous sommes dans le monde pur des origines, tel qu'il était avant que l'homme ne le souille.

— Je me demande s'il y a encore du réseau par ici...

La jeune femme sort son smartphone et regarde son écran.

— Une seule barre. Ça fonctionne encore un peu, mais c'est limite. C'est dingue quand même, on n'est pas loin d'une grande ville et on a pourtant l'impression d'avoir quitté la civilisation...

— Nous remontons le temps, Rose. Nous découvrons le paysage dans lequel vivaient nos ancêtres préhistoriques. À l'époque, ils arrivaient à être heureux sans toutes nos technologies.

— ... et s'occupaient en se faisant la guerre et en se fracassant le crâne avec des massues...

Ils progressent dans une zone plus dégagée où poussent de hautes fougères. Le soleil est maintenant bien jaune.

L'air tiédit et se charge de mille fragrances poivrées exhalées par les fleurs qui se réveillent au contact des rayons chauds.

Enfin, après quelques minutes de marche dans ce chaos végétal, Aymeric s'arrête à l'orée d'une clairière au centre de laquelle trône un seul arbre.

— Voilà c'est « lui » ! déclare-t-il sur un ton plein de respect. Tu as déjà vu quelque chose d'aussi splendide ?

Le Livre de Poche s'engage pour l'environnement en réduisant l'empreinte carbone de ses livres. Celle de cet exemplaire est de :
250 g éq. CO_2
Rendez-vous sur www.livredepoche-durable.fr

PAPIER CERTIFIÉ

Composition réalisée par Belle Page

Achevé d'imprimer en septembre 2025 en France par
MAURY IMPRIMEUR - 45300 Manchecourt
Dépôt légal 1re publication : octobre 2025
Numéro d'imprimeur : 286494
LIBRAIRIE GÉNÉRALE FRANÇAISE
21, rue du Montparnasse – 75298 Paris Cedex 06

marketing@livredepoche.com

61/6409/5